Droemer
Knaur®

Morris L. West

In einer Welt von Glas

Roman

Aus dem Englischen übersetzt von
Karl-Otto und Friderike von Czernicki

Droemer Knaur

CIP-Kurztitelaufnahme der Deutschen Bibliothek
West, Morris, L.:
In einer Welt von Glas : Roman / Morris L. West.
Aus d. Engl. übers. von Karl-Otto u. Friderike von
Czernicki. – 1.–50. Tsd. – München : Droemer
Knaur, 1983.
Einheitssacht.: The world is made of glass ⟨dt.⟩
ISBN 3-426-19074-5

1. bis 50. Tausend

Titel der Originalausgabe »The World is Made of Glass«

Umschlaggestaltung: Graupner + Partner
unter Verwendung des Gemäldes
»Judith mit dem Haupt des Holofernes«
von Gustav Klimt (Österreichische Galerie, Wien)
Satz: acomp, Wemding
Druck und Einband: May + Co., Darmstadt
Printed in Germany
ISBN 3-426-19074-5

Für Joy
in Liebe
zur Feier einer Heimkehr

Dies ist ein Roman. Ihm liegt ein Fall zugrunde, der in dem autobiographischen Werk »Erinnerungen, Träume, Gedanken von C. G. Jung« ganz kurz festgehalten wurde. Die Krankengeschichte ist nicht datiert und merkwürdig unvollständig belassen. Aus Jungs anderen Schriften habe ich den Eindruck gewonnen, daß ihn diese Episode noch lange Zeit beschäftigte und er bewußt darauf verzichtet hat, sie in allen Einzelheiten darzustellen.

Ich habe diese Geschichte in das Jahr 1913 verlegt – also in die Zeit von Jungs historischem Zwist mit Freud, dem Beginn seines lange währenden Liebesverhältnisses mit Antonia Wolff und den ersten Anzeichen seines sich über viele Jahre hinziehenden Verfalls.

Die Gestalt der Frau ohne Namen ist eine dichterische Erfindung, aber sie entspricht den Anhaltspunkten, die Jung in seiner Darstellung der Begegnung skizziert hat.

Was ich über Jung selbst, seine persönlichen Beziehungen und seine berufliche Einstellung schreibe, gründet sich durchweg auf die umfangreichen zur Verfügung stehenden Unterlagen. Die Deutung dieses Materials und dessen sprachlicher Ausdruck stammen natürlich von mir.

Im übrigen ist jeder Schriftsteller ein Mythenschöpfer, wie ihn Jung im Prolog zu »Erinnerungen, Träume, Gedanken« dargestellt und gerechtfertigt hat: »Ich kann jedoch nur unmittelbare Feststellungen machen, nur ›Geschichten erzählen‹. Ob sie wahr sind, ist belanglos. Die Frage ist nur, sind sie *mein* Märchen, *meine* Wahrheit?«

M. L. W.

Begehe ein Verbrechen – und die Welt
ist von Glas ... irgendein vernichtender
Hinweis sickert immer durch.

Ralph Waldo Emerson

C. G. Jung war sich stets der Gefahr geistiger Ansteckung und der nachteiligen Auswirkungen bewußt, die eine Persönlichkeit auf eine andere haben kann ... Jeder, der als Psychotherapeut psychotische Fälle behandelt hat, wird bestätigen, daß Wahnvorstellungen und andere Merkmale der Welt des psychisch Kranken in der Tat ansteckend sind und sich sehr störend auf das Urteil des Therapeuten auswirken können. Anthony Storr: »Jung«, Kap. 2

Magda
Berlin/Paris

Gestern um Mitternacht wurde mein ganzes Leben zu etwas Unwirklichem: zu einem dunklen nordischen Märchen mit Trollen, Kobolden und vom Schicksal verfolgten Liebenden in alten Burgruinen voller Spinnweben und Rissen.
Ich muß jetzt, verschleiert wie eine trauernde Witwe, auf Reisen gehen, denn mein Gesicht ist zu vielen Menschen an zu vielen Orten bekannt. Ich muß mich in den Hotels unter einem falschen Namen eintragen. An den Landesgrenzen muß ich gefälschte Papiere benutzen, für die ich Gräfin Bette einen fürstlichen Preis bezahlt habe – Gräfin Bette, die natürlich überhaupt keine Gräfin ist, aber seit fünfundzwanzig Jahren am Hof der Hohenzollern ein Leben in Saus und Braus führt.
Für Notfälle – und für gewisse sexuelle Begegnungen, an denen ich noch immer Interesse habe – führe ich eine kleine Auswahl Herrengarderobe mit, die mir Poiret in Paris in glücklicheren Tagen angefertigt hat. Auch diese Notizen, die ich nur für mich persönlich niederschreibe, können nicht ohne Pseudonyme und Verschlüsselungen auskommen, damit ich meine Geheimnisse vor den neugierigen Augen von Zimmermädchen und männlichen Begleitern bewahren kann.
Aber so sieht die Wahrheit aus – soweit ich sie überhaupt zu Papier bringen kann –, und mein Bericht beginnt mit ei-

nem trüben Scherz. Gestern war mein Geburtstag, und ich feierte ihn im Edelbordell der Gräfin mit einem Mann, der in meinem Bett beinahe gestorben wäre.

Der Vorfall hat mir schwer zugesetzt, aber für Gräfin Bette war er nichts Ungewöhnliches. Ältere Herren, die ausschweifende Bettabenteuer lieben, bekommen nicht selten einen Herzanfall. Jedes Freudenhaus von Rang ist darauf vorbereitet, in solchen Fällen sofort zu reagieren. Ein Hausarzt leistet Erste Hilfe. Tot oder lebendig wird das Opfer wieder ordnungsgemäß bekleidet und mit der gebotenen Eile nach Hause, zu seinem Club oder in ein Krankenhaus transportiert. Wenn er keinen eigenen Kutscher oder Chauffeur hat, stellt Gräfin Bette einen solchen zur Verfügung: einen wortkargen Burschen mit einer langen Liste überzeugender Lügen, die den Zustand seines Fahrgastes erklären. Nachforschungen durch die Polizei sind selten – und die Diskretion der Polizei läßt sich stets erkaufen.

Diesmal war es jedoch nicht so einfach. Mein Begleiter und ich hielten uns als zahlende Gäste im Etablissement der Gräfin auf. Er ist ein Mann von Rang, ein Oberst in der Umgebung des Kaisers. Ich bin eine bekannte Gesellschaftsgröße, und außerdem bin ich Ärztin. Es war mir klar, daß der Oberst eine Koronarthrombose erlitten hatte und daß ihn eine zweite Attacke dieser Art während der Nacht, was in solchen Fällen immer möglich ist, mit Sicherheit das Leben kosten würde.

Er war – nicht allzu glücklich – mit einer Nichte der Kaiserin verheiratet und hatte seiner Frau gesagt, daß er an einer Generalstabskonferenz teilnehmen müsse. Dieses Alibi war bestimmt hieb- und stichfest. Aber schließlich würde mein Oberst, tot oder lebendig, seiner Ehegattin übergeben werden, und es gab keine Möglichkeit, den gefährli-

chen Zustand seines Herzens oder seine anderen Verletzungen zu verschweigen: Striemen in der Lendenregion, zwei angebrochene Rückenwirbel und wahrscheinlich auch Quetschungen der Nieren.
Gräfin Bette faßte die Situation kurz und bündig mit den Worten einer Berliner Straßendirne zusammen:
»Ich werde hier gründlich reinemachen. Dafür wirst du mir blechen. Aber versteh mich richtig! Du bist hier nicht mehr gern gesehen. Bisher warst du amüsant. Jetzt bist du gefährlich. Eine Ehefrau und ein Sohn, sogar der Kaiser persönlich und ein ganzes Kavallerieregiment werden wegen dieser Affäre blutige Rache schwören. Wenn ich dir etwas flüstern darf, dann sei ein schlaues Kind und verdufte eine Weile. Vorerst aber brauche ich Geld – und zwar eine ganze Menge.«
Als ich fragte, wieviel, nannte sie genau jene Summe, die ich am Vormittag zuvor für sechs Jagdpferde erhalten hatte. Ich hatte sie dem Prinzen Eulenburg verkauft. Weder fragte ich, wieso sie den Betrag kannte, noch, wie sie überhaupt auf eine solche Summe kam. Ich hatte das Bargeld in meinem Täschchen und gab es ihr ohne Murren. Sie ließ mich dann allein, damit ich meine Sachen packen und mich um den Patienten kümmern konnte, der offenbar einem neuen Herzanfall entgegensah.
Eine dreiviertel Stunde später war sie wieder da; sie hatte Ausweise und Papiere auf den Namen Magda Hirschfeld bei sich und eine Fahrkarte erster Klasse für den Nachtschnellzug nach Paris. Außerdem brachte sie mir einen abgetragenen Mantel aus schwarzer Serge und einen schwarzen Hut mit Schleier. Ich wollte einen Scherz machen und sagte, ich sähe damit wie eine englische Gouvernante aus. Gräfin Bette war jedoch nicht zum Spaßen aufgelegt.
»Ich tue dir einen Gefallen, den du gar nicht verdienst. Je-

desmal, wenn ich in letzter Zeit etwas über dich gehört habe, war es noch verrückter und noch gemeiner ... Jetzt verstehe ich, warum.«

Ich fragte sie, was sie mit dem Oberst zu tun gedenke. Sie fuhr mich an: »Das ist meine Sache. Was du nicht weißt, kann weder dir noch mir schaden. Ich mag dich zwar nicht, aber ich stehe zu meinem Wort. Und jetzt verschwinde von hier, aber schnell!«

Mein Oberst war zwar bewußtlos, aber er lebte noch, als Bette mich aus dem Haus und durch den Küchengarten zu einem rückwärtigen Ausgang bugsierte, wo eine Droschke wartete, um mich zum Bahnhof zu bringen. Ich kam gerade noch drei Minuten vor Abfahrt des Zuges an und gab dem Schaffner ein Riesentrinkgeld, damit er mir ein leeres Abteil besorgte. Dann schloß ich mich ein und ging zu Bett.

Nachts hatte ich dann diesen Alptraum: den Traum von der Jagd durch ein schwarzes Tal, den Sturz vom Pferd und dann das Eingeschlossensein in einer Glaskugel, die über eine blutrote Sandwüste rollt.

Als ich aufwachte, war das Bettzeug zerwühlt. Angstschweiß brach aus allen meinen Poren, und ich schrie nach Papa. Aber Papa ist schon lange tot, und mein Schreien ging in dem klagenden Pfeifen des Zuges unter, das über die Äcker um Hannover hallte.

Carl Gustav Jung
Zürich

Ich weiß, daß ich dem Wahnsinn sehr nahe bin, und ich habe große Angst. Nachts schleiche ich, von Panik übermannt, durch furchterregende Landschaften: Meere von Blut und Schluchten zwischen gezackten Bergen und toten Städten, die weiß unter dem Mond daliegen. Ich höre den Donner von Pferdehufen und das Gebell von Hunden, und ich weiß nicht, ob ich Jäger oder Gejagter bin.
Wenn ich aufwache, sehe ich im Spiegel einen Fremden mit glühenden, feindseligen Augen. Ich kann kein vernünftiges Buch lesen; die Worte verschwimmen zu einem unsinnigen Knäuel. Ich versinke in dumpfe Depressionen, explodiere in unsinnigen Wutanfällen, die meine Kinder in Angst und Schrecken versetzen und bei meiner Frau Tränenausbrüche oder bittere Vorwürfe auslösen. Sie nörgelt an mir herum und will, daß ich einen Arzt oder einen Psychiater aufsuche; aber ich weiß, daß sich diese Krankheit weder durch ein Arzneifläschchen noch die bohrenden Fragen eines Analytikers heilen läßt.
Um meine geistige Gesundheit zu bestätigen, habe ich mir deshalb ein Ritual zurechtgelegt. Vor dem Fremden im Spiegel sage ich die Litanei meines Lebens auf, etwa so: »Ich heiße Carl Gustav Jung. Ich bin Arzt, Dozent der Psychiatrie, Analytiker. Ich bin achtunddreißig Jahre alt. Ich wurde am 26. Juli 1875 in der kleinen Schweizer Ortschaft Keßwil im Kanton Thurgau geboren. Mein Vater Jo-

hann Paul Achilles war protestantischer Pfarrer. Meine Mutter war ein Mädchen aus Basel und hieß Emilie Preiswerk. Ich bin verheiratet, habe vier Kinder, und ein fünftes ist unterwegs. Der Mädchenname meiner Frau ist Emma Rauschenbach. Sie wurde in der Bodenseegegend geboren – und manchmal hält sie offenbar auch heute noch den Bodensee für den Nabel der Welt ...«

Die Rezitation geht weiter, während ich mich rasiere. Sie soll mir einen festen Platz in Raum, Zeit und Umwelt sichern, damit ich mich nicht in eine Unperson auflöse. Ich frühstücke allein, ohne zu sprechen, denn ich forsche dabei noch immer dem Gespinst meiner Träume nach.

Nach dem Frühstück gehe ich am See spazieren und sammle alle möglichen Steine für das Miniaturdorf, das im unteren Teil meines Gartens allmählich Gestalt annimmt. Es ist ein kindlicher Zeitvertreib, aber er hilft mir, meine schweifenden Gedanken an die einfachen Realitäten der gegenständlichen Welt zu heften, an das kühle Wasser, die Form und Beschaffenheit der Steine, das Rauschen des Windes in den Ästen und die hellen Sonnenflecken auf dem Rasen. Im weiteren Verlauf dieses Rituals höre ich oft Stimmen und sehe manchmal Personen aus der Vergangenheit. Gelegentlich höre ich die Stimme meines Vaters, der von der Kanzel in Keßwil die christliche Glaubenslehre verkündet: »Ein Sakrament, meine lieben Brüder, ist das äußerlich sichtbare Zeichen einer inneren Gnade. Die Gnade ist ein Geschenk Gottes ...«

Ich lehne schon seit langer Zeit die Religion ab, die mein Vater predigte. Für seinen Gott ist in meinem Leben kein Platz; aber für die Gnade, das Geschenk – o ja! Diese Gaben werden mir jeden Morgen zuteil, wenn mein Ritual beendet ist und meine Antonia Punkt zehn Uhr in mein Leben tritt.

Meine Antonia! Ja, das kann ich sagen, auch wenn ich sie weder vollständig noch ununterbrochen besitze, wie ich es mir wünschen würde. Wir haben ein Liebesverhältnis, aber es ist mehr als das. Manchmal glaube ich, daß wir einen vollendeteren Bund eingegangen sind als die gesetzliche Ehe, die Emma und mich verbindet. Toni hat sich mir so leidenschaftlich und so vorbehaltlos geschenkt, daß ich, wenn ich nur ihre Schritte oder den Klang ihrer Stimme höre, zu neuem Leben erwache und sie begehre. Mein Geschenk für sie stammt von ihr selbst: eine Einfalt des Herzens, eine ausgeglichene Gefühlswelt, ein Ganzsein, eine Harmonie zwischen dem Bewußten und dem Unbewußten. Als sie – damals noch Patientin – zu mir kam, glich sie der Prinzessin, die in dem verzauberten Wald im Dornröschenschlaf liegt, gefangen in Brombeergestrüpp und Dornenranken. Ich erweckte sie. Ich verscheuchte die Alpträume und die Wirrsal ihres langen Schlummers. Als sie geheilt war, machte ich sie zu meiner Schülerin. Dann wurde sie meine Gefährtin und Mitarbeiterin.
Jetzt, da ich selbst die Zeit des Schreckens erlebe, sind unsere Rollen vertauscht. Ich bin der Patient. Sie ist die geliebte Ärztin, deren Stimme mich beruhigt und deren Berührung ihre Heilkräfte auf mich überträgt.
Ich werde lyrisch, ich weiß es; aber nur, wenn ich allein bin, kann ich so sein. Ich vertraue mich diesem geheimen Tagebuch an, das während der Stunden, die Antonia und ich gemeinsam verbringen, in meinem Turmzimmer, wo sonst niemand ungebeten eintreten darf, verschlossen liegt. Aber selbst hier ist unsere Gemeinsamkeit nicht vollständig. Wir flirten und tändeln miteinander, wenn wir nicht arbeiten – was wir wirklich auch tun! –, aber wir lieben uns nie richtig, denn Toni will sich nicht im Haus einer anderen Frau einem Mann ganz hingeben. Ich bedaure das,

aber ich muß zugeben, daß ihr Standpunkt viel für sich hat. Emma ist schon jetzt unverhohlen eifersüchtig, und wir dürfen nicht riskieren, im Bett auf frischer Tat ertappt zu werden.

Natürlich vergrößert diese erzwungene Abstinenz meine emotionalen Spannungen, aber es herrscht insofern ein gewisser Ausgleich, als auch Toni gezwungen ist, jenes Maß an Zurückhaltung an den Tag zu legen, das für unsere berufliche Beziehung notwendig ist. Ich persönlich kann nicht – sosehr ich es auch wünschte – alle meine ungelösten Probleme in ihrer üppigen Weiblichkeit ersticken. Ebensowenig kann ich mich sinnlos betrinken oder mich mit Drogen um den Verstand bringen und dann beim Einschlafen vor mich hinmurmeln, daß zwischen mir und der Welt alles in Ordnung sei.

So begrüßen wir uns jeden Morgen liebevoll ... Sie kocht Kaffee für uns beide. Wir erledigen die Korrespondenz. Dann setzen wir uns zusammen, um die Konflikte zu analysieren, die mir psychisch schwer zusetzen.

Trotz unserer therapeutisch ausgerichteten Beziehung während dieser Sitzungen bin ich mir jeden Augenblick Tonis körperlicher Gegenwart bewußt. Ich betrachte die Rundung ihrer Brüste, den Fall ihres Rockes über die Oberschenkel, eine Haarsträhne, die an ihrer Schläfe herabhängt. Ich bin sinnlich erregt, aber sie sitzt ruhig und gelassen da wie eine Eiskönigin – so wie sie es von mir gelernt hat – und stellt ihre Fragen: »Was hast du letzte Nacht geträumt? Hatte der Traum etwas mit den Symbolen zu tun, über die wir gesprochen haben?«

Heute besprachen wir eine neue Traumsequenz, die anscheinend mit allen früheren, an die ich mich erinnern konnte, keinerlei Verbindung hat. Ich war in einer Stadt in Italien. Ich wußte, daß sie irgendwo im Norden liegen mußte, weil sie mich an Basel erinnerte. Aber ich befand mich eindeutig in Italien und in der Gegenwart. Die Menschen waren modern gekleidet. Es gab Fahrräder und Autobusse und sogar eine Straßenbahn. Ich schlenderte die Straße entlang, als ich plötzlich vor mir einen Ritter in voller Rüstung sah, einer Rüstung aus dem zwölften Jahrhundert mit dem roten Kreuz der Kreuzritter auf der Brust. Er war mit einem gewaltigen Schwert bewaffnet und schritt dahin wie ein Eroberer, ohne nach rechts oder links zu schauen. Das Bemerkenswerte daran war, daß niemand von ihm Notiz nahm. Es war, als sei ich der einzige, der ihn sah. Ich spürte die ungeheure Kraft, die von ihm ausging – als stünde eine Offenbarung unmittelbar bevor. Wenn ich ihm nur hätte folgen können, aber ich konnte es nicht ...

Bei der Deutung dieses Traums gerieten Toni und ich fast in Streit. Ich war überzeugt – und bin es auch heute noch –, daß er magische und alchemistische Bilder enthielt, die auf alte Mythen hinweisen, etwa auf die Ritter der Tafelrunde von König Artus und die Suche nach dem Heiligen Gral – ein Symbol für meine eigene Suche nach dem Sinn des Lebens inmitten allgemeiner Verwirrung.

Toni widersprach mir nachdrücklich. Der Ritter sei Freud, sagte sie. Freud sei der einsame Kreuzritter, der von den Gleichgültigen nicht erkannt wird. Sie behauptete, ich hätte seine Bedeutung und seine Macht erkannt, könne ihm aber nicht folgen, weil ich unfähig sei, die Wucht seiner Ideen zu akzeptieren, und weil sich meine Zuneigung zu ihm in Feindseligkeit verwandelt habe.

Ich spürte wie so oft sinnlose Wut in mir aufsteigen. Dann brach sie gottlob die Auseinandersetzung mit mir ab, kam zu mir, drückte meinen Kopf an ihre Brust und sagte versöhnlich: »Schon gut! Schon gut! An diesem wunderschönen Morgen wollen wir uns doch nicht streiten. Wir sind

beide abgespannt und gereizt. Ich habe die halbe Nacht wach im Bett gelegen und an dich gedacht. Ich sehne mich nach dir. Bitte, bring mich heute abend nach Hause und mach mich glücklich.«
Wäre sie zänkisch oder kleinlaut gewesen, hätte ich vielleicht stundenlang meine Wut an ihr ausgelassen, wie ich es manchmal bei Emma tue. Aber ihre Zärtlichkeit entwaffnet mich stets und bringt mich zuweilen den Tränen nahe.
Trotzdem macht sie im therapeutischen Gespräch keinerlei Zugeständnisse. Sie ist überzeugt, daß meine Probleme mit Freud zu meiner Psychose beitragen. Ich gestehe es mir selber ein, kann es ihr gegenüber aber noch nicht zugeben. Ich habe ihr weder von der homosexuellen Vergewaltigung erzählt, die mir in jungen Jahren widerfuhr, noch von der homosexuellen Komponente meiner Zuneigung zu Freud, noch wie schwer es mir fällt, mich von seiner Dominanz frei zu machen.
Früher oder später muß jedoch die Wahrheit herauskommen, wenn wir meine Analyse gemeinsam fortsetzen. Aber um Gottes willen nicht schon jetzt! Ich bin ein alter, verheirateter Narr, der ein fünfundzwanzigjähriges Mädchen liebt. Dieses Glück möchte ich, so lange es geht, genießen. Ich sehe schon heftige Auseinandersetzungen mit Emma am Horizont auftauchen, und wenn mein finsterer Doppelgänger jemals über mich die Oberhand gewinnt, kann ich alle Hoffnung und Freude fahren lassen. Aber dann werde ich lieber dem Beispiel meines alten Freundes Honegger folgen und freiwillig aus diesem Leben scheiden.

Magda
Paris

Zum erstenmal seit zwanzig Jahren wohne ich nicht im Crillon, sondern in einer bescheidenen Pension in der Nähe des Étoile. Ich nehme die Mahlzeiten im Haus ein und gehe nur in solchen Stadtvierteln spazieren, wo ich bestimmt keine Freunde oder Bekannten treffe. In der Nachbarschaft befindet sich ein Kiosk, an dem ausländische Zeitungen verkauft werden. Ich habe mir das »Berliner Tageblatt« abonniert. Bis jetzt habe ich noch keine Meldung über das Schicksal meines Obersten entdeckt. Daß ich in Berlin war, wurde nur einmal in einer kurzen Notiz indirekt erwähnt: »Prinz Eulenburg hat von einem bekannten Gestüt sechs Jagdpferde gekauft, die auf seinem baltischen Gut für die kommende Saison ausgebildet werden.« Ich umreiße meine Situation. Mein Oberst lebt entweder noch, oder er ist tot. Wenn er tot ist, wird dies den Todesanzeigen zu entnehmen sein. Man wird ihn mit militärischen Ehren begraben: gedämpfte Trommelwirbel, ein reiterloses Pferd mit leeren Stiefeln in den Steigbügeln, eine Lafette – kurz, alles, was zur militärischen Tradition gehört. Wenn er lebt, muß er zumindest vorübergehend körperlich behindert sein und sich schwertun, dafür eine plausible Erklärung gegenüber seiner Frau zu finden. Ich weiß, daß er bei Liebeshändeln nie um eine Ausrede verlegen ist, aber diese Episode dürfte sein diesbezügliches Talent aufs höchste strapazieren.

Doch gibt es noch eine dritte, unangenehmere Möglichkeit: daß nämlich mein Oberst sich bald erholt und mich erledigen will. Er hat keinen Grund, mich zu lieben. Zudem ist es durchaus möglich, daß er sich vor Erpressung fürchtet – eines der wenigen Spiele, die ich noch nie ausprobiert habe. Man redet aber seit kurzem immer häufiger von neuen Auseinandersetzungen zwischen den Großmächten. Bulgarien hat Serbien und Griechenland angegriffen. Im Westen werden Geschichten über Spione, Anarchisten und Attentäter kolportiert. Erst vor drei Monaten wurde auf König Alfonso von Spanien ein Attentat versucht. Wenn der Kaiser und sein Oberst mich loswerden wollen, könnten sie das ganz leicht arrangieren. Es ist allgemein bekannt, daß der Kaiser in diesen Tagen sehr empfindlich reagiert, wenn das Ansehen seines Hofes auf dem Spiel steht. Sogar sein königlicher Vetter in England hat einmal bemerkt: »Willy ist wirklich sehr ungeschickt!« Und mich hätten bereits beinahe Gerüchte ruiniert, die mich – diesmal allerdings fälschlicherweise – zu der »schönen Reiterin« machten, »mit der die Kaiserin angeblich ein Liebesverhältnis unterhält«.

Im Augenblick sitze ich also zurückgezogen in meiner Pension am Étoile. Ich lese die Morgenblätter, mache ein paar Einkäufe, gehe spazieren und hoffe, daß Gräfin Bette in Berlin ihr Wort hält. Ich versuche, das Komische an der Sache zu sehen, aber es ist wirklich nicht zum Lachen. Ich habe Angst. Ich bin zutiefst verwirrt – nicht etwa deshalb, weil mir jemand etwas antun könnte, sondern darüber, was ich mir selbst angetan habe. Plötzlich hat sich vor meinen Füßen ein schwarzes Loch aufgetan, und ich taumle am Rand der Vernichtung entlang.

Eine Erklärung finde ich nur, wenn ich mir ins Gedächtnis zurückrufe, was vor zwanzig Jahren geschah, als ich gerade mein Studium beendet hatte. Papa nahm Lily und mich auf eine Reise in den Fernen Osten mit. Wir fuhren auf dem Flaggschiff der alten Royal Dutch Line und liefen Hongkong, Schanghai, Indien, Siam und Java an. Eines Tages machten wir in Surabaja einen Landausflug und bummelten über den Markt, als plötzlich eine Panik ausbrach. Die Menschen stoben schreiend in alle Himmelsrichtungen auseinander. Wir blickten auf und sahen einen Malaien, der blindwütig mit einem großen, geschwungenen Kris um sich schlug und auf uns zugerannt kam. Er war schon ganz nahe herangekommen, vielleicht bis auf zehn Meter, als ihn ein holländischer Polizist niederschoß. Dies sei, erklärte Papa, die einzige Möglichkeit, ihm Einhalt zu gebieten. Der Mann lief Amok. Er war von einer mörderischen, manischen Wut ergriffen, gegenüber der jede Vernunft versagte.

»Deshalb muß man ihn töten«, sagte Papa lächelnd in seiner gelassenen Art. »Für ihn ist es eine Erlösung und für die Öffentlichkeit notwendig. Diese Art des Wahnsinns kann sich unter diesen Menschen wie die Pest verbreiten.«

Ich frage mich, was er wohl gesagt hätte, wenn er seiner Tochter im selben Zustand im Schlafzimmer des Bordells der Gräfin Bette begegnet wäre. Es hatte wie ein ganz gewöhnliches Liebesspiel begonnen, wenn auch wie ein ziemlich heftiges. Mein Oberst, ein großer, kräftiger Kerl, brannte darauf, sich vor Frauen zu demütigen. Er verlangte, erniedrigt und für eingebildete Verfehlungen bestraft zu werden. Für seine Phantasien war ich die perfekte Kumpanin. Ich bin groß, sportlich, eine gute Reiterin, und ich verkehre in Jägerkreisen. Auch mir gefiel dieses Spiel – so wie mir fast alle sexuellen Abenteuer gefallen. Aber plötzlich war es kein Spiel mehr. Ich wurde zu einer reißenden Furie, voller Rachegelüste, die mich plötzlich übermannten. Ich wollte den Mann umbringen und schlug mit dem Griff meiner Reitpeitsche auf ihn ein. Erst als ich sah, daß er einen Herzanfall bekam – sein Brustkorb fiel ein, sein Mund verzerrte sich, und er rang nach Atem –, brachte mich dieser Schock in die Wirklichkeit zurück. Es ist schwer zu glauben, wie nahe ich daran war, einen Mord zu begehen, und wieviel Spaß ich dabei hatte.

Wenn ich aus meiner Pariser Zuflucht zurückblicke, kommt mir der Gedanke, daß sich dergleichen vielleicht wiederholen könnte und daß ich das nächste Mal nicht wieder mit einem blauen Auge davonkomme. Etwas geht in mir vor, und zwar schon seit längerer Zeit, was ich nicht erklären kann.

Jeden Abend, bevor ich zu Bett gehe, trete ich nackt vor den Spiegel. Ich habe allen Grund, mit dem, was ich sehe, zufrieden zu sein. Ich bin fünfundvierzig Jahre alt und habe ein Kind zur Welt gebracht. Aber meine Brüste sind fest, meine Haut ist rein, und meine Muskeln sind kräftig wie die eines jungen Mädchens. Meine Haare haben noch immer ihre natürliche, kastanienbraune Farbe. Zwar entdecke ich ein paar verräterische Linien um die Augen, aber bei günstiger Beleuchtung und sorgfältigem Schminken und Pudern sind auch diese kaum zu sehen. Ich bekomme noch regelmäßig meine Tage und leide noch nicht unter den Begleiterscheinungen der Wechseljahre. Wenn ich heute abend – wozu ich Lust hätte – in den Club Dorian's gehe oder Nathalie Barney besuche, kann ich beliebig wählen: Mann oder Frau.

Diese Veränderung, worin sie auch bestehen mag, vollzieht sich in meinem Innern. Es ist, als ob sich – wie soll ich es nur erklären? – in meinem Gehirn eine Tür geöffnet hätte und alle möglichen seltsamen Wesen losgelassen worden wären. Sie entziehen sich meiner Kontrolle. Ich

kann ihrer nicht wieder habhaft werden. Nicht alle sind grausam und böse wie der Teufel, der mich bei Gräfin Bette geritten hat. Manche dieser Wesen sind phantasievoll, geistreich, ausgelassen, voll wilder und brillanter Gedanken. Aber sie folgen ihren eigenen Einfällen und nicht meinen Anweisungen. Ich könnte genausogut einen Handkarren durch die Tuilerien-Gärten ziehen wie mit Nathalie Barney bei einem Tango-Tee gewagte Dinge treiben.
Aber genau das ist es, was mich bestürzt. Ich hasse es, die Kontrolle zu verlieren. Bei Männern, Pferden und Hunden bin ich stets die Herrin gewesen; bei Frauen entweder eine zärtliche Freundin oder eine gefährliche Feindin. Ich bin nie von Alkohol oder Drogen abhängig gewesen, obwohl ich beide ausprobiert habe. Papa war es gewesen, der mich in seiner unverblümten Art darauf hingewiesen hatte: »Verlieb dich nie in die Flasche oder die Opiumpfeife! Du verbaust dir jeden Spaß und die Zukunft damit. Geh nie mit einem Fremden ins Bett! Die Syphilis ruiniert den ganzen Organismus. Denk immer daran, daß der einzige Liebhaber, der dein Herz gewinnen kann, derjenige ist, auf den du dich verlassen kannst!«
Ich wünschte, Papa wäre jetzt hier, damit ich ihm die Fragen stellen könnte, mit denen ich nicht fertig werde: »Was tut man, wenn man sich auf sich selbst nicht verlassen kann? Wohin wendest du dich, wenn du die Straßenschilder nicht mehr lesen kannst? Was soll ich mit all diesen Fremden anfangen, die in meinem Kopf herumschwirren?«
Aber das ist ja reine Narretei. Papa ist schon lange nicht mehr da, und ich kann nicht den Rest meines Lebens damit zubringen, Banalitäten mit der Witwe eines Abgeordneten auszutauschen oder meine längst verlorene Unschuld vor einem Weinhändler aus Bordeaux zu verteidigen, der un-

ter dem Tisch mein Knie tätschelt. Koste es, was es wolle – ich muß aus dieser Unterkunft heraus. Heute abend gehe ich ins Dorian's. Dort werde ich schon sehen, was mir bevorsteht.

Jahrmarkt der Abnormitäten? Wem sage ich das? Ich bin Clubmitglied bei Dorian's, solange ich mich zurückerinnern kann. Laut Papa – der gewöhnlich über die Halbwelt sehr gut Bescheid wußte – wurde der Club von Liane de Pougy gegründet, die damals die große Lebedame von Paris war. Der König von Portugal schenkte ihr ein Vermögen. Baron Bleichröder, Lord Carnarvon, Fürst Strozzi und Maurice de Rothschild – sie alle zollten ihr Tribut mit Geld und Leidenschaft. Die Leidenschaft nutzte sie rücksichtslos aus, das Geld gab sie zügellos für lesbische Freundinnen, Ringer und allerlei seltsame Gestalten aus den Spelunken um den Montmartre aus.

Der Club war ihre private Abnormitätenschau, wo sie ihren willfährigen Kunden noch mehr Geld aus der Tasche ziehen konnte. Ihr Geschäftsführer war Dorian, ein kleiner, buckliger Gnom aus Korsika, der wie Zwerg Nase aussah, ein aufbrausendes Temperament besaß und trotz seiner Menschenverachtung ein Herz hatte, das so groß war wie der Buckel auf seinem Rücken.

Papa pflegte die Pougy und Dorian zu besuchen, sooft er nach Paris kam. Sie suchte aufgrund der Krankheiten ihres Gewerbes seinen ärztlichen Rat. Dorian behandelte er wegen der Gelenkschmerzen, die von seinem gekrümmten Rücken herrührten. Als die Pougy ihren Anteil an dem Club verkaufen wollte, überließ Papa Dorian das Geld zum Ankauf. So erbte ich eines schönen Tages die Mitgliedschaft auf Lebenszeit.

Als mein Mann starb und meine kleine Tochter zu ihrer Tante zog, sah ich mich mit einem großen Vermögen konfrontiert und einer Vielzahl lange aufgestauter Gelüste, die sich, falls ich micht nicht auch als Lebedame etablieren wollte, nur insgeheim befriedigen ließen. Dorian's wurde meine Pariser Absteige. Als ich mich vorstellte und Papas alte Visitenkarte präsentierte, umarmte mich Dorian und ernannte mich auf der Stelle zu seiner Leibärztin.

Ich kann mich noch genau erinnern, wie er mit verschmitztem Lächeln den Zeigefinger an seine Nase legte und sagte: »Ein faires Tauschgeschäft, eh? Sie werden für meine Gesundheit sorgen, ich werde Ihnen alle Schwierigkeiten vom Leibe halten. Ich mochte Ihren Papa. Er war ein Draufgänger, aber er hatte heilende Hände – und, ach, so viel Stil! Die englischen Milords konnten ihm nicht das Wasser reichen. Von den Deutschen wagte keiner, sich mit ihm anzulegen. Und die Franzosen haben ihn nie ganz verstanden. Ich übrigens auch nicht. So war ich mir auch nie ganz sicher, was er mit Ihnen vorhatte ... Er hatte höchst seltsame Vorstellungen von der Erziehung einer Tochter ... Aber das geht mich nichts an. Manche mögen Fisch und manche mögen Geflügel, doch wie soll man das feststellen, bevor man nicht beides probiert hat, eh?«

Dorian ist inzwischen älter geworden, um mehr als ein Jahrzehnt. Seine Haare sind weiß. Seine Gelenke knacken, wenn er sich bewegt. Er hat die fahle Blässe eines Höhlenbewohners. Sein Dienstpersonal befindet sich stets in Rufweite: ein finsterer, wortkarger Bursche aus Ajaccio und eine Barfrau aus Calvi, die aussieht, als könne sie einen Ochsen mit den bloßen Händen erwürgen. Die Barfrau führt ihm den Haushalt. Der Mann aus Ajaccio folgt Dorian wie ein Schatten: er ist immer in der Nähe, kaum zu sehen, aber gefährlich wie eine Viper.

Wenn ich Dorian aufsuche, gehe ich zuerst in sein Haus am Quai des Orfèvres. Es ist ein Akt ritueller Höflichkeit.

Ich bin seine Ärztin, und er erwartet, von mir untersucht zu werden. Anschließend begeben wir uns, von dem großen, schweigsamen Kerl gefolgt, über den gepflasterten Innenhof zum Club, wo Dorians Exoten sich produzieren.
Heute abend habe ich beschlossen, mein Poiret-Kostüm anzuziehen: lange schwarze Hose, schwarze Smokingjakke, weiße gerüschte Bluse und darüber einen mit mitternachtsblauer Seide gefütterten Umhang. Beim Ankleiden fragte ich mich, wieviel ich Dorian von meinem Dilemma erzählen dürfe. Wir sind gute Freunde, aber in unserem Zirkus der Absurditäten darf man die Bosheit nie unterschätzen.
Ich hätte mir darüber aber keine Gedanken zu machen brauchen, Dorian wußte schon alles – sogar mehr als ich. Mein Oberst lebte und erholte sich auf seinem Gut in Ostpreußen. Er hatte seinen Herzanfall überwunden, aber sein Rücken war noch in Gips. Aus der näheren Umgebung des Kaisers hatte er sich zurückgezogen und einen Posten im Generalstab übernommen ... Was mich angehe, seien zwar keine Vergeltungsmaßnahmen geplant, aber ich täte gut daran, mich nie wieder in Berlin sehen zu lassen.
»Du bist noch mit einem blauen Auge davongekommen!« Dorian gab sich in dieser Sache kurz angebunden. »Wenn du dich nicht in der Gewalt behalten kannst, fang solche Spielchen gar nicht erst an! Eines kann ich dir sagen: Die Preußen können sehr rüde werden ... Und jetzt sieh mich einmal an und sage mir, wie lange *ich* noch zu leben habe.«
Während ich seinen entstellten kleinen Körper untersuchte, dem rasselnden Geräusch der Lungen lauschte, sein verkrümmtes Rückgrat und die Knötchen an allen seinen Gelenken befühlte, hielt er mir wie ein Schulmeister einen Vortrag.

»Weiber! Ihr seid so dumm – jede von euch! Ihr begreift nie, daß ihr gegen die Bank spielt – und die Bank gewinnt letzten Endes immer. Zum Beispiel, Chérie. Du bist robust, du bist reich, und du bist intelligent. Aber auch du wirst dich allmählich aufreiben. Es wird nicht mehr lange dauern, und du bist nur noch ein Nervenbündel. Dann beginnt das große Geschrei. Du wirst zwar nicht ›Hilfe‹ schreien, aber ›Mord‹. Und schon wird dich die Polizei ins Gefängnis abtransportieren.«
Er streckte sich und streichelte meine Wange mit seiner kleinen, arthritischen Hand, die sich wie die Klaue eines Vogels zusammengekrampft hatte. Die Geste war zärtlich gemeint, wirkte aber bedrohlich.
»Du machst mir Kummer, Chérie. Die meisten Frauen, die hierher kommen, sind für mich wie ein offenes Buch. Irgendein Mann hat ihnen etwas angetan. Sie fühlen sich elend, weil sie nicht mehr jung sind. Es sind Lesbierinnen oder Einzelgängerinnen, die sich vom Leben noch etwas erwarten. Meist trinken sie, nehmen Drogen oder tun beides. Aber bei dir ist es anders. Einmal bist du eine Madonna mit honigsüßem Lächeln und Brüsten, welche die ganze Welt mit Muttermilch erfreuen könnten, und im nächsten Augenblick bist du eine Medusa mit giftigem Atem und Schlangenhaar.«
»Jage ich dir auch Angst ein, Dorian?«
»Angst?« Er lachte, und der heisere Ton endete in einem Hustenanfall. »Keineswegs! Ich kenne dich zu gut. Außerdem wagt niemand, sich mit einem Buckligen anzulegen. Man reibt ihm vielmehr den Buckel, weil das Glück bringen soll. Du könntest ihn mir auch reiben, wenn du magst. Du kannst etwas Glück gut gebrauchen.«
Auf das Wort »reiben« hatten wir uns seit langem stillschweigend geeinigt. Es war Ausdruck seines Schreis nach

sexueller Entspannung mit einem Partner, der ihn nicht auslachen oder über die Geheimnisse seines verunstalteten Körpers herumtratschen würde. Ich tat ihm den Gefallen gern. Es dauerte nicht lange, und ich empfand dabei weder Widerwillen noch Abscheu. Statt dessen überkam mich eine seltsame Zärtlichkeit. Ich wollte ihm Freude bereiten, ihm Gelegenheit geben, sich als Mann zu fühlen, und ihn beobachten, während er schläfrig und zufrieden hinterher ein Glas Cognac mit mir trank.
Bei dieser Gelegenheit überfiel er mich mit der unverblümten Frage: »Warum ziehst du diese ... diese Löwenbändigernummer ab?«
»Löwenbändiger?« Die Vorstellung war so unwahrscheinlich, daß ich in lautes Lachen ausbrach. Dorian wurde böse.
»Mach keine Witze. So nennt man dich jetzt im ganzen europäischen Fachzirkus: *la dompteuse des lions*.«
»Das ist gar nicht so komisch.«
»Soll es auch nicht sein. Ein solcher Ruf bringt Risiken mit sich. Was erwartest du dir von diesen Verrücktheiten?«
»Nichts.«
»Warum tust du es dann?«
»Ich weiß es nicht, Dorian; ich weiß es wirklich nicht. Wenn es passiert, überkommt es mich wie ein Wutanfall, wie ein Feuersturm. Ich kenne mich dann selbst nicht mehr.«
»Wo wohnst du denn jetzt?«
»In einem Mauseloch mit anderen grauen Mäusen. Es ist eine Pension am Étoile.«
»Kannst du dort Besuche empfangen?«
»Nein.«
»Dann übernachte hier! Nimm mein Gästezimmer! Ich werde dich mit jemandem bekannt machen. Hinterher

wirst du so friedlich sein wie eine Nonne bei der Abendandacht.«
»Nein, vielen Dank! Ich könnte jetzt keinen Mann verkraften.«
»Wer hat etwas von einem Mann gesagt?« Er fuhr mir mit seinen kleinen Krallenfingern durch die Haare. »Es ist ein Mädchen wie jenes, das Sappho auf Lesbos besungen hat. Ich glaube, du brauchst gerade jetzt so jemanden. Außerdem – was hast du zu verlieren? Wenn ihr beglückt einschlaft und als Freundinnen wieder aufwacht, geht es euch beiden besser.«
Er hatte recht. Ich verlor nichts, sondern gewann etwas – glaube ich wenigstens. Sie schmiegte sich an meine Brust wie ein Kind und rief: »Hab mich lieb, Mamilein, hab mich lieb! Nimm mich wieder in deinen Schoß!«
Ich dachte an meine verlorene Tochter und liebkoste das Mädchen. Dann versuchte ich meinerseits, den Eingang zu ihrem Schoß zu finden, aber er war zu klein und zu eng, um mir Einlaß zu gewähren. Ich ärgerte mich jedoch nicht, denn sie wollte mir so bereitwillig diesen Gefallen erweisen. Es war nicht ihre Schuld, daß das Haus zu klein und noch nie bewohnt worden war. Wir schliefen ein und hielten uns in den Armen – vielleicht nicht beglückt, aber zärtlich und ruhig. Gegen drei Uhr morgens wachte ich auf. Sie schlief in meiner Armbeuge und hatte die Lippen an meine Brust gedrückt. Der Mondschein fiel auf ihr Gesicht, und ich sah zu meiner Überraschung, daß sie fast so alt war wie ich. Wie ich hatte sie Krähenfüße an den Augenwinkeln und Runzeln um die Mundwinkel.
Ich empfand kein Bedauern, keine Enttäuschung, mir fiel nur plötzlich mein Vater wieder ein, der nach meiner ersten Liebesnacht morgens am Frühstückstisch lächelnd gesagt hatte: »Schon verteufelt schwierig, nicht wahr?«

»Entschuldige, Papa«, erwiderte ich, so keck es ging, »aber ich wüßte nicht, was schwierig sein soll.«
»Du Glückliche!« Er sah mich noch immer eulenspiegelhaft schmunzelnd an. »Als ich jung war, wußte ich nie, was ich ihnen hinterher sagen sollte.«
»Aber inzwischen hast du es gelernt?« Zum Necken gehörten immer zwei.
»O ja! Ich sage immer dasselbe: Danke, und – so leid es mir tut – leb wohl!«
»Das muß sie ja zu Tränen rühren!«
»Nein.« Er lachte und schwenkte ein Croissant vor meinem Gesicht hin und her. »Aber es hält alles im Fluß. Man macht sich keine Feinde. Wenn man Glück hat, behält man eine Freundin für kalte Winternächte.«
Diese Kindfrau wollte ich nicht behalten. Ich stand auf, ohne sie zu wecken, und ließ etwas Geld neben dem Kopfkissen liegen. Ich schlich hinaus in die graue Morgendämmerung, nahm mir eine Droschke und fuhr in die Pension zurück. Der Kutscher war mürrisch, das Pferd ging lahm und war nicht zum Traben zu bewegen; aber durch das langsame Klipp-Klapp seiner Hufe auf den Pflastersteinen konnte ich Lily hören, die ein Wiegenlied aus meiner Kindheit sang.

Reite auf dem Schaukelpferd nach Banbury Cross.
Dort siehst du die Dame hoch zu Roß
Mit Ringen an den Fingern und Glöckchen am Bein.
So hört sie Musik und ist nie allein.

Carl Gustav Jung
Zürich

Ich habe eine Reise angetreten, die gefahrvoller ist als all die Expeditionen der alten Seefahrer – eine Reise zum Mittelpunkt meiner selbst. Ich muß herausbekommen, wer ich bin und warum ich bin. Ich muß mit dem Dämon fertig werden, der in mir lebt. Ich muß mit meinem längst verstorbenen Vater über jenen Gott rechten, den er predigte und den ich ablehnte. Ich muß mit meiner längst dahingegangenen Mutter reden, die ich nie lieben gelernt habe. Ich muß dem Mann begegnen, der mich als Knaben vergewaltigte, und den dunklen Göttern, die mich jetzt noch im Traum verfolgen. Ich muß das Band zu Freud durchtrennen, und das ist gewiß keine einfache Aufgabe. Ich muß vom letzten Uferstreifen in das wilde Meer meines persönlichen Unbewußten vorstoßen.
Dieses Unterfangen ist voller Schrecknisse, mit denen ich in den Stunden nach Mitternacht ringe. Ich komme mir vor wie der Seefahrer früherer Zeiten, der auf eine uralte Karte blickt, auf welcher der Kartograph gleich hinter den Säulen des Herkules fürchterliche, feuerspeiende Tiere eingezeichnet hat. Solche Monster sind mir vertraut. In meinen Träumen erscheint eine ganze Menagerie von ihnen: der riesenhafte, einäugige Phallus in der Höhle, die Taube mit der Stimme eines Menschen, die lebenden Leichname von Alyscamps, der schwarze Skarabäus und die Felsen, aus denen Blut herausspritzt. Irgendeines die-

ser herrlichen Wesen hält stets neben meinem Kopfkissen Wache.
Ich strecke im Dunkeln die Hand nach Emma aus, um sie näher an mich heranzuziehen. Mit einem Seufzer des Mißvergnügens wendet sie sich ab und legt die Hand auf ihre Scham. Diese Abwehrreaktion ärgert mich, habe ich mich ihr doch nie aufgedrängt. Ich verstehe, daß sie, im zweiten Monat schwanger, für körperliche Liebe nicht viel übrighat; aber sie ahnt nicht, wie einsam ich mich in diesem Ehebett fühle, wie schutzlos ausgeliefert. Wenn es nicht Toni gäbe, ich wäre längst impotent.
Natürlich ist mehr im Spiel als nur diese zeitlich bedingte Aversion gegen das Sexuelle. Emma ist schon immer eher autoerotisch eingestellt gewesen. In ihrem letzten Briefwechsel mit Freud hat sie dies sogar zugegeben. Sie sehnt sich also weniger nach mir als ich nach ihr. Meine Krankheit hat mich verändert, aber auch meine Rolle in der Familie. Ich bin für alle zu einer Last geworden. Ich arbeite nicht mehr in der Klinik. Ich habe meine Vorlesungen aufgegeben, weil ich mich nicht einmal auf den einfachsten Text konzentrieren kann. Die Liste meiner Privatpatienten ist bedauernswert klein geworden. Ich kann die Familie nicht mehr ernähren, und wir müssen von Emmas Erbschaft leben. Sie ist infolgedessen zur *matrona victrix* geworden, zur siegreichen Matrone, sicher eingebettet in ihrer Rolle als Mutter und unangreifbar in ihrer Selbstachtung, während mein Selbstgefühl durch Krankheit und finanzielle Abhängigkeit schwer angeschlagen ist. Sie ist also zu guter Letzt in der Lage, sich indirekt für meine tatsächlichen oder eingebildeten Seitensprünge zu rächen.
Ich erhebe nicht den Anspruch, ein Musterbeispiel für eheliche Treue zu sein. Ich gehe nicht mit jeder Beliebigen ins Bett, aber monogam veranlagt bin ich nicht. Meines Erach-

tens hielten es die alten Griechen richtig: eine Ehefrau für Haus und Kinder, die Hetäre oder den Lustknaben zur Gesellschaft und das Freudenhaus für ausgelassene Späße, wenn einem danach zumute war. Unsere verknöcherte kalvinistische Gesellschaft in der Schweiz legt Männern und Frauen unerträgliche Beschränkungen auf. Jede Ehe bedarf einer gewissen Freizügigkeit.

Natürlich ist Emma anderer Ansicht, und ich versuche nicht, diesen Punkt mit ihr zu diskutieren. Mir reichen die Szenen wegen Toni, und Emma zögert auch nicht, mir lautstark immer wieder Beispiele aus der Vergangenheit vorzuhalten – etwa diese Frau Spielrein, die unbedingt ein Kind von mir haben wollte.

Die analytische Psychologie steckt voller Versuchungen. Auch wenn man tugendhaft wie ein Einsiedler im härenen Gewand ist, kann man ihnen nicht immer widerstehen. Wenn eine Frau ihre Seele offenbart, ist sie viel gefährlicher, als wenn sie bloß Rock und Bluse ablegt. Diejenigen, die man abweist, verbreiten Skandalgeschichten. Gibt man ihnen nach, und sei es auch nur mit einem winzigen Eingeständnis der Zuneigung, werden sie zu unersättlichen Empusen.

Was du auch tust, du wirst verdammt. Und deine Frau gibt dir die Quittung, indem sie wie eine Botticelli-Jungfrau die Scham mit der Hand bedeckt. Zum Teufel damit! Es ist besser, aufzustehen und zu arbeiten, statt hier im Finstern zu liegen und mit juckenden Eiern alten Ängsten nachzugehen.

Im Arbeitszimmer ist es kalt und still wie in einem Grab. Wäre doch Toni hier, um etwas Wärme und Glut zu verbreiten. Ich bin versucht, sie anzurufen; aber so egoistisch bin ich nun auch wieder nicht, sie um zwei Uhr nachts aufzuwecken. Ich gieße mir ein großes Glas Cognac ein und stopfe meine Pfeife. Ich schlage auf dem Lesepult das schwarze Buch auf, in dem ich jeden Schritt meiner Wanderung verzeichne, die hoffentlich einmal zur Erleuchtung führt. Auf den Schreibtisch lege ich die Akte mit den Traumdeutungen, an denen ich mit Toni gearbeitet habe. Daneben lege ich einen Notizblock, eine Kladde, meine Bleistifte und meine Farbstifte. Ich zünde mir die Pfeife an und mache dankbar den ersten Zug. Langsam trinke ich einen großen Schluck Cognac. »So«, sage ich zu mir selbst, »so«, sage ich zu meinem dunklen Doppelgänger, »jetzt fangen wir an. Wir wollen einmal sehen, ob wir uns einander verständlich machen können.«

Ich nehme den schwarzen Bleistift, den weichen, in die Hand und versuche zu schreiben. Sofort gerate ich ins Stocken. Ich kann meine Phantasien einfach nicht schriftlich fixieren. Nur mit größter Anstrengung kann ich die einfachen, üblichen Fragen niederschreiben: »Wer bin ich? Wo wohne ich? Welchen Beruf habe ich?«

Nach wenigen Minuten gebe ich den sinnlosen Versuch auf. Ich trinke. Ich inhaliere den beruhigenden Rauch. Ich verfalle in Tagträume. Ich greife wieder zum Bleistift und beginne, meine Träume zu zeichnen. Dabei überkommt mich eine wunderbare Ruhe. Die Wände meines Arbeitszimmers fallen auseinander. Meine Kleider verschwinden. Ich stehe nackt vor einer gewaltigen Felswand aus ockerfarbigem Gestein und zeichne auf ihr mit einem Kohlestift.

Zuerst mache ich einen großen Kreis, selbstsicher und vollkommen wie Giottos »O«. In den Kreis zeichne ich ein Mädchen und einen Mann hinein. Sie ist jung und gerade zur Frau gereift, er ist alt und ehrwürdig, mit langem, weißem Haar und wallendem Bart. Er hat einen Stab in der Hand. Eine Aura heiterer Autorität umgibt ihn. Ich verstär-

ke das Lächeln um seine Mundwinkel. Hinter mir sagt eine tiefe Stimme anerkennend: »Besser! Viel besser!«
Ich fahre herum, um zu sehen, wer da spricht. Vor mir stehen der alte Mann und das Mädchen. Ich bin wie gebannt. Mein Blick wandert zwischen der Zeichnung und der Wirklichkeit hin und her.
Das Mädchen lacht über meine Verlegenheit. Der alte Mann lächelt und sagt: »Es ist wirklich ganz einfach. Ich bin Elias. Dies hier ist Salome. Du erträumst uns und malst uns auf eine Wand. Aber wer bist du?«
Ich kann ihm nicht antworten. Ich blicke an mir herunter, nackt wie ich bin, und schäme mich. Ich schüttele den Kopf. »Ich weiß nicht, wer ich bin.«
Da sagt der alte Mann: »Das macht nichts. Wir wissen, wer du bist.«
Das Mädchen streckt mir die Hand entgegen. Ich ergreife sie zögernd. Sie zieht mich enger zu sich und dem alten Mann. Ich werde wieder ganz ruhig. Ich erinnere mich, daß ich Carl Gustav Jung heiße, und ich bin stolz, es ihnen sagen zu können. Wir setzen uns gemeinsam auf einen flachen Felsen, und ich frage höflich:
»Herr Elias, ist diese junge Dame Ihre Tochter?«
»Sag es ihm, Kind.« Den alten Mann amüsiert meine Frage, aber er beantwortet sie nicht direkt. »Sag ihm, wer du für mich bist.«
»Ich bin alles: Tochter, Gemahlin, Geliebte und Beschützerin.«
»Bist du zufrieden, Carl Gustav Jung?«
»Ich bin verblüfft, nicht zufrieden.«
»Dann hast du keinen Anspruch darauf, zufrieden zu sein. Dreh dich wieder zur Wand um, und mach die Zeichnung fertig!«
Ich wende mich um – und bin wieder in meinem Arbeits-

zimmer. Meine Pfeife qualmt im Aschenbecher. Der Cognac ist verschüttet, und ich wische ihn mit meinem Taschentuch auf. Aber in meiner Kladde ist tatsächlich eine Zeichnung. Der Kreis ist vollkommen wie Giottos »O«. Der alte Mann und das Mädchen sehen genauso aus, wie sie mir im Traum erschienen sind und wie ich sie auf die Felswand gezeichnet habe. Was bedeutet das? Wie soll ich mir dieses Phänomen erklären?
Dann fällt mir etwas ein. Ich krame eine Stunde lang in meinen Bücherregalen. Hastig mache ich mir Notizen. Das Schreiben fällt mir jetzt nicht mehr schwer. Um vier Uhr morgens habe ich drei kleine Geschichtsauszüge beisammen: Simon Magus, der Begründer der Gnosis, reiste mit einem Mädchen aus einem Freudenhaus umher. Laotse, der chinesische Weise, verliebte sich in eine Tänzerin. Der Apostel Paulus war, so heißt es, der Jungfrau Thekla zärtlich zugetan. Lauter alte Legenden! Aber was für eine kosmische Magie hat sie in mein Unbewußtes eingepflanzt? Elias und Salome sind mir jetzt so gegenwärtig, daß ich sie mit ausgestreckter Hand berühren könnte. Wenn sie nicht Wirklichkeit wären – eine ganz bestimmte Art von Wirklichkeit –, wie hätte ich sie erträumen können? Ist unsere ganze Geschichte also in unserem Unterbewußtsein begraben, vergessen, aber abrufbereit, und wartet sie nur darauf, wie Irrlichter aus der Tiefe des Sumpfes heraufbeschworen zu werden?
Ich kann mich der Frage jetzt nicht stellen. Ich klappe die Kladde zu und gehe hinaus in das nebelige Grau des dämmernden Morgens. Am Ufer werfe ich flache Kiesel in den See und rufe immer wieder: »Elias! ... Elias! ... Salome, meine Liebe!«
Einzige Antwort ist das Rauschen von Vogelschwingen, während ein Moorhuhn über das seichte Wasser streicht.

Magda
Paris

Heute vormittag erlebte ich ein trauriges und irgendwie albernes Spektakel. Ich ging auf den Champs-Élysées spazieren, dachte an meine Nacht bei Dorian und hielt Ausschau nach einem passenden Café, um mein Frühstück einzunehmen. Ein Obstverkäufer – einer von denen, welche die Restaurants in der Nachbarschaft beliefern – kreuzte meinen Weg. Er trug einen Korb mit Orangen auf dem Kopf.
Mit der Fußspitze stieß er gegen einen Pflasterstein, und er strauchelte. Der Korb rutschte ihm vom Kopf, die Orangen rollten auf den Boden und einige platzten. Andere wurden von Schulkindern aufgesammelt oder von Passanten mit dem Fuß in die Gosse gestoßen.
Einen Augenblick blieb der Obstverkäufer hilflos und wie angewurzelt stehen und starrte der Kaskade goldener Kugeln nach. Da ich der nächststehende Augenzeuge war, fuhr er mich dann wütend an und schrie auf italienisch: »Sie sind schuld! Ja, Sie!«
Er hob die Hand, machte das Zeichen des Gehörnten, warf mir dann den Korb vor die Füße und lief davon. Seine Wut war so kindisch und seine Anschuldigung so grundlos, daß ich in Lachen ausbrach. Als ich mich aber anschließend zum Kaffee hinsetzte, merkte ich, daß ich bebte. Der Zwischenfall erschien mir nicht mehr komisch, sondern magisch und unheimlich. Plötzlich war ich wieder inmitten meines Traums. Die Orangen waren Glaskugeln, und in je-

der einzelnen war mein nacktes Ich eingesiegelt, aber alle diese Ichs konnten nicht miteinander sprechen.
Es war ein Augenblick tiefsten Erschreckens – wie damals, als mein bestes Jagdpferd mit mir durchging und ich es unter Hieben so lange galoppieren lassen mußte, bis es vor Erschöpfung stehenblieb. Da war derselbe furchterregende Stachel des Bösen, den ich gespürt hatte, als ich meinen Wolfshund Alexander tot vor meiner Tür fand, mit blutigem Schaum vor dem Maul – und drei Tage danach meine Rosenlaube, die von einem Vandalen mit der Axt zusammengeschlagen worden war.
Das Zeichen des Gehörnten, das primitive Symbol der Teufelsaustreibung, war nicht bloß vulgär gemeint. Sah ich aus wie eine Hexe? Hatte ich den bösen Blick? Trug ich das Kainsmal auf der Stirn? Ich kramte in meiner Handtasche nach einem Spiegel und schaute hinein. Der Spiegel sagte mir lediglich, daß ich blaß war und daß der Mann am Tisch hinter mir versuchte, sich darüber schlüssig zu werden, ob ich eine Vormittagshure sei oder eine leichtsinnige Dame, die einen Augenblick frische Luft schöpfen wollte.
Das half mir nicht weiter. Mir wurde nur klar, daß eine Witwe, die auf den Champs-Élysées Tränen über ihrem Kaffee vergießt und nachts Bettabenteuer mit Fremden in zweifelhaften Häusern absolviert, von der Zukunft nicht viel zu erwarten hat. Mir war, als habe sich unter meinen Füßen eine Falltür geöffnet und ich fiele kopfüber in die Finsternis.
Der Mann hinter mir stand auf und trat zu mir. Er fragte höflich: »Geht es Madame nicht gut? Kann ich vielleicht helfen?«
»Vielen Dank, aber ich fühle mich ausgezeichnet.«
»Sind Madame ganz sicher?«
Ich war ganz sicher. Ebenso gewiß war, daß ich Hilfe

brauchte. Nur, wohin sollte ich gehen, an wen sollte ich mich wenden? Ich spreche sechs Sprachen einschließlich Ungarisch, aber keine ist angemessen, das Leben zu beschreiben, das ich geführt habe, seit ich ein kleines Mädchen war.

Über Sexuelles läßt sich leicht reden. Ganz gleich, wie bizarr der Geschmack des einzelnen auch sein mag, aufmerksame Zuhörer findet er immer. Aber alles übrige – meine Kindheit in dem verwunschenen Schloß, die primitiven, aber eigenartig schönen Riten bei meiner Einführung in das Erwachsensein, meine Jahre an der Universität und als Ärztin im Krankenhaus – dies alles sind Geschichten aus einem fernen Land, fast von einem anderen Planeten. Ich bin nicht sicher, ob ich sie irgend jemandem begreiflich machen kann.

Außerdem fällt auf sie alle ein Schatten, der Schatten des Galgens, und es ist unmöglich, so etwas bei Kaffee und Kuchen zu erklären. Sogar Papa, der fast sämtliche menschlichen Verirrungen mit einem Achselzucken abtun konnte, hat dieses Thema nie angeschnitten. Er wußte, was ich getan hatte und warum ich es getan hatte; aber alles, womit er andeutete, daß er Bescheid wußte, war die trockene Bemerkung: »Hoffentlich sprichst du nicht im Schlaf, liebe Tochter.«

Seit Papa tot ist und mein Mann, den ich sehr geliebt habe, mir allzu früh genommen wurde, habe ich in vielen fremden Betten mit einer ansehnlichen Reihe von Männern und Frauen geschlafen. Einige wären durchaus fähig gewesen, mich zu erpressen, aber kein Mensch hat auch nur angedeutet, daß ich im Schlaf Geheimnisse preisgebe.

So weit, so gut; aber meine Ausdauer läßt nach, wie Dorian warnend meinte. Ich kann nicht auf immer und ewig diesen krassen Wechsel zwischen wüsten Ausschweifungen und tiefster Niedergeschlagenheit ertragen. Ich brauche einen festen Liebhaber, einen Freund, eine Vertraute – vielleicht gar einen Beichtvater ...

Der Gedanke ist nicht schlecht. Doch ist er für eine Frau, die nie religiös war, die allerseltsamste Lösung. Papa war ein altmodischer Vernunftmensch, der mich gelehrt hat, daß das Leben hier beginnt und hier endet und wir das Beste daraus machen müssen. »Ich habe den Lebenden den Bauch aufgeschnitten«, pflegte er zu sagen, »und die Toten seziert; aber von Gott oder einer Seele habe ich keine Spur entdeckt.«

Ich liebte Papa so sehr, daß es mir nie eingefallen wäre, auch nur ein einziges Mal seine Meinung in Frage zu stellen. Das tue ich auch jetzt nicht, aber ich spiele mit dem Gedanken, daß es ganz angenehm sein könnte, Katholikin zu werden, um dann jeden Samstag in den Beichtstuhl zu schlüpfen, alle Sünden herunterzubeten und anschließend wieder rein wie ein frisches Taschentuch aufzutauchen.

Welch ein müßiger Gedanke und wie unlogisch! Wenn man nicht an Gott glaubt und auch nicht an die Sünde – warum sich Sorgen machen? Aber die Tatsache besteht, daß du dir eben doch Sorgen machst. Du erbleichst beim Zeichen des Gehörnten, und du siehst in purzelnden Orangen eine magische Bedeutung.

Ich habe ein Schuldgefühl – nein, ich fühle mich lächerlich, und ich schäme mich, weil ich mich wegwerfe, Stückchen für Stückchen, wie Konfetti bei einer Hochzeit. Sogar eine Hure hat mehr gesunden Menschenverstand: sie verkauft, was sie hat. Das Komische ist nur, daß ein Teil meines Selbst sehr wachsam ist. Bauernschläue nannte es Papa.

Ich verwalte mein Vermögen streng geschäftsmäßig. Meine Bücher werden mit peinlicher Sorgfalt geführt, und sie weisen immer einen Gewinn aus. Ich kaufe die besten Kleider – aber ich bekomme sie mit einem Nachlaß, weil ich sie in gehobenen Kreisen zur Geltung zu bringen verstehe. Wenn ich mit Vollblutpferden handle, feilsche ich um jeden roten Heller, und bei Auktionen rieche ich eine Absprache unter den Bietern schon auf hundert Meter.

In Gesellschaft gebe ich mich zurückhaltend und diskret. Die meisten meiner Freunde wären schockiert, wenn sie wüßten, wie ausschweifend ich bei meinen Vergnügungen bin und welche Worte ich dann im Munde führe. Es gab einmal eine Zeit, da schien dieses Doppelleben ein erregendes Spiel zu sein. Jetzt ist daraus ein gefahrvolles Unterfangen geworden: ein nächtlicher Gang durch übelriechende Gassen voll drohender Schatten …

Ich zahlte mein Frühstück und machte mich auf den Weg zum Bankhaus Ysambard Frères, um mit einem Kreditbrief Geld abzuheben. Ich hoffte, daß mich Joachim Ysambard, der ältere der beiden Brüder, zum Mittagessen einladen würde. Joachim ist jetzt über sechzig, er ist weißhaarig, geistreich und ein Frauenkenner. Vor zehn Jahren verlebten wir einen Liebessommer in Amalfi. Dann kam er zurück, um seine jetzige, seine zweite Frau zu heiraten. Es war eine ausgesprochene Vernunftehe – die dynastische Allianz mit einer alten elsässischen Bankiersfamilie. Seltsamerweise blieben wir Freunde; wahrscheinlich deshalb, weil er mich – sogar im Bett – stark an Papa erinnerte.

Er war gerade in einer Besprechung, als ich ankam, aber seine Sekretärin brachte mir eine Notiz, in der er mich bat, mich etwas zu gedulden und dann mit ihm zu essen. Inzwischen würde sein Bruder Manfred kurz mit mir sprechen. Manfred ist Anfang Fünfzig, elegant wie eine Modepuppe, von tadellosen Manieren, aber seltsam blutleer. Er war nie verheiratet. Soweit ich weiß, unterhält er auch kein

Verhältnis, weder mit einer Frau noch mit einem Mann. Er hat etwas Mönchisches an sich, was ich beunruhigend und manchmal abstoßend finde. Andererseits spricht Joachim von ihm mit Hochachtung und Bewunderung.

»Manfred ist ein Genie. Er versteht das Geschäft wie kaum ein anderer. Drück ihm in Tibet als Startkapital einen Haufen Teeziegel in die Hand, und schon bald handelt er mit Wolle in Bradford, Gold in Florenz, Roheisen an der Ruhr, und auf unseren Konten in Paris erscheint jedesmal ein hübscher Profit.«

In dieser Hinsicht muß ich Joachim recht geben. Dank Manfreds Umsicht habe ich in Frankreich ein zweites Vermögen erworben. Er aber tut meine Dankesbezeigungen mit einer lässigen Handbewegung ab: »Es ist keine Zauberei, Madame. Das sind einfach Handelsgeschäfte in etwas größerem Stil als auf dem Wochenmarkt. Es kommt nur darauf an, den richtigen Zeitpunkt zu erfassen – womit wir bei Ihren Angelegenheiten wären. Joachim und ich geben Ihnen den Rat, mindestens die Hälfte Ihres Vermögens außerhalb Europas zu investieren.«

»Aus irgendeinem besonderen Grund?«

»Um das Risiko zu verteilen. Auf dem Balkan wird gekämpft. Innerhalb eines Jahres wird sich das übrige Europa im Kriegszustand befinden.«

»Wieso sind Sie denn so sicher?«

Er ließ sich zu einem schwachen, herablassenden Lächeln herbei. »Die alten Auguren betrachteten die Eingeweide von Vögeln. Wir sind viel fortschrittlicher. Wir beobachten die Bewegungen von Kohle und Erzen, von Chemikalien und Geld. Momentan hält zum Beispiel jedes Kavallerieregiment in Europa Ausschau nach jungen Militärpferden und geeigneten Stallungen. Das ist natürlich Irrsinn, die Starrköpfigkeit seniler Generäle. Nach einem Jahr moderner Kriegsführung wird das Pferd ebenso überholt sein wie das Breitschwert. Aber für den Verkauf Ihres Gestüts wäre jetzt ein ausgezeichneter Zeitpunkt.« Er hielt inne und fügte dann die spitze Bemerkung hinzu: »Ihr Ruf als Pferdezüchterin ist immer noch sehr gut. Ihr Besitz befindet sich in erstklassigem Zustand. Wir raten Ihnen, jetzt, auf dem Höhepunkt der Nachfrage, zu verkaufen und den Erlös bei Morgan in New York zu investieren. Dadurch würden Sie sich in der Neuen Welt eine sichere Basis schaffen, sollten Sie durch die Umstände gezwungen werden, Europa zu verlassen.«

Ich sagte ihm, ich könne mir keine Umstände vorstellen, die mich zwingen würden, Europa zu verlassen.

Er meinte vorwurfsvoll: »Meine liebe Frau, der Krieg ist eine höchst unangenehme Sache. Er weckt die niedrigsten Instinkte des Menschen und gibt ständig Gelegenheit, ihnen freien Lauf zu lassen. Sie sind – wie soll ich mich ausdrücken? – in der Gesellschaft wohlbekannt, aber nicht überall wohlgelitten. Sie könnten das Opfer von Klatsch, Intrigen und anderen Manipulationen werden.«

»Manipulationen? Ein merkwürdiger Ausdruck.«

»Er trifft trotzdem zu. Lassen Sie mich Ihnen etwas zeigen.«

Meine Akte lag auf seinem Schreibtisch. Er öffnete sie, zog einen Brief heraus und reichte ihn mir. Der Briefkopf lautete: SOCIÉTÉ VICKERS ET MAXIM. Das an Manfred Ysambard gerichtete Schreiben war mit einer kräftigen, weit ausladenden Handschrift abgefaßt.

Sehr geehrter Herr Kollege,

ich freue mich, Ihnen mitteilen zu können, daß unser Vorstand einstimmig beschlossen hat, Ysambard Frères zum Bankhaus der Société Vickers et Maxim und der Société

Française des Torpilles Whitehead zu ernennen. Wir sehen einer dauerhaften und einträglichen Geschäftsbeziehung mit Ihnen und Ihrem geschätzten Herrn Bruder entgegen.
Vielleicht können wir diese mit einem Souper in meinem Hause einleiten, zu dem Sie liebenswürdigerweise auch jene ungewöhnliche und gutaussehende Klientin einladen wollen, über die wir uns in der vergangenen Woche unterhalten haben und der ich Sie bitte mich vorzustellen.

Bis bald,
Z. Z.

Die Unterschrift war ein schwungvolles doppeltes »Z«. Ich fragte Manfred, wer denn der Schreiber sei. Er schien verlegen zu sein, da ich ihn zum erstenmal leicht erröten sah.
»Er heißt Basil Zaharoff und hat überall seine Hände im Spiel: Stahl, Waffen, Reederei, Presse, Banken ...«
»Und wie hat er von mir gehört?«
»Von uns nicht, das kann ich Ihnen versichern, Madame. Joachim wird es bestätigen. Zaharoff erwähnte Ihren Namen uns gegenüber. Wir waren überrascht, wieviel er über Sie wußte; aber das ist typisch für ihn. Er verkehrt in den einflußreichsten Kreisen, bei Kaisern, Königen und Präsidenten. Er unterhält das beste private Nachrichtennetz auf der Welt.«
»Und warum sollte er sich für mich interessieren?«
Ich hatte eine ausweichende Antwort erwartet, aber Manfred nahm kein Blatt vor den Mund. »Zaharoff bedient sich bei seinen Geschäften oft weiblicher Vermittlung. Für solche Hilfen und für Informationen zahlt er großzügig. Er kennt nicht nur Ihre Lebensgeschichte, sondern auch die Ihres Herrn Vaters. Nicht alle seine Andeutungen konnten wir einordnen ... Kurz gesagt, er hat Ysambard Frères

einen großen Dienst erwiesen. Dafür bittet er jetzt um den bescheidenen Gefallen, Ihnen vorgestellt zu werden.«
»Und wenn ich es ablehne, ihn kennenzulernen?«
»Dann wird er andere Mittel und Wege finden, eine Begegnung mit Ihnen zu arrangieren. Er ist sehr zielstrebig.«
»Auch ich kann sehr zielstrebig sein.«
»Bitte!« In Manfreds Stimme klang ein Anflug von Verzweiflung mit. »Ich will Ihnen diesen Zaharoff genauer schildern. Er handelt in großem Stil mit Rüstungsgütern. Zum Beispiel vertritt er die britische Firma Vickers. Er möchte sehr gern auch bestimmenden Einfluß auf unseren französischen Konzern Schneider Creusot gewinnen. Was tut er also? Ganz im stillen beginnt er, Anteile an der Banque de l'Union Parisienne aufzukaufen, einem im Besitz von Schneider Creusot befindlichen Geldinstitut, das für diesen Konzern und andere französische Industriefirmen Kredite beschafft. Zaharoff sitzt bereits im Aufsichtsrat. Nichtsdestoweniger bringt er auch uns hohe Einlagen, so daß auch wir zu seinen Bundesgenossen geworden sind. Eines Tages wird er bei Schneider Creusot das Sagen haben – darauf können Sie sich verlassen. Wenn er Sie kennenlernen will, wird er dies tun; so oder so. Warum dann nicht gleich und auf elegante Art? Wir wollen nur zwei unserer geschätzten Kunden zusammenführen. Ist da so schrecklich viel dabei?«
»Was hält Joachim davon?«
»Fragen Sie ihn beim Mittagessen doch selbst.«
Die Antwort, die Joachim mir gab, war so klar wie Glokkengeläut an einem Wintertag.
»Wenn auch nur die Hälfte von dem wahr ist, was man über dich redet«, sagte er, »brauchst du einen Beschützer.

Wer eignet sich besser dafür als Zaharoff, der mächtigste Mann in Europa?«
»Warum brauche ich einen Beschützer, Joachim?«
»Du wirst älter.« Joachim schenkte mir ein dünnes Lächeln. »Und wegen deiner zunehmenden Unbeherrschtheit in sexuellen Dingen.«
»Und wieso weißt du so gut Bescheid, mein lieber Joachim?«
»Etwas höre ich immer aus eigenen Quellen ...«
»Und einiges zweifellos von diesem Basil Zaharoff.«
»Stimmt.«
»Wie ist er im Bett, Joachim?«
»Woher soll ich das wissen?« Joachim schien die Frage wenig zu begeistern. »Ich vermute, daß er dich überhaupt nicht in seinem Bett haben will.«
»Wenn man dich so reden hört, könnte man meinen, er ist ein Zuhälter.«
»Es heißt, daß er auch so angefangen hat: als Schlepper für die Freudenhäuser in Tatavla.«
»Klingt, als liege das am Ende der Welt.«
»Es ist das alte Griechenviertel von Konstantinopel.«
»Und jetzt läßt dieser Grieche, Türke oder was immer er ist Joachim Ysambard als Kuppler für sich arbeiten!«
Es war ein absichtlicher Affront, aber ich konnte der Versuchung nicht widerstehen. Joachim steckte die Beleidigung schweigend ein.
Dann sagte er einlenkend, als müsse er sich entschuldigen: »Ich wollte, ich könnte dir antworten, daß Bankiers saubere Hände haben als Bordellbesitzer. Aber es ist nicht so. Wir stecken Millionen in Kanonen, Sprengstoff und Giftgas. Wir verleihen Geld in aller Welt, damit wir nichts verlieren, welche Seite auch gewinnen mag. Eigentlich sollte ich mich schämen, aber ich tue es nicht. Ich arbeite für

Geld, ich habe um das Geldes willen geheiratet, nur du warst eine der wenigen Schwächen, die mich Geld gekostet haben.«
»Möchtest du jetzt die Schuld eintreiben?«
»Sei nicht so gemein! Außerdem erweise ich dir einen Gefallen. Zaharoff braucht eine Frau, die seine Salons führt und sich um seine Klienten kümmert. Du wirst wie eine Herzogin residieren.«
»Damit er mich hinterher wie ein geschwängertes Zimmermädchen auf die Straße setzt. Nein, vielen Dank!«
»Wie du willst, selbstverständlich.« Joachim gab sich betont formell. »Und jetzt zu deinen finanziellen Angelegenheiten ...«
»Ich möchte euren Rat befolgen. Wir werden den Grundbesitz und das Gestüt verkaufen, um den Erlös in den Vereinigten Staaten anzulegen. Was könnte ich noch liquidieren?«
»Manfred und ich stellen eine Liste auf. Wir werden darüber sprechen, solange du in Paris bist. Wo kann man dich erreichen?«
»Ab morgen im Crillon. Ich habe beschlossen, wieder unter die Leute zu gehen.«
»Bitte, überleg dir die Sache mit Zaharoff noch einmal!«
»Gewiß, Joachim. Und vielen Dank dafür, daß du meine Interessen so gut wahrnimmst.«
»Stets zu Diensten, meine Liebe.«
Damit war ein weiteres Kapitel abgeschlossen und eine weitere Freundschaft tot und begraben. Als ich mich in das nachmittägliche Menschengewühl auf der Rue Saint-Honoré mischte, kam ich mir wieder einmal lächerlich und beschämt vor. Ein Mann, der einmal mein Geliebter war, behandelte mich wie ein Verkaufsobjekt auf dem Marktplatz.

Schlimmer war jedoch seine Annahme, daß ich über den ganzen Handel auch noch glücklich sein sollte.
Was geht mit mir vor? Was lesen andere in meinem Gesicht, was ich nicht im Spiegel sehen kann? Wie kommt man darauf, daß ich, eine vollkommen unabhängige Frau, plötzlich einen Beschützer brauchen soll? Und auch wenn es so ist – wie können sie es wagen, mir einen neureichen Waffenschieber aus Tatavla zu offerieren?
Jetzt, da ich wieder im Schlafzimmer meiner Pension bin, sehe ich erst die komische Seite des Ganzen. Ich zahlte gutes Geld für eine Gesellschaft, die von Nacht zu Nacht schlechter wurde. Ich zahlte nicht, um beschützt, sondern um ausgebeutet zu werden; und statt die Behandlung einer Herzogin zu genießen, werde ich zum Spielball für jeden Polizisten und Zuhälter in der Branche. Ich möchte mich aufs Bett werfen und lachen, aber ich weine und weine und weine …

Carl Gustav Jung
Zürich

Heute ist es heiß und außerordentlich schwül. Dunkle Gewitterwolken türmen sich über dem See. Wir werden noch vor Mittag ein Gewitter haben. Ich arbeite seit Tagesanbruch, sammle Kiesel am Seeufer und häufe sie neben meinem Miniaturdorf je nach Größe und Zeichnung auf. Ich arbeite mit nacktem Oberkörper wie ein Taglöhner. Gesicht und Brust sind voll Schweiß und Staub; aber ich fühle mich wohl und bin zufrieden.
Emma und die Kinder verbringen den Tag bei Freunden oben in einer Villa am Sonnenberg. Toni hat unter dem großen Apfelbaum einen Kartentisch aufgestellt und arbeitet an ihren Notizen. Sie hat einen Krug mit Limonade bereitgestellt und frische Handtücher herausgebracht, so daß wir vor dem Mittagessen schwimmen und uns im Bootshaus umziehen können.
Wir reden nicht viel. Das ist auch nicht nötig. Uns genügt es, beisammen zu sein, und jeder läßt sich vom Strom seiner Gedanken dahintragen – wie zwei Flüsse, die sich treffen. Während ich mein Miniaturdorf aufbaue, ist mir, als setzte ich meine Kindheit aus den Scherben und Fetzen der Erinnerung wieder zusammen. Dabei kommt mir der Vater meiner Mutter in den Sinn, Pfarrer Preiswerk, der jeden Mittwoch mit dem Geist seiner ersten Frau sprach – sehr zum Ärger seiner zweiten, die ihm dreizehn Kinder geschenkt hatte.

Mein Vater, der ja auch protestantischer Pfarrer war, ist ein intelligenter und gütiger Mann gewesen. Die Enge einer kleinen Landgemeinde und eine altmodische Theologie, die zu überprüfen er nie den Mut fand, setzten ihm arg zu. Deshalb flüchtete er in die Vergangenheit: in die guten alten Zeiten, die romantischen Studentenjahre und die Auszeichnungen, die er beim Studium der orientalischen Sprachen erhalten hatte – aber er las diese Texte nicht mehr. Er stritt sich oft mit meiner Mutter, einer rundlichen und heiteren Frau, die wie frisches Brot Wärme ausstrahlte und Gesellschaft und Geplauder liebte. Spätere Erfahrungen lassen mich annehmen, daß diese Streitereien auch einen sexuellen Hintergrund hatten. Ich kann nicht sagen, bei wem die Schuld lag. Die Heuchelei der Schweizer in sexuellen Dingen ist manchmal unglaublich. Die Tatsache bleibt, daß meine Mutter immer tiefer in Depressionen verfiel und lange Zeit im Krankenhaus behandelt werden mußte.
Ihr gegenüber habe ich merkwürdig ambivalente Gefühle. Hinter jener warmherzigen, dicklichen und gemütlichen Person lauerte ein anderer, starker, dunkler und herrschsüchtiger Mensch, der keinen Widerspruch duldete. Dieser war es auch, der durch einen Blick in meine Augen erkennen konnte, was in meinem Kopf vorging. Die Einstellung zu meiner Mutter hat auf alle meine späteren Beziehungen zu Frauen abgefärbt. Jahrelang reagierte ich auf das Wort »Liebe« stets mißtrauisch und voller Zweifel. Mein frühestes und in gewissem Sinne tiefstes Traumerlebnis kreist um mein Verhältnis zu den Eltern und das ihrige untereinander.
In diesem Traum entdeckte ich auf einer Wiese hinter unserem Haus den Eingang zu einem Tunnel. Ich ging hinein und befand mich in einem großen Raum, in dem ein Kö-

nigsthron stand. Auf dem Thron erhob sich ein Phallus, so groß wie ein Baum. Sein einziges, blindes Auge starrte zur Decke empor. Ich hörte meine Mutter rufen: »Schau dir das an! Das ist der Menschenfresser!« Der Traum wiederholte sich Nacht für Nacht. Ich war verschreckt, getraute mich nicht, ins Bett zu gehen, was zu Auseinandersetzungen mit meinem Vater führte, mit dem ich über meinen Traum nicht zu sprechen wagte.

Dieser Traum läßt, wie jeder Interpret bestätigen wird, eine ganze Reihe von Auslegungen zu, und ich habe jedes Jahr versucht, neue zu finden. Wenn ich ihn mir aber heute in diesem sommerlichen Garten wieder vor Augen führe, erregt er mich noch immer, aber nicht vor Schreck, sondern vor Begierde nach dem wunderschönen Wesen, das neben mir sitzt.

Ich gehe zu ihr. Sie gießt Limonade ein und hält mir das Glas an die Lippen. Dann trocknet sie mir den Schweiß von Gesicht und Oberkörper. Die Berührung ihrer Hände wirkt elektrisierend, und wie Galvanis Frosch springe ich darauf an. Ich sage in bittendem Ton: »Ich will dich.« Sie antwortet: »Ich will dich auch.« Dann – wie ein Geschenk der Götter – fallen die ersten Regentropfen, und der erste Blitz zuckt über den Bergrücken. Toni sammelt ihre Unterlagen ein, und wir bringen uns im Bootshaus in Sicherheit.

Während sich Toni auszieht, richte ich aus den Polstern und Segeln meines Bootes ein Bett her. Wir fallen darauf, während draußen das Gewitter mit voller Wucht losbricht, mit Blitz, Donner und Hagelkörnern, die wie Geschosse auf das Dach prasseln. Es wütet über eine Stunde, um den ganzen See herum. Wir brauchen keinen Störenfried zu fürchten. Emma wird vom Sonnenberg nicht herunterkommen, bis das Gewitter vorbei ist. Unsere Dienstboten sind im Haus. Toni und ich können frei und glücklich sein wie

Kinder. Unser Liebesspiel ist ausgelassener als je zuvor. Nachdem sich die Leidenschaft gelegt hat, liegen wir Brust an Brust auf dem weißen Segeltuch und lauschen dem Heulen des Windes, dem Trommeln der Regentropfen und dem Knarren des Apfelbaumes, der sich unter der Last junger Früchte neigt.
Dann ergreift uns, wie immer, die schleichende Trauer des Danach. Toni klammert sich an mich und flüstert ihre alte Leier: »Wäre es nicht herrlich, immer so beisammen sein zu können? Wäre es nicht schön, keine Vorkehrungen treffen zu müssen? Ich hasse es, immer diejenige zu sein, die aufstehen und nach Hause laufen muß. Wünschst du dir nicht auch, daß wir heiraten könnten?«
Ich wage ihr nicht zu sagen, daß ein Ehering alles verändert; daß es kein besseres Rezept für Langeweile gibt als das Ehebett; daß das Aufregende an unserer Beziehung zur Hälfte vom Risiko herrührt, entdeckt zu werden. Noch weniger kann ich ihr erklären, wie rasch sich die Traumsymbole für mich verändern, wie aus der warmen Höhle, wo der Phallus aufrecht und triumphierend regierte, eine Grabkammer wurde, in der außer einem häßlichen weißen Wurm keine Spur von Leben zu finden ist.
Auch Toni macht in diesem Lande des Ermattens und der Schatten eine merkwürdige Verwandlung durch. Erst ist sie Salome, die Schwester, die Ehefrau, Geliebte und Beschützerin, im nächsten Augenblick erscheint sie als das Dienstmädchen, das für meinen Vater und mich den Haushalt führte, als meine Mutter in der Klinik lag. Sie hatte dieselben glänzend schwarzen Haare, dieselbe seidige Haut, denselben Geruch nach Frau, und auch sie kicherte, wenn ich sie mit der Zunge am Ohr kitzelte.
Der Regen hört auf, und auch der Zauber ist vorbei. Toni springt auf und zieht sich hastig an. Sie stellt die üblichen

Fragen: »Ist meine Frisur in Ordnung? Meine Lippen sind doch nicht aufgesprungen, oder? Sitzt mein Rock gerade?« Ich knöpfe ihr die Bluse zu, gebe ihr einen letzten Kuß und schicke sie zur Arbeit ins Haus zurück. Dort ist sie dann, wenn Emma mit den Kindern zurückkommt. Ich rolle die Segel wieder auf, stapele die Polster ordentlich, schließe das Bootshaus ab und kehre zu meiner Maurerarbeit am Miniaturdorf zurück.

Unter den Steinen, die ich heute früh fand, ist ein merkwürdiger, konisch geformter Kristallbrocken. Er eignet sich großartig als Kirchturmspitze. Die Kirche lenkt meine Gedanken auf Gott, die Dreifaltigkeit, Jesus Christus und auf meinen Vater, ihren offiziellen Vertreter. Mein Vater war auch für Begräbnisse zuständig. Die Toten zwängte man in schwarze Kisten, die von Männern in schwarzen Mänteln und schwarzen Schuhen auf den Schultern getragen und dann in Erdgruben versenkt wurden. Vater pflegte dabei zu sagen: »Gott hat sie zu sich genommen. Jesus, der Erlöser, hat sie in Seinem Reich empfangen.«

So wurde in meiner kindlichen Vorstellung aus Jesus Christus eine schwarze und drohende Gestalt, deren Reich die finstere Unterwelt war, die Heimstatt blinder Maulwürfe, zirpender Grillen und einäugiger Ungeheuer.

Natürlich kann das einäugige Ungeheuer überall auftauchen. So ist zum Beispiel dieses Haus ganz nahe der Kirche, die ich gerade baue, für mich ein unheilvoller Ort. Der Mann, der dort einmal wohnte, war mit meinem Vater und dann auch mit mir befreundet. Er lieh mir oft Bücher und förderte meine Passion fürs Malen und Zeichnen. Er nahm mich zum Fischen und Schwimmen mit. Die Grundzüge der Archäologie lernte ich von ihm, und er zeigte mir auch die erotischen Symbole der Griechen und Römer und der höfischen Gelehrten der Renaissance. Dann, an einem

Sommertag, als wir in einem entlegenen Winkel des Sees badeten, versuchte er mich zu veranlassen, an seinem Glied zu lutschen. Als ich voll Angst und Abscheu zurückwich, packte er mich, drückte mein Gesicht gegen einen Baumstamm und vergewaltigte mich.

Es war ein schmerzvolles und erniedrigendes Erlebnis – um so mehr, als ich trotz meiner moralischen Empörung überzeugt war, dem Freund, der sich ja zunächst werbend an mich gewandt hatte, nicht gerecht geworden zu sein. Das Lustgefühl bei der Kopulation verwirrte mich erst recht. Ich war zum Höhepunkt gelangt, ich hatte ejakuliert, und dem älteren Mann diente dieses Lustgefühl sogleich dazu, sein Eindringen in meinen Leib und mein erzwungenes Mitmachen zu rechtfertigen.

Auch jetzt noch, in reifen Jahren, wenige Minuten nach meiner leidenschaftlichen Vereinigung mit Toni, läßt mich die Erinnerung an jene andere Begegnung nicht los. Sie färbt auf mein Verhältnis zu Freud ab, für den ich große Zuneigung empfinde, wie ein Sohn zu seinem Vater, ein Schüler zu seinem verehrten Meister. Aber dieses Verhältnis ist stets viel komplexer gewesen, sehr griechisch, sehr platonisch. Ich bin der Waffengefährte, der Lager und Zelt mit ihm geteilt hat und der ihn jetzt verläßt, um für eine andere Sache unter einem anderen Banner zu kämpfen.

Aber ich muß doch sagen, daß bei Freud trotz seines etwas übertriebenen Wiener Gehabes und seines hebräischen Raffinements auch etwas Tyrannisches mitschwingt, wie ja in mir ein weibliches Element vorhanden ist, das beherrscht werden möchte, und in Toni ein latentes maskulines Element, das mich beherrschen will.

Dies alles ist nicht ohne Zusammenhang, den ich langsam zu begreifen beginne und den ich in ein System zu bringen versuche. Das Problem liegt darin, daß mir der passende

Wortschatz fehlt. Als ich jünger war, habe ich mich immer lauthals darüber beklagt, daß Philosophen und Theologen für die einfachsten Begriffe hochtrabende Ausdrücke verwenden. Jetzt verstehe ich, warum sie das tun. Je anspruchsvoller das Wort, desto größer ist seine Magie, und desto besser ist es geeignet, die menschliche Beschränktheit zu verbergen. Aber sobald man es in das Ritual einfügt, wird die Zauberformel zum geheiligten Wort. Es dann in Zweifel zu ziehen ist Ketzerei und, noch schlimmer, Blasphemie.

Ich setze den kristallenen Stein auf den Turm meiner Miniaturkirche und trete zurück, um die Wirkung abzumessen. Laut stelle ich die Frage an den Toten: »Was glaubst du, Vater? Wird deinem Gott das Haus gefallen, das ich für Ihn gebaut habe?«

Die Frage ist eine Herausforderung an meinen toten Vater, dessen Glaubensbegriffe für mich nicht mehr gültig sind. Sie ruft mir außerdem einen Kindheitstraum in Erinnerung. In diesem Traum sah ich Gottvater, uralt und gewaltig, am blauen Himmel genau über der Turmspitze unserer Kathedrale thronen. Während ich hinaufsah und vor Ehrfurcht wie gebannt war, ließ Gott einen donnernden Furz fahren, und ein großer Haufen fiel – plumps! – auf das Dach der Kathedrale und machte sie dem Erdboden gleich.

Auf mich wirkte der Traum befreiend: Gott hatte die Versuche des Menschen vereitelt, ihn in ein System zu zwängen. Trotzdem stehe ich hier in meinem Garten und baue das Gefangenenhaus meiner Kindheit wieder auf. Warum? Mein Vater kann es mir nicht sagen. Er liegt eingeschlossen in dem schwarzen Kasten tief unter der Erde, wo alles völlig anders ist.

In dem verborgenen Reich des Unbewußten ist nichts ganz

so, wie es zu sein scheint. Die Toten reden, und die Lebenden sind stumm. Der Phallus ist ein kannibalischer Gott, der von Blut trieft. Der feuchte Schoß spornt den Wüstling an. Der Wüstling vergewaltigt und schändet um einer Liebe willen, die er nicht erleben kann. Janus, der doppelgesichtige Torhüter, sieht Vergangenheit und Zukunft, aber er ist blind für die Gegenwart und weiß nicht, daß die Ewigkeit alles umschließt.

Plötzlich sind Elias und Salome bei mir. Ich zeige ihnen mein Dorf. Ich schildere ihnen die Erinnerungen, die es weckt, und frage: »Ergibt dies irgendeinen Sinn für dich, Elias? Für dich, Salome, meine Schwester, meine Liebe?«

Zum erstenmal werde ich mir bewußt, daß Salome blind ist und daß sich nun ein drittes Wesen bei ihnen befindet: eine große schwarze Schlange mit Augen, die wie Obsidian glänzen. Die Schlange kommt näher und schlingt sich um mein Bein. Sie ist offensichtlich eine freundliche Kreatur, aber ich fürchte mich. Salome streckt die Hand aus, um mich zu beruhigen, aber ich entziehe mich dieser Berührung.

Elias lächelt hintergründig und sagt ironisch: »Du fürchtest dich mehr vor Salome als vor der Schlange.«

Ich gebe es zu, erinnert sie mich doch an meine Mutter, die genau meine Gedanken lesen zu können schien. Ich fühle, daß Salome mit ihren blinden Augen mehr sieht als die Schlange. Dann sind alle drei ebenso plötzlich, wie sie gekommen waren, verschwunden. Das einzige Lebewesen im Garten außer mir ist eine braune Drossel, die in der feuchten Erde nach Würmern pickt.

Magda
Paris

Heute vormittag um zehn Uhr, während ich in meiner vertrauten Suite im Crillon frühstückte, brachte mir ein Page einen Brief. Der Junge sagte, ein livrierter Chauffeur warte unten auf eine Antwort. Der Brief war von Basil Zaharoff.

Verehrte Madame,
unsere gemeinsamen Freunde, die Brüder Ysambard, sind ausgezeichnete Bankiers, aber in Herzensangelegenheiten sind sie wie Kinder. Ich gab ihnen den Auftrag, ein zwangloses Zusammentreffen mit Ihnen bei einem Souper in meinem Hause zu arrangieren. Sie haben den Auftrag verpatzt. Ich kann nur hoffen, daß sie mich in Ihren Augen nicht diskreditiert haben.
Ich habe den ernsthaften Wunsch, Sie kennenzulernen, da ich seit langem Ihre Schönheit, Ihren Stil und Ihren unabhängigen Geist bewundere.
Wollen Sie mir die große Ehre erweisen, heute abend mit mir zu speisen? Wenn Sie einverstanden sind, werde ich Sie persönlich um acht Uhr abholen.
Glauben Sie mir, ich bin nicht das Ungeheuer, zu dem ich manchmal abgestempelt werde. Ich habe ein gesundes Mißtrauen gegenüber meinen Mitmenschen, bin aber ein glühender Verehrer der Frauen.
Bitte, sagen Sie, daß Sie kommen werden!

Z. Z.

Das doppelte »Z« war mit herrischem Schwung über die gesamte Breite des Blattes geschrieben. Er wußte, daß ich die Einladung annehmen würde. Warum auch nicht? Ich kam mir vor wie Eva, der die alte Schlange zublinzelt, um ihr ein zweites Stück des Apfels vom Baume der Erkenntnis anzubieten. Ich hatte den Garten Eden seit langem verlassen. Was hatte ich zu verlieren? Ich schrieb rasch ein Billett, in dem ich seinen Vorschlag annahm und ihn einlud, vorher in meinem Salon ein Glas Champagner zu trinken.

Dann rief ich meinen Couturier an und bat ihn, um die Mittagszeit einige Roben für mich bereitzuhalten. Anschließend veranlaßte ich, daß André mir um fünf Uhr dreißig meine Frisur herrichtete. Beide waren entzückt, von mir zu hören. Das Leben sei seit einiger Zeit ziemlich eintönig geworden, nun hofften sie, ich würde in Paris wieder für Aufregung sorgen.

Die Ankunft Basil Zaharoffs kündigte sich durch Geschenke und erklärende Begleitbriefchen an: ein großes Blumenarrangement, »denn dies ist ein festlicher Anlaß«; ein Parfümflacon, »hergestellt in meiner eigenen Parfümerie in Grasse«; eine Schüssel mit geeistem Kaviar, »zum Champagner«. Im Gegensatz zu diesem Aufwand war der Mann selbst ein Inbegriff diskreter Zurückhaltung. Trotz seiner levantinischen Herkunft war Basil Zaharoff das Abbild eines europäischen Aristokraten. Er war groß, hatte ausgeprägte Züge, weiße Haare und einen kleinen, makellos gepflegten Spitzbart. Seine grauen Augen verrieten einen Sinn für Humor. Er gab sich höflich und gelassen. Seine ersten Worte waren ein Kompliment.

»Madame, Sie sind noch schöner, als ich erwartet habe.«

»Und Sie, mein Herr, sind ein außergewöhnlicher, aber angenehmer Gast.«

»Was haben Sie erwartet?«
»Eigentlich etwas Großspurigeres.«
Er schien sich über diese Worte zu freuen. Ich spürte, daß er Schmeicheleien liebte und es gern sah, wenn Menschen vor ihm in Ehrfurcht erstarrten. Seine grauen Augen wanderten ruhelos im Raum umher. Sein Blick schien nur auf sinnlich betonten Dingen kurz zu verweilen, aber er konnte auch, so ahnte ich, hart und furchteinflößend werden.
Ich fragte ihn: »Warum wollten Sie mich denn unbedingt kennenlernen?«
Er antwortete nicht sofort, was anscheinend zu seinen Tricks gehörte. Er ließ sich wohl immer Zeit zum Nachdenken, bevor er selbst die einfachste Frage beantwortete. Er öffnete die Champagnerflasche mit Bedacht, schenkte zwei Gläser ein und reichte mir eines. Dann sagte er: »Trinken wir auf unsere Begegnung, bevor wir versuchen, eine Erklärung für sie zu finden. Auf eine neue Freundschaft und eine lange!«
Wir tranken. Er häufte etwas Kaviar auf ein Stück Toast, überreichte es mir und wartete auf mein Urteil. Erst dann beantwortete er meine Frage.
»Warum ich Sie kennenlernen wollte? Sie haben einen erfrischend unkonventionellen Ruf. Sie verfügen über Schönheit, Stil und eine gewisse Bedenkenlosigkeit, die ich bewundere. Sie sind alt genug, um sich nichts vorzumachen, und ich bin zu alt, um mich bei kleinen Jüngferchen zu langweilen, die gerade aus dem Internat kommen. Und dann, natürlich ...« Er hielt etwas inne, um die Spannung zu erhöhen. »... Dann ist da noch die Tatsache, daß ich vor vielen Jahren Ihre Mutter kannte. Ich glaube, ich schuldete mir das Vergnügen, die Tochter kennenzulernen, die ihrer Mutter so ähnlich ist.«
Ich empfand zunächst einen gelinden Schock, und dann är-

gerte ich mich plötzlich, weil mein Schutzwall so rasch durchbrochen war. Ich erwiderte kühl, daß ich von meiner Mutter nichts wisse, nicht einmal ihren Namen. Zaharoff ließ sich nicht anmerken, ob er überrascht war.

»Das hat seine Gründe. Ich bin nicht sicher, ob es vernünftige Gründe waren, aber die Menschen sind eben manchmal töricht. Ihr Vater war ein brillanter Mann; aber auch er konnte töricht sein – wie alle Ungarn.«

»Haben Sie auch Papa gekannt?«

»Ja, eine Zeitlang. Aber dann verloren wir, wie das Leben so spielt, den Kontakt ... Aber lassen wir die alten Erinnerungen bis nach dem Essen ruhen. Erst wenn Menschen einander kennengelernt haben, gewinnt die Vergangenheit an Bedeutung, und die Zukunft kommt von allein ... Übrigens, darf ich Sie Magda nennen?«

»Natürlich.«

»Und Sie sollten mich Zet-Zet nennen ... Das tun alle meine Freunde.«

Einmal mehr hütete ich mich instinktiv, eine Bemerkung zu machen. Ich konnte mir meinen Reim darauf machen. Hatte er nicht gesagt, ich sei alt genug, um mir nichts vorzumachen? Es war klar, daß *er* die Spielregeln für eine eventuelle Beziehung festlegen wollte. In einer solchen Beziehung würde über allem das doppelte »Z« stehen. Zet-Zet würde die Bankaufträge unterschreiben; Zet-Zet würde das Frühstück ans Bett bestellen oder mit einem Heben der Braue den Liebesakt befehlen; Zet-Zet hätte ebensogut eine Verbannung oder eine Exekution anordnen können – aber liebenswürdige Briefe schrieb er tatsächlich!

Er war auch ein sehr liebenswürdiger Gastgeber. Wir dinierten *à deux* in seinem Haus. Das Personal trug Livree, das Geschirr war altes Sèvres-Porzellan, das Besteck aus Gold und das Tischtuch in Florenz bestickt. Zaharoff ging über diesen Aufwand mit betonter Gleichgültigkeit hinweg. Aber dem Menü widmete er sich mit großer Aufmerksamkeit, und er ließ seine aktive Rolle bei dessen Zubereitung durchblicken. Die *pâté* war nach seinem eigenen Rezept hergestellt, die Kräuter für die Suppe hatte er selbst ausgesucht, den Braten tranchierte er persönlich. Er hatte für diesen Anlaß auch ein kleines Wortspiel parat: Für die Welt sei er *maître des forges,* ein altmodischer Schwerindustrieller wie Krupp oder Schneider, aber hier zu Hause sei er ein *maître d'hôtel,* der seinem Koch noch dieses oder jenes beibringen könne. Er machte viel Aufhebens von den Weinen, machte mich mit pedantischer Genauigkeit auf jede Sorte aufmerksam und beobachtete neugierig, wie ich auf die verschiedenen Kreszenzen reagierte. Ich fragte mich, ob ich als Kandidatin fürs Bett oder den Kasinobetrieb von Torpilles Whitehead getestet wurde.

Zaharoffs Alter schätzte ich auf Mitte Sechzig. Ich vermutete außerdem, daß er ein anregender Bettgenosse sein müsse, was die Franzosen *très vert* nennen. Er war eine sportliche Erscheinung. Sein Händedruck war fest und trocken. Keine Gelegenheit zu wenn auch noch so flüchtigem körperlichen Kontakt ließ er sich entgehen.

Ich für meinen Teil hatte gegen seine kleinen Tricks nichts einzuwenden. Ich bin auf erotischem Gebiet immer neugierig und habe mit Männern in Zaharoffs Alter einige sehr angenehme Überraschungen erlebt. Trotzdem nahm ich mir vor, vorsichtig zu bleiben. Romantische Szenen, die plötzlich außer Kontrolle geraten konnten, wollte ich nicht mehr, und außerdem lag irgendwie etwas Drohendes in der Luft.

Als wir zum Mocca in den Salon gingen, fragte ich ihn wie nebenbei: »Sie sagten, Sie hätten meine Eltern gekannt?«

Er lächelte und tätschelte meine Hand, als wolle er mich

für meine Geduld loben. »Lassen Sie mich nachdenken ... Erst lernte ich Ihren Vater kennen, Anfang der sechziger Jahre. Ich war in Athen, ein junger Einwanderer aus der Levante, der versuchte, in der griechischen Hauptstadt seinen Lebensunterhalt zu verdienen. Ich trieb mich in der Nähe des Hotels Grande-Bretagne herum, gab dem Portier täglich ein Trinkgeld, damit dieser mir erlaubte, Kundschaft für die Andenkengeschäfte anzuwerben und als Fremdenführer einzelner Touristen zu fungieren. Ihr Vater war im Grande-Bretagne abgestiegen. Er war ein gutaussehender und offenbar wohlhabender Junggeselle in den besten Jahren, an den sich im Hotel alle Frauen im heiratsfähigen Alter heranzumachen versuchten. ...
Der Portier berichtete, er heiße Graf Kardoss, sei Sproß einer alten ungarischen Familie, wohne in Wien und sei von Beruf Chirurg. Er würde, wie der Portier weiter erzählte, begeistert Antiquitäten und erotische Abenteuer sammeln. Wenn ich mit ihm auskommen könne, würde er mich ihm empfehlen. Genau dies geschah. Ihr Vater entlohnte mich großzügig, und ich bewahrte ihn vor Schwierigkeiten und achtete darauf, daß man ihn nicht betrog. Als er abreiste, waren wir fast Freunde geworden, wenn so etwas überhaupt zwischen einem ungarischen Aristokraten und einem kleinen Straßenjungen aus Tatavla möglich ist.
Das nächste Mal traf ich ihn ein Jahr später in London wieder. Ich wollte dort mit etwas Kapital, das ich von einem Onkel geborgt hatte, ein Importgeschäft aufmachen. Ihr Vater arbeitete als Assistent bei einem berühmten Londoner Chirurgen, der sich auf Gynäkologie spezialisiert hatte. Wir begegneten uns zufällig an einem Sonntagmorgen im Saint James' Park. Ihr Vater ging dort mit einer der schönsten Frauen spazieren, die ich bis dahin gesehen hatte. Er machte keine Anstalten, mich vorzustellen. Offenbar woll-

te er mich so schnell wie möglich wieder loswerden. Wir tauschten Karten aus und verabredeten uns für einen Wochentag zum Mittagessen in einem bescheidenen griechischen Restaurant in Soho.
Bei diesem Essen erklärte mir Ihr Vater seine Situation. Die junge Dame war die Gattin einer hochgestellten Persönlichkeit im Stab des Vizekönigs von Indien. Die Dienstzeit ihres Mannes sollte noch zwölf Monate dauern, doch die Dame war schon zurückgekehrt, weil das ungünstige indische Klima ihrer angegriffenen Gesundheit nicht bekam. Der berühmte Chirurg war ihr Arzt; sein Assistent, Ihr Vater, ihr Geliebter. Ich erlaubte mir die Bemerkung, sie sehe so gesund aus wie ein Fisch im Wasser. Ihr Vater lachte und meinte, sie sei nicht nur gesund, sondern erwarte auch ein Kind von ihm.
Ich machte ihn darauf aufmerksam, daß er und die Dame ruiniert wären, wenn die Sache ruchbar würde, und daß eine diskrete Abtreibung wohl der beste Ausweg sei. Ihr Vater sagte mir, sie hätten eine andere Lösung erwogen. Er würde sofort aufs Festland zurückkehren und in Baden-Baden eine Arztpraxis eröffnen. Die Dame sollte kurz darauf unter dem Vorwand, Freunde im Ausland besuchen zu wollen, nachfolgen. Aus sicherer Distanz hätte sie dann in aller Stille mit ihrem Gatten ins reine kommen, eine Scheidung arrangieren, ihr Baby zur Welt bringen und ein glückliches Leben an der Seite ihres geliebten Arztes führen können. »Jedoch«, Zaharoff stieß recht theatralisch einen Seufzer des Bedauerns aus, »es sollte anders kommen.«
»Offensichtlich. Was geschah nun wirklich?«
»Ihr Vater verließ London und fuhr wie geplant nach Baden-Baden. Er war eine überzeugende Persönlichkeit mit vielen Beziehungen, und die Praxis in dem Kurort florierte

schnell. Die Dame blieb noch so lange in London, wie es ihr Zustand erlaubte. Dann machte sie sich in Begleitung ihrer Zofe Lily Mostyn auf den Weg zu Freunden auf dem Kontinent. Sie würde, erklärte sie allen, rechtzeitig zurücksein, um ihren Mann zu begrüßen, wenn das Schiff aus Indien eintraf ... Und sie war auch pünktlich zur Stelle.«
Ich sah ihn fassungslos an. Er zuckte bedauernd mit den Achseln.
»Sie lebte bei Ihrem Vater, bis Sie geboren wurden und sie sich vom Wochenbett erholt hatte. Dann ging sie eines Tages allein aus dem Haus und ist nie wieder zurückgekommen. Sie wurden einer Amme anvertraut, und Lily Mostyn blieb da, um Ihrem Vater bei Ihrer Erziehung zu helfen.«
»Und meine Mutter?«
»Sie kehrte zu ihrem Mann zurück, der kurz darauf in Westengland einen Herzogstitel erbte. Sie schenkte ihm einen Erben, pendelte bis an ihr Lebensende zwischen London und dem Landsitz der Familie hin und her und wurde neben ihrem Gatten in der Ortskirche beigesetzt.«
»Kein Wunder, daß mein Vater sie haßte.«
»Ich glaube, auch Ihre Mutter hatte genügend Grund zur Klage«, wies mich Zaharoff sanft zurecht. »Ihr Vater war ein unverbesserlicher Weiberheld. Tag und Nacht stellte er den Frauen nach. Er nahm alles, was einen Rock trug ... Sie müssen es ja wissen.«
Ich erröte nicht leicht, aber dieser letzte, spöttische Satz trieb mir das Blut in die Wangen. Wütend fuhr ich Zaharoff an: »Woher wollen Sie dies alles wissen?«
»Mein ganzes Geschäft hängt vom Gutinformiertsein ab. Meine Mittelsleute werden gut bezahlt und arbeiten sehr gründlich.«
Zu spät erinnerte ich mich an Manfred Ysambards Hinweis, daß Basil Zaharoff den besten privaten Nachrichten-

dienst der Welt unterhalte. Ich fragte mich, wieviel er sonst noch von mir wußte, und fragte ihn direkt danach.
Seine Antwort war zwar freundlich, aber erschütternd: »Ich besitze, glaube ich, eine authentische Biographie. Was Ihren akademischen Werdegang betrifft, so war beispielsweise für eine Frau das Medizinstudium noch etwas ganz Ungewöhnliches. Ich weiß über Ihre Ehe und den frühen Tod Ihres Mannes Bescheid. Ich kenne Ihre Finanzlage, die zwar solide ist, aber noch verbessert werden könnte. Ich bin über die Probleme informiert, die Sie mit Ihrer Tochter haben. Ich habe ziemlich vollständige Unterlagen über Ihre Liebesabenteuer ...« Ich öffnete den Mund, um zu protestieren, aber er schnitt mir mit erhobener Hand das Wort ab. »Bitte! Keine Aufregung! Es ist keine Schande und kein großes Geheimnis. Mir gehören einige der Häuser, wo Sie verkehren: das von Gräfin Bette zum Beispiel, die Orangerie in Nizza, hier in Paris den Club Dorian's. Manche meiner Geschäfte fangen in diesen Häusern an. Bettgeflüster ist der Auftakt zu allen möglichen Transaktionen: es verschafft den Zugang zu Absatzmärkten für Mörser, Feldgeschütze, Unterseeboote, Edelstahl ... Sie würden sich wundern!«
»Jetzt nicht mehr.« Ich gab mich mit Anstand geschlagen. »Sie können einem angst machen.«
»Ich könnte dasselbe von Ihnen sagen, Madame. Wir würden gut zusammenarbeiten.«
»Zusammenarbeiten?« Ein so unverblümtes Angebot hatte ich nicht erwartet.
»Warum nicht? Wir können alles gewinnen und nichts verlieren. Lassen Sie mich offen sprechen. Wir beide sind Außenseiter – und stehen gewissermaßen mit einem Fuß außerhalb des Gesetzes. O ja, ich kenne die Geschichte von der Fuchsjagd und der armen Frau, die bei einem Hinder-

nis stürzte und starb, obwohl Sie Wiederbelebungsversuche machten. Eine traurige Geschichte, die niemals widerlegt werden kann. Ich habe in meinem Leben schon Dutzende solcher Geschichten erfunden und dann mit Dokumenten bewiesen, daß es Tatsachen waren. Wir Außenseiter müssen vorübergehend untertauchen, Decknamen annehmen, all diesen Unsinn. Aber ab einem bestimmten Punkt werden diese Spielereien unnötig. Sobald Sie genügend Macht in den Händen halten – und ich tue es, glauben Sie mir! –, kümmert sich kein Mensch mehr darum, ob Sie Großindustrieller, Bordellchef oder der Dalai Lama sind.«

»Riskieren Sie denn nichts, wenn Sie mir das alles erzählen?«

»Dieses Wissen ist gefährlich für Sie, Madame, nicht für mich. Seien Sie also ruhig, und hören Sie mir zu!« Seine Haltung hatte etwas Bedrohliches angenommen. Mit kaltem Blick beobachtete er jede meiner Regungen, während er weitersprach: »In Europa kommt es zum Krieg. Ich kann Ihnen sogar ungefähr sagen, wann: im Sommer nächsten Jahres. Ich werde hier in Paris sitzen und diesen Krieg entscheidend mitbestimmen – mit Vickers-Kanonen und Whitehead-Torpedos, mit Krupp-Stahl und französischem Nickel, mit Skoda-Fahrzeugen, Schiffen von Clyde und Schweizer Präzisionsinstrumenten. Ich bin der Geschäftsmann, zu dem alle kommen müssen; ich bin der Stahlproduzent für die Armeen der Welt und der Bordellbesitzer für die Generale und Politiker.«

»Und wie soll ich in dieses großartige Bild passen?«

Er grinste mich über den Rand seines Cognacglases hinweg an. Plötzlich war er wieder der Straßenjunge mit dem schlauen Lächeln, der die Touristen im Grande-Bretagne ausnahm.

»Sie werden die ›Madame‹ des größten Freudenhauses der Welt mit Filialen in jeder Hauptstadt und Klienten von jedem Hof und jedem Kabinett sein. Sie werden bei mir Gastgeberin spielen, wenn ich Sie brauche, und die Geliebte jedes Mannes oder jeder Frau meiner Wahl sein. Was Sie dabei nebenher verdienen, ist Ihre Sache; aber Sie erhalten ein garantiertes Einkommen von jährlich einhunderttausend Pfund Sterling, das monatlich auf einer Schweizer Bank einbezahlt wird. Kleider, Fahrtspesen, Unterkunft und – wie soll ich mich ausdrücken? – die notwendige *mise en scène,* alle diese Kosten werden von mir übernommen.«
»Ein großzügiges Angebot.«
»Sie werden jeden Penny wert sein.«
»Und danach?«
»Was heißt ›danach‹?«
»Ich brauche eine Altersversorgung – eine Versicherung, wenn Sie so wollen.«
»Sie erhalten selbstverständlich, wenn Sie sich zur Ruhe setzen, eine beträchtliche Abfindung. Aber Versicherung? Ich will ganz offen mit Ihnen sein, meine liebe Magda. Ihre beste Lebensversicherung ist mein stetiges Wohlwollen. Wenn Sie das verlieren, sind Sie auf der Einbahnstraße ins Nichts.«
Diesen Punkt stellte ich nicht in Frage. Das glaubte ich ihm sofort. Statt dessen fragte ich: »Wieso kommen Sie auf den Gedanken, ich sei für dieses Metier geeignet?«
Er hatte sich auch diese Antwort schon überlegt und schnurrte sie herunter wie eine Einkaufsliste. »Punkt eins: Sie sind eine hübsche und intelligente Frau mit einem Faible für sexuelle Erlebnisse. Diese Veranlagung ist mein Vorteil. Punkt zwei: Sie sind finanziell unabhängig und

deshalb unbestechlich. Punkt drei: Sie sind Ärztin, wissen allerlei über Drogen, Gifte und deren Anwendung in gewissen zwischenmenschlichen und politischen Situationen. Punkt vier: Durch Ihre Laster sind Sie gefährdet. Ihre Loyalität wird durch Ihr Schutzbedürfnis garantiert. Punkt fünf: Sie können nur in einer künstlichen Umgebung gedeihen, und ich bin der geeignetste Mann auf der Welt, Ihnen diese zu bieten ... Klingt das sinnvoll?«

»Wenn Sie es sagen, ja. Sie sind ein Künstler der Überredung, Zet-Zet. Ich möchte mir dies alles aber noch ein paar Tage durch den Kopf gehen lassen.«

»Selbstverständlich. Man darf einen solchen Vertrag nicht leichtfertig abschließen. Er läßt sich nämlich nicht so leicht wieder brechen.«

»Vielen Dank für Ihre Rücksichtnahme.«

»Aber ich bitte Sie, meine Liebe! Die besten Geschäfte schließt man nach reiflicher Überlegung ab – auch wenn der beste Liebesakt derjenige ist, der einer plötzlichen Regung folgt. Ich möchte mit Ihnen schlafen – jetzt.«

»Nichts täte ich lieber; aber ich bitte Sie, mein Freund, nicht heute nacht.« Wieder blitzte Ärger in seinem Blick auf, und ich beeilte mich deshalb hinzuzufügen: »Es würde Ihnen nicht viel Spaß machen, nicht in diesen Tagen. Aber nächstes Mal gewiß. Darf ich Sie morgen anrufen?«

»Wann immer Sie wünschen, meine Liebe. Ich bin sicher, daß wir uns noch häufig sehen werden.«

Er hob mich hoch, stellte mich auf die Füße und umarmte mich. Er küßte mich mit offenem Mund und streichelte mich mit erfahrenen Händen. Ich reagierte gerade so herzlich, daß er von meinem Interesse überzeugt sein mußte, aber ich empfand nichts. Das war bei mir nicht normal und ziemlich beunruhigend. Ich kann so leicht in Wallung geraten – sogar durch ein Lächeln, den Duft eines Parfüms oder die Berührung meiner Wange. Bei diesem Mann fühlte ich mich leblos und ausgedörrt wie ein trockenes Blatt, das vom Wintersturm herumgewirbelt wird.

Carl Gustav Jung

Zürich

Toni hat heute die Grippe und muß im Bett bleiben. Emma ist froh, mich ganz für sich zu haben, und drängt mich, mit ihr und den Kindern eine Bootsfahrt auf dem See zu unternehmen. Es ist ein wunderschöner Tag, eine leichte Brise weht, und ich lasse mich gern aus meiner muffigen Isolierung locken. Während Emma einen Picknickkorb packt, gehe ich mit den Kindern hinunter, um das Boot aufzutakeln.
Während ich mit den Segeln und Polstern hantiere, die Toni und mir als Liebeslager gedient haben, überkommt mich ein momentanes Schuldgefühl. Es ruft eine physische Erinnerung an unsere Vereinigung hervor, und ich drücke das rauhe Segeltuch an meine Wange, als wäre es ein Taschentuch oder ein Schal.
Agathe, meine Älteste, ein frühreifes neunjähriges Mädchen, fragt: »Was tust du da, Papa?«
Ich stammle verlegen, ich wolle nur fühlen, ob das Segeltuch feucht geworden sei. Sie und Gret helfen mir, die Segel zu befestigen. Die Kleinen, Franz und Marianne, falten die Abdeckung zusammen und legen die Polster aus. Ihr kindliches Geplapper macht mich froh und ruft mich in eine einfachere Welt zurück, von der ich mich schon zu lange entfernt habe.
Als Emma im Sommerkleid herunterkommt, muß ich unwillkürlich an eine verlorene und ferne Zeit zurückdenken.

Sie ist jetzt dreißig Jahre alt und erwartet unser fünftes Kind. Ich sah sie zum erstenmal, als sie sechzehn Jahre alt war, und ich weiß noch, daß ich damals zu mir sagte: Das ist das Mädchen, das ich einmal heiraten werde. Ich liebte sie damals; ich liebe sie jetzt; aber Liebe ist ein Wort wie ein Chamäleon, und wir Menschen wechseln die Farbe schneller als die Worte, die wir aussprechen.
Emma stammt aus einer alten Baseler Kaufmannsfamilie. Ich bin der Sohn eines armen Landpfarrers und habe mich bemüht, aus der tristen Kuhstallatmosphäre herauszukommen. Zunächst stritten wir uns über das Geld. Sie hatte es, ich nicht. Dann entbrannte der Streit um die Frage, wer den Vorrang habe. Da ich begann, mir als Kliniker, als Analytiker und Dozent einen Ruf zu schaffen, fühlte sich Emma gesellschaftlich zurückgesetzt. Das Ehejoch ärgert uns also beide. Wir lieben uns, aber wir sind längst nicht mehr das Liebespaar von einst.
Der Wind füllt das Großsegel. Ich lege vom Landungssteg ab und nehme Kurs auf die Mitte des Sees. Die Kinder kreischen vor Vergnügen, weil sich das Boot auf die Seite legt. Emma nimmt die Pinne, während ich den Klüver festmache und die Belegleinen aufrolle. Emmas Wangen sind gerötet, ihre Augen strahlen vor Vergnügen. Beim Vorbeiklettern streiche ich absichtlich mit der Hand über ihre Brust und versuche, ihr einen Kuß auf die Lippen zu geben. Sie entzieht sich der Liebkosung nicht, aber da ist immer noch jener verstohlene Blick auf die Kinder, jenes instinktive Ausweichen, als hätte ich etwas Unanständiges getan. Um meine Gereiztheit zu verbergen, umarme ich sie und knabbere an ihrem Nacken. Aber sie stößt mich weg, und das Boot geht höher an den Wind, weil sie sich zu heftig an die Pinne lehnt. Den Kindern wird angst. Emma ist irritiert. Die harmlose Köstlichkeit des Augenblicks ist un-

wiederbringlich dahin. Emma fühlt es, aber sie gibt mir kein Zeichen. Sie widmet sich ganz den Kindern. Ich habe wieder ein schlechtes Gewissen, weil ich eifersüchtig auf meine eigene Nachkommenschaft bin. Ich muß an Freuds Bemerkung denken: »Ich habe die Hypothek auf meine Ehe abgezahlt.« Damals wußte ich nicht, was er damit meinte, doch jetzt wird mir klar, daß sich unerwiderte Gesten wie Eintragungen in einem Hauptbuch akkumulieren können, bis die Ausgewogenheit einer Ehe dahin ist.

In diesem Augenblick kommt das Boot eines Nachbarn von achtern auf und nimmt uns den Wind aus den Segeln – ein beliebter Scherz unter Seglern. Unser Nachbar lacht, und wir tauschen ein paar harmlose Schimpfworte aus. Sein Boot heißt »Pegasus«, und ein geflügeltes Pferd ziert das Segel.

Dieses Pferd erinnert mich an eine Folge von Träumen, die ich in »Über die Psychologie der Dementia praecox« festgehalten habe. Ein in Riemen eingeschnürtes Pferd wird in die Luft gehoben. Die Riemen reißen. Das Pferd stürzt ab. Aber dann galoppiert es davon und zieht einen großen Baumstamm hinter sich her. Das Pferd bin ich selbst. Ich habe beruflich eine gehobene Stellung erreicht, bin aber durch familiäre und traditionelle Bande eingeengt. Ich breche aus der Zwangsjacke aus, bin aber noch immer durch den Baumstamm behindert, der wie der Phallus das Abbild meiner drückenden Sexualität ist. Freud korrespondierte mit mir über diesen Traum und meinte, er müsse sich auf das Scheitern einer finanziell abgesicherten Ehe beziehen. Das ist lange her. Meine Ehe mit Emma ist noch immer intakt, obwohl ich – der Himmel weiß es – manchmal wünsche, ich wäre der vielfältigen Verpflichtungen ledig und könnte meine sexuellen Bedürfnisse nach eigenem Belieben befriedigen.

Der Wind frischt ein wenig auf, und ich muß mich auf das Segeln konzentrieren, statt alte Träume zu analysieren und Situationen, die bereits erstarrt sind und sich nicht mehr ändern lassen. Emma gibt den Kindern Kuchen und Fruchtsaft, mir schenkt sie ein Glas Bier ein. Wir stoßen miteinander an und singen lustige Lieder. Der Landmann in mir genießt diesen einfachen Spaß unter freiem Himmel. Das andere, von Dämonen gejagte Selbst aber lehnt diese ländliche Schlichtheit ab und bohrt sich tiefer und tiefer in das Wer und Woher und in das geheimnisvolle Warum der Dinge.

Ich muß wenigstens mir selbst eingestehen, daß diese neue Methode der Analyse Gefahren für jeden mit sich bringt, der sich mit ihr befaßt. Als ich am Burghölzli arbeitete, der Psychiatrischen Universitätsklinik von Zürich, hatte ich es mit Hunderten und Aberhunderten von Patienten zu tun. Bleuler leitete das Spital mit beinahe mönchischer Strenge. Wir durften keinen Alkohol trinken, standen morgens um sechs Uhr dreißig auf und mußten um acht Uhr dreißig an einer Mitarbeiterbesprechung teilnehmen. Wir tippten die Krankengeschichten selbst auf der Maschine, und wir jüngeren Ärzte mußten um zweiundzwanzig Uhr wieder zu Hause sein. Danach wurden die Tore geschlossen, und einen Schlüssel bekamen wir nicht. Es herrschte strenge Disziplin. Unser Wissen wies zwar erhebliche Lücken auf, aber unsere Aufmerksamkeit war nicht auf uns selbst gerichtet, sondern auf die Patienten.

In meinem gegenwärtigen Zustand ist meine Aufmerksamkeit völlig auf mich selbst gerichtet. Ich bin der Patient. Ich bin der klinische Fall. Ich frage mich, ob dies der Grund dafür ist, daß unser Kreis von Bahnbrechern – Freud, Adler, Ferenczi, ich und alle übrigen – Inzucht treibt wie ein Bergstamm im Atlas. Wir sind empfindlich nachtragend

und sehen in jedem zufällig geäußerten Wort eine hämische Bemerkung.
Bei unserer Konferenz in Bremen sprachen wir über die Moorleichen, jene mumifizierten Menschen, die zum Teil offenbar einer rituellen Hinrichtung zum Opfer gefallen sind. Man findet sie oft in den Torfgebieten Deutschlands und Dänemarks. Freud wurde wütend. Es war beinahe so, als fühle er sich als nächstes Opfer – und er wurde buchstäblich ohnmächtig. Ich bin überzeugt, daß er einfach nicht objektiv sein konnte, nicht einmal bei dieser archäologischen Frage.
»Du bist ganz woanders, Carl!« Emma unterbricht mein Nachdenken mit der alten, abgedroschenen Frage: »Woran denkst du denn gerade?«
»An Bremen. Wie Freud ohnmächtig wurde, als wir von den Moorleichen sprachen. Was hat er doch gleich gesagt?«
»Ich weiß es noch genau. Er war ziemlich verärgert. Er sagte: ›Warum müßt ihr immer von Leichen reden?‹ Und du machtest einen Scherz daraus und sagtest: ›Nicht immer, lieber Freund. Oft rede ich auch von hübschen Frauen.‹ «
Emma erinnert mich auch noch an etwas anderes. Nach diesem Vorfall wurde ich im Traum geradezu scharenweise von Toten verfolgt. Ich träumte zum Beispiel, daß ich mich in Alyscamps, nahe Arles, aufhielt und eine Allee von Sarkophagen entlangschritt. Die gibt es dort wirklich. Sie gehen auf die Merowinger zurück. Während ich an den Sarkophagen vorbeiging, regte sich in jedem einzelnen die einbalsamierte Leiche und erwachte zum Leben ...
Ich verbanne diese düsteren Phantasien aus meinem Kopf und steuere eine kleine Bucht an, wo wir vor Anker gehen und zu Mittag essen werden. Die Kinder wollen schwimmen, aber Emma sagt, das Wasser sei zu kalt. Ich will ihren

Anweisungen nicht widersprechen. Also hole ich Angel und Köder hervor und lasse die vier vom Boot aus fischen. Emma und ich trinken Weißwein und essen dazu Hühnerkeule, jungen Sellerie und frisches, selbstgebackenes Schwarzbrot.
Ich proste ihr zu und erkläre, sie sei die beste Hausfrau im ganzen Kanton.
Sie sieht mich lächelnd von der Seite an und sagt: »Das höre ich gern, Carl, aber meine Talente beschränken sich nicht nur auf Küche und Kinderzimmer.«
Ich klopfe ihr sanft auf den Bauch und sage, daß ihre anderen nie bezweifelt worden sind. Sie ist besänftigt, aber nur ein wenig. Einmal hat sie die Bemerkung gemacht, daß die Europäer, auch wenn sie die Beschneidung bei Mädchen nicht praktizieren, doch alles tun, um Frauen von jedem Lustgewinn außerhalb der Ehe abzuhalten. Es ist ein dornenvolles Thema, und ich habe keine Lust, es jetzt zu erörtern, wo wir auf dem windigen See vor Anker liegen. Ich knöpfe meine Hose auf und pinkele über das Heck ins Wasser.
Hinter mir höre ich den kleinen Franz mit seiner piepsenden Stimme sagen: »Seht doch! Ich habe es euch gesagt! Papa hat einen ganz großen.«
Emma und die Mädchen schütteln sich vor Lachen.
Auch ich lache, aber mir ist, als würde in mir ein Blitz aufleuchten. Ich muß an eine andere Bucht denken, an einem anderen See, und an eine tiefe, freundliche Stimme, die zu mir sagt: »Siehst du, wie groß und hart er wird? Nimm ihn in die Hand, fühl mal! Früher stand in jedem römischen Garten ein Priapus mit riesigem Phallus, den alt und jung berührten, weil er Glück brachte.«
Diese Erinnerung taucht immer wieder auf, wenn ich an Freud denke und an die Schwierigkeiten, die ich habe,

mich seinem Einfluß und seiner Autorität zu entziehen. Eines, was mein Sohn von mir lernen muß, ist, daß man nie gegen den Wind pinkeln kann – vor allem dann nicht, wenn er aus den tiefen, dunklen Höhlen der Erinnerung weht.

Magda
Paris

Heute abend hat mich Basil Zaharoff mit der beiläufigen Grausamkeit eines Kalifen erniedrigt. Er demütigte mich, nahm mir den letzten Rest von Selbstachtung und wollte mich dann wie eine Zuchtstute auf einer Auktion meistbietend kaufen.
Er tat noch mehr. Er zerstörte etwas, das mir lieb und teuer war. Er marschierte durch meinen Garten Eden und zertrampelte die Illusionen meiner Kindheit, das geliebte Bild von Papa und Lily. Er überhäufte uns alle mit Spott. Hätte ich ihm doch Widerstand leisten können! Aber ich konnte es nicht. Bis in alle Ewigkeit kann er mich nun mit seinem Wissen über meine Herkunft erpressen, mit dem, was er über meine Ehe, ihre Vorgeschichte und ihr Ende, vermutet und damit, was jede Puffmutter ihm nur allzu gern über meine sexuellen Vorlieben berichtet.
Auf der Rückfahrt ins Crillon wurde mir körperlich übel. Ich war versucht, den Wagen halten zu lassen und mich in die Gosse zu erbrechen, aber ich wollte Zaharoffs Chauffeur nicht zum Zeugen meiner Erniedrigung machen. Ich kämpfte die Übelkeit nieder, bis ich mich in meinem Zimmer eingeschlossen hatte. Dann leerte ich Basil Zaharoffs hervorragendes Essen und seine erlesenen Weine in die Toilette. Ich warf mich, immer noch im Abendkleid, aufs Bett und starrte, ohne etwas zu sehen, zu dem Deckengemälde hinauf.

Wer immer meinen Lebenslauf vorherbestimmt haben mag, das Leben der Magda Liliane Kardoss von Gamsfeld ist der Inbegriff von Ironie. Ich, die ich so hoch zu Roß gesessen hatte, liege jetzt unten im Staub. Ich, die Löwenbändigerin, bin mit einem einzigen Peitschenknall unterworfen worden. Ich, der kein Trick des horizontalen Gewerbes unbekannt war, bin schwerer angeschlagen als ein Mädchen vom Lande nach ihrer ersten Begegnung mit einem Bordellbesitzer. Ich, die den perfekten Mord ersann, fühle das Messer an der eigenen Kehle.
Das Merkwürdige ist, daß ich Zaharoff keinen Vorwurf machen kann. Ich muß ihn beneiden, so genial hat er sein Vorhaben eingefädelt. Er wußte, daß ich über nichts schokkiert sein würde, das er von mir erwartete. Ich hatte das alles schon einmal getan – und oft nicht einmal im Stil eines Zaharoff. Ich gebe, in gewissem Sinne, die ideale Partnerin für ihn ab. Wir waren König und Dame derselben Farbe. Solange ich den Interessen des Königs diente, würde er mir meinen Rang lassen.
Wenn wir länger zusammenbleiben – ohne Entfremdung, ohne Trennung, ohne Rivalitäten –, können wir vielleicht sogar irgendwie Freunde werden. Der gesellschaftliche Untergrund, wo alle dieselben Flüche buchstabieren können, bietet durchaus seine Annehmlichkeiten! Aber in dem Augenblick, da ich den Pakt mit Basil Zaharoff einging, wußte ich – und dies war die Furcht, die mich beinahe umbrachte –, daß ich nie wieder Herr meiner selbst sein würde. Die Bedingungen sind unveräußerlich und ewig: keine Rückzahlung der Zinsen, kein Erlaß der Restschuld. Wenn Mephisto kommt, um seinen Tribut einzufordern, muß Faust – oder jetzt Faustina – seine Seele aufgeben.
Aber warum sich grämen? Hat nicht Papa mir versichert, ich hätte keine Seele? Auch ich hatte in Dutzenden von

Sektionsräumen vergeblich nach einer gesucht. Warum also zögerte ich? Es handelte sich um gutes Geld, die Arbeitsbedingungen schienen erstklassig, und die Lebensversicherung war perfekt. Was war los mit diesem kostbaren Selbst, auf das ich plötzlich nicht mehr verzichten wollte?

Das Zimmer begann sich noch einmal zu drehen, und mir wurde wieder schlecht. Nachdem ich mich noch einmal übergeben hatte, zog ich mein bespritztes Kleid aus, blieb lange im heißen Badewasser liegen und rollte mich dann im Bett mit dem Gefährten meiner einsamen Nächte ein: mit meiner Stoffpuppe Humpty Dumpty. Lily hatte sie für mich gemacht, Gott weiß, vor wie vielen Jahren! Sie hatte über das Puppengesicht schwarze Fäden genäht, so daß es wie ein angeschlagenes Ei aussah. Lily hatte mich auch den englischen Kindervers gelehrt:

Humpty Dumpty saß auf der Mauer,
Humpty Dumpty fiel runter – der Bauer!
Und auch der König mit all seiner Macht
Hat Humpty nie wieder gesund gemacht.

Ich spürte, wie ich in der Finsternis versank. Mit Kinderstimme hörte ich mich flüstern: »Lily, wo bist du? Lily ...« Dann hörte ich Hundegebell und den Donner galoppierender Hufe, und wieder plagte mich der alte Alptraum.

Ich reite mit Freunden hinter der Meute her. Es ist Frühling, und die ganze Natur steht in Blüte. Wir haben einen Fuchs aufgebracht. Er rennt auf die Berge zu. Die Hunde sind hinter ihm her. Ich bin der Master und reite direkt hinter der Meute. Der Fuchs lockt uns in eine Schlucht zwischen hohe, schwarze Felswände. Ich galoppiere voraus. Als ich aber am anderen Ende wieder herauskomme, bin ich allein. Nichts ist da, keine Hunde, keine Reiter, nur der kleine, blutige Kadaver des Fuchses. Die Landschaft hat sich verändert. Mich umgibt eine flache Wüstenei aus rötlichem Sand, über dem die Sonne wie ein großes, rotes Auge glüht. Mein Pferd scheut und wirft mich ab. Als ich aufschaue, ist es verschwunden. Ich bin allein in der Einöde. Ich bin nackt, und mein Kopf ist geschoren wie der einer Nonne. Ich bin gefangen in einer großen Glaskugel, die dahinrollt und alle meine Blößen zur Schau stellt, während mich das rotglühende Auge anstarrt und die schreckliche Stille mich zu verspotten scheint.

Als ich erwachte, lag ich zusammengerollt wie ein Embryo im Bett und hielt meinen Humpty Dumpty zwischen den Beinen, als hätte ich die Puppe soeben zur Welt gebracht. Ich mußte mich zwingen, mich im Bett auszustrecken und auf die Uhr zu sehen. Es war erst drei Uhr morgens, aber ich hatte das Bedürfnis, den Traum mit dem, was ihm vorausging und folgte, niederzuschreiben.

Es war beinahe so, als spräche Papa zu mir und wiederholte seine alte Ermahnung: »Schreib jede Krankengeschichte auf, Mädchen! Kläre alle Symptome! Sorge dafür, daß du den ganzen klinischen Ablauf festgehalten hast, und wenn nicht, daß du wenigstens weißt, wo die Lücken sind. Dann kannst du die Logik aufspüren. Denn darin liegt die Diagnose: Logik und Wahrscheinlichkeit ... Wenn aber deine erste Aufzeichnung unordentlich ist, gehst du selbst in die Irre und gefährdest deinen Patienten. Schreib alles nieder, alles!«

Aus Gehorsam gegenüber dem ersten Mann, den ich je geliebt habe, setzte ich also Humpty Dumpty vor mich hin und begann, meine eigene Krankengeschichte zu Papier zu bringen; zuerst zusammenhanglos, dann aber fließend.

Meine frühesten Erinnerungen bestehen aus dem Duft

nach Frau, aus Milchgeschmack und den dicken, glatten Brüsten meiner Amme. Ich erinnere mich auch an Küchendinge: Schweinebraten, gebackene Rüben, Muskatnuß, Zimt, Bratäpfel, bemehlte Hände, die den Brotteig kneten.

Ich höre Frauenstimmen, Gesang, Lachen, Geplauder; Männerstimmen, die freundlich grüßen oder grollen. Schwere Stiefel stapfen über Steinfliesen. Freundliche Burschen, die nach Kuh, geschnittenem Gras, saurem Bier und Tabak riechen, heben mich hoch und werfen mich fast bis an die Decke empor. Danach setzen sie mich auf ihren Schoß und füttern mich mit warmem Strudel und Schlagsahne.

Da ist noch ein ganzes Kaleidoskop anderer Bilder: Krähen, die in den Ulmen an der Auffahrt krächzen; Kühe mit schweren Eutern, die zur Melkzeit langsam nach Hause trotten; Lily und ich, die zwischen Löwenzahn und Butterblumen auf der großen Wiese herumtollen. Gewiß, all dies ist geographisch genau bestimmt, aber es spielt kaum eine Rolle gegenüber der Tatsache, daß es eine glückselige Zeit war. In den ersten zwei Jahren meiner Kindheit lebten wir, Lily und ich, auf einem Gut südlich von Stuttgart. Papa arbeitete im Klinikum in Tübingen und praktizierte zwei Tage in der Woche als Privatarzt in Stuttgart. Manchmal kam er übers Wochenende zu uns, manchmal auch nicht. Wenn er kam, waren seine Taschen voller Geschenke, und er lachte viel und roch nach Lavendelwasser.

Später, als ich vier oder fünf war, übersiedelten wir nach Silbersee im Salzburger Land. Papa hatte seine Güter in Ungarn verkauft und ein Barockschlößchen erworben, zu dem einige Pächterfamilien gehörten, die Milchkühe und Schweine hielten. Sie züchteten Pferde und schlugen Holz in den höher gelegenen Wäldern. Dem Schlößchen kamen außerdem Einnahmen aus der Verpachtung eines Wirtshauses und einer Weinstube im Dorf zugute.

Zu jener Zeit war Papa Chefarzt im Salzburger Krankenhaus. Er unterhielt außerdem eine gut frequentierte Privatpraxis in der Stadt. Zur Abwechslung, wie er es nannte, nahm er verschiedene Gelegenheiten in Wien wahr, wohin er gelegentlich zu Operationen gerufen wurde. Wenn Zaharoff ihn als wohlhabenden Frauenhelden mit geringem Interesse an seinem Beruf darstellt, so ist dies bestimmt nicht wahr. Seine Besuche im Schloß Silbersee waren selten. Manchmal bekamen wir ihn drei oder vier Wochen lang nicht zu sehen. Den Gutsbetrieb leitete ein Verwalter.

Für mich war Lily verantwortlich. Sie war Gouvernante, Ersatzmutter und ältere Schwester für ein Kind, das sich unsäglich einsam gefühlt haben könnte, nun aber wenigstens einige kurze Jahre hindurch unendlich glücklich war.

Wie soll ich diese Lily Mostyn, die ich so geliebt habe, beschreiben? Im Gegensatz zu den Bauersfrauen in unserem Haushalt, lauter blonden, vollbusigen und üppigen Gestalten, sah Lily wie ein Porzellanpüppchen aus. Aber unter dem gesetzten Äußeren, der dezenten Bluse, den Unterröcken und dem Wollschal verbarg sich der Körper einer Athletin. Sie konnte laufen, springen, auf dem Kopf stehen, radschlagen und schwimmen wie ein Seehund.

Als ich sie fragte, wo sie dies alles gelernt habe, legte sie den Kopf auf die Seite wie ein pfiffiger Papagei und sagte im breiten Dialekt der Leute von Lancashire: »Wenn du einmal groß bist, Kind, und deine Knochen stärker sind, werde ich dir alles zeigen. Wir werden zu Hause üben und eine abgelegene Wiese suchen, wo uns die Salzburger Lümmel nicht sehen können. Dann haben wir ein Geheimnis mehr ...«

Bei Lily war alles ein Geheimnis. Sie gab mir Englischun-

terricht, »damit wir vor dem Personal sagen können, was wir wollen.« Sie veranlaßte Papa, uns beiden Ungarisch beizubringen, »weil er, Kind, im Bett am liebsten in seiner Muttersprache redet. Das tut jeder Mann, und er kann sich ja schließlich nicht mit der Wand unterhalten, oder? Außerdem: Wenn ich diese verflixt schwere Sprache spreche, halten mich die Leute vielleicht für die Gräfin Kardoss – die wäre ich übrigens ganz gerne, aber dazu wird es nie kommen.« Als ich sie fragte, warum nicht, hockte sie sich vor mich auf den Boden und meinte mit fröhlichem Grinsen: »Weil dein Papa nie mehr heiraten wird. Ich kann es ihm nicht verübeln, nach den Erfahrungen mit deiner Mutter. Zudem sagt eine alte Redensart: Je mehr Frauen du kennenlernst, desto weniger willst du dich für eine entscheiden. Und was mich betrifft, auch wenn ich verheiratet wäre, würde es mir kaum besser gehen als jetzt. Stell dir vor, ich, die Tochter eines Landpfarrers aus Lancashire, wohne in einem Schloß! Ich verdiene hier dreimal soviel wie in England, und ich habe ein liebes Kind, nämlich dich. Dazu habe ich einen Mann, der mich liebt – was dein Papa allerdings nicht oft genug tut, weil er ständig in Wien hinter teuren Huren und reichen Witwen herrennt. Aber wenn er hier ist, ist es wunderbar. Er achtet darauf, daß ich nicht schwanger werde, und Tripper bringt er auch keinen mit nach Hause. In England müßte ich froh sein, einen Bankangestellten oder einen Lehrer zu bekommen ... So, jetzt wollen wir uns ausziehen und zusammen ein heißes Bad nehmen, dann essen wir im Morgenmantel zu Abend.«
Natürlich verstand ich nicht einmal die Hälfte von dem, was sie erzählte. Aber das war nicht schlimm. Mir genügte, daß sie redete, daß sie mich berührte, mich küßte und liebkoste. Dies sind meine zärtlichsten Erinnerungen an Lily und meinen Vater, ganz und gar sinnliche Erinnerungen.

Sie durchdrangen die Welt mit jeder Faser. Man konnte sie berühren, betasten, wie Musik hören und wie ein Parfüm einsaugen. Wenn Lily meine Haare bürstete und sie in Zöpfe flocht, hatte ich ein Lustgefühl; es war, als ginge sie mit goldenen Fäden um. Wenn sie mir eine Blume hinhielt, legte sie die Hände schützend um die Blüte, damit kein Dufthauch verlorengehe. Wenn sie mir ein Lied beibrachte, sagte sie oft: »Hör zu, ist es nicht wunderschön?« oder: »Man könnte danach tanzen!« Wenn sie mich badete, war jede Berührung ihrer Hände eine Liebkosung und ein Erwecken.

Auch mein Vater war, glaube ich, vor allem deshalb ein so guter Chirurg und ein so begehrter Liebhaber, weil er das menschliche Gewebe, die menschliche Haut behandelte, als wäre sie das kostbarste Material auf der Welt. Seinen Kollegen machte er immer den Vorwurf: »Sie zerhacken alles wie Metzgermeister, nähen es wie Flickschuster wieder zusammen und lassen überall ihre Spuren zurück.« Ihm zuzusehen, wenn er an der Hand eines Bauernjungen eine Schnittwunde reinigte und verband, war eine Lektion in erlesener Sorgfalt und Feinfühligkeit. Jedesmal, wenn er nach Hause kam, untersuchte er mich genauestens von Kopf bis Fuß, und ich hatte das Gefühl, von Schmetterlingen geküßt zu werden. Er aß gerne gut; er liebte den Wein, betrank sich aber nie. Er genoß jeden Schluck. Lily und Papa auf der großen Ottomane mit angezogenen Beinen vor dem Kaminfeuer liegen zu sehen war so, als beobachte man zwei schöne, elegante Katzen. Und man konnte stolz darauf sein, das Kätzchen eines solchen Paares zu sein.

Wir drei schämten uns voreinander nicht, und vor fremden Eindringlingen brauchten wir uns nicht zu fürchten. Unsere Zimmer im Schloß – mein Kinderzimmer, Lilys Schlafzimmer, unser Badezimmer, das große Wohnzimmer und dahinter die Räume meines Vaters – konnten nur durch ein einziges Vorzimmer betreten werden, und kein Angestellter durfte ohne ausdrückliche Aufforderung dorthin vordringen.

Innerhalb dieses Reichs konnten wir uns völlig ungezwungen bewegen. Wir konnten nackt am Fenster stehen und den Sonnenuntergang über den fernen Gipfeln der Tauern beobachten; oder wir konnten die Vorhänge zuziehen und die Geborgenheit einer Märchenwelt genießen. Was in dieser Märchenwelt geschah, war das größte, eifersüchtig gehütete Geheimnis von allem.

Wenn Papa zu Hause war, gehörte er nur uns. Wir luden Gäste ein – zu Abendessen, zu größeren Festen und Jagden; aber kein Außenstehender, weder Mann noch Frau, wohnte jemals im Schloß. Ebenso muß ich zugeben, daß weder Lily noch ich jemals Papas Wohnungen in Salzburg oder Wien zu sehen bekamen. Ich weiß nicht, wie viele andere Leben er noch lebte, aber in Silbersee führte er nur eines, und dessen Mittelpunkt waren wir.

Wir waren eine Familie, wenn man von der reinen Legalität absieht. Papa schlief bei Lily. Wenn er nicht da war, übersiedelte sie wieder in ihr eigenes Zimmer, das neben meinem Kinderzimmer lag. Ich kuschelte mich an beide, wie es jedes Kind bei seinen Eltern tut. Lily war meine erste Lehrerin – meine einzige, bis ich alt genug war, um in ein Mädchenpensionat geschickt zu werden. Sie gab mir Unterricht in Lesen, Schreiben, Rechnen, Fremdsprachen und den Anfangsgründen der Musik und des Klavierspielens.

Papa überprüfte immer sorgfältig die Fortschritte, die ich seit seinem letzten Besuch gemacht hatte. Er bestand außerdem darauf, daß ich das Reiten lernte, weshalb der Gestütsleiter Lily und mich im Umgang mit Pferden unter-

wies. All dies war ganz normal für die kleine Tochter eines wohlhabenden Arztes, der dazu noch Aristokrat und Ungar war. Aber meine sonstige Erziehung verlief in durchaus unorthodoxen Bahnen. Sie war wohl das, was die Franzosen eine *éducation sentimentale* nennen. Später, leider viel zu spät, erkannte ich in dieser Ausbildung Papas Bemühungen, die Mängel seines eigenen Gefühlslebens auszugleichen. Ich bin zum Beispiel überzeugt, daß er meine Mutter sehr geliebt hat, daß er sie wirklich heiraten und mit ihr eine Familie gründen wollte. Sicherlich wünschte er sich einen Sohn. Was er sich statt dessen einhandelte, war eine Tochter, die unehelich zur Welt kam, und eine Wunde, von der sich sein männlicher Stolz nie ganz erholte.
Obwohl Ärztinnen noch ganz selten waren und gemeinhin, wenn nicht gar als Hexen, so doch als Exzentrikerinnen betrachtet wurden, legte er alles darauf an, daß ich mich zum Medizinstudium entschloß. Er regte mich an, Fragen über seine Tätigkeit zu stellen. Er erzählte mir interessante Tatsachen aus der Geschichte der Medizin: vom Asklepieion auf der Insel Kos, von der ärztlichen Kunst der alten Ägypter und den zauberkräftigen Kräutern wie Digitalis und Nieswurz. Allmählich lenkte er mein Interesse auf seine Lehrbücher. An Hand seines eigenen Körpers sowie Lilys und des meinen unterrichtete er mich in Physiologie und Anatomie. Viele Jahre hindurch suchte er geduldig eine medizinische Fakultät, an der Frauen angenommen wurden, und er stellte freundschaftliche Beziehungen zu deren Dozenten her. Erst nach seinem Tod, als ich seine Korrespondenz durchsah, wurde mir klar, wieviel Zeit und Mühe er aufgewendet hatte, um für mich einen geeigneten Studienplatz zu finden.
Er war wie versessen darauf, die Kontinuität zu wahren. Als ich noch ganz klein war, erklärte er mir, daß eine Frau

bei der Heirat den Namen ihres Mannes übernimmt. Dann fügte er hinzu: »Aber die Frau kann natürlich auch ihren eigenen Namen beibehalten. Und das erwarte ich auch von dir: Führe stets den Namen Kardoss in deinem Familiennamen weiter. Versprichst du mir das?«

Ich leistete ihm einen heiligen Schwur. Ich sagte ihm auch, daß ich ihm eines Tages einen Enkel schenken werde. Dieses Versprechen habe ich allerdings nicht einhalten können. Aber auch er ließ mich im Stich. Nein, es war etwas anderes, eine Fehlleitung, eine Lüge, die in mein kindliches Dasein eingepflanzt wurde. Er und Lily hatten die Wegweiser verschoben, und als ich schließlich in der Lage war, dies wahrzunehmen, befand ich mich bereits tief in einer Einbahnstraße, die am anderen Ende keinen Ausgang hatte. Merkwürdig, nicht wahr? Zaharoff sagte mir dasselbe, nur mit anderen Worten, und ich hasse ihn deshalb.

Es ist schon spät, und ich bin sehr müde, aber ich muß diesen Gedankengang zu einem Ende bringen. Er begleitet mich schon lange wie eine schwarze Schlange, die sich vor die Schwelle meiner Träume geringelt hat. Papa versuchte, ein unmögliches Wesen zu schaffen: Er wollte einen Sohn, der seinen Namen fortsetzen und seine Spur auf dem Planeten verewigen sollte, und zugleich wollte er eine Tochter, in der er die Frau, die ihn verlassen hatte, besitzen konnte, um auf eine seltsam subtile Art Rache an ihr zu nehmen.

Und dieses Ziel erreichte er nicht mit Grausamkeit, sondern in einer verständnisvollen Art. Meine *éducation sentimentale* vollzog sich in der Abgeschiedenheit eines Treibhauses. Ich wurde mit Liebe und Geduld ins Geschlechtsleben eingeführt, so wie es die Orientalen heiter und friedlich mit ihren Hurenkindern anstellen. Papa war ein zu guter Arzt, als daß er mich einem Trauma ausgesetzt hätte, aber von Jahr zu Jahr zog er mich enger an sich und brachte mich so dem Augenblick immer näher, da er mich selbst einweihen würde – zärtlich und wunderbar, o ja! o ja! –, um mich noch fester an sich zu binden, als es irgendein junger Liebhaber vermocht hätte. Mein ganzes Leben legt Zeugnis davon ab, wie gut ihm dies gelungen ist.

Und Lily? Meine Lily, die ich noch immer liebe und die ich bisweilen so schrecklich vermisse? Sie war meine erste Kuppelmutter. Warum tat sie es? Zunächst, glaube ich, sah sie nichts Böses darin. Sie war eine gesunde, kräftige Frau, der ein Herumgetolle im Bett ebenso natürlich wie das Tanzen erschien. Erst später, als ich anfing, ihren Platz als Papas Bettgenossin einzunehmen, wurde ihr klar, was sie getan hatte. Sie hatte versucht, mich zu benutzen, um ihn zu halten. Schließlich verlor sie ihn, so wie von uns dreien jeder den anderen verlor.

Jetzt stehe ich am Ende jener Einbahnstraße. Meine Nase stößt hart gegen eine Mauer. Ich kann nicht mehr weiter. Wenn ich umkehre, laufe ich Basil Zaharoff direkt in die Arme. Vielleicht ist die einzige Lösung die, einfach über die Mauer zu springen ...

So steht es um mich. Der Gedanke ist heraus, niedergeschrieben in meiner eigenen Handschrift, der Handschrift einer Ärztin. Ich habe schon andere aus den Gefängnismauern des Lebens erlöst, es dürfte nicht zu schwer sein, auch für mich einen sauberen und schmerzlosen Abgang zu finden. Was sagst du, Papa? Und Lily, was sagst du?

Carl Gustav Jung

Zürich

Ich bin wie verhext. Ich werde Tag und Nacht von meinem Konflikt mit Freud über die Interpretation des Inzesttabus verfolgt. Ich fürchte mich vor unserem Münchener Kongreß im September, wenn diese und unsere sonstigen Meinungsverschiedenheiten höchst voreingenommen zerredet werden und unser persönliches Verhältnis endgültig und vor aller Augen zerstört wird.

Freud sieht den Antrieb zum Inzest wie jedes andere psychische Phänomen im Sexualtrieb verwurzelt. Ich sehe ihn als Symbol von etwas Tieferem und Urtümlicherem, das mit den Sonnenmythen verwandt ist. Ziel ist dabei nicht die geschlechtliche Vereinigung, sondern eine Wiedergeburt, die nur durch die Rückkehr in den Mutterschoß verwirklicht werden kann. Ähnlich bin ich hinsichtlich der infantilen Sexualität ganz anderer Ansicht als Freud. Aber warum das alles wiederholen? Freud ist stur. Er ist mit seiner Autorität und nicht mit der Wahrheit verheiratet. Der Respekt, den ich für ihn empfand, ist ausgelöscht. Ich kann unsere Beziehung nicht länger aufrechterhalten.

Und genau darin liegt das menschliche Problem. Ich kann die Beziehung nicht aufrechterhalten, aber ich kann sie auch nicht zerstören. Sie ist zu stark, zu vielschichtig. Sie ist wie ein tropisches Schlinggewächs, dessen Wurzeln sich überallhin ausbreiten und dessen Ranken sich durch jede Spalte meiner Psyche ziehen.

Erst war er mein Mentor. Dann übernahm ich ihn, sehr schnell und ohne Schwierigkeiten, als Vaterfigur beim Aufbau meines Lebens. Ich fühlte mich durch das kleinste Lob aus seinem Munde geschmeichelt. Auch er, glaube ich, war geschmeichelt, obwohl er es nie so eindeutig zugeben würde. Ihm gefiel die Ehrerbietung seitens eines Mannes, der auf eine wesentlich längere klinische Erfahrung zurückblicken konnte als er. In dieser Hinsicht besaß Freud nur wenig Praxis, während ich an über tausend Patienten jahrelang im Burghölzli Beobachtungen machen konnte. Ich hatte klinische Tests entwickelt und angewendet und dadurch wertvolles statistisches Material zusammengetragen, das auch heute noch Gültigkeit hat.
Aber unser Verhältnis reichte tiefer. Ich begann sozusagen für ihn zu schwärmen und entwickelte eine stark erotisch gefärbte Zuneigung zu ihm – vermutlich wegen des Jugenderlebnisses, als ich von einem älteren Mann mißbraucht wurde. Ich sprach mit Freud ganz offen darüber. Er bekannte sich zu ähnlichen Gefühlen mir und einem anderen Kollegen gegenüber. Dadurch wurde unsere Beziehung offenherziger, wenn auch nicht weniger schwierig.
Als sich die Auffassungen in theoretischen Dingen drastisch auseinanderzuentwickeln begannen, bat Freud um meine Unterstützung, um seine Autorität als Führer unseres Kreises aufrechtzuerhalten und um wenigstens nach außen einen sichtbaren Konsens in den Lehrmeinungen unserer noch jungen Wissenschaft zustande zu bringen. Als er sich dabei auf unsere Freundschaft berief, fühlte ich mich abgestoßen. Es war fast so, als wolle er mich mit dem Beichtgeheimnis erpressen. Ich hatte das Gefühl – und ich habe es auch heute noch –, daß die einzige Lösung in der biblischen Aufforderung besteht: Lege die Axt an die Wurzel des Baumes und fälle ihn!

Ich wünschte bei Gott, es wäre so leicht getan wie gesagt! Wen soll ich zuerst töten? Den Lehrer, den Vater, den Geliebten? Und wenn ich sie, falls es je dazu käme, alle aus meinem Seelenleben ausgemerzt habe, was bleibt dann noch übrig? Mit wem kann ich dann das Erlebnis der Scham und des Verlustes teilen?

Emma versteht etwas von dem, was mich belastet. Sie ist eine recht gute Analytikerin geworden, obwohl sie nicht so scharfsinnig wie Toni ist. Außerdem hat sie die freundschaftliche Korrespondenz mit Freud aufrechterhalten. Mir ist es nicht lieb, aber ich kann es nicht verbieten. Emma weiß nichts vom homosexuellen Element in meinem Verhältnis zu Freud. Sie sorgt sich vielmehr über unsere familiäre Situation. Meine Wutausbrüche beunruhigen sie und die Kinder. Sie nimmt mir noch immer lang zurückliegende Episoden mit weiblichen Patienten übel. Sie ist eifersüchtig auf Toni und leidet unter deren ständiger Anwesenheit in unserem Haus. Sie findet, daß sich meine neue Tätigkeit als freischaffender Wissenschaftler nur schwer gegenüber unseren Nachbarn und Freunden erklären läßt. Es war für sie viel einfacher, als sie sich auf meine Titel berufen konnte: Klinischer Direktor im Burghölzli und Dozent an der Universität. Wir Schweizer brauchen für alles Schubladen, um problemlos miteinander leben zu können.

Mit Toni ist es noch schlimmer. Sie kennt den Vater-Sohn-Aspekt meines Verhältnisses zu Freud sehr genau. Außerdem weiß sie um mein Bedürfnis nach einer starken Vaterfigur, die meinen leiblichen Vater ersetzt. Den liebte ich zwar, konnte ihn aber nie vorbehaltlos respektieren, weil er sich nie den Problemen von Glauben und Zweifel stellen wollte. All diese Dinge kann ich mit Toni offen besprechen, mit Emma aber niemals! Die sexuelle Beziehung zwi-

schen Toni und mir ist leidenschaftlich und tief; mich schaudert jedoch bei dem Gedanken, was geschehen würde, sollte ich sie plötzlich vor das Problem meiner homosexuellen Vergewaltigung stellen.
So bin ich mit diesem Dämon allein, muß insgeheim mit ihm ringen. In dem Maße, wie mein Abscheu vor mir selbst wächst, nimmt auch meine Abneigung Freud gegenüber zu. Diese erstreckt sich auch auf jenen kleinen Kreis von Speichelleckern, die ihn umschwirren wie Höflinge den King Sun. »Der Meister ist anderer Meinung. Der Meister ist gekränkt.« Der Meister hin, der Meister her. Man könnte manchmal glauben, er sei Buddha persönlich und nicht der Wiener Jude, dessen beste Gedanken durch Großmannssucht verwässert worden sind.
Hierin liegt ein weiteres Problem, das aus verständlichen Gründen keiner von uns beiden in Worte kleiden will. Freud ist ein Jude, dem es gelungen ist, sich ohne allzu große Schwierigkeiten von der Religion seines Volkes zu trennen. Für ihn ist jede Religion ein vom Menschen geschaffener Mythos, der für die kranke Psyche eine Krücke darstellt, die abgelegt werden muß, bevor das richtige Heilmittel verordnet werden kann. Ich bin Deutsch-Schweizer und in der evangelischen Kirche aufgewachsen. Ich habe zwar auch die Religion meiner Väter aufgegeben, aber nie die Suche nach einem Gott, der mir verständlich ist und dem ich mich als denkender Mensch verpflichten kann. Für mich sind die Mythen, Märchen und verschiedenartigen Religionen der Menschen keine Krücke. Ich sehe in ihnen eher ein Symbol, mit dessen Hilfe der Mensch sein Gefühl für das Geheimnisvolle in Worte kleidet, um seine Psyche auf diese Bürde vorzubereiten.
Ich weiß, daß mich einige aus dem Gefolge Freuds als Mystiker oder eine Art von gescheitertem Poeten abtun, der

sich in der Geisteswissenschaft versucht. Einige von ihnen haben sogar das Gerücht in Umlauf gesetzt, ich zeigte Symptome von Dementia praecox. Sie vergessen dabei, daß ich eine viel größere klinische Erfahrung besitze und daß ich es bin, der die entscheidenden Arbeiten über dieses Thema veröffentlicht hat.
Aber diese Verleumder haben mir großen Schaden zugefügt. Meine Praxis hat gelitten. Einige Patienten haben mich verlassen. Ich bin gezwungen, mich auf einige wenige, aber reiche Patienten umzustellen, die keineswegs Neurotiker sind, sondern lediglich unter Langeweile leiden oder mit ihren Lebensverhältnissen nicht ins reine kommen.
Ich schäme und ärgere mich, daß ich mich für Geld erniedrigen muß. Ich weiß, daß ich weit über Freud hinausgreife, und ich bin überzeugt, daß ich eines Tages zu einer Wahrheit gelangen werde, die jenseits seiner Vorstellungswelt liegt. Wie die Motte zum Licht werde ich in diese Richtung gezogen, obwohl ich den Lichtpunkt noch nicht erkennen und auch den Weg, den ich einschlagen muß, nicht festlegen kann.
Toni kommt heute spät. Sie ist blaß und hustet noch. Ich mache ihr Vorwürfe und sage zu ihr, sie hätte im Bett bleiben sollen.
Sie protestiert: »Wenn ich arbeite, geht es mir besser. Im Bett bekomme ich Fieber, weil ich mich nach dir sehne und immer hoffe, daß du mich besuchen kommst.«
Ich erkläre ihr ein wenig ungeduldig, daß Emma und die Kinder eine Segelpartie machen wollten und ich mich einer so verständlichen Bitte der Familie nicht entziehen konnte. Toni sieht dieses Argument, wenn auch zögernd, ein. Dies ist der Punkt, wo der Schuh drückt. Sie steht immer eine Stufe unter mir. Beruflich ist sie noch eine Lernende. Als

Geliebte rangiert sie nach der Ehefrau und der Familie. Wenn ich ihr versichere, daß sie in meinem Herzen stets den ersten Platz einnimmt, meint sie, mein Herz sei ein seltsames Land, manchmal recht unwirtlich und unfreundlich. Dann kommt ein kurzer, bitterer Augenblick, wo es so aussieht, als würden wir uns wieder streiten, aber sie lenkt ein. Wir küssen uns, und der bittere Nachgeschmack ist vergangen. Sie erzählt mir von einem Traum, den sie während des Mittagsschlafes gehabt hat.

»Ich hatte nur dich im Kopf, und mein Körper brauchte dich und sehnte sich nach dir. Ich schlief ein und träumte, ich sei eine Möwe, die über den See dahinfliegt. Ich sah dich am Strand sitzen mit untergeschlagenen Beinen wie ein Orientale. Du warst nackt und allein. Ich flog hinunter, um bei dir zu sein. Als ich aber näher kam, war ein anderer Mann neben dir. Er umarmte dich und liebkoste dich, so wie ich es immer tue. Als er mich sah, scheuchte er mich fort. Ich flog davon, blieb aber hoch oben über dir stehen und zog enge Kreise. Ich beobachtete euer Liebesspiel. Dann kam Emma zum Strand hinunter und schlug mit dem Regenschirm auf den Mann ein. Ich flog fort, weil ich nicht wollte, daß sie mich sah.«

Während ich Toni zuhöre, spüre ich eine Erregung in mir aufsteigen wie das Rauschen von Wasser bei Überschwemmungen, schmutzig, strudelnd, voll seltsamen mitgerissenen Schwemmguts. Hat sie das dunkle Geheimnis erraten, das mir so zusetzt? Habe ich es ihr durch irgendeinen Mechanismus des Unbewußten mitgeteilt? Sie hatte diesen Traum zur gleichen Zeit, als ich auf dem Boot in der stillen Bucht über dieselben Dinge nachdachte. Dies ist eine Situation, vor die ich immer häufiger gestellt werde: ein zufälliges Zusammentreffen, eine zeitliche Übereinstimmung, Dinge, die sich ohne kausalen Zusammenhang gleichzeitig ereignen und ihrer Natur nach eng miteinander verknüpft sind. Der Zusammenhang verdient eine nähere Untersuchung. Ich traue mich nicht, zu Tonis Traum sofort Stellung zu nehmen. Ich setze mich an den Schreibtisch, mache mir Notizen über den Inhalt und befrage dabei Toni so formell, wie wir es bei klinischen Besprechungen gewohnt sind.

»Wußtest du, bevor du einschliefst, daß ich mit dem Segelboot hinausgefahren war?«

»Nein. Aber da es ein so schöner Tag war, dachte ich mir, du würdest vielleicht das Boot herausholen.«

»Gab es für den Traum irgendein anderes auslösendes Moment?«

»O ja! Ein weißer Vogel flatterte an meinem Fenster vorbei, und ich dachte: Du Glücklicher! Ich wünschte, ich könnte auch so fliegen! Dann muß ich eingeschlafen sein.«

»Sag mir jetzt folgendes.« Ich schlage einen energischen Ton an. »Sag mir ohne weiteres Nachdenken, was der Traum für dich bedeutet.«

»Ach, das ist doch ganz einfach!« Sie antwortet mit jener Unschuldsmiene, die mich immer so leicht entwaffnet. »Es war mir schon klar, als ich noch träumte. Wir haben so viel von der Anima und dem Animus gesprochen: dem weiblichen Element in jedem Mann, dem männlichen Element in jeder Frau. Das, was ich von dir am Strand sah, war deine Anima, die Personifikation des weiblichen Teils in dir. Der meditierende Buddha zeigt nie ein männliches Geschlechtsorgan. Der Mann, der sich dir näherte, war die Personifikation des männlichen Teils in mir, mein Animus. Wir liebten uns so, weil unsere Rollen im wirklichen Leben vertauscht sind. Aufgrund unserer Situation muß ich die Initiative ergreifen. Du bist passiv und weiblich, bis ich mich präsentiere, um dich zu erregen. Dann bist du natürlich ganz und gar männlich. Aber welche Rolle wir auch übernehmen, immer erscheint Emma, um uns zu trennen ... Es ist wirklich ein ganz banaler Traum; er enthält nichts Geheimnisvolles.«

»Wir wollen ihn nicht einfach so abtun. Hat dich mein weibliches Ich erregt?«

»O ja!«

»Könntest du im wirklichen Leben eine solche Rollenverkehrung ertragen?«

»Gerade das sagt ja der Traum, Carl: Ich muß sie immer wieder ertragen. Du machst mir nicht den Hof wie ein echter Liebhaber. Ich muß hinter dir her sein und mich an jeden Augenblick unseres Zusammenseins klammern. Gewiß, du begehrst mich, aber du wartest hier, bis ich zu dir komme. Natürlich bist du der aktive Teil, während wir uns lieben, aber vorher und danach vertauschen sich die Rollen. Ich beklage mich nicht darüber. Ich stelle nur eine Tatsache fest und deute meinen Traum.«

»Angenommen, ich sage dir, Toni Wolff, daß du mich anlügst, daß du nie einen solchen Traum gehabt hast, daß du klinisches Beweismaterial erfindest. Was hast du darauf zu sagen?«

»Darauf gibt es drei Antworten, du alter Griesgram! Ich lüge. Ich sage die Wahrheit. Ich biete dir ein Traumgerüst, das zu unserer Situation paßt. Du kannst wählen!«

Ich bin sehr versucht, sie der Lüge zu bezichtigen, und mache meinen Ängsten und Enttäuschungen in einem Wutanfall Luft. Im selben Augenblick merke ich, daß Toni genau das von mir erwartet. Sie sieht mich mit demselben Ausdruck an – halb belustigt, halb drohend –, den ich immer auf dem Gesicht meiner Mutter sah, wenn sie in meinen Gedanken las. Ich weiß, daß ich mich, wenn wir uns streiten, schließlich entschuldigen und erklären muß –

also muß ich diesmal die Katze aus dem Sack lassen. Ich werde meine Vergewaltigung und meine erotische Zuneigung zu Freud offenbaren müssen. Toni spürt die Wahrheit, und dieser Traum ist ihr Mittel, mich zu dieser Enthüllung zu zwingen.
So tue ich, was ich immer tue – ich lüge. Ich nehme ihre Hände und ziehe Toni an mich. Ich küsse sie auf den Mund und sage: »Ich mache schlechte Witze, weil ich dich so vermißt habe. Natürlich nehme ich dir den Traum ab. Er enthält genau die Wahrheit über dich und mich. Wir sind uns so nahe, daß wir eine einzige Person sind. Alle unsere Teile sind vermischt wie die Zutaten in einer Pastete.«
Die Worte sind kaum gesprochen, da hören wir Emma im Garten nach den Kindern rufen. Wir gehen rasch auseinander. Toni zieht sich an ihren Schreibtisch zurück, ich an meinen. Ich ärgere mich, weil ich mir lächerlich vorkomme, aber Toni ist noch zu Scherzen aufgelegt. Sie streicht sich die Bluse über den hervortretenden Brustwarzen glatt und meint kichernd: »Ich bin gespannt, ob sie den Regenschirm bei sich hat.«

Magda
Paris

Heute morgen wachte ich mit Depressionen auf und war überzeugt, daß ich entweder mein Leben umstellen oder es beenden müsse. Auf alle Fälle gab es keine Möglichkeit, es in einer Verbindung mit Basil Zaharoff auf eine neue Grundlage zu stellen. Deshalb mußte ich mit dieser Situation unverzüglich fertig werden. Aber wie? Für ihn gab es nur ein Ja oder Nein. Zaharoff duldet keine Ausweichmanöver. Er ist in dem Gewerbe zu erfahren, um sich von weiblichen Ausflüchten täuschen zu lassen. Wenn ich sein Angebot ablehnen wollte, mußte ich vor ihn hintreten und ihn überzeugen, daß ich für die Rolle, die er mir zugedacht hatte, völlig ungeeignet bin.
Ich zwang mich zu baden, rollte meine beschmutzten Kleider zusammen, schloß die Notizen weg, die ich während der Nacht aufgezeichnet hatte, und rief das Zimmermädchen, das mir Kamillentee und einen Eisbeutel bringen sollte. Ich hatte starke Kopfschmerzen, gegen die nicht einmal die neuen deutschen Aspirin-Tabletten halfen. Als ich mich im Spiegel betrachtete, war ich entsetzt. Meine Haut glänzte weiß wie ein Tischtuch, meine Lippen waren blutleer, und um meine Augen zeichneten sich deutlich Krähenfüße ab. Die Angst, die ich aus meinem Gesichtsausdruck herauslesen konnte – eine Angst vor der unmittelbar bevorstehenden Katastrophe –, war ganz offensichtlich.
Um zehn rief ich Basil Zaharoff an. Sein Diener sagte mir,

er schlafe und dürfe nicht gestört werden. Er sei während der Nacht erkrankt, und der Arzt sei gerade gegangen. Ich sagte dem Diener, daß auch ich krank gewesen sei. Er war sofort in Panikstimmung. Herr Zaharoff habe den Verdacht, daß beim Abendessen einige Austern verdorben gewesen seien. Daran könne jetzt kein Zweifel mehr bestehen. Ob ich, bitte, einstweilen im Hotel bleiben könne? Herr Zaharoff werde mich bestimmt anrufen, sobald es ihm besser gehe. »Inzwischen, gnädige Frau, seien Sie bitte vorsichtig! Ich schicke Ihnen sofort den Arzt.«

Der kam wie ein Geschenk des Himmels, so daß ich fassungslos vor Staunen war. Es war Giancarlo di Malvasia, ein Kollege aus meiner Studienzeit in Padua. In Wien waren wir in der gleichen Klinik. Er mußte jetzt Mitte Vierzig sein, sah aber noch blendend aus und war immer noch jener gepflegte Florentiner, der einmal erklärt hatte, er werde der größte Diagnostiker auf der ganzen Welt werden, und der dann als adeliger Anhänger des Zölibats zur Aufnahme in den Souveränen Malteserorden vorgeschlagen worden war.

Wir waren immer gute Kollegen gewesen, aber irgendwie hatte es mit der Sinnlichkeit zwischen uns nie funktioniert. Ich war für ihn zu ungebärdig gewesen, und er war zu sehr Snob aus der Toskana, um mich als Ausländerin anzuerkennen. Aber irgendwie war es uns gelungen, zu einer reservierten Freundschaft und sachlichem Respekt voreinander zu gelangen. Wir hatten auf verschiedenen Stationen und in der Anatomie zusammen gearbeitet, gelegentlich hatten wir bei schwierigen Fällen sogar miteinander korrespondiert. Dann, als ich den Arztberuf aufgab, verloren wir den Kontakt. Ich hörte später von Papa, daß Giancarlo sich eine einträgliche Praxis mit all den Fremden aufgebaut hatte, die jedes Jahr Europa bereisten. Ich hoffte, daß er mit

meinem zweifelhaften Ruf nicht allzu eingehend vertraut war.
Er gab sich erfreut, mich zu sehen – noch immer diese verfluchte Florentiner Herablassung! –, und zeigte höfliches Interesse an meiner Verbindung mit Basil Zaharoff. Er untersuchte mich gründlich und machte mir dann ein ironisches Kompliment.
»Meine liebe Magda, du siehst zehn Jahre jünger aus, als es dir eigentlich zusteht. Mein Kompliment!«
»Ich gebe es an dich zurück, Gianni. Bestimmt hast du alle deine Ziele erreicht.«
»Nicht alle.« Er zuckte mit den Achseln und zog eine abschätzige Grimasse. »Ich bin kein Kandidat mehr für den Souveränen Malteserorden.«
»Bist du traurig darüber?«
»Meine Ehe bedrückt mich mehr. Eine kinderlose Verbindung, weder eine Liebes- noch eine Vernunftehe.«
»Das tut mir leid.«
»Ich bitte dich!« Er hob abwehrend die Hand. »Man lernt, sich in das Unvermeidliche zu fügen. Und wie steht es mit dir? Ich weiß, du bist verwitwet und führst ein abwechslungsreiches Leben. Diese – hm – Affäre mit Zaharoff, ist sie neueren Datums?«
»Diese Affäre, wie du sie nennst, mein lieber Gianni, beschränkt sich bisher auf ein Abendessen mit verdorbenen Austern. Zaharoff hat mir bestimmte Angebote gemacht, die ich im Augenblick noch sehr reserviert betrachte.«
»Ich hoffe, du behältst einen klaren Kopf.« Giancarlo runzelte die Stirn. »Er ist gefährlich. Ich bin sein Leibarzt, und er entlohnt mich wie ein Fürst. Aber er würde mich ebenso schnell einen Kopf kürzer machen, falls ich ihm in die Quere käme. Aber, was mische ich mich in deine Angelegenheiten! Bleib heute im Bett! Nimm nur Tee mit Zitrone

und trockenen Toast zu dir. Austern wirst du lange Zeit nicht mehr ansehen können.«

Er tat so, als wolle er gehen. Ich bat ihn, noch zu bleiben und sich mit mir zu unterhalten. Ich sagte ihm, ich brauchte dringend Rat, ärztlichen Rat unter dem Eid des Hippokrates. Er sah mich lange forschend an und fragte dann: »Bist du sicher, daß dies klug ist? Ich bin nicht dein Hausarzt. Ich kenne deine bisherige Krankengeschichte nicht. Außerdem habe ich mich nie auf Frauenleiden spezialisiert. Ich könnte dir einen guten Kollegen empfehlen ...«

»Das können wir entscheiden, wenn du gehört hast, was ich zu sagen habe. Bitte, Gianni! Ich brauche einen vernünftigen Rat, aber ich will das nicht mit einem mir völlig unbekannten Arzt besprechen.«

»Also gut.« Er ließ sich auf dem Bettrand nieder und nahm meine Hand. »Erzähl mir alles!«

Mir fielen plötzlich die richtigen Worte nicht ein. Ich brach in Tränen aus und stammelte schließlich: »Gianni, ich bin am Ende. Mein ganzes Leben ist verfahren. Ich weiß nicht, was ich tun soll.«

»Das weiß ich auch nicht, solange du mir nicht alles erzählt hast.« Er gab mir sein Taschentuch, damit ich die Tränen abtrocknen konnte. »So, nachdem du dich ausgeweint hast, wollen wir versuchen, als Kollegen miteinander zu reden.«

Ich suchte wieder nach Worten und sagte schließlich: »Wien, Professor Richard von Krafft-Ebing. Erinnerst du dich an ihn? Erinnerst du dich an sein Buch ›Psychopathia sexualis‹ und die langen Debatten, die wir darüber geführt haben?«

»Gewiß. Und?«

»Er hat in seinen Vorlesungen über die forensischen Aspekte der Sexualität häufig den Satz verwendet: ›Man muß immer Mitleid mit denjenigen haben, die den Teufel im

Leib haben.‹ Ich gehöre zu diesen, Gianni. Ich habe alles gesehen, alles getan – aber nichts löscht den Brand. Ich bin bekannt bei der Polizei und den Leuten im Untergrund. Deshalb will Zaharoff, daß ich für ihn arbeite. Er will, daß ich sein europäisches Bordellimperium leite. Wenn ich das Angebot annehme, gewährt er mir Schutz, und ich mache ein Vermögen. Wenn ich ablehne, bleibt mir der Teufel im Leib. Bevor du vorhin hereinkamst, wollte ich überhaupt Schluß machen ... An wen soll ich mich wenden, Gianni? Wer hilft Menschen wie mir? Bitte, verachte mich nicht!«
Ich verachtete mich selbst. Ich war erschüttert, weil ich mich vor einem Mann, den ich seit Jahren nicht mehr gesehen hatte, so gehen ließ und Tränen in sein seidenes Taschentuch vergoß. Er gab mir keine Antwort. Er stand unvermittelt auf, schritt zum Fenster und blickte lange auf die Blumen hinaus, die auf dem sonnigen Balkon blühten. Als er sich wieder umwandte, lag sein Gesicht im Schatten. Er stellte mir eine Frage, die gar nicht in den Zusammenhang paßte.
»Bist du gläubig? – katholisch, lutherisch, waldensisch?«
»Nein. Manchmal habe ich mir gedacht, ich würde gern gläubig sein. Ich habe aber nie den echten Wunsch verspürt, mich einer Religionsgemeinschaft anzuschließen. Warum fragst du das?«
»Wenn du einen Glauben hast, kann es dir manchmal helfen. Mir hat es geholfen. Sonst hätte ich es bestimmt nicht ausgehalten.«
»Was ausgehalten?«
Er setzte sich wieder und ergriff meine Hände. Er lächelte jetzt, ein frostiges, ironisches Lächeln, das den strengen aristokratischen Zügen ein ungewöhnliches Pathos verlieh.
»Willst du mir etwa sagen, daß du, obwohl wir alle diese

Jahre zusammen gearbeitet haben, es nie geahnt hast? Ich hatte Angst vor dir, vor allen Frauen. Du hast mich immer einen Snob genannt. Das war ich eigentlich nicht. Ich versuchte nur, für mich selbst eine Identität zu finden. Ich wollte ein Renaissancemann sein, einer jener jungen Höflinge von Lorenzo dem Prächtigen. Tatsache ist, daß ich hundertprozentig homosexuell bin. Meine Mutter hat mich durch dauerndes Nörgeln in die Ehe getrieben. Meine Frau wurde von ihren Eltern zu einer Verbindung mit einer wohlhabenden, adligen Familie genötigt. Es war für uns beide ein schrecklicher Fehler. Wir wollen die Ehe durch die Römische Rota annullieren lassen, aber es ist ein langwieriges Verfahren und äußerst kostspielig. Inzwischen hat sich meine Frau einen Liebhaber zugelegt, weshalb ich ihr keinen Vorwurf machen kann. Und ich ...«
Er brach ab. Ich wartete längere Zeit, dann fuhr er fort.
»Ich habe meinen Frieden mit Gott gemacht. Ich bin in den Schoß der Kirche zurückgekehrt und in den Dritten Orden des heiligen Franziskus eingetreten. Ich widme einen Teil meiner Zeit der Fürsorge für die Armen.«
Er sagte dies so schlicht, daß es mir den Atem nahm. Es war das erste Mal in meinem Leben, daß ich ein Glaubensbekenntnis hörte. Ich fragte vorsichtig: »Und du glaubst, daß sich dadurch vieles für dich verändert hat?«
»Vieles verändert? Nein. Ich fühle mich noch immer zu Männern und nicht zu Frauen hingezogen. Aber ich halte den Zölibat ein und glaube, daß sich dieses Opfer lohnt. Ich finde, daß ich mehr über die Probleme anderer Menschen als über meine eigenen nachdenken muß. Wenn ich besonders verzweifelt bin – und glaub mir, meine liebe Magda, ich habe viele solche Tage –, dann bete ich und habe das Gefühl, nicht allein zu sein.«
»Du bist ein Glückspilz. Ich bin dafür geboren.«

Er schüttelte den Kopf und machte wieder ein tiefernstes Gesicht. »Das ist es gar nicht. Es ist eine Gnade, ein Geschenk. Warum es Gott einigen gibt und anderen vorenthält, ist ein Geheimnis, vielleicht überhaupt das entscheidende Geheimnis.«

»Das hilft mir wenig, und – verzeih mir – es spricht auch nicht besonders für deinen Gott.«

»Gerade darum geht es im Glauben: Man lebt mit lauter Widersprüchen. Ich verstehe deine Skepsis, aber ich frage mich, ob du dich nicht wenigstens an einen religiösen Ratgeber wenden solltest. Für Menschen wie uns, meine liebe Magda, bietet die Lehre von der Vergebung tiefen Trost. Statt uns selbst nur als abartige Außenseiter zu sehen, erkennen wir uns in gewissem Sinne als die Auserwählten, die ein schwereres Kreuz zu tragen haben, um einer höheren Bestimmung gerecht zu werden. Ich weiß, ich rede wie ein Dorfpfarrer, aber auch ich war der Verzweiflung nahe. Dann hat mich ein alter Priester, der einmal Kaplan unserer Familie war, überredet, Exerzitien bei den Kamaldulensern, die in der Toskana das Kloster Camaldoli haben, zu absolvieren. Von außen war es ein abweisender Ort, aber drinnen stieß ich auf so viel ruhige Heiterkeit, so viel Mitleid mit den Geschlagenen ... Ich wollte, ich könnte dir diese Erfahrung anschaulicher erklären, aber mir fehlen die Worte.«

Er sprach so feierlich und ernst, daß ich am liebsten laut losgelacht hätte. Ich wußte noch, wie ich damals an der Universität versucht hatte, mich an ihn heranzumachen, und erstaunt war, daß er nicht Feuer fing. Welche Verschwendung, all die sehnsüchtigen Frauenblicke galten einem *finocchio!* Dann kam mir plötzlich der verrückte Gedanke, ihn ins Bett zu zerren, wüste Spielchen mit ihm zu treiben und ihm beizubringen, wo der Spaß zu holen ist.

Exerzitien? Gebete, um den Sinnenkitzel zu heilen? Ach du liebe Güte! Gott sei Dank brauchte sich Papa einen solchen Unsinn nicht mehr anzuhören. Ich behielt mich in der Gewalt und blieb mit gefalteten Händen sittsam im Bett sitzen, um zu warten, bis dieser jammernde Aristokrat seine Predigt beendete. Seine nächste Frage überraschte mich.
»Wie lange ist es her, daß du den Arztberuf an den Nagel gehängt hast?«
»Ach, schon über zehn Jahre. Mein Mann starb an Krebs. Ich habe ihn behandelt. Er war mein letzter Patient.«
»Hast du mit der Literatur Schritt gehalten, mit den neuesten Veröffentlichungen und Lehrmeinungen?«
»Nein. Warum?«
»Ich verfolge die psychoanalytischen Forschungen von Freud und Jung und deren Kreis. Vor zwei Jahren nahm ich an ihrer Konferenz in Weimar teil. Die Arbeiten, die sie vorstellten, waren vorzüglich. Sie vermittelten zahlreiche neue Einsichten in psychotische und neurotische Erkrankungen. Ihre Traumanalysen, ihre Untersuchungen familienbedingter Haltungen – ich fand dies alles höchst wertvoll für die Auseinandersetzung mit meinen eigenen Problemen und die Behandlung meiner Patienten. Aber ich bin natürlich viel zu wenig erfahren, um mich ganz der psychoanalytischen Methode zu bedienen. Eines Tages vielleicht ... Meine liebe Magda, du wärst bestimmt nicht schlecht beraten, einen Experten auf diesem Gebiet zu konsultieren. Die Psychoanalyse löst ein Problem nicht unbedingt, aber sie verringert seine Last. Es bleibt nicht nur der riesige Schattenriß an der Wand.«
»Wie hat sie dir geholfen?« Ich wollte immer noch sticheln. »Sie kann doch nicht großmächtiger als Gott sein, wenn auch vielleicht erträglicher als die Einzelhaft in einem Kloster.«

Zum erstenmal lachte er, und es klang sogar richtig lustig. »Ich weiß, du hältst mich immer noch für einen verstaubten Florentiner Snob, der am Rockzipfel seiner Mutter hängt. Aber ich habe die Fahrt durch die Hölle schon hinter mir – und es ist eine echte Gnade, daß ich sie überlebt habe. Wer mir dabei geholfen hat, muß nicht unbedingt auch der passende Helfer für dich sein. Aber du brauchst wie Dante einen Führer, jemanden, mit dem du im Inferno reden kannst. Sonst verlierst du tatsächlich den Verstand.«

Plötzlich schämte ich mich. Ich war ein selbstzerstörerisches Biest, das sich über einen braven Mann lustig machte, nur weil er der Wahrheit zu nahe gekommen war. Ich war betreten und wollte mich entschuldigen, aber er schnitt mir mit einer Handbewegung das Wort ab.

»Überlegen wir einmal, wer von diesen Leuten dir am besten helfen könnte! In erster Linie käme natürlich Freud in Frage. Er sieht die menschliche Sexualität in allen ihren Aspekten. Während sich Krafft-Ebing auf Symptome und Erscheinungsformen beschränkte, fragt Freud nach den Ursprüngen. Andererseits habe ich persönlich eine gewisse Antipathie gegenüber diesem Mann entwickelt. Gewiß, er ist Jude, und ich gebe zu, ein altes Vorurteil gegen diese Rasse zu teilen. Er ist brillant, neigt aber zur Arroganz.«

Giancarlo gestattete sich, bei diesen Worten leicht zu erröten. »Ich weiß, auch ich bin arrogant. Aber bei Freud geht mir etwas gegen den Strich. Er schließt jeglichen religiösen Aspekt beim Menschen völlig aus, jeden Glauben an Gott oder an einen göttlichen Einfluß auf das menschliche Leben. Dies ist für mich ein entscheidendes Negativum an seinem Gedankengebäude. Jung legt das Schwergewicht auf die historischen Symbole, die in unserem bewußten und unbewußten Leben immer wieder auftreten. Er ist ein religiöser Mensch, auch wenn er seine Auffassungen nicht immer mit althergebrachten Begriffen formuliert. Dann sind da noch Leute wie Bleuler, ein sehr erfahrener Kliniker, die Amerikaner Putnam und Brill sowie ein junger Schüler von Freud, ein sehr eifriger und gescheiter Mann namens Jones. Bei allem Für und Wider würde ich jedoch Jung empfehlen. Er lebt in Zürich, also in der Nähe, und ich weiß, daß er Privatpatienten annimmt. Das tun sie allerdings alle. Von der Psychoanalyse wird zur Zeit viel geredet als einer neuen Wissenschaft, aber sie ist noch nicht so einträglich wie die Schulmedizin.« Er hob mein Kinn hoch, so daß ich ihm ins Gesicht sehen mußte. »Nimm diese Sache nicht auf die leichte Schulter! Die Wechseljahre sind ohnehin eine schwierige Phase. Du brauchst Hilfe, wenn du diese Jahre ohne ein schlimmes Trauma hinter dich bringen willst. Was meinst du? Soll ich Jung schreiben und ihn bitten, mit dir zu sprechen?«

»Laß mich noch etwas darüber nachdenken, Gianni. Wenn ich ihn konsultieren will, schreibe ich ihm selbst. Andernfalls könntest du ja vielleicht für mich einen netten Konvent in der Toskana ausfindig machen.«

»Ich könnte dir ein ganzes Dutzend empfehlen. Eine reiche reuige Sünderin ist überall jederzeit willkommen.« Nach einer kurzen Pause fügte er hinzu: »In einem Konvent wärst du bestimmt besser aufgehoben als bei Basil Zaharoff.«

»Ich weiß. Vielleicht kannst du mir behilflich sein, mit ihm ins reine zu kommen.«

»Aber wie?«

»Er weiß, daß du mich besuchst. Du könntest ihm erzählen, daß ich zwar von den Austern genesen sei, aber Anzeichen akuter Hysterie erkennen ließe.«

»Höre auf meinen Rat, Magda! Rede mit Zaharoff ganz unverblümt. Glaub mir, er mag keine Auseinandersetzungen. Das ist nicht seine Art. Wenn du sein Angebot ablehnst, ist die Sache erledigt. Hoffe nur, daß du ihn in der Zukunft nie um Hilfe zu bitten brauchst!« Er beugte sich nieder und küßte mich flüchtig auf die Stirn. Dann bat er mich, ihn anzurufen, wenn ich noch einmal einen Brechanfall haben sollte, und verabschiedete sich schnell.

Ich blieb lange liegen, blickte zu den Nymphen auf dem Deckengemälde hinauf und sehnte mich nach einem Mann oder einer Frau, einem Menschen, der die Einsamkeit mit mir teilen könnte.

So verbrachte ich den Nachmittag, bis um sechs Uhr Basil Zaharoff angemeldet wurde. Er wirkte zwar etwas abgespannt, war aber weltmännisch wie eh und je. Er sei gekommen, sagte er, um sich in aller Form für meine Unannehmlichkeiten zu entschuldigen und um für den unglaublichen Leichtsinn seines Küchenpersonals um Verzeihung zu bitten. Die »Entschuldigung« hatte die Gestalt eines goldenen Armbands mit einer Schließe aus Diamanten und Rubinen. Ich protestierte und erklärte, dieses Geschenk nicht annehmen zu können.

Zaharoff blieb hartnäckig. Er legte mir das Schmuckstück um das Handgelenk und drückte den Sicherheitsbügel zu. Erst dann erlaubte er mir, ein Wort zu sagen. Ich setzte ihn von meinem Entschluß in Kenntnis. Ich zählte hastig die Gründe auf, weshalb ich sein Angebot nicht annehmen könne, und brachte es sogar fertig, der Selbstgefälligkeit des Paschas Genüge zu tun, der sich hinter der Maske eines Gentleman verbarg.

»Ich fühle mich durch Ihr Angebot geschmeichelt und in Versuchung geführt. Es würde für mich viele Probleme lösen, aber für Sie viele neue heraufbeschwören. Sie gehören zu jenen Männern, die ich außerordentlich bewundere.

Ihre Wertschätzung würde zwar viel für mich bedeuten, aber ich muß ganz offen und ehrlich sein: Ich bin nicht sicher, ob ich mich auf meine Standfestigkeit verlassen kann. In meinem Inneren gehen Dinge vor, die ich noch nicht begreife. Ich bin Ärztin. Ich erkenne die Anzeichen des Abgespanntseins und des Nachlassens meiner Selbstbeherrschung. Es sind noch nicht die Wechseljahre, aber die könnten mir hart zusetzen. Sie stehen vor bedeutenden Unternehmungen. Sie brauchen einen zuverlässigeren Partner als mich.«

Ich war wieder den Tränen nahe, aber ich empfand eine große Erleichterung, daß die Worte einmal ausgesprochen waren. Zaharoff bemühte sich, mich zu trösten.

»Bitte, meine Liebe! Nicht weinen, ich bitte Sie! Ich bedauere natürlich sehr, Ihrer Fähigkeiten verlustig zu gehen, aber ich weiß Ihre Aufrichtigkeit zu schätzen, und ich hoffe, daß wir gute Freunde bleiben.«

»Das hoffe auch ich, glauben Sie mir!«

Er nahm mich in die Arme und sagte, ich sei schön und begehrenswert. Er erinnerte mich an mein Versprechen. Gebe es einen besseren Zeitpunkt als den jetzigen, um uns gemeinsam zu vergnügen? Er hatte recht. War ein besserer Augenblick überhaupt möglich? Wenn ich dem Tiger entkommen wollte, mußte ich mich erst vergewissern, daß die Bestie schläfrig und freundlich geworden war.

Dies mag das einzige sein, was man zur Verteidigung von Basil Zaharoff anführen könnte, dem Strichjungen aus Tatavla, der Tod und Schrecken in ganz Europa verbreitet und nie einen einzigen Blutstropfen an seinen Händen sieht: Er ist ein erfahrener Liebhaber und für sein Alter überraschend vital.

Auch er machte mir ein Kompliment. Als er sich wieder ankleidete, um nach Hause zu fahren, und ich ihm beim Bin-

den seiner seidenen Krawatte half, nahm er mein Gesicht in seine gepflegten alten Hände und sagte mit bedauerndem Lächeln: »Meine liebe Magda, ich wünschte, du würdest dir mein Angebot noch einmal überlegen. Du wärst in diesem Fach unübertrefflich.«
In der folgenden Nacht hatte ich wieder den Alptraum mit der Glaskugel. Diesmal war es jedoch nicht das Auge der Sonne, das mich ängstigte, es war Basil Zaharoff. Er rollte die Kugel mit der Spitze seines Spazierstocks herum und klopfte auf die Glashülle, bis große Risse erschienen – wie die Risse auf dem Gesicht von Humpty Dumpty. Ich hockte, einem Embryo gleich, nackt im Inneren und fragte mich, in welcher monströsen Gestalt ich wohl zur Welt kommen würde, wenn die Schale platzte und ich auf den blutroten Sand geworfen würde.

Carl Gustav Jung
Zürich

Bei der Durchsicht meiner privaten Notizen bin ich über die Schlichtheit und Gradlinigkeit des Ausdrucks erstaunt. In meinen veröffentlichten Werken schreibe ich weitschweifig, stets irgendwie gehemmt, aber literarisch geschliffen, als solle alles, was ich sage, wie das Delphische Orakel wirken. Hier jedoch schreibe ich nieder, was mir in den Sinn kommt, ganz unverblümt wie ein Mann vom Lande.

Öffentlich, in der Gesellschaft meinesgleichen, halte ich mich an das Ritual, benutze die Sprache der Magie und rühre die Trommel etwas lauter, um zu beweisen, welch ein fähiger Schamane ich bin. Ich lüge auch, wenn es meinen Zwecken dient. Schließlich lügen wir alle auf die eine oder andere Art, denn wir sind nicht immer nur Wissenschaftler: Wir sind Wahrsager, die sich mit geheimen Symbolen und Traumbildern befassen.

Gestern nacht hatte ich wieder einen Traum. Ich will ihn kurz skizzieren, bevor Toni kommt. Ich will ihn selbst untersuchen, bevor wir ihn gemeinsam analysieren. Ich darf nicht wieder unvorbereitet sein wie bei ihrem Traum mit der Möwe.

Ich saß in der Eisenbahn. Ich wußte, daß ich von irgendwo im Norden in die Schweiz zurückfuhr. Plötzlich schaute ich aus dem Fenster und sah, daß alles Land, so weit das Auge reichte, unter Wasser lag. Es war keine ruhige Wasserfläche, sondern eine gewaltige gelbe Woge, die in südlicher Richtung auf die Alpen zurollte. Diese standen wie eine Mauer und boten der Sturmflut die Stirn. Dann sah ich, daß die Woge lauter Trümmer mit sich fortriß: Bäume, Tiere, Teile von Gebäuden, Kleidungsstücke und Leichen – Tausende und Abertausende. Während ich hinsah, wechselte die Flut ihre Farbe. Sie wurde rot, blutrot. Dann erkannte ich unter den Toten einzelne Menschen, die mir bekannt waren. Freud war dabei und Honegger, Emma und die Kinder, auch mein eigener Vater. Ich bekam Angst und schämte mich, weil sie tot waren, während ich noch lebte, und ich wollte das sichere Abteil nicht verlassen und womöglich ertrinken. ...

Da rüttelte Emma mich wach. Ich hatte sie erschreckt und ihr weh getan, als ich während des Alptraums mit den Armen wild um mich schlug. Nun beruhigte ich sie, und sie schlief wieder ein, während ich hinunter ging, um den Rest der Nacht in meinem Arbeitszimmer zu verbringen. Ich möchte jetzt niederschreiben, was ich weder Emma noch Toni zu sagen wage. Dieser Traum hat mir einen gewaltigen Schrecken eingejagt. Im Burghölzli habe ich festgestellt, daß Chaosträume, Visionen also von einer weltweiten Zerstörung, fast immer das Symptom eines schizoiden Zustands sind, der mit der Dementia praecox einhergeht. Der Patient merkt, daß sich seine Persönlichkeit in lauter Einzelteile auflöst, als würde eine Kreissäge zu lange und zu schnell betrieben. Aber er kann das, was er fühlt, nicht in Worte fassen. Er träumt es. Allmählich verschwimmt die Grenze zwischen Traum und Wirklichkeit, bis er schließlich das eine vom anderen nicht mehr unterscheiden kann. Er überläßt sich einem Zustand dauernder Selbsttäuschung, die dennoch ihre eigene Logik besitzt – die Logik schizophrenen Irreseins.

Die Tatsache, daß ich diese Zeilen niederschreibe, sagt mir, daß ich zwar noch zwischen Traum und Realität unterscheiden kann. Daß das nicht immer so ist, zeigen meine Gartengespräche mit Elias und Salome, die zwar Bestandteil meines Unbewußten, aber manchmal für mich ebenso leibhaftig wie Emma und Toni sind. Ich kann hier in der Kälte zwischen Mitternacht und Morgendämmerung nicht allein mit diesen Angstvorstellungen fertig werden. Deshalb beginne ich, den Traum wie ein Schulmeister Satz für Satz zu zerlegen:

Ich fahre mit der Eisenbahn ...

Ein Reisender ist in Bewegung und entwurzelt. Er hat in Zeit und Raum keinen Festpunkt. Er ist isoliert auf seinem Weg und kann mit der Welt, obwohl er sieht, keinen Kontakt aufnehmen. Dies ist auch bei mir der Fall, seit ich meine Stellung in der Klinik und meine Vorlesungen an der Universität aufgegeben habe. Ich bin viel gereist, in Europa und in Übersee. Ich habe an vielen Konferenzen teilgenommen, aber mir fehlt der tägliche Kontakt mit meinesgleichen.

Das Land wird von einer großen Flutwelle verschlungen ...

Seit Bulgarien im Juni dieses Jahres in Serbien und Griechenland einfiel, fürchtet sich Europa vor einem Konflikt zwischen den Großmächten. Die Schweiz wird auf jeden Fall neutral bleiben; daher das Traumbild der Alpen als Bollwerk gegenüber der Flut. So stellt dieser Traum vielleicht im Gegensatz zu meinem Ausflug in die Vergangenheit, bei dem ich Elias und Salome traf, einen Vorausgriff in die Zukunft dar. Während ich noch mit diesem Gedanken spiele, wird mir wieder unbehaglich zumute. Das ist genau die fragwürdige Logik, die sich der schizoide Patient bei Dementia praecox aufbaut. Ich gehe rasch zum nächsten Bild über.

Ich sehe die Leichen von Menschen, die ich kenne ...
Dieses Symbol ist weniger beängstigend. Es drückt Wünsche, aber keine konkreten Absichten aus. Wie jeder verheiratete Mann, der sich in eine Liebesaffäre eingelassen hat, träume ich davon, wieder ein freier Junggeselle zu sein. Meine Frau und meine Kinder stehen dieser Freiheit im Wege. In meinem Unbewußten nistet sich die Vorstellung ein, daß, falls sie stürben, alle meine Probleme gelöst wären. Bei Freud und meinem Vater besteht ein anderer Zusammenhang. Mein Vater ist tot. Von seiner Vorherrschaft bin ich befreit. Wäre auch Freud tot, würde ich das Zepter der Autorität übernehmen können.
Ich schäme mich, weil ich das warme Zugabteil nicht verlassen will ...
Dies ist fast ein Spiegelbild jenes Augenblicks, als Emma mir vor einigen Tagen bittere Vorwürfe machte, weil sie einer meiner Wutausbrüche zur Verzweiflung trieb.
»Du denkst nur an dich, Carl. Dir geht es immer nur um deinen Willen und nie darum, was wir vielleicht an Liebe, Fürsorge und Güte entbehren könnten. Wie ein Ungeheuer in seiner Höhle schließt du dich in deinem Arbeitszimmer ein. Du vertraust dich deiner Geliebten an, aber nicht deiner Frau. Vielleicht glaubst du, damit etwas zu erreichen, was all diese Mühen lohnt – aber nicht für uns, Carl! Nicht für uns! Kinder leben für das Heute, nicht für das Morgen. Ich hänge am Heute ebensosehr wie sie. Oft habe ich das Gefühl, dir auf einem Bahnsteig zum Abschied nachzuwinken, und ich bin nicht sicher, ob du jemals zurückkommen wirst.«
Ich versuchte, ihr diese Gedanken auszureden, aber im Herzen wußte ich, daß sie recht hatte. Ich bin ein selbstsüchtiger Mann – und dies um so mehr, als ich Angst vor den Rissen und Abgründen in meinem Inneren habe. Ich

brauche den Zuspruch, den Toni mir gibt. Ich flüchte vor der Verantwortung, die mir das Familienleben aufbürdet, denn ich bin noch weit von der Erfüllung meiner persönlichen Ambitionen entfernt. Ich werde angesichts so vieler Ungewißheiten laut und zänkisch. Wie oberflächlich auch meine Deutung dieses Alptraums sein mag, ich weiß, daß es ein Chaostraum gewesen ist und daß ich ihn früher oder später als Menetekel werde anerkennen müssen.

Ich stopfe meine Pfeife und hole die Cognacflasche heraus. Ich weiß, daß diese Angewohnheit, schon in den frühen Morgenstunden zu trinken, nicht ganz gefahrlos ist, deshalb beschränke ich mich auf ein einziges, allerdings gutgefülltes Glas. Wenn Toni hier wäre oder wenn Emma mehr Interesse für das Geschlechtsleben aufbrächte, hätte ich überhaupt nicht das Bedürfnis zu trinken. Ich bin erst achtunddreißig und habe keine Lust, ein Leben wie Simeon, der Säulenheilige, zu führen.

Das Bild jenes alten Griesgrams, der auf seiner Säule in der Wüste hockt, von Brot, Wasser und getrockneten Datteln lebt und seine Notdurft vor den Augen seiner Anhänger verrichtet, reizt mich. Sein merkwürdiges Dasein kommt mir wie die Parodie meines eigenen vor. Ich will mich aus dem Menschengewimmel zurückziehen, brauche aber die öffentliche Anerkennung meiner Arbeit. Diese beiden Bedürfnisse lassen sich nie ganz miteinander vereinbaren. Meine Kollegen halten mich für einen arroganten Exzentriker. Meine Patienten – zumindest einige von ihnen – verbreiten Klatsch über meine Ausschweifungen.

Simeon, der Säulenheilige erinnert mich an unseren Schweizer Einsiedler, den seligen Nikolaus von der Flüe. Als Kind besuchte ich sein Grabmal mit meinem Vater, und am selben Tag lernte ich ein Mädchen kennen, das mich lange Zeit im Traum verfolgte. Bruder Klaus scheint

das Rezept für die Glückseligkeit in diesem und dem nächsten Leben gefunden zu haben. Er war verheiratet, hatte Kinder, verbrachte aber nur die Hälfte seines Lebens bei seiner Familie; die andere Hälfte lebte er, in enger Verbindung mit seinem Schöpfer, in einer Einsiedelei.
Vielleicht wäre dies auch die Lösung für mich. Ich suche ein Stück Land, errichte mir eine Einsiedelei und ziehe mich dorthin zurück, sooft das häusliche Leben unerträglich wird. Toni könnte dann zu mir kommen. Ich glaube nicht, daß Emma allzu viele Einwendungen erheben würde, zumal Toni dadurch aus ihrem Gesichtskreis in Küsnacht verschwände.
Ich schlage mein Skizzenbuch auf und zeichne einen viereckigen Steinturm, der am Seeufer steht. Ich umgebe ihn mit einer Mauer, hinter der ich mein Einsiedlerleben führen kann. Im Hof gibt es einen Brunnen, aufgeschichtetes Brennholz für den Winter und eine Stele, in die ich den Ablauf meiner Tage und Arbeiten hieroglyphengleich einritzen werde. Das Mobiliar werde ich selbst anfertigen, und zwar mit einfachen Werkzeugen: einer Axt, einem Schälmesser, einer Säge, einem Holzhammer und einem Hobel, dessen Messer ich auf einem Wetzstein schärfen kann. Ich möchte Blumen pflanzen und einen Kräutergarten anlegen. Zwiebelzöpfe werden von den Deckenbalken in der Küche herabhängen. Petroleumlampen und Kerzen werden mir Licht spenden, und ein Eisenofen wird zum Brotbacken und zum Braten des Fleisches dienen.
Beim Zeichnen des Grundrisses für die Anlage fällt mir auf, daß sie aus zwei geometrischen Figuren besteht: einem Quadrat, das von einem Kreis umschlossen ist. Ich erinnere mich, daß Elias und Salome aus einem Kreis in mein Bewußtsein traten. Ich rufe sie an, aber sie antworten nicht.

Dennoch spüre ich eine Präsenz im Zimmer. Sie ist stärker, aber irgendwie viel einfacher als die ihrige. Ich rufe auch diese an. Ich erhalte keine Antwort, aber die Stille um mich herum wird intensiver, als verdichtete sich die Präsenz.
Unwillkürlich nehme ich den Bleistift in die Hand und zeichne die Seiten des Quadrats nach: eins, zwei, drei, vier. Ebenso automatisch schreibe ich einen Buchstaben neben jede Seite der Figur, als wollte ich eine geometrische Aufgabe lösen. Die Buchstaben lauten der Reihe nach IHWH. Ich schaue sie lange an. Dann wird mir plötzlich ihre Bedeutung klar. Ich habe das Tetragrammaton geschrieben, die vier hebräischen Buchstaben für den unaussprechlichen Namen Gottes.
Wieder hat mein Unterbewußtsein Material aus seinem Vorrat an mythischen Symbolen zutage gefördert. Kreis und Quadrat sind vollkommene Formen. Das Tetragrammaton ist das Zeichen für die höchste Vollkommenheit, die wir Gott nennen. Stille, dichte Stille umfaßt mich, wie der Schöpfer seine ganze Schöpfung umfaßt.
Wieder betrachte ich die Figur. Ich erinnere mich, sie in buddhistischen Texten in vielen Abwandlungen und mit mancherlei Verzierungen gesehen zu haben. Sie ist das Mandala, das Symbol der Erfüllung, der Stille, der endgültigen Bestimmung. Der Turm, den ich entworfen habe, wird für mich ein Ort der Ruhe und des Friedens sein. Ich bin jetzt überzeugt, daß ich ihn bauen werde und daß sich Gott, gerufen oder ungerufen, mir dort offenbaren wird.
Es wird nicht der Gott meines Vaters sein, ein engstirniger Jurist, der die Sünden seiner Kreaturen auf irgendeinem göttlichen Abakus zusammenrechnet. Es wird auch nicht der Gott der Katholiken sein, der seine Priester unter breiten Hüten und in schwarzen Röcken versteckt. Es wird vielmehr die Gottheit sein, die in jedes Herz eingegraben

ist, die im kollektiven Unbewußten aller Menschen verborgen lebt, die die alten Gnostiker erkannten und deren Bild die Kanoniker und Theologen dann mit ihren Formeln verdunkelten.

In dieser trüben Stunde vor dem ersten Hahnenschrei bin ich auf eine bedeutende Wahrheit gestoßen. Für mich, Carl Gustav Jung, gibt es keinen einfachen Weg zur Erkenntnis. Um die Zukunft zu erreichen, muß ich in die Vergangenheit zurückkehren. Um zur Sonne zu kommen, muß ich in das dunkle Reich des Unbewußten eindringen. Um das Einssein mit dem Einen zu erlangen, muß ich mich der wirren Unvernunft der Besessenen aussetzen.

Wie einst Martin Luther bin ich zum Augenblick der Entscheidung gelangt. »Hier stehe ich; ich kann nicht anders. Gott helfe mir!« Die gespenstische Stille lastet auf mir wie ein bleierner Mantel.

Magda
Paris

Ich habe mich etwas beruhigt, weil ich Basil Zaharoff beschwichtigen konnte. Jetzt kann ich einige persönliche Entscheidungen treffen. Nach meinen Gesprächen mit Zaharoff bin ich überzeugt, daß die Gebrüder Ysambard mit ihrem Vorschlag recht haben, einen Teil meines Vermögens in den Vereinigten Staaten anzulegen. In Europa wird es zum Krieg kommen. Ein Rückhalt in der Neuen Welt wird mir ein beruhigendes Gefühl geben. Über ihren anderen Vorschlag, meinen Landbesitz mit dem wertvollen Gestüt zu verkaufen, da die Marktlage günstig sei und ich den Erlös auf breiterer Grundlage anlegen könne, um dadurch das Risiko in den Folgejahren zu verringern, habe ich mich noch nicht entschieden.
Die Zusammenlegung von Papas Besitz in Silbersee mit dem Gut meines verstorbenen Mannes im nahe gelegenen Gamsfeld hat mich zu einer der reichsten Grundbesitzerinnen im Salzburger Land gemacht. Alle meine Wurzeln liegen dort, die schönsten Erinnerungen an Papa und Lily und den einzigen anderen Mann, den ich je geliebt habe, meinen Gatten Johann, Ritter von Gamsfeld.
Ich kenne diese Gegend wie meine Tasche. Ich kann die Geschichte jedes Schlosses und jeder Kirche auswendig hersagen. Ich spreche den Dialekt. Ich kenne all die herkömmlichen Volkslieder und Tänze. Ich bin inmitten der Söhne und Töchter der dortigen Bauernfamilien aufge-

wachsen. Das dortige Erbe aufgeben hieße die rechte Hand verlieren. Und dennoch ist die Angelegenheit in gewissem Sinne bereits entschieden, denn ich bin in meiner eigenen Heimat nicht mehr gelitten.
In der Nacht vor meiner Abreise nach Berlin zur Übergabe der sechs Jagdpferde, die ich dem Prinzen Eulenberg verkauft hatte, suchte mich mein Gestütsleiter auf. Er heißt Hans Hemeling, ist sechzig Jahre alt, stammt aus Tirol und ist ein Löwe von einem Mann mit Vollbart, wallender Haarmähne und einem wettergegerbten Gesicht – das genaue Ebenbild von Andreas Hofer. Als ich als Kind nach Silbersee kam, war er noch Stallknecht. Er war es, der mich auf mein erstes Pony setzte, den Staub von meiner Kleidung klopfte und meine Tränen trocknete, als ich das erste Mal herunterfiel. Wir beide haben einige der besten Erblinien in der europäischen Pferdezucht aufgebaut. Nun stand er, grimmig wie ein Henker, als Ankläger vor mir.
»Zum Beispiel Apollo, unseren besten Hengst. Sie reiten ihn absichtlich an den Stuten vorbei. Wenn er dann unruhig wird, dreschen Sie auf ihn ein und lassen ihn bis zur Erschöpfung galoppieren. Sie brechen einem wunderschönen Tier das Herz! Warum, um Gottes willen? Warum? Ihr Jagdhund kommt zu Ihnen, um sich streicheln zu lassen. Seine Schnauze beschmutzt Ihr Reitkleid. Sie schlagen ihn halb zu Tode; so muß ich ihn erschießen und im Rosengarten begraben. Dann stehen Sie um Mitternacht auf und hacken die Rosen ab. O ja! Sie haben geschworen, Sie seien es nicht gewesen. Vielleicht haben Sie es sogar selbst geglaubt. Aber man hat Sie gesehen! Was glauben Sie wohl, wie sich unsere Leute dazu stellen? Ich werde es Ihnen sagen. Sie halten Sie für eine Hexe. Wenn Sie nicht von hier verschwinden, werden sie alle weggehen – und ich gehe mit. Falls Sie glauben, Sie könnten das Gestüt mit Auslän-

dern betreiben, dann sind Sie auf dem Holzweg. Man wird Ihnen die Pferde stehlen und die Gebäude niederbrennen. Der einzige Grund, warum dies noch nicht geschah, ist der, daß ich den Leuten gesagt habe, Sie gingen nach Berlin in ärztliche Behandlung, und ich würde hier die Leitung übernehmen. Bitte, keine Widerrede! Tun Sie, was ich gesagt habe! Sie wissen doch, daß ich offen und ehrlich bin. Sie werden keinen Pfennig einbüßen. Aber wenn Sie bleiben, sind Sie alles los.«

Ich wußte, daß er recht hatte. Schon seit den Wutanfällen hatte ich die Feindseligkeit gefühlt, die sich wie eine Feuerwand um mich herum auftürmte. Ich bat Hans Hemeling, mir zu helfen, über mich selbst Klarheit zu erlangen.

Er zuckte müde mit den Achseln. »Ich weiß nicht. Ich wollte, ich könnte es. Sie sind immer ein wildes Mädchen gewesen. Ihr Mann – Gott habe ihn selig! – hat Sie eine Zeitlang gezähmt. Nach seinem Tod schlugen Sie wieder über die Stränge. Ich habe mir oft gedacht, Sie bräuchten irgend einen strammen Kerl, der mit Ihnen Söhne zeugen kann. Wäre ich jünger und nicht verheiratet gewesen, ich hätte selbst um Sie geworben. Aber dies gehört alles der Vergangenheit an. Jetzt benehmen Sie sich, als wären Sie wirklich verhext, und das spüren sogar die Tiere. Ich weiß nicht, ob Sie einen Arzt brauchen, der Ihren Kopf untersucht, oder einen Priester, der Ihnen den Teufel austreibt.«

Dies war eine vertraute Redewendung, aber sie traf mich härter als jedes wohlüberlegte Wort. Bei uns steht auf jedem Hügel eine Kirche und an jedem Kreuzweg eine Kapelle. Trotzdem leben die alten heidnischen Dämonen weiter in den dunklen Wäldern, auf den steilen Felsen und in den tiefen Bergseen. Für mich waren sie immer lebendiger als die christlichen Heiligen. Ich kenne sie aus den Erzählungen am Kaminfeuer und den Ammenmärchen über

Zaubersprüche und anderen Spuk. Nach meinen Wutanfällen war mir selbst, als habe sich eine ganze Heerschar böser Geister in mir festgesetzt. Deshalb widersetzte ich mich Hans Hemeling nicht mehr. Ich senkte den Kopf wie ein reuiges Kind und versprach ihm, so lange wegzubleiben, bis der Teufel ausgetrieben sei. Erst dann wollte ich wieder nach Hause kommen.
Er war noch nicht zufrieden und warnte mich unverblümt: »Sie brauchen sich nicht zu beeilen! Und schreiben Sie mir, bevor Sie daran denken, wieder zurückzukommen. Unsere Leute hier vergessen so schnell nichts.«
Das war klar und deutlich. Sie würden mir nie verzeihen, nie vergessen, was ich getan habe. Deshalb rief ich heute morgen Joachim Ysambard an und sagte ihm, ich sei mit seinen Vorschlägen einverstanden. Er solle den Grundbesitz verkaufen, das Gestüt auflösen, Vorsorge für meine Angestellten treffen und das Kapital in USA-Papieren anlegen. Joachim freute sich über meinen »vernünftigen Entschluß«. Er erkundigte sich nach meinen Plänen für die Zukunft. Ich fragte ihn, ob er nicht wieder einmal mit mir Urlaub in Amalfi machen möchte. Er lachte und legte auf.
Für mich ist das Ganze nicht zum Lachen. Ich fühle mich jetzt ausgesprochen einsam. Bevor ich irgendwelche Pläne machen kann, muß ich von dem Wahnsinn geheilt werden, der mich belastet. Hans Hemelings Worte gehen mir nicht aus dem Sinn. »Ich weiß nicht, ob Sie einen Arzt brauchen, der Ihren Kopf untersucht, oder einen Priester, der Ihnen den Teufel austreibt.« Das war ja auch Giancarlos Rat, nur mit anderen Worten. Beide, scheint mir, verschreiben mir eine starke Dosis Magie: die Magie alter Religionen oder die Zauberkraft einer neuen Art von Gesundbetern, die abseits der Schulmedizin arbeiten und sicher keinen Heilerfolg garantieren können.

Ich weiß noch, daß Papa mir einmal erzählte, wie in der Antike geisteskranke Patienten auf die heilige Insel Kos gebracht wurden. Nach einer rituellen Vorbereitung wurden sie dort dem Gotteserlebnis ausgesetzt, das offensichtlich aus einer Kombination von Hypnose und primitiver Schocktherapie bestand. Dies sei, meinte Papa, ein Beispiel tiefen Wissens um die Heilkunst gewesen. Der Patient wurde neu geboren. Das Gotteserlebnis war dasselbe wie die Taufe für den Christen: der Zeitpunkt, an dem ein neues Leben begann. Aber vorher mußte der Kandidat den Preis dafür zahlen: die langen Rituale, die zauberkräftigen Waschungen, die Einnahme von Beruhigungsmitteln. Dann schließlich, im innersten Heiligtum, in Angst und Finsternis mußte er den Sprung in das Mysterium wagen.
Auch ich muß diesen Sprung riskieren, in der Dunkelheit eines Beichtstuhls oder im Behandlungszimmer eines Psychoanalytikers. Es ist nicht das Mysterium, vor dem ich zurückschrecke. Es ist ganz einfach das nackte Risiko. Wenn ich die Wahrheit sage, brandmarke ich mich zur Mörderin, und wie weit kann ich dem Mann, Priester oder Arzt, trauen, der meine Beichte entgegennimmt? Ich weiß, es gibt eine Berufsethik und den hippokratischen Eid. Aber ich habe mich in zu vielen öffentlichen Häusern und zu vielen Betten herumgetrieben, um mein Leben Menschen meines Schlages anzuvertrauen. Wenn ich aber die Beichte nicht ablege, hat alles keinen Sinn. Ich würde die Patientin sein, die über Migräne klagt, während ein Krebsgeschwür in ihrem Leib wuchert.
Also, Magda, meine Liebe, was willst du tun? Du kannst dich nicht dein ganzes Leben lang im Crillon einschließen. Du kannst dich nicht in Luxusbordellen herumtreiben, weil du weißt, daß jede Eskapade schließlich doch der Poli-

zei oder Basil Zaharoff gemeldet wird. Du kannst überhaupt keine Pläne machen, denn ohne eine Radikalkur verlierst du dich im Land der Dämonen. Dich verfolgt kein Schuldgefühl, sondern etwas viel Bösartigeres. Du hast gelernt, daß es nichts Aufregenderes gibt, als ein Menschenleben in der Hand zu halten, das du wie eine Kerzenflamme auslöschen kannst. Es gibt keinen stärkeren Orgasmus als den, der durch den Hinrichtungsvorgang erzeugt wird. Du hast ihn erlebt. Du bist versessen darauf, ihn zu wiederholen, und früher oder später wirst du das tun.
Jetzt ist es heraus! Ich habe es gesagt, ich habe es niedergeschrieben: die Wahrheit über Magda Liliane Kardoss von Gamsfeld. Ich verstehe mich also doch selbst. Wozu brauche ich einen Psychoanalytiker? Und ein Priester kann mir bestimmt nicht helfen, denn ich bin mir keineswegs sicher, daß ich eine reuige Büßerin wäre. Aber ich fürchte mich. Meine Hände zittern so, daß ich kaum die Feder halten kann. Ich kann jetzt nicht allein sein. Ich greife zum Telefon und bitte die Vermittlung, mich mit Dr. Giancarlo di Malvasia zu verbinden.
Er war sehr liebenswürdig, sehr besorgt. Er lud mich zum Mittagessen in ein kleines Restaurant auf der Ile ein. Er erzählte mir, er sei früh aufgestanden und habe eine Messe besucht, um für mich zu beten. Ich war so gerührt, daß ich drauf und dran war, ihn ohne Umschweife mit der ganzen traurigen Geschichte zu überfallen; aber er kam mir zuvor.
»Ich gestehe, daß ich versucht war, dich als Patientin zu übernehmen und dich hier in Paris mit Unterstützung irgendeines Kollegen, wie beispielsweise Flournoy oder Janet, zu behandeln. Dann, während ich betete, wurde mir klar, daß dies ein großer Fehler wäre. Wir stehen einander nicht objektiv genug gegenüber. Wir könnten die ganze

Sache auch noch verschlimmern. Aber es wäre gefährlich für dich, mir deine Geschichte nicht ganz zu erzählen. Es muß alles oder nichts sein.«

»Dies ist genau mein Problem, Gianni, alles oder nichts! Du weißt nicht, du kannst nicht wissen, wie erpreßbar ich bin. Bei wie vielen deiner Kollegen kannst du dich wirklich darauf verlassen, daß sie über ihre Patienten den Mund halten?«

»Bei einigen, leider nicht bei allen.«

»Und bei wie vielen Priestern?«

»Bei einem Priester ist es anders. Die Sache bleibt anonym. Du kannst in jeder Kirche und vor jedem Priester deiner Wahl dein Bekenntnis ablegen. Im Beichtstuhl ist es dunkel. Du bist nur eine körperlose Stimme. Dadurch gewinnt deine Erzählung an Gewicht. Du brauchst über deine Sünde, sei es Diebstahl oder Ehebruch, keinen Roman zu schreiben. Du kommst zum Priester wie zu Christus. Er erteilt dir in Christi Namen die Absolution als einen Gnadenerweis Gottes.«

»Das klingt ja großartig! Ehebruch am Sonnabend, Absolution am Sonntag! Ein Taschenspielertrick. Jetzt siehst du die Karte noch, dann – Simsalabim! – ist sie weg.«

Er wußte, daß ich mich über ihn lustig machte, aber er war verständig genug, mir zu verzeihen.

»Du siehst das Ganze falsch, meine Liebe. Nicht die Unschuld wird dadurch wiederhergestellt, sondern das Verhältnis zwischen Schöpfer und Geschöpf. Das Kind sagt, es tut mir leid, und der Vater nimmt es wieder in den Schoß der Familie auf. Aber die Narben unserer Torheiten tragen wir bis zum Tode mit uns herum. Vielleicht liegt der eigentliche Wert der analytischen Psychologie darin, daß sie uns lehrt, uns selbst zu begreifen und das Leben deshalb erträglicher zu finden.«

Das klang vernünftig. Ich weiß aus bitterer Erfahrung, daß ich mich immer dann auf die wüstesten Exzesse einließ, wenn meine Selbstachtung auf den Nullpunkt abgesunken war. Ich wiederholte meine erste Frage.
»Wie weit kann ich mich auf das Berufsgeheimnis bei Freud oder Jung verlassen?«
Gianni hob resigniert die Schultern. »Was soll ich dazu sagen? In Weimar konnte man die üblichen Hintertreppengeschichten über beide Männer hören. Jung hat anscheinend einige Weibergeschichten hinter sich. Aber die beiden sind auf ihrem Gebiet führend. Das Risiko einer Indiskretion von ihrer Seite muß gegen das Risiko deiner Todessehnsucht abgewogen werden. Du bist jetzt an die Grenzen deiner Belastbarkeit gelangt. Hör auf meinen Rat! Fahre morgen nach Zürich und sprich mit Carl Jung! Benutze doch einfach einen anderen Namen!«
Er nahm einen Rezeptblock aus der Tasche, schrieb ein paar Zeilen darauf und gab mir das Blatt. Der Text war an Dr. Carl Gustav Jung, Zürich, gerichtet und lautete:

Sehr geehrter Herr Kollege,
Sie werden sich erinnern, daß wir uns in Weimar begegnet sind. Die Überbringerin dieser Zeilen ist eine Dame, die ich seit vielen Jahren kenne. Sie wendet sich auf meine Empfehlung hin an Sie. Aus verständlichen Gründen wünscht sie, anonym zu bleiben, jedenfalls im Augenblick. Ich bitte Sie, sie zu empfangen und ihr jede nur mögliche Hilfe angedeihen zu lassen.

Mit ergebensten Empfehlungen
Dr. Giancarlo di Malvasia

»Hier, nimm!« sagte Gianni in ernstem Ton. »Um Gottes willen, nimm die Empfehlung und sprich mit dem Mann! Es ist vielleicht deine letzte Chance.«

Aber es war nicht seine Beredsamkeit, die mich überzeugte, nicht einmal die Einsicht in meine Notlage. Nein, es war ein Brief von Basil Zaharoff, den ich im Hotel vorfand.

Meine liebste Magda,
ich habe viele Frauen in meinem Leben kennengelernt, aber keine hat mir so vielseitige Freuden beschert. Ich kann den Gedanken, Dich nach einer einzigen so wunderschönen Begegnung wieder zu verlieren, nicht ertragen. Ich reise heute nacht nach London, um mit Lloyd George zusammenzutreffen. Sobald ich wieder zurück bin, laß uns gemeinsam zu Abend essen und unsere Leidenschaft neu entflammen!
Außerdem möchte ich einen weiteren Vorschlag mit Dir besprechen. Ich sehe ein, daß das Arrangement, das ich Dir vorschlug, für eine temperamentvolle Frau wie Dich viel zu starr und einengend war. Ich bin sicher, daß wir zu einer flexibleren Lösung kommen können, die trotzdem für uns beide nicht weniger einträglich zu sein braucht.
Ich küsse Deine Hand. Ich küsse Deine süßen Lippen. Du bleibst auf meinen Reisen stets in meinem Herzen.

In Liebe,
Z. Z.

Ich zerriß den Brief in kleine Stücke und spülte sie auf der Toilette hinunter. Dann rief ich den Portier an und bat ihn, mir einen Eisenbahnfahrplan und den europäischen Hotelführer von Thomas Cook heraufzuschicken. Anschließend ging ich in eine kleine Apotheke, wo man meine Unterschrift kannte und meine Rezepte annahm. Der alte Apotheker machte ein bedenkliches Gesicht, als er mein Rezept las.
»Madame weiß bestimmt, daß dieses Zeug tödlich wirkt. Ich werde die Flasche sicherheitshalber versiegeln.«
Ich dankte ihm für seine Gewissenhaftigkeit und erklärte,

einer meiner Hunde habe unheilbaren Krebs und müsse eingeschläfert werden. Ich sei dem Tier so zugetan, daß ich die Sache selbst übernehmen möchte.
»Ach so, Madame.« Der Alte war sofort beruhigt. »Sie erinnern mich so stark an Ihren Vater. Er war ein großartiger Mann, ein Mann von Herzensgüte und großem Feingefühl.«
Ach, Papa! Wenn du nur wüßtest, was für eine Frau aus deiner Tochter geworden ist. Aber irgendwie hast du es gewußt. Du hast es zwar nie zugegeben, aber du wußtest es. Und die einzige Bemerkung, die du jemals in diese Richtung gemacht hast, klang wie ein Zitat aus einem Stück von Schnitzler: »Hoffentlich redest du nicht im Schlaf, meine Liebe!« Sei unbesorgt, Papa, wenn dieser letzte, verzweifelte Versuch scheitern sollte, werde ich tief und lange schlafen und nie wieder ein Wort über meine oder deine Geheimnisse verlauten lassen. Ich bin jetzt ganz ruhig. Schau her! Ich kann mir sogar im Spiegel zulächeln. Ich erinnere mich an eine von Lilys Geschichtsstunden. Sie schilderte die Hinrichtung des englischen Königs Karl I., und ich meinte, daß es dem armen Kerl sehr weh getan haben muß.
»Glaub das bloß nicht, Kind«, sagte Lily ganz vergnügt. »Es sieht zwar nicht schön aus, geht aber ganz schnell. Wenn dein Kopf erst einmal ab ist, bist du alle deine Sorgen los.«

Carl Gustav Jung
Zürich

Über den Chaostraum, über die große Flut, ist es zwischen Toni und mir zu ernsten und manchmal bitteren Auseinandersetzungen gekommen. Sie beharrt auf der Ansicht, daß meine Analyse zu oberflächlich sei und ich den Traum nicht als Prophezeiung deuten dürfe. Außerdem hätten die Symbole der Todessehnsucht viel düsterere Untertöne, als ich zugeben wolle.

Ich halte dagegen, sie verfalle in Freuds Irrtum. Auch er neige zu der Auffassung, das Unbewußte sei mit dem Bewußten in eine Art bösartiges Versteckspiel verstrickt. Die Traumbilder seien für ihn ein Rauchschleier, der eine unerträgliche Wirklichkeit verdecken soll. Ich bin ganz anderer Meinung. Träumen ist so natürlich wie atmen.

Das Unbewußte ist wie ein Dachboden, auf dem alles ungenutzte oder unbenutzbare Material unserer persönlichen und stammesbedingten Erfahrung kunterbunt durcheinander verstaut wird: alte Hochzeitsfotos, der Schal der Großmutter, die Tagebücher des Urgroßvaters. Ganz zufällig purzelt etwas aus dem Durcheinander heraus, als spielten dort Kinder oder stöbere ein neugieriges Hausmädchen in den verstaubten Beständen. Die Natur legt es nicht darauf an, uns zu täuschen. Auch wir gehen nicht darauf aus, uns selbst zu täuschen. Wir können einfach nicht auf einmal mit all den Informationen und Emotionen fertig werden,

die auf uns einstürzen. Deshalb verdrängen wir das Gerümpel auf den Dachboden des Unbewußten.
Ich schreibe hierüber ganz ruhig, obwohl die heutige Debatte mit Toni alles andere als friedlich verlief. Sie wurde noch komplizierter durch einen peinlichen Brief, den Toni mit der Morgenpost öffnete. Der Brief kam von Sabine Spielrein, die mich vor nicht allzu langer Zeit bedrängt hatte, ihr ein Kind zu schenken – unseren kleinen Siegfried. Zum Teufel, wie mir diese Frauen zusetzen! Ohne sie kann ich nicht leben, mit ihnen auch nicht. Wenn ich genug Geld hätte, würde ich meine Koffer packen und morgen nach Afrika abreisen.
Eine neue Pechsträhne bahnt sich an, und das, wie jetzt immer häufiger, bereits in den frühen Morgenstunden. Ich hatte wieder den Chaostraum; aber diesmal enthielt er neue Elemente.
Elias ist im Zug. Er ist wie ein Schaffner gekleidet und bringt mich in mein Abteil. Dort ist bereits Salome. Sie ist nackt und streckt eine Hand aus, um mich zu berühren. Ein großer Strohkorb steht auf dem Sitz neben ihr. In ihm ist die Schlange. Ich höre das Rascheln ihres Körpers im Stroh.
Wieder ist mir bei Salome unbehaglich zumute. Ich erwarte Toni. Ich habe kein Verlangen nach einem blinden Mädchen, das eine Schlange bei sich hat. Der Zug fährt an, und wieder einmal sehe ich die Flut, erst gelb, dann blutrot, die sich über die Landschaft dahinwälzt. Ich erkenne dieselben Toten im Wasser. Diesmal jedoch ist ein lebendes Wesen darunter: ein wunderschöner schwarzer Hengst. Ich sehe seinen edlen Kopf und seine Vorderhand, während er sich abmüht, nicht unterzugehen. Als er immer näher kommt, sehe ich seine wilden Augen, seine geblähten Nüstern und die gewaltigen Muskeln an seinem Nacken. Zum ersten-

mal möchte ich ins Freie gelangen, um ihn zu retten. Ich hämmere vergebens gegen das Fenster und muß zusehen, wie der Hengst vom blutroten Wasser verschlungen wird. Ich stoße einen Verzweiflungsschrei aus und erwache. Glücklicherweise schläft Emma weiter. Ich gehe leise in mein Arbeitszimmer hinunter, stopfe meine Pfeife, gieße mir ein Glas Cognac ein und beginne, die neuen Elemente meines Traums aufzuzeichnen. Ich bin hellwach. Was ich niederschreibe, gibt zu neuen, interessanten Rückschlüssen Anlaß.

Erst Emmas Stimme und die Morgensonne, die ins Zimmer flutet, reißen mich aus meinen Gedanken. Emma steht an Tonis Schreibtisch und gießt Kaffee in meine Tasse.

Ich bin aufgebracht und schreie sie ungehalten an: »Emma! Habe ich dir nicht gesagt, du sollst mich hier nie, nie stören?«

Sie antwortet in jener ruhigen, beherrschten Art, mit der sie meistens auf meine Grobheiten reagiert: »Schrei mich nicht so an, Carl! Das kannst du dir sparen. Ich habe dir nur das Frühstück gebracht. Willst du dich waschen, bevor ich es anrichte? Auf dem Stuhl liegt ein frischer Kittel.«

Erst jetzt werde ich mir meiner Verfassung bewußt. Mein Gesicht ist verschmiert, weil es in Aschenresten und vergossenem Cognac gelegen hat. Meine Hände sind schmutzig. Meine Ärmel sind mit Cognac getränkt. Auf meinen Papieren sind große Flecken. Die Lederplatte des Schreibtisches weist eine lange Brandspur auf. Ich taumle zum Waschbecken und betrachte mich im Spiegel. Emmas Kommentar ist treffend, aber überflüssig.

»Du siehst wirklich verheerend aus.«

Seifenschaum im Gesicht, murmele ich eine Entschuldigung.

»Du warst todmüde und sinnlos betrunken. Eines Nachts

wirst du mit dieser verfluchten Pfeife noch das ganze Haus anzünden!«

Ich ziehe mein beschmutztes Hemd aus, wasche mich und trockne mich ab. Dann ziehe ich den Bauernkittel an, den ich als Arbeitskleidung trage. Ich möchte Emma einen Gutenmorgenkuß geben. Sie hält mir kühl die Wange hin, reicht mir den Kaffee und entfernt sich zwei Schritte von meiner unliebsamen Erscheinung. Während ich mir ein Stück Gebäck in den Mund stopfe und einen großen Schluck Kaffee zu mir nehme, geht sie zum Angriff über.

»Das ist doch Wahnsinn, Carl! Fünfmal hintereinander bist du die ganze Nacht auf gewesen. Du rauchst wie ein Schlot, du trinkst zuviel. Du bringst dich noch selber um!«

Ich verschlucke mich mit dem Kaffee, wodurch meine Erwiderung völlig ins Leere geht.

»Du lieber Himmel, Emma, wie du alles übertreibst! Ich bin um zwei Uhr morgens nach einem schrecklichen Alptraum aufgewacht und konnte nicht wieder einschlafen. Ich wollte dich nicht stören. Ich bin hinuntergegangen, um den Traum aufzuzeichnen und meine Notizen für eine Analyse vorzubereiten. Ein einziges Glas Cognac habe ich getrunken. Mehr trinke ich nie. Ich war hundemüde und schlief ein. Ist das ein Verbrechen? Außerdem habe ich fest gearbeitet, und zwar mit Erfolg. Schau her, ich zeige es dir!«

Ich gehe zum Schreibtisch, nehme die Notizzettel und reiche sie ihr. Sie liest die erste Seite. Ihr Gesichtsausdruck verändert sich. Sie blättert weiter, liest und starrt mich dann entsetzt an. Ich frage sie, was los sei. Sie sagt es mir, ganz ruhig.

»Carl, das ist doch Kauderwelsch. Völliger Unsinn! Und diese Schrift ... bloßes Gekritzel!«

Ich nehme ihr die Blätter weg. Die Worte, die ich entziffern kann, ergeben keinen Sinn. Ein Wirrwarr aus Deutsch, Latein, Griechisch und überhaupt keiner Sprache. Ich versuche, mich herauszureden.

»Ich muß erschöpfter gewesen sein, als ich dachte. Du weißt, wenn die Abfallstoffe im Körper überhandnehmen, wirkt das wie eine Narkose. Die Gedanken verwirren sich. Die Handschrift wird unleserlich ...«

Sie kommt zu mir und legt sanft die Hand auf meine Schulter. Sie scheint plötzlich Autorität zu besitzen. Ich bin froh, daß sie bei mir ist.

Liebevoll ermahnt sie mich: »Bitte, Carl, setz dich hin! Wir müssen miteinander reden.«

Sie führt mich zum Schreibtisch. Ich lasse mich in den Sessel fallen. Sie zieht sich einen anderen Sessel heran, sieht mich an und streichelt meine Hände, während sie spricht. Es scheint eine Ewigkeit zu sein, seit wir einen so hautnahen Kontakt miteinander gehabt haben.

»Carl, höre mir bitte genau zu! Du bist ein kranker Mann. Alles deutet darauf hin: die Alpträume, die Schlaflosigkeit, die Depressionen, die Wutanfälle, vor denen sich die Kinder so fürchten ... Sei ehrlich mit dir selbst. Was hättest du gesagt, wenn einer deiner Patienten in der Klinik einen solchen Unsinn fabriziert hätte?«

»Klinisch gesehen, ist das Material irrelevant.« Ich war schon wieder gereizt. »Übermüdung oder schlichter Sauerstoffmangel wirken sich ebenso aus.«

»Also gut! Geben wir zu, daß dies irrelevant ist. Aber alles übrige trifft zu. Bitte, mein Lieber, kannst du denn nicht verstehen, daß wir uns alle große Sorgen um dich machen?«

»Ich mache mir Sorgen um mich selbst.«

»Dann sag mir – nach allem, was du mich gelehrt hast –,

wie deine Diagnose lauten würde, wenn ich die Patientin wäre und mit all den Symptomen, die du hast, zu dir käme?«

Es würde die Sache nur noch verschlimmern, wenn ich ihr erzählte, daß mir die Gerüchtemacher vorwerfen, ich litte an Dementia praecox, und daß ich zumindest die Anfangssymptome von Schizophrenie und manisch-depressiven Phasen an mir erkenne. Statt dessen versuche ich, eine ausweichende Antwort zu geben.

»Ich würde mich noch zu keiner Diagnose entschließen können. Es ist zu früh, und die Symptome sind zu verschiedenartig. Ich würde eine umfassende körperliche Untersuchung anordnen. Wenn diese keinen pathologischen Befund ergeben sollte, würde ich dem Patienten versuchsweise eine Psychoanalyse empfehlen.«

»Schön, mein lieber Doktor«, sagt sie und streichelt meine unrasierte Wange. »Warum befolgst du dann nicht deine eigene Empfehlung?«

Jetzt fühle ich wieder Grund unter den Füßen. Sie weiß, daß ich bei Lansberg zu einer eingehenden Untersuchung war, und kennt sein Urteil: Kerngesund, abgesehen von gelegentlichen Blutdruckschwankungen, die sich seelisch auswirken können. Aber das genügt ihr nicht. Sie dringt weiter in mich.

»Aber du weißt, dein Problem ist doch kein physisches!«

»Gewiß. Andererseits ...«

»Warum begibst du dich also nicht in psychiatrische Behandlung?«

»Bei wem, du lieber Himmel? Bei Bleuler, Ferenczi, Jones? Sie vertreten eine andere Richtung.«

Ein altes, überstrapaziertes Spiel zwischen uns! Ich weiß doch, daß sie mit Freud korrespondiert. Ich weiß, daß ihrer Meinung nach mein Zwist mit ihm übertrieben und auf

meine Übellaunigkeit zurückzuführen ist. Wie ich erwartet habe, geht sie sofort in die Falle.
»Und Freud? Ich weiß, daß ihr beide über gewisse Dinge verschiedener Meinung seid, aber …«
»Verschiedener Meinung? Ich glaube ihm nichts mehr. Ich kann ihm nicht mehr vertrauen. Der Mann ist ein hoffnungsloser Dogmatiker. Er wird ohnmächtig, wenn er mit einem unbequemen Gedanken konfrontiert wird. Er kippt einfach um wie ein hysterisches Weib.«
Ich will die Diskussion unbedingt beenden. Ich stehe auf und gehe zum Fenster, wo ich stumm und feindselig stehenbleibe und in den Garten hinausschaue. Emma aber will die Auseinandersetzung fortführen. Sie greift mich wieder an.
»Was siehst du dort draußen, Carl? Elias? Salome?«
Ich bin schockiert und wütend. Ich habe über diese beiden noch nie mit ihr gesprochen und frage sie unwirsch: »Wie weißt du überhaupt von ihnen? Hast du in meinen Papieren gekramt?«
»Du weißt, daß ich so etwas nie tue, Carl. Du redest im Schlaf, und du führst laute Selbstgespräche, wenn du auf dem Rasen hin und her gehst. Wer sind diese Menschen, Carl? Was bedeuten sie in deinem Leben?«
Plötzlich ist mein Zorn verraucht. Ich bin müde und ängstige mich wie ein krankes Kind. Gequält antworte ich: »Ich weiß nicht, wer sie sind. Sie sind Personifikationen meines Unterbewußtseins. Ich weiß lediglich, daß ich mich, wenn Elias da ist, in Sicherheit fühle. Salome mag ich nicht. Aber anscheinend kann ich den einen nicht ohne die andere haben.«
»Kannst du sie jetzt sehen?«
»Nein, ich sehe nichts.«
Emma schaut mich längere Zeit stumm an. Dann sagt sie in

flehentlichem Ton: »Ich werde dir sagen, was *ich* sehe, Carl. Ich sehe einen großen Mann, der einem geistigen Zusammenbruch schon sehr nahe ist. Ich sehe den ehemaligen Oberarzt am Burghölzli, den brillanten Spezialisten an der Universität Zürich – und dieser plappert wirr vor sich hin wie einer seiner Patienten. Ich sage mir: Dies ist dein Mann. Du liebst ihn. Du erwartest von ihm das fünfte Kind. Und ich frage mich, ob er geistig in der Lage sein wird, das Baby zu erkennen, wenn es geboren ist.«

Sie bricht in Tränen aus und vergräbt das Gesicht in ihren Händen. Ich schäme mich, ihr so weh getan zu haben. Ich eile zu ihr und versuche, sie zu trösten, aber ihr Kummer macht sich in einer Flut zusammenhangloser Worte Luft.

»Du weißt gar nicht und es ist dir auch gleich, wie schlimm es ist! Ich erwache in einem kalten Bett ... Die Kinder kennen dich nicht mehr. Sie fürchten sich, in deiner Nähe zu sein ... Du versteckst dich hier wie ... wie ein Ungeheuer in einer Höhle. Ich halte es nicht mehr aus! Ich halte es einfach nicht mehr aus!«

Ich lege den Arm um sie und wiege sie wortlos wie ein Kind hin und her. Dann versuche ich, ihr so zartfühlend, wie ich nur kann, gut zuzureden: »Emma, mein Liebling, es tut mir leid. Aus tiefstem Herzen tut es mir leid ... Aber ich finde keine Worte, mit denen ich dir erklären könnte, wie mir zumute ist, wenn dieser finstere Sturm in mir losbricht. Ich weiß nur, daß ich nicht gegen ihn ankämpfen kann. Ich muß die Raserei über mich hereinbrechen lassen und kann nur hoffen, danach wieder bei Verstand zu sein. Deshalb verstecke ich mich hier herunten, um dir dieses Schauspiel zu ersparen ...«

»Du kannst dich nicht auf immer und ewig verstecken. Du brauchst Hilfe!«

»Ich weiß ... aber ich weiß auch, wie wenig eine solche Hilfe wert ist.«
»Wie kannst du so etwas sagen, ausgerechnet du!«
»Weil unsere Wissenschaft, die ganze Psychoanalyse, noch in den Kinderschuhen steckt. Die Methoden sind nicht ausgereift, die Therapie ist noch unvollständig. Ich frage mich deshalb, ob ich nicht dazu berufen bin, eine Reise über die eingefahrenen Grenzen hinaus anzutreten. Vielleicht soll Elias das bedeuten: ein Prophet aus dem Alten Testament, der in einem feurigen Kriegswagen zum Himmel hinauf entführt wurde.«
»Es ist aber nichts Himmlisches, das ich in deinen Augen erkenne, Carl. Manchmal ist es die Pein der Verdammten. Und ich kann nichts dagegen tun.«
»Ich auch nicht. Ich bin wie ein Rohr im Wind. Deshalb habe ich keine andere Wahl, als mich von diesen Stürmen des Unterbewußten dahintragen zu lassen und abzuwarten, wohin sie mich schließlich treiben.«
»Du nimmst ein schreckliches Risiko auf dich.«
»So groß ist das Risiko nun auch wieder nicht.«
»Für uns zumindest schon.«
»Du bist der Anker, der mich an die Wirklichkeit bindet. Du, die Kinder, unser Familienleben hier im Haus.«
»Der Anker hält gerade noch, aber ich bin nicht sicher, wieviel wir noch ertragen können, Carl. Wir sind nur Menschen. Wir müssen ab und zu auch einmal lachen können.«
Ihre Heftigkeit erschüttert mich. Ich habe sie immer für äußerst standfest gehalten. Nun versuche ich, sie zu beruhigen.
»Das ist nur natürlich ... Bitte, vergiß mich, bis ich diese Krise durchgestanden habe! Achte nicht auf meine Stimmungen. Laß mich kommen und gehen, wie es mir gerade

einfällt. Behandle mich wie ... wie ein Möbelstück. Konzentriere dich auf das neue Baby. Lebe ganz für die Kinder ...«

»Soll ich es dir allein überlassen, gegen die Dämonen anzukämpfen?«

»Ich werde nicht allein sein. Toni Wolff wird die Erlebnisse aufzeichnen und mir helfen, sie zu analysieren. Sie hat ihre Krise schon hinter sich. Sie versteht gewissermaßen, was sonst niemand versteht.«

Ich bin ein Narr, eine Plappertasche. Die Worte sind kaum heraus, als ich bereits einen neuen Ausbruch zu hören bekomme.

»Das ist doch nicht möglich, was du da sagst, Carl! Ich muß mich verhört haben! Du gibst zu, dich in einer schweren Krise zu befinden. Du hast kein Vertrauen zu Freud. Du sagst, Bleuler und Ferenczi vertreten eine andere Richtung. Mich hältst du für inkompetent. Aber du begibst dich in die Hände eines fünfundzwanzigjährigen Mädchens, das einmal deine Patientin war. Gibt das eigentlich einen Sinn?«

»Für mich durchaus. Sie ist zwar jung, aber sehr gescheit. Ich habe sie selbst ausgebildet und ...«

»Und was, Carl? Heraus mit der Sprache!«

Jetzt bin ich es, der aufbraust. So geht das immer zwischen uns beiden. Es ist einfacher, sich gegenseitig etwas an den Kopf zu werfen als eine Illusion über Bord.

»Um die Wahrheit zu sagen«, antworte ich ihr laut, »du machst eine Szene wegen jeder Frau, die mein Sprechzimmer betritt ... und ich habe deine pathologische Eifersucht satt!«

»Und warum sollte ich nicht eifersüchtig sein? Sieh dir doch all die Skandale an, die wir gehabt haben. Du bist im Umgang mit Frauen ein Narr. Du verläßt dich ganz auf deine einfühlsame, charmante Art, und jede glaubt, es sei eine Einladung, mit dir ins Bett zu gehen. Manchmal ist es auch eine, aber es schadet deinem Ruf und der Praxis. Bei dieser Toni gehst du noch weit darüber hinaus: Du willst sie zu einem Familienmitglied machen.«

»Sie nimmt einen legitimen Platz in meinem Leben ein – genauso wie du!«

»Einen legitimen Platz? Drück dich bitte etwas deutlicher aus!«

»Du bist meine Frau, die Mutter meiner Kinder, die Herrin meines Hauses.« Während ich diese schwülstigen Worte ausspreche, fällt mir plötzlich mein Vater bei seiner Sonntagspredigt wieder ein. Wie mein Vater übergehe ich die komische Seite und rede weiter: »Du hast meine Liebe, meine Achtung und meine unwandelbare Treue. Toni war zwar meine Patientin, aber ihre persönliche Erfahrung mit der Geistesgestörtheit und ihre angeborene Intelligenz machen sie zu einer wertvollen Mitarbeiterin.«

»Und im Bett, Carl? Wie ist sie da? Was tut ihr dann? Lest ihr euch Krankengeschichten vor?«

Bevor ich noch antworten kann, geht die Tür auf, und Toni tritt ein. Sie trägt die Morgenpost und einen neuen Sonnenhut, der an einem rosa Band baumelt, in der Hand. Sie begrüßt uns beide fröhlich, wirft die Post auf den Tisch und zeigt Emma den Hut.

»Wie gefällt er Ihnen? Ich habe ihn selbst dekoriert.«

»Reizend!« Emma ist kühl, aber betont höflich. Sie ist nicht umsonst unter Baseler Standesbürgern aufgewachsen.

Toni sieht uns an, als erwarte sie eine Erklärung für das plötzliche Schweigen. Schließlich fragt sie: »Verzeihen Sie, habe ich Sie gestört? Wenn ja, kann ich im Garten spazierengehen.«

»Nein, wir haben uns nichts mehr zu sagen.« Und dann

setzt Emma für uns beide noch ein Schlußwort hinzu. »Ich werde deinen Rat beherzigen, Carl. Ich werde, nein, ich muß mich künftig nur um die Kinder kümmern. Sie haben mich jetzt besonders nötig. Und Sie, Toni, werden, wie mir Carl sagt, seine Analyse in Angriff nehmen. Er hält große Stücke auf Sie. Ich hoffe für uns alle, daß er recht behält ... Da fällt mir ein: Sie sollten sich die Notizen ansehen, die er heute nacht geschrieben hat. Sie sind sehr aufschlußreich.«

Die Tür fällt eine Idee zu laut ins Schloß, als sie hinausgeht.

Toni fragt etwas gereizt: »Und worum ist es eigentlich gegangen?«

Diesmal kann ich nicht lügen, höchstens die Situation entschärfen. Ich antworte ihr achselzuckend: »Wir hatten eine kleine Auseinandersetzung. Sie glaubt, ich sollte mich bei Freud behandeln lassen. Ich habe ihr gesagt, daß ich mit dir zusammenarbeiten möchte.«

»Und dann hat sie natürlich gesagt: ›Ach, großartig! Die beste Behandlung für jede Psychose ist eine Liebesschlacht mit Toni auf dem Heuboden.‹ «

Darüber können wir beide lachen. Aber in unsere Heiterkeit mischt sich ein Anflug von Unbehagen, wie bei kichernden Kindern, die am Kaminfeuer einer Gespenstergeschichte lauschen. Wir küssen uns, wir umarmen uns. Ich fühle Verlangen nach ihr aufsteigen, aber sie löst sich rasch aus meiner Umarmung und zieht sich hinter ihren Schreibtisch zurück. Sie will mich offensichtlich noch immer wegen des Briefes dieser Spielrein bestrafen. Dann erwähnt sie Emmas Kommentar zu meinen Notizen. Es ist einfacher, sie ihr zu zeigen, als Erklärungen abzugeben. Sie reagiert genauso wie Emma.

»Großer Gott! Das ist ja barer Unsinn!«

»Toxische Ermüdung.« Wieder versuche ich, die Angelegenheit mit einem Achselzucken abzutun. »Ich habe fünf Nächte hintereinander nicht geschlafen.«
»Du hättest besser getan, sie bei mir zu verbringen.«
»Stimmt, meine Liebe. Aber ich kann nicht gut um zwei Uhr morgens durch die Gegend schleichen.«
»Aber ich wäre wach gewesen. Ich brauche dich, das weißt du doch.«
Wieder einmal droht ein Streit. Immer geht es um dasselbe: Wer den Vorrang in meinem komplizierten Leben hat: die Ehefrau, die Geliebte oder andere Frauen. Manchmal finde ich, es wäre wunderbar, die Fähigkeit zu haben, an mehreren Orten gleichzeitig zu sein, wie es bei einigen christlichen Mystikern und bei Medizinmännern angeblich der Fall gewesen ist. Aber vielleicht ist dieser Gedanke gar nicht so gut. Sich gleichzeitig mit zwei Frauen zu zanken könnte doch sehr anstrengend werden.
Ich finde, es sei jetzt Zeit, an die Arbeit zu gehen. Ich kehre zu meinem Schreibtisch zurück, und Toni bringt ihren Notizblock. Wir beginnen mit der Untersuchung der neuen Elemente des Chaostraums. Dies muß ich zugunsten Tonis sagen: Ganz gleich, wie gereizt sie über unsere Beziehung sein mag, im Fachgespräch ist sie absolut sachlich. Zunächst weist sie auf den schwarzen Hengst hin, der in dem Traum vorkommt. Sie erinnert mich daran, daß mit dem Pferd immer ich selbst gemeint bin. Außerdem ist das Tier stets im Nachteil. In dem früheren Traum schleppte es ein großes Stück Holz hinter sich her; im vorliegenden versucht es vergeblich, festen Halt zu finden. Schließlich geht es unter, so wie ich fürchte, in einem Meer persönlicher Nöte unterzugehen.
Anschließend sprechen wir von Elias. Er war in dem Traum ein Schaffner. Er ist also verantwortlich für den Zug und

das Schicksal der Passagiere. Wir können unter seiner Obhut ruhig schlafen. Für mich ist er der Archetyp der vollkommenen Vaterfigur.
Salome hat jedoch ihre Rolle gewechselt. Sie ist nicht mehr Tochter, Geliebte und Beschützerin von Elias. Sie ist jetzt die feindselige Frau, die mir gegenüber die Rolle der nackten Verführerin spielt, obwohl ich keine Sehnsucht nach ihr habe. Hier besteht eine klare Verbindung zu Sabine Spielrein, die – ich hatte gehofft, endgültig – aus meinem Leben verschwunden war. Jetzt hat sie sich aber mit ihrem Brief wieder zu Wort gemeldet. Ich will sie nicht. Ich habe ja Toni.
Zum erstenmal verläßt Toni die fachliche Ebene und stellt mir eine sehr gezielte Frage: »Hast du je daran gedacht, daß du eines Tages über mich ebenso reden könntest wie jetzt über Sabine Spielrein?«
Ich erkläre empört, daß meine Gefühle für die Spielrein ein momentanes Strohfeuer gewesen seien. Ich habe mich durch mein Mitleid und ihre Abhängigkeit von mir während der Therapie täuschen lassen.
»Und auf eben diese Weise haben wir beide uns gefunden«, meint Toni süßsauer. »Auch ich habe mich von der Patientin zur Schülerin, zur Kollegin und zur Geliebten hochgearbeitet.«
»Als Kollegin solltest du nicht vergessen, daß wir uns in einer therapeutischen Situation befinden, in die du deine privaten Gefühle nicht hineinbringen darfst.«
Sie errötet. Tränen treten ihr in die Augen. Empört sagt sie: »Mein Gott! Kannst du manchmal brutal sein!«
»Und du bist taktlos, ungeschickt und laienhaft. In diesem Augenblick bin ich nicht dein Liebhaber, sondern dein Patient. Die Tatsache, daß ich mich selbst in der Hand habe, spielt keine Rolle. Unter anderen Umständen und bei ei-

nem anderen Patienten könntest du großen Schaden anrichten.«

»Verzeih mir, Chef!« haucht sie mich an. »Ich habe auf diesem Gebiet so wenig Erfahrung. Dies ist mein erster Fall mit einem verheirateten Mann.«

»Aber ich darf dich daran erinnern, daß du dich offenen Auges darauf eingelassen hast.«

»Das stimmt. Ich habe mich auch mit Herz und Seele der Sache verschrieben. Ich bin nicht wie du. Ich kann mein Leben nicht in kleine Scheiben aufteilen und diese wie Kuchenstücke herumreichen: dieses ist für dich, dieses ist für Emma, dieses ist für Tante Soundso. Ich bin ich, Toni Wolff, aus einem Stück; und wenn dir das nicht paßt, tut es mir eben leid.«

»Im Gegenteil, das gefällt mir doch so gut. Als dein früherer Arzt bin ich stolz auf deine gereifte und gefestigte Persönlichkeit.«

Sie bricht in Tränen aus, wirft ihren Notizblick auf meinen Schreibtisch und rennt zur Tür. Ich rufe ihr wie ein Feldwebel nach: »Stehenbleiben!«

Sie bleibt stehen.

»Du bist kein Kind«, fahre ich sie an. »Du bist eine intelligente Frau, die über ihr Leben verfügen kann. In diesem Fall hast du jedoch eine ärztliche Verantwortung. Ich brauche dringend deine Hilfe bei dieser Analyse. Beruhige dich jetzt, und laß uns wieder an die Arbeit gehen!«

Ich sehe, wie schwer es ihr fällt, die Selbstbeherrschung zu behalten. Schließlich richtet sie sich wieder auf und sieht mich an.

»Stets zu Diensten, Chef. Wenn du einverstanden bist, sollten wir jetzt das Motiv der Todessehnsucht in beiden Versionen des Traumes beurteilen.«

Ich sage ihr, daß ich mich mit den kleineren Einzelheiten

nicht zu ausführlich befassen möchte. Ich würde lieber über den größeren Zusammenhang sprechen: über die Flutkatastrophe, die das Land verwüstet.
Kühl und gelassen entgegnet sie: »Ich weiß, was dir lieber wäre; aber hast du mir nicht immer wieder gesagt, daß gerade der Punkt, den der Patient am wenigsten gern zur Sprache bringen möchte, derjenige ist, der dem Kern seines Problems am nächsten kommt? Wenn du also nichts dagegen hast, laß uns von deinen Todeswünschen sprechen – für Emma, für Freud, für deine Kinder ... Laß uns die Frage stellen, was du tun kannst, wenn du sie nicht umbringen willst, denn das Ritual muß vollzogen werden, faktisch oder symbolisch.«

Magda
Unterwegs

Ich reise nach Zürich und habe ein Schlafwagenabteil für mich allein. Ich werde im Speisewagen zu Abend essen, mich dann früh zurückziehen und noch etwas lesen, bis ich einschlafe. Nach meiner Ankunft beziehe ich eine Suite mit Blick auf den See im Baur au Lac. Dann kann ich mir überlegen, wie ich am besten mit diesem berühmten Dr. Jung in Kontakt komme.
Jetzt, da ich die Reise einmal angetreten habe, ich mir leichter ums Herz. Die Dinge haben sich vereinfacht. Für mich gilt jetzt, um mit Lily zu sprechen, der Satz: Friß Vogel, oder stirb! Wenn Jung mir helfen, wenn er mir zeigen kann, wie ich die Vergangenheit bewältigen soll, um mir eine erträgliche Zukunft weit weg vom Land der Dämonen aufzubauen, dann werde ich dankbar seinem Ratschlag folgen. Wenn nicht – Amen. Ins Nichts ist es nur ein kurzer Schritt. Ich habe den Schlüssel dazu in meiner Handtasche: ein blaues Fläschchen mit rotem Siegellackverschluß.
Früher, bevor ich verheiratet war, aber auch noch danach, bin ich leidenschaftlich gern mit dem Zug gefahren. Die Bahnfahrt versetzte mich immer in eine gewisse sexuelle Erregung. Man wußte nie, wem man auf dem Gang oder im Speisewagen begegnen und welche nächtlichen Verabredungen zwischen Suppe und Käse zustande kommen würden. Dieses Mal jedoch spüre ich keine solche Erregung. Heute liegt mir nichts an Zufallsbekanntschaften.

Ich könnte jetzt diese fadenscheinigen Liebesbezeigungen eines Fremden nicht ertragen. Sogar meine Bettlektüre scheint darauf angelegt, mich von solchen Gedanken abzulenken. Ich lese einen Roman über den englischen Detektiv Sherlock Holmes und seinen Adlatus Dr. Watson.
Trotzdem mache ich mich sorgfältig für das Abendessen zurecht, und die bewundernden Blicke und geflüsterten Bemerkungen der männlichen Mitreisenden bleiben mir nicht verborgen, während ich den Speisewagen betrete. Der Oberkellner führt mich wunschgemäß zu einem Zweiertisch. Er hat mir außerdem versprochen, wenn möglich, eine Dame als Tischnachbarn ausfindig zu machen. Ich bin bereits beim zweiten Gang, da erscheint die Dame. Der Oberkellner stellt sie mir als Mademoiselle de Launay vor. Einen Moment starre ich sie fassungslos an. Sie ist das lebende Ebenbild von Ilse Hellmann. Die Vernunft sagt mir jedoch, daß hier keine Verbindung bestehen kann. Diese Frau ist erst Anfang Zwanzig, und sie ist Französin. Ilse war Österreicherin und hatte nie Kinder gehabt. Ich versuche, die Peinlichkeit des Augenblicks mit einem Lächeln zu überspielen.
»Verzeihen Sie mir. Sie sind das Ebenbild eines Mädchens, das ich früher einmal kannte. Bitte nehmen Sie Platz! Darf ich Ihnen sagen, daß Sie sehr, sehr hübsch sind?«
Das Essen verläuft äußerst angenehm. Mademoiselle de Launay hat gute Manieren und ist sehr charmant. Sie erzählt mir, sie wolle Verwandte in Locarno besuchen, was mir ziemlich gleich ist. Aber ihr Aussehen gibt mir immer wieder zu denken. Bei bestimmten Kopfbewegungen sehe ich Ilse Hellmann vor mir, meine Mitschülerin, die den Mann heiratete, den ich selbst haben wollte.
Die Abenteuer von Sherlock Holmes erscheinen mir im Verhältnis zu diesen persönlichen Erinnerungen wenig in-

teressant. Das Buch liegt ungelesen vor mir, während ich in der Dunkelheit noch einmal das Drama an mir vorüberziehen lasse, das in jenen längst vergangenen Tagen begann und dessen letzter Akt jetzt in Zürich über die Bühne gehen soll.

Als ich vierzehn Jahre alt war, beschloß Papa, ich müsse aus dieser Gesellschaft von Bauern und ungehobelten Leuten, wie er sich ausdrückte, herausgeholt und auf meine Aufgabe als angehende Dame der Gesellschaft vorbereitet werden. Kurz gesagt, es sei an der Zeit, daß ich in ein Internat käme. Nach längerem Briefwechsel und ausführlichen Erkundigungen bei Freunden fanden Papa und Lily, daß das beste Institut für mich die Internationale Akademie für höhere Töchter sei. Die Anstalt mit diesem wohlklingenden Namen lag in der Nähe von Genf und wurde von einer sehr beeindruckenden Dame namens Gräfin Adrienne de Volnay geführt.

Zum Ausbildungsziel der Gräfin gehörten: »breitgefächerte Erziehung in den schönen Künsten, ständige Ausbildung in den Formen gesellschaftlichen Umgangs, regelmäßige Gymnastik in Übereinstimmung mit den Bedürfnissen des weiblichen Körpers, sorgfältig überwachte Freizeit, einschließlich des Besuchs von Museen, Konzerten, Opern und volkstümlichen Veranstaltungen, sowie regelmäßige, aber wohlbehütete Kontakte mit jungen Herren aus guter Familie mit tadellosen Manieren«.

Rückblickend schätze ich sie als eine Erzieherin, die ihrer Zeit weit voraus war. Sie machte belesene und gebildete Frauen aus uns. Wir waren gern bei ihr, die Disziplin hielt sich in erträglichen Grenzen, und wir genossen weit mehr Freiheiten, als es in ähnlichen Instituten der damaligen Zeit der Fall war.

Ich fühlte mich dort besonders wohl – wahrscheinlich des-

halb, weil ich darauf besser als die meisten meiner Mitschülerinnen vorbereitet war. Lily hatte mich so gut unterrichtet, daß ich in den wissenschaftlichen Fächern mit den anderen ohne Schwierigkeiten Schritt halten konnte. Dazu kam, daß dank Papa meine seelische Erziehung viel weiter gediehen war als die meiner Gefährtinnen. Mit zwölf hatte ich meine erste Regel. Ich hatte eine Vorstellung von meiner eigenen Anatomie und den Körpervorgängen. Auch hatte man mir beigebracht, mich als Frau, als eine junge Frau, zu betrachten. Die Geschlechtsfunktionen und Verhütungsmöglichkeiten waren mir erklärt worden. Die in meinem Körper keimenden Gelüste waren mir ebenso vertraut wie die Möglichkeiten, sie zu befriedigen.
Es fiel mir also nicht schwer, eine Art Anführerin unter meinen Mitschülerinnen an der Internationalen Akademie zu werden. Man suchte meine Freundschaft. Ich schämte mich nicht, Nutzen daraus zu ziehen. Alle wollten mich zur Busenfreundin haben, aber meine Wahl fiel auf Ilse Hellmann, die aus dem Osten des Salzburger Landes stammte und deshalb fast eine Nachbarin war. Natürlich war es ich, die ihr das erste sexuelle Erlebnis mit einem Mädchen bot. Und ich war sehr stolz auf sie, denn sie war groß, schlank, reich und mit Abstand die hübscheste von uns allen.
Wenn ich jetzt zurückschaue, sehe ich, daß ein grundlegender Unterschied zwischen uns bestand. Ich war das einzige Kind aus einer sehr eigenartigen Verbindung, Ilse dagegen das vierte von sechs Kindern. Sie hatte drei ältere Brüder und zwei jüngere Schwestern. Was immer ich besaß – Geborgenheit, Liebe, Anerkennung –, war von Rechts wegen mein Eigentum. Wurde es mir nicht gewährt, regte ich mich darüber nicht auf. Ich ergriff einfach Besitz davon. Ich annektierte Dinge ebenso wie Menschen.

Mademoiselle Félice, die mein Sprachtalent bewunderte, war *meine* Französischlehrerin. Rudi, der uns im Reiten unterrichtete, war *mein* Reitlehrer. Laurent, der bestaussehende junge Mann unserer Tanzstunden, war *mein* Partner, bis es mir gefiel, ihn an Ilse oder eine unserer jüngeren Bewunderinnen weiterzureichen.

Ilse verfügte über ganz andere Erfahrungen, sich in ihrer Umwelt zu behaupten. Diese waren auch nötig, wenn sie sich gegenüber drei Brüdern, zwei jüngeren Schwestern, einer blutleeren Mutter und einem Vater, der es im Bergbau und in der Metallindustrie zum Großunternehmer gebracht hatte, durchsetzen wollte. Sie suchte Schutz, sie suchte Geborgenheit, auch in sexueller Hinsicht. Sie brauchte eine Freundin, um Selbstvertrauen im Umgang mit jungen Männern zu gewinnen. Sie war ohne weiteres bereit, sich für diese Dienste erkenntlich zu zeigen. Wenn sie sich aber einmal auf ein Ziel festgelegt hatte, verwendete sie jeden Trick, um es zu erreichen. So merkwürdig es auch erscheinen mag: Sie war die erste, die mich eifersüchtig machte.

Papa hatte es sich zur Gewohnheit gemacht, mich einmal während des Schuljahres zu besuchen, und zwar gewöhnlich dann, wenn er sich mit irgendeiner neuen Freundin auf dem Weg nach Paris befand. Lily kam zweimal im Jahr. Ich mußte sie stets als Tante Liliane, die Schwester meiner verstorbenen Mutter aus England, einführen. Als Papa zum erstenmal kam, nahm er Ilse und mich zum Mittagessen in ein sehr elegantes, sehr teures Restaurant am Genfer See mit. Wir hatten uns kaum hingesetzt, als Ilse anfing, wie eine junge Sarah Bernhardt mit Papa zu flirten. Sie machte ihm schöne Augen, sie berührte seine Hand, sie bewunderte seinen Anzug und kicherte über seine Scherze. Papa, der alte Casanova, ging darauf ein. Ich war so wütend, daß mir

bei der Suppe beinahe schlecht wurde. Aber es hatte wenig Sinn, auf Papa wütend zu sein. Man mußte bei seinem Spiel mitmachen; *toujours gai,* immer der liebenswürdige Kavalier. Ich wußte aber auch nur zu gut, daß, falls ich Ilse nach Silbersee einlud, schon in der ersten Nacht eine Liebesromanze unter den Sternen stattfinden würde und Lily und ich dafür büßen müßten.
Ich ließ mir Ilse gegenüber nichts anmerken. Nicht um alles in der Welt wollte ich sie wissen lassen, daß sie mich vor den Kopf gestoßen hatte. Aber nach diesem Vorfall ging ich in aller Stille dazu über, sie als meine Lieblingsfreundin durch eine andere abzulösen.
Ich erzählte Lily bei ihrem nächsten Besuch davon. Sie lachte kurz und meinte etwas verlegen: »Du hattest vollkommen recht, Kind. Während dein Papa älter wird, werden seine Abenteuer jünger und kostspieliger. Wir müssen aufpassen, du und ich, sonst wird noch zu guter Letzt irgendein dahergelaufenes Flittchen das Wappen der Kardoss und die Brillanten deiner Großmutter tragen.«
Dieses vertrauliche Gespräch war wahrscheinlich der Auftakt zu dem, was sich an meinem siebzehnten Geburtstag in Silbersee abspielte. Ich war während der Sommerferien zu Hause, und Papa hatte mir zu Ehren ein den ganzen Tag dauerndes Fest vorbereitet: Mittagessen im Garten mit Freunden und Nachbarn, eine Zigeunerkapelle, nach Einbruch der Dunkelheit Tanz auf der Terrasse, ein Champagnersouper, und für halb elf Uhr waren Wagen bestellt, damit auch die Gäste mit kleinen Kindern zu einer vernünftigen Zeit nach Hause kamen. Ilse Hellmann war mit ihren Eltern da. Ich hatte sie eingeladen, weil ich von der Schulfreundin in unserem Haus keine Schwierigkeiten erwartete, wenn ihre Eltern dabei waren. Trotzdem flirtete sie auf herausfordernde Art und Weise mit Papa, und ich habe

mich oft gefragt, wie sich ihre Anwesenheit auf die nachfolgenden Ereignisse ausgewirkt haben mag.
Ich weiß noch: Es war kurz vor Mitternacht, und Lily, Papa und ich saßen im oberen Stockwerk beisammen. Wir tranken zum Abschluß ein Glas Champagner und sprachen über die Ereignisse des Tages. Nach einem Augenblick schläfrigen Schweigens sagte Papa unvermittelt: »Lily, meine Liebe, findest du nicht auch, daß unsere Magda sehr hübsch ist?«
»Ja, sehr hübsch.«
Sie beugte sich herunter und küßte mich auf die Lippen. Ich weiß noch, daß ich, etwas benebelt vom Alkohol, sagte, sie beide seien auch sehr hübsch, das schönste Paar auf der Welt. Dann küßte mich auch Papa. Es war der Kuß eines Geliebten. Er hob mich hoch und trug mich in sein Schlafzimmer. Mit einem Lächeln sagte er zu mir: »Auf dich wartet noch eine Geburtstagsüberraschung. Du wirst vom Mädchen in eine Frau verwandelt werden.«
Irgendwie hatte ich immer gewußt, daß dies einmal geschehen würde. Beide hatten mich Schritt für Schritt zu diesem Augenblick hingeführt. Sie hatten mich genug Mittel und Wege gelehrt, mich selbst zu befriedigen, so daß dieser Augenblick ganz allein ihnen gehören würde. Gemeinsam entkleideten sie mich, gemeinsam erregten sie mich langsam mit unendlich vielen kleinen Freuden. Dann, als es schien, ich könnte das Warten nicht länger ertragen, machte mich Papa zur Frau, und Lily fungierte als Zeugin und Zeremonienmeisterin. So stellte er sicher, daß kein anderer Mann ihn jemals aus meiner Erinnerung würde verdrängen können.
Noch heute, während der Zug über die Schienen rattert, nimmt die Ekstase, wenn auch allzu kurz, von mir Besitz. Sie verfliegt, und ich weine im Dunkel der Nacht still vor

mich hin. Papa ist schon lange tot, und Lily ist eine kleine alte Dame, die mit ihrer Katze in einem Häuschen in den Cotswolds lebt. Sie bekommt eine Rente von mir, die monatlich über Ysambard Frères überwiesen wird. Wir haben uns nicht mehr gesehen, seit sie im Anschluß an meine Heirat nach England zurückgekehrt ist. Der Dorfpfarrer behält sie in meinem Auftrag im Auge. Ich habe mir manchmal gedacht, ich würde sie gern einmal aufsuchen und etwas von unserer vergangenen Liebe retten, bevor sie stirbt. Aber der Pfarrer teilte mir mit, sie sei so gut wie stocktaub – und ich kann mir nicht vorstellen, daß ich alle unsere Geheimnisse mit lauter Stimme in einem englischen Dorf ausposaunen könnte.
Dies alles mag merkwürdig klingen, aber das einzige, was ich Papa nicht verzeihen kann, ist, daß er mich nach diesem ungewöhnlichen Ritual noch für ein volles Jahr in das Internat zurückschickte. Ich müsse mir die Qualifikation fürs Medizinstudium erwerben. Ich bat ihn auf den Knien, einen Hauslehrer für mich einzustellen und mich daheim in Silbersee lernen zu lassen. Nein, davon wollte er nichts wissen. Die Internationale Akademie für höhere Töchter habe ausgezeichnete Arbeit geleistet. Ich müsse dort mein Abschlußexamen ablegen. Bis auf den heutigen Tag verstehe ich seinen Entschluß nicht. Wie konnte er mir so etwas antun? Was erwartete er von einer gesunden, jungen Frauensperson, die er zum eigentlichen Leben erweckt hatte? Begriff er denn nicht, daß ich mich dort nur in Gesellschaft von unreifen Mädchen und diesen »jungen Herren aus guter Familie mit tadellosen Manieren« befand? Und selbst wenn sie sich nicht untadelig benehmen sollten, was für einen Reiz konnten sie jetzt noch für mich haben?
So geriet ich im letzten Schuljahr außer Rand und Band – mit einer wohlberechneten Wildheit, die mich sogar selbst

überraschte. Papa wollte, daß ich die Reifeprüfung ablegte? Gut! Das würde ich mit Auszeichnung schaffen. Ich wollte Freizügigkeit für mich? Gut! Ich würde sie mir mit barer Münze erkaufen. Da mein Betragen im Internat über jedes Lob erhaben war, genoß ich Privilegien und Freiheiten, die anderen vorenthalten wurden. Zweimal in der Woche fuhr ich nach Genf, um in der Universitätsbibliothek zu arbeiten. Auch nahm ich an einem Dressurlehrgang für Fortgeschrittene in der Reitschule teil, und an den Wochenenden nahm ich Gesangsstunden in der Oper bei Madame Corsini, einer Schülerin von Jenny Lind.

In diesen Zeitplan konnte ich leicht ein regelmäßiges Stelldichein mit dem Reitlehrer Rudi auf dem Heuboden einbauen, interessante Intermezzi mit dem einen oder anderen Studenten und eine vorübergehende, aber hochdramatische Affäre mit einem Belkantotenor, der auf demselben Korridor wie Madame Corsini übte.

Am Ende dieses Studienjahres kam ich vollkommen erschöpft nach Hause. Ich hatte zwar sehr gute Noten in allen Fächern erhalten, mir aber leider eine böse Lungenentzündung zugezogen. Papa behandelte mich, Lily verwöhnte mich, und die reine Bergluft trug das Ihrige zur Genesung bei. Papa sagte mir, er habe für mich einen Studienplatz an der Universität von Padua beschafft, an einer der ältesten und berühmtesten medizinischen Fakultäten Europas. Ich war begeistert, und das Leben in Silbersee verlief den Sommer über in seinen gewohnten Bahnen.

Aber es war doch nicht mehr ganz dasselbe. Es würde nie wieder dasselbe sein. Wir drei wohnten zwar noch immer zusammen, liefen noch immer mehr oder weniger nackt herum, und manchmal kletterten wir auch gemeinsam ins Bett und spielten die alten Spielchen. Aber selbst das war jetzt anders geworden, selbst das war kein echtes Vergnügen mehr. Es war unbefriedigend und wirkte irgendwie gewollt.

Papa, stellte ich fest, hatte zugenommen. Lily war noch schlank und mädchenhaft. Sie turnte auch jeden Tag und riet mir dringend, dasselbe zu tun. Ihr Haar zeigte einige graue Strähnen, und auf ihrem Gesicht bildeten sich die ersten verräterischen Runzeln. Obwohl sie noch immer so wunderbar zu lächeln verstand und ihr alter Humor immer wieder zum Durchbruch kam, fühlte sie sich offensichtlich unsicher und manchmal unglücklich. Sie war eifersüchtig auf Papa und mir gegenüber besitzergreifend. Ich machte ihr keine Vorwürfe. Solange ich in der Schule gewesen war, hatte Papa sie oft wochenlang allein gelassen. Wie geisterhaft müssen ihre Schritte in dem leeren Schloß widergehallt haben! Sie gestand mir, einige kurze Affären gehabt zu haben; eine mit Hans Hemeling und eine andere – Gott sei ihr gnädig! – mit einem jungen Priester aus dem Pfarrhaus, dessen Vorgesetzte ihn sofort nach Wien zurückriefen. Aber keine dieser Beziehungen, sagte sie, habe sich als befriedigend erwiesen. »Weil dein Papa der Beste ist, Kind. Er versteht es, die Wünsche jeder Frau zu erfüllen. Das Dumme ist nur, daß er auf uns keine Lust mehr hat. Er hat es auf die ersten Knospen abgesehen, nicht auf die vollen Blüten.«

Ich wußte, was sie meinte. Auch ich war keine junge Knospe mehr, und Papa war meiner überdrüssig. Ähnlich Lily gab ich höchstens noch eine Spielgefährtin ab, er aber sprang kopfüber über den Zaun zu den jungen Füllen auf der nächsten Wiese. Ich fragte Lily, was wir dagegen tun könnten. Wie immer hatte sie einen Plan, einen geheimen natürlich, der nur uns etwas anging.

»Dein Papa läßt etwas nach, wie du siehst. Ihm wird das Hin und Her mit Wien zuviel. Er hat ein Mädchen in Salzburg, mit dem er ernste Absichten zu haben scheint, wenn bei ihm überhaupt etwas ernst ist. Das geht jetzt schon ein Jahr so dahin. Er möchte sie hierher bringen, aber ich stehe ihm dabei im Weg – und du jetzt auch. Außerdem könnten wir etwas verraten. Deshalb habe ich folgendes vorgeschlagen. Du gehst ja an die Universität nach Padua. Er will nicht, daß du dort allein und ohne Schutz lebst. Er will nicht, daß du an der Universität in schlechten Ruf gerätst. Deshalb habe ich ihn dazu gebracht, mir zu erlauben, mich mit dir dort in ordentlicher Umgebung niederzulassen. Er wird ein Zimmer haben, wenn er auf Besuch kommen will. Glaube mir, er wird es tun, denn er hat sich ganz auf deine ärztliche Karriere versteift. Du und ich, wir werden beide unsere eigenen Wege gehen, und wenn wir Pech mit unseren Männern haben, dann sind wenigstens wir zwei beisammen. Was meinst du dazu, Kind?«

»Ich liebe dich, Lily! Ich liebe dich so, daß ich dich auffressen könnte.«

Die nächsten fünf Jahre spielen für meine gegenwärtige Verfassung kaum eine Rolle. Papa richtete uns eine elegante Wohnung in einem Haus mit Deckengemälden von Tiepolo ein. Er bezahlte außerdem ein Mädchen und eine Köchin. Es war eine schöne Zeit, eine glückliche Zeit. Lily und ich lebten wie Geschwister zusammen; wir sorgten füreinander, teilten unsere Geheimnisse und lachten gemeinsam über Mißgeschicke. An der Universität war ich zunächst etwas Ungewöhnliches, avancierte aber dann, als die Semesterergebnisse veröffentlicht wurden, zum bestaunten Phänomen. Als Frau erregte ich mehr Aufmerksamkeit, als mir lieb war. Aber es gelang mir, meine Liebesaffären vor den Kommilitonen geheimzuhalten, was mir nicht schwerfiel, da ich reife Männer brauchte. Das Leben war zu kostbar, um es an Jünglinge zu verschwenden.

Papa kam von Zeit zu Zeit auf Besuch, immer allein, aber stets auf dem Weg von oder zu irgendeiner komplizierten Frauengeschichte. Während der langen Sommerferien machten wir, wenn es unser Liebesleben gerade erlaubte, Reisen: nach Skandinavien, Afrika, nach England und einmal nach St. Petersburg, um die Eremitage zu besuchen. Bei dieser Gelegenheit tat Papa einen Ausspruch, der sich als prophetisch erweisen sollte.

Lily und ich hatten den ganzen Tag damit zugebracht, mit zwei gutaussehenden Schweden aus unserer Reisegesellschaft zu flirten. Sie waren verheiratet, und ihre Frauen waren dabei. Wir hatten uns vorgenommen, ihre Aufmerksamkeit auf uns zu ziehen und sie wenn möglich in ein Gespräch zu verwickeln.

Schließlich brach es aus Papa heraus: »Mein Gott! Jetzt weiß ich, wie Katharina die Große gewesen sein muß. Gott schütze uns vor so raublüsternen Frauen!«

Als ich ihn darauf hinwies, daß doch sein ganzes Leben hindurch die Frauen hinter ihm hergewesen seien, protestierte er.

»Keineswegs! Ich bin stets der Jäger, nie der Gejagte. Sobald eine Frau wie Diana, die Göttin der Jagd, aussieht, bin ich verschwunden. Aber ihr beiden! Euch würde ich nicht einmal in einem Leichenschauhaus frei herumlaufen lassen!«

Als Medizinstudentin mußte ich viele Stunden in Leichenschauhäusern verbringen. Die Folge war, daß in mir das Gefühl der Sinnlosigkeit des Lebens, das mich in den Nachtstunden nicht losließ, stärker wurde. Wenn ich jetzt daran zurückdenke und dem klagenden Ton der Zugpfeife lausche, sehe ich, daß ich ganz anders bin als Papa. Auch ich bin – oder ich war – eine sehr tüchtige Ärztin. Auch meine Diagnosen waren gut und meine Eingriffe präzise, aber mir fehlte Papas Zartgefühl, seine Sorge um das Gewebe, seine Abneigung gegen unnötige Verletzungen. Wahrscheinlich habe ich die Medizin immer als eine Art Poststation betrachtet, als einen Ruheplatz auf dem Weg ins Nichts. Der Tod ist für mich nichts Schreckliches – das Leben auch nicht –, und mein eigenes Dasein verdiente wenig Rücksicht. Für mich ging es weniger um Mitgefühl, vielmehr um Kampf, um eine Kraftprobe, wie rasch ich unerträgliche Schmerzen lindern oder das unvermeidliche Ende hinauszögern konnte. Merkwürdig, daß mir dies gerade jetzt wieder einfällt, da ich diese Reise unternehme, um zwischen Tod und Leben zu wählen.

Aber auch die Liebe ist für mich stets eine Machtprobe gewesen: die Möglichkeit, Anziehungskraft auszuüben, diese aufrechtzuerhalten, Befriedigung zu fordern und den Partner nach Belieben fallenzulassen. Die einzigen Menschen, die ich auf andere Weise geliebt habe, waren Papa, mein Mann und Lily. Was sie mir schenkten, habe ich bei niemand anderem finden können. Ich konnte sie nicht beherrschen und wollte sie nie wegschicken. Sie waren es, die sich schließlich entfernten. Ich frage mich, ob mir etwas fehlt und wieso ich es verloren habe. Wurde es mir vielleicht genommen, als Mama verschwand oder als Papa mich zur Frau machte und alle meine Träume in Erinnerungen und Gelüste verwandelte?

Noch ein Gedanke drängt sich mir auf dieser einsamen Fahrt nach Zürich auf. Ich wurde in Österreich, in einer katholischen Gegend, erzogen, und ich verbrachte fünf Jahre in Padua, der Stadt des heiligen Antonius, um dessen imposantes Grabmal sich jeden Tag Pilger drängen, die ihn um Hilfe anflehen. Ich habe Klöster und Kirchen besucht und war ärztlicher Ratgeber von Nonnen und Priestern, aber deren Religiosität hat nie auf mich abgefärbt, geschweige denn meinen Skeptizismus zu überwinden vermocht. Ich frage mich, warum? Ist es etwa so, wie Gianni di Malvasia meint, daß mir die Gabe des Glaubens durch irgendeine Laune des Himmels vorenthalten worden ist? Oder ist es ein angeborener Mangel, das Fehlen einer Fähigkeit, wie es der Geschmacks-, der Geruchs- oder der Farbensinn sind? Bis jetzt habe ich mir darüber nie den Kopf zerbrochen, aber jetzt tue ich es. Ich habe mich in meinem Leben noch nie so vereinsamt gefühlt wie in diesem Augenblick. Wenn ich mich entschließe, mein Leben ganz still zu beenden, würde ich mich gern, bevor ich gehe, noch einmal mit jemandem aussprechen. Auch wenn Gott eine Illusion ist, wäre es trostreich, wenn mir jemand Seinen Namen ins Ohr flüsterte. Ich wäre auch mit weniger zufrieden, etwa wie Petronius Arbiter in einem warmen Bad zu sitzen, neben mir einen Freund, der meine Hand hält und mit mir plaudert, während ich schmerzlos verblute.

Aber eine ganze Reihe von Einwänden spricht dagegen, daß mich ein so friedliches Ende erwartet. Im Rhythmus der Räder auf den Eisenbahnschienen rezitiere ich: »Ich habe die Rosen niedergehauen. Ich habe den Hund geschlagen. Ich habe das Pferd gehetzt. Ich habe das Mädchen getötet, das im Haus des Johann, Ritter von Gamsfeld, lebte ...«

Carl Gustav Jung
Zürich

Toni und ich arbeiten noch immer an der Analyse meiner Todeswünsche. Wir sind noch einmal die Aufzeichnungen aller meiner Träume durchgegangen, und es ist erstaunlich, wie oft und in welchem Zusammenhang dieses Thema wiederkehrt. Jetzt wollen wir versuchen, den jeweiligen Todeswunsch in Beziehung zur entsprechenden Person zu setzen und meine Bindung an diese Person zu untersuchen.

Heute fühlen wir uns beide wohler. In der letzten Nacht ging ich auf Tonis Herausforderung ein. Während Emma schlief, schlich ich mich um Mitternacht aus dem Haus, um Toni aufzusuchen. Wir verbrachten gemeinsam vier wunderschöne Stunden, und ich ging erst, als die Morgendämmerung über dem See heraufzog. Als Emma aufwachte und kam, um nach mir zu sehen, saß ich bereits – rasiert, gewaschen und fleißig arbeitend – an meinem Schreibtisch. Die Pfeife fehlte diesmal. Ebenso fehlten die Cognacflecken auf meinen Aufzeichnungen, die sich als sehr nützlich erwiesen haben.

Auch Toni hat sich innerlich beruhigt. Das liegt nicht nur an der sexuellen Entspannung, obwohl diese, wie sie mir versichert, nicht unbeträchtlich gewesen sei. Das liegt an der Tatsache, daß ich ihr zuliebe ein Wagnis eingegangen bin. Mein mitternächtlicher Besuch war eine Eskapade, die mich, falls Emma dahintergekommen wäre, teuer hätte zu stehen kommen können. Die Szene vom Vortag macht mir noch immer zu schaffen. Ich war bisher immer davon ausgegangen, daß wir als ehrbare Schweizer Bürger nach außen die Ehe aufrechterhalten werden, ganz gleich, wie es um sie wirklich bestellt ist. Jetzt bin ich mir dessen nicht mehr so sicher. Wenn Emma meine Verfehlungen unerträglich findet, entschließt sie sich womöglich, die Kinder zu nehmen und zu ihrer Familie zurückzukehren, wo sie bestimmt mit offenen Armen aufgenommen wird. Wenn andererseits mein Ansehen zu sehr leidet, könnte auch ich eines Tages sagen: »Zum Teufel mit euch allen! Ich werde reinen Tisch machen und mit Toni auf und davon gehen.« Sie würde gern mit mir zusammenleben – mit oder ohne kirchlichen Segen. Ich spreche mit ihr nicht darüber, aber ich weiß, daß sie oft daran denkt, und auch ich komme von dem Gedanken nicht los. Freud scheint mit einer solchen Situation besser als ich fertig zu werden. Ich vermute, seine Redewendung, er »amortisiere seine Ehe«, bedeutet, daß er sich irgendwie mit der Schwester seiner Frau arrangiert hat. Das würde auch erklären, warum er so empfindlich auf meine Veröffentlichungen zum Inzesttabu reagiert. Schön, er wird im kommenden September in München mehr darüber zu hören bekommen. Freud ist natürlich das klare Objekt des einen Todeswunsches, und Toni reitet auf diesem Thema unablässig herum.

»Freud ist die neue Vaterfigur in deinem Leben. Er ersetzt für dich deinen leiblichen Vater, der dir nicht gerecht wurde, als er noch lebte, und dessentwegen du jetzt einen Schuldkomplex hast. Du fühlst dich Freud tief innerlich und seit langem verbunden. Und trotzdem willst du ihn umbringen.«

»Nein, das ist nicht richtig. Mein Unterbewußtsein hält den Todeswunsch aufrecht, der sich in Träumen ausdrückt.

Mein Bewußtsein und mein Gewissen lehnen den Gedanken jedoch ab.«
»Stimmt nicht«, erklärt Toni mit Entschiedenheit. Sie duldet bei diesem Thema keine ausweichenden Antworten. »Du wirst Freud umbringen. Du wirst es auf der Münchener Konferenz tun. Du wirst dich öffentlich von einem seiner Dogmen distanzieren. Du wirst als sein Gegenkandidat die Präsidentschaft der Psychoanalytischen Gesellschaft anstreben, und du wirst wahrscheinlich siegen. Was ist dies anderes als ein Duell auf Leben und Tod?«
Sie hat natürlich recht. Ich gebe es zu und mache ihr ein Kompliment wegen ihres Scharfsinns. Sie tut es mit einer Handbewegung ab.
»Bitte, Carl! Laß das! Nicht jetzt! Dieser Punkt ist viel zu wichtig. Wir fangen gerade an, erste Fortschritte zu erzielen. Es steckt noch etwas anderes in dieser Sache mit Freud. Wir müssen es gemeinsam herausfinden. In deinem letzten Chaostraum hast du einen schwarzen Hengst gesehen. Richtig?«
»Ja.«
Sie blättert in den Aufzeichnungen, bis sie die Stelle gefunden hat, die sie mir vorliest.
»›Ich sehe seinen edlen Kopf und seine Vorderhand ... und die gewaltigen Muskeln an seinem Nacken.‹ Aber die Hinterhand hast du nicht gesehen?«
»Nein.«
»Wieso wußtest du dann, daß es ein Hengst war?«
»Na ja, ich glaube, es war der Gesamteindruck des Tieres, die Kraft, das ...«
»Die Hinterhand war unter Wasser, aber du wußtest, daß das Tier Penis und Hoden hatte. Was du zu verbergen versuchst, hat mit deiner Männlichkeit zu tun. Bitte, Carl! Du mußt aufrichtig sein, sonst kann ich dir nicht helfen.«

Plötzlich möchte ich ihr alles sagen. Die Worte überstürzen sich: die mit Schuldgefühl beladene Freude, die bittere Scham, die Übertragung dieser homoerotischen Episode aus meiner Jugend auf Freud, meine Angst, wie Toni den Fall betrachten würde. Zu guter Letzt verhaspele ich mich wie ein Schuljunge. Mein Stolz ist dahin. Toni streichelt meinen gesenkten Kopf und wiederholt immer wieder »Schon gut ... schon gut ... schon gut«, als tröste sie ein krankes Kind. Nachdem alle meine Tränen vergossen sind, wischt sie meine Wangen ab, nimmt mein Gesicht zwischen ihre Hände und lächelt mich ernst und zärtlich an.

»Jetzt weiß ich endlich, daß du mich liebst, Carl. Du hast mir den besten Beweis dafür geschenkt: dein Vertrauen.«

»Ich habe dir den miserabelsten Teil meiner selbst geschenkt.«

»Sag das nicht! Sag so etwas nie wieder! Was hast du von dir erwartet – ein Knabe, ein Pfarrerssohn, mit einem Mann, den er liebte und dem er vertraute? Ich wünschte nur, du hättest dich über die ganze Sache freuen können, statt das Schuldgefühl die ganzen Jahre mit dir herumzutragen. Siehst du denn nicht, Carl, daß hier der Kernpunkt deines Problems liegt? Bei dir ist alles halb: halb getan, halb fertig, halb genossen. Ich, Emma, alle die anderen, die irgendwann einmal in dein Leben traten, auch deine Kinder. Du willst sie, und du willst sie nicht. Alles ist ein Handel. Du willst dir immer ausrechnen, ob es das wert ist, wofür du bezahlst. Das bringt keine Freude!«

»Vielleicht wird die Freude dann heute beginnen.«

Es ist ein fester Wunsch, nicht nur eine Hoffnung. Sie ist mit sich zufrieden, weil sie einen kleinen Dämon aus dem Dickicht meiner Seele ausgetrieben hat. Sie merkt nicht, daß noch ganze Heerscharen dieser Sorte im Unterholz hocken. Trotzdem hat sie Grund, stolz zu sein, und ich bin dankbar, daß diese ungute Episode offen ausgesprochen worden ist.

Ich bin jetzt ruhig und gelassen. Sie fragt, ob ich zur Fortsetzung des Gesprächs bereit sei. Ich bejahe. Man muß die Feste feiern, wie sie fallen. Aber ihre nächste Frage erschüttert mich.

»Wie willst du Emma und die Kinder umbringen?«

»Das ist ungeheuerlich!«

»Nein. Es ist die Logik der Psyche. Was du träumst, ist das, was du dir wünschst. Was du dir wünschst, willst du erreichen, faktisch oder symbolisch. Also bitte, mein Lieber, gib mir eine Antwort! Weiche jetzt nicht aus!«

Ich weiche aber aus. Ich will ihr nichts von meinen Überlegungen zu Scheidung, Wiederverheiratung und all diesem gesellschaftlichem Durcheinander erzählen. Statt dessen halte ich ihr einen Köder hin, um sie vom Thema abzulenken.

»Ich habe Emma gestern gesagt, sie müsse mich meinen eigenen Weg gehen lassen. Sie solle ihr Leben ganz auf sich selbst und die Kinder einstellen.«

Toni denkt lange nach. Schließlich nickt sie zustimmend.

»Wenn du es wirklich so gemeint hast, ja. Das ist ein Todesurteil für jede Frau. Wenn du jemals so etwas zu mir sagst, ist zwischen uns alles aus. Aber bist du sicher, daß es dir ernst damit war?«

Jetzt sitze ich wirklich in der Klemme. Wenn ich ja sage, bin ich ein Ungeheuer von einem Mann, der eine Frau heiratet, fünf Kinder mit ihr zeugt und sie dann sich selbst überläßt. Toni merkt mein Zögern und fährt mit der Inquisition fort.

»Liebst du Emma?«

»Ja.«
»Liebst du deine Kinder?«
»Ja, ja!«
»Warum träumst du dann von ihrem Tod?«
»Weil sie zwischen mir und dir stehen.«
»Aber warum kannst du nicht uns alle lieben?«
»Dazu fehlt mir die Kraft.«
»Aha! Deshalb bringst du sie um, nicht, um mich zu besitzen, sondern um dich zu retten.«
»Das ist pure Dialektik, keine Psychoanalyse! Reden wir von etwas anderem!«
Sie hat mich gut verstanden und ist bereit, die Auseinandersetzung an diesem Punkt ohne weiteren Protest abzubrechen. Dann beginnt sie auf ruhigere Weise, die Untersuchung in andere Bahnen zu lenken. Diesmal bin ich willens mitzumachen, weil es auch mich interessiert.
»Der Zug«, fragt sie, »du sagst, er kam von irgendwo im Norden?«
»So schien es, ja.«
»Wohin fuhr er?«
»Nach Hause, hierher in die Schweiz.«
»Und die Flut brachte ihn nicht zum Stehen?«
»Nein. Er fuhr einfach weiter. Das Wasser schien für den Zug keine Gefahr zu sein.«
»Wolltest du deshalb drinnen bleiben?«
»Ja, bis ich den Hengst sah.«
»Siehst du hier irgendeinen Sinn, irgendeine Analogie mit deinem Leben?«
Wieder bin ich verlegen und zögere. Toni zwingt mich, die Mosaiksteinchen zusammenzusetzen und die Verbindung zwischen Traum und Wirklichkeit zuzugeben.
»Ich befinde mich jedenfalls vorläufig in einer Art von Ruhestellung. Ich brauche das. Ich klammere mich an meine

Abgeschiedenheit. Ich brauche die Geborgenheit in der Familie. Falls diese Ehe auseinanderbrechen sollte, würde ich, glaube ich, nicht damit fertig werden, jedenfalls momentan nicht. Wenn ich dich verlöre, wäre auch ich verloren. Als du mich nicht vom Zug abholtest, war ich zutiefst entsetzt.«

»Ich will dir jetzt eine ganz wichtige Frage stellen, Carl: Deine Gegenwart liegt hier. Du brauchst die Geborgenheit deines Heimes; aber wo siehst du deine Zukunft?«

»Es wird ein anderes Heim geben, nicht weit von hier. Meine Zukunft, meine eigentliche Zukunft, liegt in meinem Kopf. Das weiß ich. Ich bin mir dessen absolut sicher. Warte mal, ich muß dir etwas zeigen.«

Ich hole die Skizzen heraus, die ich von meinem Turm gemacht habe. Den Grundriß, der gleichzeitig Mandala und Tetragrammaton ist. Ich erkläre ihr die Figuren liebevoll und sorgfältig. Ich sage ihr, daß ich das Grundstück zwar noch nicht gefunden habe, daß ich es aber eines Tages bestimmt finden werde. Ich sage ihr auch, daß ich beim Zeichnen der Skizzen einen Platz vor mir gesehen habe, an dem wir zusammen leben könnten. Ihr Gesicht hellt sich auf. Sie wirkt wie eine junge Braut, welche die Pläne für ihr erstes Heim betrachtet. Als ich die Skizzen weglege, verschwindet die Helligkeit aus ihren Zügen, und auch ihre Fragen sind auf einen ernsteren Ton gestimmt.

»Warum ist Salome blind?«

»Ich bin mir nicht sicher. Ich habe nach Analogien gesucht. Du weißt, daß blinde Mädchen im Orient oft zu Prostituierten gemacht werden. Sie erfreuen sich gerade bei älteren Männern besonderer Beliebtheit, weil sie geschickt und erfahren sind und obendrein bei ihren Kunden die Auswirkungen des Alters nicht erkennen können. Außerdem werden hier in Europa Blinde häufig in Massage und Physiotherapie ausgebildet. Sie leisten ausgezeichnete Handarbeit. Die beiden Vorstellungen verbinden sich in dem Traum. Salome ist eine Person niederer Herkunft. Sie ist außerdem die Ehefrau, Geliebte und Beschützerin eines alten Mannes.«

»Ich stelle dir jetzt noch eine Frage, Carl. In deinem ersten bedeutsamen Traum, der in der Berghöhle spielte, sahst du den Phallus als riesigen, einäugigen Gott. War er auch blind? Und wie blind bist du, Carl?«

»Ich verstehe dich nicht.«

»Ich werde es also anders ausdrücken. Du hast letzte Nacht mit mir geschlafen. Ich weiß, daß du es auch mit Emma tust, wenn du kannst. Was ist der Unterschied? Oder sind wir beide bloß zwei Katzen, die ja in der Dunkelheit alle grau sind? Nein, reg dich nicht auf! Das hier ist wichtig, und du weißt es.« Die komische Seite der Angelegenheit wird mir plötzlich klar, und ich lache laut. Toni ist verblüfft. Sie will wissen, was denn so komisch sei. Ich sage ihr, vielleicht sollte ich Emma rufen, damit ich nicht zweimal dasselbe sagen muß. Wo soll ich anfangen? Bei den äußeren Formen des Geschlechtsverkehrs? Beim Zyklus der Frau? Bei den verschiedenartigen Reizen für beide Geschlechter? Ob Abwesenheit die Begierde erregt und allzu große Nähe sie tötet? Schließlich muß auch Toni lachen, und sie ist einverstanden, daß wir die Frage fallenlassen. Aber schon überfällt sie mich mit einer anderen, und die ist wirklich einmalig.

»Carl, wie siehst du dich selbst? Was bist du?«

Ich weiß, was sie wissen will. Ich weiß auch, warum. Wir haben viel darüber diskutiert und viele vorläufige Definitionen der geistigen Gesundheit formuliert. Wir haben gemeinsam die Vorstellung des Einsseins entwickelt, eines Zustands, in dem sich das Individuum als eigene Wesenheit empfindet, nicht notwendigerweise vollendet oder vollkommen, aber annehmbar und belastungsfähig. Ich habe den Begriff Individuation geprägt, um den Vorgang des Wachstums und das Erreichen des Ziels auszudrücken. Eine Katze stellt nicht in Frage, daß sie eine Katze ist. Das Zebra trachtet nicht danach, seine Streifen zu verändern. Wenn Toni mich fragt, wer ich sei, muß ich ihr ehrlich sagen, daß ich es noch nicht weiß. Das ist die Wurzel meiner Krankheit. Ich habe die Gewißheit verloren, nicht nur über meine Ziele, sondern auch darüber, wer hinter der *persona* steht, hinter der äußerlichen Erscheinung von Carl Gustav Jung. Während ich ihr dies zu erklären versuche, hört sie mir schweigend zu und hält meine Hände zwischen den ihrigen.

»Liebes, ich bin wie der Mann, der seinen Schatten verloren hat. Weil ich keinen Schatten habe, fehlt mir auch der Beweis, daß ich überhaupt existiere. Deshalb brauche ich dich. Du beweist mir, daß ich ein fester Körper und nicht nur eine Ausgeburt meiner Phantasie bin. Aus diesem Grund verschafft mir Emma keine Genugtuung und umgekehrt. Sie erzieht die Kinder und erwartet jetzt ein neues. Sie braucht einen verläßlichen Mann, der sie und ihre Nachkommenschaft unterhält. Sie kann nicht auch noch mich mitschleppen wie einen Säugling. Deshalb machen wir uns gegenseitig das Leben schwer. Ich weiß, daß sie mehr Grund zur Klage hat als ich, aber das hilft uns nicht weiter. Sie steht – und du tust es auch – mit festeren Beinen auf der Erde als ich. Momentan komme ich mir vor wie im Nebel. Du siehst also, die eigentliche Frage ist nicht, was ich bin, sondern was ich einmal sein werde. Habe ich dir jemals erzählt, daß ich bei Beginn meines Studiums eigentlich Archäologe werden wollte?«

»Warum bist du es denn nicht geworden?«

»Rein aus finanziellen Gründen. Basel war nahe, meine Eltern konnten es sich nicht leisten, mich woanders studieren zu lassen. Aber in Basel gab es keinen Lehrstuhl für Archäologie. Deshalb habe ich Medizin studiert. Sieh mich an – ich bin das Ergebnis eines Kompromisses. Und Kompromisse haben immer einen Pferdefuß.«
»Unterschätze dich nicht! Du bist ein sehr guter Arzt.«
»Das war ich einmal, in der Klinik. Jetzt bin ich ein Patient, und wie alle Patienten bin ich egozentrisch. Aber irgend etwas sagt mir, daß sich, obwohl ich viel gereist bin und weiter Reisen unternehmen werde, meine wirkliche Forschungstätigkeit auf die unentdeckten Reiche des Geistes konzentrieren wird. Denke nur an das alte Sprichwort: *Non foras ire, in interiori homine habitat veritas.* Die Wahrheit wohnt im Menschen, er braucht nicht hinauszugehen, um sie zu finden. Manchmal ist es eine furchteinflößende Reise. Ich habe oft das Gefühl, über den Rand der Welt in die Tiefe zu stürzen. Aber ich darf nicht aufgeben. Vielleicht ist meine letzte Bestimmung nicht, ein Heilender zu sein, sondern einer, der seinen eigenen Verstand aufs Spiel setzt, um die Heilkräuter und die Zauberformeln zurückzubringen, damit sich die Menschen ihrer bedienen können.«
Vielleicht! Alles ist ein großes Vielleicht. Bis Toni die Arme um mich legt, meine Sinne erregt und sich in meinen Schatten verwandelt, so daß ich, wenigstens eine kurze Weile, gefestigt in der Sonne stehen kann – wozu es, wie immer, ein ironisches Aperçu gibt: Der Schatten, wenn er erst einmal mit dem Körper wiedervereinigt ist, verläßt ihn nie mehr.

Magda
Unterwegs/Zürich

Um vier Uhr morgens halten wir an der Schweizer Grenze wegen der Paß- und Zollformalitäten. Ich ziehe einen Morgenmantel an und trete hinaus auf den Gang, um das geschäftige Treiben der Passagiere, Gepäckträger und Händler auf dem Bahnsteig zu beobachten. Der Schaffner bietet mir eine Tasse Kaffee an in einem kleinen Abteil, wo ein junger Schweizer die Pässe kontrolliert. Er lächelt, sagt freundlich »Grüezi« und fragt höflich, ob ich in der Schweiz meine Ferien verbringen möchte.

Ich sage ihm, ich möchte einen bekannten Schweizer Arzt, Dr. Carl Jung, aufsuchen. Der Name sagt ihm nichts. Er ist ein Bauernbursche aus Appenzell und macht sich selbst über seine Unwissenheit lustig. Er erzählt mir auf schweizerdeutsch, er kenne keinen Jungdoktor, wohl aber eine hübsche Jungfrau, die er heiraten wolle, sobald er befördert werde.

Er sieht meine Ringe und fragt, ob ich verheiratet sei. Ich gehe auf seinen Scherz ein und erzähle ihm, daß ich keine Jungfrau mehr sei, aber eine Junggesellin. In diesem Augenblick schlägt er meinen Paß auf. Er wird es noch weit bringen, denn er zuckt nicht mit der Wimper, als er mein Alter aus dem Paß erfährt.

Wir haben noch eine dreistündige Fahrt vor uns, deshalb gehe ich wieder zu Bett und versuche, mich für die Kriminalgeschichte von Sherlock Holmes und dem berüchtigten

Moriarty zu interessieren. Verlorne Liebesmüh! Meine eigene Geschichte von Liebe und Gewalt ist viel realistischer, und ich muß sie irgendwie in den Griff bekommen, bevor ich mich mit Jung treffe.

Die erste Frage, die jeder Arzt einem neuen Patienten stellt, lautet: »Wo fehlt's? Was führt Sie zu mir?« Was soll ich darauf antworten? »Ich habe immer wüste Liebesspiele geliebt, jetzt aber werde ich verrückt, und ich fürchte, daß ich meinen nächsten Partner umbringe«, oder: »Es begann mit Inzest und steigerte sich zu Mord. Und für beides habe ich eine Vorliebe. Sie sehen also, Herr Doktor, gewisse Schwierigkeiten bestehen durchaus.« Vielleicht wäre es besser, einfach zu sagen: »Ersparen wir uns jede Peinlichkeit, lieber Kollege. Geben Sie mir ein Exemplar der ›Psychopathia sexualis‹, und ich werde die in Frage kommenden Absätze anstreichen.«

Bei Licht betrachtet, liest sich dies wie eine schlechte Posse. Aber früher oder später wird Jung die Routinefrage stellen, und ich werde sie mit Worten beantworten müssen, die mich nicht sofort als Kriminelle, Geisteskranke oder notorische Lügnerin abstempeln. Vielleicht sollte ich mich wie die Mehrzahl der Patienten verhalten und ihm eine lange Liste nichtspezifischer Symptome präsentieren, um es dem Arzt zu überlassen, sich selbst ein Bild der Erkrankung zu machen. Auf diese Weise werde ich wenigstens etwas Zeit gewinnen und einen ersten Eindruck von diesem psychiatrischen Wundertäter gewinnen, bevor ich mich auf ein offenes Geständnis einlasse. Wenn er, wie Gianni meint, wirklich ein Frauenheld ist, kann es ja eine recht interessante Sitzung werden: zwei Ärzte, von denen jeder die sexuellen Probleme des anderen diagnostiziert.

Gegen neun Uhr morgens habe ich mich im Hotel gebadet und angekleidet. Ich bin bereit für den Tag des Jüngsten

Gerichts, den ich so schnell wie möglich hinter mich bringen möchte. Ich rufe den Direktor und sage ihm, daß ich während meines Aufenthaltes inkognito zu bleiben wünsche. Ich bin unter dem Pseudonym Madame Hirschfeld im Hotel abgestiegen und bitte ihn, so freundlich zu sein und Dr. Carl Gustav Jung in Küsnacht anzurufen, um für mich einen Termin zu vereinbaren. Er möge mich nur als einen Hotelgast bezeichnen, der gerade aus Paris angekommen und von einem bekannten Arzt, Dr. di Malvasia, empfohlen worden sei.
Der Direktor ist gern bereit, meine Wünsche zu erfüllen. Er versteht die exzentrischen Launen der Reichen – und reich muß man schon sein, um sich diese Unterkunft leisten zu können: eine große Suite mit Blick auf den See, der heute unter einem Gewitterhimmel schiefergrau und ölig daliegt. Der Direktor weiß außerdem einiges über den Herrn Dr. Jung. Dieser sei bis vor kurzem Oberarzt am Burghölzli gewesen, der großen Universitätsklinik, die ich auf meinem Weg nach Küsnacht sehen werde. Außerdem sei er Dozent gewesen, habe seine Lehrtätigkeit aber kürzlich aufgegeben. Er sei eine bekannte, wenn auch umstrittene Größe der neuen psychoanalytischen Schule.
»Aber er ist ein Mann von beachtlichem Ruf und großen Fähigkeiten. Auf medizinischem Gebiet ist das Niveau hier in der Schweiz eines der höchsten auf der Welt ... Wenn Madame mich jetzt entschuldigen wollen, ich bin gleich wieder zurück.«
Es vergehen zwanzig Minuten, ehe er wiederkommt. Die Verbindung mit Dr. Jung sei nur unter Schwierigkeiten zustande gekommen. Er habe erst mit dessen Frau gesprochen und dann mit einem Fräulein Wolff, das eine Art Assistentin zu sein scheine. Schließlich sei es ihm gelungen, mit dem großen Mann persönlich zu sprechen. Er sei zu-

erst ziemlich abweisend gewesen, da er sich offenbar nur ungern mit einer neuen Patientin befassen wolle, die plötzlich auf der Bildfläche erscheint. Zu guter Letzt sei die Angelegenheit – der Direktor nickte selbstgefällig – jedoch dank des diskreten Hinweises geregelt worden, daß Madame durchaus in der Lage sei, die ärztlichen Bemühungen zu vergüten.

Der Herr Doktor wolle mich um elf Uhr sehen. Er, der Direktor, habe bereits einen Wagen mit Chauffeur bestellt, der mich nach Küsnacht bringt, dort wartet und dann ins Hotel zurückfährt. Es sei nicht weit, eine Fahrt von fünfzehn Minuten, nicht mehr. Ich danke ihm vielmals. Er wehrt ebenso überschwenglich ab. »Stets zu Diensten, Madame!« Dann läßt er mich allein. Mir bleibt noch eine Stunde bis zum Augenblick des Jüngsten Gerichts.

Ich verbringe fast die ganze Zeit damit, die passende Kleidung auszuwählen. Der Eindruck muß weich, sommerlich, feminin sein: Spitze oder geblümter Musselin, ein breitrandiger Hut, ein bunter Sonnenschirm. Dr. Jung soll selbst herausfinden, was für eine Vielzahl von Charakteren sich unter diesem Aufzug verbirgt.

Puder und Schminke müssen unaufdringlich sein, keine harten Linien, kein dickes Rouge. So ist es richtig! Ich muß zugeben, daß ich von meinem Spiegelbild angenehm überrascht bin. Es hat einen Anflug von Jugendlichkeit, einen schwachen Hauch von Unschuld, den ich an mir schon seit langer Zeit nicht mehr bemerkt habe.

Ich überprüfe den Inhalt meiner Handtasche: ein Spitzentaschentuch, Parfüm, Lippenstift, Puderdose, Kamm, Visitenkarten, ein Umschlag mit Schweizer Banknoten, so daß sich Dr. Jung, was auch geschehen mag, angemessen honoriert fühlt – und natürlich meine Eintrittskarte in das Land des Vergessens, das kleine, blaue Fläschchen mit dem

roten Siegellack. Es ist Zeit zu gehen, Zeit, ein Gebet zu sprechen, wenn ich nur eines wüßte.
Meine Suite liegt im ersten Stock. Ich schreite geradezu andächtig die Treppe hinunter. Unten in der Halle wenden sich Köpfe nach mir um. Sogar die schwerfälligen Schweizer nehmen Notiz von der großen Unbekannten, die hier ihren Auftritt hat. Ein Page öffnet mir dienstbeflissen die Tür. Der Portier grüßt und führt mich zu dem Chauffeur, der mich wie eine Königin auf dem Rücksitz eines geräumigen Hispano Suiza Platz nehmen läßt. Während wir losfahren, bin ich mir der Ironie dieses Augenblicks bewußt. Hier throne ich, eine Mörderin, die in einer Staatskarosse dahinfährt, während Marie Antoinette auf dem Schinderkarren zur Guillotine fuhr. Das Dumme ist nur, daß ich nicht mehr die Nerven habe, die Situation in vollen Zügen zu genießen.
Das Haus von Dr. Jung ist ein freundlicher, aber unscheinbarer, unmittelbar am Seeufer gelegener Bau. Das Gebäude hat zwei Stockwerke und wird von einem runden Turm gekrönt, in dessen Fundament der Eingang liegt und dessen oberster Stock den Blick über den See und auf die Hügellandschaft der Umgebung freigibt. Das Grundstück ist nicht besonders groß. Man nähert sich dem Haus von der Fahrstraße her auf einem langen, geraden Weg, der von Obstbäumen flankiert wird: Birnen, Kirschen und Äpfel. Am Rand des Rasens sind Blumenrabatten angelegt, und im Hintergrund sieht man einen Küchengarten. Vor der Eingangstür fällt mein Blick auf eine Inschrift in gotischen Lettern über dem Torbogen. Sie ist lateinisch. VOCATUS ATQUE NON VOCATUS, DEUS ADERIT. Gerufen oder nicht, der Gott wird gegenwärtig sein.
Ich läute. Nach längerer Pause wird die Tür von einer großen, hübschen Frau geöffnet. Sie mag Ende Zwanzig oder

Anfang Dreißig sein, ist freundlich, aber ein wenig nervös. Sie entschuldigt sich, daß sie mich habe warten lassen.
»Ich habe gerade die Kinder mit der Bonne zu einem Picknick weggeschickt; die Haushälterin hat heute frei, deshalb bin ich das Mädchen für alles.« Sie lächelt und ihr Gesicht hellt sich auf. »Darin bin ich nicht besonders gut. Bitte, treten Sie ein. Ich bin Emma Jung. Sie müssen die neue Patientin sein, Frau ... Ach Gott, jetzt habe ich es doch wieder vergessen!«
»Frau Hirschfeld. Aber bitte! Ich bin so dankbar, daß mich der Herr Doktor gleich empfangen will.«
Sie führt mich in ein kleines Wartezimmer neben der Diele und läßt mich allein. Der Herr Doktor, sagt sie noch, werde in wenigen Minuten für mich Zeit haben. Mir kommt der Gedanke, daß sie schwanger sein könnte. Ihr Gesicht zeigt jenen eigenartigen, maskenhaften Ausdruck, und unter ihren Augen liegen tiefe, dunkle Ringe. Sie sieht wie eine Frau aus, die ihre Kinder zu rasch hintereinander bekommen hat, so daß ihr auch die Erstgeborenen noch am Rockzipfel hängen.
Ich nehme eine Zeitschrift von dem Stapel, der auf dem Tisch liegt. Es ist die Ausgabe des »Jahrbuchs der psychoanalytischen und psychopathologischen Forschung«, Jahrgang 1912. Sie enthält eine lange Abhandlung von Dr. Jung mit dem Titel »Mutationen und Symbole der Libido«. Ich habe kaum zwei Seiten des komprimierten Textes gelesen, da kehrt Emma Jung zurück und bittet mich zu ihrem Gatten. Beim Aufstehen fühle ich mich ein wenig schwindlig. Ich hole tief Luft, streiche meinen Rock glatt, richte mich wie ein Soldat beim Appell auf und folge Emma Jung nach oben. Auf dem Treppenabsatz vor dem Arbeitszimmer des Doktors weiß ich, daß es jetzt kein Zurück mehr gibt.

Carl Gustav Jung
Zürich

Heute vormittag herrscht Föhnwetter; es ist windstill und schwül. Die Luft liegt drückend wie eine dicke Decke über dem Tal. Alle sind schlecht gelaunt. Selbst die Kinder sind mürrisch. Emma hat einen schlimmeren Anfall von morgendlicher Übelkeit als sonst. Toni hat Monatsbeschwerden und ist schlecht aufgelegt. Ich habe von allen, einschließlich mir selbst, die Nase voll.
Ich bestehe darauf, daß die Bonne die Kinder zu einem Picknick mitnimmt. Emma wendet ein, es könne regnen und sie möchte nicht, daß die Kinder von einem Gewitter überrascht werden. Ich sage ihr, ich werde dafür sorgen, daß sie der alte Ludwig Simmel in seinem Ponywagen hinausfährt; wenn es regnen sollte, könnten sie unter der Plane Schutz suchen. Aber sie müßten unter allen Umständen aus dem Haus, sonst machen wir uns noch alle gegenseitig verrückt.
Emma gibt zögernd nach. Ich gehe einen halben Kilometer zu Fuß, um mit Simmel zu sprechen. Auch er leidet wie alle unter dem Föhn und will nicht hinaus. Ich biete ihm das Doppelte seines normalen Fuhrlohns, und er erklärt sich, wenn auch übellaunig, einverstanden. Auf dem Heimweg ist meine Stimmung noch schlechter.
Kurz vor der Eingangstür bleibe ich wie vom Donner gerührt stehen. Ich habe das Gefühl, gegen eine eherne Wand anzurennen. Zwar sehe ich nichts, aber ich spüre das

Hindernis an den Fingerspitzen. Es ist wie die *testudo* der alten Römer, eine Wand über den Kopf gehaltener Schilde, hinter deren Schutz die Legionen vorrückten. Ich fühle, daß auch hier Legionen lauern. Ich weiß, daß sie meine Feinde sind. Sie gehören der tiefsten Ebene meines Unbewußten an, sind aber jetzt als bösartige Macht auf mich losgelassen, und ihre Gewalt ist groß.

Ich versuche weiterzugehen und die unsichtbare Wand zu durchdringen. Ich kann es nicht. Ich mache auf dem Absatz kehrt und gehe zum Gartentor zurück. Ehe ich auch nur drei Schritte gemacht habe, werde ich wieder aufgehalten. Ein Ring von Feindseligkeit umgibt mich. Ich rühre mich nicht von der Stelle und rufe laut um Hilfe: »Elias! Elias!« Kurz darauf spüre ich, wie die Wand wegschmilzt und die Kreaturen dahinter sich in die Finsternis, aus der sie kamen, zurückziehen.

Schweißgebadet und zitternd wie ein Fieberkranker gehe ich ins Haus. Ich beauftrage Emma, einen Picknickkorb herzurichten, und sage zur Bonne, sie solle die Kinder rechtzeitig fertig machen, damit sie in einer halben Stunde aufbrechen können. Emma folgt mir in mein Arbeitszimmer, wo Toni gerade die Morgenpost öffnet. Sie erzählt mir, daß der Direktor des Baur au Lac während meiner kurzen Abwesenheit angerufen habe. Einer seiner Hotelgäste, eine gewisse Frau Hirschfeld, möchte mich heute vormittag aufsuchen. Irgendein Modearzt in Paris habe sie an mich verwiesen. Ich sage Emma, eine neue Patientin sei das letzte, was ich heute brauchen könne.

Emma bleibt unerwartet hartnäckig und erklärt rundheraus: »Ich glaube, du machst einen Fehler, Carl. Wir sind, weiß Gott, nicht so gut gestellt, daß du es dir leisten kannst, Patienten abzuweisen. Du hast selbst oft gesagt, daß du gern einen Verbindungsdraht zu den großen Touri-

stenhotels hättest. Jetzt bietet sich dazu eine günstige Gelegenheit.«
Diesen Augenblick wählt Toni, um ihre Autorität als meine Analytikerin zu beweisen.
»Ich finde«, sagt sie schnippisch, »du solltest in den nächsten Tagen keine Patienten empfangen. Wir machen gerade so gute Fortschritte mit der Traumanalyse, daß ich jede Ablenkung von dir fernhalten möchte.«
Dies geht wirklich zu weit! Ich fahre sie wütend an: »Halt den Mund, Toni! Ich weiß selbst, was ich zu tun habe.«
»Wie Sie wünschen, selbstverständlich, Chef.«
Sie wendet sich wieder der Post zu und benutzt den Brieföffner, als wäre der ein Dolch und jeder Umschlag mein Körper. Ich habe keine Lust, diesen Gefühlsausbruch vor Emma zu dulden.
Kurz und bündig sage ich zu Toni: »Ruf bitte das Baur au Lac an und sag dem Direktor, daß ich mit ihm sprechen möchte.« Dann entschuldige ich mich indirekt bei Emma.
»Du hast natürlich recht. Ich werde diese Frau empfangen, wer sie auch sein mag. Ein Draht zum Baur au Lac wäre wirklich nicht schlecht.«
»Ich danke dir, Carl.«
Sie lächelt mich dankbar an und geht hinaus.
Sofort fährt mich Toni an. »Mein Gott, bist du ein gemeiner Kerl! Ich wollte dir nur jede Störung vom Leib halten, und du behandelst mich wie ein Lehrmädchen.«
»Du verdienst es auch nicht anders. Mische dich nie wieder in eine Auseinandersetzung zwischen meiner Frau und mir ein!«
»Nicht einmischen!« Sie platzt fast vor Zorn. »Großer Gott! Ich bin deine Hure, ich bin deine Amme, deine Geliebte, und du sagst mir, ich soll mich nicht einmischen! Ich werde nie kapieren, was in deinem Kopf vorgeht.«

Ich greife zum Telefon, aber sie nimmt mir den Hörer ab und stellt die Verbindung her. Als der Direktor an den Apparat kommt, reicht sie mir nach wenigen Worten den Hörer, und ich erkläre mich bereit, Frau Hirschfeld um elf Uhr zu empfangen. Der Name des Arztes in Paris, der sie an mich empfohlen hat – Malvasy, Malvoisier, so etwa –, sagt mir nichts, aber Emma meint, es gehe doch ums Geld, und das können wir, weiß Gott, brauchen.
Zu Toni sage ich: »Ich möchte, daß du bei dieser Konsultation zugegen bist.«
»Wie Sie wünschen, Chef.«
»Wollen wir diesen albernen Streit den ganzen Tag fortsetzen?«
»Von Streit ist keine Rede, mein lieber Chef. Sie haben mir gezeigt, wo ich hingehöre, und dort werde ich in Zukunft auch bleiben.«
»Gut, dann hol deinen Stenogrammblock und setz dich an meinen Schreibtisch. Ich möchte etwas unverzüglich festhalten.«
Ich beginne, das Erlebnis, das ich gerade im Garten gehabt habe, zu diktieren. Ihr Zorn verfliegt im gleichen Maß, wie ihre berufliche Neugier geweckt wird. Sie geht sofort auf meine Schilderung der *testudo* ein. Sie weist ganz zu Recht darauf hin, daß der Schild keine Angriffswaffe ist, sondern der Verteidigung dient. Könnte es möglich sein, daß sich die unsichtbaren Legionen vor mir schützen wollen? Es fällt ihr schwer, diesen seltsamen Gedanken zu erläutern.
»Du hast oft erklärt, du würdest von einem Dämon, der in dir wohnt, gehetzt. Ein anderes Mal hast du dich als ein von der Gottheit besessenes Wesen bezeichnet, als einen Menschen, in dem eine Macht wohnt, ohne daß er sich dessen bewußt ist, eine Macht, über die er keine Kontrolle

besitzt.« Sie bricht ab, als suche sie nach Worten. Dann fährt sie mit unerwarteter Wärme fort: »Ist dir nie der Gedanke gekommen, daß *du* vielleicht diese bösartige Macht sein könntest und daß sich diese Geister, Emanationen, Personifikationen – wie man sie auch nennen mag – vor *dir* fürchten?« Sie lächelt mich schräg von der Seite an. »Ich will nicht boshaft sein, glaub mir! Ich weiß, ich bin heute gereizt. Ich bin unwohl und fühle mich miserabel. Aber *du* bist derjenige, der alle zur Verzweiflung bringt. Die Kinder müssen unbedingt zum Picknick hinaus! Der alte Simmel verlangt zuviel! Misch dich nicht ein, Toni! Ja, ich will. Nein, ich will nicht. Kein Wunder, daß du sogar die Gespenster im Garten aufscheuchst!«
Wir müssen unwillkürlich lachen. Wir küssen uns und schließen Frieden. Verstohlen trinken wir ein Glas Cognac, um auf unsere Versöhnung anzustoßen. Ich zünde meine Pfeife an, und wir reden wieder über das Phänomen vom Garten. Plötzlich fällt mir unvermittelt ein Zitat aus Goethes »Faust« ein:

Der glühnde Schlüssel rührt die Schale kaum,
Ein dunstiger Nebel deckt sogleich den Raum;
Er schleicht sich ein, er wogt nach Wolkenart,
Gedehnt, geballt, verschränkt, geteilt, gepaart.

Hier liegt der Schlüssel zu einem Rätsel, das ich noch nicht habe lösen können. Es ist das Rätsel der Zeit: Vergangenheit, Gegenwart, Zukunft, jetzt, dann. Ich grabe Erinnerungen, Symbole, Mythen, Archetypen aus, deren Wurzeln im Nebel der Vorgeschichte liegen. Dennoch sind sie alle auch die meinigen. Ich gebe ihnen eine andere Gestalt, andere Namen und reiche sie weiter ... Tue ich es wirklich? Oder haben sie von mir Besitz ergriffen, so wie der Wind von dem hohlen Rohr, aus dem er Musik hervorbringt? Ich weiß, daß dies keine Wissenschaft ist. Sie hat keine Methode, keine Logik, keinen Zusammenhang von Ursache und Wirkung. Es ist eher ein simultaner Schöpfungsakt. Fra Angelico erträumt den Himmel, und siehe da, dort ist er auf die Gewölbedecke gemalt. Dante erträumt die Hölle, und die Worte hallen durch die Jahrhunderte: *Nessun maggior dolore che ricordarsi del tempo felice nella miseria.*

Auch ich suche nach Worten, um das Wesen des schöpferischen Aktes auszudrücken, da verkündet Emma, Frau Hirschfeld sei angekommen. Im selben Augenblick ergreift mich ein unerklärlicher Schrecken. Ich will diese Frau nicht sehen. Aus der Begegnung mit ihr wird nichts Gutes erwachsen. Aber es ist zu spät, und ich habe keinen triftigen Grund, sie jetzt abzuweisen. Zwei Minuten später betritt sie mein Arbeitszimmer – und ergreift sofort davon Besitz, wie eine Herrin, welche das Gut eines Vasallen betritt.

Sie besitzt die volle Schönheit der Reife. Sie ist elegant gekleidet und bewegt sich mit großartiger Sicherheit. Sie beherrscht meine Gelehrtenstube, wie eine große Schauspielerin ein Provinztheater beherrscht. Ich fühle die Wucht eines starken Willens und eines leidenschaftlichen Herzens.

Meine Angst geht in ehrfürchtiges Staunen und dann in ein lebhaftes Lustgefühl über. Ich hoffe, daß es mir weder Toni noch Emma ansehen werden. Mir wird klar, daß sich alle meine Begierden auf jüngere Frauen und auf solche gerichtet haben, die emotional von mir abhängig waren. Ich frage mich, wie es wohl sein würde, sich in jemanden zu verlieben, der eine gründliche Welterfahrung besitzt. Aber warum, zum Teufel, ist sie dann zu mir gekommen, wenn ihr nichts mehr fremd ist? Gott helfe dir, Carl Jung, denn du bist ein glattzüngiger Schweizer Heuchler! Du stürzt dich Hals über Kopf in ein neues Abenteuer und kannst es nicht erwarten, mit dieser Frau ins Bett zu gehen.

Magda
Zürich

Dieser Carl Jung ist ein gutaussehender Mann. Er ist groß, schlank, kräftig, und er hält sich wie ein Soldat. Seine Haare sind kurzgeschnitten, und aus seinen Augen spricht Intelligenz. Sein Händedruck ist fest und trocken. Er erinnert mich irgendwie an Papa in jüngeren Jahren – vielleicht ist es sein Blick, der Anflug von Schalkhaftigkeit, die Art, wie er dich prüfend von der Seite anschaut, einem erfahrenen Pferdehändler gleich, der ein vielversprechendes Fohlen inspiziert.

Das Mädchen ist interessant. Es ist nicht hübsch, hat aber fast einen zigeunerhaften Charme. Sie ist sehr geschäftig, besitzergreifend, ganz die Assistentin des großen Mannes.

»Darf ich Ihnen den Hut und den Sonnenschirm abnehmen, Madame? Bitte, nehmen Sie dort Platz, neben dem Schreibtisch des Herrn Doktor. Wir benötigen ein paar Angaben zur Person, bevor wir die Sitzung beginnen.«

Wir? Es tut mir sehr leid, mein liebes Kind, aber einer von uns beiden ist in fünf Minuten nicht mehr hier, dafür garantiere ich! Jung bemüht sich, eine entspannte Atmosphäre zu schaffen. Ich übergebe ihm Giannis Empfehlungszeilen. Er liest sie und gibt mir das Blatt zurück.

Er lächelt und meint pedantisch, wenn auch scherzhaft: »Etymologisch trifft es nicht ganz zu. Sie reisen unter einem Pseudonym, nicht anonym ... Aber Hirschfeld ist so gut wie jeder andere Name – im Augenblick; wichtiger ist der Mensch. Aber ein paar Angaben zur Person brauchen wir schon. Fräulein Wolff wird sich Notizen machen, wenn ich die Fragen stelle.«

Er setzt sich auf die Schreibtischkante und läßt die Beine baumeln. Fräulein Wolff, den Notizblock in der Hand, setzt sich mir gegenüber in seinen Sessel. Mir kommt es vor, als wolle sie dadurch ihr Anwesenheitsrecht untermauern. Ich bin aber noch immer entschlossen, sie nicht mehr allzu lange hier zu dulden. Da beginnt Jung mit der Befragung.

»Wie alt sind Sie, Frau Hirschfeld?«

»Fünfundvierzig.«

»Verheiratet oder ledig?«

»Ich bin Witwe.«

»Seit wann?«

»Seit fünfzehn Jahren.«

»Kinder?«

»Eine Tochter.«

»Wie alt ist sie?«

»Neunzehn.«

»Was haben Sie für eine Staatsbürgerschaft?«

»Ist das wichtig?«

»Vielleicht, vielleicht auch nicht.«

»Dann sagen wir, ich sei Europäerin.«

»Und Ihre Muttersprache?«

»Ich spreche fließend Englisch, Französisch, Italienisch, Deutsch und Ungarisch.«

»Womit beschäftigen Sie sich?«

»Ich war praktizierende Ärztin. Ich gab den Beruf nach dem Tod meines Mannes auf. Seitdem leite ich ein Gut, auf dem ich ein florierendes Gestüt unterhalte und Hunde züchte.«

»Wo haben Sie studiert?«

»In Italien und Österreich, anschließend war ich als Ärztin vorübergehend in London tätig.«
»Können Sie mir als Kollegen Ihren Gesundheitszustand zusammenfassend schildern?«
»Als Kind hatte ich Mumps, Masern, Windpocken und die üblichen Erkältungskrankheiten. Als Erwachsene bin ich nie ernsthaft krank gewesen, noch bin ich je operiert worden. Atmungsorgane, Herz und Nieren sind in Ordnung. Obwohl ich fünfundvierzig bin, bekomme ich noch regelmäßig meine Periode, und ich habe noch keine Symptome festgestellt, welche auf die Wechseljahre schließen ließen. Ich treibe regelmäßig Sport. Mein Muskeltonus ist ausgezeichnet.«
»Wie steht es mit dem Geschlechtsleben?«
»Ich habe keinen festen Partner, aber ich bin in dieser Hinsicht ausreichend versorgt.«
»Wie oft?«
»Wirklich ausreichend, Herr Doktor, danke der Nachfrage.«
»Schön ...« Er schenkt mir ein breites Lächeln. »Sie sind bei ausgezeichneter Gesundheit, Sie haben ein durchaus zufriedenstellendes Geschlechtsleben. Was für Beschwerden haben Sie?«
Jetzt ist es heraus, platt und unverblümt – die Frage, die ich gefürchtet habe. Aber ich bin noch nicht bereit, sie zu beantworten. Ich gebe meinem Tonfall einen Anflug von Förmlichkeit: »Bei allem Respekt, Doktor, und bei aller Achtung vor Fräulein Wolff, ich möchte mit Ihnen unter vier Augen sprechen.«
Er lehnt nicht rundweg ab. Offensichtlich will er seiner jungen Mitarbeiterin, die meines Erachtens nicht so spröde ist, wie sie aussieht, jede Peinlichkeit ersparen.
»Fräulein Wolff,« sagt er, »ist meine Assistentin und meine

Kollegin, zu der ich volles Vertrauen habe. Ihre Meinung ist für die Diagnose außerordentlich wertvoll.«
»Davon bin ich überzeugt. Trotzdem ...«
»Bitte!« Er hebt abwehrend die Hand. »Bitte, lassen Sie mich ausreden. Ich respektiere Ihren Wunsch nach Vertraulichkeit, aber Sie als Ärztin werden verstehen, daß man bei einer neuen Patientin gewisse Vorsichtsmaßnahmen treffen muß. Einige meiner Patienten können ziemlich gewalttätig werden. Einer hat mich sogar einmal mit einem geladenen Revolver bedroht. Und unter meinen Patientinnen gibt es welche, die sich Trugbildern hingeben und das falsche Gerücht verbreiten, sie seien Opfer eines Vergewaltigungsversuchs geworden.«
Ich versichere ihm mit meinem sittsamsten Lächeln, daß ich weder gewalttätig bin noch Trugbildern nachlaufe. Er gibt anstandslos nach und sagt zu Fräulein Wolff, sie möge uns allein lassen. Er werde in etwa zwei Stunden wieder für sie dasein, was, wie er mir erklärt, für Patient und Psychoanalytiker die äußerste Grenze des Erträglichen bei einer einzelnen Sitzung sei. Während Fräulein Wolff hinausgeht, mache ich die Bemerkung, sie sei offensichtlich eine sehr tüchtige junge Dame – und sehr hübsch. Er fühlt sich eindeutig stellvertretend geschmeichelt.
»Sie ist sehr intelligent, eine begabte Dichterin und eine hervorragende Psychoanalytikerin.«
»Und sie ist Ihnen offenbar treu ergeben.«
»Wie ich ihr. In diesem Beruf braucht man loyale und diskrete Kollegen.«
Ich stelle ihm dafür ein gutes Zeugnis aus: keine Zugeständnisse, ein Lob für Abwesende und eine kurze Moralpredigt über das Berufsethos. Ich rüste mich für eine neue Befragungsrunde.
Statt dessen lächelt er mich aufmunternd an und sagt: »Ich

weiß, wie Ihnen zumute ist. Es ist so, als würde man aufgefordert, sich mitten auf der Bahnhofstraße auszuziehen. Ich will versuchen, Ihnen unsere Arbeitsweise zu erklären. Sie unterscheidet sich grundlegend von der traditionellen Diagnostik, bei der die konstanten Faktoren des Körpers und seiner inneren Strukturen und Funktionen die Logik der Untersuchung bestimmen. Wenn also keine Fehlfunktion im Gehirn selbst vorliegt, haben wir Analytiker es immer mit Unwägbarkeiten zu tun, mit Zusammensetzspielen, bei denen die Steinchen über das ganze Brett verstreut sind, in der Vergangenheit und in der Gegenwart. Wir befassen uns ebenso intensiv mit den Träumen wie mit der Realität, mit Verbrechen, die nie begangen werden, und solchen, die mit einem seltsamen Unschuldsgefühl ausgeführt wurden. Sie müssen begreifen, daß der Psychoanalytiker kein Richter ist. Er ist eher ein Detektiv wie jener berühmte Engländer, Mr. Sherlock Holmes. Auch er hofft, heilen zu können. Unsere geistige Gesundheit hängt nämlich zum großen Teil von dem Verständnis unserer selbst und davon ab, daß wir das, was wir verstehen, innerlich verarbeiten. Denken Sie bitte an zweierlei: Sie haben von mir nichts zu befürchten, und nichts, was Sie mir sagen können, wird eine Überraschung für mich bedeuten. Ich habe alles schon einmal gehört, alles bereits geträumt. Denn das, was wir an Gutem und Bösem in unserem täglichen Leben vermissen, erleben wir im Traum.«
Mir ist, als habe er mir inmitten der tobenden See einen Rettungsring zugeworfen. Den ergreife ich verzweifelt, und ich beginne zu erzählen.
»Dies ist einer der Gründe, die mich zu Ihnen geführt haben. Ich habe immer wieder denselben Alptraum, der mich tief beunruhigt und nach dem ich stets erschöpft und niedergeschlagen bin.«

»Erzählen Sie ihn mir. Ich mache einige Notizen, während Sie sprechen.«
Jetzt, da der Anfang gemacht ist, bin ich erleichtert, reden zu können. Ich durchlebe noch einmal alle Einzelheiten des Traums: die wilde Jagd, die riesige, ausgedörrte Wüste und ihre Einsamkeit, den kleinen, blutigen Kadaver des Fuchses, mich selbst, wie ich nackt und kahlgeschoren in der Glaskugel hocke, die unter dem spöttischen Auge der Sonne dahinrollt.
Jung hört mir schweigend zu. Er gibt sich betont neutral. Seine Augen beobachten jede Veränderung in meinem Gesichtsausdruck, jede Handbewegung. Anscheinend macht er seine Notizen in einer Art von Kurzschrift.
Als ich ende, fragt er: »Haben Sie diesen Traum jemals einem anderen Menschen erzählt?«
»Nein. Warum fragen Sie?«
»Sie erzählen ihn so lebhaft. Sie sind eine geborene Erzählerin. Jetzt möchte ich Ihnen zu dem Traum einige Fragen stellen. Bitte, versuchen Sie, ganz spontan zu antworten und nicht etwas zu konstruieren, nur um mir einen Gefallen zu tun. Wenn Sie nicht antworten können, sagen Sie es. Wenn Sie nicht antworten wollen, sagen Sie auch das, bitte. Einverstanden?«
»Einverstanden!« Er erklärt mir die Spielregeln. Er versteht sie besser als ich. Die erste Frage überrascht mich.
»War der Fuchs männlich oder weiblich?«
»Weiblich.« Überrascht höre ich mich selbst so entschieden antworten.
»Können Sie mir die Namen einiger der Leute nennen, die an der Jagd teilgenommen haben?«
»Nein.«
»Wer tötete den Fuchs?«
»Ich weiß es nicht. Vermutlich die Hunde.«

»Warum hat Ihr Pferd Sie abgeworfen?«
»Auch das weiß ich nicht.«
»Welchen Frauen werden sonst die Köpfe kahlgeschoren?«
»Nonnen, Verbrecherinnen, Frauen, die sich einer Schädeloperation unterziehen müssen.«
»Zu welcher Kategorie gehören Sie – in dem Traum?«
»Na ja, Nonne habe ich nie werden wollen, und ich habe noch nie eine Schädeloperation gehabt. Da bleibt wohl nur die Verbrecherin übrig. Die Kugel ist sicherlich ein Gefängnis.«
»Warum sagen Sie das?«
»Ich habe stets den Eindruck, und nach dem Traum habe ich immer ein Schuldgefühl.«
»Fühlen Sie sich auch während des Traumes schuldig?«
»Eigentlich nicht. Ich komme mir lächerlich vor, als würde mich ein Voyeur in der Badewanne anstarren.«
»Und die Sonne ist der Voyeur?«
»Ja.«
»Erzählen Sie, wie Sie aufwachen.«
»Wie? Oh, ich bin zusammengerollt wie ein Embryo. Es fällt mir schwer, mich auszustrecken und dem neuen Tag ins Gesicht zu sehen.«
Er macht sich ein paar Notizen und lächelt dann anerkennend.
»Sie machen Ihre Sache sehr gut. Bleiben Sie entspannt. Lassen Sie das Zeug einfach herausströmen. Es ist ein Vergnügen, es mit einer so intelligenten ... und so schönen Frau zu tun zu haben.«
Ich danke ihm für das Kompliment. Ich weiß, daß er mir schmeicheln will, und ich freue mich darüber. Ich bin neugierig, wie lange dieser Tanz noch weitergehen wird. Dann beginnt die Fragerei wieder.

»Haben Sie religiöse Überzeugungen? Gehören Sie einer Glaubensgemeinschaft oder einer Sekte an?«
Dies ist wieder die Frage von Gianni. Aber jetzt gebe ich eine andere Antwort.
»Nein. Mein Vater war ein altmodischer Rationalist, der mich gelehrt hat, das Leben beginne und ende hier auf Erden; wir müßten deshalb das Beste aus ihm machen, solange wir noch können.«
»Und das glauben Sie auch heute noch?«
»Absolut.«
»Was war Ihr Vater von Beruf?«
»Er war Chirurg. Er pflegte zu sagen: ›Ich habe die Lebenden und die Toten aufgeschnitten, aber ich habe nie auch nur eine Spur von Gott oder einer Seele entdeckt.‹ Ich liebte Vater sehr. Vermutlich habe ich seine Überzeugungen und Denkgewohnheiten einfach übernommen.«
»War Ihre Mutter gläubig?«
»Ich weiß es nicht. Sie verließ mich, als ich noch ein Baby war.«
»Verließ Sie?«
»Sie verließ uns beide. Ich wurde von einer Amme gestillt. Lily und Papa haben mich erzogen.«
»Und Ihre Mutter?«
»Wir haben sie nie wieder gesehen. Papa sprach nie von ihr. Erst vor kurzem entdeckte ich, daß sie als Herzogin in England gestorben ist.« Ich merke, daß ich einen Fehler gemacht und mehr gesagt habe, als ich eigentlich wollte. Ich versuche, den Schaden wiedergutzumachen. »Sie sehen also, ich habe guten Grund, anonym bleiben zu wollen – oder heißt es pseudonym?«
Jung lächelt und nickt zustimmend. Aber jetzt spüre ich, daß er argwöhnisch ist. Vielleicht findet er, daß eine Herzogin in der Familie zuviel des Snobismus ist.

»Sie erwähnten eine Lily«, fragt er. »Wer ist das?«
»Sie war die Gesellschafterin meiner Mutter, als diese auf den Kontinent kam, um mich zur Welt zu bringen. Sie verliebte sich in Papa und blieb da, um für mich zu sorgen. Sie war der Mensch, den ich brauchte: Mutter, Schwester, Freundin, alles in einer Person.«
»Aber Ihr Vater und sie haben nie geheiratet.«
»Nein. Er wollte meine Mutter damals unbedingt heiraten. Aber danach – nein! Er hatte jegliches Interesse an einer Ehe verloren.«
»Da wir gerade beim Thema Familie sind, erzählen Sie mir von Ihrem Mann, Ihrer Tochter. Alles, woran Sie sich gerade erinnern können.«
»Schön: Ich heiratete, als ich fünfundzwanzig war, ein Jahr nach Beendigung meines Medizinstudiums. Mein Mann war Österreicher, Erbe eines großen Gutes und Angehöriger des Landadels. Er war Anfang Dreißig. Ich war seine zweite Frau. Seine erste war ganz plötzlich gestorben, kinderlos. Er war ein großartiger Mann, und ich habe ihn heiß geliebt. Er lebte auf seinem Gut, und ich war als Ärztin in den umliegenden Dörfern tätig. Im ersten Jahr unserer Ehe wurde ich schwanger und brachte eine Tochter zur Welt. Wir hatten uns einen Sohn gewünscht, damit der Name weiterlebt, aber es machte uns nichts aus. Wir waren beide noch jung. Es würden ja noch mehr Kinder kommen. Aber es kam anders. Kurz bevor meine Tochter vier Jahre alt wurde, bekam mein Mann Krebs. Die Krankheit entwickelte sich schnell. Bald traten überall Metastasen auf. Wir wußten beide, daß es keine Hoffnung mehr gab. *Sein* einziger Wunsch war, daheim zu sterben, bei mir, in unserem Haus. *Mein* einziger Wunsch war, ihm das Scheiden so leicht wie möglich zu machen. Ich stellte eine Krankenschwester ein, übernahm die ärztliche Betreuung jedoch

selbst. Als Arzt werden Sie meine Behandlungsmethode verstehen.«

»Trotzdem müssen Sie mir sagen, worin diese bestand.«

»Zunehmende Dosen von Beruhigungsmitteln, um die Schmerzen unter Kontrolle zu halten.«

»Und um die Herz- und Atemtätigkeit niedrig zu halten und dadurch einen frühzeitigen Tod herbeizuführen.«

»Ja.«

»Und ihr Gatte ist friedlich gestorben?«

»So friedlich und so rasch es möglich war, um keinen Anlaß zu Argwohn oder gar Untersuchungen zu geben. Aber es waren lange, böse Wochen. Als der Verfall und die Symptome zu schrecklich wurden, mußte ich meine Tochter vom Krankenzimmer fernhalten. Da begannen die Schwierigkeiten.«

»Welche Schwierigkeiten?«

»Nach einiger Zeit bemerkte ich, daß sie anscheinend Angst vor mir hatte. Ich versuchte immer wieder herauszufinden, warum. Die Krankenschwester nannte mir schließlich den Grund dafür. Die Kleine hörte ihren Vater oft stöhnen und klagen. Sie sah mich aus dem Krankenzimmer kommen, wenn ich Instrumente, die sterilisiert werden mußten, und blutige Tücher zum Verbrennen in der Hand trug. Sie kam auf die fixe Idee, ich sei eine Art von Hexe, die ihren Vater töten wollte.«

»Was Sie ja gewissermaßen auch waren.«

»Richtig. Aber das Kind konnte das nicht wissen.«

»Kinder brauchen die Dinge gar nicht zu *wissen.* Sie saugen sie wie ein Schwamm in sich auf. Haben Sie jemals versucht, Ihrer Tochter den Sachverhalt zu erklären? Nicht die Behandlung, sondern die Probleme, die mit der Erkrankung ihres Vaters zusammenhingen?«

»Oft, aber ich kam nicht an sie heran. Sie zog sich immer

weiter in sich zurück. Das Schreckliche daran war, daß ich anfing, dem Kind sein Verhalten übelzunehmen. Meine Tochter war für mich ein ständiger Vorwurf. Und am Ende eines langen, bitteren Tages bei einem Sterbenden wurde mir ihre Gegenwart oft unerträglich. Es gab Augenblicke, beängstigende Augenblicke, wo ich sie am liebsten umgebracht hätte. Ich wußte, daß mir das zuzutrauen war. Deshalb sprach ich schließlich mit einer Schwester meines Mannes, die eine große Familie hatte. Sie erbot sich freiwillig, das Kind zu sich zu nehmen, bis alles vorüber war.«

»Und wie wirkte sich das aus?«

»Sie war sehr glücklich dort, nur dann nicht, wenn ich zu Besuch weilte. Da kam es zu schrecklichen hysterischen Szenen. Auch nach dem Tod meines Mannes ließ sie sich nicht überreden, wieder nach Hause zu kommen. Deshalb hielt ich es für vernünftiger, sie weiterhin in einer großen, glücklichen Familie zu belassen.«

»Haben Sie diesen Entschluß jemals bereut?«

Zum erstenmal stehe ich vor einer Frage, auf die ich mir die Antwort erst überlegen muß. Ich bin nicht versucht, die Unwahrheit zu sagen. Es ist nur so, daß ich mich bisher immer gesträubt habe, mich dieser Frage zu stellen. Schließlich finde ich die richtige Worte.

»Bereut? Nein. Ich glaube, es war für uns beide die beste Lösung. Ich bin eine sehr leidenschaftliche Frau, aber für die Mutterschaft bin ich eigentlich nicht geschaffen.«

Carl Gustav Jung
Zürich

Die Sitzung dauert kaum zwanzig Minuten, und ich bin von dem, was ich bisher gehört habe, bereits tief beunruhigt. Das Eindrucksvollste, nein, das Beängstigendste an dieser Frau ist ihre absolute Klarheit, ihr völlig rationales Verständnis dessen, was sie ist, und der Geschichte, die sie vor einem ausbreitet. Ich lasse mich nicht täuschen von ihren Ausführungen zu dem Traum, der die klarste Projektion einer schweren Schuld in einer Angelegenheit ist, die sich noch offenbaren muß.

Sie spricht ebenso eindeutig vom Geschlecht des toten Fuchses wie ich vorhin vom Geschlecht des Hengstes in meinem Chaostraum. Die Glaskugel kann ebensogut den Mutterleib wie ein Gefängnis bedeuten. Sie erwacht in der Stellung eines Embryos und ist nicht bereit, sich der feindseligen Morgendämmerung zu stellen. Es ist ihr nicht aufgefallen – oder verschleiert sie ihr Wissen? –, daß auch Neugeborene nur sehr wenig Haare haben. Sie tut ihre Mutter, von der sie verlassen wurde, ebenso in Bausch und Bogen ab wie ihr eigenes Kind, von dem sie sich ja getrennt hat.

Sie bezeichnet sich als leidenschaftliche Frau. Ich empfinde sie als eine explosive Persönlichkeit, die von einem Augenblick zum anderen die Selbstbeherrschung verlieren und zur wilden Furie werden kann. Sie ist wie eine Stange Dynamit, angesichts der man zunächst nichts Böses vermutet, die aber ein ganzes Gebäude zum Einsturz bringen kann. In meinem eigenen labilen Zustand fühle ich mich von ihr bedroht, aber die Bedrohung ist ambivalent. Auf der einen Seite besteht eine starke sexuelle Anziehung, auf der anderen spüre ich eine latente Feindseligkeit, ebenso stark wie bei den unsichtbaren Archetypen vorhin im Garten. Ihre Todeswünsche decken sich auf unheimliche Weise mit meinen eigenen. Sie gibt zu, den Tod ihres Ehemannes beschleunigt zu haben, wenn auch aus Gründen der Barmherzigkeit. Sie gibt zu, gelegentlich aggressive, ja mörderische Anwandlungen gegenüber ihrem eigenen Kind empfunden zu haben. Höchstwahrscheinlich verbergen sich noch andere Haß-Liebe-Beziehungen hinter den Traumsymbolen.

Deshalb will ich diese Analyse keinen Augenblick länger als unbedingt nötig ausdehnen. Da ich sie nun einmal begonnen habe, kann ich sie aus moralischen Gründen nicht einfach abbrechen; das wäre gefährlich. Ich muß zum mindesten in der Lage sein, sie zur Behandlung an jemand anderen weiterzuempfehlen. Dazu muß ich erst feststellen, wie weit ihr Klarblick reicht, wie schnell uns ihre Vernunft der Wurzel ihres Problems näherbringt. Um die Spannung abzubauen, die bereits entstanden ist, schlage ich einen kleinen Spaziergang am Seeufer vor, während dem wir unser Gespräch fortsetzen können.

Auf dem Weg ins Freie müssen wir an der Küche vorbei. Meine Patientin geht vor mir in den Garten, während ich kurz stehenbleibe, weil ich Emma bitten möchte, uns Kaffee in das Arbeitszimmer hinaufzuschicken. Meine Hand liegt bereits auf der Küchentürklinke, als ich Emmas und Tonis erregte Stimmen höre. Ich bleibe stehen und scheue mich nicht, zu lauschen. Emma beherrscht anscheinend die Auseinandersetzung.

»Verstehen Sie denn nicht, daß wir es mit einem schwerkranken Mann zu tun haben?«
»Natürlich. Ich verbringe mehr Zeit bei ihm als Sie; täglich acht Stunden in seinem Arbeitszimmer, manchmal auch mehr.«
»Wenn sich sein Zustand verschlimmert, glauben Sie, daß Sie dann noch mit ihm fertig werden können?«
»Warum fragen Sie *mich*? *Sie* sind seine Frau.«
»Und Sie seine Geliebte!«
»Ich liebe ihn.«
»Ich liebe ihn auch. Wir sollten wenigstens versuchen, ehrlich miteinander zu sein. Sie sind nicht die erste Rivalin, die ich habe, und wahrscheinlich auch nicht die letzte.«
»Reden Sie nicht so gönnerhaft!«
»Ich bitte Sie, helfen Sie mir.«
»Mein Gott! Was sind Sie für eine Frau!«
»Schauen Sie, ich habe vier Kinder. Das fünfte ist unterwegs. Carls Wutanfälle gehen uns allen auf die Nerven. Die Kleinen verstehen die Probleme ihres Vaters nicht, und er ist blind gegenüber den ihrigen. Ich muß sie in Schutz nehmen und die Familie zusammenhalten, solange es geht. Ich kann mich nicht gegen Sie stellen. Ich bin nicht einmal sicher, ob ich es möchte. Ich sehe, wie Carl mit Ihnen umspringt, wie er es ja auch mit allen anderen getan hat. Das einzige, worum ich Sie bitte, ist, daß Sie beide Ihre vertrauten Spiele nicht hier abhalten, nicht in *meinem* Haus. Einverstanden?«
»Warum halten Sie es bei ihm aus?«
»Warum denn Sie?«
»Ich liebe ihn.«
»Ich auch – und das ist der einzige Grund, warum ich es mit Ihnen hier aushalte, meine Liebe.«
»Es kann nicht so weitergehen.«

»Solange *er* es so will, wird es so weitergehen.«

Ich habe genug gehört. Ich bin beschämt und betrübt, aber auch töricht genug, noch eine Spur von Trost in der Tatsache zu finden, daß sich zwei Frauen aus Liebe zu mir bekämpfen. Dies ist jedenfalls nicht der geeignete Zeitpunkt, um Kaffee zu bitten. Ich schleiche mich davon und hole meine Patientin unten beim Bootshaus ein, wo sie die Miniaturstadt besichtigt, die ich aus Steinen vom Seeufer errichte. Ich benutze die Modellanlage als Aufhänger für das, was ich ihr zu sagen habe.

»Als Therapie fing ich damit an. Wie viele Menschen in meinem Alter durchlebe ich gerade eine psychische Krise. Ich habe mich bei Fräulein Wolff, die Sie kennengelernt haben, einer Analyse unterzogen. Zu jeder Analyse gehört eine Reise in die Vergangenheit, um sich die Richtungsschilder, die wir passiert haben, noch einmal zu vergegenwärtigen. Dies ist das Modell des Dorfes, in dem ich geboren wurde. Der Mann, den Sie vor sich sehen, wurde hier geformt; nicht nur von seinen Eltern, sondern von seiner ganzen Umgebung, von jedem einzelnen, der vor ihm dahingegangen ist: von den Männern, welche die Kirche erbauten, von den Steinmetzen, welche die Steine behauten, und den Frauen, die das Brot buken und die Hausmittel von einer Generation zur anderen weitergaben. In uns spiegelt sich eine Vergangenheit wider, die wir vergessen haben, die aber tief in unserem Unterbewußtsein weiterlebt. In unseren Träumen erwacht dieses alte Erbe. Sehen Sie diese Straße dort, die von der Kirche herunterführt?«

»Ja. Was ist mit ihr?«

»Eines Tages sah ich den Teufel diesen Weg entlang kommen.«

Sie lacht. Ihr Lachen klingt offenherzig und unschuldig.

»Sie scherzen.«

»Nein, es ist mein Ernst. Was ich sah, war ein katholischer Priester in schwarzer Soutane und mit einem schwarzen, breitrandigen Hut, der wie ein Hörnerpaar aussah. Für mich als schweizerischen Lutheraner war es der Teufel. Es dauerte Jahre, bis ich ohne Angstgefühl eine katholische Kirche betreten konnte.«

»Seltsam!«

»Gar nicht so seltsam. Dasselbe geschah mit Ihrer kleinen Tochter, als sie anfing, in Ihnen eine Hexe zu sehen. Ich ringe immer noch mit der Erinnerung an meine Mutter, die eigentlich eine herzliche, einfache und redselige Frau vom Lande war, in deren Charakter aber eigenartigerweise etwas Zigeunerhaftes mitspielte, das mich in Angst und Schrecken versetzte.«

Sie bückt sich, hebt einen länglichen Stein auf und legt ihn wie einen Querbalken auf die Eingangstür eines noch unfertigen Häuschens. Mit ruhiger, leiser Stimme sagt sie: »Ich weiß, was Sie vorhaben. Es hilft, wenn man weiß, daß andere Menschen Probleme haben, die den eigenen nicht unähnlich sind. Aber Sie müssen berücksichtigen, daß ich ein sehr ungewöhnliches Leben geführt habe und einigen höchst merkwürdigen Gestalten begegnet bin. Es fällt mir außerordentlich schwer, Menschen Vertrauen zu schenken, sogar Kollegen. In der vergangenen Woche haben mich meine Pariser Bankiers, die mein Vermögen verwalten, in eine kompromittierende Situation mit einem sehr wohlhabenden Mann zu drängen versucht, den sie als Klienten gewinnen wollten.«

»Und Sie halten mich einer solchen Sache für fähig?«

»Das sind wir alle, Herr Dr. Jung. Wir alle sind es.«

»Was würden Sie als Vertrauensbeweis annehmen?«

»Was können Sie bieten?«

Sie spricht ganz ungerührt wie eine Bäuerin, die auf einem

Wochenmarkt feilscht. Aber ich spüre, daß es ihr ernst ist. Ich denke einen Augenblick nach. Ich frage mich, warum ich mich überhaupt auf diesen Fall eingelassen habe. Sie ist eine erwachsene Frau und offenbar bei klarem Verstand. Warum sollte ich für ihre Heilung ein Risiko auf mich nehmen? Dieses eine Mal bin ich ehrlich gegenüber mir selbst: Weil ich sie besitzen will. Weil ich sie zu meiner Schuldnerin machen will.

Also mache ich ihr einen Vorschlag: »Wenn Sie bereit sind, mir Ihre Geheimnisse anzuvertrauen, dann will auch ich Ihnen zweierlei über mich selbst offenbaren: das eine ist ganz persönlicher Natur, das andere beruflich bedingt. Beides kann mir großen Schaden zufügen, wenn es öffentlich bekannt wird. Auf diese Weise haben wir uns gegenseitig in der Hand. Gleiches Risiko, gleiches Vertrauen. Es scheint mir ein vernünftiger Handel zu sein.«

»Allerdings. Aber warum sollte Ihnen so viel daran gelegen sein? Ich würde mir keinen Finger abhacken, um einen Patienten dazu zu überreden, sich den Blinddarm herausnehmen zu lassen.«

Ich ärgere mich über ihre arrogante Art und sage unwirsch: »Vielleicht betrachte ich meine Patienten anders.«

»Wie betrachten Sie mich, Herr Doktor?«

»Das trifft genau den Kern, Frau Hirschfeld. Es geht nicht nur um Sie. Es geht um uns alle: Wir leben nicht allein. Wir leben zusammen. Wir hängen voneinander ab. Sobald wir dies vergessen, sind wir verloren wie glühende Partikeln, die vom Sonnensystem ausgeschleudert werden und sich in der Finsternis des Weltalls für immer verlieren. Als Sie in mein Haus kamen, bemerkten Sie die Inschrift über der Tür?«

Zu meiner großen Überraschung gibt sie sie wörtlich wieder:

»*Vocatus atque non vocatus, Deus aderit.* Gerufen oder nicht, der Gott wird gegenwärtig sein. Ich frage mich, welche Bedeutung dieser Spruch für Sie hat, Herr Doktor.«
»Er bedeutet das Gegenteil von dem, was Sie zu glauben behaupten: daß der Mensch mit seinem Leben eine sinnlose Reise ohne Ziel und Zweck unternimmt. Ich bin kein rechtgläubiger Christ mehr. Ich kann dem Wort Gott keinen Sinn mehr abgewinnen. Aber ich weiß, daß ich einer Wahrheit nachtaste, wer Er ist und was wir sind. Ich weiß, daß ich, wie viele Fehler ich in meinem Leben auch gemacht haben mag – und weiß Gott, ich habe viele begangen –, die Suche nach dem Sinn nicht aufgeben kann. Sie sind jemand, dem ich bei meiner Pilgerschaft begegnet bin. Sie sind, wenn auch nur aus diesem Grund, bedeutsam für mich. Ich kann nicht einfach an Ihnen vorbeigehen und Sie im Straßengraben verrecken lassen.«
Ich bin über meine eigene Heftigkeit erstaunt.
Noch erstaunter bin ich, als sie wie ein Kind meine Hand ergreift und kleinlaut sagt: »Es tut mir leid. Ich glaube Ihnen. Ich will Ihnen vertrauen, wirklich! Ich gehe auf Ihre Abmachung ein.«
Ich weise noch einmal auf das Dorf und das kleine Haus, auf das sie soeben den Querbalken zur Tür gelegt hat. Ich sage zu ihr: »Hier ist das erste Faktum, über das ich bisher nur mit einem einzigen Menschen gesprochen habe. Dieses Haus gehörte einem Mann, einem Freund der Familie, den ich in meiner Kindheit geliebt und dem ich vertraut habe. Eines Tages vergewaltigte er mich. Es war ein Erlebnis, das lange Zeit in meinen Gedanken weitergeschwelt und auf viele meiner Beziehungen als Erwachsener abgefärbt hat.« Sie öffnet den Mund, um etwas zu sagen, aber ich komme ihr zuvor. »Bitte! Ich will nicht darüber sprechen. Die zweite Tatsache ist die, daß in diesem Land eine

Frau frei herumläuft, von der ich genau weiß, daß sie eine Mörderin ist. Sie wurde wegen akuter Depressionen ins Burghölzli eingeliefert. Die Prognose war schlecht. Es gelang mir mit viel Mühe, die Ursache ihrer Erkrankung festzustellen. In tiefem Gram über eine unpassende Heirat hatte sie eines ihrer Kinder umgebracht. Der Umstand, daß sie sich mir mitteilen konnte, führte schließlich zu ihrer völligen Heilung. Ich änderte die Krankengeschichte, unterdrückte die belastenden Momente und entließ sie. Meine Unterschrift steht auf dem Dokument, weshalb ich mich einer kriminellen Handlung schuldig gemacht habe. Auch hier möchte ich nicht auf die Einzelheiten eingehen. Ich wollte Ihnen nur den Beweis für meine Aufrichtigkeit liefern. Vertrauen Sie mir jetzt?«
»Erst, wenn Sie mir sagen, was Sie von mir wollen.«
Ich bin entsetzt. Ich habe mich festgelegt, aber sie versucht noch immer, einer Vereinbarung aus dem Wege zu gehen. Ich fasse sie fest an den Armen und zwinge sie, mir ins Gesicht zu sehen.
»Also gut! Ich werde es Ihnen sagen! Sie müssen mich an die Hand nehmen und mich in das Wüstenland Ihrer Träume führen, in jene Glaskugel, wo Sie zusammengerollt liegen, kahlgeschoren, nicht wie eine Nonne, sondern wie eine Verbrecherin, und Ihre Blöße ist unbedeckt. Sie müssen mir zeigen, was das rote Auge der Sonne sieht, was Ihre kleine Tochter sah und wovor sie floh. Ich will das Geheimnis erfahren, das Sie an meine Tür führte und Sie treibt, den Tod zu suchen.«
Sie reißt sich los und weicht vor mir zurück. Es ist ein Akt entschiedener Verweigerung. Sie schüttelt den Kopf und speit mir die Worte entgegen: »Nein! Nein! Nein! Es ist noch immer ein schlechtes Geschäft.«
Ich bin jetzt wütend und nehme kein Blatt vor den Mund.

»Wovor fürchten Sie sich denn, Frau? Vor schmutzigen Geschichten? Mir ist nichts fremd. Ich kenne Männer und Frauen, die Kot fressen, um zum Orgasmus zu gelangen. Mord? Auch er ist mir nicht fremd. Ich bin von einem Patienten mit einem Küchenmesser attackiert worden. Was gibt es sonst noch, worüber Sie nicht sprechen wollen? Notzucht? Verstümmelungen? Inzest? Ihr Leben ist in Gefahr, Frau Hirschfeld! Sie dürfen es nicht wegwerfen, nur weil ein paar Kraftausdrücke gefallen sind.«
Ihre Reaktion ist merkwürdig. Statt, wie ich gehofft hatte, klein beizugeben oder einen hysterischen Anfall zu bekommen, wird sie plötzlich ganz kühl. Sie scheint mich wegen meiner Dummheit fast zu bemitleiden, als sie sagt:
»Sie merken es noch immer nicht, nicht wahr, Herr Doktor?«
»Was soll ich merken?«
»Es sind nicht die Fragen, vor denen ich mich fürchte. Es ist die Antwort, die *Sie* mir vielleicht am Ende geben. Wenn diese Antwort nicht die richtige ist, bin ich erledigt.«
Sie kramt in ihrer Handtasche und bringt ein blaues Fläschchen mit rotem Siegellackverschluß zum Vorschein. Sie hält es mir entgegen. Ich muß einen Schritt vortreten, um es ihr aus der Hand zu nehmen. Das Etikett ist das einer Pariser Apotheke. Die Inschrift lautet: BLAUSÄURE! GIFT! NICHT ZUM EINNEHMEN! Die Frau beobachtet mich, während ich die Aufschrift lese. Sie erwartet irgendeine heftige Reaktion von meiner Seite. Sie weiß nicht, daß ich diese Szene schon einmal durchgespielt habe. Außerdem weiß sie nicht, daß ich nichts gegen Selbstmord habe, wenn das Leben unerträglich wird. Mit einem Achselzucken gebe ich ihr das Fläschchen zurück.
»Dieses Zeug würde ich nicht nehmen, um meinem Leben ein Ende zu bereiten. Aber schließlich ist es Ihr Leben, Frau

Hirschfeld. Versuchen Sie nicht, mich damit zu erpressen.«
»Sie wissen noch immer nicht, worum es geht. Ich erpresse Sie nicht. Ich stelle nur eine Tatsache fest. Sie sind derjenige, der die Pistole lädt. Ich bin diejenige, die russisches Roulette spielt. Wenn Sie mich im Stich lassen, bin ich draußen. Ich verschwinde rasch und schmerzvoll. Das einzige, was Sie verlieren, mein lieber Herr Doktor, ist eine Patientin, die Sie sowieso nicht haben wollten.«
»Das stimmt nicht! Ich habe Ihnen die einzige Sicherheit geboten, die ich noch besitze: den Rest meiner ziemlich strapazierten Reputation. Und was eine Heilung anbetrifft, so wissen Sie nur zu gut, daß es dafür keine Garantien gibt. Ihr Vater war Chirurg. Er wußte nie vorher, was er finden würde, wenn er auf dem Operationstisch einem armen Teufel den Leib aufschnitt. Für uns alle geht es um Tod oder Leben. Ein schlechtes Geschäft? Ja! Aber wir alle haben keine andere Wahl. Wenn es Ihnen nicht paßt, kann ich nichts machen. Ziehen Sie die Vorhänge herunter, und versetzen Sie sich in den ewigen Schlaf!«
Ich mache kehrt und lasse sie stehen. Ich schaue mich nicht um. Sie kann mir folgen oder nicht, je nachdem, wie ihr zumute ist. Ich nähere mich auf Zehenspitzen der Küche und bleibe stehen, um wieder zu lauschen. Die Auseinandersetzung ist vorüber. Meine beiden Frauen scheinen sich friedlich darüber zu unterhalten, wie ein Apfelkuchen gebacken werden soll. Ich stecke meinen Kopf durch die Tür und erkundige mich, ob wir Kaffee im Arbeitszimmer haben könnten.

Magda
Zürich

Ich bin von diesem Mann fasziniert. Ich spüre seine Schwächen. Er ist offenbar ein Schürzenjäger. Er drückt sich drastisch aus und gerät leicht in Wut. Ich glaube, daß er, wenn ihn jemand zu hart unter Druck setzt, zurückschlägt. Ich habe ihn absichtlich angestachelt, weil der Direktor des Baur au Lac gemeint hatte, daß er sich nur durch die Aussicht auf ein fettes Honorar bereit erklärt habe, mich zu empfangen.
Wahrscheinlich ist er käuflich. Die Medizin ist ein Beruf, bei dem es um kostspielige Zauberformeln geht. Die Psychiatrie ist eine gewiß nicht billigere Neuerscheinung. Aber über die Aufrichtigkeit dieses Mannes gibt es keinen Zweifel. Als er von der Suche und der Pilgerschaft sprach, waren es nicht nur leere Worte. Es war ihm ernst. Er fühlt sich angesprochen, und er ist wütend, weil er glaubt, ich will ihn übers Ohr hauen.
Also, was jetzt? Soll ich das Spiel bis zum Ende fortsetzen oder Hut und Sonnenschirm nehmen und nach Hause gehen? Jung wird nicht einlenken. Entweder erzähle ich ihm meine Geschichte, oder er wird mir die Tür weisen. Schlußfolgerung? Ich schlucke meinen Stolz hinunter, lege noch einen Stein auf das Miniaturdorf, folge dem Meister zurück in sein Arbeitszimmer und halte ihm beide Hände hin, damit er mir die Daumenschrauben anlegt.
»Also«, erklärt er, während er einen Keks in seinen Kaffee

taucht, »kommen wir jetzt zu den Dingen zurück, die Sie belasten, den Dingen, die Sie veranlaßt haben, Hilfe zu suchen. Zunächst ist da der immer wiederkehrende Alptraum. Zu dem kommen wir noch. Was sind die anderen Probleme?«

Ich wage den Sprung, nicht den großen vom Sprungbrett, sondern den kleinen in das seichtere Ende des Schwimmbeckens.

»Ich habe Schwierigkeiten auf meinem Gut, eine Art von Bauernaufstand. Meine Leute halten mich für eine Hexe. Mein Gestütsleiter sagt mir, das gesamte Personal werde kündigen, wenn ich länger bleibe. Sollte ich versuchen, Fremde einzustellen, würde man das Gut anzünden.«

»Sagt Ihr Gestütsleiter die Wahrheit?«

»Ja.«

»Warum halten Ihre Leute Sie für eine Hexe?«

Ich erzähle ihm von dem Pferd, dem Hund und den Rosen. Er zeigt mit seinem Bleistift auf mich und sagt unvermittelt: »Erzählen Sie mir auch alles übrige.«

»Was meinen Sie damit: alles übrige?«

»Bitte, machen wir uns doch nichts vor! Warum ritten Sie denn den Hengst an den Stuten vorbei?«

»Aus Neugier, nehme ich an.«

»Was Sie nicht alles annehmen! Sie züchten Tiere. Weshalb dann Ihre Neugier? Sie wissen doch, was passiert, wenn der Hengst den Geruch einer Stute aufnimmt. Waren Sie auch in der Hitze?«

»Werden Sie nicht ordinär, Doktor!«

»Dann lügen Sie mich auch nicht an! Wie stand es um Ihre Tage?«

»Also gut, auch ich war in der Hitze.«

»Und Sie wußten, daß Sie beim Reiten des Hengstes zum Orgasmus kommen würden, ja oder nein?«

»Sie haben aber eine schmutzige Phantasie!«
»Die wird noch schmutziger. Es war Ihnen schon früher so ergangen, nicht wahr?«
»Ja.«
»Und immer wollten Sie dabei jemandem weh tun, etwas zerbrechen.«
»Nein ... nicht immer. Zunächst passierte es nur selten. Jetzt kommt es häufiger vor, und ich bekomme Angst. Früher ist es nie passiert, das dürfen Sie mir glauben.«
»Ich glaube es Ihnen; aber damit ist die Sache nicht erledigt. Wir kommen später noch darauf zurück.« Er ist jetzt freundlich. Er ist wie ich. Wenn die Leute nachgeben, wird er ruhig und angenehm. Er macht sich einige Notizen und sagt dann: »Erzählen Sie mir von diesem ›früher‹, als es nie zu so häßlichen Dingen kam.«
Er taucht noch einen Keks in seinen Kaffee. Ich lache und erzähle ihm, daß Lily dies auch tat und »eintunken« nannte. Er fragt, ob Lily zu meinen »guten« Zeiten gehört habe.
»O ... ja. Sie gehörte unbedingt dazu – gleich nach Papa. Komisch! Zu meinen frühesten Erinnerungen gehört, daß Lily mich auf ihren Knien reiten ließ und dazu den Kindervers aufsagte:

Reite auf dem Schaukelpferd nach Banbury Cross.
Dort siehst du die Dame hoch zu Roß ...

Ich verfiel immer in ein seliges Hochgefühl, diese Bewegung, der Duft ihres Parfüms und das leise Rascheln ihres Kleides auf ihrer Haut. Merkwürdig, wie sich solche Dinge in einem festsetzen und einen erregen können.«
Ich frage mich, ob er weiß, daß ich auch jetzt erregt bin – und wenn ja, warum er nicht darauf reagiert. Er sieht durchaus wie ein strammer Hengst aus.

»Haben Sie sexuelle Erinnerungen?« frage ich ihn.
»Die hat jeder Mensch; aber im Augenblick interessiere ich mich für die Ihrigen. Erzählen Sie mir mehr von Ihnen und Lily.«
»Meinetwegen. Als wir in Silbersee lebten ...« Das Wort ist heraus, bevor mir klar wird, daß ich ihm damit einen weiteren Hinweis auf meine Identität gegeben habe. In der Hoffnung, daß er es überhört hat, fahre ich rasch fort: »Wir betrieben eine kleine Pferdezucht: Reit- und Zugtiere für Jäger und Landwirte aus der Umgebung. Papa bestand darauf, daß Lily und ich reiten lernten. Sobald wir es uns zutrauten, ritten wir mit Papa aus, um unsere Gutsnachbarn zu besuchen. Wenn Papa nicht zu Hause war, ritten Lily und ich alleine aus.«
Seine nächste Frage trifft mich unvorbereitet.
»Hat Ihr Vater jemals von Ihrer Mutter gesprochen?«
»Nie. Ich habe ihn nur ein einziges Mal nach ihr gefragt. Er sah mich ganz merkwürdig an und sagte: ›Sei froh, daß sie weg ist. Sie hat mich nie geliebt. Sie hat dich nie geliebt. Sie war die Schneekönigin, die einen Eisklumpen statt eines Herzens im Leibe hatte. Aber wir brauchen sie nicht mehr, oder? Ich bin dein Prinz; du bist meine Prinzessin; und Lily wird für uns beide sorgen, immer und ewig. Amen. Versprich mir jetzt, daß du nie wieder von der Schneekönigin reden wirst! Nie, nie, nie!‹ Natürlich habe ich es ihm versprochen.«
»Und Sie haben sich nie Gedanken über sie gemacht?«
»Doch, manchmal. Ich erinnere mich, daß ich einmal in einem Märchenbuch ein Bild der Schneekönigin sah. Ich war erstaunt, daß sie so wunderschön war, und wollte Vater das Bild zeigen, aber Lily riet mir davon ab. Es würde ihn nur böse machen, und ich hatte Angst, daß er, wenn er zu böse würde, ganz wegbleiben und nie wieder nach Hause

kommen könnte. Er war so oft fort, und davor fürchtete ich mich am meisten.«

Ich werde plötzlich verlegen. Ich gebe eine Solovorstellung. Auf eine entsprechende Bemerkung hin lacht Jung und fordert mich mit einer Handbewegung zum Weiterreden auf.

»Etwas Besseres kann gar nicht passieren. Erzählen Sie mir mehr über Ihr Leben in ... wie war doch der Name? ... Silbersee.«

Ich beginne, zunächst etwas stockend, dann mit wachsender Begeisterung, ihm von meiner Kindheit in dem Schloß zu erzählen, wo Lily und ich wie im Märchen lebten, während Papa wie ein galanter Liebhaber aus alten Tagen kam und ging. Ich erzähle ihm von den Intimitäten, die wir miteinander teilten, wenn Papa da war. Zu meiner eigenen Überraschung lasse ich mit Vergnügen meinen neugewonnenen Freund Dr. Jung an diesen Erinnerungen teilhaben.

»Eines Morgens, als ich noch ganz klein war, kam ich in Papas Schlafzimmer und sah, daß er mit Lily im Bett lag. Sie saß rittlings auf ihm und schien ihn wie ein Jockey zu reiten. Als Papa mich sah, lachte er und winkte mich zu sich heran. Ich setzte mich auf seine Brust. Lily schlang die Arme um mich und sang ›Reite auf dem Schaukelpferd‹, während wir zu dritt auf und nieder hopsten und lachten, als wäre es bloß ein Kinderspiel ... Schockiert Sie das, Herr Doktor?«

»Nein. Sollte es mich schockieren?«

»Na ja, manche Menschen könnten es seltsam finden.«

»Fanden Sie es seltsam?«

»Nein. Es war das reinste Vergnügen. Und es wurde noch schöner, je älter ich wurde. Ich genoß den besten Teil zweier Welten: das Leben auf einem großen Gut, das Säen und

Ernten, das Holzfällen, Liebesspiel und Geburt bei den Tieren sowie die gemütlichen Stunden ganz unter uns im Schloß. Lily und Vater bereiteten mich auf die Pubertät vor. Lily lehrte mich Dinge, die ein Mädchen wissen muß. Papa zeigte mir seine medizinischen Bücher, erklärte mir, wie Kinder empfangen und geboren werden und wie Frauen ihr Geschlechtsleben am besten führen. Ich betete ihn an. Ich wollte alles tun, um ihm eine Freude zu machen. Ich wollte genau so werden wie er. Aus diesem Grunde faßte ich auch den Entschluß, Medizin zu studieren.«

»Wie war der Name Ihres Vaters?«

»O nein, bitte nicht, Herr Doktor! Das ist nicht fair!«

Er lächelt mich spitzbübisch an.

»Nur ein Versuch. Warum ist Ihr Name so wichtig? Sie erzählen mir doch viel intimere Dinge.«

»Weil ich sie auf diese Weise wie Märchen erzählen kann. Wenn ich keinen Namen habe, gehören sie nicht zu mir.«

»Ich verstehe. Bitte, erzählen Sie mir noch andere Märchen.«

»Es war ein schrecklicher Einschnitt, als ich ins Internat kam, um zu lernen, wie man sich als höhere Tochter benimmt. Am schwersten fiel mir, all das zu verschweigen, was ich von Lily und meinem Vater gelernt hatte. Ich kam mir viel älter und erfahrener vor als diese albernen kleinen Mädchen, die im Schlafsaal nach dem Auslöschen der Lichter miteinander kicherten. Ich fühlte mich manchmal sehr einsam.«

»Aber Sie haben sich schließlich doch eingelebt?«

»Selbstverständlich. Ich lernte, wie ich aus meinem geheimen Wissen Kapital schlagen konnte. Ich wurde zu einer Anführerin und blieb nicht nur eine unter vielen. Ich fing an, Kontakte außerhalb des Internats zu knüpfen. Um dies zu erreichen, meldete ich mich zu sogenannten Wahlfächern. Dabei wurde der Unterricht von Privatlehrern in deren Häusern oder Studios abgehalten. Sobald ich in die Oberstufe aufrückte, überredete ich Papa, mich in einem nicht weit vom Internat entfernt gelegenen Reitinstitut anzumelden. Es wurde von einem ehemaligen Rittmeister und seinen beiden Söhnen geleitet. Der eine war ziemlich blöde; aber der andere, Rudi, sah sehr gut aus und machte im Sattel eine glänzende Figur. Er wußte es auch, und ich neckte ihn dauernd, daß er so eingebildet sei. Ich wußte, daß er mich haben wollte, denn jedesmal, wenn wir miteinander sprachen, konnte ich in seiner eng anliegenden Reithose seine Erektion erkennen. Eines Tages forderte er mich auf, einen großen Rapphengst zu reiten, den sie gerade für Zuchtzwecke gekauft hatten. Es war ein wunderschönes Tier, aber ungebärdig – ein richtiger Teufel. Ich saß kaum im Sattel, als er stieg und versuchte, mich unter allen Umständen abzuwerfen. Ich hielt mich fest und war entschlossen, im Sattel zu bleiben, auch wenn es mich das Leben kosten sollte. Ich nahm die Peitsche, gab ihm die Sporen und trieb ihn in wildem Galopp so lange über die Bahn, bis ich wußte, daß ich ihn gemeistert hatte. Meine Erregung war so groß, daß ich zum Orgasmus gelangte – ein wilder Ausbruch der Lust, der mich auch jetzt noch erregt, wenn ich daran zurückdenke. Auch jetzt, lieber Herr Doktor.«

Er nimmt den Köder nicht an. Sein Blick ist auf den Notizblock gerichtet. Noch während des Schreibens fragt er: »Und was geschah dann?«

»Ich brachte den Hengst zum Stehen, saß ab und warf Rudi die Zügel zu. Ich war feucht und roch nach Lust. Rudi starrte mich an und sagte: ›Donnerwetter! Wenn du mich auch einmal so reiten würdest!‹ Ich lachte und sagte: ›Warum nicht?‹ Wir kletterten hinauf in den Heuboden und liebten uns ... Aber nach dem Hengst war Rudi eine große Enttäuschung. Er war zu wenig standfest.«

Es sollte ein Scherz sein, aber er geht nicht darauf ein. Er macht sich wieder eine Notiz und stellt eine weitere Frage.

»Wie alt waren Sie, als dies passierte?«

»Ach, siebzehn – vielleicht ein bißchen älter.«

»Aber es war nicht Ihr erstes sexuelles Erlebnis.«

»O nein! Ich hatte all die üblichen Experimente hinter mir – nein, das ist nicht der richtige Ausdruck. Es waren keine Experimente. Ich hatte gelernt, wie ich mich selbst bis zum Höhepunkt reizen konnte. Ich hatte eine recht glückliche lesbische Beziehung zu einem Mädchen im Internat und verschiedene Affären mit Studenten in und um Genf. Alle waren jedoch unbedeutend. Ich war erfahrener als sie. Die meisten waren zu hastig oder zu ungeübt. Papa pflegte zu sagen, ein guter Liebhaber brauche ebensoviel Training wie ein Sportler.«

»War Ihr Papa ein guter Liebhaber?«

»Der beste! Der allerbeste! Er war der Inbegriff dessen, was sich eine Frau ...«

Ich breche ab und bin entsetzt, was ich ihm erzählt habe. Ich fühle, wie mir die Röte über Brust und Wangen zieht. Ich kann Jungs Blick nicht standhalten und vergrabe mein Gesicht in den Händen. Kurz darauf höre ich ihn wie aus weiter Ferne sagen: »Schon gut. Weinen Sie ruhig! Ich werde uns ein Glas Cognac einschenken.«

Im Vorbeigehen legt er eine Hand auf meinen Kopf, als wolle er mich segnen. Ich bin merkwürdigerweise sehr dankbar für diese Geste. Sie beweist wenigstens, daß ich keine Aussätzige bin.

Carl Gustav Jung
Zürich

Mir widerfuhr eine einzigartige Genugtuung. Der so lebhafte und zeitweise so fröhliche Bericht dieser Frau über ihre Kindheit und ihr Verhältnis zu ihrem Vater überzeugt mich, daß ich hinsichtlich des Inzesttabus recht habe und Freud völlig auf dem Holzweg ist. Ich kann ohne Selbstgefälligkeit sagen, daß ich auf diesem Gebiet viel mehr Erfahrung besitze als er.
Freud ist in jeder Hinsicht ein Stadtmensch. Ich stamme vom Lande. Hier in der Schweiz gibt es viele kleine Bergdörfer, wo blutschänderische Beziehungen verschiedenen Grades nicht selten sind. Die häufigste Form ist der Inzest zwischen Vater und Tochter, in großen Familien zwischen Bruder und Schwester und zwischen Vettern und Cousinen. Wenn es nicht zur Gewaltanwendung oder zur völligen Zerrüttung zwischen den Ehegatten kommt, sind solche blutschänderischen Beziehungen oft dauerhaft und glücklich. Sie werden in den kleinen, in sich geschlossenen Gemeinschaften kaum als anstößig empfunden und als Randerscheinungen toleriert.
Es geht hier jedoch um weiterreichende Fragen – und gerade die sind es, die mich in Gegensatz zu Freud und seinen Gefolgsleuten gebracht haben. Der Inzest hat stets einen mythischen, einen geheiligten Aspekt gehabt. Die Pharaonen heirateten ihre Schwestern. Viele Wiedergeburtsmythen sind zutiefst inzestuös.

Die Geschichte dieser Frau besitzt alle diese Merkmale. Sie lebt in einem von der Außenwelt abgeschnittenen eigenen Reich, in einem Himmel voll kindlicher Freuden. Ihr Vater ist ein Prinz; sie ist eine Prinzessin. Als Liebhaber war er der beste, immer! Sogar die verlorene Mutter ist eine wunderschöne Eiskönigin. Lily, die Ersatzmutter, ist gleichzeitig Kindermädchen, Dueña und Vertraute. Erst später, wenn die Wirklichkeit in dieses Eden eindringt, wird ihr Dreiecksverhältnis zwangsläufig auseinanderbrechen. Wenn ich der Geschichte, die mir da erzählt wird, glauben kann, besteht dieselbe mythische Einstellung auch beim Vater. Er bringt niemals Frauen mit nach Hause. Kein Außenstehender betritt die oberen Räume. Der verzauberte Garten bleibt unberührt. Der Zauber wird erst dann gebrochen sein, wenn das Tor aufgeht und Fremde von der Außenwelt Zutritt erhalten.

An diesem Punkt beginnen die Schwierigkeiten – und wir sind noch weit davon entfernt, klar sagen zu können, worin sie bestehen werden. Die Erzählungen aus Kindheit und Mädchentagen sind klar, lebendig und zusammenhängend. Die anderen – mit Ausnahme des Traums – wirken skizzenhaft. Sie will so schnell wie möglich über sie hinweggehen: ›Ja, ich war grausam zu dem Hengst und dem Hund ... Ja, das Erlebnis hat mich sexuell erregt ... Ich liebte meinen Ehemann. Er fehlte mir, als er starb ... Meine Tochter hielt mich für eine Hexe. Ich habe sie verloren ... Traurig, traurig, traurig! ... Und wenn Sie mich nicht retten, werde ich mich mit Blausäure umbringen ...‹ Sie ist Ärztin. Sie weiß, daß es einfachere, wenn nicht raschere Mittel gibt als Gift, um sich das Leben zu nehmen. Aber das blaue Fläschchen mit dem Giftetikett dient dazu, mich zu erpressen.

Ich kenne dieses Spielchen bereits. Ich denke dabei an das

Mädchen im Burghölzli; ebenfalls ein Inzestfall, aber sie war vergewaltigt worden und hatte sich dann in eine Welt voll Mythen und Phantasien zurückgezogen; sie lebte auf dem Mond. Sie begegnete einem geflügelten Dämon, der sich in einen schönen Jüngling verwandelte. Immer wieder diese magischen Umwandlungen von Häßlichkeit in Schönheit! Sie wurde schließlich geheilt und kehrte ins normale Leben zurück. An dem Tag, als ich ihr Entlassungszeugnis unterschrieb, legte sie eine geladene Pistole vor mich auf den Tisch. Wenn ich bei ihrer Behandlung versagt hätte, erklärte sie, hätte sie mich erschossen ... Na ja, diese hier kann mich mit ihrem Blausäurefläschchen wenigstens nicht erschießen. Sie kann sich jedoch dazu entschließen, vor meiner Haustür einen Selbstmord zu inszenieren. Hoffentlich ist sie dafür zu vernünftig; aber man kann dessen nie ganz sicher sein.

Während wir unseren Cognac schlürfen – ich möchte gern feststellen, wie sie auf Alkohol reagiert –, versuche ich, ihr klarzumachen, daß das Inzesterlebnis relativ häufig vorkommt und daß sie sich deshalb nicht erniedrigt zu fühlen braucht. Ihre Reaktion zeigt ehrliches Erstaunen.

»Erniedrigt? Dadurch? Niemals! Ich war darauf vorbereitet, verstehen Sie denn nicht? Mein Vater war der einzige Mensch, der dem bizarren Universum einen Sinn abgewinnen konnte. Ihn erschütterte nichts. Nichts war unverzeihlich, außer Heuchelei.«

»Aber er hat Ihrer Mutter nie verziehen, daß sie ihn verließ.«

»Das stimmt ...«

»Und Sie mußten darauf achten, daß Sie nie sein Mißfallen erregten, sonst wären vielleicht auch Sie für immer aus dem Paradies vertrieben worden.«

»So habe ich es noch nie gesehen.« Sie weist diesen Gedanken nicht zurück. Sie denkt über ihn nach, mit einem merkwürdig traurigen Gesichtsausdruck. »Aber Sie mögen recht haben. Ich habe Ihnen erzählt, daß Vater mit seinem Kommen und Gehen immer ziemlich unberechenbar war. Wenn er aber länger ausblieb, als ich erwartet hatte, wurde ich unruhig und weinte viel. Ich wußte nie, ob ihm etwas zugestoßen war oder ob ihn irgendein anderes Hexenweib mitgenommen hatte.«

»Hat er Sie jemals bestraft oder bedroht?«

»Nie!« antwortete sie mit Nachdruck. »Es gehörte zu Lilys Aufgaben, für Gehorsam zu sorgen. Vater hatte mich einfach gern um sich. Und ich war gern bei ihm. Solange er da war, war meine Welt ein Garten Eden. Alles war möglich. Nichts war verboten. Ich war die glückliche Eva, die tun konnte, was sie wollte.«

»Seien wir jetzt einmal ganz genau! Wann hatte Ihr Vater den ersten Geschlechtsverkehr mit Ihnen?«

»An meinem sechzehnten Geburtstag. Er sagte mir, dies sei sein besonderes Geschenk.«

»Erzählen Sie mir davon – alles, woran Sie sich erinnern können.«

Wieder fließt ihr Bericht frei und ungehemmt dahin. Sie erinnert sich offenbar sehr gern an die damalige Zeit. Sie ist enttäuscht, weil ich ihre Freude anscheinend nicht teile. Ebenso lebendig – dies ist meines Erachtens ein sehr bedeutsamer Punkt – schildert sie ihre Wut und Enttäuschung, als sie dann wieder ins Internat zurückgeschickt wurde. Ich kleide ihre Gefühle in die Ausdrücke unserer vorherigen Metapher.

»Als Sie diesmal ins Internat zurückgeschickt wurden, war es, als habe man Sie aus dem Paradies vertrieben?«

»Ja, so war mir zumute. Ich war eine Treibhauspflanze, die plötzlich in ein kaltes Klima verpflanzt wird. Zum ersten-

mal schien mir alles ungereimt zu sein. Was ich mißbilligte, war der Umstand, daß ich darauf gar nicht vorbereitet war.«
»Schön. Wie wurden Sie mit der Situation fertig?«
Sie lächelt wehmütig und nimmt einen großen Schluck Cognac.
»Ich habe es Ihnen doch gesagt: Ich wurde Herr der Lage.« Sie setzt das Cognacglas ab und zieht einen ihrer Ringe vom Finger, einen Siegelring. Der Stein ist aus Jade – Kaiserjade – und trägt eine Gravur. Sie sagt: »Das ist Papas Wappen. Es zeigt eine gepanzerte Faust, die eine Keule hält. Der Wappenspruch, der sehr schwer zu lesen ist, lautet: NEMO ME IMPUNE LACESSIT – Niemand fordert mich ungestraft heraus. Als ich älter wurde, pflegte mich Papa ab und zu an den Spruch zu erinnern. Er sagte dann: ›Du brauchst die Keule nicht zu benutzen. Meistens genügt es, wenn du sie schwingst und ein wütendes Gesicht machst. Dann bekommst du schon, was du willst.‹ «
»Aber Sie haben mehr getan, als mit der Keule nur herumzufuchteln, nicht wahr?«
»Manchmal.«
»Sie haben sich Hengste gefügig gemacht. Sie haben einen Hund brutal zusammengeschlagen. Sie haben Rosenbüsche mit dem Beil abgehackt. Was haben Sie Menschen angetan?« Ich reiche ihr den Ring zurück und warte, bis sie ihn sich wieder angesteckt hat. »Sie sind jetzt nicht mehr im Paradies. Es ist Winter in Ihrer Welt. Sie fühlen sich offensichtlich bedroht. Was tun Sie zum Beispiel mit Liebhabern, von denen Sie hintergangen wurden?«
Dies ist in der Tat ein empfindlicher Punkt. Ihr Gesicht verfinstert sich. Sie greift nach dem Cognacglas.
Ich nehme es ihr weg, lächle und sage: »Das haben Sie nicht nötig, um eine einfache Frage zu beantworten.«

Sie wehrt sich sofort: »Es ist keine einfache Frage. Es ist ein ganzes Bündel von Fragen.«
»Sie haben recht. Ich bitte um Verzeihung. Kommen wir auf das eigentliche Thema zurück! Sie haben Tiere brutal behandelt. Haben Sie jemals Menschen brutal behandelt?«
»Ja.« Ein einziges, kurzes und zögernd ausgesprochenes Wort. Dann fügt sie hinzu: »Und wenn Sie wollen, daß ich Ihnen davon erzähle, brauche ich einen Schluck.«
Ich fülle ihr Glas, reiche es ihr und frage so beiläufig, wie es nur geht: »Sind Sie irgendwie vom Alkohol abhängig? Bitte! Es ist eine klinische Frage, die Sie sicherlich verstehen werden.«
Sie lächelt mich von der Seite an und erhebt ihr Glas, bevor sie trinkt. »Eine klinische Frage verdient eine klinische Antwort. Ich trinke Alkohol gern. Ich bin nicht von ihm abhängig. Ich bin auch nicht süchtig nach Nikotin, Opium, Morphium oder anderen Drogen. Ich habe sie alle ausprobiert, habe jedoch gelernt, ihnen allen zu mißtrauen. Auch das bin ich Papa schuldig. Er sagte immer: ›Probiere alles. Verlaß dich auf nichts, nur auf dich selbst. Alkohol zerstört die Gehirnzellen, die Syphilis ruiniert die gesamte Konstitution – und Beruhigungsmittel sind nicht gut für dein Geschlechtsleben.‹ Zufrieden, Herr Doktor?«
»Was dieses Thema betrifft, ja. Jetzt beantworten Sie mir meine erste Frage!«
»Ob ich jemals Menschen brutal behandelt habe? Ja, das habe ich. Ich tue es auch jetzt noch. In den Kreisen, in denen ich verkehre, bin ich dafür bekannt. Ich bin irgendwie auf den Geschmack gekommen. Ich habe wirklich Angst, eines Tages zu weit zu gehen und einen Toten in meinem Bett zu haben ... Die meiste Zeit habe ich mich völlig in der Gewalt, so wie jetzt bei Ihnen, aber manchmal gerate ich

außer Rand und Band und will dem anderen wirklich weh tun. Sie fragen, warum ich Sie aufgesucht habe. Ich mußte eine bestimmte europäische Stadt verlassen, und zwar wegen eines sadistischen Zwischenfalls. Der Mann – ein williger Partner, damit Sie mich nicht falsch verstehen – war übel zugerichtet und bekam außerdem noch einen Herzanfall. Ich mußte mich schnell aus dem Staube machen. Das hat mir Angst eingejagt ... Es war wie ... wie ...«

»Wie bei dem Hengst, den Sie sich gefügig machten, wie bei dem Hund, den Sie fast tot geprügelt haben?«

»Genau so.«

»Und Sie haben in allen diesen Fällen einen Orgasmus erlebt?«

»Ja.«

»Wie stehen Sie innerlich zu diesen Vorfällen?«

»Ich komme mir wie eine Furie vor, denn es handelt sich dabei eindeutig um Exzesse. Dabei ist mir die Gefahr klar, die Polizei auf den Hals zu bekommen.«

»Tun Sie diese Dinge für Geld?«

»Nein. Nur aus Spaß. Wenn jemand anschließend bezahlt, bin ich es.«

»Dies sind sehr gefährliche Spiele.«

»Ich weiß.«

»Haben Sie ein Schuldgefühl?«

»Nein. Ich möchte zwar anders sein – normal, wenn Sie so wollen, aber ein Schuldgefühl? Wahrscheinlich weiß ich gar nicht, was das Wort bedeutet. Ich glaube nicht, jemals ein Schuldgefühl gehabt zu haben. Sehen Sie! Ich weiß, was ich ausdrücken möchte, aber ich muß die richtigen Worte finden. Dies ist ungeheuer wichtig für mich. Darf ich ein paar Minuten in den Garten gehen? ... Nein, kommen Sie bitte nicht mit! Ich möchte allein sein.«

Ich bin einverstanden. Sie geht allein hinaus. Gott sei Dank

ist sie noch immer bei klarem Verstand! Auch dies ist eine Erfahrung, die ich Freud und einigen seiner sehr dogmatischen Kollegen übermitteln möchte. In einer Klinik wie dem Burghölzli hat man es immer mit wirklich schweren Erkrankungen zu tun. In der Privatpraxis dagegen stellt man fest, daß eine große Anzahl der Patienten Leute mittleren Alters sind, deren psychische Stützen – Religion, Familie, Karriere oder ganz einfach die Einbildungen, von denen sie so lange gezehrt haben – zusammengebrochen sind. Sie sind wie Bergsteiger, die auf dem Jungfraujoch von einem Schneesturm überrascht werden. Sie haben jegliche Orientierung verloren, tasten verzweifelt nach einem Halt für Hände und Füße und klammern sich wie Schnekken an die Felswand, von der sie eine plötzliche Bö losreißen und ins Nichts hinabwirbeln kann. Sie hoffen auf den Bergführer, der noch rechtzeitig kommt und sie von der vereisten Felswand rettet, bevor sie sterben.
Diese Frau gehört letzterer Kategorie an. Sie ist geistig ebenso gesund wie ich – wahrscheinlich noch viel gesünder, wenn Emma und Toni recht haben. Unsere jetzige Sitzung hat mit einer Analyse nichts zu tun. Ich will ihr lediglich ein Geständnis entlocken. Ob es ein volles Geständnis sein wird, bleibt abzuwarten. Was geschehen wird, wenn sie um Absolution bittet, weiß der Himmel. Während sie im Garten spazierengeht und sich beruhigt, kontrolliere ich rasch ihre Handtasche, eine Vorsichtsmaßnahme, die ich bei weiblichen Patienten seit Jahren praktiziere. Einige haben Pistolen bei sich, andere Messer, und ich habe auch welche mit höchst gefährlichen Nagelfeilen erlebt.
Die einzigen nennenswerten Gegenstände sind neben einigen Toilettenartikeln das blaue Fläschchen mit Blausäure und ein halbes Dutzend Visitenkarten, die in einer Innentasche stecken. In die obere linke Ecke jeder Karte ist ein

Wappen eingeprägt: ein Ritterhelm über einem Schild, auf dem eine gepanzerte Faust mit einer Keule zu sehen ist. Der Wappenspruch lautet: NEMO ME IMPUNE LACESSIT. Auf der Karte steht der Name: MAGDA LILIANE KARDOSS VON GAMSFELD.

Jetzt weiß ich, wer meine Patientin ist, wenn ich es auch nie werde zugeben dürfen. Die Österreicher sagen Gams für Gemse. Das Wort Hirsch ist ein klarer Hinweis. Ihr Pseudonym basiert auf einer einfachen Namensänderung, die leicht zu entschlüsseln ist. Auch unbeabsichtigt läßt sie kleine Hinweise auf ihre Identität einfließen, nach denen ich mich richten kann: das Wappen ihres Vaters, der Name seines Gutes, Silbersee, die Tatsache – oder ist es Einbildung? –, daß ihre Mutter eine englische Herzogin war. Dies ist ermutigend. Sie will, daß ich ihr bei der Schnitzeljagd folge. Sie will mich zu der Wahrheit führen. Aber dann – wie sagt Hamlet? »Was in dem Schlaf für Träume kommen mögen.«

Ich lege wieder alles in die Handtasche zurück, nehme vom Bücherregal ein Exemplar von Friedrich Creuzers »Symbolik und Mythologie der alten Völker, besonders der Griechen« herunter und setze mich zum Lesen hin, bis sie mit ihrer Meditation zu Ende und bereit ist, mir zu erzählen, warum sie es liebt, anderen Menschen weh zu tun, und warum ihr ein Schuldgefühl fremd ist.

Magda
Zürich

Dieses Mal gehe ich unter den Obstbäumen im vorderen Garten spazieren. Die Äpfel und Birnen sind bald reif. In der stillen Luft liegt ein Duft von Rosen und Geißblatt; überall summen Bienen. Auch in meinem Kopf brummt es wie in einem Bienenkorb, lauter Gedanken, für die ich keine Worte finden kann. Ich habe mich noch nie einer solchen Art von Inquisition ausgesetzt, und ich begreife jetzt, was für einen Schritt es bedeutet, sein ganzes Ich einer anderen Person zu offenbaren.
Irgendwie spielt gerade für mich das Alleinsein kaum noch eine Rolle; seit meine Kindheit mit der Verbannung in die Internationale Akademie für höhere Töchter endete, habe ich mein Innenleben wie die Geheimnisse der Signoria gehütet. Es wurde fast zu einer fixen Idee, daß nur ich allein die gesamten Zusammenhänge meines Lebens kennen sollte. Und der Erfolg meiner Abenteuer hing von der Diskretion ab. Jetzt seziert mich dieser Carl Jung wie einen Leichnam auf dem gefliesten Tisch, und ich kann mich nicht einmal darüber beschweren.
Ich habe meinen ersten Rundgang über den Rasen kaum beendet, da kommt Emmy Jung mit Korb, Handschuhen und Gartenschere heraus, um Rosen für die Vase zu schneiden.
Sie grüßt mich freundlich und fragt: »Na, kommen Sie vorwärts?«

»Ich weiß nicht. Ich fühlte mich plötzlich verwirrt. Deshalb bin ich herausgegangen, um mich zu sammeln.«
»Das ist gut. Die erste Sitzung ist immer eine Tortur. Sie dürfen sich von Carl nicht so bedrängen lassen.«
»Bis jetzt ist er sehr rücksichtsvoll gewesen. Aber ich glaube, er hat sich ein paarmal über mich geärgert.«
Sie zuckt resigniert mit den Achseln. »Das ist nun einmal seine Art. Man muß sich daran gewöhnen. Ich sage ihm immer, daß er damit nicht bei allen Patienten weiterkommt. Ich bin selbst Psychoanalytikerin. Carl hat mich ausgebildet, und ich korrespondiere regelmäßig mit Freud. Ich arbeite hauptsächlich mit Frauen, aber seit die Kinder da sind, bin ich natürlich in erster Linie Hausfrau.«
Ich fühle mich sofort zu ihr hingezogen. Sie ist offenherzig und natürlich. Ich biete ihr an, den Korb zu halten, während sie die Blüten abschneidet. Sie scheint sich über meine Gesellschaft zu freuen. Ich sage ihr, daß ich als Ärztin praktiziert habe und gerne erfahren möchte, wie man in der Psychoanalyse vorgeht. Die Schlichtheit ihrer Antwort überrascht mich.
»Meinen Patienten erkläre ich die Entwicklung eines Charakters gern, indem ich diese mit dem Stricken eines Kleidungsstücks vergleiche. Sie wissen doch, was passiert, wenn Sie einen Fehler machen? Das ganze Muster kommt durcheinander. Dann haben Sie die Wahl: Sie können weiterstricken, aber das Kleidungsstück wird immer verpfuscht und häßlich aussehen; oder sie können die Maschen wieder bis zum ersten Fehler auftrennen und noch einmal von vorn anfangen. Darum geht es im Grunde in der Psychoanalyse. Sie ist eine mühselige Aufgabe. Der Patient hat Angst und wird manchmal aggressiv. Der Analytiker muß Geduld, Aufrichtigkeit und Mut aufbringen …

Dabei dürfen Sie nicht vergessen, daß ich nur verhältnismäßig einfache Fälle übernommen habe. Carl behandelt die schwierigeren, an die ich mich nicht heranwagen würde. Manchmal geht er ziemlich barsch vor. Ich sage ihm dann, das sei etwa so, als wenn man Petersilie mit einem Fleischerbeil hacke, aber er erklärt mir unwirsch, das gehe mich nichts an. Er ist ein sehr gescheiter Mann.« Sie lächelt, ein kleines, nachsichtiges Lächeln von Frau zu Frau, und setzt nach kurzer Pause hinzu: »Manchmal ist es schwer, mit ihm auszukommen, aber er ist eine Koryphäe und sorgt sich um seine Patienten. Darf ich fragen, wer Sie an ihn empfohlen hat?«

Es stellt sich heraus, daß sie Giancarlo di Malvasia kennt. Sie war beim Lunch während der Weimarer Konferenz seine Tischdame gewesen, hatte sich von seiner geistreichen Art angesprochen gefühlt, aber gegen seinen Florentiner Snobismus nichts ausrichten können. Ich sage ihr, ich hätte genau dieselbe Erfahrung gemacht. Wir lachen beide. Sie schneidet eine gelbe Rosenknospe ab und überreicht sie mir.

»Sie paßt zu Ihrem Kleid – das wirklich sehr hübsch ist. Sie haben einen sehr guten Geschmack.«

»Vielen Dank!«

»Darf ich Ihnen einen Rat geben?«

»Bitte sehr! Es wäre mir sehr lieb.«

»Ich habe festgestellt, daß es bei jeder Analyse zwei Krisenpunkte gibt, besonders für eine Frau. Der erste tritt auf, wenn die Übertragung einsetzt.«

Dieser Begriff ist mir neu. Ich frage, was er bedeutet.

»Es ist ein zunächst noch unbewußter Prozeß«, klärt sie mich auf, »bei dem sich der Patient so stark mit dem Therapeuten identifiziert, daß er völlig und manchmal auf krankhafte Art von ihm abhängig wird. Manchmal gerät auch der Therapeut in diese Falle. Er oder sie empfindet dann gegenüber dem Patienten, der wie ein Kind von ihm abhängig ist, eine zu intensive Zuneigung ... Es ist wirklich so, als würde man sich plötzlich verlieben. Freud hat hier seine besonderen Ansichten. Er hat einmal zu mir gesagt: ›Die Heilung wird durch Liebe bewirkt.‹ Wie dem auch sei, der nächste Krisenpunkt kommt, wenn dem Patienten der Defekt oder das Vorkommnis klar wird, woher seine Neurose kommt. Das ist immer ein gräßlicher Schock, denn es ist immer etwas anderes, als was man erwartet hat. Man fühlt sich, als habe man einen geliebten Menschen verloren. Man weiß, daß es anderen so ergeht, glaubt aber nie, daß man auch selbst in diese Lage kommen kann ... Und man muß ganz allein damit fertig werden. An den Stichwortgeber, der einen zu dieser Offenbarung hingeführt hat, kann man sich nicht mehr wenden. Verzeihen Sie! Ich weiß, daß Sie stark und intelligent sind. Sie werden bestimmt alles durchstehen. Ich versuche nur, Sie auf das, was auf Sie zukommt, ein wenig vorzubereiten.«

Sie warnt mich also: Betreten verboten! Gewöhnlich stellen sich mir die Haare auf, wenn mir eine Frau so etwas sagt. Es ist wie eine Herausforderung zum Duell, und ich bin sofort auf der Hut. Aber heute nicht. Ich finde, diese Frau ist klug und meint es gut mit mir. Ich sage ihr das.

»Nein!« weist sie das Kompliment zurück. »Ich sage das nur, weil ich auf diesem Gebiet so viele Fehlschläge erlebt habe. In unserem Fach sind viele kluge und engagierte Menschen tätig, aber sie haben es mit einem höchst explosiven Stoff zu tun: der menschlichen Psyche. Nicht alle wissen, wie sie vorgehen sollen. In unserem Kreis hat es zwei Selbstmorde und einige Zusammenbrüche gegeben. Auch Carl steht im Augenblick unter einer schweren Belastung – wie wir alle in diesem Haus.«

Sie erwartet offensichtlich eine Ermunterung von mir weiterzureden, und ich frage sanft: »Was wollen Sie mir sagen, Frau Jung?«
»Als ich Ihnen zum erstenmal gegenüberstand, spürte ich, daß Sie eine ungewöhnliche Frau sind. Ich fühlte mich gleich zu Ihnen hingezogen. Unter anderen Umständen hätte ich Sie gebeten, meine Freundin zu werden. Jetzt sage ich Ihnen nur: Seien Sie vorsichtig! Seien Sie vor sich und vor meinem Mann auf der Hut. Ich fürchte, Sie könnten gegenseitig zu einer Gefahr füreinander werden ...« Sie nimmt mir den Korb ab und schiebt mich sanft in Richtung auf das Haus. »Sie sollten jetzt hineingehen. Sie müssen für jede Minute bezahlen.«
Ich habe die Rosenknospe noch in der Hand und frage mich, ob ich sie beim Eintreten wie eine Zigeunerin zwischen die Zähne nehmen und ein Kastagnettengeräusch von mir geben soll. Jung liest. Er klappt das Buch zu und fordert mich mit einer Handbewegung zum Sitzen auf.
»Ausgeruht und wieder bei der Sache? Machen wir weiter! Sie sagten mir gerade, Sie verstünden das Schuldgefühl nicht. Waren Sie jemals von sich selbst enttäuscht?«
»Oft.«
»Was tun Sie dagegen?«
»Ich verdränge diesen Gedanken und wende mich praktischen Dingen zu. Manchmal, wenn ich daran denke, halte ich mich für eine Verrückte und verfluche mich.«
»Das ist Schuldbewußtsein; ob nun Sie es sind oder die Frau nebenan oder Gott persönlich, der das Urteil spricht. Warum haben Sie diesen Punkt so aufgebauscht?«
»Weil ich noch immer glaube, daß es hier um mehr geht, und mich frage, warum ich es nicht schon früher gefühlt habe. Sie behandeln mich sehr herablassend, Herr Doktor. Bitte, tun Sie das nicht! Ich bezahle Sie, damit Sie mir hel-

fen.« Ich nehme den Briefumschlag voller Frankennoten in die Hand und schwenke ihn hin und her. »Sehen Sie! Hier ist das Honorar. Wollen Sie es jetzt oder später?«
Ich weiß, es ist eine Beleidigung, aber ich glaube, es ist an der Zeit, Gleiches mit Gleichem zu vergelten. Er befindet sich anscheinend in einer kampflustigen Stimmung und schlägt mit der flachen Hand auf den Tisch.
»Mit Geld sind meine Dienste nicht zu kaufen, Frau Hirschfeld.«
»Und mit Grobheiten erringt man mein Vertrauen nicht, Herr Doktor.«
Er sieht mich lange schweigend an. Dann lacht er, steht auf, nimmt meine Hände und hebt sie an seine Lippen. Die Geste hat nichts Theatralisches; ich finde sie rührend.
»Es tut mir leid. Dies sind eben die Tricks des Gewerbes. Bei einem neuen Patienten geht man das Repertoire durch, um den richtigen Ansatzpunkt zu finden. Können wir wieder beginnen?«
»Ja. Ich weiß, daß ich Hilfe brauche; aber ich bin kein Dorftrottel.«
»Es ginge Ihnen besser, wenn Sie es wären. Idioten werden wegen Mordes nicht hingerichtet. Doch Ihnen könnte das passieren, wenn Sie mit diesen exzentrischen Dingen fortfahren. Erzählen Sie mir, welches Ereignis Ihnen so viel Angst eingeflößt hat.«
Ich schildere ihm kurz die Affäre mit meinem Obersten im Etablissement der Gräfin Bette. Das genügt ihm nicht. Er will mehr erfahren.
»Ich muß wissen, was vor, während und nach einer solchen Episode in Ihrem Kopf vorgeht. Lassen Sie sich Zeit. Versuchen Sie, Abstand zu gewinnen und die Angelegenheit klinisch zu betrachten.«
Es ist nicht einfach, aber es gelingt mir, ihm meine Gedan-

ken auseinanderzusetzen: »Zunächst einmal – es passiert immer dann, wenn ich mich langweile, wenn ich mich einsam fühle und deprimiert bin, wenn ich mich selbst und die Welt nicht mehr leiden kann. Zuerst habe ich sexuelle Phantasien. Bei allen – außer denen mit Frauen – ist Gewalt mit im Spiel, und ich bin der Aggressor. Das Spiel der Phantasie wird zur Besessenheit, bis ich einfach tun muß, wovon ich träume. Aus diesem Grunde gehe ich in Freudenhäuser. Es gibt viele wohlhabende Amateure wie mich, die für die Unterkunft, aber nicht für ihre Partner bezahlen. Wenn keine Amateure verfügbar sind, nehme ich mir natürlich einen Profi. Wenn das Spiel beginnt, befinde ich mich bald in hochgradiger Erregung, die sich schnell bis zur Raserei steigert und abrupt in blinde Wut übergeht. In solchen Augenblicken könnte ich meinen Partner in Stücke reißen. Ich liebe ihn nicht. Ich hasse ihn. Wenn er kräftig ist und sich wehrt, ringen wir miteinander bis zum Höhepunkt. Ist er schwach und unterwürfig, peitsche ich ihn erbarmungslos aus, bis ich zum Orgasmus gelange. Bis zu diesem Moment habe ich mich nicht in der Gewalt. Danach bin ich erschöpft, liebebedürftig, dankbar und umgänglich. Ich nehme ein Bad, ziehe meine elegantesten Sachen an und gehe essen.«

»Mit Ihrem Partner?«

»Nie! Das ist eine Welt für sich. Wenn wir uns woanders begegnen, kennen wir uns nicht.«

»Oder begegnen Sie dann einander als Feinde?«

»Manchmal, vielleicht. Erpressungen sind nicht selten.«

Er schweigt eine Weile und sieht mich über die Spitzen seiner verschränkten Finger hinweg prüfend an. Dann nimmt er einen neuen Anlauf: »Etwas wundert mich bei Ihrer Geschichte.«

»Was denn?«

»Zuerst hatten Sie diese verzauberte Kindheit, erlebten dieses wundersame und schöne Erwachen zur Frau. Dann kommt eine Lücke – die Sie für mich noch ausfüllen müssen –, Ihre Ledigenjahre als Studentin auf der Universität. Als Nächstes haben wir eine erfüllte und glückliche Ehe, die leider mit dem frühen Tod Ihres Gatten und der Entfremdung von Ihrer einzigen Tochter endet ... Es ist ein Jammer, aber beim Tode Ihres Gatten waren Sie etwa dreißig Jahre alt, reich und schön. Ich hätte gewettet, daß Sie sich bald wieder verheiraten; statistisch und psychologisch gesehen, ist dies die Regel ... Statt dessen stürzen Sie sich in ein anrüchiges und ausschweifendes Geschlechtsleben, das seinem Wesen nach sadistisch und so sittenwidrig ist, daß die Polizei auf Sie aufmerksam wird. Können Sie mir sagen, warum? Was hat Sie auf diese schiefe Ebene gebracht?«
Dies, sage ich zu ihm, sei eine lange und verschlungene Geschichte. Er müsse viel Geduld mit mir haben. Er fragt, ob er rauchen dürfe. Sobald seine Pfeife gut zieht, benutzt er sie als einen Stachel, den er auf mich richtet.
»Weiter! Reden Sie weiter!« befiehlt er kurz. »Sie vergeuden Ihr Geld und meine Zeit!«
Ich fahre ihn sofort an: »Hüten Sie sich, so mit mir zu reden! Sie hacken auf mir herum wie ein Metzger. Gönnen Sie mir doch einen Rest von menschlicher Würde!«
Er schüttelt resigniert den Kopf. Es ist klar, daß er mich tatsächlich für den Dorftrottel hält.
»Würde, Madame, ist wie ein dünner Mantel im tiefsten Winter. Bitte, fahren Sie fort!«

Carl Gustav Jung
Zürich

Ich glaube, wir sind nun zum entscheidenden Teil ihrer Geschichte gekommen, der uns zu dem Friedhof führen soll, wo ihre Toten begraben sind. Ich verwende diese Worte als Umschreibung, aber ich habe das ungute Gefühl, daß der Vergleich den Tatsachen sehr nahe kommt.
Ich kenne mich in der Halbwelt nicht gut aus. Als ich jung war, damals in Paris, haben mich meine Armut, meine puritanische Erziehung und meine Angst vor ansteckenden Krankheiten vor Ausschweifungen bewahrt. Später ist es mir gelungen, ab und zu der Monogamie zu entfliehen; aber ich hatte nie genug Geld, um mich dem Zeitvertreib oder den Perversionen der Reichen hinzugeben – die in Zürich sowieso nur selten angeboten werden. Ich weiß jedoch genug von dieser Welt des Scheins, um zu verstehen, daß sie sich sehr gut vor Neugierigen zu schützen weiß und daß Magda Liliane Kardoss von Gamsfeld ihre riskanten Ausschweifungen wahrscheinlich übertreibt, um eine viel ernstere Sache zu vertuschen.
Es gibt noch eine andere Möglichkeit, die ich nicht außer acht lassen darf: Vielleicht leidet sie wie ich an einer fortschreitenden Spaltung der Persönlichkeit, so daß sie glaubt, alle Ungetüme des Unterbewußtseins seien losgelassen, um sie zu bedrohen. In diesem Falle wäre es durchaus möglich, daß ich nur eine ausgeklügelte Märchenerzählung zu hören bekomme.

Wir haben mit der Analyse ihres Traums noch nicht einmal begonnen. Ich hoffe, daß ihre nächsten Aussagen dessen Bedeutung wenigstens teilweise erhellen werden. Schon bei Beginn ihrer Schilderung fällt mir auf, daß der Tenor jetzt ein anderer ist. Sie erlebt nicht mehr die sinnlichen Freuden der Kindheit, und sie versucht nicht mehr, in mir einen stellvertretenden Partner zu sehen. Jetzt ist sie eine junge Dame, die mir ihre Freude am Reisen und an neugewonnenen Erkenntnissen mitteilt.

»Papa ›schenkte‹ mir Padua, wie die Fürsten im Altertum ihren Söhnen Landstriche und Domänen zu schenken pflegten. Er erweckte in mir den Eindruck, daß es ein kostbares Geschenk war, ein Teil seiner eigenen Jugend. Er hatte dort Medizin studiert, als Padua noch zum Reich der Habsburger gehörte, als die österreichische Polizei in den Gassen patrouillierte und Metternichs Agenten sich unter die Revolutionäre des Risorgimento im Caffè Pedrocchi mischten. Weil Papa jung und Ungar war, hatte er für Österreicher, Tschechen, Slowaken oder Kroaten keine Zeit, und seine Sympathien gehörten ganz den Italienern. Da er sich ständig in italienische Frauen, verheiratete und unverheiratete, verliebte, wurde er von selbst ein eifriger und erfahrener Verschwörer. Er konnte zahlreiche abenteuerliche Geschichten erzählen, wie er um Haaresbreite eifersüchtigen Ehemännern und gefährlichen Agenten des Kaisers entgangen war ... Wir fanden zu dritt gleich nach den Sommerferien eine Wohnung, erledigten die Aufenthaltsformalitäten und kümmerten uns um meine Zulassung an der Universität. Papa brachte uns im besten Hotel unter, stellte einen Kutscher ein, der uns jeden Tag zur Verfügung stand, und schickte sich an, mir mein Erbe vorzuführen: Venedig, Vicenza, die Euganeen, die sommerliche Pracht der Lombardischen Ebene – und Padua selbst, die Stadt des heiligen Antonius, des Livius und Petrarca, des Boccaccio und Tasso und der größten Namen aus der Geschichte der Medizin.

Papa behauptete, er könne mit verbundenen Augen durch die Stadt wandern und dabei alle ihre Errungenschaften auswendig aufsagen: ›Giotto und Mantegna haben hier gemalt. Erasmus lehrte Philosophie, Vesalius wirkte hier als Anatom, Fracastorius entwickelte die erste ernstzunehmende Theorie der Ansteckung, Morgagni beschrieb die Nierentuberkulose und einseitige Lähmungen und Leonardo da Vinci fertigte anatomische Zeichnungen für die Lehrbücher des Marcantonio della Torre an.‹ «

Sie bricht ab. Ihre lebhafte Darstellung bringt sie offenbar in Verlegenheit. Ich fordere sie auf weiterzureden: »Bitte, fahren Sie fort! Sie erwachen und treten nun in eine größere Welt ein. Dieses Erlebnis ist wichtig und bringt uns vielleicht weiter ... Sie verliebten sich also in Padua?«

»In die Stadt – und dann von neuem in Papa. Die Kammer in meinem Herzen, die seit dem Tag, als er mich ins Internat zurückschickte, verschlossen geblieben war, öffnete sich wieder.«

»Und Sie wurden wieder zu einem Liebespaar?«

»Nein. Ich hatte jetzt eine neue Rolle. Ich war der Sohn, mit dem er die Erfahrungen seiner Jugend teilen konnte.«

»Und das gefiel Ihnen?«

»Natürlich. Es schien die Beziehungen zwischen uns zu vervollständigen.«

»Drängte Sie Ihr Vater in diese Rolle, oder übernahmen Sie sie instinktiv?«

Sie denkt eine Weile darüber nach und gibt dann zögernd zu:

»Ich würde sagen, Papa teilte mir diese Rolle zu – nicht mit vielen Worten, das tat er nie, aber indirekt schon.«

»Wie, genau?«
»Zuerst tauchte das Problem auf, wie ich als Frau zu den rauhen Sitten an einer medizinischen Fakultät passen würde. Nicht, daß weibliche Studierende in Padua unbekannt gewesen wären. Oben an der Haupttreppe steht eine Frauenstatue: Lucrezia Cornaro, Tochter einer Patrizierfamilie, sie vertrat die Thesen ihrer philologischen Dissertation im Auditorium maximum. Aber an der medizinischen Fakultät war es anders. Papa sah mich grinsend an und meinte: ›Ich persönlich bin der Meinung, du solltest Männerkleidung tragen wie George Sand. Wir leben im Zeitalter der Dandys, und in langen Hosen wirst du verdammt gut aussehen. Man wird dich natürlich zunächst für verrückt halten, aber nach einem Monat werden sich die Leute daran gewöhnt haben – und du brauchst nicht zu befürchten, daß dir jemand im unpassendsten Augenblick unter die Röcke greift. Ich kenne übrigens die richtige Frau, die dich ausstatten kann. Sie ist Kostümbildnerin am Teatro la Fenice in Venedig und entwirft Kleider für die Duse ...‹ So kam es dazu, daß ich meinen ersten Hosenanzug trug. Ich begriff auch, wie sehr sich Papa einen Sohn gewünscht hatte – und wie kompliziert die Liebe war, die er für mich empfand.«
»Fühlten Sie sich in Männerkleidung wohl?«
»Es war keine Männerkleidung. Es war eben ein anderer Schnitt. Das ist alles. Doch, ich fühlte mich wohl; ich tue es immer noch – aber jetzt ist es natürlich Mode geworden.«
»Hatten Sie Freude an der Verkleidung?«
»Es war keine Verkleidung. Es war – wie soll ich mich ausdrücken? – der Ausdruck einer inneren Einstellung. Ich wollte den männlichen Studenten auf gleicher Ebene begegnen. Ich wollte für Papa, so gut es ging, die Rolle des Sohnes spielen ... Klingt das merkwürdig?«

Ich wünschte, ich könnte ihr sagen, daß es für mich, Carl Gustav Jung, keineswegs merkwürdig, sondern beunruhigend vertraut klingt. Sie, die mich in diesem Augenblick ansieht, gleicht meiner Salome wie aus dem Gesicht geschnitten: Sie ist Tochter, Geliebte, Beschützerin – vielleicht auch Sohn in einer Person. Ist dies die Bedeutung der Schlange in meinem Traum? Ich bitte meine Patientin, sich noch eingehender zu äußern.

»Was hat Ihnen Ihr Vater sonst noch an Richtlinien für Ihre Rolle als Sohn gegeben?«

Diesmal läßt sie kurz ein verlegenes Lachen hören.

»Auch das tat er indirekt. Er mache sich, sagte er, Sorgen über meine Sicherheit. Seit jeher waren die Studenten von Padua berüchtigt wegen ihrer rauhen Sitten. Früher hörte man oft den Ruf *chi va lì*. Wörtlich übersetzt heißt dies: ›Wer geht dort?‹ Es war eine Aufforderung für jeden Fremden, der an den von Studenten besuchten Weinlokalen oder Bordellen vorbeiging. Der Passant mußte entweder eine Abgabe entrichten oder sich von betrunkenen Studenten zusammenschlagen lassen. Deshalb beschloß Papa, ich müsse lernen, mich zu verteidigen. Er brachte mich zu einem Piemonteser namens Maestro Arnaldo, der mir die Grundzüge der Fechtkunst und des Pistolenschießens beibrachte.

Dann kaufte mir Papa einen Stockdegen und eine kleine Taschenpistole, die er Derringer nannte. Den Stockdegen habe ich nie benutzt; Lily behielt ihn bei sich zum Schutz in der Wohnung. Die Pistole leistete mir manchmal gute Dienste – einmal gegenüber einem total betrunkenen Engländer bei einer Bootsfahrt auf der Brenta.

Abgesehen davon verschaffte mir Papa gewisse, eigentlich den Männern vorbehaltene Privilegien: die Mitgliedschaft im Club della Caccia, wo Lily und ich uns Reitpferde mieten konnten, den Zugang zu einem Spielsalon in Venedig, der auch als Treffpunkt für Liebespaare oder einsame Herzen diente, und ein angenehmes Kreditpolster beim Banco Padovano. Hinsichtlich anderer Vergnügungen sagte mir Papa: ›Du mußt deinen eigenen Weg finden. Wenn du so dumm bist, schwanger zu werden, komm sofort nach Hause zu mir. Dann wird alles sauber erledigt, und du brauchst dir keine Vorwürfe anzuhören.‹ «

»Sauber erledigt und keine Vorwürfe.« Ich greife die Formulierung auf, um meine Patientin zu veranlassen, die Worte mit mir zu analysieren. »Finden Sie diese Formulierung nicht schrecklich herzlos zwischen Vater und Tochter – sogar gegenüber einem Sohn. Hat er Ihnen denn kein moralisches Rüstzeug mitgegeben?«

Sie denkt einige Augenblicke über die Frage nach und antwortet dann achselzuckend:

»Einige Grundsätze, gewiß; aber es war alles ganz simpel und pragmatisch. ›Sag nie die Unwahrheit, denn Lügen haben kurze Beine. Warum stehlen? Du hast mehr, als du ausgeben kannst – und außerdem verlierst du Freunde und landest schließlich im Kittchen. Was das Sexuelle angeht, so ist es ein Spiel, bis du heiraten und Kinder haben willst; wenn du aber im Schmutz herumwühlst, machst du dich selbst dabei schmutzig.‹ Das war ungefähr die Quintessenz.«

»Reicht Ihnen das heute noch?«

»Nein; aber mehr habe ich nicht. Die Religion sagt mir nichts. Bei Ihnen ist es offenbar anders, und das ist auch der Grund, weshalb mich Giancarlo an Sie verwiesen hat.«

»Giancarlo?« Der Name ist mir neu, aber dann erinnere ich mich: »Ach ja! Unser italienischer Kollege. Wie war doch sein Familienname?«

»Malvasia. Ihre Frau kann sich gut an ihn erinnern. Sie waren in Weimar Tischnachbarn. Er ist Katholik. Er ist außerdem homosexuell, hat sich aber von seiner Familie zur Heirat überreden lassen. Er ist sehr unglücklich, doch er behauptet, daß ihm seine Religion geholfen hat, mit der Situation fertig zu werden. Halten Sie so etwas für möglich?«
»Das ist durchaus möglich.«
»Es wäre schön, wenn Sie mir erklären könnten, wieso. Gianni hat es versucht, aber ich hatte das Gefühl, daß er ziemlich voreingenommen war. Für ihn scheint das Wichtigste, daß man einem Priester seine Sünden beichten und sicher sein kann, daß Gott einem verzeiht. Das ist sehr trostreich; aber wie kann man so etwas glauben?«
Wir haben schon vorher dieses Thema angeschnitten, aber nur kurz. Jetzt hat sie es wieder aufgegriffen. Ich bin mir nicht sicher, ob sie nur ablenken will oder ob sie ehrlich nach einer Erklärung sucht. In beiden Fällen muß ich ihr eine vernünftige Antwort geben. Ich beginne leichthin: »Wir wollen einmal sehen, wie gut man Sie in Padua ausgebildet hat. Zuerst wollen wir die Begriffe definieren. Was ist Religion? Sagen Sie es mir schlicht und einfach, so wie Sie das Wort verstehen.«
Sie denkt einen Augenblick nach und sagt dann mit einem verschmitzten Lächeln: »Also schön, Herr Doktor. *Incominciamo* – Fangen wir an! *Religio:* ein lateinisches Substantiv. Grundbedeutung: Scheu, Ehrfurcht. Religion: ein System aus Glaubensgrundsätzen und Anbetung. Beispiele: Christentum, Animismus, Islam. Genug?«
»Das haben Sie gut gesagt, liebe Kollegin.«
»Würden Sie für mich auch etwas definieren?«
»Ja, wenn ich kann.«
»Was ist Irresein?«
»Generell: nicht klar bei Verstand, geistig gestört. Im allge-

meinen Sprachgebrauch wird dieser Ausdruck jedoch bei einer Vielzahl von Symptomen verwendet, von der einfachen Hysterie bis zu fixen Wahnvorstellungen oder ausgeprägtem Schwachsinn. Darf ich Sie jetzt fragen, warum Sie das wissen wollen?«

»Lassen Sie uns die beiden Definitionen zusammen betrachten: Religion und Irresein. Dazu ein konkretes Beispiel, um unsere Logik zu erproben. Giancarlo di Malvasia glaubt an Gott, die römisch-katholische Kirche, die Ohrenbeichte – an alles zusammen. Sie glauben an einen Gott. Sie wissen nicht, wer oder was Er ist, aber Sie haben Ihr Glaubensbekenntnis in den Türbalken Ihres Hauses eingeschnitzt. ›Gerufen oder nicht, der Gott wird dasein.‹ Ich dagegen, ich glaube nichts davon: an keinen Gott, an keine Kirche, nur an das, was ich sehen, riechen, hören und berühren kann. Alle drei können wir nicht recht haben. Mindestens einer von uns muß laut Definition geistesgestört sein: Opfer fixer Wahnvorstellungen. Wer ist es? Gianni, ich oder Sie?«

»Die Antwort, liebe Kollegin, ist einfach. Keiner von uns ist geistesgestört. Die Definitionen sind unzureichend, und die Logik läßt zu wünschen übrig.«

Die Worte sind kaum ausgesprochen, da wird mir klar, daß ich einen bösen Fehler begangen habe. Ich habe mich von ihr in eine akademische Diskussion hineinziehen lassen, auf die ich in keiner Weise vorbereitet bin. Wenn ich zulasse, daß wir uns weiter über diese wissenschaftlichen Begriffe unterhalten, geraten wir beide letzten Endes in eine Sackgasse – und sie wird diejenige sein, die zuletzt lacht. Es sieht so aus, als sei ich diesmal gezwungen, meine eigene Unwissenheit einzugestehen. Ich bin jedoch immer noch eitel genug, diese Tatsache als Weisheit zu verbrämen. Ich nehme meinen Notizblock und einen dicken, schwarzen Bleistift heraus. Ich lasse sie hinter meinen Sessel treten. Während sie sich über meine Schulter beugt, rieche ich ihr Parfüm, und ihre körperliche Nähe erregt mich. Ich zeichne einen Halbkreis. Dann zeichne ich mit wenigen Strichen auf die gerade Linie des Durchmessers drei kleine Figuren: Mann, Frau und Kind. Ich erläutere die Darstellung.

»Dies ist die einfachste und primitivste Vorstellung des Menschen von sich selbst und seiner Umwelt. Er lebt auf einer flachen Erde unter einem gewölbten Himmel. Die Erde ist voller Geschöpfe, großer und kleiner. Der Himmel hat am Tage die Sonne, bei Nacht den Mond und die Sterne, dazu sich ewig wandelnde Wolkengestalten, aus denen Donner, Blitz und Regen kommen. Zwischen der Erde und dem Himmel wehen die Winde – je nach Jahreszeit lieblich oder unfreundlich. Der Mann und seine Gefährtin, die Frau, sind Geschöpfe, die träumen, Geschöpfe, die Fragen stellen. Wer wohnt dort oben hinter den Wolken? Wenn wir weit genug geradeaus gehen, fallen wir dann vom Rande der Erde in die Tiefe? Wer hat uns geschaffen? Was geschieht, wenn wir sterben? Wodurch entstehen Donner und Blitz? Mann und Frau wissen keine Antworten darauf; deshalb erfinden sie welche. Sie denken sich Märchen und Mythen aus, die sie an ihre Kinder weitergeben. Auf den Mythen errichten ihre Kinder Religionen, Glaubensgebäude; sie entwickeln Rituale und schaffen sich Autoritäten. Sie stellen Bildnisse ihrer Götter her, sie bauen Tempel für diese und suchen Symbole für ihre Gegenwart im menschlichen Leben. Und alles paßt irgendwie zusammen, alles funktioniert, bis das System mißbraucht oder von den Ereignissen widerlegt wird. Wenn der König zum Tyrannen wird, erhebt sich sein Volk und tötet ihn. Wenn die Pest das Land überzieht und der Gott allen Opfergaben gegenüber blind ist, wird er vom Sockel gestoßen, sein Heiligtum wird verwüstet, und das ratlose Volk sucht nach einem neuen Beschützer ...«

Plötzlich drängt sie sich an mich. Ihre Hände berühren meine Wangen, legen sich über meine Augen. Mit den Lippen streicht sie über mein Ohr und flüstert: »Sie sind ein sehr kluger Mann, Herr Doktor Jung. Ich frage mich, ob Sie auch nur die Hälfte davon glauben?«

Einen Augenblick später sitzt sie wieder in ihrem Sessel und wartet wie ein schüchternes Schulkind, ob ich sie lobe oder tadle. Ich tue keines von beiden. Ich beende meine kleine Predigt, nun etwas weniger rhetorisch.

»Und das ist der Zustand, in dem Sie sich jetzt befinden. Die ethischen Grundsätze des Gartens Eden halten der heutigen Welt nicht stand. Die Singvögel sind verschwunden; jetzt gibt es nur noch Aasgeier und Raben ... Papa ist nicht mehr da, und die anderen Männer, denen Sie begegnen, wollen seine Stelle nicht einnehmen ... Ich übrigens auch nicht.«

Sie bekommt einen Wutanfall. Ich würde mich nicht wundern, wenn sie gleich aufspringt und nach mir schlägt. Ich stelle mit klinisch geschultem Blick fest, wie schnell sich dieser Wandel vollzieht und wie schwer sie um ihre Selbstbeherrschung zu ringen hat. Ich lächele und versuche, sie zu beschwichtigen.

»Seien Sie nicht böse, bitte! Ich mache mich nicht über Sie lustig. Ich lasse mich gern streicheln, besonders von einer schönen Frau. Aber ich war es gar nicht, mit dem Sie Versteck gespielt haben; Sie haben Theater gespielt und die glücklichen Tage in Padua mit Papa noch einmal auf die Bühne gebracht.«

Sie wirft den Kopf hoch, wie ich es jetzt als Trotzreaktion bei ihr schon kenne.

»Nicht alle diese Tage waren glücklich. Glauben Sie das bloß nicht! Am Ende waren Lily und ich froh, ihn wieder abreisen zu sehen.«

»Warum?«

»Zum erstenmal in meinem Leben sah ich ihn betrunken und gewalttätig. Das schockierte mich. Was mich aber noch mehr schockierte, war die Tatsache, daß Lily mit ihm zurechtkam, ich jedoch nicht. Er wollte mich nicht an sich heranlassen; er drohte, mich umzubringen, falls ich ihn berührte.«

»Glauben Sie nicht, daß wir darüber sprechen sollten?«
Sie lächelt mich unsicher an und zeigt auf meine Skizze.
»Es ist keine so hübsche Geschichte wie die Ihrige.«

Ich wage ihr jetzt nicht zu sagen, daß meine Geschichte ein Märchen ist. So hat sie sich nie zugetragen. Der Mensch ist ein wildes und gefährliches Tier, abstoßend in seiner Wut, verzweifelt im Kampf mit dem Tod. Das einzig Tröstliche an ihm ist, daß manchmal ein Engel aus seinen Raubtieraugen hervorlugt und – leider viel zu selten – seiner todbringenden Hand einen Anflug von Zartheit verleiht.

Magda
Zürich

Ich muß diesen Mann bewundern. Trotz aller seiner Schwächen – bestand doch überhaupt kein Zweifel über seine Reaktion, als ich dicht neben ihm stand und ihn streichelte – ist er verständnisvoll und geschickt. Er hat sich meiner Bitte um Anonymität gefügt, aber ich habe ihm bereits mehr erzählt, als ich eigentlich wollte. Doch das spielt keine Rolle! Ich bewundere sein Feingefühl. Er hat mich wie ein störrisches Pferd behandelt, mal mit Zuckerbrot, mal mit der Peitsche, um mich über die erste große Hürde zu bringen: mein seltsames, verworrenes Verhältnis mit Papa. Ich bin jetzt bereit, den Sprung zu wagen. Ich spüre, wie er mich zwischen den Knien dirigiert, mir dann die Zügel locker läßt und auf den Augenblick wartet, wo ich ihn für die letzte Anstrengung zum Sprung über das Hindernis brauche. Schön, wenn wir diese Hürde hinter uns haben, dann werden die anderen nicht mehr ganz so gewaltig aussehen. Also los, mein lieber Herr Doktor, los!

»Wir hatten uns in der Wohnung eingerichtet – in der mit den Fresken von Tiepolo an den Decken und mit Badezimmern, die so groß wie die Thermen des Caracalla waren. Lily wies das Hauspersonal ein. Ich stritt mit dem Innenausstatter über Vorhänge, die zu den Bettdecken passen sollten. Papa war seit Tagen gereizt und rastlos ... ›Wie ein streunender Hund‹, sagte Lily. ›Ich würde mich nicht wundern, wenn er eines Nachts den Mond anheult.‹ Beim Frühstück erklärte er dann, er habe uns gegenüber seine Schuldigkeit getan und werde sich jetzt amüsieren. Falls wir ihn brauchten – was er nicht hoffe –, könnten wir ihn in Venedig im Daniele finden. Notfalls wüßte sein alter Freund Morosini, wo er zu finden sei. Lily schnaubte verächtlich: ›Morosini, Unsinn! Er hat wieder eine Frau gefunden! Na ja, dann haben wir beide wenigstens eine Weile Ruhe.‹ Auch ich war froh, ihn aus dem Haus zu haben. Ich war vollgestopft mit der Geschichte Paduas, dazu verwirrten mich die vielen Nationalitäten und Sprachen, die der Universität ihr fremdartiges Gepräge gaben. Ich hatte mir alle notwendigen Lehrbücher angeschafft und wollte es mir in der Wohnung, die für die nächsten fünf Jahre Lilys und mein Heim sein sollte, gemütlich machen. Es war das erste Mal, daß ich einen Haushalt führte, und die Aufgabe gefiel mir. Aber Papa tat, als wäre unsere Wohnung eine Absteige, wo die Bedienerinnen prüde oder langweilig waren.«

Ich breche ab, weil Jung offenbar gar nicht zuhört. Er macht sich unablässig Notizen. Es ärgert mich, weil ich mir große Mühe gebe, die Geschichte für ihn interessant zu machen. Er blickt auf, runzelt die Stirn und will wissen, warum ich aufgehört habe.

»Weil ich Sie anscheinend langweile.«

»Quatsch!« Er ist gereizt und brüsk. »Sie sind keine Schauspielerin. Ich bin kein Publikum. Dies ist ein Therapiegespräch. Reden Sie weiter, um Gottes willen!«

Ich muß mich wieder sammeln. Jetzt erzähle ich ihm alles, wie es war, ohne ein Blatt vor den Mund zu nehmen.

»Drei Tage danach kehrte Papa zurück. Es war kurz vor Mitternacht. Lily und ich saßen im Negligé im Wohnzimmer und lasen. Wir hörten jemanden gegen die Eingangstür hämmern und dann Papas Stimme; er stieß laute Flüche aus. Wir stürzten hin, um ihn hereinzulassen. Er war betrunken und verdreckt. Er schob uns beiseite und taumelte in sein Zimmer. Lily und ich gingen ihm nach. Als er uns in der offenen Tür stehen sah, schleuderte er die Reisetasche nach uns und schickte uns hinaus. Ich ging zu ihm. Er schien nicht zu wissen, wer ich war. Als ich ihm die Hand entgegenstreckte, gab er mir eine Ohrfeige, so daß ich beinahe hingefallen wäre. Dann fing er an, mich wüst zu beschimpfen. Im nächsten Augenblick sah ich Lily auf ihn losstürzen. Sie hatte den Saum ihres Nachthemds über die Knie gehoben und trug bestickte türkische Pantoffel mit Metallspitzen. Ich weiß noch, daß ich dachte, sie sieht wie eine wütende Henne aus, die ihre Küken verteidigt. Sie sagte nur: ›Gemeiner Kerl!‹ und trat dann Papa hart zwischen die Beine. Ihm wurde übel, er klappte vor Schmerzen zusammen und fiel auf den Boden. Lily schob mich schnell aus dem Zimmer, schloß die Tür hinter ihm ab und ließ ihn allein. Sie nahm mich mit in ihr Zimmer, brachte mich zu Bett, flößte mir ein großes Glas Cognac und eine Dosis Chloralhydrat ein und blieb bei mir, bis ich eingeschlafen war. Das Mittel wirkt schnell, wie Sie wissen. Ich wachte erst am nächsten Mittag wieder auf.«

»Und das ist das Ende der Geschichte?«

»Soweit sie mich betrifft, ja. Die Fortsetzung erlebte Lily, deshalb kenne ich sie nur aus zweiter Hand. Während ich schlief, ging sie zu Papa zurück. Er lag auf dem Boden, mitten in seinem eigenen Unrat. Sie zog ihn aus, wusch ihn, schleppte ihn ins Bett, säuberte dann das Zimmer und brachte alle seine beschmutzten Kleidungsstücke hinaus. Sie ließ ihn bis neun Uhr schlafen, weckte ihn dann, brachte ihm das Frühstück, sagte ihm, was er mir angetan hatte, hörte sich an, was mit ihm geschehen war, und schickte ihn zum Friseur und ins Dampfbad. Danach mietete er sich offenbar ein Pferd und unternahm einen wilden Ritt durch die Ebene zu den Hügeln der Euganeen. Als er kurz vor Sonnenuntergang nach Hause kam, nahm er mich in die Arme und weinte wie ein kleines Kind. Er bat mich, ihm zu verzeihen. Das tat ich natürlich. Ich konnte ihm nie etwas abschlagen. Aber danach war es nicht mehr so wie früher. Zwei Tage später fuhr er zurück nach Silbersee. Lily und ich waren wirklich froh, ihn los zu sein.«

Jung legt den Kopf wie ein neugieriger Papagei auf die Seite und fragt: »Darf ich jetzt den Grund für diesen Trunkenheitsexzeß erfahren?«

»Anscheinend hatte Papa seine neue Freundin ins Teatro la Fenice zu einer Aufführung von ›Don Giovanni‹ mitgenommen. Dort saßen in der gegenüberliegenden Loge meine Mutter, ihr englischer Ehemann und ein Jüngling, der offenbar ihr Sohn war. Papa ließ seine Begleiterin in der Loge sitzen, ging zurück ins Daniele, packte seinen Koffer und ließ sich mit dem Fährmann, der ihn hinüber nach Mestre brachte, auf eine achtundvierzig Stunden dauernde Zechtour ein, an deren Ende er wie durch ein Wunder vor unserer Haustür landete. Als er mich sah, hielt er mich für meine Mutter – wir sind uns offenbar sehr ähnlich –, und er ließ an mir den ganzen Zorn aus, der sich in ihm seit zwanzig Jahren angestaut hatte ... Sie sehen also, es war alles ganz simpel – und schrecklich traurig.«

»Meine Teuerste«, weist mich Jung milde zurecht, »ich glaube, das war nicht halb so simpel, wie Sie es darstellen möchten. Sie haben Ihrem Vater jene Nacht nie ganz verziehen, nicht wahr?«

»Nein.«

»Was war es denn, das Sie nicht vergessen oder verzeihen konnten?«

Die Worte bleiben mir wie eine Gräte im Halse stecken. Ich werde noch ersticken, bevor ich sie herausbringe.

Jung fährt mich an: »Sagen Sie es, Kind! Sagen Sie es, zum Donnerwetter noch einmal!«
»Er redete ja mit meiner Mutter, nicht mit mir.«
»Das weiß ich! Weiter!«
»Aber er redete *über* mich. Es lag ein ... ein schrecklicher Triumph in seiner Stimme. Er sagte: ›Du bist davongekommen; aber ich habe Magda. Sie ist deine Tochter, aber sie ist im Bett besser, als du es jemals sein wirst. Sie wird die beste Hure weit und breit sein, wenn ich mit ihr fertig bin. Deine Tochter! Deine verdammte, hübsche Tochter! Vielleicht verkuppeln wir sie mit dem jungen Burschen, der bei dir in der Loge saß, wie?‹ «
Ich weine. Warum hat er mich gezwungen, mich so zu erniedrigen? Warum sagt er nichts? Ich habe das Gefühl, als sei ich wieder in meiner Glaskugel und rolle in der öden Wüstenei dahin. Jetzt ist er, Gott sei Dank, zu mir gekommen. Er hockt vor mir auf dem Boden, biegt meine Fäuste auf und schiebt ein Taschentuch zwischen meine Finger. Dann hebt er mein Kinn, so daß ich ihm in die Augen sehen muß. Sie wirken gütig und voll Mitgefühl. Er schenkt mir ein merkwürdiges, halbes Lächeln, küßt seine Fingerspitzen und überträgt den Kuß auf meine Lippen.
»Brav! Es ist schwer, ich weiß; aber jetzt können wir endlich vernünftig miteinander reden. Stehen Sie auf, und gehen Sie ein paar Minuten hin und her!«
Er hilft mir beim Aufstehen, stützt mich, bis ich selbst stehen kann, und führt mich dann zu seinem Bücherregal, um mir seine Sammlung von Werken über die Alchemie zu zeigen. Es ist ein einfacher Trick, aber er funktioniert. Ich beruhige mich allmählich. Er setzt sich an seinen Schreibtisch, macht sich Notizen und fängt an, während ich noch hin und her gehe, ganz zwanglos von Papa und mir zu plaudern.

»Für Sie ist es natürlich ein gräßlicher Schock. Das Märchen hat sich in sein Gegenteil verkehrt. Ihr Prinz ist zu einer Kröte geworden. Die Worte der Liebe haben sich in Obszönitäten verwandelt, und aus den Liebesbezeigungen sind Gewaltakte geworden. Sie waren nicht mehr die Geliebte Ihres Vaters. Sie waren das Racheinstrument gegenüber der Frau geworden, die ihn verlassen hat. Dies alles ist sehr häßlich, und das um so mehr, als der gesunde Menschenverstand Ihnen sagen muß, daß dieser Gedanke seit Jahren in seinem Hirn heranreifte. Sie fühlen sich beschmutzt, gedemütigt, ja geschändet. Eva wird aus dem Paradies vertrieben. Sie versucht, ihre Blöße mit einem Feigenblatt zu bedecken, und sie beginnt, den Mann zu hassen, der ihr diese Schande angetan hat. Sie ist sich seiner nie ganz sicher gewesen. Zwar war er ein Prinz, aber sie wußte seit langem, daß er selbstsüchtig und verderbt war. Jetzt ist sie völlig desillusioniert. An wen wendet sie sich? An Lily? Die arme Frau ist selbst zwischen die Mühlsteine geraten, ist Mitwisserin und Opfer zugleich. Nein, unsere enttäuschte Prinzessin wendet sich an ihre Mutter, die Schneekönigin mit dem Herzen aus Eis. Mutter hatte recht, dieses Ungeheuer zu verlassen. Mutters Grausamkeit war völlig gerechtfertigt, weil sie dadurch unbezwingbar und unverletzlich wurde ... Ergibt dies alles einen Sinn für Sie?«
Ja, es ergibt einen Sinn; aber ich wünschte, alles wäre so einfach, wie es klingt. Er sagt mir, ich solle über seine Worte nachdenken. Ich solle mich fragen, ob seine Darstellung zu meinem Verhalten paßt. Auch ich müsse allmählich beginnen, eine aktive Rolle bei der Analyse zu spielen. Er blickt auf seine Armbanduhr und sagt, die zwei Stunden seien vorbei. Wir hätten gute Fortschritte erzielt und würden bei unserem nächsten Gespräch an derselben Stelle

fortfahren. Wie wäre es mit morgen, zur selben Zeit? Fräulein Wolff wird den Termin vereinbaren. Morgen? Das Wort versetzt mich in blinde Panik. Ich eile quer durch das Zimmer auf ihn zu.
»Wenn ich jetzt gehe«, sage ich flehentlich, »habe ich bestimmt nicht den Mut, wieder herzukommen. Verstehen Sie? Es ist wie das große Hindernis beim Mächtigkeitsspringen. Wenn Sie darauf zureiten, müssen Sie auch springen. Wenn Sie auch nur ein bißchen zögern, wird das Pferd scheuen, und Sie haben keine Chance. Bitte, machen wir weiter!«
Der Vorschlag gefällt ihm überhaupt nicht. Zwar zeigen sich auch bei mir bereits erste Anzeichen der Überanstrengung, aber für ihn ist es schwieriger. Hier geht es ja nicht um eine körperliche Diagnose. Die Indikatoren verbergen sich oft hinter einfachen Ausdrücken oder Gesten. Wenn der Therapeut nicht aufpaßt, können sie ihm entgehen. Wir haben eine heftige Auseinandersetzung, doch dann schließen wir einen Kompromiß. Ich fahre ins Hotel zurück, esse zu Mittag und komme um drei Uhr wieder. Wir werden bis spätestens fünf Uhr dreißig arbeiten. Allerdings unter einer Bedingung: Bis zu diesem Zeitpunkt muß ich, was er meine Biographie nennt, abgeschlossen haben. Die eigentliche Analyse folgt dann später; aber ich muß bereit sein, heute alle Fakten offen vor ihm auf den Tisch zu legen.
Sobald diese Vereinbarung getroffen ist, scheint er es nicht mehr eilig zu haben, mich zu entlassen. Er sieht mir lächelnd zu, während ich mich vor dem Spiegel pudere und schminke. Er legt mir die Hände auf die Schultern und dreht mich herum.
»Ich bin mit Ihnen sehr zufrieden«, sagt er. »Ich habe Ihnen heute vormittag hart zugesetzt; aber Sie haben es gut über-

standen. Ich wünsche Ihnen zum Mittagessen guten Appetit. Oh ... übrigens ... da wir uns jetzt kennen, brauchen Sie sich nicht mehr so elegant anzuziehen. Tragen Sie etwas Bequemes. Es wird Ihnen helfen, sich zu entspannen.«
Ich habe plötzlich den Wunsch, ihn zu küssen, aber ich halte mich zurück. Ich will nicht zu jenen albernen Frauenzimmern gehören, von denen mir Frau Jung erzählt hat, die sich ihrem Psychiater wie Kinder an den Hals werfen. An der Tür gebe ich ihm die Hand und danke ihm für seine Hilfe. Er lacht und zitiert eine alte Sentenz: »Der kranke Arzt ist der beste Heiler.«
Während er mich zwischen den Apfelbäumen und blühenden Rosenbüschen hindurch zum Gartentor begleitet, werde ich mir seiner Autorität und seiner rein körperlichen Kraft bewußt. Er ist ein stattlicher Mann, robust und energisch. Ich frage mich, wie er wohl im Bett sein würde – und wer von uns beiden dann den Ton angeben würde.

Carl Gustav Jung
Zürich

Ich sehe ihr nach, während sie in der großen Limousine davonfährt, und wünschte, mir wenigstens ein halb so großes Auto leisten zu können. Ihr Reichtum ärgert mich. Er ist ein Affront gegenüber meinen bescheidenen Verhältnissen. Diese Frau hat sich bis jetzt über irgendwelche Kosten keine Gedanken zu machen brauchen. Ich war tief gekränkt, als sie mir den Briefumschlag voller Bargeld vor die Nase hielt. Dann begriff ich jedoch sofort, daß es ein Verzweiflungsakt war. Ihre Arroganz und ihre angeblich so brutalen Praktiken stehen in merkwürdigem Gegensatz zu dem Bild jenes jungen Mädchens, das systematisch von einem lasterhaften Vater und einer gefügigen Erzieherin mißbraucht wird.
Das Bild der dominierenden Frau, der *mater terribilis,* kommt überall in der Mythologie vor. Es wirkt auf die meisten Männer abstoßend, kann aber auf einige einen enormen Reiz ausüben. Ich persönlich finde keinen Gefallen daran, mich erregt eher das Schauspiel geschändeter und ausgenutzter Unschuld, was mich wahrscheinlich so leicht das Opfer abhängiger Frauen werden läßt – und was aus dieser Magda Kardoss von Gamsfeld ein so faszinierendes typologisches Studienobjekt macht.
Ich gehe eine Weile allein im Garten spazieren und versuche, eine klinische Schlußfolgerung zu ziehen. Zunächst einmal: Sie ist bei klarem Verstand. Jedes Gericht würde

sie für geistig gesund halten und für ihre Taten voll zur Verantwortung ziehen. In Anbetracht ihrer Herkunft und Erziehung hätte es für sie bei kriminellen Verfehlungen keinen Sinn, auf Strafmilderung zu plädieren. Warum gehe ich eigentlich von der Annahme aus, Kriminalität könne mit im Spiel sein? Ich weiß, diese Eventualität ist in ihrem Fall nicht auszuschließen, aber ich habe keine Beweise für die Richtigkeit dieser Annahme. Dieser Oberst in Berlin war mit allem völlig einverstanden, wie vermutlich alle ihre anderen Partner auch. Wegen Tierquälerei ist sie nie angezeigt worden. Der Inhalt ihres Traumes, ihre Fragen zum Thema Vergebung und ihre Angst, sie könne den Mut verlieren und aufgeben – dies alles weist auf ein starkes, unbewußtes Schuldgefühl hin.
Auf der anderen Seite hat sie sehr wenig Sinn für Moral. Sexuell treibt sie es wahllos mit beiden Geschlechtern, und bei ihren Anfällen von Nymphomanie sucht sie seelische Entspannung in der Grausamkeit. Doch fürchtet sie die Polizei mehr als den Schaden, den sie ihrer Seele zufügt. Die Wurzeln ihrer Krankheit liegen klar auf der Hand: exzessive geschlechtliche Stimulation während der präpubertären und pubertären Phase, das lang anhaltende inzestuöse Verhältnis mit ihrem Vater, der offenbar ein Neurotiker war, und die ambivalenten Beziehungen zu Lily, der Ersatzmutter.
Einmal mehr beeindruckt mich die Ähnlichkeit unserer Naturen und unserer Symptome. Der Animus, das männliche Prinzip, ist in ihr stark ausgeprägt, so wie in mir die Anima, das weibliche Prinzip. Anlage zur Gewaltanwendung haben wir beide. Es gibt Augenblicke, da bin ich versucht, einigen von Freuds Speichelleckern eine gehörige Tracht Prügel zu verabreichen. Auch ich bin besessen und werde es immer mehr. Auch ich neige zu plötzlichen Wutausbrüchen, denen Anfälle von Depression folgen. Auch

ich leide unter einem Schuldbewußtsein, das ich nicht immer klar definieren kann, und auch meine Gedanken kreisen um ambivalente sexuelle Bedürfnisse und Erlebnisse. Sogar unsere Träume stimmen auf seltsame Weise überein. Beide sind wir in einer transparenten Welt eingeschlossen: sie in der Glaskugel, ich hinter dem Fenster des Eisenbahnwaggons. Beide sehen wir den Hengst im Zusammenhang mit Tod und Unheil. Es ist mir nicht entgangen, daß sie sogar vorhin, als sie um die Fortsetzung unseres Gesprächs bat, eine Metapher aus der Reiterei verwendete: das Mächtigkeitsspringen.

Zwischen uns besteht also eine Art wortlose Kommunikation, eine instinktive Wechselwirkung, was nützlich, aber auch gefährlich sein kann. Gut ist, daß wir beide Medizin studiert haben – sie ausgiebiger als ich, der sich mit Basel begnügen mußte, während sie nach der Schule sofort nach Padua ging, wo Kunst, Literatur und Medizin traditionsgemäß in hoher Blüte standen. Vielleicht können wir eines Tages in irgendeiner wissenschaftlichen Disziplin zusammenarbeiten. Jedenfalls ist sie reifer als die Spielrein, die fast zu einer Katastrophe für mich geworden wäre.

Da fällt mir ein: Ich muß sie zweierlei fragen. Warum hat sie den Arztberuf aufgegeben? Was will sie tun, wenn sie jetzt nicht mehr auf ihr Gut in Österreich zurückkehren kann?

Normalerweise essen Toni und ich mittags eine Kleinigkeit in meinem Arbeitszimmer, damit der Arbeitsrhythmus nicht unterbrochen wird. Da die Kinder nicht da sind, schlägt Emma heute vor, daß wir drei zusammen zu Mittag essen. Ich kann es ihr anstandshalber nicht abschlagen; aber diese Dreisamkeiten sind immer von Spannungen belastet, da jede Frau versucht, ihren Anspruch auf meine Person und meine Aufmerksamkeit durchzusetzen.

Jetzt stehe ich vor einem neuen Dilemma. In der Regel spreche ich mit Emma nicht über meine Privatpatienten. Das wäre weder diesen gegenüber fair noch ihr gegenüber. Zürich ist eine kleine Stadt, und die Arztfrau darf nicht in den Verdacht geraten, Krankengeschichten weiterzuerzählen. Bei Toni ist es anders. Sie ist meine Schülerin, meine Kollegin, meine Archivarin. Sie muß in alle Vorgänge eingeweiht sein. Beim Mittagessen jedoch sind beide Frauen neugierig, etwas über meinen neuen Fall zu erfahren; deshalb muß ich, um des lieben Friedens willen, etwas mehr aus mir herausgehen. Beide sind überrascht – argwöhnisch wäre der bessere Ausdruck –, als ich ihnen erzähle, daß Magda Hirschfeld nach dem Mittagessen wiederkommt.

Emma meint: »So etwas hast du meines Wissens noch nie getan, Carl. Du hast immer gesagt, daß zwei Stunden für eine Sitzung, wenn diese etwas bringen soll, das Limit seien.«

»Ich weiß; aber hier geht es um ein ungewöhnliches Thema. Sie hat sich mir sehr schnell geöffnet. Ebenso schnell könnte sie der Mut wieder verlassen, und dann würde sie sich ausschweigen. Ich habe ihr zusätzliche Zeit eingeräumt, aber unter der Bedingung, daß wir heute nachmittag den biographischen Teil abschließen.«

»Hat sie dir ihren richtigen Namen genannt?«

Es ist Tonis Frage. Ich könnte sie dafür umbringen. Ich antworte, daß sie ihn mir nicht gesagt habe, dieser Punkt aber keine Rolle spiele.

»Ist das nicht etwas riskant? Wenn etwas Unvorhergesehenes passiert, wirst du eine schlechte Figur machen, wenn du nicht einmal den Namen deiner Patientin kennst.«

»Eigentlich nicht.« Mich ärgert diese Anspielung auf meine früheren Indiskretionen, aber ich versuche, mir nichts anmerken zu lassen. »Ich habe einen Brief ihres ärztlichen Ratgebers in Paris, der mich dringend bittet, ihren Wunsch nach Anonymität zu respektieren. Schlimmstenfalls wird die Direktion des Baur au Lac Unterlagen oder Ausweispapiere haben. Außerdem hat der Umstand, daß ich diesem Wunsch stattgegeben habe, dazu beigetragen, andere und wesentlichere Informationen zutage zu fördern.«

»Sie ist sehr hübsch«, sagt Emma nicht ohne einen verräterischen Unterton, »und ihre Garderobe muß ein Vermögen gekostet haben.«

»Sie ist eine reiche Witwe – und eine lustige dazu.« Toni ahmt den Tonfall meiner Patientin perfekt nach: »›Ich habe keinen festen Partner, aber ich bin in dieser Hinsicht ausreichend versorgt.‹ Das glaube ich ihr aufs Wort! Meines Erachtens war die ganz schön männermordend, eine echte Menschenfresserin.«

In dem Augenblick, da sie diese Worte ausspricht, geschieht etwas Absonderliches. Mir ist, als ob ich einen kataleptischen Anfall bekommen hätte. Ich bin starr und bringe kein Wort heraus; ich sitze nicht mehr am Tisch, sondern bin wieder in der unterirdischen Höhle und schaue zu dem blinden, großen Phallusgott hinauf, während mich die Stimme meiner Mutter ermahnt: »Schau gut hin! Das ist der Menschenfresser!«

Es kommt mir wie eine Ewigkeit vor, bis sich die Vision verflüchtigt und ich in die Normalität zurückkehre.

Den beiden Frauen ist nichts aufgefallen, denn Emma sagt in ihrer ruhigen, überlegenen Art: »Eine Menschenfresserin? Diesen Eindruck hatte ich nicht. Ich habe mich im Garten kurz mit ihr unterhalten. Sie ist sehr intelligent und ausgesprochen reizend. Aber das braucht wohl nichts zu bedeuten. Sicherlich gibt es auch intelligente und reizende männermordende Frauen. Was meinst du, Carl?«

Ich werde nicht in diese Fallstricke stolpern – um nichts in der Welt – und sage zu ihr: »Ich habe noch keine feste Meinung. Bis jetzt habe ich bei ihr eine starke Vaterfixierung mit entsprechenden Sexualvorstellungen festgestellt, die ich hoffe heute nachmittag weiter aufhellen zu können.«
Beide Frauen verstehen die Warnung, aber Toni ist bereit, mehr als Emma zu riskieren. »Soll ich deine Notizen abschreiben, bevor sie wiederkommt?« fragt sie in beflissenem Ton. »Es würde nur eine Stunde dauern.«
Und dich genau dorthin bringen, wo ich dich nicht haben will: mitten in eine Beziehung hinein, die ich gerade erst aufzubauen beginne. Vielen Dank, meine Liebe, nein! Du genießt schon Vorrechte genug. Ich brauche irgendwo ein Refugium, wo ich mich amüsieren kann. Laut sage ich ihr, es wäre mir lieber, wenn sie die Zusammenstellung erst nach Abschluß der Sitzung vornehmen würde. Sie könne den Nachmittag frei nehmen, und ich brächte ihr die Notizen heute abend vorbei. Sie ist einverstanden, ohne sich die Enttäuschung anmerken zu lassen. Das bedeutet, daß wir eine oder zwei gemeinsame Stunden im Bett vor uns haben.
Emma tut so, als durchschaue sie diesen durchsichtigen Plan nicht, und führt die Unterhaltung auf meine Patientin zurück. »Ich bin sehr gespannt, was aus diesem Fall wird.«
»... aus diesem Fall wird? Ich weiß nicht genau, was du meinst.«
»Hm, sie ist in einem bestimmten Alter – sie ist, könnte man sagen, in den besten Jahren. Die meisten Probleme mit der Übertragung hast du bei viel jüngeren Frauen gehabt.«
Ihr Tonfall verrät keinen Vorwurf, keinerlei Bosheit. Ich versuche, in einem überlegenen Ton zu antworten, als hätte ich den Dolch im Gewande nicht bemerkt.

»Ich erwarte hier keine allzu großen Schwierigkeiten. Sie spricht sehr vernünftig über ihre Probleme. Sie ist Ärztin. Wenn ich zu diesem Zeitpunkt etwas befürchte, dann kaum einen fortschreitenden Verfall, sondern daß sie Selbstmord begehen könnte. Der Zerstörungstrieb, der in ihrem Sexualverhalten deutlich wird, könnte schließlich in Selbstvernichtung enden.«
Ich habe mehr gesagt, als ich eigentlich wollte, aber es hilft uns über die Verlegenheit hinweg. Toni greift den Gedanken auf.
»Wie äußert sich dieser Zerstörungstrieb?«
»In periodisch auftretender nymphomanischer Besessenheit, die in sadistischen Ausbrüchen gipfelt.«
»Wie ich gesagt habe!« Toni kostet den kleinen Triumph aus. »Eine männermordende Person, wirklich!«
»Nicht unbedingt.« Emmas kühler Einwand überrascht mich. Bei Diskussionen hält sie sich gewöhnlich zurück. Sie schweigt lieber, als daß sie ein vorschnelles Urteil fällt. »Vielleicht mag sie überhaupt keine Männer; deshalb muß jede Episode destruktiv enden. Es gibt doch auch Männer, die so sind. Sie würden sterben, wenn du sie als Homoerotiker bezeichnest, aber ihr Verhältnis zu Frauen ist immer von Brutalität geprägt. Stimmst du mir zu, Carl?«
Ich kann nichts anderes tun als ihr zustimmen – und mich so schnell wie möglich aus dem Staub machen. Ich verstehe jetzt – und das mit einem merkwürdigen Unbehagen –, daß Emma mich beim Wort genommen hat. Sie will mich meinen eigenen, noch unbestimmten Weg gehen lassen; sie will über meine Eskapaden hinwegsehen und ihr Leben ganz den Kindern widmen; aber sie wird es ohne Illusionen tun, und sie wird sich das Recht vorbehalten, zu tun, was ihr beliebt, und in ihrem eigenen Haus zu sagen, wonach ihr der Sinn steht.

Bevor Toni nach Hause geht, haben wir ein kurzes, unbefriedigendes Gespräch in meinem Arbeitszimmer, bei dem sie vor Zorn kocht.
»Ich frage dich, Carl, wie lange dies noch so weitergehen soll? Ich hatte heute vormittag eine Auseinandersetzung mit ihr in der Küche. Sie sagte mir, ihrer Meinung nach könntest du vollends den Verstand verlieren – und was ich dagegen zu tun gedächte. Sie ist bereit, auf alles zu verzichten, außer darauf, Frau Doktor Jung zu sein. Was ist das für eine Ehe? Warum müssen wir beide wie Verbrecher herumschleichen, nur weil wir uns lieben? Und diese Szene beim Mittagessen! Mein Gott, sie hat uns zu Hackfleisch gemacht, und du hast bloß dagesessen, genickt und bist mit allem einverstanden gewesen, als ob ... als ob du über die Schlagzeilen der Morgenpresse sprechen würdest. Ich habe jetzt genug, das kann ich dir sagen, Carl! Ich gehe für dich durch dick und dünn. Ich packe meine Koffer, um, wann du willst, mit dir davonzulaufen. Aber ich bleibe nicht hier und lasse mich so quälen. Ich lasse auch nicht zu, daß du dich so quälst!«
Für Vernunftgründe hat sie nur taube Ohren. Sie läßt sich nicht umstimmen. Schließlich lasse ich sie gehen. Am Abend wird es ihr leid tun, und sie wird sich nach Versöhnung sehnen. Ich mache ihr keinen Vorwurf wegen ihrer Verärgerung. Ich mache auch Emma keinen Vorwurf. Ich selbst bin schuld. Ich bin wie der gierige Affe, der mit der Faust im Marmeladentopf erwischt wird. Ich will alles haben, dessen ich habhaft werden kann, und werde mit leeren Händen dastehen, wenn ich mich nicht entscheiden kann.
Um die Wahrheit zu sagen: Es gibt Tage, wie den heutigen, wo ich all dieser wohlerzogenen Frauen und ihrer aufgelisteten Ansprüche überdrüssig bin. Ich sehne mich danach,

statt in dieser stickigen Atmosphäre irgendwo in der Wildnis zu leben, wo ich nicht zu argumentieren, diskutieren und definieren brauche. Ich möchte zu den Trommeln der Wilden tanzen, auf der Erde unter den Büschen ein Weib begatten und auf die ganze Hölle pfeifen ...

Noch ein Gedanke als Postskriptum: Ich frage mich, was geschehen würde, wenn ich Magda Liliane Kardoss von Gamsfeld von dieser Sehnsucht erzählte. Wahrscheinlich würde sie sagen: »Großartig! Satteln wir die Pferde, und hauen wir ab!« Das Dumme ist nur, daß ich nicht reiten kann. Aber mit einer guten Lehrerin könnte ich es sehr schnell erlernen.

Magda

Zürich

Als ich Jungs Haus verließ, fühlte ich mich wie ein Schulkind auf dem Nachhauseweg. Ich wollte jauchzen, singen, tanzen und auf den grünen Wiesen herumtollen. Bevor ich die Hälfte der Strecke zum Hotel zurückgelegt hatte, setzte die Reaktion ein. Ich verfiel in dunkle Melancholie. Die Luft lastete wie eine schwere Bedrohung auf mir. Die Berge schienen nahe daran zu sein, einzustürzen und mich unter sich zu begraben. Als ich im Baur au Lac durch die Hotelhalle schritt, war es, als habe man mir die Haut abgezogen. Jeder Blick, jedes Getuschel schmerzte unerträglich.
Allein in meinem Zimmer, wurde ich von Panik und Ratlosigkeit ergriffen. In meinem Kopf wimmelte es von winzigen Mäusen, die quiekend hin und her schossen. Ich wollte laut schreien. Statt dessen stand ich stumm und starr in der Mitte des Raumes und versuchte, die Selbstbeherrschung wiederzugewinnen. Als mir dies schließlich gelang, zitterte ich am ganzen Leibe, und ich war wie ein Fiebergeschüttelter in Schweiß gebadet.
Ich zog mich aus, nahm ein heißes Bad, legte einen japanischen Kimono an, bestellte Tee und Sandwiches in mein Zimmer, legte mich dann aufs Bett und überdachte meine Lage. Es gab jetzt keinen Zweifel mehr: Ich war viel schwächer, als ich geglaubt hatte. Mir fiel ein, wie Professor Lello in Padua den Verlauf bestimmter Lungeninfektionen zu beschreiben pflegte: »Der Übergang vom subakuten zum

akuten und kritischen Zustand vollzieht sich oft plötzlich und dramatisch. Der Patient ist darauf nicht vorbereitet, und auch ein erfahrener Arzt kann von der Entwicklung überrascht werden.«

Ich hatte selbst oft erlebt, daß Patienten, die sich lange Zeit einer ärztlichen Behandlung widersetzt hatten, sehr rasch verfielen, sobald sie sich einem Arzt anvertraut hatten. Ihr Widerstandswille schien sie plötzlich zu verlassen, wenn sie sich in die Hände eines Mediziners begaben. Jetzt geschah mit mir dasselbe. Schon diese kurze Trennung von Jung – nicht länger als eine Mittagspause – hat mich in einen Zustand bebender Angst versetzt, als hätte man mich in tobender See von der Hand eines Retters losgerissen. Als mir der Kellner das Essen heraufbrachte, hielt ich ihn mit nichtssagender Konversation so lange fest, wie ich konnte. Er war ein nörglerischer alter Mann, und ich war trotzdem froh. Alles war besser als das Quieken und Umherhuschen der Mäuse in meinem Kopf.

Nachdem er gegangen war, aß und trank ich mit Bedacht, schnitt die Sandwiches in geometrische Stücke, kaute auf jedem Happen lange herum und versuchte, den Geschmack dieses Kaffees mit allen anderen Kaffees zu vergleichen, die ich während meiner Reisejahre serviert bekam. Als ich mich endlich beruhigt hatte und wieder einigermaßen fest auf dem Boden der Wirklichkeit stand, begann ich, über Carl Gustav Jung nachzudenken.

Ich weiß immer noch nicht, wie weit ich ihm trauen und ob ich mich auf seine Kraft und sein Urteil verlassen kann. Mich rührte seine spontane Bemerkung, daß der kranke Arzt am besten zu heilen vermag. Dies erinnerte mich wiederum an Professor Lello, der in seiner ersten Vorlesung vor jungen Studenten eine kurze Ansprache über den Eid des Hippokrates zu halten pflegte. Lello war ein Mann von

einzigartiger Schlichtheit, und wenn er zu dem Satz kam »*primum non nocere* – vor allem keinen Schaden anrichten«, sagte er immer: »Wenn Sie krank waren, wenn Sie sich in den Finger schnitten oder einen Hammer auf Ihre Zehen fallen ließen, denken Sie immer an diese Erfahrung! Sie wird Sie lehren, denjenigen, die ohnehin leiden, niemals unnötige Schmerzen zuzufügen.«
Bedenkt man dieses moralische Glaubensbekenntnis, bin ich natürlich eine Abtrünnige und Verräterin. Es macht mir Spaß, anderen weh zu tun. Aus diesem Grund erwarte ich von Jung mehr als Mitgefühl und Verständnis. Aus diesem Grund ärgerte ich mich über ihn, als er die Schuldfrage mit einer beiläufigen Bemerkung abtat. Aus diesem Grund hat sein Gerede über religiöse Vorstellungen, Mythen und Märchen in mir die nagende Frage zurückgelassen: Fürchtet er sich vor der Gewißheit, und macht er aus dem Zweifeln einen Beruf, weil er im Grunde ebenso ratlos dasteht wie seine Patienten?
Mir fielen Emma Jungs Worte ein: »In unserem Kreis hat es zwei Selbstmorde und einige Zusammenbrüche gegeben. Auch Carl steht im Augenblick unter einer schweren Belastung – wie wir alle in diesem Haus.« Wenn meine Vermutung zutrifft, versucht er, mit dieser Belastung auf dieselbe Art fertig zu werden wie ich: durch sexuelle Entspannung. Ich bin neugierig, ob auch er begreift, daß dieses Bedürfnis im Laufe der Zeit abklingt – und man immer mehr dafür bezahlen muß. Ein Franzose hat einmal mit ätzender Schärfe geschrieben: »*L'amour coûte cher aux vieillards* – Die Liebe wird für alte Menschen teuer.« Ich bin noch nicht alt, aber ich zahle viel – viel mehr als die meisten – für ganz spezielle Enttäuschungen.
Ich gehe jedoch immer noch der Frage nach Jung und meiner Person aus dem Weg. Wenn ich meine ganze Lebens-

geschichte wie ein Spiel Tarockkarten vor ihn auf den Tisch gelegt habe, was dann? Ich weiß bereits, was ich bin, und ich hasse mich. Ich weiß, wenigstens teilweise, warum ich so bin; und Jung kann mir sicher dabei helfen, alles übrige zu verstehen. Die eigentliche Frage ist, was er mir in Aussicht stellen kann, damit ich mich ändere und das Morgen erträglich wird. Es ist keine ungewöhnliche Frage. Sie stellt sich täglich jedem Arzt. Was sagt man einem Patienten, Mann oder Frau, bei dem man soeben eine unheilbare Krankheit festgestellt hat? Professor Lello meinte hierzu vielsagend: »Das werden Ihnen die Patienten selbst sagen, vorausgesetzt, Sie sind klug genug zu begreifen, was sie sagen.« Aber ich erzähle Jung so viele widersprüchliche Dinge – wie kann er überhaupt verstehen, was ich meine? Wie kann ich mir selbst darüber Klarheit verschaffen? Ich habe Angst, daß ich mich, wie früher schon, plötzlich vor die Frage gestellt sehe: Leben oder Tod.
Jungs erste brutale Ermahnung war: »Ihr Leben gehört Ihnen allein, Madame; versuchen Sie nicht, mich damit zu erpressen.« Emma Jungs Warnung klang zwar menschlicher, aber nicht weniger drohend: daß der Augenblick der Offenbarung ein fürchterlicher Schock sein wird und daß ich mich ihm ganz allein gegenübersehen werde. Plötzlich wird mir die Bedeutung dieses neuen Begriffs Übertragung vollkommen klar – aber auch mein sexueller Appetit auf Carl Jung. Ich werde alles tun, wirklich alles, um ihn an mich zu binden, damit er mich im entscheidenden Augenblick nicht im Stich läßt.
Er möchte mich in anderer Kleidung sehen? Gut! Etwas Zwangloses? Die *tenue de matelot,* die Poiret für mich entworfen hat: lange Matrosenhose aus blauer Shantung-Seide, gestreifte Baumwollbluse, offene Sandalen, ein Kopftuch. Es sieht zwar eher nach Côte d'Azur als nach

Zürich, eher nach Segeltörn als nach Kaffeeklatsch im Baur au Lac aus, aber, zum Teufel auch, der Mann soll haben, was er will!

Und was meine Biographie angeht, so wird sie der Wahrheit so nahe kommen, wie es mein Erinnerungsvermögen nur zuläßt. Ich habe etwas entdeckt, und Beichten mit erotischem Einschlag fallen einem bei diesem Mann nicht schwer. Hinter der Maske des Arztes lauert ein lüsterner Bauer, der sich eine schlüpfrige Geschichte gern anhört und der weiß, daß auch Frauen sich so etwas ab und zu ganz gern anhören. Aber wenn wir der Sache auf den Grund gehen wollen und anfangen, die dunkle Seite des Mondes zu erforschen – was dann? Er steckt voller bürgerlicher Manieriertheiten und, wie ich vermute, auch voller bürgerlicher Vorurteile. Der geile, gierige Bauer kleidet sich, lebt und redet wie ein Stutzer. Wenn ich mich nicht irre, unterhält er ein veritables Dreiecksverhältnis, aber er benimmt sich dabei wie ein Bourgeois und nicht wie ein Bohémien.

Es mag natürlich sein, daß er sich kein anderes Betragen leisten kann. Gianni di Malvasia erklärte mit Bestimmtheit, daß die Psychoanalyse ein Beruf sei, in dem man nicht rasch zu Geld kommen könne. Ich frage mich, was geschehen würde, wenn ich diesem Mann einen Beutel mit Goldmünzen auf den Tisch werfen und sagen würde: »Kommen Sie, mein Freund! Wir wollen gemeinsam ein paar wirklich interessante Forschungsaufgaben lösen.« Ich vermute zunächst, daß er aufspringen, nach dem Gold greifen und aus dem Haus verschwinden würde, ohne auch nur ein Köfferchen zu packen. Vielleicht würde ich aber eines Nachts aufwachen und ihn nackt vor einem kleinen Heiligtum neben der Straße knien sehen, wo er auf das Wort des stummen Gottes wartet ... und ich wäre wahrscheinlich dumm genug, mich ebenfalls auszuziehen und neben ihn auf den Boden zu hocken.

Ich muß jetzt gehen. Wieder drehen sich die Köpfe nach mir um, während ich in meinem Matrosenanzug von Poiret durch die Halle gehe. Ich höre eine weibliche Stimme auf englisch sagen: »Mein Gott! Was für eine Frau!« Ich bin versucht, mich umzudrehen und ihr zu sagen, daß sie noch nicht einmal die Hälfte weiß – und daß ich, falls ihr Mann jemals den Wunsch verspüren sollte, sie loszuwerden, dafür genau das richtige Rezept liefern könnte.

Carl Gustav Jung
Zürich

Nach unseren gutbürgerlichen Schweizer Maßstäben ist sie wie eine französische Dirne angezogen. Für meinen persönlichen Geschmack bringt sie ihre Vorzüge wunderschön zur Geltung. Die lange Hose betont ihre schlanken Beine und ihre schmale Taille. Unter der Bluse treten ihre Brüste, die weder zu groß noch zu klein sind, voll in Erscheinung. Das Kopftuch faßt ihre Haare zusammen und läßt ihre feinen Gesichtszüge, die makellos geschnitten sind wie eine alte Kamee, deutlich hervortreten. Ich mache ihr ein Kompliment, das sie lächelnd entgegennimmt. Dann gehen wir unverzüglich an die Arbeit. Ich bitte sie, mir von ihrem Studentenleben in Padua zu erzählen und im Detail jeden Vorfall und jede Begegnung zu schildern, die für ihr späteres Leben von Bedeutung gewesen sein könnten. Ohne zu zögern, beginnt sie mit ihrem Bericht.

»Was Papa mir angetan hatte, schockierte mich schrecklich. Ich kam mir vor wie damals, als er mich wieder ins Internat zurückschickte. Auch diesmal war ich fest entschlossen, mich in dieser für mich neuen Welt des Universitätslebens zu bewähren. Sie wissen, daß in Padua Studenten aller Sprachen und Nationen zusammentrafen. Die Engländer und Schotten hatten sich längst als eine *nazione* mit Sonderrechten etabliert und konnten auf eine beachtliche Tradition zurückblicken. Die Leibärzte Heinrichs VII. sowie

Heinrichs VIII. von England hatten hier studiert. Die medizinischen Fakultäten von Leiden und Edinburgh, von Philadelphia, Columbia und Harvard haben ihre Wurzeln in Padua. Davon wurden wir gleich zu Anfang unterrichtet, und man lehrte uns, Außenstehenden gegenüber stolz darauf zu sein, notfalls auch arrogant. Unser Abschlußexamen genoß in Europa höchstes Ansehen – wenn Sie mir diese eitle Bemerkung verzeihen wollen, Herr Doktor Jung.«
Ich verzeihe ihr und freue mich, daß sie sich über derart harmlose Jugenderinnerungen so erregen kann. Ich frage mich zynisch, wie lange ihr dies wohl noch gelingen wird.
»Noch heute bin ich eine gute Wissenschaftlerin. Wenn ich eine bestimmte Aufgabe in Angriff nehme, erledige ich sie entweder gut, oder ich fange erst gar nicht an. In Padua verlangte man von den Studenten eine große Eigenverantwortung, und die Prüfungen, mündliche wie schriftliche, waren sehr schwer. Ich führte also an den Werktagen ein durchaus geregeltes Leben: Vorlesungen tagsüber, eine oder zwei Stunden im Kaffeehaus, dann nach Hause zu Lily, um zu baden, mich umzuziehen, zu Abend zu essen und dann meine Notizen auszuarbeiten. Ich war nicht auf erotische Abenteuer mit anderen Studenten aus. Ich fühlte mich zu verletzlich und hatte zu viele Geheimnisse. Ich begnügte mich, wenigstens zu Anfang, damit, den exotischen Blaustrumpf zu spielen, der mit dem Studentenmilieu noch nicht vertraut und auf das kavaliersmäßige Benehmen seiner Begleiter angewiesen war. Ich lernte jedoch sehr rasch, daß jedes männliche Wesen in Italien, wenn es erst einmal zehn Jahre zählt, so unheilbar verwöhnt ist, daß die Frau, die es einmal heiratet, die Geduld einer Griseldis benötigt. Die Professoren waren die besten der Welt, die jüngeren Dozenten jedoch waren schlecht bezahlt und von

unterschiedlicher Qualifikation. Einige ließen sich sogar dazu herbei, zur Examenszeit gegen einen Umschlag mit Banknoten gute Noten auszustellen. Man machte mir wiederholt den Vorschlag, ich könne auch in natura zahlen. Ich erwiderte dann immer, daß ich, wenn ich es nötig hätte, meinen Körper zu verhökern, um das Examen zu bestehen, mir dazu lieber den Rektor oder einen Professor aussuchen würde.«

»Aber alles in allem verlief Ihr Studentenleben ohne besondere Vorkommnisse?«

»Ja. Ich hatte eine oder zwei kleine Liebeleien; aber die führten zu nichts. Ich hatte keine Lust, jungen Männern die Grundtatsachen des Lebens beizubringen. Außerdem hatte ich noch eine Entdeckung gemacht: Liebesaffären bleiben in Italien nie geheim. Man sprach ganz offen über Namen, Daten, Orte und intimste Angewohnheiten. Ich wollte nicht zu dieser *scena* gehören.

An den Wochenenden war es anders. Von Freitag bis Montag lebte ich in einer anderen Welt: im Club della Caccia, in jenem Spielkasino in Venedig, im Theater, kurz im Gesellschaftsgetriebe. Wissen Sie, Papa hatte etwas an sich, das mir vorher nie aufgefallen war: Er hatte einen guten Namen; er hatte überall Kredit; und keine seiner Frauen hatte jemals etwas Schlechtes über ihn gesagt. Das kam Lily und mir natürlich zugute. Niemand wußte genau, welchen Platz ich in Papas Lebenslauf einnahm. Es war klar, daß über meiner Herkunft ein gewisses Fragezeichen stand, weshalb ich bei einer Party stets genügend Gesprächsstoff lieferte. Lily hatte mir den Schliff im gesellschaftlichen Umgang beigebracht. Wenn ich uns weiterhin alle Türen offenhalten wolle, müsse ich mich in der Öffentlichkeit den älteren Damen gegenüber respektvoll zeigen, mir in allen Ehren von deren Söhnen den Hof machen lassen und

mit den entsprechenden Ehemännern unter vier Augen flirten.«
»Haben Sie damals daran gedacht zu heiraten?«
»Nicht nur gedacht; ich bekam einen ernstzunehmenden Heiratsantrag.«
»Von wem?«
»Vom Erben einer sehr alten, sehr wohlhabenden venezianischen Familie. Ich glaube, einer seiner Vorfahren war Doge gewesen.«
»Aber Sie haben den Antrag nicht angenommen?«
»Doch. Warum nicht? Der junge Mann sah gut aus, war romantisch, reich und gerade so dumm, daß ich überzeugt war, mit ihm fertig werden zu können.«
»Was geschah dann?«
»Ich hatte sozusagen das Kleingedruckte übersehen. Er war katholisch, ich dagegen nichts – eigentlich Atheistin. Er mußte zuerst die Erlaubnis der Kirche einholen, um mich heiraten zu können. Das Ganze versprach ein Versteckspiel zu werden: Trauung hinter dem Hochaltar oder in der Sakristei; Unterweisung durch einen Priester, damit ich die moralischen und religiösen Überzeugungen meines Ehemannes verstand; mein Versprechen, daß alle meine Kinder im katholischen Glauben erzogen werden ... Das war zuviel für mich. Ich lehnte dankend ab. Seine Mutter war darüber so glücklich, daß sie mich umarmte und mir versicherte, ich sei ein Mädchen von edelstem Charakter. Sie werde ihrem Bruder, der Bischof war, schreiben und ihn bitten, eine Messe für mich und meine Pläne zu lesen. Da meine Pläne im Augenblick alle böse waren, sah ich den Sinn einer solchen Messe nicht ein. Ich küßte ihr jedoch die Hand und beide Wangen und fuhr nach Padua zurück.«
»Mit gebrochenem Herzen?«

»Ganz im Gegenteil. Ich war wild entschlossen, Schlimmes anzustellen. In der folgenden Woche erzählte ich die Geschichte im Caffè Pedrocchi einem Kreis von Freunden aus meinem Anatomiekurs – natürlich mit dramatischen Ausschmückungen. Diese Leute waren *spiriti liberati,* Freidenker und Antiklerikale. Einer von ihnen bot mir eine Wette an: daß ich es nicht wagen würde, zur Beichte in den Dom zu gehen. Ich fragte, was er dagegen setzen würde. Er bot an, uns alle zum Abendessen einzuladen und eine Gitarristin zur musikalischen Umrahmung zu verpflichten. Ich war einverstanden. Dann gingen die Studenten, die natürlich alle im Konvent erzogen waren, daran, mir die Regeln, vor allem aber das Reuebekenntnis beizubringen, das ich am Ende der Beichte aufsagen mußte. Es war so kurz, daß ich es in wenigen Minuten auswendig gelernt hatte. Das nächste war, ein gutes Sündenregister zusammenzustellen. Wir einigten uns auf Unzucht, Ehebruch und das, was wir mit Abartigkeiten bezeichneten. All dies mußte nach Meinung meiner Freunde zu einem interessanten Dialog mit dem Beichtvater führen, und es war Teil der Wette, daß ich hinterher meinen Freunden jedes Detail genau berichtete.«

»Und Sie haben alles durchgespielt?«

»Ohne mit der Wimper zu zucken ... Nein, das ist nicht wahr. Als es soweit war, bekam ich Angst. Ich hatte das Gefühl, mich in etwas Magisches einzumischen. Ich verspürte dasselbe später wieder, als ... aber das ist eine andere Geschichte. Lassen Sie mich erst diese hier zu Ende erzählen.«

Ich weiß nicht, wohin dies alles führen soll. Sie erzählte die Geschichte von dem Heiratsantrag und ihrer Ablehnung beinahe schnippisch, als handle es sich um reinen Klatsch. Vielleicht war es auch nicht mehr als das. Aber sie interessiert sich anscheinend stärker für diese neue Anekdote; sie spricht lebhafter, und ihre Gesten sind ausdrucksvoller. Ich nehme also nicht Stellung, sondern lasse sie weiterreden.

»Der Samstagnachmittag ist der Beichttag der Katholiken; sie reinigen ihre Seelen als Vorbereitung für den bevorstehenden Sonntag. Also begleiteten mich die Studenten am Samstag zur Kirche Il Santo und knieten mit mir auf dem Betschemel in der Nähe des Beichtstuhls. Vor mir stand schon eine längere Schlange. Ich mußte deshalb warten und wurde mit jedem Augenblick nervöser. Was alles noch verschlimmerte, war der Umstand, daß ich links vorn in einer Seitenkapelle eine lange Kette von Pilgern sehen konnte, die am Grabmal des heiligen Antonius vorbeizogen, die Steine berührten und küßten, als teile sich der Zauber des Wundertäters ihren Lippen und Fingerspitzen mit. Es war ganz unheimlich. Diese Gläubigen waren wirklich überzeugt, daß sie mit dem längst verstorbenen Heiligen in Verbindung standen und sich darauf verlassen konnten, daß er ihre geflüsterten Gebete hörte. Als schließlich die Reihe an mir war, den Beichtstuhl zu betreten, wäre ich am liebsten davongerannt und hätte die Wette bezahlt. Aber die jungen Leute wollten nichts davon wissen. Sie schoben mich vorwärts, und im nächsten Augenblick befand ich mich im Inneren des Beichtstuhls.«

Jetzt geschieht etwas Merkwürdiges. Sie steht auf und beginnt, mir die Szene vorzuspielen. Ich bin für sie der Priester, sie kniet sich neben meinem Sessel auf den Boden und legt die Hände auf die Armlehne.

»Der Priester saß, wo Sie jetzt sind; nur war er hinter einem kleinen Gitter fast verborgen. Er hatte den Kopf gebeugt und stützte das Kinn in die Hand. Seine Augen konnte ich nicht sehen, aber ich konnte riechen, was er zu Mittag gegessen hatte: unter anderem Knoblauch. Ich kniete nieder, so wie jetzt, ich bekreuzigte mich und sagte, wie ich es von meinen Freunden gelernt hatte: ›Segnet mich, Vater, denn ich habe gesündigt. Ein Jahr ist seit meiner letzten Beichte vergangen. Ich möchte meine Sünden in Demut bekennen.‹ Er fragte mich nach meinen Sünden. ›Oh, ich habe mit vielen Männern geschlafen. Der Mann, mit dem ich jetzt schlafe, ist verheiratet. Manchmal tue ich es auch für Geld, und dann wollen meine Kunden oft ... hm ... merkwürdige Sachen.‹ Dann kam eine große Überraschung. Er fragte mit sanfter Stimme: ›Hast du keine andere Möglichkeit, deinen Lebensunterhalt zu verdienen? Mußt du dich selbst verkaufen?‹ Darauf war ich nicht vorbereitet. Ich murmelte etwas, wie schwer es sei, Arbeit zu finden. Er sagte: ›Wenn es dir ernst damit ist, geh zum Spital der Barmherzigen Schwestern. Ich weiß, daß sie Küchenmädchen und Putzfrauen für die Krankenstationen suchen. Es ist keine leichte Arbeit, aber du bist dann wenigstens unabhängig.‹

Dann hielt er mir einen kleinen Vortrag über die Abkehr von meinem gegenwärtigen Leben und das Vertrauen in Gottes Barmherzigkeit. Er befahl mir, das Reuebekenntnis noch einmal zu wiederholen, schlug das Kreuz über meinem Kopf und sagte, ich solle in Frieden gehen und mich bessern. Als ich aus der Kirche ins Freie trat, drängten sich die jungen Burschen um mich und wollten wissen, wie es gewesen sei. Ich versuchte, dem Vorgang eine komische Seite abzugewinnen, aber es gelang mir nicht. Ich hätte wirklich gern geglaubt, daß jemand die Vergangenheit eines anderen mit ein paar Zauberworten einfach auslöschen kann. Albern, nicht wahr?«

Sie sagt es mit einem Lachen, aber sie ist den Tränen nahe. Ich bin versucht, ihr Gesicht zwischen meine Hände zu nehmen und sie auf die Lippen zu küssen, um sie zu trösten; aber ich wage es nicht. Ich bin schon einmal in eine solche Falle gegangen. Erst wollte sie, daß ich die Rolle ihres Papas übernehme, jetzt soll ich den Beichtvater spielen. Es würde mich reizen, aber ich bin ihr einziges Bindeglied zur Realität; ich kann nicht ihr zuliebe meinen eigenen Halt aufgeben. Ich helfe ihr beim Aufstehen und bitte sie, sich wieder zu setzen.

Sie schmollt wie ein enttäuschtes Kind und klagt: »Ihnen gefällt meine Geschichte nicht. Habe ich sie schlecht erzählt? Es ist wirklich so gewesen.«

Sie gibt sich wie ein kleines Mädchen, was gar nicht zu ihrer üblichen Persona paßt, so daß ich einen Augenblick fürchte, sie will sich unbewußt abkapseln, um einer unerfreulichen Realität zu entgehen, auf die sie im weiteren Verlauf des Gesprächs noch kommen muß. Ich wende das altbewährte Gegenmittel an – eine gehörige Schelte.

»Zum Donnerwetter, lassen Sie doch diese dummen Tricks! Sie sind eine erwachsene Frau. Ihre Geschichte ist faszinierend, aber sie brauchen sie nicht aufzuputzen wie ein Ammenmärchen für Ihre Püppchen.«

Wie ich gehofft hatte, ist sie wütend und fährt mich an: »Zum Teufel noch mal! Reden Sie nicht so mit mir! Sie wissen gar nicht, wie schwer es mir fällt, Ihnen das zu geben, was Sie wollen!«

»Das ist der springende Punkt. Sie machen es sich unnötig schwer, denn ich *will* überhaupt nichts. Was wir beide brauchen, ist die Wahrheit – und je einfacher Sie sie erzählen, desto besser. Machen Sie sich keine Gedanken darüber, wie ich auf Ihren Bericht reagieren werde und warum gerade so. Das ist meine Angelegenheit. Was würden denn Sie sagen, wenn sich einer Ihrer Patienten nicht damit begnügte, Ihnen seine Symptome zu schildern, sondern unbedingt auch die Diagnose stellen wollte? Verstehen Sie mich?«

Ja! Ja! Sie verstehe mich, aber ich müsse auch sie verstehen. Noch nie habe sie vor einem anderen Menschen so offen über sich gesprochen. Wenn sie zu schauspielern beginne, dann aus einer Panikstimmung heraus und nicht deshalb, weil sie sich in Positur setzen wolle. Wir schließen also wieder einen Waffenstillstand. Ich erinnere sie daran, daß sie eine spätere Geschichte erwähnt habe, eine Begebenheit, die etwas mit Magie zu tun habe.

»Magie? O ja, jetzt fällt es mir ein.« Sie schlüpft wieder in eine andere Haut, wird wieder zum gelehrten Blaustrumpf, der über ein bestimmtes Geheimwissen verfügt. Ich warte respektvoll. »Haben Sie jemals *caffè alla Borgia* getrunken?«

»Meines Wissens nicht. Was ist denn das?«

»Es ist Kaffee, Apricot Brandy, Sahne und Zimt. Er wurde regelmäßig bei den monatlichen Zusammenkünften der Michaels-Gesellschaft getrunken.«

Jetzt beginnt also ein neues Kapitel. Ich sage ihr, ich hätte von einer Michaels-Gesellschaft noch nie etwas gehört. Sie freut sich über ihren kleinen Sieg.

»Aber Sie kennen doch den Mann, nach dem sie benannt ist?«

»Wieso?«

»Sie haben seine Werke auf Ihrem Regal.«

»Tatsächlich?«

»Allerdings! Es ist Michael der Schotte, dreizehntes Jahrhundert. Er übersetzte Aristoteles aus der arabischen Version des Averroës und lehrte in Toledo, Salamanca und Padua. Er galt als Hexenmeister. Drei seiner Werke sind erhalten geblieben: das über die Physiognomie, über die Entstehung des Menschen ...«

»... und über die Alchemie.« Ich beeile mich, selbst die Antwort zu geben, und lasse mich dadurch in das Spiel hineinziehen. »Natürlich! Und Padua war schon immer als ein Zentrum der Alchemie und der Schwarzen Kunst bekannt.«

»Bravo!« Sie klatscht Beifall und beginnt sofort, die Geschichte zu verbrämen. »Haben Sie gewußt, daß es sogar eine Version der Faust-Legende gibt, in der ein Scholar aus Cambridge namens Ashbourner seine Seele an den Teufel verkauft, um damit den Doktorgrad der Theologie von Padua zu bekommen? Als er versuchte, sich seiner Verpflichtung zu entziehen, fand man ihn ertrunken im Cam.«

»Und wie sind Sie darauf gestoßen?«

»Ich bin nicht darauf gestoßen, ich habe darüber gelesen. Zum Studium in Padua gehörten nicht nur Vorlesungen in allgemeiner Medizin und Chirurgie, sondern auch in Literatur. Die Michaels-Gesellschaft wurde zu Lebzeiten meines Vaters gegründet. Sie galt als eine Vereinigung von Wissenschaftlern, die sich für okkulte Phänomene interessierten. In Wirklichkeit versteckten sich dahinter gegen das Haus Habsburg gerichtete antiklerikale Aktivitäten. Zu meiner Zeit war sie zwar noch immer antiklerikal eingestellt, hatte aber einen ziemlich frivolen Anstrich bekommen. Ihre Mitglieder befaßten sich mit Hexerei, Teufelskult und der Wiederbelebung uralter Riten. Denken Sie daran, wie sehr dies alles damals Mode geworden war und welches Aufsehen Huysmans mit seinem Roman ›Gegen den Strich‹ erregte!«

Ich bin mir plötzlich bewußt, daß sie nicht einfach die Rolle eines Blaustrumpfes spielt. Sie ist tatsächlich außerordentlich belesen und versteht es, ihre Lektüre in größere Zusammenhänge einzuordnen. Ich bin mir jedoch noch immer nicht klar, wohin diese Geschichte führen soll.

»Aber mir war immer etwas unbehaglich zumute«, fährt sie fort, »obwohl ich nicht ungern mitmachte. Als Glaubenslose mußte ich einsehen, daß alles sowieso nur Mummenschanz war, zumal die Zusammenkünfte meistens in einer Art Orgie endeten. Wir trafen uns vorwiegend in einem Landhaus bei Abano und feierten unsere Zeremonien in einer verlassenen Kapelle, die auf dem Grundstück stand. Die einzige Rolle, vor der ich mich scheute, war die der nackten Frau, die während der Schwarzen Messe auf dem Altarstein lag. Erstens gefiel mir der Mann nicht, der den Satan spielte, und zweitens hatte ich das vage Gefühl, daß wir ein gefährliches Spiel mit dem Feuer trieben. Ich merkte nicht, daß die Gefahr in mir lag und nicht von außen drohte.«

Sie stockt. Ich warte. Wenn sie diese Sperre ohne mein Zutun durchbrechen kann, haben wir einen großen Fortschritt erzielt. Schließlich gelingt es ihr, wenn auch auf Umwegen.

»Sie haben heute vormittag gesagt, meine Geschichte sei widersprüchlich: eine glückliche Kindheit, eine glückliche Ehe und dann ein, wie Sie es nannten, ›ausschweifendes Geschlechtsleben, das seinem Wesen nach sadistisch ist‹. Erinnern Sie sich?«

Ich erinnere mich allerdings. Ich war mir aber nicht bewußt, daß sie sich dies so zu Herzen genommen hatte.

»Also fragte ich mich immer wieder: Wo fing alles an? Wie fing es an? Es klingt vielleicht übertrieben, aber ich denke, es fing mit der Michaels-Gesellschaft an.«

»Mit den Schwarzen Messen?«

»Nein, mit etwas anderem. Haben Sie hier Unterlagen über die Ausgrabungen von Pompeji – Bildmaterial, meine ich?«

Ich bin dessen sicher. Mein Interesse an der Archäologie

hat nie nachgelassen. Ich finde den Band. Wir blättern darin. Schließlich stutzt sie bei den Seiten, die von der Villa dei Misteri handeln, wo die Fresken angeblich eine Szene aus dem Isis-Kult darstellen. Zu den auffallendsten Bildern gehört das einer jungen Frau, die nackt über dem Knie einer Priesterin liegt und von einer Gehilfin ausgepeitscht wird. Ich werfe einen Blick auf meine Patientin. Sie ist bleich und verstört. Ihre Stimme bebt.

»Das ist es! Wir haben diese Zeremonie während einer unserer Zusammenkünfte in Abano durchgespielt. Ich war diejenige, welche die Peitsche schwang. Ich ... ich war erstaunt, wie sehr mein Opfer und ich daran Gefallen fanden. Sie studierte Bildhauerei an der Kunstakademie. Es war der Beginn einer Affäre zwischen uns beiden, die fast ein Jahr dauerte. Damals wollte ich dieses Erlebnis nicht weiter ausdehnen. Wir fanden andere Spiele. Aber später, als die große Krise meines Lebens eintrat, war ich vermutlich schon entsprechend vorbereitet. Seltsam, daß ausgerechnet eine religiöse Handlung dabei eine Rolle spielen sollte!«

»Das ist gar nicht so seltsam.« Ich taste mich in diesem Augenblick vorsichtig an sie heran. Sie arbeitet mit mir zusammen und nicht gegen mich, wie es so viele Patienten in der ersten Phase der Analyse zu tun pflegen. Deshalb versuche ich, sie an meinen Beobachtungen und Einsichten teilhaben zu lassen. »Religion, Sexualität und Leiden bilden die vielleicht beständigste Dreieinigkeit des menschlichen Erlebens. Denken Sie einen Augenblick darüber nach! Die Religion, die wir bereits zusammen umrissen haben, handelt von Mysterien: vom Mysterium unseres Ursprungs und Endes, unseres Verhältnisses zum Kosmos, vom Mysterium des Schmerzes. Welchem Symbol begegnen Sie in jeder christlichen Kirche? Dem Kruzifix: dem Leib eines geschundenen Mannes, der an ein Holzkreuz genagelt ist. Sexualität ist zugleich gottähnlich und animalisch. Sie steht am Beginn des Lebens. Sie ist aber auch ein kleiner Tod. Die Raserei von Liebenden ist nicht weit von jener Raserei entfernt, die mit Vergewaltigung und Gemetzel einhergeht. Als ersten Impuls empfindet der enttäuschte Liebhaber den Wunsch, der Geliebten Schmerzen zuzufügen. Schauen Sie sich die Bilder von Hieronymus Bosch an, und Sie werden sehen, wie hier das Lust-Schmerz-Prinzip zu einer sexuellen Vision der Hölle verzerrt worden ist.«

»Genau dieses Gefühl habe ich bis vor kurzem gehabt: Die Hölle war ein Irrenhaus, und ich war darin eingesperrt.«

Es ist das schlichteste und treffendste Eingeständnis, das sie seit dem Beginn unserer Sitzung gemacht hat. Ich beschließe, diesen Faden noch eine Weile weiterzuspinnen, gesprächsweise Köder auszulegen und zu beobachten, wie sie darauf reagiert.

»Lassen Sie mich eine Frage stellen. Sie mag beleidigend klingen, ist aber nicht so gemeint. Sie haben mehrmals, ganz ruhig und offen, von Ihren sexuellen Beziehungen zu Frauen gesprochen. Gewalt scheidet dabei aus. Sie empfinden tiefe Befriedigung bei einer solchen Begegnung. Ihre Beziehungen zu Männern sind dagegen von Aggressivität und Gewalt geprägt. Fühlen Sie sich zwischen den beiden Geschlechtern gespalten? Empfinden Sie sich vielleicht teils als Frau, teils als Mann?«

»Nein, keineswegs.« Sie spricht mit Nachdruck, bleibt aber ganz ruhig. »Ich verstehe mich als ganzen Menschen, voll als eine Frau. Meine Neigungen sind nicht jedermanns Sache, aber sie gehören zu mir, und ich bin ich.«

»Sind Sie mit diesem Ich zufrieden?«

»Nein, das wissen Sie doch. Ich habe furchtbare Angst.«

»Wovor?«

»Daß dieses Ich ein unheilbarer Unglücksfall ist. Sie wissen, was Mißgeburten sind. Keinem Mediziner sind sie fremd. Es sind hoffnungslose Fälle – jenseits der Vernunft, jenseits der Liebe, oft sogar jenseits der Fürsorge. Ich komme mir selbst so vor.«

»Und aus diesem Grunde klammern Sie sich an verschiedene religiöse Ideen, weil die Aufnahme in eine religiöse Gemeinschaft mit der Wiedergeburt verknüpft ist. Man zieht den alten Adam aus und den neuen Christus an. Aus Eva, die den Sündenfall herbeigeführt hat, ist Maria, die Mutter Gottes, geworden, die den Heiland geboren hat.«

Nach einem längeren Stillschweigen erhebt sie sich aus ihrem Sessel, kommt zu mir und küßt mich auf die Stirn. Ich streiche ihr über die Wange und frage: »Wofür war das?«

»Um Ihnen für Ihr Verständnis zu danken. Es tut mir leid, daß ich so barsch zu Ihnen gewesen bin.«

Eine leise Alarmglocke beginnt in meinem Kopf zu läuten. Ich sage ihr, daß ich nur einen Teil verstünde, aber nicht das Ganze. Wir hätten noch einen langen Weg vor uns. Keiner von uns beiden könne sich Selbstgefälligkeit leisten.

»Zum Beispiel diese Bildhauerin, mit der Sie die Flagellantenszene darstellten und mit der Sie dann eine Liebesbeziehung begannen – können Sie mir mehr über sie erzählen?«

»Sie hieß Alma de Angelis und war fünfundzwanzig. Sie kam aus dem Süden, aus Capua, wenn ich mich recht entsinne. Sie war klein und dunkel, hatte lange, glänzende schwarze Haare und wundervolle Augen, die für ihr Gesicht zu groß zu sein schienen. Die Bildhauerei ist, wie Sie wissen, die mühevollste der schönen Künste. Man arbeitet in Stein, Holz oder Bronze, und die rein körperliche Anstrengung ist enorm. Besonders deutlich erinnere ich mich an ihre Hände. Sie waren hart und rissig wie die eines Schwerarbeiters. Ich fragte Alma, warum sie eine so anstrengende Arbeit verrichten wolle. Sie erzählte mir, ihr Vater sei Steinmetz und mache aus Marmorblöcken Grabdenkmäler. Sie sei das einzige Kind. Er habe sich eigentlich einen Sohn gewünscht, an den er seine Kunstfertigkeit weitergeben könne und der einmal etwas Besseres tun solle als weinende Engel in Grabsteine meißeln. Deshalb kratzte er alles Geld zusammen, um Alma zum Studium nach Padua schicken zu können. In dieser Hinsicht war sie mir also sehr ähnlich, nur daß sie sich als echte Süditalienerin davor fürchtete, nach Hause zurückkehren und beichten zu müssen, daß sie ihre Jungfernschaft verloren hatte. Deshalb war sie für dieses Verhältnis, das wir miteinander hatten, besonders geeignet, und ich versprach ihr, daß ich, bevor sie heimkehrte, auf die übliche chirurgische Art und Weise ihr Jungfernhäutchen reparieren würde. Wir trennten uns jedoch lange davor und verloren uns aus den Augen.«

»Waren Sie glücklich während dieser Beziehung?«

»Ich glaube, ja. Es war wie so oft: himmelhoch jauchzend, zu Tode betrübt. Große Eifersuchtsszenen, Schmollen und Mißmut. Sehr italienisch! Auf beiden Seiten war nicht alles ohne Berechnung. Durch sie lernte ich das Künstlermilieu der Maler, Bildhauer und Handwerker aller Schattierungen kennen. Ich ließ sie einen Anflug von Luxus erleben, den sie nie gekannt hatte und den sie sich nie hätte leisten können. Lily verwöhnte sie und schickte ihr, wie ich später feststellte, noch lange nach unserer Trennung immer wieder Geld.«

»Mir fällt auf, wenn Sie mir verzeihen wollen, daß Sie alle diese Vorgänge mit großem Gleichmut erzählen, ganz anders als die Dinge aus Ihrer Kindheit. Woran liegt das?«

»Weil ich zu dieser Periode eine ganz andere innere Einstellung habe. Nach jener schrecklichen Szene mit Papa faßte ich den Entschluß, daß sich niemand wieder meine Gefühle zunutze machen dürfe. So wurde ich gewissermaßen zur Schauspielerin. Ich konnte lachen, weinen, lieben, mich auf jede nur denkbare Weise amüsieren; aber nur wenn ich bei Lily zu Hause war, nahm ich die Maske ab und wurde wieder zu meinem eigentlichen Ich. Ich wußte alles von ihr, sie wußte alles von mir, und wir liebten uns noch immer. Wenn ich jemals an ihr gezweifelt hätte, wären alle Bedenken durch das Bild ausgeräumt worden, wie sie mit geschürztem Nachthemd über den Flur rannte und Papa einen Fußtritt in die Hoden versetzte.«
Sie spricht mit solcher Genugtuung, daß wir beide lachen müssen. Ich benutze diesen Augenblick der Entspannung, um einen weiteren Gedanken zur Sprache zu bringen.
»Ist es Ihnen jemals aufgefallen, daß Sie in Padua genau dasselbe Leben zu führen versuchten, wie Sie es in Silbersee genossen hatten? Ihre Wohnung war auch dort ein privates Paradies, zu dem nur wenige Auserwählte Zutritt hatten, oder?«
»Natürlich.« Sie macht keine Einwände und geht sogar noch weiter. »Wissen Sie, Kinder, die in einer großen Familie aufwachsen und mit Gleichaltrigen zur Schule gehen, haben Glück. Während sie heranwachsen, werden sie als Mitglieder einer Gruppe akzeptiert. Sogar ihre Torheiten liegen offen zutage, und ihre Streiche gehören zum Erinnerungsgut ihrer Umgebung. Bei mir war alles ganz anders. Ich stellte die Außenseiterin dar. Ich wußte schon sehr früh, weil Lily und Papa es mir gesagt hatten, daß alle meine Privilegien von absoluter Diskretion abhingen. Ich fing sozusagen mit einer Schuld an: Meine Mutter war weggelaufen und nie wieder zurückgekommen. Später

hatte ich natürlich viele Geheimnisse; meine sexuellen Erfahrungen daheim, meine Abenteuer im Internat und dieses ganze Treibhausklima, das mein Schuldbewußtsein nur noch verstärkte, weil ich es mit niemandem teilen konnte.«

Es liegt mir auf der Zunge, ihr vorzuhalten, daß sie bei unserer Sitzung am Vormittag besonders betont hatte, ein Schuldgefühl sei ihr völlig fremd. Glücklicherweise halte ich mich zurück und sage nichts. Sie nimmt unsere frühere Diskussion über Glauben und Vergebung wieder auf.

»Glauben Sie, daß es für mich eine religiöse Lösung gibt?« fragt sie mich rundheraus.

»Wenn Sie eine solche wollen, führt wahrscheinlich auch ein Weg dorthin.«

»Das verstehe ich nicht.«

»Ich will es Ihnen erklären. Sie können sich irgendeiner religiösen Gruppierung, die es auf der Erde gibt, anschließen: den Moslems, Buddhisten, Calvinisten, Katholiken, Lutheranern, Quäkern; die Liste ist endlos. Sie wenden sich an einen Geistlichen, so wie die Leute zum Beispiel zu meinem Vater kamen, und sagen: ›Bitte, ich bin verloren und wandle in Finsternis. Man hat mir gesagt, ihr Bekenntnis habe das Licht. Wollen Sie mich daran teilhaben lassen? Ich bin unrein, ich möchte gereinigt werden.‹ Die Antwort wird überall die gleiche sein: ›Ja, wir haben das Licht. Wir sind bereit, dich daran teilhaben zu lassen. Für den Bußfertigen gibt es immer Vergebung und ein neues Leben. Tritt ein! Wir werden dich unterweisen. Wenn du bereit und der Gnade würdig bist, werden wir dich in die Gemeinschaft der Auserwählten aufnehmen.‹ «

»Aber welcher Gemeinschaft soll ich mich anschließen? Welcher Weg ist der richtige? Wessen Gott ist der wahre Gott?«

»Falls es einen solchen gibt.«
»Richtig! Falls es einen solchen gibt. Aber ich habe Menschen gesehen, die mit ihren religiösen Überzeugungen ausgeglichen, glücklich und vollkommen in Frieden gelebt haben.«
»Erzählen Sie mir von denjenigen, die den größten Eindruck auf Sie gemacht haben.«
»Machen Sie sich über mich lustig?«
»Da sei Gott vor! Aber bei dieser Art von Analyse sind selbst die kleinsten Einzelheiten wichtig.«
»Also gut! Hier ist ein Beispiel. Während unserer Zeit in Padua wurden wir häufig von Bettelmönchen und Nonnen aufgesucht, die für verschiedene wohltätige Zwecke sammelten: Spitäler, Waisenhäuser, Zufluchtsstätten für gefallene Mädchen. Die Mönche kamen einzeln, die Nonnen immer zu zweit – eine junge und eine ältere. Am liebsten hatte ich zwei Schwestern aus einem im Zentrum der Stadt gelegenen Heim für Findelkinder. Die ältere war eine füllige Frau mit rundem Gesicht, die wie eine Waschfrau aussah und auch so redete. Die jüngere schien besonders hübsch zu sein. Ihre Haut war weiß wie Milch. Sie sah aus, als wäre sie gerade aus einer Keramik von della Robbia herausgetreten.
Lily und ich luden die beiden immer zu Kaffee und Apfelkuchen ein. Sie freuten sich, ihre Füße nach dem langen Marsch durch die Stadt ausstrecken zu können. So lernten wir sie recht gut kennen. Die ältere war genau das, was sie zu sein schien: die Tochter eines Bauern aus der Gegend von Ferrara. Die andere war das Kind eines Richters aus Siena. Ihr geistlicher Name war Schwester Damiana. Sie war sehr gebildet, sprach Englisch, Französisch und Deutsch und spielte wunderschön Klavier.
Als ich sie fragte, was sie zum Eintritt in den Konvent ver-

anlaßt habe, gab sie mir eine höchst merkwürdige Antwort. ›Ich wurde gerufen. Ich habe gehorcht.‹ Als ich sie fragte, wie sie gerufen worden sei – durch eine Stimme oder eine Trompete oder ein himmlisches Posthorn –, lachte sie und sagte: ›Es ist, wie wenn man sich verliebt. Mit Worten läßt sich das nicht beschreiben.‹ Auf meine Frage, ob sie je geliebt habe, sagte sie, ja, sie sei sogar verlobt gewesen, aber ihr Bräutigam sei einen Monat vor der Hochzeit gestorben.

Sie redete mich mit *dottoressa* an, und als die große Typhusepidemie in Padua ausbrach, bat sie Lily und mich um Hilfe bei der Pflege der Kinder im Heim. Alle Medizinstudenten der höheren Semester wurden zum öffentlichen Gesundheitsdienst eingezogen; als ich in das Heim für Findelkinder kam, war ich oft bereits acht bis zehn Stunden auf den Beinen gewesen. Aber die Hingabe dieser Frauen, besonders meiner jungen Freundin, beschämte mich und hielt mich aufrecht. Wenn ich es mir genau überlege, war sie der einzige Mensch, der mich jemals beschämt hat, ohne auch nur ein Wort zu sagen.«

»Haben Sie jemals vertrauliche Geständnisse mit ihr ausgetauscht?«

»Über mein Leben? Nie. Damiana hat nie danach gefragt; und was ich ihr hätte sagen können, war kaum für die Ohren einer Nonne bestimmt. Aber kurz bevor die Epidemie abklang, kam ein ganz merkwürdiger Tag. Ich saß in einem der Schlafsäle auf einer Bettkante und versuchte, einem kleinen Kind, das nicht mehr zu retten war, mit einem Löffel etwas Flüssigkeit einzuflößen. Innerlich tobte ich wegen der Dummheit und Ignoranz, die zum Ausbruch einer solchen Seuche geführt hatten. Damiana kam, legte mir die Hand auf die Stirn und sagte leise: ›Solch stürmische Gedanken! So viel Zorn! Solch ein hungriges Herz! Bleib ruhig! Zur gegebenen Zeit kommt die Liebe auch zu dir.‹ Ich brach in Tränen aus, und sie drückte mich an sich, bis ich mich wieder beruhigt hatte. Ich weiß noch, daß ich damals durch das rauhe Tuch ihrer Tracht ihre Brüste gar nicht spüren konnte.«

»Blieben Sie länger mit ihr in Verbindung?«

»Sie starb in dem Jahr, ehe ich Padua verließ. Sie hatte Tbc, aber sie hätte gerettet werden können. Seit damals hasse ich diese primitiven geistlichen Orden. Vielleicht sind sie jetzt besser, aber in Italien ging es ihnen damals nur darum, die Armen zu retten – ihre eigenen Mitglieder aber setzten sie durch Unterernährung, Überarbeitung und unmenschliche Gleichgültigkeit aufs Spiel.«

Zum erstenmal ärgert sie sich über andere statt über sich selbst. Ich begnüge mich mit der ruhigen Bemerkung: »Sie haben sie offenbar sehr gern gehabt.«

»Ich habe sie geliebt. Ich liebte sie auf eine Art und Weise, die ich weder vorher noch nachher erlebt habe. Gott sei Dank wußte sie nicht, was für eine Frau ich war!«

»Vielleicht doch.«

»Ausgeschlossen. Sie starb zu früh. Wahrscheinlich sollte ich froh darüber sein.«

Sie ist den Tränen nahe. Ich merke, wie schwer es ihr fällt, sie zurückzuhalten. Schließlich ringt sie sich ein halbes Lächeln ab und verlangt, daß wir das Thema wechseln.

»Meinetwegen. Was können Sie mir sonst noch über ihr Leben in Padua erzählen, sofern es für Sie von Bedeutung war?«

»Von Bedeutung? Das ist ein schwerwiegendes Wort. Von Bedeutung ... Lassen Sie mich nachdenken. Schön, zunächst einmal wurde ich eine gute Ärztin. Ich begriff, worum es in diesem Beruf ging. Ich war geschickt in der Chirurgie und präzise bei meinen Diagnosen. Professor

Lello meinte, ich hätte alles, was einen großen Arzt ausmacht – außer Herz. Er hatte recht. Mich plagte immer die Vorstellung, daß die ganze Medizin letzten Endes verlorene Liebesmüh sei. Alle unsere Patienten sterben zu guter Letzt. Wir begraben unsere Erfolge und unsere Mißerfolge im selben Grab.«

Dieser letzte Satz hat etwas Merkwürdiges an sich, aber ich kann mir wirklich nicht vorstellen, was es genau ist. Ich komme mir vor, als hörte ich in der Ferne eine Glocke, die einen kleinen Sprung hat. Dann stelle ich eine der Fragen, die ich auf meiner Liste habe.

»Warum haben Sie den Arztberuf schließlich aufgegeben?«

Sie sieht mich leicht überrascht an.

»Oh! Ich dachte, das hätte ich schon erklärt. Ich pflegte meinen Mann während des Endstadiums seiner Krankheit. Das war für mich ein Mißerfolg zuviel.«

Mich würde noch immer interessieren, welche Erfolge und Mißerfolge sie in demselben Grab begrub. Aber wie dem auch sei – ich mache mir eine Notiz und hoffe, daß sich später alles von selber klären wird. Ich frage sie, ob sich aus der Zeit in Padua noch weiteres aufschlußreiches Material zutage fördern lasse.

»Weiteres Material? O ja! Lily hatte ein ganz dickes Liebesverhältnis. Es dauerte zwar nur ein Jahr – sogar noch kürzer –, aber es war eines der erstaunlichsten Erlebnisse, die Lily je gehabt hatte. An einem Wochenende ritten wir durch das Hügelland und kamen zu dem kleinen Dorf Arqua. Lily, die den Baedeker sogar im Bett bei sich hatte, erklärte, in diesem Ort stehe das Haus, wo Petrarca während seiner letzten Lebensjahre gewohnt habe, und die Unterschriften von Lord Byron und Teresa Guiccioli seien im Gästebuch zu finden.

Wir fanden Petrarcas Haus, das hoch oben auf einer Anhöhe stand, sowie die mumifizierte Katze des Dichters in einem Glaskasten über dem Türbalken. Wir fanden auch Byrons Signatur und die von Teresa. Wir gingen in dem kleinen Garten spazieren und hatten einen herrlichen Blick auf die vielen Weinberge. Gerade als wir wieder aufsitzen wollten, um den Heimweg anzutreten, kam Lilys große Liebe auf einem prächtigen Braunen angeritten.«

Sie genießt diesen Teil der Geschichte offenbar, deshalb lasse ich sie den dramatischen Effekt voll auskosten.

»Es war ein wunderschönes Pferd, und auch der Reiter war höchst ungewöhnlich. Er war nicht jung – wie wir später feststellten, war er Ende Sechzig –, aber er saß kerzengrade im Sattel wie ein Fürst und trug den Kopf hoheitsvoll, fast arrogant wie Donatellos Gattamelata vor dem Dom zu Padua. Sein hageres Gesicht zierten ein langer Kinnbart und ein dichter, nach unten gedrehter Schnurrbart. Er hatte eine gewaltige Adlernase, dunkle, durchdringende Augen und schmale Lippen, die nur selten lächelten und immer einen Anflug von Grausamkeit erkennen ließen. Er zügelte das Pferd und begrüßte uns auf italienisch.

Lily starrte ihn einen Augenblick fassungslos an und erklärte dann in reinstem Lancashire-Dialekt: ›Mein Gott! Ich kenne Sie!‹

Der Fremde lächelte, und in seine dunklen Augen trat ein jungenhaftes Zwinkern.

›Tatsächlich, Madame? Dann sagen Sie mir, um alles in der Welt, wer ich bin. Ohne das zu wissen, möchte ich ungern in die Grube fahren.‹

›Sie sind – Sie sind dieser Forscher oder so. Richard ... Verzeihung, Sir Richard Burton. Ich habe Ihr Bild in der ›Times‹ gesehen.‹

Er nahm mit theatralischer Geste den Hut ab und bedankte

sich überschwenglich: ›Madame, Sie haben mich vor einer Katastrophe bewahrt. Ich bin in der Tat dieser Forscher oder so, gegenwärtig Konsul Ihrer Britischen Majestät in Triest. Sie sehen mich gerade auf Urlaub von meinem Posten, losgekettet von meinem Schreibtisch und dankbarerweise vorübergehend getrennt von einer Gemahlin, die ich herzlich liebe, die ich aber nicht länger als vier Wochen hintereinander ertragen kann, was nicht ihre Schuld ist. Ich bin nämlich ein ziemlich unerträglicher Gatte.‹
Danach stellte Lily sich und mich beinahe atemlos vor. Wir wandelten ein zweites Mal durch Petrarcas Haus und Garten und standen andächtig unter den Feigenbäumen, während unser neuer Bekannter zwei der Sonette an Laura deklamierte. Dann ritten wir mit ihm zum Club zurück, um dort unsere Pferde abzugeben und unseren Kutscher mit dem Wagen zu treffen. Zielstrebig lud Lily Burton zum Abendessen ein. Er nahm an. Während der Mahlzeit war er reizend, ja sprühend. Er erzählte herrliche Geschichten über seine frühere Zeit im Sindh, seine Forschungsreise mit Speke, die unter einem Unstern gestanden habe, und so viele andere Histörchen, daß Lily und ich, als er uns schließlich verließ, in Wonne und Seligkeit schwammen.
Beim nächsten Besuch, der nur achtundvierzig Stunden später stattfand, erlitt er einen heftigen Malariaanfall. Wir brachten ihn in Papas Zimmer zu Bett. Ich untersuchte ihn. Es war offensichtlich ein chronischer Fall. Leber und Milz waren stark vergrößert. Ich verschrieb ihm Medikamente, und Lily pflegte ihn. Als er sich so weit erholt hatte, daß er wieder reiten konnte, war Lily seine Geliebte geworden. Auf meine Vorwürfe hin gab Lily zurück: ›Was hast du denn erwartet? Er bedrängt mich, und ich bin für ihn bereit. Was seine Frau angeht, so hat sie bestimmt noch ganz andere Konkurrenz als mich. Er hat alles mitgemacht und al-

les gesehen. Gott sei Dank bin ich erfahren genug, um ihm etwas bieten zu können!‹
Und dann – es war eine zärtliche, eigentlich traurige Geste – nahm sie meine Hände, drückte sie an ihre Brust und bat mich inständig: ›Bitte, geliebte Magda! Du wirst doch nicht versuchen, ihn mir wegzunehmen, oder?‹ Ich schwor, ich würde es nicht tun, und es war mein Ernst. Er war zu alt für mich, und ich fürchtete mich vor ihm, so merkwürdig das klingt. Er wußte zuviel von der Welt. Er hatte, als arabischer Arzt verkleidet, die Pilgerfahrt nach Mekka mitgemacht. Er hatte die verbotene Stadt Harar in Äthiopien betreten. Er hatte für Napier im Sindh Kundschafterdienste geleistet und durch einen Bericht über die männliche und weibliche Prostitution in Karatschi einen Skandal erregt, der ihn bis an das Ende seiner Laufbahn verfolgte. Er besaß keine nennenswerten moralischen Grundsätze. Er hatte Menschen getötet und beschäftigte sich mit der Übersetzung zweier erotischer Klassiker der arabischen Welt: ›Tausendundeine Nacht‹ und ›Der duftende Garten‹. Ich hatte immer das Gefühl, er könne in meinen Kopf schauen und lache über das, was er dort sehe.
Lily gegenüber benahm er sich ganz anders. Er liebte ihre Robustheit und ihre unverblümten Bemerkungen. Wenn er zu ausgelassen war oder sich sinnlos betrunken hatte, brachte sie ihn wüst schimpfend wieder zur Räson. Er kam zu jeder Tages- und Nachtzeit, und er ging, wann er wollte, aber in seinen Taschen steckten immer merkwürdige Geschenke: ein Armband aus Elefantenhaar, ein Amulett aus geschnitztem Bernstein, ein Siegelring von irgendeinem Goldschmied auf dem Balkan.
Eines Tages erschien er kurz vor Mittag. Lily war mit dem Mädchen ausgegangen, um Obst und Gemüse einzukaufen. Ich leistete ihm bei einer Tasse Kaffee Gesellschaft. Er

nahm mich bei den Schultern und drehte mich herum, so daß ich ihn ansehen mußte. Er hatte einen eisernen Griff. Seine dunklen Augen strahlten einen hypnotischen Zauber aus. Er sprach ganz leise, beinahe flüsternd. ›Sie sind ein wildes Mädchen, Magda. Ich habe in Indien Falken gezähmt, deshalb weiß ich, was Ihnen not tut. Der einzige Grund, weshalb ich Sie nicht angerührt habe, ist der, daß ich zu dergleichen keine Lust mehr habe. Lily ist für mich genau die Richtige. Sie weiß, was ich will und wann ich es will und wann ich mich umdrehen und schlafen möchte ... Doch ich werde nicht mehr sehr lange leben, das wissen Sie. Sie haben beim letzten Malariaanfall auf meiner Leber herumgedrückt. Auf meinen Reisen zwischen dem Großen Salzsee in Utah und Dschidda in Arabien habe ich mir auch noch alle möglichen anderen Krankheitskeime geholt. Ich möchte Lily etwas hinterlassen, aber alles, was ich besitze, fällt an meine Frau Elizabeth. Sie ist eine gute Frau, mit dem Herzen einer Löwin, doch habe ich immer ein paar junge Stuten und manchmal zur Abwechslung auch einen jungen Hengst gebraucht. Ich habe etwas mitgebracht, das Sie bitte für Lily aufheben und ihr geben sollen, wenn ich nicht mehr bin. Es wird sie zum Lachen bringen ... Und Elizabeth würde es bestimmt verbrennen.‹
Er übergab mir ein kleines, flaches, mit den Stichen eines Segelmachers in Segeltuch eingenähtes Bündel und bat mich: ›Bitte, öffnen Sie es nicht! Das ist Lilys Vorrecht.‹ Dann sah er mich lange prüfend an. Ich wußte, daß er unschlüssig war, ob er mich küssen sollte oder nicht. Schließlich schüttelte er den Kopf und sagte mit einem Lächeln: ›Nein, nein, nein! Es ist für Sie zu früh und für mich zu spät. Ich wollte, ich wäre jung genug, um Freude an Ihnen zu haben. Auf keinen Fall möchte ich jedoch der Mann sein, der Ihnen nicht gerecht geworden ist.‹

Er starb drei Monate später. Lily war völlig gebrochen. Es dauerte lange, bis sie seinen Tod überwunden hatte. Sie hob das Bündel mehrere Wochen auf, bis sie sich entschließen konnte, es zu öffnen. Darin befand sich, in Burtons Handschrift, eine Übersetzung des ›Duftenden Gartens‹. Wir blieben viele Nächte wach, saßen im Bett und lasen uns den Text gegenseitig vor. Später hörte ich, daß man Elizabeth Arundell Burton den Vorwurf gemacht habe, dieses Manuskript und eine Reihe anderer Erotica von Burton verbrannt zu haben. Vielleicht hat sie es wirklich getan, und wir besaßen nur ein Exemplar, das er eigens für Lily angefertigt hatte. Ich weiß es nicht. Ich nehme an, Lily hat es noch. Ich bin gespannt, was der Pfarrer sagen wird, wenn er das Buch nach ihrem Tode unter ihren Habseligkeiten findet. Ich habe gehört, daß sie eine prüde alte Dame geworden ist.«

Dies war das seltsam elegisch gefärbte Ende ihrer Geschichte. Ich bin ziemlich sicher, daß wir mit Padua fertig sind. Auch sie scheint des Erzählens müde zu sein. Ich schlage eine kurze Pause vor und biete ihr Cognac oder Likör an. Wir entscheiden uns beide für den Cognac. Zum Zwecke der Ablenkung stöbern wir in meinen Büchern und fördern weitere belanglose Werke über Michael den Schotten zutage. Wir entdecken, daß Dante ihn im vierten Kreis der Hölle aufführt, daß Boccaccio ihn zu den großen Meistern der Schwarzen Kunst rechnet und daß er auf einem Fresko in Florenz dargestellt ist: ein kleiner, schmächtiger Bursche mit Spitzbart, gekleidet wie ein Araber. Ich erfahre auch noch etwas über meine Patientin. Sie kann sehr gut mit Forschungsunterlagen umgehen. Sie liest Latein und Griechisch – aber das konnte auch Messalina, die bekanntlich eine ganz verruchte und sehr gefährliche Dame war.

Ich muß eine Riesenportion Cognac eingeschenkt haben. Ich fühle, wie er mir zu Kopf steigt. Gewöhnlich gefällt mir die einsetzende Entspannung, die mit dem ersten Schluck beginnt, aber heute genieße ich sie nicht. Wir nähern uns jetzt dem Augenblick, den die altgriechischen Heilkundigen das Gotteserlebnis nannten. Es handelt sich um einen ausgesprochenen Krisenpunkt, bei dem der Patient sich entweder fügt oder in destruktive Raserei verfällt. Wohlan, meine Liebe, wenn Sie bereit sind, wollen wir uns sammeln und mit der Betrachtung der letzten Dinge beginnen, Ihrem persönlichen *eschaton,* dem Tag des Jüngsten Gerichts und der Auflösung, wenn Ihnen die Schuppen von den Augen fallen und Sie alles klar und deutlich erkennen werden.

Magda
Zürich

Ich sehe jetzt ein, warum Jung erst zögerte, unsere Sitzung zu verlängern. Es ist erst vier Uhr nachmittag, und ich bin bereits abgespannt. Der Alkohol hilft zunächst. Er entspannt mich und macht mich offen und zugänglich; aber er lockert auch meine Selbstkontrolle und macht mich anfällig gegenüber jedem Druck von außen oder der Spannung in meinem Inneren. Ich weiß, ich habe sehr freimütig gesprochen, und ich bin überrascht, wie viele, längst vergessene Dinge durch Jungs eigenartige Inquisition wieder zutage gefördert worden sind. Ich habe seit Jahren nicht mehr an Schwester Damiana oder Alma de Angelis gedacht. Und was Lilys Verhältnis mit Sir Richard Burton angeht, so habe ich gedacht, es seit Jahrzehnten in die Rumpelkammer abgeschoben zu haben.
Jung meint, ich solle weiterhin den chronologischen Ablauf meines Lebens schildern, mich aber nicht zu lange bei unwesentlichen Erinnerungen aufhalten. Er sagt ganz zu Recht, daß die entscheidenden Wendepunkte gewöhnlich schon von weit her sichtbar sind. Ich erkläre ihm, die ersten zwei Jahre nach der Universität seien für meine persönliche Entwicklung bedeutsam gewesen und es sei wesentlich, einige Zeit auf sie zu verwenden.
Ich sage dies nicht ganz ohne Hintergedanken. Ich kenne meinen Lebenslauf; er kennt ihn nicht. Ich brauche Zeit und neuen Mut, um zum Augenblick der Wahrheit und

über ihn hinaus zu gelangen. Jung versteht dies, glaube ich. Trotz seines robusten Äußeren und seiner nicht zu übersehenden Reaktionen auf meine Nähe besitzt er viele weibliche Wesenszüge. Es gibt Augenblicke, wo er nicht mehr logisch denkt, sondern anfängt zu raten – und dabei behält er meistens recht. Ich spüre auch, wann er mich gewähren läßt und wann er versucht, mich abzublocken. Dies geschieht immer dann, wenn ich mir selbst etwas vormachen will.

Trotzdem glaube ich, ihn davon überzeugt zu haben, daß ich klar bei Verstand bin, daß ich mehr als Modezeitschriften lese und daß mir medizinisch niemand etwas vormachen kann. Also, fragt er, können wir wieder? Ich nicke zustimmend. Er beginnt mit einer einfachen Feststellung.

»Also, Sie verließen Padua nach dem medizinischen Staatsexamen.«

»Ich hatte sogar mit ›sehr gut‹ bestanden.«

»Welche Pläne hatten Sie damals?«

»Zunächst nur vage, weil ich meine Ausbildung noch nicht abgeschlossen hatte. Papa hatte mir eine Stelle als Assistenzärztin im Allgemeinen Wiener Krankenhaus beschafft. Auch Ihr Kollege Freud war dort tätig, wenn ich mich recht erinnere. Danach wollte ich mich in Edinburgh oder London weiterbilden, aber Papa war aus verständlichen Gründen nicht sehr glücklich darüber. Und später? Hm, mir schwebte ein Leben vor, wie Papa es geführt hatte: Silbersee zu halten und eine Praxis in Salzburg oder Innsbruck zu betreiben. Aber vorher war da noch die große Schiffsreise, die mir Papa als Belohnung für mein Staatsexamen zugesagt hatte.

Ich war auf Veränderungen eingestellt. Wir alle waren es. Papa war jetzt Mitte Fünfzig und immer noch hinter den Frauen her. Aber er begann sich zu fragen, ob er sich nicht eine gutsituierte Witwe, womöglich mit Adelstitel, suchen und endgültig seßhaft werden sollte. Lily, auch nicht mehr die jüngste, war anspruchsvoller geworden und hatte immer häufiger Launen. Ich? Ich war müde. Das letzte Jahr war besonders anstrengend gewesen: lange Stunden im Spital, Beschäftigung mit meinen Lehrbüchern bis spät in die Nacht, sehr wenig Abwechslung – und, um allem die Krone aufzusetzen, eine schwere Bronchitis im Winter, die ich einfach nicht loswurde. Ich hatte keinen ständigen Liebhaber und wenig Neigung, mir einen zuzulegen. Ich wollte nur dieses Jahr hinter mich bringen und mir eine Freiheit verschaffen, die ich nie gehabt hatte.«

Jung sieht mich mit spitzbübischem Grinsen an und sagt: »Das klingt sehr merkwürdig. Ich dachte, Sie waren die freieste Frau unter dem Himmel: unabhängig, mit viel Geld, einer nachsichtigen Anstandsdame und einem noch nachsichtigeren Vater.«

»Sie verstehen mich nicht. Wovon ich mich vor allem befreien wollte, war meine Vergangenheit, all die Dinge, die mich anscheinend von anderen Menschen schieden. Die Seereise, die Papa geplant hatte, sollte, so hoffte ich, zu einem Schlußpunkt werden, nach dem ich ein neues Kapitel beginnen konnte.«

»Hatte die Reise diesen Effekt?«

»Ja, allerdings. Wenn auch anders, als ich erwartet hatte. Die Reise selbst war ein herrliches Erlebnis. Wir gingen in Rotterdam an Bord des Flaggschiffes der Royal Dutch Line und hatten getrennte Kabinen erster Klasse, weil, wie Papa es ausdrückte, ›wir alle drei schon so alt waren, daß wir uns auch einmal zurückziehen wollten‹. Mein Gott, dachte ich, so weit mußte es kommen! Die Hinreise führte durch den Suezkanal nach Aden, Colombo, Singapur, Surabaja, Saigon, Schanghai und Hongkong. Unsere Mitreisenden waren Kaufleute, Beamte aus dem holländischen Kolonialdienst, britische Geschäftsleute und ein buntes Gemisch aus Ehefrauen, Kindern und sonstigem Anhang. Keine Angst! Ich werde Ihnen nicht die ganze Reise nach dem Baedeker schildern, aber ich habe jeden Tag und jede Nacht genossen. Ich fühlte mich tatsächlich frei. Ich fühlte mich wie eine Frau, die endlich auf eigenen Füßen steht.

Ich freundete mich mit dem Schiffsarzt an, der, nachdem er seine Verwunderung überwunden hatte, eine Kollegin zu treffen, ein angenehmer, wenn auch manchmal allzu beharrlicher Begleiter wurde. Ich interessierte mich jedoch vor allem für einen Mann, der in Aden zustieg. Sobald Lily ihn sah, faßte sie mich am Arm und sagte: ›So muß Dick Burton ausgesehen haben, als er jung war.‹ Er hatte dasselbe arrogante Benehmen, dieselbe Adlernase und dieselben durchdringenden Augen über einem spöttischen Mund. Aber seine Manieren waren zehnmal besser als die Richard Burtons. Er sprach leise, trank wenig und bevorzugte kleine, unaufdringliche Höflichkeiten. Er hieß Avram Kostykian, was Papa veranlaßte, ihn mit einem Achselzucken abzutun: ›Ein armenischer Jude! Die findet man überall, wo es Geschäfte zu machen gibt. Ich würde mich an deiner Stelle nicht zu viel mit ihm abgeben.‹ Mir gefiel Papas Ton nicht, und das sagte ich ihm auch. Außerdem sagte ich ihm, ich würde mir meine Gesellschaft selbst aussuchen. Er hob die Schultern und ging weg. Es war das erste Mal, daß mir klar wurde, wie tief seine Vorurteile reichten. Ich sprach mit Lily darüber; sie lachte und meinte, ich verstünde davon überhaupt nichts. In Österreich könne kein Jude in der Armee oder in der Regierung jemals auf Beförderung hoffen. Auch ein Militärarzt komme nur selten über den Dienstgrad eines Stabsarztes hinaus.«

Ich sehe erstaunt, daß Jung errötet und sich mit seinem Stift zu schaffen macht.
Ich frage ihn rundheraus: »Mögen auch Sie die Juden nicht?«
»Nicht besonders.« Er ist wenigstens aufrichtig. Außerdem spürt er anscheinend die Notwendigkeit, sich etwas eingehender zu äußern. »Mein Kollege Freud ist Jude, aber sogar bei ihm stoße ich auf bestimmte Einschränkungen, die typisch semitisch sind. Das arische Erbe, das arische Unbewußte ist anlagemäßig viel reicher als das jüdische.« Er grinst und zuckt entschuldigend mit den Achseln. »Ich bin wahrscheinlich ebenso voreingenommen wie Ihr Vater. Keine meiner Affären mit Jüdinnen nahm bis jetzt ein gutes Ende.«
Ich versuche, mir nichts anmerken zu lassen, aber er hat mich enttäuscht. Ich frage mich: Wenn er Vorurteile gegenüber einer ganzen Rasse hat, wie wird er sich verhalten, wenn er über mich ganz speziell Bescheid weiß? Sein Eingeständnis, Affären gehabt zu haben, klingt auch eher nach einer wenig geschmackvollen Angabe als nach einem versehentlichen Ausrutscher. Er weiß doch, daß ich seine Frau kennengelernt habe. Es wäre mir lieber, wenn er seine persönlichen Angelegenheiten für sich behielte. Und wenn seine Liebschaften kein gutes Ende genommen haben, muß es dann unbedingt die Frau sein, die daran schuld war? Ich empfinde eine perverse Genugtuung dabei, die Geschichte meiner Begegnung mit Kostykian auszuschmücken.
»Er war, wie Papa vermutet hatte, ein Geschäftsmann, aber kein gewöhnlicher. Er handelte mit Edelsteinen: Rubinen, Smaragden, Saphiren, speziell aber mit Perlen. Er bereiste den ganzen Osten, wo immer Perlenfischer tätig waren, um ihre Ware aufzukaufen. Als er mein Interesse entdeck-

te, blieb er stundenlang sitzen, um mir seine Schätze zu zeigen. Er erzählte mir Geschichten von den Tauchern und den Kapitänen, die sie zur Arbeit antrieben, bis sie an der Taucherkrankheit starben, und er redete von den chinesischen, indischen und malaiischen Händlern, die stundenlang herumsaßen und über den Wert einer Perle Wetten abschlossen, während der Schäler sie bearbeitete. Wissen Sie, was ein Schäler ist?«

»Ich gestehe, nein, Madame. Aber Sie werden es mir sicher erklären.«

Aus irgendeinem Grunde wirkt Jung etwas gereizt und ungeduldig. Ich sage ihm, er solle sich dafür interessieren, denn der Schäler tue genau das, was er als Psychoanalytiker mit mir vorhabe.

»Eine Perle besteht aus vielen Schichten Perlmutt, die von der Muschel um einen Fremdkörper in der Schale abgelagert werden. Manchmal hat auch eine schöne Perle Defekte an der Außenhaut: winzige Narben und Einbuchtungen. Diese verringern den Wert des Juwels erheblich. Wenn sie nicht zu tief sind, lassen sie sich jedoch beseitigen, indem man einige Perlmuttschichten abschält, bis eine makellose Oberfläche erreicht ist. Es ist eine delikate und schwierige Arbeit, und der kleinste Fehler kann einem teuer zu stehen kommen. Man kann sich also die Szene in einem malaiischen Kampong oder einem chinesischen Lagerhaus gut vorstellen. Alle jene regungslosen Gesichter, die gespannt zuschauen, wenn eine feine Schicht nach der anderen entfernt wird und niemand weiß, ob damit die ganze Perle verdorben wird oder ein kostbares, einmaliges Stück zutage tritt. Es gehört ein Portion Mut dazu, gewissermaßen auf Verdacht Wetten über den Wert der Perle abzuschließen.

Kostykian erzählte mir die Geschichte sehr anschaulich. Er

hatte ein Gefühl für Menschen und Orte wie ein Dichter. Und das Beste war, daß er mir das Schälen beibrachte. Er forderte mich heraus und sagte: »Sie sind Chirurgin. Sie haben ein Skalpell und eine Zange. Hier! Ich werde es Ihnen zeigen.« Er reichte mir eine rosa Perle von fast einem Zentimeter Durchmesser. Sie war stark genarbt und anscheinend wertlos. Er zeigte mir, wie man mit der Arbeit begann und dann mit winzigen, geduldigen Strichen fortfuhr. Nach Ablauf von zwei Stunden hatte ich eine vollkommene rosa Perle von etwa drei Millimeter Durchmesser vor mir. Kostykian überreichte sie mir als Geschenk. Ich ließ sie in einen Anhänger fassen, habe sie aber irgendwo verlegt, nachdem ich geheiratet hatte.«

»Wirklich eine reizende Geschichte«, meint Jung trocken. »Aber können Sie mir auch erklären, was sie mit unseren Problemen zu tun hat?«

Seine Redeweise irritiert mich wie schon vorher seine verächtliche Einstellung gegenüber den Juden. Ich antworte gereizt: »Ja, das kann ich. Kostykian war der einzige Mann, der mir viel gegeben und nichts von mir verlangt hat. Er nahm mich auf Landausflüge mit. Er führte mich durch die Edelsteinmärkte von Colombo und Bangkok. Er zeigte mir, wie man einen Stein beurteilt: den Seidenglanz bei einem Smaragd, die Farbenverteilung bei einem Saphir, den Unterschied zwischen einem siamesischen Rubin und dem satten Taubenblut aus Burma. Er war so aufmerksam und trotzdem völlig leidenschaftslos, so daß ich mich fragte, ob er vielleicht wie Gianni di Malvasia die Liebe von Männern bevorzugte. Am Vorabend unserer Trennung in Singapur erzählte er mir den Grund: ›Ich bin verheiratet. Ich habe eine Frau und vier kleine Söhne in Alexandria. Sie bilden den Mittelpunkt meines Lebens. Obwohl ich nur vier Monate im Jahr zu Hause bin, sind sie immer bei mir, jeden

Tag und jede Nacht. Ich führe, wie Sie sehen, ein merkwürdiges Leben. Ich begegne seltsamen Menschen an den seltsamsten Orten. Das Leben ist billig, Frauen sind noch billiger. Oft wird mir ein Mädchen angeboten, nur für die erste Option auf eine große Perle. Da ich ein Mann mit ausgeprägten Leidenschaften bin, muß ich sie immer zügeln, sogar beim Handeln. Juwelen sind unheimliche Dinge. Es kann einen nach ihnen gelüsten wie nach einer Frau. Ich weiß, daß ich verloren bin, wenn ich auch nur ein einziges Mal ausrutsche und nicht auf der Hut bin. Ich wäre dann wie ein Brummkreisel, der von Hafen zu Hafen wirbelt und es zu nichts bringt. Sie, liebe Magda, sind die größte und liebenswerteste Versuchung, die ich je gehabt habe. Und jetzt wollen wir uns einen Gutenachtkuß geben und uns Lebewohl sagen. Wenn Sie morgen früh aufwachen, bin ich schon von Bord gegangen.‹

Als ich in meine Kabine kam, fand ich auf dem Kopfkissen ein Päckchen liegen. Ein kleiner, aber sehr reiner Saphir, leuchtend blau und von strahlendem Glanz, war darin. Auch ein kleines Briefchen war dabei. Ich erinnere mich an jedes Wort. ›Der Stein hat zwei Karat. Oben befindet sich ein kleiner Einschluß, aber nur ein Experte wird ihn entdecken. Nichts auf dieser Welt ist vollkommen. Zum erstenmal in meinem Leben bedauere ich, daß ich etwas unterlassen habe. Ich danke Ihnen für das große, große Vergnügen Ihrer Bekanntschaft. Avram.‹ «

»Ich frage mich«, sagt Jung, faltet die Hände, macht aus den Fingerspitzen einen Kirchturm und blickt mich darüber hinweg an, »ich frage mich, warum Sie mir diese Geschichte mit einer solchen Genugtuung erzählt haben.«

»Weil ich nach all meinen anderen Affären, bei Papa und Lily angefangen, immer das Gefühl hatte, ausgenutzt zu werden und einer bestimmten Freiheit beraubt zu sein, die mir von Rechts wegen zusteht. Ich war mir nie ganz sicher, was es war – sogar ein Dirnenlohn auf dem Kaminsims wäre mir vielleicht eine Hilfe gewesen. Aber bei Avram Kostykian, dem armenischen Juden, war alles eine freie Entscheidung unter Freunden. Als ich Papa davon erzählte, brummte er nur und sagte: ›Es ist immer ein Fehler, zu verallgemeinern.‹ Lily trat mich verstohlen unter dem Tisch gegen das Schienbein und sagte streng: ›Sag nie, ich hätte dich darauf gebracht. Das wäre der Gipfel schlechter Manieren!‹ «

»Vielleicht steckt hier die Antwort auf Ihr Problem.« Jung lehnt sich in seinem Sessel zurück und lacht leise vor sich hin. »Suchen Sie sich einen tugendhaften, verheirateten Juden, der Ihnen Saphire schenkt und nicht mit Ihnen schlafen will!«

»Glauben Sie bloß nicht, ich hätte nicht schon daran gedacht!«

Ich muß unwillkürlich lachen. Jung drängt weiter.

»Gibt es noch etwas anderes, das Sie mir von der Seereise erzählen wollen?«

Ich erwähne den Malaien, der in Surabaja Amok lief und vor unseren Augen erschossen wurde. Ich spreche von der Ähnlichkeit meiner Anfälle mit dem mörderischen Lauf dieses Irren durch die Straßen. Jung macht sich hier zahlreiche Notizen und stellt dann eine unerwartete Frage.

»Das Ende dieses Amokläufers war eine Kugel im Kopf. Wollen Sie behaupten, daß der Tod auch für Sie die einzige Lösung sei?«

»Mag sein. Ich werde mich damit abfinden müssen – falls Sie nichts für mich tun können.«

Er schlägt mit der flachen Hand auf den Tisch und beginnt eine längere Tirade: »Ich habe es Ihnen doch gleich am Anfang gesagt! Versuchen Sie nicht, mich mit Ihrem Leben zu erpressen! Ich habe es Ihnen nicht gegeben, ich kann es Ihnen nicht nehmen. Ich kann keine Wunder wirken und treibe keine Teufel aus – auch wenn ich einige Gergesener Säue kenne, in die ich sie gerne fahren lassen möchte. Psychoanalyse ist nicht Chirurgie, wo man das kranke Organ herausschneidet, den Patienten wieder zunäht und zu Tee und belegten Broten nach Hause schickt. Wir müssen uns gemeinsam bemühen, die Ursache Ihrer Neurose zu finden, diese, wenn möglich, zu eliminieren oder Sie wenigstens in den Stand zu versetzen, mit ihr zu leben. Leben! Begreifen Sie? Leben! Natürlich können Sie sich, wenn Sie unbedingt wollen, in das Sterben gedanklich hineinsteigern wie ein Eingeborener unter dem Bann des Medizinmannes. Wenn Ihnen aber so etwas vorschwebt, kann *ich* Ihnen nicht helfen.«

Dieses Mal ist sein Ärger nicht gespielt. Ich merke, daß auch er allmählich ermüdet. Ich darf ihn nicht mehr reizen, darf mich auch von ihm nicht mehr reizen lassen. Ich entschuldige mich und sage ihm, daß wir uns beide meines Erachtens zu sehr unter Druck befinden und daß ich wirklich zur Zusammenarbeit bereit bin. Er ist schnell besänftigt und lächelt mich wieder an.

»Jetzt wissen Sie wenigstens, daß die Psychoanalyse kein Kinderspiel ist. Wenn Sie anfangen, im Unterbewußten herumzustöbern, wissen Sie nie, was da Seltsames zutage tritt. Versuchen Sie bitte, eine abschließende Beurteilung abzugeben. War die Seereise ein Erfolg oder nicht?«

»Für mich ein voller Erfolg. Ich sah eine Welt, die ich nie erwartet hatte – eine wunderschöne, grausame, gleichgültige Welt, in der die Existenz eines einzelnen nichts bedeutete. In China wurden neugeborene Mädchen auf Müllhaufen ausgesetzt. In Japan verkauften Väter ihre Töchter

in die Prostitution. Überall in Asien starben Millionen bei Überschwemmungen, Hungersnöten und Epidemien. In Indien verachteten die Briten all jene Mischlinge, die sie selbst in die Welt gesetzt hatten, auf Java dagegen wurden diese von Holländern geheiratet. In Siam fällte der König bei jeder Besprechung mit seinen Ministern ein Todesurteil. Auf Borneo gingen die Dajaks als Kopfjäger auf Trophäenjagd. Diese Eindrücke haben mich auf mein bescheidenes Plätzchen verwiesen, und ich war dafür dankbar.
Trotzdem war es gut, wieder auf Silbersee zu sein, drei Monate bevor ich meine Stellung im Allgemeinen Wiener Krankenhaus antreten mußte. Das Gut war mit uns älter geworden. Während meiner kurzen Ferienaufenthalte hatte ich die Veränderungen gar nicht so bemerkt, aber jetzt war es klar, daß alles verfiel. Das Schloß und die Wirtschaftsgebäude mußten neu gestrichen werden, unsere Möbel brauchten neue Überzüge, die Gartenanlagen waren verwildert, die Rechnungsunterlagen wollten geordnet sein, und das Personal war gleichgültig und frech. Papa war so oft abwesend, daß er sich, wenn er nach Hause kam, nur ausruhen und den Gutsbesitzer spielen wollte.
Zum erstenmal begriff ich, wie viel ihm in diesen Lebensjahren ein Sohn bedeutet hätte. Ebenso begriff ich zum erstenmal, welch eine verwöhnte und egoistische Person ich war. Ich wußte, daß ich Silbersee verwalten konnte. Mit Lily als Hilfe konnte ich das Gut sehr wohl leiten und trotzdem als Assistenzärztin arbeiten. Das Problem war nur, Papas Einverständnis einzuholen. Ich hatte keine Ahnung, was in seinem Testament stand. Sehr gut kannte ich allerdings seine Denkungsart: daß Frauen fürs Bett und nicht fürs Geschäft geschaffen seien. Ein Frontalangriff auf seine Vorurteile würde mir nichts einbringen.
Meine Chance kam, als er vierzehn Tage nach unserer

Rückkehr an einer Lungenentzündung erkrankte. Es war eine böse Zeit. Er war schwächer und anfälliger, als ich ihn je zuvor erlebt hatte. Ab und zu wurde er geradezu kindisch, er nörgelte und verlangte ständig dies und das. Nach einem langen Gespräch mit Lily entschloß ich mich schließlich, eine Aussprache mit ihm herbeizuführen. Ich war über meine Heftigkeit selbst erstaunt, als ich ihm sagte, niemand könne das Leben so auf die leichte Schulter nehmen, wie er es tue: eine ärztliche Praxis führen, am Operationstisch eine ruhige Hand bewahren und außerdem noch ein Gut in der Größenordnung von Silbersee bewirtschaften. Ich könne zwar weder seine Praxis führen noch sei ich bereit, sein Liebesleben zu organisieren, aber ich könne und wolle Silbersee übernehmen, allerdings nur unter zwei Bedingungen: daß er es mir vermachen werde und daß alle wüßten, ich sei jetzt die Gutsherrin.

Papa machte Ausflüchte und wollte sich nicht festlegen. Ich erklärte ihm, daß ich, falls er zu einer solchen Vereinbarung nicht bereit sei, mich in Wien niederlassen werde. Ich würde vielleicht kein Vermögen verdienen, aber ich hätte wenigstens genug, um zu leben. Als seinem Mannesstolz Genüge getan war, willigte er schließlich ein. Es wurde schriftlich festgelegt, daß Silbersee an mich fallen werde, mit dem Zusatz, daß mein Ehemann im Falle meiner Verheiratung nicht Eigentümer werden könne. Zu Papas Lebzeiten würden wir uns den Erlös je zur Hälfte teilen. Nach seinem Tode wollte ich dafür sorgen, daß Lily eine Rente bekam. Alle weiteren Verbindlichkeiten gegenüber Frauen oder Kindern, von denen ich nichts wußte, konnte er aus seinem Privatvermögen erledigen, das, wie ich wußte, nicht unerheblich war. So bin ich also zur Gutsbesitzerin geworden und stand mit beiden Beinen fest auf meinem eigenen Grund und Boden ...«

»Von dem«, fiel Jung kühl ein, »Sie jetzt ins Exil getrieben worden sind. Haben Sie sich Gedanken darüber gemacht, wohin Sie nun gehen und was Sie tun wollen?«
»Silbersee steht zum Verkauf. Mit dem Erlös werde ich wahrscheinlich gut leben können. Da ein Krieg in Europa unvermeidlich scheint, zahlen die Armeen hohe Preise für Pferde und Gestüte.«
»Und wohin werden Sie gehen?«
»Im Augenblick weiß ich noch nicht einmal, wohin ich gehe, wenn ich aus Zürich abreise.«
»Vielleicht können wir Sie überreden, in der Schweiz zu bleiben.«
»Wenn Sie mir helfen können, mein lieber Herr Doktor, würde ich mich liebend gern hier in der Nähe niederlassen.«
»Meine Frau wird vielleicht etwas dagegen haben; aber ich bin sicher, daß wir für Sie ein hübsches Haus am Seeufer finden können.«
Es ist eines jener leichthin geführten Gespräche, bei denen eine ganze Skala sexueller Untertöne mitschwingt. Ich würde gern darauf eingehen; aber nach seinen Bemerkungen über Kostykian und seine Affären mit Jüdinnen bin ich vorsichtig. Da setzt er, für mich völlig unerwartet, noch etwas hinzu.
»Spaß beiseite, wenn Sie die Therapie fortsetzen wollen, sollten wir nicht zu weit voneinander entfernt sein, damit die ständige Verbindung nicht abreißt. Gelegentlich halte ich es für nützlich, Hausbesuche bei Patienten zu machen, aber ich möchte es nicht zur Gewohnheit werden lassen. Darüber können wir aber später noch sprechen. Kehren wir jetzt erst noch einmal zu Ihrem Lebenslauf zurück. Sie waren Herrin auf Silbersee, Sie waren voll ausgebildete Ärztin und hatten eine vielversprechende Karriere vor sich. Sie

hatten erfahren, daß Ihre unkonventionelle Vergangenheit im größeren Zusammenhang kaum von Bedeutung war. Kurz gesagt: Die Welt schien Ihnen offenzustehen. Was geschah dann?«

»Ich übernahm Silbersee, und Lily war meine getreue Helferin. Ich durchstöberte jeden Winkel des Guts, prüfte die Abrechnungen in allen Einzelheiten, beförderte Hans Hemeling vom Futtermeister zum Gestütsleiter und begann, die ausgedienten Zuchtpferde, die schon zu lange unser Betriebskapital gewesen waren, zu verkaufen. Ich bestellte Lily zur Wirtschafterin im Schloß. Sie konnte wie eine Furie wegen staubiger Möbel oder vergeudeter Lebensmittel aus der Haut fahren, brachte aber in der nächsten Minute das ganze Personal mit ihren derben Witzen wieder zum Lachen. Zunächst wurden wir in der Schenke und im Gästehaus übers Ohr gehauen und im Holzgeschäft übervorteilt. Unser Vieh wurde von einem ortsansässigen Viehhändler verkauft, der mit einer Clique von Metzgern aus Salzburg und Innsbruck unter einer Decke steckte.

Ich verteilte Hiebe nach links und rechts, ohne Rücksicht, wen ich gerade traf. Am Ende des ersten Monats hatten wir fast einen Bauernaufstand. Ich erhielt den Spitznamen Zickzackblitz, weil niemand wußte, wo ich das nächste Mal zuschlagen würde. Als aber die Zimmerleute und Maler am Schloß und danach an den anderen Gutsgebäuden zu arbeiten begannen, als die Gärten wieder in Ordnung waren und wir bessere Preise auf dem Markt erzielten – und als Hans Hemeling und ich mit unserem ersten arabischen Hengst und einer für ihn bestimmten Zuchtstute nach Hause kamen, änderte sich die Atmosphäre, Fräulein Zickzackblitz wurde zur Herrin, und in der ganzen Gegend verbreitete sich die Kunde, auf Silbersee herrsche jetzt ein neues Regiment.

Dann machte Lily den Vorschlag, einen Jagdclub nach englischem Vorbild zu gründen, in einem modischen Rahmen, wie wir ihn in der Lombardei kennengelernt hatten. Dadurch würden wir neue Absatzmöglichkeiten für unsere Pferde erhalten. Wir könnten die Schenke zum Treffpunkt für die berittenen Jagden machen und englische und deutsche Jagdhunde importieren und für die Meute weiterzüchten. Papa war von diesem Plan begeistert. Er eröffnete für sein ohnehin ziemlich verblaßtes gesellschaftliches Renommee ganz neue Ausblicke. Nach der ersten Jagd bemerkte er dann vergnügt: ›Großartig! Ich hatte gar nicht gewußt, daß sich noch so viele gutaussehende Frauen im Unterholz versteckt hatten.‹

Als ich schließlich nach Wien fuhr, herrschte auf Silbersee wieder reger Betrieb. Ich konnte mich auf Lily und Hemeling verlassen und wollte alle zwei oder drei Wochen heimkommen, um nach dem Rechten zu sehen und mich wieder als Herr im eigenen Hause zu fühlen.

Am Vorabend meiner Abreise bat mich Papa auf ein Glas Cognac in sein Arbeitszimmer. So etwas kam selten vor. Er liebte private Aussprachen nicht und wandelte lieber wie ein Philosoph durch unseren Haushalt, gab weise Ratschläge, küßte mich oder Lily plötzlich ganz unvermittelt oder versetzte den Hausmädchen einen Klaps auf das Hinterteil. Diesmal jedoch hatte er sich offenbar große Mühe gemacht, um eine besondere Ansprache vorzubereiten.

›Wir haben ein komisches Leben geführt, liebes Kind, wir drei; aber wir scheinen es ganz gut überstanden zu haben. Du hast mehr geleistet, als ich mir je erträumt habe. Ich bin sehr stolz auf dich, wenn ich auch auf mich selbst nicht besonders stolz sein kann. Ich wünschte, es gäbe eine Möglichkeit, mein Adelsprädikat auf dich zu übertragen. Aber das geht nicht. Auch wenn du einen Sohn hättest, könnte ich nur eine Petition an den Kaiser einreichen, um deinem Sprößling das Prädikat zu verschaffen. Vielleicht würde es einer meiner Freundinnen bei Hofe gelingen, dem Kaiser einen solchen Antrag vorzulegen. Im Wappen würde dann ein Schräglinksbalken erscheinen, aber das wäre mir gleichgültig. Das Dumme ist nur, ich kann eine Petition erst dann einreichen, wenn wirklich ein Enkel da ist. Die Frage lautet also: Wie denkst du über eine Heirat? Ich weiß, du hast noch ein Jahr Ausbildung in Wien vor dir, dann ein Jahr in England, worüber ich nicht besonders glücklich bin; aber wenn du unbedingt willst – meinetwegen. Danach steht dir der Weg in jede vernünftige Ehe offen. Du verfügst über ein hübsches Vermögen, siehst verteufelt gut aus, und obwohl ich weiß, daß du nicht wie eine Nonne lebst, mußt du irgendwann einmal dein geregeltes Geschlechtsleben haben. Die Frage ist, mit wem? Ich will nicht, daß du dich von einem Mitgiftjäger betören läßt, der keine anständige Erziehung genossen hat und wenig Erfahrung besitzt. Wenn wir schon von Erfahrung reden, so könnte es durchaus jemand sein, der schon zum zweitenmal auf dem Heiratsmarkt auftaucht, eventuell ein Witwer Mitte vierzig, mit kleinen Kindern oder, noch besser, ohne solche. Das Problem ist, daß die meisten jungen Herren für Mädchen reserviert bleiben, die bei Hofe akzeptiert sind. Es tut mir leid, aber so ist es nun einmal. Du bist zehnmal mehr wert als sie, aber deine Geburtsurkunde kompromittiert dich. Wenigstens hast du nicht Tänzerin oder Sängerin werden müssen! Du hast einen Beruf und genug eigenes Geld … Was sollen wir also tun? Ich kann Louisa von Brabitz bitten, den Heiratsmarkt zu erkunden, wenn du willst. Sie verlangt natürlich ein Entgelt dafür, aber sie ist wenigstens keine solche Klatschtante wie die meisten dieser älteren Kupplerinnen.‹

Je länger er redete, desto wütender wurde ich. Ich dachte ständig: Was erlaubt sich eigentlich dieser Mann! Habe ich darum gebeten, geboren zu werden? Ich habe Papa auch nicht gebeten, seine Kindsbraut zu werden! Und wenn ich auf diesem lächerlichen Heiratsmarkt nicht mehr als unbescholten gelte – wer ist schuld daran? Schließlich platze ich heraus: ›Tatsache ist, mein lieber Papa, ich will noch nicht heiraten. Wenn es aber soweit ist, werde ich mir meinen Mann selbst aussuchen, und wenn ich dazu noch einmal nach Hongkong fahren müßte!‹«

»Und wie hat Ihr Vater diese Erklärung aufgenommen?«

»Mit Erleichterung, glaube ich. Er wollte eigentlich nicht gestört werden. Er hatte seine Schuldigkeit getan. Wenn ich auf einem Holzbein zum Mond schippern wollte, war das meine Sache. Was er auch falsch gemacht haben mochte, er hatte mich wenigstens von den Tanzdielen und dem Straßenstrich ferngehalten. Nach seinen merkwürdigen, elitär geprägten Vorstellungen war das mehr, als die meisten Bastarde von ihren Erzeugern erwarten konnten.«

»Als Sie nach Wien gingen, schieden Sie demnach als Freunde.«

»So gerade eben noch. An jenem Abend, als sich Papa und Lily zum Schlafengehen rüsteten, forderte Papa mich auf mitzukommen: ›nur zum Zusammenkuscheln, mein Liebes, in Erinnerung an alte Zeiten!‹ Ich wollte ihm schon sagen, die alten Zeiten seien längst vorbei und ich hätte keine Lust, von ihnen noch etwas zu hören, als Lily – Gott segne sie! – uns vor einer neuen häßlichen Szene bewahrte. Sie lachte und sagte: ›Hör mal zu, du alter Ziegenbock! Verschieß nicht dein Pulver schon bei der Ouvertüre. Heb es dir auf für die große Arie!‹ Dann zerrte sie ihn ins Schlafzimmer und sang dabei: ›*La ci darem la mano* – Reich mir die Hand, mein Leben!‹

In dieser Nacht träumte ich von meiner Mutter. Es war mitten im Winter. Ich stand wartend im Schnee vor den Toren von Schloß Silbersee. Mutter näherte sich in einem Schlitten, der von Schimmeln mit kleinen Silberglöckchen gezogen wurde. Sie war in weißen Hermelin gehüllt. Ich wußte schon aus der Ferne, daß sie es war. Ich stellte mich in die Mitte der Straße und winkte dem Kutscher zu, er möge halten. Statt dessen gab er den Pferden die Peitsche und fuhr direkt an mir vorbei, während Mutter mit dem kalten, bösen Lächeln der Schneekönigin auf dem Rücksitz saß.«

Jung denkt eine Weile darüber nach und blättert dann in seinen Notizen ... Er streicht mehrere Stellen an und meint dann: »Hier ist noch etwas, was ich merkwürdig finde. Warum haben Sie sich in all diesen Jahren nie um Auskünfte über Ihre Mutter bemüht – wenn schon nicht von Ihrem Vater, dann wenigstens von Lily? Warum sind Sie nicht einfach nach London oder an Ihren Geburtsort gefahren, um herauszufinden, was Sie wissen wollten? Das wäre doch nicht schwierig gewesen! Ferner kann ich nicht verstehen, warum Lily sich in dieser Sache so zurückhaltend zeigte, besonders dann, als Sie älter und verständiger geworden waren.«

»Die Antworten, mein lieber Herr Doktor, sind so einfach, daß sie schon fast pathetisch wirken. Warum ich mich nicht erkundigt habe? Weil ich mein Leben lang dazu erzogen wurde, es nicht zu tun. Warum ich nicht selbst nach England gefahren bin, um die Wahrheit ans Licht zu fördern? Weil ich mich genau vor dem fürchtete, was in dem Traum geschah: daß meine Mutter auf der Straße einfach an mir vorbeifahren würde. Warum mir Lily nicht die Wahrheit gesagt hat? Weil Lily, wie ich erst vor kurzem entdeckt habe, der Grund für die Zerrüttung des Verhältnisses meiner Eltern war. Während der Schwangerschaft meiner Mutter schlief Papa mit Lily. Lily fädelte auch meine Verführung ein, um Papa an sich zu binden. Lily war die perfekte Opportunistin. Sie liebte mich, gewiß! Keine Frage, keinerlei Zweifel! Aber Papa bezahlte sie, und was Papa haben wollte, bekam er. Was er vor allem brauchte, war Stillschweigen. Alles, was mir Lily über die Zeit vor der Rückkehr meiner Mutter nach England erzählte, stimmte genau mit dem überein, was mir mein Vater gesagt hatte. Mein Leben, mein Glück hing von ihnen beiden ab. Warum sollte ich das Risiko eingehen, dies alles dem kalten, geringschätzigen Lächeln der Schneekönigin zu opfern? Aus diesem Grunde habe ich mich auch nie in das Privatleben meiner Tochter gedrängt. Sie denkt wahrscheinlich genau so von mir.«

»Haben Sie Ihrer Tochter nie geschrieben?«

»Anfangs öfter. Ich habe nie eine Antwort bekommen.«

»Um Gottes willen, sie war doch noch ein Kind!«

»Ich weiß. Aber nach einer gewissen Zeit findet man einfach nicht mehr die richtigen Worte. Was soll man denn schreiben? ›Ich bin keine Hexe, ich bin deine Mutter, und ich liebe dich. Ich möchte dich umarmen und küssen und alle die verlorenen Jahre wiedergutmachen‹? Das klingt sehr schön! Aber wenn Sie diese Sätze in einem leeren Zimmer niederschreiben oder hinausschreien, macht es Sie verrückt. Sie haben von Ihren eigenen Liebesverhältnissen gesprochen, Herr Doktor. Haben Sie nie den Wunsch gehabt, etwas zu widerrufen, und dann festgestellt, daß Ihnen niemand zuhört? Haben Sie nie den Wunsch verspürt, Zärtliches auszusprechen, und dann nur das Echo von einer kahlen Steinwand gehört?«

Carl Gustav Jung
Zürich

Was sie sagt, ist zu einfach, um etwas anderes zu sein als die reine Wahrheit: Simplex sigillum veri. Ihr Dolchstoß – ›Ihre eigenen Liebesverhältnisse, Herr Doktor‹ – war mit ruhiger Hand und kühlem Blick vorbereitet. Alles übrige, die Michaels-Gesellschaft, die Flagellantenszene, das Verhältnis mit Alma de Angelis, die Zuneigung zu Schwester Damiana, die platonische Liebe zu Kostykian, dem Ewigen Juden, der den Damen Edelsteine aufs Kopfkissen legt, aber ihre Tugend nicht antastet – das ist mir alles zuviel. Das ist ein Mischmasch aus Wahrheit, Traumerlebnis und archetypischen Wunschvorstellungen.
Ich will sie deswegen nicht zur Rede stellen. Das Material ist trotzdem wertvoll. Aber ich bin dennoch nicht bereit, es wie jenen Klumpen aus Pech und Hanf zu schlucken, den Daniel dem Drachen in den Rachen stopfte. Wichtig ist, daß meine Patientin, je näher wir an den Augenblick der Offenbarung herankommen, sich wie eine Amöbe teilt. Bis jetzt haben wir drei voneinander getrennte Personen: die verdammte Seele, die sich an Bilder verlorener Unschuld klammert; Fräulein Zickzackblitz, Herrin auf Silbersee, praktisch veranlagt und von gesundem Menschenverstand; und die betrübte Mutter, die ihrem verlorenen Kind nachweint und die nicht einmal mehr die Kraft hat, das Kind ihre Liebe und ihren Kummer wissen zu lassen.

Schön, wir werden zu gegebener Zeit sehen, welche dieser Persönlichkeiten sich am längsten hält!
Sie sitzt kerzengerade in ihrem Sessel und erwartet von mir, daß ich die Befragung fortsetze. Ich sage nichts. Ich gehe zu ihr hinüber, stelle mich hinter ihren Sessel und beginne, ihr Schultern und Nacken zu massieren. Ihre Muskeln sind hart und verspannt. Nach einigen Augenblicken seufzt sie erleichtert auf, und sie entspannt sich unter meinen Händen. Dann macht sie die oberen beiden Knöpfe ihrer Bluse auf und schiebt den Kragen nach hinten, so daß ich ihre nackte Haut massieren kann. Ich rede ihr im Einklang mit den Bewegungen gut zu: »So ist es gut. Das ist einfacher als reden. So erfahren wir mehr voneinander. Machen Sie die Augen zu. Jetzt brauchen Sie sich vor Alpträumen nicht zu fürchten.«
Eine Zeitlang gibt sie sich ganz zufrieden der Berührung meiner Hände hin; dann greift sie hoch, faßt meine rechte Hand und zieht sie an ihre Lippen. Ganz ruhig erklärt sie: »Das ist genug. Ich danke Ihnen, mein Lieber. Ich habe es sehr genossen. Noch etwas mehr, und wir verlieren den Boden unter den Füßen.«
Ich freue mich, daß ich imstande war, ihr dieses Lustgefühl zu verschaffen. Ich ziehe ihren Kopf zurück und küsse sie auf die Stirn, dann kehre ich zu meinem Sessel zurück. Sie knöpft ihre Bluse wieder zu und sitzt mir gegenüber – halb ernst, halb belustigt, aber voller Wohlbehagen wie eine Katze neben dem Kaminfeuer. Ich bin glücklich. Der erste körperliche Kontakt ist hergestellt. In die Bastion ist eine erste Bresche geschlagen. Zeit und Geduld werden uns noch näher bringen. Dann überrascht sie mich mit einer offenherzigen Äußerung.
»Ich fürchte, Sie haben mir nicht gut zugehört, mein lieber Herr Doktor. Ich habe Ihnen mehrmals gesagt, daß ich an-

dere gern verführe und mich dann sehr schlecht benehme. Ich glaube, auch Sie sind ein Verführer und wundern sich dann anschließend, warum lauter neue Schwierigkeiten entstehen. Sie und ich – wir beide sollten uns auf nichts einlassen, das wir nicht bis zum Ende durchzuspielen bereit sind. Aber ich danke Ihnen, daß Sie mich offensichtlich gern haben. Das hilft mir mehr, als Sie wissen können.«
Ich lächele, zucke mit den Achseln und danke ihr meinerseits. Auch ich freue mich über meine Anziehungskraft, zumal in einem Abschnitt meines Lebens, wo ich mir oft wie das häßliche Entlein vorkomme. Nach dem kurzen Zwischenspiel kehren wir in die Wirklichkeit zurück. Ich bitte sie, mir von ihrem Leben als Assistenzärztin im Allgemeinen Wiener Krankenhaus zu erzählen. Aber so weit ist sie noch nicht.
»Ich möchte Ihnen erst noch etwas von Ilse erzählen.«
»Ilse? Dieser Name ist mir neu.«
»Wir haben noch nicht von ihr gesprochen.«
»Ist sie für Ihre Geschichte wichtig?«
»Später wird sie sehr wichtig.«
»Erzählen Sie mir von ihr.«
»Sie war im Internat in Genf meine Freundin. Sie kam auch aus dem Salzburger Land. Ihr Vater war Bergwerksbesitzer und ein großer Finanzmann. Ich hatte ein Verhältnis mit ihr, Papa hätte sie auch gerne verführt, aber es kam nicht dazu, weil ich sie nicht als Übernachtungsgast zu uns einladen wollte. Sie war hübsch, apart, reich und beinahe rührend dumm. Sie und ihre beiden Brüder gehörten zu den ersten Mitgliedern unseres Jagdclubs. Ilse stand auf dem Heiratsmarkt hoch im Kurs. Ihre Mutter war ein mißmutiges, blutarmes Geschöpf. Ihr Vater war sehr reich und darauf bedacht, für Klein Ilse einen adeligen Ehemann zu finden. Unsere monatlichen Jagdveranstaltungen auf Silber-

see boten die ideale Gelegenheit, vielversprechende junge Herren kennenzulernen, über die sie meine fachkundige Meinung hören wollte. Sie gehörte zu den Mädchen, die in einer Welt rosaroter Illusionen leben. Sie erinnerte sich an Vorfälle aus unserer Schulzeit in Genf, die sich so nie ereignet haben, nicht ereignet haben können. Das Verhältnis, das wir als Schulmädchen miteinander hatten und das an dem Tag sein Ende fand, als ich merkte, daß sie Papa schöne Augen machte, war für sie ein Band auf Lebenszeit. Ich sollte Brautjungfer bei ihrer Hochzeit, Patin ihrer Kinder und die beste Freundin ihres Ehemanns werden, den sie noch nicht einmal gefunden hatte. Nach einer Plauderstunde mit Ilse fühlte man sich so, als habe man sich mit Sachertorte vollgestopft. Am Schluß klebte man überall, man war voller Schokolade, und von so viel Süßem wurde einem beinahe schlecht.
»Eine sehr klare Personenbeschreibung. Ich kann mir Ilse jetzt sehr genau vorstellen. Können wir jetzt fortfahren, bitte?«
»Sie wollten etwas über Wien hören. Von Anfang an war dort alles sehr merkwürdig. Ich habe Ihnen ja gesagt, daß Papa mir eine Stelle als Assistenzärztin im Allgemeinen Krankenhaus beschafft hatte. Er gab mir Empfehlungsschreiben an den Chefarzt und an drei oder vier Kollegen mit, mit denen er im Laufe der Jahre zusammengearbeitet hatte. Er brachte mich in einer hübschen Wohnung unter, die zwischen Alsergrund und Josefstadt gelegen und zu Fuß bequem von der Klinik aus zu erreichen war. Er gab mir auch eine Vollmacht für seine Bank. Und damit hatte es sich! Keine gesellschaftlichen Kontakte, keine Freundinnen, nichts; es bestand kein Grund, sich das Leben durch eine gebildete Tochter erschweren zu lassen, deren Geburtsurkunde gewisse Schönheitsfehler aufwies.

Ich war natürlich gekränkt und verärgert, aber ich stand inzwischen auf eigenen Füßen. Wenn dies die Spielregeln waren, wollte ich mich unbedingt an sie halten. Ich wollte keine Bevorzugung haben und mir auch nichts nehmen lassen. Ich bedankte mich höflich bei den älteren Ärzten für ihre Unterstützung und zog mich dann konsequent in den Kreis der jüngeren Assistenzärzte zurück. Dort lernte ich Gianni di Malvasia kennen, der mit einem jungen Freund in einem ziemlich schäbigen Appartement an der Herrengasse wohnte. Der Freund studierte am Konservatorium Klavier und Komposition, aber weder in ihrer Wohnung noch in der Nachbarschaft war Platz für einen Flügel. Ich bot ihnen meine Räume zum Üben an und lud sie gelegentlich zum Essen ein; dafür begleiteten sie mich in Konzerte und führten mich bei den jungen Leuten Wiens ein. Wir kamen gut zusammen aus. Gianni in seiner pedantischen Art war ein guter Beschützer, und ich verstand seine Bedürfnisse und gelegentlichen Nöte. Bald gehörten wir zu einem kleinen Freundeskreis, der gemeinsam die Stadt unsicher machte: billige Plätze in der Oper, Wein und Geselligkeit in Grinzing, Nischen in den zweifelhaften Nachtlokalen der Altstadt. Ich lernte alle möglichen interessanten Menschen kennen. Auf Silbersee hängt ein Porträt von mir, das Klimt gemalt hat. Es ist ein Halbakt. Ich bin in einen bunten Umhang gehüllt, den er erst nachträglich dazugemalt hat. Ich lernte Schnitzler kennen und mochte ihn nicht. Für mich war er ein unerträglicher Snob. Lina Loos kümmerte sich eine Weile um mich; aber sie wurde meiner überdrüssig, weil ich weder malen noch schreiben konnte. Es war eine seltsame, ausgelassene Zeit. Man sprach vom Tanz auf dem Vulkan, aber so war damals unsere Stimmung.

Sie haben ja selbst in einem öffentlichen Krankenhaus gearbeitet. Sie wissen, wie es dort aussieht. Man ist noch sehr jung. Man verbringt die Tage und auch viele Nächte mit den Kranken, den vielen Unfallopfern einer Großstadt, den Sterbenden. Man glaubt, man sei hart im Nehmen, aber man ist es nicht. Nach einiger Zeit fängt man an, sich über das viele menschliche Leid zu entsetzen.«

Ich blättere in meinen Notizen und stelle fest, daß sie schon früher eine ähnliche Bemerkung gemacht hat. Ich lese sie ihr vor: »Wir begraben unsere Erfolge und Mißerfolge im selben Grab.« Ich frage sie, ob sie mir diesen Satz erklären könne.

»Ich will es versuchen, aber haben Sie bitte Geduld mit mir. Ich muß einen Schritt nach dem anderen tun. Sie müssen verstehen, was ich mit dem Leid meine, gegen das wir oft nichts tun können. Waren Sie niemals deprimiert, wenn Sie Reihe um Reihe dieser Betten betrachteten und merkten, wie viel die Patienten von Ihnen erwarteten und wie wenig Sie Ihnen tatsächlich geben konnten. Es hat mir ein wenig geholfen, denn es lehrte mich, gütiger zu sein. Auf der anderen Seite hat es mir aber auch sehr geschadet.«

»Was für einen Schaden?«

Zum erstenmal scheint sie in Verlegenheit zu geraten. Dann nimmt sie sich zusammen und platzt heraus: »Eine ziemlich lange Zeit hindurch drohte mein Geschlechtsleben unter die Räder zu geraten. Wenn ich neben irgendeinem hübschen jungen Körper aufwachte, fragte ich mich, welche schrecklichen Dinge sich wohl in seinem Innern abspielten. Gianni meinte, dasselbe passiere allen Medizinstudenten. Man müsse einfach darüber hinwegkommen. Er sagte scherzhaft: ›Man behauptet, Justitia sei eine blinde Göttin. Ich glaube, auch die Liebe muß blind sein.‹ Mein Unglück war, daß mir die Binde genau zum falschen Zeitpunkt von den Augen fiel.«

Ich notiere mir auch diesen Satz. Ich unterstreiche ihn mehrmals; aber eingedenk ihres Wunsches, daß sie nur schrittweise vorgehen möchte, bohre ich nicht weiter und lasse sie fortfahren.

»Die Folge war natürlich, daß wir, um die tägliche Tragödie zu vergessen, in unserer Freizeit jede Zurückhaltung aufgaben. Doch das viele Elend ließ sich nicht verdrängen. Meine Begegnung mit den Nachtseiten Wiens kam sehr früh. An einem Winterabend, etwa um elf, saß ich bequem vor dem Kaminfeuer und las, als Gianni an meine Tür klopfte. Er habe draußen einen Wagen warten. Ich solle mich sofort anziehen, meine Instrumente nehmen und mit ihm kommen. Ich dachte, es handle sich vielleicht um eine mißglückte Abtreibung. So etwas kam häufig vor, und junge Assistenzärzte wurden oft zu Hilfe gerufen, um die Sache wieder in Ordnung zu bringen. Sie hatten noch keine Approbation, um privat praktizieren zu können, deshalb war immer ein gewisses Risiko mit im Spiel. Gianni erzählte mir, die Geliebte eines Freundes von ihm bekomme ein Baby. Es sei eine schwere Geburt, und er brauche Hilfe. Er brachte mich in einen nahe der Burggasse gelegenen verwahrlosten Wohnblock. Er steht noch heute. In jedem Stockwerk gab es nur ein einziges Waschbecken, ein ›Bassena‹, und für alle gemeinsam nur eine Toilette. Das Haus wirkte abweisend wie ein Gefängnis, und der Hausmeister, der uns aus seiner kleinen Bude neugierig anstarrte, sah wie ein knurrender, alter Bluthund aus. Gianni gab ihm einen Geldschein, worauf er uns passieren ließ.

Die Patientin war ein Mädchen, höchstens achtzehn Jahre alt, mager und unterernährt; die Wehen waren schon weit fortgeschritten. Der junge Bursche bei ihr war Student am Konservatorium; er verdiente sein Essen und die Studiengebühren als Akkordeonspieler in einem Weinlokal. Die

Wohnung war kaum besser als ein Schuppen. Gianni hatte Handtücher und Leinenzeug sowie einen Korb und Dekken für das Baby mitgebracht. Es war eine Steißgeburt, schwer und scheußlich. Wir mußten die Zange verwenden und schließlich schneiden, um das Kind lebendig zur Welt zu bringen. Es wäre beinahe mißlungen, und wir blieben noch bis zum frühen Morgen bei der Mutter, um sie wieder ins Leben zurückzuholen. Sobald die Geschäfte geöffnet hatten, schickten wir den jungen Vater zum Einkaufen. Er war kaum aus der Tür, als der Hausmeister hereinstürmte, ein Skandalgeschrei anstimmte und mit sofortiger Kündigung drohte, was bei diesem Menschenschlag typisch ist.

Ich wollte gerade im selben Ton antworten, da hielt mich Gianni zurück. Er führte die schönste Szene auf, die ich je erlebt habe. Wir seien, erklärte er, Ärzte, die zu einem Noteinsatz gerufen worden seien. Diese vorübergehende Störung sei bestimmt besser als ein Todesfall im Haus. Und was den Skandal angehe, so sei ihm, als Angehörigem des öffentlichen Gesundheitswesens, eine Anzahl absolut skandalöser und gefährlicher Übertretungen der gültigen Bestimmungen in diesem Gebäude zur Kenntnis gekommen: schmutzige Toiletten, dreckige Waschbecken, Abfallberge und Ratten, die bekanntermaßen die Pest übertragen. Dann brach er ab und bat den Hausmeister mit einer Miene, die große Überraschung und Besorgnis erkennen ließ, die Zunge herauszustrecken, zu husten, sich bis an die Zehen hinunterzubeugen, kurz: eine ganze Komödie medizinischen Unsinns. ›Mein Freund‹, sagte er, ›Sie brauchen fast ebenso dringend Hilfe wie diese Mutter mit ihrem Kind. Kommen Sie zu mir ins Spital! Fragen Sie nach mir bei der Notaufnahme zwischen drei und vier. Ich kann Ihnen nichts versprechen – das kann man in Fällen wie dem

Ihrigen nie. Aber ich werde mein Bestes für Sie tun, vorausgesetzt natürlich, ich kann mich darauf verlassen, daß Sie sich hier um meine Freunde kümmern.‹

Der Kerl war in eine Panikstimmung geraten. Er wollte unbedingt wissen, was mit ihm los sei. Gianni schlug vor, ich solle ihn mir auch einmal ansehen und ein Urteil abgeben. Ich unterzog ihn derselben Routine. Auch meine Diagnose lautete, daß es sehr schlecht um ihn stehe. Er habe einen akuten Fall von serpiginöser Skartologie, die, wenn sie nicht behandelt werde, in eine unheilbare Proktoalgie übergehen könne. Der Bursche wußte inzwischen nicht, ob er erschossen oder vergiftet werden sollte. Gianni versicherte ihm nochmals mit ernster Stimme, er werde sein Bestes tun – vorausgesetzt natürlich, die junge Mutter und ihr Kind würden von jetzt ab in Ruhe gelassen. In der Klinik behandelte Gianni ihn sehr erfolgreich mit starken Abführ- und Beruhigungsmitteln. Ich besuchte Mutter und Kind jeden Tag, bis beide außer Gefahr waren.«

Ich sage ihr, dies sei eine reizende Geschichte. Wenn sie im Burgtheater aufgeführt würde, bliebe im Publikum kein Auge trocken. Aber ich würde gerne wissen, was der Vorfall für einen Sinn haben soll.

»Der springende Punkt, mein lieber Herr Doktor, ist der, daß das Kind einen Monat danach starb. Das Paar trennte sich kurz darauf. Das Mädchen ging wieder auf die Straße und schickte ihre Kolleginnen zu mir, damit sie bei der Untersuchung durch den städtischen Gesundheitsdienst nicht durchfielen. Der Vater des Kindes ist jetzt ein bekannter Dirigent. Sie fragten mich nach den begrabenen Erfolgen und Mißerfolgen. Hier haben Sie die Antwort.«

Ich bin überzeugt, daß es nicht die ganze Antwort ist, aber für den Augenblick genügt sie mir. Ich stelle eine einfachere Frage.

»Herzensangelegenheiten – irgend etwas von Bedeutung in jener Zeit?«

»Nein! Das ging einfach nicht. Ich schuftete im Krankenhaus wie ein Pferd. Trotz aller Vorurteile, die dort im Schwange waren – gegen Frauen, gegen Juden, gegen Verwaltungsreformen, gegen den Sozialismus, aber auch gegen die Ungarn –, war ich entschlossen, mich zu bewähren. Meine Freizeit war reine Freizeit, und ich brauchte nach wie vor einen Platz und eine Zeit, die mir ganz allein gehörten.«

»Und was taten Sie, wenn Sie allein waren?«

»Ich las, ich spielte Klavier, ich kochte, ich richtete meine Kleider, ich träumte vor mich hin.«

»Worüber?«

»Hauptsächlich über Silbersee. Was ich bei meinem nächsten Besuch tun würde, die Verbesserungen, die ich vornehmen könnte. Ich plante sogar einen großen Reiterball und überlegte mir alle Einzelheiten – außer einer.«

»Und die war?«

»Wer mein Tischherr sein würde. Kein Mann, den ich kannte, kam dafür in Frage.«

»Hatte es je einen solchen gegeben?«

»Nein. Nur Papa ... Alle übrigen waren Freunde, Bettgenossen. Ich hatte sie wirklich nicht so nötig, um sie an mich zu binden.«

»Trotz Ihrer Erziehung, Ihrer Reisen, Ihrer medizinischen Ausbildung blieb also ein Teil von Ihnen immer in Ihrer Kindheit verankert und in Ihren ersten sexuellen Erlebnissen. Sie versuchten, das Inzesterlebnis aus Ihrer Erinnerung zu verbannen, aber kein anderer Mann konnte es als Liebhaber mit Ihrem Papa aufnehmen. Ihre Zuneigung zu Lily hatte mehrere Gründe: Sie war Mutter, Schwester, Vertraute, lesbische Gefährtin ... Ja?«

»Ich habe es mir noch nie dergestalt zurechtgelegt; aber gewiß, es stimmt.«
»Und von all jenen Menschen, denen gegenüber Sie ein Schuldgefühl haben oder vor denen Sie sich schämen – oder zumindest in Verlegenheit geraten können –, haben Sie sich eine idealisierte Doppelgängerin zugelegt. Von Lily gibt es als Doppelgängerin die hübsche und treu ergebene Jungfrau Schwester Damiana, die von Gott vorzeitig abberufen wurde. Sie versteht Sie wie Lily. Sie liest in Ihren Gedanken. Aber die Beziehung hat nichts mit Sexuellem zu tun. Deshalb konnten Sie ihre Brüste unter der Tracht nicht fühlen. Anstelle Ihres Papas haben Sie den edlen Reisenden Avram Kostykian. Er stammt direkt aus der Gralssage: der edle Ritter, rein und ohne Makel, der Ihnen das Geheimnis der Perlen zeigt, Ihnen einen fast vollkommenen Saphir hinterläßt, aber nie mit Ihnen schlafen will.«
Ich erwarte, daß sie aufbraust. Ich wäre glücklich, wenn sie es täte. Dies würde bedeuten, daß wir uns dem Kern der Auseinandersetzung nähern. Aber nein! Sie bleibt ruhig, ist spöttisch und sogar ein wenig herablassend.
»Wollen Sie mir sagen, Herr Doktor, daß ich diese Menschen erfunden habe?«
»Ganz und gar nicht. Ich sage lediglich, daß Sie – wie soll ich mich ausdrücken? – diese Personen unbewußt in Ihren Gedanken neu arrangiert haben, so wie ein Porträtmaler sein Modell richtig hinsetzt. Es ist eine Sache des Schwerpunkts, der Verteilung von Licht und Schatten. Es ist ein Akt künstlerischer Schöpfung.«
»Oder, um es kurz zu sagen, eine Lüge.«
»Im Gegenteil! Es ist die reine Wahrheit. Nur erzählen Sie mir nicht, was diese Menschen an sich waren, sondern was sie für Sie bedeutet haben und was sie im Laufe der Zeit für Sie geworden sind. Ich könnte Ihnen die Kostykian-Ge-

schichte in drei Fassungen erzählen. Die Fakten wären in jedem Fall dieselben, aber ihre Bedeutung wäre ganz unterschiedlich. Soll ich es einmal versuchen?«

»Nein, vielen Dank.« Sie lacht. »Ich habe verstanden. Was ich gerne wissen möchte, ist ...«

Wir werden durch Unruhe im Haus unterbrochen. Die Kinder sind mit dem Mädchen nach Hause gekommen. Alle schreien wild durcheinander und suchen Mammas Aufmerksamkeit zu erringen. Einen Augenblick später klopft Emma an die Tür und schiebt das Kindermädchen herein, dessen Hand mit einem blutigen Kopftuch verbunden ist. Sie hat sich irgendwo an einem Stacheldraht die Haut aufgerissen. Der Ritz ist tief. Er läuft von der Wurzel des kleinen Fingers bis zum Handballen. Die Wunde muß genäht werden. Ich bitte Emma, Wasser abzukochen und mir Verbandsmaterial, Desinfektionsmittel sowie Nadel und Faden zu bringen. Meine Patientin bietet ihre Hilfe an. Ich bin einverstanden. Sie hat mir erzählt, daß sie früher eine erfahrene Chirurgin war. So können wir wenigstens diesen Teil ihrer Geschichte überprüfen. Sie wickelt sich ein Handtuch um die Taille, wäscht sich in meinem Waschbecken die Hände und geht dann daran, ohne viel Aufhebens und ohne dem Opfer große Schmerzen zu bereiten, die Wunde zu reinigen, zu desinfizieren, sie zu vernähen und zu verbinden. Das Kindermädchen ist dankbar. Emma ist entzückt. Sie weiß, ich hätte doppelt so lange gebraucht, unwirsche Bemerkungen während der Behandlung gemacht, so daß am Ende das Kindermädchen in Tränen ausgebrochen wäre. Ich selbst bin ganz glücklich darüber. Es ist eine kleine Intimität zwischen uns mehr. Ich spare mir mein Kompliment auf, bis wir allein sind.

»Das war eine vollendete Demonstration Ihres Könnens, meine liebe Kollegin.«

»Hatten Sie etwas anderes erwartet? Ein Student im ersten Semester hätte das kaum verpfuschen können. Aber ich freue mich, daß Sie zufrieden sind. Ich habe nämlich das Gefühl, daß Sie die Hälfte dessen, was ich Ihnen erzähle, für bloße Einbildung halten.«
Ich nehme mir vor, kein Blatt vor den Mund zu nehmen. Wir sind jetzt schon zu weit, um uns mit Halbheiten aufzuhalten. Ich appelliere wieder an ihr berufliches Verständnis.
»Wir wollen ganz offen miteinander sprechen. Bei jeder Diagnose muß man skeptisch sein. Sie wissen, daß jeder Alkoholiker mit Leberzirrhose Ihnen sagen wird, er sei nur ein mäßiger Trinker. Wer an Magengeschwüren leidet, gibt nur gelegentliche Verdauungsstörungen zu. Irgendwo bei unserem Gespräch fragte ich Sie, wie Ihre sadistischen Ausbrüche begannen. Sie sagten – wo ist es doch gleich? aha, hier! – Sie sagten, immer dann, wenn Sie sich selbst nicht mehr leiden könnten. Mit anderen Worten, Ihre Auffassung von sich selbst verändert sich. Deshalb verändert sich auch alles, was Sie über sich selbst erzählen. Ich kann nicht einfach die Maske akzeptieren, in der Sie sich mir zu einem gegebenen Augenblick präsentieren. Ich muß alle anderen Bestandteile Ihres Ich hinter der Maske entdekken. Unsere Träume und sogar unsere Tagträume sind dynamische Bestandteile unseres Lebens. Die einfachen Fakten – die Farbe eines Hauses, der Verlauf einer Straße, ob wir bei einer bestimmten Mahlzeit Tee oder Kaffee tranken – dies sind statische Elemente. Also bitte, bitte! Es ist schon zu spät am Tage, um schüchtern und verlegen zu werden. Erzählen Sie mir einfach das Ganze, wie es Ihnen in der Erinnerung haften geblieben ist.«
»Und Sie, mein Freund, vergessen Sie bitte nicht, daß ich von jetzt an viel Hilfe brauche.«

»Abgemacht! Ich verspreche es Ihnen. Sie schlossen also Ihre Zeit als Assistenzärztin in Wien ab. Vermutlich erhielten Sie dann die Approbation zur Ausübung des Arztberufes.«

»Mir wurde noch mehr angeboten. Eine Dozentenstelle, falls ich eine solche haben wollte. Eine Assistentenstelle in der Magen-Darm-Chirurgie war nämlich gerade frei geworden. Es war die erste Stufe auf einer hohen Leiter. Ich wußte nicht genau, ob ich mich für diese Karriere interessierte. Ich redete mich darauf hinaus, daß ich mich erst noch ein Jahr in Edinburgh oder London weiterbilden wolle. Danach würde ich mir mehr zutrauen. Ich verabschiedete mich in der Klinik so liebenswürdig, wie ich nur konnte, gab in einem ungarischen Restaurant für meine Freunde ein wildes Abschiedsfest und kam dann zurück nach Silbersee.

Papa, stellte ich fest, war in München. ›Brünftig entbrannt‹, meinte Lily verächtlich, ›für die Diva in der Fledermaus.‹ Ich wünschte ihm viel Glück und richtete mich ein, die Abrechnungen zu prüfen, das Herdbuch des Gestüts durchzusehen, auf unserem Besitz herumzureiten und mir Lilys Klatsch über die Lokalereignisse anzuhören. Ich war kaum eine Woche zu Hause, als ich einen Brief von Ilse Hellmann bekam. Große Überraschung! Ein Wunder! Der Himmel hing voller Geigen! Sie hatte sich in einen wunderbaren Mann verliebt, in den Märchenprinzen persönlich. Sein Name sei Johann Dietrich. Er sei auch adelig, ein Ritter von Gamsfeld. Er habe ihr einen Antrag gemacht. Sie habe angenommen. Ihr Papa sei einverstanden. Die Verlobung würde auf einem großen Ball, der gerade vorbereitet werde, bekanntgegeben. Ich bekäme bald eine offizielle Einladung. Wir müßten zu dritt kommen, Papa, Tante Liliane und ich. Und jetzt könne natürlich alles so ablaufen

wie vorgesehen: Ich sollte Brautjungfer, Patin und immerwährende Zeugin ihres Eheglücks sein. Es klang wie das Fegefeuer in rosa Bändchen – aber es war nun einmal passiert!
Lily und ich schlugen die Familie derer von Gamsfeld im Gotha nach. Der Adel war niedrig, aber sehr alt. Er wurde einst einem der Brüder von Wolfdietrich, Erzbischof von Salzburg, verliehen. Das Hauptgut lag nicht weit von Bad Ischl entfernt und wurde von Leuten, bei denen wir Auskunft einholten, als ›beträchtlich‹ bezeichnet. So schien es, daß sich der Traum meiner kleinen Ilse bewahrheiten würde und daß Papa Hellmann das Ziel seiner Wünsche erreicht hätte: eine Verschmelzung von Landwirtschaft, Bergbau und guten österreichischen Goldkronen. Lilys gereizte Frage klang in diesem Zusammenhang gar nicht unvernünftig: ›Wenn sich dieser kleine Dummkopf einen solchen Fisch an Land ziehen kann, warum nicht auch du? Denk mal darüber nach! Du arbeitest zu schwer und zu viel – und deine nächtlichen Spiele kommen deinem Teint bestimmt nicht zugute.‹ Darauf hatte ich natürlich keine Antwort parat. Ich sagte zu ihr, ich würde das Pferd satteln lassen, um nach den Holzfällern zu sehen. Wenn sie mitkommen wolle, sei sie herzlich eingeladen, aber, bitte, keine weiteren Predigten über den heiligen Stand der Ehe!«
»Aber Sie haben sich offenbar doch Gedanken darüber gemacht.«
»Selbstverständlich! Das tut jedes Mädchen. Und Lily hatte den empfindlichen Punkt berührt. Ich hatte Köpfchen. Ich war schön, reich und tüchtig – und dieses kleine dumme Gänschen ergatterte sich den Märchenprinzen!«
»Wie reagierten Sie also darauf?«
»Ich tat dasselbe wie Lily: Ich machte mir Gedanken dar-

über, was ich zur Verlobungsfeier anziehn würde, die ein großes Ereignis werden sollte – ein Riesenball in der Hellmann-Villa bei Bad Ischl. Die Gäste sollten im Hotel ›Drei Mohren‹ übernachten, das vom Keller bis zum Dachgeschoß für diesen Anlaß gemietet war. Es sollte an nichts fehlen, ganz auf alter Adel, aber mit ländlichem Anstrich, um den einheimischen Honoratioren entgegenzukommen. Lily und ich beschlossen, in Landestracht zu erscheinen, und wir fuhren dreimal nach Salzburg, um uns Festdirndln entwerfen und anmessen zu lassen. Als Papa schließlich, bleich und abgespannt vom langen Warten in der Garderobe der Diva und von den anschließenden Soupers, die bis spät in die Nacht dauerten, wieder nach Hause kam, waren die Kleider fertig. Er war so von ihnen beeindruckt, daß er auch im Trachtenanzug erscheinen und mich zum erstenmal die Geschmeide seiner Mutter tragen lassen wollte: einen wunderschönen, schweren Schmuck, der im ungarischen Stil angefertigt worden war. Großmutter mußte eine kräftige Frau gewesen sein, denn einige dieser Schmuckstücke waren für mich viel zu schwer; aber es gab andere, die großartig zu meiner Garderobe paßten: eine Halskette mit Anhänger und zwei Armreifen. Als Ring trug ich den Saphir, den mir Avram Kostykian geschenkt hatte und den ich in Wien hatte fassen lassen.«

Einmal mehr fällt mir die außerordentlich vielschichtige Natur dieser Frau auf. Was ich gerade gehört habe, war reiner Weibertratsch, unverblümt und ganz natürlich: Es geht um Kleider, Schmuck und Gesellschaftsklatsch. Ich warte, daß die Schattengestalt auftaucht, der dunkle Geist, der den Zorn in ihre Augen treibt und ihre orgiastischen Streifzüge durch die Freudenhäuser auslöst. Ich versuche, den Schatten mit einer ziemlich gehässigen Frage herauszulokken.

»Warum hat Ihnen Ihr Papa den Schmuck seiner Mutter nicht schon früher gegeben? Ich nehme nicht an, daß er ihn selbst getragen hat. Warum hielt er ihn unter Verschluß, obwohl er eine erwachsene Tochter hatte, die ihn hätte tragen können?«

»Ich weiß es nicht.« Ihre Antwort klingt offen und aufrichtig. »Ich habe mir darüber keine Gedanken gemacht. Der Schmuck war sein Eigentum. Er konnte mit ihm machen, was er wollte. Lily meinte, er wolle ihn für den Fall aufheben, daß er doch noch heiraten sollte. Dann hätte er ihn seiner Frau übergeben können. Ich weiß, daß er Schmuckstücke für seine Freundinnen kaufte, aber was Großmutter gehört hatte, verschenkte er nie.« Sie blickt zu mir auf und lacht verlegen. »Sie sind ein netter, korrekter Schweizer. Sie wissen nicht, wie verrückt die Ungarn sein können. Sie sind wie Quecksilber. Man kann sie nie in den Griff bekommen.«

»Was geschah schließlich mit dem Schmuck?«

»Er schenkte ihn Lily.«

»Das ist ja erstaunlich!«

»Vielleicht gar nicht so erstaunlich, aber darüber werde ich Ihnen später mehr erzählen. Wo waren wir stehengeblieben?«

»Bei den Vorbereitungen zu Ilse Hellmans Verlobungsball.«

»Ach ja! Die Einladungskarten trafen ein; mit ihren protzigen Goldrändern hätte man den Turm des Stephansdoms vergolden können. Der Tag kam. Es herrschte herrliches Herbstwetter; das Laub war noch immer golden, braunrot und gelb. Für mich waren besondere Vorkehrungen getroffen worden. Papa und Lily wurden im Drei Mohren untergebracht. Ich wohnte bei den Hellmanns in einem Zimmer neben Ilse, so daß wir miteinander plaudern und uns ge-

meinsam ankleiden konnten. Ich war gespannt, ob sie die Nacht bei mir im Bett verbringen wollte, nachdem sich der Märchenprinz sittsam zurückgezogen hatte. Verzeihen Sie! Ich sehe dies alles in der Rückschau, damals war ich gar nicht so wild auf ein Erlebnis. Aber – o mein Gott! – es war nicht leicht, dieses ganze Getue zu ertragen.«
»Und der Märchenprinz? Ließ er sich schwer erobern?«
Eine erstaunliche Veränderung geht in ihr vor. Es ist, als wäre ein Licht ausgeschaltet worden. In ihrer Stimme ist ein trauriger Unterton, der einen frösteln läßt. Sie sieht mich nicht an, sie schaut auf ihre Hände, die schlaff und regungslos in ihrem Schoß liegen.
»Keineswegs!« sagt sie schlicht. »Es war nicht schwer, ihn zu verführen. Er war der bestaussehende Mann, der mir je begegnet war. Ich wollte ihn unbedingt haben, mehr als alles in meinem bisherigen Leben.«
Ich warte stumm auf den Rest. Langsam hebt sie den Kopf und sieht mich an. Ihre Augen sind ausdruckslos, die Wangen blutleer wie weißer Marmor. Ich muß an die Worte über ihre Mutter denken, die Schneekönigin, die an Stelle des Herzens einen Eisklumpen hatte. Ich brauche sie nicht zu drängen. Die Worte kommen jetzt in einem steten, bedenkenlosen Fluß.
»Ich war wie vom Blitz getroffen, ein richtiger *coup de foudre.* Wenn Sie so etwas noch nie erlebt haben, kann Ihnen niemand erklären, wie einem dabei zumute ist. Hier war dieser gutaussehende Mann, groß, blond, mit leuchtenden Augen, männlich durch und durch, in der Galauniform der Kaiserlichen Kavallerie. Er beugte sich über meine Hand und sagte, wie sehr er sich freue, mich kennenzulernen, und wie oft Ilse über unsere immerwährende Freundschaft und so weiter gesprochen habe. Ich spürte, wie ich vom Nabel bis zur Stirn errötete – ausgerechnet ich! Ich betete

zu Gott, daß ich mich nicht blamieren und ohnmächtig vor ihm zu Boden sinken möge. Ich sehe Sie lächeln und nehme es Ihnen nicht übel. Ich bin fünfundvierzig Jahre alt und kann mich noch so lebhaft an jenen Augenblick erinnern, als wäre es heute. Wir haben über die Wiedergeburt gesprochen. Ja, in jener Nacht wurde jemand in mir geboren, ein so wildes und leidenschaftliches Wesen, daß ich es nie habe unter Kontrolle bringen können. Ich begehrte Johann Dietrich mit Leib und Seele, und er verlobte sich hier mit diesem dahinschmelzenden kleinen Karamelpudding! Als ich mit ihm tanzte, wurde es noch schlimmer. Ich stellte fest, daß er zu allem auch intelligent war. Er hatte gehört, was ich auf Silbersee tat, und fragte, ob er mich einmal besuchen und sich das Gestüt ansehen dürfe. Vielleicht könne ich ihm Ratschläge für ein ähnliches Projekt in Gamsfeld geben. Wir könnten dort vielleicht eine Niederlassung unseres Jagdclubs gründen. Wir brauchten nicht in Konkurrenz miteinander zu treten, vielleicht könnten wir gemeinsam etwas unternehmen. Als Kavallerist interessiere er sich für ...
Da kam Ilse und entführte ihn mir; aber ich bewahrte jedes Wort in meinem Herzen, als wäre es ein Diamant. Er war noch nicht verloren für mich, nicht, bis sie verheiratet waren. Und, Gott im Himmel, vielleicht nicht einmal dann.
Als der Ball schließlich zu Ende war und ein Imbiß serviert wurde, trennte sich das Brautpaar mit einem letzten, gesitteten Kuß, und Ilse kam in mein Zimmer. Sie war zu aufgeregt, um einschlafen zu können. Sie kroch zu mir ins Bett und redete und redete, während ich ihr mit eigenen verliebten Gedanken zuhörte und jedes Wort für später in meinem Gedächtnis bewahrte. Ich wollte ebensoviel wie sie von diesem Prachtexemplar aus Gamsfeld wissen. Als sie schließlich müde wurde und sich in meine Armbeuge

kuschelte, begann ich mit denselben Liebesspielen, die wir damals in Genf getrieben hatten. Nach einer durchtanzten Nacht war sie zu erschöpft, um Widerstand zu leisten. Sie protestierte mit halbem Herzen, daß sie, obwohl sie mich noch immer liebe, sich für Johann aufsparen wolle. Ich wußte nicht, was es da noch zum Aufsparen geben sollte, aber ich erzählte ihr dieselben kleinen Lügen, die Lily und Papa mir gegenüber angewendet hatten: daß sie Johann nichts vorenthalte, sondern ihn durch ihre Erfahrung nur um so mehr beglücken werde. Sie schlief schließlich ein; ihre Lippen lagen auf meiner Brust, ein Bein hatte sie um mich geschlungen, und ihre Haare berührten meine Wangen. Ich lag noch wach, als die Sonne aufging und die Knechte das Vieh zum Melken hereintrieben. Ich konnte die Kuhglocken hören, deren helles Läuten im Tal widerhallte. Ich schaute auf Ilse und dachte, wie schön es doch wäre, wenn sie einfach verschwinden würde – weggeblasen wie ein Blatt im Herbst.«

Während ich dieses bleiche, schöne Gesicht und die glänzenden Augen betrachte, die rückwärts auf eine ferne Landschaft schauen, die nur sie wahrnehmen können, überkommt mich plötzlich ein Angstgefühl, als habe sich mir ein eisiger Finger auf die Seele gelegt. Ich verstehe vollkommen, was sie mir da sagt. Dies ist der Todeswunsch, den wir alle irgendwann einmal in unserem Leben empfinden. Ich fühlte ihn, als ich neben Emma lag, während ich in Gedanken bei einer anderen Frau war. Ich habe ihn im Hinblick auf meinen Vater empfunden, ebenso auf Freud – und Toni, die bohrende Inquisitorin meiner innersten Geheimnisse, behauptet, ich sei fest entschlossen, mir diesen Wunsch in München zu erfüllen.

Dann öffnet sich in den Tiefen meines Unterbewußtseins eine eiserne Tür, und tausend fremdartige Wesen stürzen heraus, um mich zu belagern. Ein häßlicher Zwerg mit Freuds Gesicht, ein hüpfender Vogel mit dem Gesicht eines kleinen Mädchens, das klappernde Skelett eines prähistorischen Ungeheuers, ein strahlender Siegfried mit blutender Brustwunde, der laut ruft: »Du hast mich getötet, du, du, du!« Die Bedrängnis scheint eine Ewigkeit zu dauern, aber meine Patientin scheint nichts gemerkt zu haben. Sie ist noch immer gefangen in dem verzauberten Augenblick der Liebessehnsucht und des Todeswunsches, dem Rückfall ins Tierische, der dem Augenblick des Besitzergreifens vorangehen muß.

Wieder einmal werde ich mir der merkwürdigen Übereinstimmung unserer psychischen Erfahrungen bewußt. Die Bewußtseinsspaltung, die ich soeben erlebt habe, die Empfindung, nicht mehr Herr meiner selbst zu sein, sondern unter dem Einfluß fremder Kräfte zu stehen, ist genau dasselbe, was sie in ihren orgiastischen Augenblicken erlebt. Nein, einen Augenblick! Es ist nicht genau dasselbe. Ich werde ständig bedrängt, sie aber ist stets der Aggressor. Plötzlich merke ich, daß sie nicht mehr sitzt, sondern mit ausgestreckten Händen vor mir steht.

»Ja, was ist?« frage ich abwehrend.

Sie bittet mich schüchtern wie ein kleines Mädchen: »Bitte! Ich habe große Angst. Halten Sie bitte einen Augenblick meine Hände!«

Ich schaue in ihre Augen. Ich sehe keine Verstellung, keine Boshaftigkeit. Ich bin mir nicht sicher, ob sie mich überhaupt wahrnimmt. Sie starrt in das Kaleidoskop ihres eigenen Selbst, nicht in meine wirre Gedankenwelt. Ich nehme ihre Hände und stehe auf. Ich ziehe sie an mich, halte sie eng an mich gepreßt und spüre aufkeimendes Begehren. Sie erwidert es nicht. Sie widersetzt sich aber auch nicht. Sie akzeptiert meine Wärme mit einer Art von verzweifel-

ter Dankbarkeit. Meine Gelüste verebben rasch. Nach einigen Augenblicken entzieht sie sich meiner Umarmung und dankt mir, seltsam schüchtern wie ein Kind.
»Ich danke Ihnen. Das brauchte ich jetzt. Sie sind mir nicht böse, oder?«
»Warum sollte ich Ihnen böse sein? Ich freue mich, daß Sie mir Vertrauen entgegenbringen – und ich habe großen Respekt vor Ihrem Mut. Sind Sie bereit, fortzufahren?«

Magda

Zürich

Ich fahre fort, weil ich muß. Es ist spät am Nachmittag. Die Zeit verrinnt mir zwischen den Fingern. Ich habe zugesagt, meinen Lebenslauf bis zum Ende dieser Sitzung abzuschließen. Danach muß sofort ein Entschluß gefaßt werden. Kann dieser Carl Gustav Jung mir helfen oder nicht? Und was noch wichtiger ist: Will er mir helfen, wenn er die ganze Geschichte kennt?

Falls er nicht kann oder nicht will, reise ich sofort von Zürich ab. Es gibt einen Schlafwagenzug nach Mailand und Rom. Ich werde ihn benutzen. Ob ich jemals wieder aussteigen werde, ist eine andere Frage. Es liegt eine gewisse Ironie in der Vorstellung, eine Reise unter den Puritanern in Zürich zu beginnen und sie als Pilger zur Ewigkeit irgendwo auf dem Weg nach Rom, der Ewigen Stadt, zu beenden.

Ich höre Jungs Stimme, der mich fragt: »Ist Ihnen etwas Komisches eingefallen? Darf ich wissen, was?«

Es ist leichter zu lügen, als ihm den schwarzen Humor eines Todes im Schlafwagenabteil zu erklären. Ich sage: »Ich dachte gerade an unsere Rückfahrt vom Ball nach Silbersee. Papa war auf dem Sitz in der Ecke eingenickt und gab leise Brummtöne von sich, wenn er in den Kurven mit dem Kopf gegen das Wagenfenster stieß. Lily war hellwach, sah aber nach der langen Nacht und einer nur flüchtigen Toilette etwas zerzaust aus. Ich hatte gerötete Augen und war müde, aber mein Kopf war voll tanzender Teufelchen. Lily zeigte auf Papa und meinte geringschätzig: ›Ich weiß nicht, wohin er gestern abend geraten ist. Er verschwand nach dem letzten Walzer, und dann sah ich ihn erst wieder, als er beim Frühstück erschien und erklärte, er komme gerade vom Friseur. Ich weiß nicht, wen er sich fürs Bett aufgegabelt hat, aber das muß man dem alten Gauner lassen: Er geht ran wie Blücher. Und wie steht's mit dir, mein Fräulein? Ich habe dich mit Johann Dietrich tanzen gesehen. Du solltest dir keine falschen Hoffnungen machen, denn diese Verlobung wird niemals aufgelöst. Ich habe gestern abend die ganze Geschichte von Frau Hellmanns verwitweter Schwester erfahren. Für dich wäre das eine glänzende Gelegenheit für eine Pantomime gewesen, sie sieht nämlich genau wie eine der häßlichen Schwestern vom Aschenbrödel aus. Schön, Dietrichs Mutter starb vor fünf Jahren, sein Vater letztes Jahr. Johann führt natürlich den adeligen Namen weiter, aber der Besitz fällt erst dann an ihn, wenn er geheiratet hat. Bis zu diesem Zeitpunkt bekommt er nur die Einkünfte. Offenbar wollte der alte Herr nicht, daß er das Gut gegen Spielschulden verpfändet oder wegen Weibergeschichten verliert. Doch müssen noch andere Legate ausgezahlt werden, an Verwandte und altgediente Angestellte, und ein erheblicher Betrag geht an die Frau, die der Vater aushielt, als er starb. Der junge Johann Dietrich brauchte also Bargeld. Wie könnte er schneller dazu kommen als durch eine Geldheirat? Ich würde sagen, er bekommt sogar beides: Liebe und Geld. Ilse betet ihn an, und er scheint sie sehr gern zu haben. Aber du siehst, was ich meine: Wenn du in Frage gekommen wärst, hättest auch du dein Schäfchen ins Trockene bringen können.‹ Ich war versucht, ihr zu sagen, daß ich bereits auf dem Heiratsmarkt notiert sei und die Absicht hätte, weiterhin auf ihm

zu bleiben, bis die letzten Gebote ausgerufen seien. Aber ich war zu müde, um mich mit ihr zu streiten. Ich sagte ihr lediglich, daß Johann Dietrich mit uns über ein gemeinsames Zuchtprogramm und eventuell über die Gründung eines Jagdclubs in Gamsfeld sprechen möchte.
Lily dachte eine Weile darüber nach und kam dann zu dem Schluß, so etwas sei gar nicht so unvernünftig. Mit größerem Kapital könnten wir uns noch bessere Zuchtpferde anschaffen. Gamsfeld habe gegenüber Silbersee für die Ausbildung der Pferde gewisse Vorteile. Das Gelände sei dort flacher. Der Eisenbahnknotenpunkt für die Strecken nach Wien, München, Kärnten und Italien liege ganz in der Nähe. Wir könnten Fohlen züchten, sie zunächst in Silbersee aufziehen und dann zur Ausbildung nach Gamsfeld bringen. Hans Hemeling sei hier ein erfahrener Fachmann. Ich könnte die ärztliche Betreuung der Tiere und der Menschen übernehmen. Alles in allem eine großartige Idee – vorausgesetzt, daß ich die Hände in den Taschen meines Reitdreß stecken ließe, wenigstens solange Ilse Hellmann in der Nähe sei. Ich mußte darüber lächeln; man mußte schon sehr gewitzt sein, um Lily Mostyn zu überlisten.
Auch Papa hatte etwas dazu zu sagen, als er in einer besonders scharfen Kurve durch einen Ruck geweckt wurde. Aus heiterem Himmel erklärte er: ›Ich bin von dem jungen Dietrich sehr beeindruckt, sehr beeindruckt. Viel mehr Verstand, als man bei einem Kavallerieoffizier erwarten würde. Er hat eine verwitwete Tante, die ihm auf Gamsfeld den Haushalt führt. Sie heißt Sibylla. Eine gutaussehende Frau, gewandt im Umgang und tüchtig. Ich habe sie zu einem Besuch auf Silbersee eingeladen.‹ Ich enthielt mich jeder Stellungnahme. Ich dachte, warum nicht schon früher? Warum hast du nie ein paar Gedanken auf die Heiratsaussichten deiner eigenen Tochter verwendet?«

Ich merke plötzlich, daß Jung mich forschend ansieht. Er wendet den Blick nicht von meinem Gesicht. Er macht sich keine Notizen, sondern stößt nur mit dem Ende seines Bleistifts gegen die Lippen. Ich weiß, was er sich denkt. Er langweilt sich wie ich bei diesem Gesellschaftsklatsch.
Ich kapituliere, hebe beide Arme und sage: »Also gut! Ich sage es rundheraus: Ich wollte Johann Dietrich für mich haben. Vom ersten Augenblick an war ich darauf versessen, ihn mir zu angeln. Ich hatte keinen Plan. Ich besaß ein großes Gut, Ilse dagegen war für Johann ein kleiner Fisch. Ich mußte Silbersee als Köder auswerfen, und das tat ich auch, sobald wir wieder daheim waren.«
»Das müssen Sie mir erzählen!« Jung lacht mich mit spöttischer Belustigung an. »Ich muß noch viel über verliebte Frauen lernen.«
»Ich schrieb Briefe: an Vater Hellmann und seine Frau mit überschwenglichem Dank für ihre Gastfreundschaft, die ich hoffte auf Silbersee erwidern zu können; an Ilse ein ganzes Buch liebevoller Komplimente: wie hübsch sie ausgesehen habe, was für einen großartigen Mann sie gefunden habe, wie glücklich mich die Gewißheit mache, daß auch sie glücklich sei, daß Johann erwähnt habe, er würde sich gerne einmal unseren Besitz ansehen und vielleicht mit uns gemeinsame Projekte durchführen, wie erfreut wir wären, wenn er uns besuchen wolle, natürlich mit Ilse – und mit seiner Tante Sibylla und ihren Eltern und der Katze und dem Hund, wenn ihnen danach zumute wäre. Hoffentlich würden sie alle recht bald zu uns kommen. Im Brief an Johann gab ich mich wohlerzogen und formell. Ilse sei meine liebe, liebe Freundin. Ich freue mich für sie und für ihn. Und bezüglich seines Besuchs auf Silbersee – bitte, jederzeit! Wir seien im Begriff, eine interessante Umstellung von Kalt- auf Warmblut durchzuführen. Ich

schrieb von Hannoveranern und Holsteinern, von englischen Vollblütern und von Kreuzungsexperimenten mit Connemara-Ponies. Ich schrieb ihm von meinem bevorstehenden Besuch in England und ließ dabei einfließen, daß wir uns vielleicht gemeinsam einen guten englischen Zuchthengst anschaffen könnten.«
»Nur interessehalber«, fragt Jung, »wieviel Zeit blieb Ihnen noch, bis die Hochzeit unter Dach und Fach sein sollte?«
»Vom Herbst bis Ostern. Nach alter Sitte sollte die kleine Ilse eine Osterbraut werden, und Johann Dietrich mußte noch zwei Monate bei seinem Regiment Dienst tun, bevor er Reserveoffizier wurde.«
»Nicht viel Zeit, um ein so festgefügtes Verlöbnis auseinanderzubringen.«
»Ich weiß. Es wäre leichter gewesen, die Landesbank auszurauben. Ich war jedoch zu allen Schandtaten bereit.«
»Aber Sie wußten nicht genau, was Johann Dietrich Ihnen gegenüber empfand.«
»Das spielte keine Rolle. Was auch an Ilse sein mochte, an mir war mehr – das wußte ich. Was immer sie für einen Mann tun konnte – ich konnte es zwanzigmal besser.«
»Ein ganz schönes Selbstvertrauen!«
Er lacht mir ins Gesicht. Auch ich muß lachen.
»Es ist eine Art von Wahnsinn. Man ist felsenfest überzeugt, daß die Welt nach denselben Regeln funktioniert wie die eigenen Gedanken. Einige Wochen nach der Verlobung kamen Johann und Ilse auf Besuch zu uns nach Silbersee. Johanns Tante, die einen solchen Eindruck auf Papa gemacht hatte und die auch ihn anscheinend sehr gern wiedersah, begleitete die beiden. Zu den Veränderungen auf Silbersee und als Service für unsere Kunden im Jagdclub gehörte, daß ich zwei der nahe gelegenen Vorwerke in Gästehäuser umgewandelt hatte. Dort brachten wir Ilse, Jo-

hann und Tante Sibylla unter. Wir ritten gemeinsam über das Gut, wobei Hans Hemeling als Anführer fungierte. Hemeling machte auf Johann, der alles andere als ein untätiger Gutserbe war, einen ausgezeichneten Eindruck. Johann sprach ganz offen über seine Probleme.
Sein Vater habe den Besitz sehr erfolgreich geführt, aber er habe Johann nie an der eigentlichen Arbeit teilhaben lassen. In seinen späteren Lebensjahren sei es zwischen ihm und seinem Vater zu einer gewissen Entfremdung gekommen, weil der Alte seine Geliebte in das Herrenhaus aufgenommen hatte. Deshalb blieb Johann einige Zeit ständig bei seinem Regiment. Jetzt hatte er viel aufzuholen. Er war begierig zu erfahren, wie wir uns auf Silbersee eingerichtet hatten und wie es uns gelungen war, die Arbeitsmoral bei dem Gesinde wiederherzustellen. Dann sagte er etwas, das meinen Hoffnungen neuen Auftrieb gab, als wäre ein Windstoß durch glühende Kohlen gefahren: ›Ich hoffe, Sie können einen Teil Ihrer Erfahrungen an Ilse weitergeben. Sie ist ein braves Mädchen, und ich liebe sie sehr, aber sie hat nie für sich selber einstehen müssen. Wenn wir einmal verheiratet sind, werde ich auf Gamsfeld viel Hilfe brauchen. Sie sind da ganz anders. Sie haben einen Beruf. Sie sind von niemandem abhängig. Das bewundere ich sehr. Natürlich haben Sie Lily. Ich habe diese Frau sehr gern. Sie hat Pfeffer auf der Zunge und den Teufel im Herzen. Ich mag auch Ihren Vater. Er besitzt ausgesprochenen Stil.«
»Genug der Komplimente! Gab es denn kein Händchenhalten, keine Küsse, keine verstohlenen Andeutungen?«
»Nichts. Ich war vorsichtig wie eine Nonne.«
»Und Ilse?«
»Sie war überwältigt. Ich mußte jetzt neben all den anderen Rollen auch noch die der Mutter übernehmen und ihr beibringen, wie man einen Gutshaushalt führt. Johanns Tante

Sibylla war eine sehr tatkräftige Person, und Ilse wollte nicht, daß sie sich als Hausherrin aufspielte. Ich versprach ihr, daß Lily und ich alles tun würden, um sie – Ilse – auf ihre künftigen Aufgaben vorzubereiten.
Zum Ausklang des Tages boten wir ihnen ein ländliches Abendessen im Schloß, dann verfrachteten wir sie ins Gästehaus. Papa machte noch den Vorschlag, unsere Besucher ins Dorf zu ländlicher Musik und Tanz zu fahren. Ich wußte, daß er mit Tante Sibylla verschwinden wollte. Da das Brautpaar vorzog, allein zu sein, entschlossen uns Lily und ich, früh zu Bett zu gehen.
Als sie am nächsten Vormittag abfuhren, übergab mir Johann Dietrich einen Scheck über dreitausend Goldkronen als halben Anteil an einem englischen Vollbluthengst, falls ich den richtigen finden könne. So reiste ich einige Wochen später mit Hans Hemeling nach England, um die Auktion der Jährlinge in Newmarket zu besuchen. Hans sollte dann die Tiere nach Hause bringen, ich aber wollte noch zwei Monate zur Fortbildung ans Saint Mark's Hospital im Londoner Eastend gehen, wo man sich auf die Behandlung von Fisteln und bösartigen Geschwülsten spezialisiert hatte.
Mir schien es der richtige Entschluß zu sein. Papa hatte versprochen, zu Hause zu bleiben und sich mit Lily um das Gut zu kümmern. Es war sinnlos, abzuwarten, bis Johann Dietrich in leidenschaftlicher Liebe zu mir entbrennen würde. Je früher wir geschäftlich zusammenarbeiteten, desto häufiger konnten wir uns sehen. Während meiner Abwesenheit würde ich zwar seinem Herzen nicht näherkommen, aber wir waren zumindest Partner mit je dreitausend Goldkronen Einsatz. Manch eine große Romanze war aus noch viel kleineren Anlässen entstanden. Ich hatte noch eine Idee ...«

»Einen Augenblick!« Jung hebt abwehrend die Hand. »Sie fuhren nach London. Sie wollten dort zwei Monate allein verbringen. Wurde denn Ihre Mutter überhaupt nicht erwähnt? Haben Sie nicht mit Ihrem Papa oder mit Lily über sie gesprochen?«
»Gewiß.«
»Und?«
»Es führte wie immer zu nichts.«
»Erklären Sie bitte, wieso.«
»Papa blieb seiner alten Linie treu: keine Auskünfte, keine Diskussion. Für ihn war meine Mutter tot, begraben und vergessen. Er meinte, meine Neugier sei wie eine Magenverstimmung, die ich schon überstehen würde.«
»Und Lily?«
»Lily stellte sich diesmal auf einen anderen Standpunkt. Sie verstand meine Gefühle – wie stets. Sie war selbst ein adoptiertes Kind. Es war das erste Mal, daß sie dies zugab, und ich bin immer noch nicht sicher, ob es stimmt. Sie behauptete jedoch, dieselbe Wißbegierde über ihre Eltern wie ich über meine Mutter empfunden zu haben. Aber, sagte sie, es sei wie der verschlossene Raum in Blaubarts Burg; sobald man die Tür aufmache, finde man womöglich Dinge, die man verabscheut und nie wieder vergessen kann. Sie sagte noch etwas anderes, das sich mir eingeprägt hat. ›Die Engländer, besonders die Aristokraten, haben immer einen Anflug von Kälte. Sie können sehr grausam und sehr engherzig sein, wenn ihre Interessen auf dem Spiele stehen. Ich an deiner Stelle würde dieses Risiko nicht eingehen. Ich war Kindermädchen, denk daran, und stand über dem Hausmädchen und der Köchin, aber ich durfte mich nie mit der Herrschaft an einen Tisch setzen. Du gehörst jetzt selbst zu den Herrschaften. Warum willst du riskieren, daß dich irgendeine hochgestochene Dame durch ihr

Lorgnon ansieht, als wärest du eine eklige Schnecke auf einem Salatblatt.‹ – Reicht Ihnen diese Erklärung?«
»Vorläufig ja. Wie sind Sie an das Saint Mark's Hospital gekommen?«
»Auf die gleiche Weise, wie ich damals alles andere erreicht habe. Ich schrieb hin und schickte Abschriften meiner Zeugnisse und Empfehlungen meiner Professoren in Padua und Wien mit.«
»Sie ließen also die Romanze in Gamsfeld auf Sparflamme weiterschmoren und kamen in London an.«
»Mit einem Kreditbrief für die Coutts Bank und einem Empfehlungsschreiben an den Kaiserlich Österreichischen Botschafter am Hof von Saint James. Da ich kein Adelspatent besaß, bestand keine Gefahr, daß ich von der Gesellschaft vereinnahmt wurde, aber mein Ruf als Ärztin führte dazu, daß mein Name im Gästekreis der Botschaft einen angesehenen, wenn auch leicht exotischen Klang bekam. Ich fuhr mit Hans nach Newmarket und erstand unseren ersten bedeutenden Zuchthengst. Wir nannten ihn Philipp, weil wir hofften, er würde Vater eines Welteroberers wie Alexander der Große werden. Als Hans nach Österreich zurückkehrte, mietete ich eine Wohnung in der Baker Street und fuhr täglich mit einer Pferdedroschke zur Klinik. Ich habe mich in meinem ganzen Leben nie wieder so elend gefühlt. Das einzige, was mich aufrechterhielt, war mein Stolz. Ich wollte weder vor Papa noch vor Johann wie ein geschlagener Hund heimkehren.«
»Warum fühlten Sie sich so elend?«
»Wegen allem! Das Wetter war miserabel: dichter Nebel oder Nieselregen Woche um Woche. Meine Unterkunft glich einer in Kälte erstarrten Wüstenei. Die Engländer, die ich kennenlernte, schienen in einem sexuellen Sargassomeer vor Anker gegangen zu sein – in einem Tang aus

Selbstbefriedigung, Masochismus und Männerliebe in türkischen Bädern ... Und dann heiratete Ilse Hellmann aus dringenden Gründen Johann Dietrich eine Woche vor Weihnachten.«

»Mein Gott!« Jetzt war sogar Jung erstaunt. »Was war geschehen? Erzählen Sie mir bloß nicht, daß sie auf Silbersee schwanger wurde. Das wäre wirklich zuviel!«

»Nein. Ihre Mutter war sehr krank. Man befürchtete, sie könne noch vor Weihnachten sterben. Sie wollte aber ihre kleine Ilse unter der Haube sehen, bevor sie das Zeitliche segnete. Johann hatte keine Einwände. Dadurch wurde er nur um so früher Gutsherr. Vater Hellmann war glücklich, daß auf diese Weise alles zum Abschluß kam. Ilses Mutter starb in der Silvesternacht – während ich im Saint Mark's Hospital im Mikroskop ein Sarkom untersuchte.«

Jung und ich brechen im selben Augenblick in lautes Lachen aus. Das Ganze klingt wirklich zu unglaubwürdig! Und trotzdem hat sich alles genau so ereignet. Nur habe ich in London nicht gelacht, als Lilys Telegramm eintraf. Aus lauter Wut und Enttäuschung weinte ich mir fast die Augen aus.

Auf den Straßen lag der Schnee knöcheltief, aber ich ging zu Fuß bis zum Piccadilly Circus und erkundigte mich nach dem Weg zum Café Royal. Dort beobachtete ich einen Burschen mit schwulstigen Lippen, der an einem Tisch voll junger Leute, die ihm gebannt zuhörten, abgedroschene Sprüche klopfte. Nein, das ist nicht wahr. Ich fand, daß er ganz lustig war. Ich weiß noch, daß ich, mit einem Glas Champagner in der Hand, an den Tisch trat, um ihm ein gutes Neues Jahr zu wünschen. Als ich mich mit Namen und Beruf vorstellte, nahm er mich bei der Hand und verkündete mit ausladender Handbewegung: ›Madame, Sie sind großartig! Eine Ärztin und Chirurgin dazu! Meine

Herren, für uns besteht noch Hoffnung, wenn wir – was der Himmel verhüten möge – an der Lues erkranken sollten! Tanzen Sie, Madame? Ausgezeichnet! Ich habe gerade ein Stück über eine Tänzerin mit chirurgischen Interessen geschrieben. Sie heißt Salome. Sie tanzt vor König Herodes, der ihr das Haupt von Johannes dem Täufer auf einer silbernen Schüssel überreichen läßt. Glauben Sie, daß Sie die Rolle spielen könnten?«

Jung wird allmählich ungeduldig. Er interessiert sich offenbar wenig für meine bruchstückhaften Erinnerungen an das literarische London und führt mich zum roten Faden meiner Geschichte zurück.

»Sie beendeten also Ihre Tätigkeit am St. Mark's Hospital und kehrten nach Österreich zurück. Was dann?«

»Ich fuhr nach Gamsfeld, um Johann und Ilse zu besuchen. Johann, der junge Gutsherr, freute sich, die Zeit bei der Armee hinter sich zu haben, und steckte voller Pläne. Ilse, seine junge Frau, wollte unbedingt ein Kind. Ich war beiden willkommen: Johann als Geschäftspartner, Ilse als Hausarzt. Und für Tante Sibylla war ich ein Bindeglied, wenn auch nur ein sehr dünnes, zu Papa, der sich in letzter Zeit nur noch sporadisch hatte sehen lassen. Johann und ich beschlossen, sobald der Frühling gekommen sei, den Jagdclub in Gamsfeld zu eröffnen und anschließend die beiden Gestüte gemeinsam zu bewirtschaften, wobei wir uns auf die Weiterzüchtung gewisser Blutlinien konzentrieren wollten.

»Und trotz all dieser Gemeinsamkeiten gab es noch immer keine Affäre? Kein sinnliches Begehren auf seiten Johanns? Keine Avancen von Ihnen? Keine Eifersucht bei Ilse?«

»Keine Affäre. Keine Eifersucht. Avancen? Vergessen Sie nicht, mein lieber Herr Doktor, daß ich in derlei Dingen große Erfahrung besaß. Man gewöhnt sich selbst an Situationen, die andere Leute für skandalös halten würden. Es war für mich das Natürlichste auf der Welt, Ilse in ihrem Schlafzimmer zu besuchen und mit Johann auf Silbersee oder Gamsfeld auszureiten. Es war für uns vier absolut üblich – denn Tante Sibylla spielte in Gamsfeld dieselbe Rolle wie Lily in Silbersee –, im Nachtgewand noch beieinander zu sitzen, einen Schlaftrunk zu genießen und uns zu umarmen, bevor wir zu Bett gingen. Die Umarmungen konnten alles bedeuten, was man in sie hineindachte. Das letzte, was ich brauchen konnte, war ein Skandal. Ich wollte nichts weiter als das sein, was ich tatsächlich war: Herrin auf Silbersee, Frau Doktor Kardoss, von den Patienten geliebt, enge Freundin von Johann, Ritter von Gamsfeld, und seiner reichen und bezaubernden jungen Frau.«

»Das muß ein ziemlich kompliziertes Verhältnis gewesen sein.«

»Äußerlich war es ganz einfach.«

»Und Sie haben sich große Mühe gegeben, es aufrechtzuerhalten.«

»Sehr große Mühe.«

»Was haben Sie sich davon erwartet?«

»Genau das, was mir tatsächlich gelang: Johann Dietrich zu heiraten, sein Kind auf die Welt zu bringen und Herrin auf Gamsfeld zu werden.«

»Sie werden mir sicherlich erklären, wie es zu all dem kam.«

»Ich glaube, Sie wissen es schon, mein lieber Herr Doktor. Ich tötete Ilse Hellmann.«

Carl Gustav Jung
Zürich

Wußte ich es bereits? Weiß ich es jetzt? Will ich mehr darüber wissen? Mein bewußtes Selbst bemüht sich, ihre nüchterne Feststellung in einen logischen Zusammenhang zu setzen. Nach der Beweislage wußte ich nicht, daß sie einen Mord begangen hatte. Ich weiß es jetzt noch nicht. Ich bin Arzt für geistig Kranke, welche die Wirklichkeit verzerren. Ich habe einer Erzählung zugehört, die Wort für Wort erfunden sein kann. Ich habe keine Zeit gehabt, ihren Wahrheitsgehalt zu überprüfen oder ihre hintergründige Bedeutung zu analysieren.
Andererseits sagt mir die Unrast in meinem eigenen Unterbewußtsein – die plötzliche Freisetzung von Archetypen des Terrors und der Gewalttätigkeit –, daß das, was ich höre, die Wahrheit ist. Es ist, als hätte eine Klaviersaite, die man anschlägt, eine ganze Reihe von mitschwingenden Tönen hervorgerufen. Ob es im wörtlichen Sinne wahr ist, das ist eine andere Sache. Wenn Toni mir sagt, ich wolle Freud in München umbringen, dann spricht sie von einem symbolischen Akt mit moralischen Konsequenzen, nicht von einem Tatbestand des Strafgesetzbuches.
Will ich mehr wissen? Ich muß. Ich habe gesehen, was dieses Geständnis meine Patientin gekostet hat. Ich weiß, was es mich gekostet hat. Beide müssen wir einen Gewinn aus diesem Erlebnis ziehen. Es besteht auch noch ein anderer Grund. Nach den Erfahrungen dieses kurzen Tages fühle

ich, daß mich alles, was sie berührt, auf eine geheimnisvolle Art mit ihr verbindet. Körperlich sind wir noch nicht vereint, aber im Unterbewußtsein sind wir uns sehr nahe gekommen. Trotzdem muß ich mich, und zwar sehr sorgfältig, mit dem Bewußten befassen. Ich stehe von meinem Sessel auf und gehe langsam im Zimmer auf und ab. Ich achte darauf, ihr nicht zu nahe zu kommen, bis das gesagt ist, was gesagt werden muß.

»Heute vormittag haben wir eine Vereinbarung getroffen, die gewährleisten soll, daß alles, was in diesem Zimmer zwischen uns beiden vorgeht, geheim bleibt. Diese Vereinbarung ist weiterhin gültig. Da wir jetzt so weit gelangt sind, haben wir gewissermaßen ein Sakrament vollzogen.« Bevor noch die letzten Worte ausgesprochen sind, komme ich mir wie ein schwülstiger Idiot vor, der wie einst mein Vater von der Kanzel Banalitäten von sich gibt. Ich stehe neben dem Bücherregal. Sie kommt zu mir. Sie hat auch etwas dazu zu sagen.

»Ich mache mir keine Sorgen. Diesen Punkt habe ich in Gedanken schon vor Stunden geregelt. Wissen Sie, wenn Sie erst einmal zu den Vogelfreien gehören, ist das nächste Ziel der Himmel. Diesen Flug kann ich jederzeit antreten.«

»Ich weiß, aber ich muß mir über etwas anderes Klarheit verschaffen. Wir haben es mit so vielen Metaphern und Symbolen zu tun. Haben Sie Ilse Hellmann tatsächlich und körperlich getötet?«

»Tatsächlich, körperlich und vorsätzlich. Aber kein Gericht auf der ganzen Welt könnte mich deswegen verurteilen.«

»Hatten Sie Komplizen?«

»Nein.«

»Hat Johann davon erfahren?«

»Nie.«
»Wer denn?«
»Niemand. Lily ahnte es. Papa ahnte es. Aber niemand hat es jemals erfahren bis zu diesem Augenblick.«
»Wie haben Sie es getan?«
»Ist das wichtig?«
»Jetzt ist alles wichtig. Sie sind meine Patientin. Sie sind diejenige, die nun in Gefahr schwebt.«
»Macht Ihnen das so viel aus?«
»Ja.«
»Warum?«
»Ich weiß nicht. Aber Sie sind mir nicht gleichgültig. Und jetzt, zum Donnerwetter, erzählen Sie die Geschichte zu Ende!«
Ich wende mich von ihr ab, um zum Schreibtisch zurückzugehen. Sie greift nach meinem Ärmel, zieht mich mitten im Schritt zurück und küßt mich voll auf den Mund. Das Mysterium der Vereinigung ist vollzogen. Einen langen Augenblick kleben wir aneinander wie jene kleinen Puppen, die man in Raritätenläden findet. Der Augenblick geht vorüber. Sie schiebt mich weg und setzt sich wieder in den Patientensessel. Sie schenkt mir ein merkwürdiges, halb trauriges Lächeln und meint trocken: »Jetzt verstehe ich, warum der Beichtstuhl in der katholischen Kirche ein Drahtgitter besitzt!« Ich mache sie gutgelaunt darauf aufmerksam, daß ich Psychiater und kein Beichtvater bin; die Spielregeln seien deshalb andere. Dann beginnt sie von neuem, und während sie redet, reift in mir die Erkenntnis, daß ich soeben eine Mörderin umarmt habe und dieses Erlebnis höchst anregend finde.
»Es war alles im Zusammenhang mit der ersten Jagd auf Gamsfeld geplant. Wir hatten die Veranstaltung als ein ganztägiges Fest vorgesehen: vormittags die Fuchsjagd,

Vorführung unserer Zuchtpferde nach dem Lunch, ein Reiterball am Abend mit Feuerwerk und einem Bierfest im Dorf für die Einheimischen. Wir brachten eigenes Personal, zum Beispiel Knechte und Stallburschen, von Silbersee mit, so daß man deutlich sehen konnte, daß die beiden Betriebe zusammenarbeiteten ... Kann ich bitte Papier und Bleistift haben? Eine gewisse Vertrautheit mit dem Gelände ist wichtig. Es ist einfacher, wenn Sie alles schwarz auf weiß sehen.«

Sie zieht ihren Sessel an den Schreibtisch heran und zeichnet eine Acht, deren obere Schleife viel größer als die untere ist. In die untere Schleife setzt sie ein Kreuz.

»Dies Kreuz ist Gamsfeld, das Schloß, klein, aber sehr alt. Es liegt auf einem Hügel, ist von einer Mauer umgeben und hat innerhalb der Einfriedung Unterkünfte für das Hauspersonal. Um das Schloß liegen in diesem ersten Tal die Wiesen und Weiden, insgesamt dreihundert Morgen. Die umliegende Gegend ist bergig, mit Wiesen, dann kommt Nadelwald, weiter oben, an der Schneegrenze, sind Felsen und Latschen. Dort gab es noch Gemsen. Hier, wo sich die beiden Schleifen der Ziffer berühren, befindet sich zwischen zwei Hügeln eine etwa dreihundert Meter breite Schlucht. Dahinter, wie Sie sehen, öffnet sich das Gelände wieder. Hier gibt es Weiden, Wiesen und Obstgärten, die jeweils durch niedrige Steinmauern voneinander getrennt sind. Da, oben auf der Acht, liegt das Dorf. Es ist sehr alt, im Frühling und Sommer recht hübsch, aber im Winter abweisend und deprimierend.

Wir wußten, wir würden für das Ereignis eine große Kavalkade aufbieten. Da sich Johann bei der Dorfbevölkerung beliebt machen wollte, gab es beim Sammeln auf dem Dorfplatz ein Frühstück, einen Satteltrunk und kleine Geschenke für die Kinder. Auf diese Weise hatten der Metzger, der Bäcker, der Gastwirt, die Bauern und das ganze Gesinde auch etwas von der Veranstaltung. Nach dem Frühstück wollten wir ins offene Wiesengelände hinausreiten, wo die beste Aussicht bestand, einen Fuchs aufzuscheuchen. Dann würden die Hunde losgelassen werden, und die Jagd konnte beginnen. Wir wollten versuchen, den Fuchs durch die Schlucht auf das eigentliche Gutsgelände zu treiben; dort war das Geläuf zwar schwieriger, aber es konnten weniger Flurschäden angerichtet werden.

Auf meinen Vorschlag hin hatte Johann einige Vorkehrungen getroffen, um unliebsame Zwischenfälle zu vermeiden. So hatten wir die Bauernkinder einen Fuchs in der Falle fangen lassen. Wenn es uns nicht gelang, einen Fuchs in der freien Wildbahn aufzuscheuchen, sollten die Jungen das gefangene Tier etwa vierhundert Meter vor der Schlucht auslassen, so daß Hunde und Reiter hinter ihm zur Hetzjagd übergehen konnten. Eine andere Sicherheitsmaßnahme bestand darin, den ortsansässigen Arzt zur Jagd einzuladen und ihn zu bitten, seine Instrumententasche mitzubringen. Das hieß, daß wir uns, falls nötig, zu dritt um Verletzte kümmern konnten, die dann von einem Gutswagen, der den Reitern folgte, aufgenommen werden sollten.

Schließlich ritten Johann Dietrich, Hans Hemeling, Ilse und ich die ganze Strecke von Anfang bis zum Ende ab, um Gefahrenstellen für unerfahrene Reiter ausfindig zu machen. Es gab deren mehrere: eine Uferböschung am Mühlbach, die Holzbalken einer Brücke, die verfault waren, ein Kaninchenbau mit zahlreichen Löchern, wo Pferd und Reiter zu Schaden kommen konnten, und eine etwas höhere Steinmauer, die zu einem alten Gebäudekomplex gehört hatte und einen mit Schotter angefüllten Graben verdeckte. Ein guter Reiter auf einem guten Pferd konnte dieses Hin-

dernis fliegend nehmen, ein schlechter jedoch würde Kopf und Kragen riskieren. Wir vereinbarten, die Gefahrenstellen zu markieren und die Reiter vor dem Abritt zu warnen.
Ich fragte Ilse, wie gut sie im Springreiten sei. Johann antwortete für sie: ›Sie ist gar nicht schlecht. Wir sind oft miteinander ausgeritten; aber ich will nicht, daß sie sich zu viel zumutet. Ich schlage vor, daß sie mit Ihnen reitet, Magda. Sie muß sich nicht unbedingt vor diesen robusten ländlichen Reitern mit ihren schweren Jagdpferden bewähren – ebensowenig vor meinen Freunden von der Kavallerie, die es gelernt haben, Risiken einzugehen. Ich habe sie gebeten, einen Sprung auszulassen, falls sie sich nicht sicher fühlt. Wenn die Meute losgelassen ist, beginnt nämlich eine wilde Jagd.‹
Zum erstenmal hörte ich ein kleines eifersüchtiges Geklingel unter den Silberglöckchen. Ilse wollte sich nicht in meiner Gegenwart belehren lassen. Sie war durchaus in der Lage, mit den Hindernissen fertig zu werden. Die Herrin auf Gamsfeld wollte, daß ihr Johann stolz auf sie sein konnte. Amen! Also gut: Ich war von jeder Verantwortung entbunden. Und genauso hatte ich alles geplant.«
»Aber, Madame!« Sogar für mich, den nüchternen Schweizer aus Küsnacht, stellt sich jetzt eine naheliegende Frage. »Es ist doch der Fuchs, der davonrennt, nicht die Jagdgesellschaft. Wie konnten Sie vorher wissen, ob dieses oder jenes Hindernis, bei dem sich der von ihnen geplante Unfall ereignen sollte, tatsächlich passiert werden mußte? Schließlich ging es ja auch um Ihren Hals – für den sich der Henker interessierte, wenn es schiefging.«
Sie lächelt mich kurz und etwas gönnerhaft an und schüttelt den Kopf.
»Sie gehen am Kern der Sache vorbei, lieber Kollege. Die

Gefahrenstellen waren ein Ablenkungsmanöver. Es bestand keinerlei Garantie, daß wir in ihre Nähe kommen würden, aber bei einem Querfeldeinrennen kann jeden Augenblick etwas passieren. Unfälle sind an der Tagesordnung. Ilse Hellmann war eine mittelmäßige Reiterin, die im Damensattel ritt wie eine vollendete Lady. Ich bin eine gute Reiterin, eine sehr gute sogar, und ich bin stets im Herrensitz geritten. Sie sehen also, die Zeichen standen günstig für mich. Johann und seine Freunde waren hinter dem Fuchs her, ich hinter der Füchsin. Ich würde Kopf an Kopf mit Ilse Hellmann dahingaloppieren – bis der Fangstoß fällig war.«

Zweifellos sind die Stimme, die aus ihrem Munde dringt, und das Feuer, das in ihren Augen funkelt, Ausdrucksformen des Schattens, des dunklen und primitiven Elements ihrer Persönlichkeit. Ich beginne zu verstehen, wie tief die Spaltung innerhalb ihrer Psyche reicht und was es bedeutet, wenn sie einerseits behauptet, keinerlei religiöse oder moralische Instinkte zu haben, aber andererseits so verzweifelt im Glauben einen Halt zu finden hofft. Ich werde lebhaft an Berichte erinnert, die ich über die sogenannte Besessenheit vom Teufel gelesen habe. Ich bin überzeugt, daß viele dieser Phänomene zu Erscheinungsformen der Dementia praecox gehören. Ich weiß, daß diese Frau, während sie vollkommen vernünftig handelt, in gewissen Augenblicken in zwei Teile gespalten wird – wie eine Tomate. Ich bitte sie fortzufahren. Ich muß zugeben, daß mich diese Schilderung eines Mordes aus dem Munde der Mörderin unwiderstehlich anzieht.

»Auf Gamsfeld standen wir alle früh auf, um die Gäste beim Eintreffen im Dorf zu begrüßen. Es war ein wunderschöner Frühlingsmorgen, die Sonne schien, und es ging ein frischer Wind; der Rauhreif knisterte unter den Füßen,

und die ersten kleinen Knospen brachen an den winterkahlen Ästen auf. Johann, Ilse und ich ritten gemeinsam los. Johann, der Kavallerist, ritt sein Lieblingspferd, einen ungarischen Vollblüter. Ich hatte Celsius mitgebracht, einen Hannoveraner, den ich selbst zugeritten hatte. Celsius war ein gutes Springpferd, am Widerrist siebzehn Spannen hoch und zuverlässig wie eine Schweizer Uhr. Ilses Pferd war ein Geschenk von Johann: eine zierliche, kleine Halbblutstute aus dem Gestüt von Radautz. Der Tier war jung und feurig, und Ilse, die im neuen Reitdreß prächtig aussah, stand ihm an Schönheit und Linie nicht nach – höchstens an Intelligenz.
Als wir antrabten, ritt Ilse neben Tante Sibylla. Ich schloß zu ihnen auf und erinnerte Ilse an Johanns Warnung: ›Überlaß die Führung den Männern!‹ Sobald der Fuchs auftauchte und das entsprechende Signal erklang, würden alle diese kräftigen Pferde wie ein Husarenregiment lospreschen. Ilse war jetzt nervös und froh, mich an ihrer Seite zu haben. Auch die kleine Halbblutstute war unruhig und schwer zu halten. Ilse klagte: ›Ich kenne sie noch nicht gut genug. Ich bin nicht sicher, wie sie reagieren wird.‹ Ich sagte Ilse, sie solle mit fester Hand reiten. Wir hätten es nicht eilig. An den Hindernissen könne sie dem Pferd den Kopf etwas freigeben. Wenn sie unsicher sei, solle sie das Hindernis lieber auslassen als einen Sturz riskieren. Ich würde die ganze Strecke bei ihr bleiben und jedesmal vor ihr über das Hindernis springen. Mein Celsius habe eine ruhige, zuverlässige Gangart und würde der kleinen Stute Vertrauen einflößen. Auch Tante Sibylla gab Ilse einen Rat: ›Du kannst dich auf Magda verlassen. Du brauchst nur bei ihr zu bleiben, dann kommst du wohlbehalten nach Hause.‹ Genau das brauchte ich: eine Bestätigung dafür, daß ich um meine liebe Freundin Ilse besorgt war. Dann blies

der Master ins Horn, die Hunde zogen los, und wir trabten hinter ihnen her. Vom Dorfplatz die Straße hinunter, über eine kleine Bogenbrücke – angeblich neunhundert Jahre alt – ins offene Gelände hinaus, wo die Hunde losgelassen wurden und die Reiter über die Weiden ausschwärmten.

Wir hatten Glück. Etwa achthundert Meter hinter der Brükke scheuchten wir einen Fuchs auf, ein großes, schlankes männliches Tier, das aus dem Windschatten eines Steinwalles auftauchte und auf die Schlucht zustrebte, während die Hunde noch zwei Koppeln hinter ihm waren. Beim ersten Ruf galoppierte Ilse davon, womit ich gerechnet hatte. Bei den ersten Sprüngen wäre sie beinahe abgeworfen worden, aber dann fiel sie etwas zurück, um wieder neben mir und Tante Sibylla am Ende des Feldes zu reiten.

Sibylla machte ihr Vorwürfe. Ich, die liebevolle und getreue Freundin, sprach ihr Mut zu: ›Wir werden sie schon noch einholen. Bei den nächsten beiden Hindernissen wollen wir uns noch zurückhalten, dann aber nach vorn aufschließen.‹ Sie beruhigte sich wieder, und wir nahmen drei Steinwälle in schönem Gleichmaß. Es war ein Kinderspiel, ein Übungsritt, wie ich ihn mit Rudi früher in Genf zu machen pflegte. Die nächsten beiden Hindernisse nahmen wir zügiger. Ilse war vor Aufregung rot im Gesicht geworden. Sie rief uns zu: ›Jetzt geht's los! Jetzt!‹ Wir waren drei Koppeln vom Hauptfeld entfernt. Wir mußten noch zwei Wälle, einen Heckenzaun nebst einem Graben und dann jenen Steinwall mit dem schottergefüllten Graben dahinter nehmen, der in einem ungünstigen Winkel zu uns stand. Das war der entscheidende Moment. Ich wußte: Jetzt oder nie. Der Schottergraben konnte uns beide das Leben kosten, wenn ich mich aber nicht irrte, sollte der Heckenzaun für Ilse zur letzten Hürde werden. Ich beantwortete ihren Ruf.

›Los, jetzt! Los!‹ und nahm die ersten beiden Hindernisse fliegend; Ilse war drei Meter hinter mir. Sie strauchelte ein wenig nach der zweiten Hürde, fing sich aber wieder und war mir dicht auf den Fersen, als ich auf den Heckenzaun zuritt. Er war Johann und mir bereits aufgefallen, als wir die Strecke abritten. Der Graben dahinter war breit und hatte steile Wände; ein guter Springer konnte ihn aber mit Leichtigkeit nehmen, auch Ilse. Sie war nur eine Pferdelänge hinter mir, als ich sprang – nicht gerade, sondern etwas schräg quer vor ihr. Ich nahm den Graben mit Leichtigkeit, doch die kleine Halbblutstute, die aus dem Tritt gekommen war, verweigerte im letzten Augenblick, und Ilse flog über den Heckenzaun und landete mit dem Kopf voran im Graben.

Es gibt keine guten Stürze, nur solche, bei denen man Glück hat. Dies aber war ein böser Sturz. Ilse lebte noch, war aber bewußtlos, und ihr Körper lag grotesk verrenkt da. Sie blutete aus Ohren und Nase, und gegen die eine Seite des Schädels drückte ein kleines, scharfkantiges Felsstück, das in der Grabenwand eingebettet war. Die ersten Reiter, die am Unfallort erschienen, waren Tante Sibylla und Papa. Tante Sibylla – ganz alte Schule bis zu den Fingerspitzen ihrer Reithandschuhe – schaute hinunter, war erschüttert, weinte aber nicht und erklärte: ›Ich sah, wie es passiert ist. Armes Kind! Sie hat den Absprung nicht richtig erwischt. Mein Gott, wie sie aussieht! Ich werde Hilfe holen.‹

Papa kniete sich mit mir nieder, nahm eine schnelle Untersuchung vor und flüsterte mir zu: ›Wenn wir Glück haben, lebt sie noch, wenn wir sie nach Hause gebracht haben. Wenn ja, werden wir sie gemeinsam operieren. Der hiesige Arzt kann die Anästhesie vornehmen, du assistierst mir.‹ Dann kamen die Leute mit dem Wagen an. Wir hoben Ilse

vorsichtig hinein und betteten sie so bequem wie möglich. Papa und ich begleiteten sie zu Pferde bis zum Schloß.
Johann war vor Entsetzen außer sich, aber er bewahrte Haltung. Er beauftragte seinen Verwalter und meinen Hans Hemeling mit der Betreuung der Gäste; dann kam er nach oben ins Schlafzimmer, wo Sibylla und Lily Ilse gerade entkleideten, während Papa, ich und der ansässige Arzt die Vorbereitungen für eine Operation trafen, falls eine solche noch möglich erschien – und das war wenig wahrscheinlich. Ilse hatte sich eine schwere Schädelfraktur zugezogen, Brüche im mittleren Teil der Wirbelsäule sowie allem Anschein nach eine starke Gehirnblutung. Johann fragte: ›Besteht noch Hoffnung?‹ Der Dorfarzt überließ Papa die Antwort. Dieser äußerte sich möglichst zartfühlend, aber entschieden: ›Keine große, fürchte ich. Wir könnten in einem Spital natürlich besser arbeiten, aber sie würde den Transport dorthin nicht überleben. Wir benötigen Ihr Einverständnis für eine Notoperation – aber erwarten Sie keine Wunder!‹
Johann war bleich und sagte lediglich: ›Tun Sie, was Sie können, bitte, meine Herrschaften.‹ Dann beugte er sich hinunter, küßte Ilse auf die Stirn, geleitete Sibylla und Lily aus dem Zimmer und überließ uns unserer Arbeit. Der Arzt aus dem Dorf erwies sich als tüchtiger Praktiker mit selbständigem Urteil. Nach seiner Auffassung war die Gehirnverletzung der Hauptschaden und irreparabel. Der Wirbelsäulenbruch würde wahrscheinlich eine ständige Lähmung zur Folge haben. Alles in allem wäre es eine Gnade, wenn sie nicht am Leben bliebe. Papa nickte zustimmend. Ich äußerte in Gegenwart der erfahreneren Ärzte keine eigene Meinung. Papa schlug vor, daß wir uns zunächst mit der Schädelfraktur beschäftigten und prüften, wie groß die innere Verletzung sei. Die Hirnschädigung

war erheblich. Nach einer Stunde nutzloser Arbeit nähten wir die Hautlappen einfach wieder zu, bandagierten den Schädel, legten Ilse wieder ins Bett und riefen Johann herein.

Papa fällte den Urteilsspruch, sie werde nicht überleben. Das Barmherzigste sei, sie still hinübergehen zu lassen, ohne noch weiter an ihr herumzuflicken. Johann brach völlig zusammen. Er ging neben dem Bett in die Knie, vergrub sein Gesicht in den Händen und schluchzte wie ein Kind. Der Dorfarzt fragte taktvoll, ob wir nicht den Priester bitten sollten, ihr die Letzte Ölung zu geben. Tante Sibylla hatte bereits nach ihm geschickt. Ich, die ich diese Handlung noch nie gesehen hatte, stand bei den übrigen und lauschte den Worten der Zeremonie und – ob Sie es glauben oder nicht – freute mich, daß bald alles vorüber sein würde.

Aber das Ende war noch nicht gekommen. Die Wache am Krankenbett dauerte länger, als jeder von uns erwartet hatte. Gegen acht Uhr abends saß ich mit Johann und Tante Sibylla im Schlafzimmer. Ich hätte ihn am liebsten in meine Arme genommen, aber ich wagte nicht, auch nur den kleinsten Hinweis zu geben, was ich für ihn empfand. Ich hielt Wache bei Ilse, der geliebten Freundin und Vertrauten meines Herzens.

Plötzlich begann sie, den Kopf auf dem Kissen hin und her zu rollen und seltsame, tierähnliche Schreie auszustoßen. Sibylla und Johann sahen mich an und fragten, was dies zu bedeuten habe. Ich erklärte, so gut ich konnte, daß sich die Synapsen im Gehirn verschoben hätten und daß es sich jetzt nur um einen Reflex handle. Doch Johann rief aus: ›Aber sie hat Schmerzen, sehen Sie das nicht? Sie hat Schmerzen! Helfen Sie ihr doch! Bitte!‹ Ich versprach ihm zu tun, was ich könne. Ich bat beide, das Zimmer zu verlassen. Dann goß ich etwas Chloroform auf einen Tupfer und hielt ihn Ilse unter die Nase. Es sollte so aussehen – bei allen außer Papa –, daß ich noch mehr Betäubungsmittel verabreicht hatte. Dann tötete ich sie mit einer Injektion von Luft in die Oberschenkelarterie, wo der Einstich nicht auffallen würde.

Zehn Minuten später rief ich Papa und den ortsansässigen Arzt herein. Sie erklärten Ilse für tot. Der Dorfarzt unterzeichnete den Totenschein, mein Vater unterschrieb als Zeuge. Der Priester erteilte den letzten Segen, sprach der Familie sein Beileid aus und ging. Es kam zu den üblichen Tränen am Totenbett. Nur Johann war wie versteinert in seiner Verzweiflung und weigerte sich, den Raum zu verlassen, bis die Frauen kamen, um den Leichnam zu waschen und für den Leichenbestatter herzurichten.

Der Rest war Formsache, eine lange Reihe von Riten, die so unwirklich waren wie antike Vasenbilder. Tante Sibylla bat uns, bis nach dem Begräbnis auf Gamsfeld zu bleiben. Zum erstenmal mußte ich besonders auf der Hut sein. Es hätte nicht in meinen Plan gepaßt, wenn man schon jetzt von mir als einer eventuellen künftigen Gemahlin für den verwitweten Ritter von Gamsfeld zu munkeln begonnen hätte. Deshalb benutzte ich die Ausrede, auf Silbersee sei noch viel zu erledigen und ich würde denselben Zug wie Hans nehmen, der die Pferde nach Hause brachte. Ich versprach, rechtzeitig zum Begräbnis wieder zurück zu sein.

Lily war alles andere als glücklich. Sie war eifersüchtig auf Tante Sibylla, die Papa gegenüber besonders aufmerksam war, und sie äußerte sich verärgert über die Gutsbesitzer, die immer nur an sich selbst und ihresgleichen dachten. Ich schlug ihr vor, mit mir und Hans heimzufahren und Papa sich allein um seine Zukunft kümmern zu lassen. Während

der Bahnfahrt kam sie mit einer Überraschung. Sie habe sich entschlossen, Ferien in England zu machen, und zwar schon bald, solange die Frühlingsblumen noch blühten und die Gärten besonders schön aussähen. Sie sei schon lange nicht mehr zu Hause gewesen und sehne sich danach, die alte Heimat wiederzusehen.
Ich sagte ihr, ich hielte das für eine großartige Idee, zumal ich wisse, daß Papa allmählich zu einer Zumutung werde; und ich selbst hätte immer viel zu tun. ›Zuviel zu tun, Kind!‹ antwortete Lily traurig. ›Du bist so fleißig und so gescheit, daß ich mich immer frage, wo du das alles gelernt hast.‹ In diesem Köder saß ein Haken, aber ich übersah ihn. Ich war überzeugt, daß ein Urlaub in England für Lily genau das richtige sei. Ich versprach ihr fünfzig Kronen als kleinen Zuschuß für die Reise.
Das Begräbnis auf Gamsfeld war ein großes Ereignis, sehr feudal, voll seltsamer althergebrachter Protokollvorschriften, die für uns Fremdlinge wenig Sinn ergaben. Auf der einen Seite des Grabes stand Johann mit Tante Sibylla und anderen Familienangehörigen, ihnen gegenüber Vater Hellmann und seine Söhne. Ich stand bei den Hellmanns – als stumme und trauernde Zeugin eines schweren Verlustes. Vater Hellmann hielt meine Hand, legte den Arm um meine Schulter und sagte mir, er würde mich immer als seine zweite Tochter betrachten.
Beim Verlassen des Friedhofs holte mich Johann ein. Mit einer Bescheidenheit, die mich zu Tränen rührte, bat er: ›Bitte, wären Sie bereit, die Zusammenarbeit mit mir wie vorgesehen fortzusetzen? Ich muß unbedingt auf andere Gedanken kommen, und Ilse hatte sich so für das Projekt erwärmt, daß es sicherlich auch in ihrem Sinne ist, wenn wir gemeinsam weitermachen. Tante Sibylla möchte es auch. Sie hält Sie für eine der tapfersten und tüchtigsten

Frauen, die ihr begegnet sind, und sie freut sich immer, wenn Sie da sind. Ich käme gern ab und zu nach Silbersee, wenn Sie mich dort haben wollen. Auf Gamsfeld wird es jetzt sehr einsam werden.‹ Wenn ich in diesem Augenblick aufs Ganze gegangen wäre, hätte ich es bestimmt geschafft. Aber in dem kleinen Kreis auf Gamsfeld gab es viele scharfe Augen und spitze Zungen. Wenn ich etwas in meinem Leben gelernt hatte, so war es das: ruhig abzuwarten und mir nichts anmerken zu lassen, bis der richtige Zeitpunkt für mich gekommen war.«

»Und Sie wollen mir weismachen, daß Sie während all dieser Geschehnisse kein Schuldgefühl, keine Zweifel, keine Angst gehabt haben?«

»Ich empfand nichts als Triumph.«

Das ist eine außergewöhnliche Behauptung; dennoch halte ich sie für wahr. Alle meine eigenen Todeswünsche haben mich so weit gebracht, daß ich sie verstehe. Sie schildert mir einen Augenblick, da der Schatten, das dunkle Element des Ego, die Herrschaft übernommen hat, wo jegliches Schuldgefühl unterdrückt wird und man sich wie ein Eroberer fühlt, der über einen Leichenteppich in eine eroberte Stadt einmarschiert, ohne auch nur die geringsten Gewissensbisse zu empfinden. Erst später, vielleicht viel später, stellt der Eroberer fest, daß er eine Peststadt in Besitz genommen hat, wo die Toten das Trinkwasser verseuchen und die Ratten den Schwarzen Tod verbreiten.

Ihr Traum gibt jetzt einen Sinn. Alle seine Bestandteile sind in der makabren Geschichte enthalten, die ich soeben gehört habe: die Jagd, der Sturz, die tote Füchsin, sie selbst in einer Glaskugel eingeschlossen, nackt unter dem anklagenden Auge der Sonne – des Urgottes. Diese Glaskugel interessiert mich jetzt. Sie ist gleichzeitig ein Kerker, ein Ort der Exhibition, ein Schoß und eine Kapsel, in der sie sich in Sicherheit befindet, unerreichbar für feindselige Hände. Ich erwähne diese Dinge ganz kurz. Sie streitet nicht über sie. Der Traum hat seinen Zweck erfüllt. Er hat sie wohlbehalten zu mir gebracht, zwar exponiert, aber noch immer unberührbar. Ich mache sie darauf aufmerksam, daß wir ein Zeitlimit festgesetzt haben und uns beeilen müssen.

»Kehrten Sie im Anschluß an das Begräbnis nach Silbersee zurück?« frage ich sie.

»Ja, wir fuhren zurück, aber es war nicht mehr dasselbe. Es sollte nie wieder so sein wie früher.«

»Warum nicht?«

»Weil mein Herz bei Johann auf Gamsfeld war und eine merkwürdige, unheimliche Kraft begonnen hatte, sich zwischen Papa, Lily und mich zu stellen. Es fing mit der komplizierten Chemie des Alters an: Papa, der gutaussehende, charmante, liebenswürdige und höchst egoistische Papa war jetzt ein ziemlich behäbiger Herr Ende fünfzig, mit einem scharfen Auge für junge Mädchen, aber in zunehmendem Maße abhängig von der Gesellschaft und den Handreichungen von Frauen, die ihre erste Jugend längst hinter sich hatten. Er wollte hofiert werden. Er brauchte die Gewißheit, daß seine Männlichkeit in Ordnung war und daß er alle Frauenzimmer in der Umgegend betören konnte. Was er nicht brauchte, was er haßte wie die Pest, war eine Ehe. Als jemand wie Tante Sibylla, eine erfahrene und weltgewandte Frau, ihn zu umgarnen versuchte, ließ er sich dies zunächst dankbar gefallen, floh aber dann voll Panik – nur um festzustellen, daß er anschließend die gleichen Damen traf, die ihm wegen seines Geldes nachstellten. Was er nie einsehen konnte, war, daß Lily der einzige Mensch war, mit dem er vielleicht eine glückliche Ehe hätte führen können. Sie hätte ihm jeden Wunsch von den

Augen abgelesen, hätte ihm alle seine Seitensprünge verziehen und hätte ihm trotzdem beim Nachhausekommen einen liebevollen Empfang bereitet. Ich versuchte hundertmal, ihn davon zu überzeugen. Aber nein! Er konnte und wollte es nicht einsehen. Seine ganze Erziehung sprach gegen diesen Gedanken. Ein Gentleman heiratet nie unter seinem Stande. Er konnte unter dem gemeinen Volk so viele Verhältnisse haben, wie sein Herz begehrte, aber er würde solche Frauen nie zu seinesgleichen machen. Wenn man ihm vorhielt, dies sei antiquierter Snobismus, pflegte er aufbrausend zu sagen: ›Barer Unsinn!‹ Unbeirrt hielt er an seinen Vorurteilen fest.
Deshalb wurde die zehn Jahre jüngere Lily immer verbitterter. Sie war noch immer eine gutaussehende Frau; sie turnte noch jeden Tag, aber da waren bereits graue Strähnchen in ihrem Haar. Sie wirkte schon etwas matronenhaft und lächelte seltener als früher. Nach unserer Rückkehr aus Gamsfeld zog sie sich kaum wahrnehmbar von mir zurück. Eine Zeitlang tat ich so, als bemerke ich es nicht. Ich hatte ständig alle Hände voll zu tun, auf Silbersee, mit unserem Vorhaben auf Gamsfeld und mit einer Klinik, die ich im Dorf eröffnet hatte, um den alternden Landarzt etwas zu entlasten. Eines Tages ärgerte sie mich jedoch so sehr, daß ich zum Angriff überging. Ich sagte ihr, ich hätte von ihren kindischen Launen genug, und wenn sie etwas auf dem Herzen habe, dann solle sie es jetzt gefälligst sagen.
Sie sagte es. Sie sagte es laut und ausgiebig in reinstem Lancashire-Dialekt. Sie habe die besten Jahre ihres Lebens Papa, mir und Silbersee geopfert. Sie sei in eine Sackgasse geraten. Sie sei nun nichts mehr als eine Haushälterin. Man bringe ihr keinen Respekt, keine Liebe mehr entgegen. Papa putze sich jedesmal wie ein alter Gockel heraus, wenn diese Sibylla in der Nähe sei, erwarte aber dann, daß

Lily ihm den Rücken massiere und ihn für die nächste große Affäre wieder fit mache. Das sei ihr jetzt zuviel. ›Und jetzt zu dir, gnädiges Fräulein. Ich habe dich geliebt, als wärest du mein eigen Fleisch und Blut. Aber ich kenne dich nicht mehr. Du machst mir angst ... Oh, ich weiß, du sagst immer, wie sehr du mich liebst! Vielleicht tust du es auch, auf deine eigene, seltsame Art. Aber wenn du etwas unbedingt haben willst, würdest du auch über meine Leiche gehen, um es zu bekommen. Du hast den Teufel im Leib, Mädchen! Ich habe gesehen, wie er dich aus seinen blauen Augen ansah. Ich weiß, was du getan hast. Ich weiß, was du jetzt vorhast. Ich will nicht hier bleiben und erleben müssen, was daraus wird.‹ Dann brach sie in Tränen aus, rannte weg und schloß sich in ihrem Zimmer ein.

Meine erste Reaktion war kalte Wut. Gott sei Dank fehlten mir die Worte! Ich sagte nichts zu meiner Verteidigung und nichts, um auf die versteckte Anschuldigung zu antworten. Als ich mich beruhigt hatte, wurde mir klar, daß Schweigen für mich die einzig mögliche Verteidigung war. Da Johanns Familie und Vater Hellmann auf meiner Seite standen, wären alle Verdächtigungen, die Lily vielleicht gegen mich geäußert hätte, als Phantastereien einer alten Jungfer in den Wechseljahren ausgelegt worden.

Im späteren Verlauf des Tages kam sie, bleich und reuevoll, zu mir und bat mich um Verzeihung. Sie habe alles nicht so gemeint. Sie fühle sich nicht wohl. Die Ereignisse auf Gamsfeld hätten sie aus dem Gleichgewicht gebracht. Sosehr sie ihn auch liebe, Papa sei eben manchmal ein Ungeheuer. Ich nahm sie in die Arme, küßte sie und sagte ihr, wir sollten am besten alles vergessen. Je eher sie in Urlaub fahren könne, desto besser.

Dann überraschte sie mich mit einer neuen Idee. Während ihres Aufenthaltes in England könne sie sich vielleicht –

aber nur vielleicht – nach einem kleinen Häuschen auf dem Lande umsehen, wohin sie sich zurückziehen und zu gegebener Zeit ein ruhiges Leben führen könne. Sie habe etwas Geld gespart, und Papa habe immer gesagt, sie könne mit einer Rente rechnen, was ich ihr bestätigte. Ob es denn nötig sei, so weit in die Zukunft zu planen? Ich hätte immer gehofft, sie würde bei mir bleiben und mir bei der Erziehung meiner Kinder helfen.
Sie sah mich lange forschend an. Ihre Augen füllten sich mit Tränen. Sie schüttelte den Kopf. ›Ich habe auch daran gedacht, aber das wäre nicht gut. Dieses Leben, das wir geführt haben – du würdest es sicherlich nicht an deine Kinder weitergeben wollen. Ich vermute, daß Johann Dietrich dich bitten wird, ihn zu heiraten, und du wirst es tun, und er wird einen Sohn haben wollen, und du wirst ihm wahrscheinlich einen schenken. Wenn du ständig über jeden Verdacht erhaben bleibst, wirst du eine glückliche Familie gründen. Aber das ist nicht leicht, wie ich sehr wohl weiß.‹
Ein paar Tage darauf reiste sie nach London ab. Da Papa in Wien operierte, fuhr sie Hans Hemeling zum Bahnhof. Ich war froh, sie eine Weile los zu sein. Johann Dietrich kam nach Silbersee.«

Magda
Zürich

Es ist sehr merkwürdig. Ich habe mich rückhaltlos zu einer ganzen Reihe von Verbrechen bekannt, schließlich sogar zu vorsätzlichem Mord, trotzdem bin ich nie um Worte verlegen gewesen. Ich habe mich sogar zeitweise von meinen lebhaften Erinnerungen mit der Beredsamkeit einer Schauspielerin davontragen lassen. Jetzt aber, wo ich über Liebe und Heirat sprechen soll, beginne ich zu stottern.
Jung, der allmählich ebenso müde aussieht, wie ich mich fühle, rutscht unruhig in seinem Sessel hin und her und fragt gereizt, worüber ich denn stolpere. Ich versuche, einen Scherz zu machen, und sage zu ihm, es sei eine Liebesgeschichte und ich sei lange Zeit nicht mehr geliebt worden. Jung fährt mich an:
»Unsinn! Was haben Sie zu verbergen? Der siebente Schleier ist seit langem gelüftet. Fahren Sie mit der Erzählung fort. Johann kam zu Besuch nach Silbersee. Warum kam er? Geschäfte, Vergnügen, um einen Heiratsantrag zu machen? Na?«
»Ich redete mir ein, es seien geschäftliche Dinge. Ich baute noch keine Luftschlösser. Vermutlich freute er sich auch, bei mir sein zu können. Das konnte er haben; aber er würde noch mehrere Hürden überspringen müssen, bevor er mit seinen Absichten weiterkam. Ich war ein Mädchen mit einem Geburtsschein, der einen gewissen Schönheitsfehler aufwies. Ich hatte von Lily gelernt, daß die Geliebte selten

im Ehebett landete. Sosehr ich ihn auch liebte und für mich haben wollte – Johann würde sich an die Spielregeln halten müssen.
Lily war also nach London abgereist, Papa in Wien. Deshalb mußten die Anstandsregeln gewahrt bleiben. Johann würde im Gästehaus wohnen, und Hans Hemeling sollte einen der jüngeren Stallknechte zu seinem Kammerdiener ernennen. Falls Johann während der Nacht Sehnsucht nach mir bekam – um so besser. Er brauchte mir nur seine Liebe zu erklären, mir einen Ehevertrag anzubieten, und ich würde in seinen Armen dahinschmelzen – nach der Trauung.
Es gab noch einen Grund für meine Zurückhaltung. Ich war zwar unsterblich in ihn verliebt, aber ich kannte ihn noch nicht näher. Ilse hatte sich enthusiastisch über ihre Flitterwochen geäußert, aber Ilse war schon lange vor den Flitterwochen bei mir in Ekstase geraten. Ich hatte mit ihm zusammengearbeitet, gewiß. Der Mann gefiel mir. Ich war von seiner Kraft und Festigkeit, sogar von seiner Rechtschaffenheit beeindruckt. Ich hatte ihn außerdem an Ilses Sterbebett hemmungslos weinen sehen. Ich mußte berücksichtigen, welchen Platz sie noch in seinem Herzen einnahm und wie schwierig es vielleicht sein würde, sie von diesem Platz zu verdrängen. Da wollte noch viel in Erfahrung gebracht werden, und auch er mußte sich an manches gewöhnen: daß hier auf Silbersee ich die Schloßherrin war, die Frau Doktor, und daß ich es war, die am Kopf der Tafel saß und die Glocke läutete, wenn serviert werden sollte.«
»Bravo!« Jung klatscht spöttisch in die Hände. »Dies ist eine echte Liebesgeschichte! Ich weiß, ich werde noch in Tränen ausbrechen! Kraft, Festigkeit, Rechtschaffenheit! Schenk mir Liebe, nicht Diamanten! Ich will Ehefrau und

nicht Mätresse sein! Großer Gott, was war in Sie gefahren? Sie haben einen Mord begangen, weil Sie von einem Feuer verzehrt wurden und glaubten, dies sei der einzige Mann in der Welt, der es löschen könne. Aber er mußte es erst beweisen. Richtig oder falsch?«
»Richtig!«
»Dann fahren Sie fort, um alles in der Welt! Was geschah, als Johann Dietrich eintraf?«
»Herr Doktor Jung, warum sind Sie solch ein Schuft?«
»Weil ich müde bin und Sie noch immer dumm daherreden.«
»Verzeihung, aber ich bin auch müde. Als ich Johann zum erstenmal wiedersah, blutete mir das Herz. Er hatte abgenommen. Er war so angespannt, daß man das Gefühl hatte, bei der kleinsten Berührung würde er wie eine Geigensaite reißen. Aber er war sehr ruhig, sehr rücksichtsvoll und dankbar für die geringste Aufmerksamkeit. Er kam mit dem Vormittagszug; deshalb war das Mittagessen unsere erste gemeinsame Mahlzeit. Es war eine Art von Florettfechten: vorsichtige Fragen, höfliche Antworten, das absichtliche Vermeiden schmerzlicher Erinnerungen ... Nach dem Essen schlug ich einen Ausritt durch den Forst bis zum Gipfel des Silberbergs vor, von wo man einen großartigen Blick auf drei Seen und die Tauern hat.
Es war ein gemächlicher Ritt. Wir kamen auf den Holzfällerpfaden nur langsam vorwärts, bis wir an der Schneegrenze auf felsigen Untergrund und gelegentliche Graspolster stießen. Hier oben war die Luft wie Wein – griechischer Wein mit dem Geschmack nach Harz –, und die Atmosphäre war wie eine geräuschlose Explosion, die jede Tür im Reich der Gedanken aufstieß.
Der Silberberg hat zwei Gipfel: hohe Felsnadeln, die im Sprachgebrauch der Einheimischen Zwillingshörner hei-

ßen. Zwischen ihnen liegt ein kleiner, tiefer, dunkler Bergsee, in dem sich die Hörner und die Wolken und nachts die Sterne spiegeln. Wir banden die Pferde am Ufer an und setzten uns nebeneinander auf einen Felsvorsprung, der nach Süden der Sonne zugewandt war.

Johann, der während des Ritts wenig gesprochen hatte, sagte mit plötzlicher Heftigkeit: ›Großer Gott! Ich habe ganz vergessen, was es bedeutet, frei zu sein. In den letzten Wochen habe ich wie ein Troll in einer Höhle gelebt.‹ Ich hätte gern die Hände ausgestreckt und ihn in meine Arme genommen, statt dessen saß ich da, warf flache Kiesel über das Wasser und sagte die üblichen, nichtssagenden Trostworte: Es sei noch viel zu früh; die Zeit heile alle Wunden und so weiter und so weiter. Er legte mit einem merkwürdigen, schiefen Lächeln eine Fingerspitze an meine Lippen. Es sei ganz anders, meinte er. Das letzte, was er brauche, sei Zeit. Je weniger er davon zum Grübeln habe, desto besser. Und bitte, kein Mitgefühl! Dies sei das schlechteste Rezept. Er müsse die Zähne zusammenbeißen und nach alter Soldatenmanier weitermachen wie der alte Hellmann, wie Tante Sibylla.

Was ihm noch mehr zusetze als Ilses Tod, sei, daß er selbst die Verantwortung dafür trage. Er die Verantwortung? Ich traute meinen Ohren nicht. Nein, versicherte er mir, er fühle sich schuldig – manchmal bis zur Selbstzerstörung – an der ganzen schrecklichen Geschichte. Es sei schwer zu erklären, aber er müsse es sich einmal von der Seele reden. Er habe Ilse sehr geliebt. Ihre Ehe sei, so kurz sie auch war, sehr glücklich gewesen. Aber ganz tief in seinem Inneren wisse er, daß die Heirat ein Fehler gewesen sei. Ilse sei ein Kind gewesen, ein liebes, schönes Kind mit einer großen Mitgift – eine perfekte Partie im alten Stil. Sie habe ihren Gatten angebetet und wäre wie ein junger Baum im Schatten einer großen Eiche herangewachsen. Der Haken sei nur der gewesen, daß er kein Kind zur Frau haben wollte. Er habe eine Kameradin, eine Geliebte, eine Freundin gesucht. Wenn Ilse den Sturz überlebt hätte, wäre er wahrscheinlich irgendwann einmal aufgebrochen, um sich eine Geliebte zu suchen, wie es sein Vater getan habe. Ilse sei dieser Kummer erspart geblieben, wenn er sie aber nicht geheiratet hätte, wäre sie noch am Leben. Die letzten Stunden auf Gamsfeld würden ihn nachts im Traum und auch bei Tage verfolgen. So, jetzt sei es wenigstens heraußen. Es tue ihm leid, mich mit seinen Problemen zu belasten, aber er fühle sich jetzt besser, weil er mit mir darüber gesprochen habe.«

»Und Sie?« Jung ist noch immer spöttisch und gereizt. »Auch Sie müssen sich jetzt viel besser gefühlt haben. Kein Verdacht, keine Rivalin im Hintergrund. Wie ging es weiter?«

»Wenn ich Sie so ansehe, Herr Doktor, werde ich Ihnen kaum die Balkonszene aus ›Romeo und Julia‹ vorspielen. Wir aßen zu Abend und blieben noch lange auf, wie wir es auf Gamsfeld zu tun pflegten. Ich war wild auf ihn. Beim Schlafengehen konnte ich mich kaum beherrschen, doch ich behielt mich in der Gewalt. Ich schickte ihn ins Gästehaus und verbrachte eine einsame, qualvolle Nacht in meinen eigenen Gemächern. Am nächsten Tag arbeiteten wir am Vormittag zusammen und ritten nachmittags aus. Beim Aperitif vor dem Abendessen machte er mir ganz formell einen Antrag.«

»Was für einen Antrag?« fragt Jung und kichert wie ein böser Schuljunge. »Auf Kameradschaft? Liebe? Freundschaft?«

»Einen Heiratsantrag: sobald das Aufgebot in korrekter Weise bestellt werden könne und keine Bedenken von seiten der Kirche bestünden – o ja, die Kirche hatte ein Wort mitzureden – und sobald alle Vermögensfragen geregelt seien.«

»Und Sie haben ihn natürlich angenommen?«

»Falsch, mein lieber Kollege! Ich wies ihn ab. Ich sagte ihm, ich liebte ihn sehr, hätte ihn seit unserer ersten Begegnung geliebt. Ich sei tief gerührt und tief geehrt von seinem Antrag, aber die Erinnerung an Ilse sei für mich und auch für ihn noch zu lebendig. Ich könne es nicht ertragen, sein Herz mit einem Geist zu teilen. Ich sei eine Frau, für die es immer um alles oder nichts gehe. Es gebe auch noch andere Dinge, die er verstehen müsse. Ich sei keine Kind-Frau, sondern ein Freigeist mit eigenem Beruf und eigenem Besitz. Ich würde davon nichts in einem Ehevertrag aufgeben. Ich sei auch keine Jungfrau mehr, ich hätte geliebt und sei geliebt worden. Aber wenn ich ihn heiratete, würde ich treu bis in den Tod sein. Und was die Kirche betreffe – im kaiserlichen Österreich müßten wir uns irgendwie arrangieren. Ich würde nicht Katholikin werden. Ich wäre jedoch einverstanden, daß die Kinder im katholischen Glauben erzogen werden. Ich redete so freimütig, wie ich es jetzt Ihnen gegenüber tue, aber das war ja auch der Kern der Sache. Ich bat ihn, sich alles noch einmal genau zu überlegen und mir zu schreiben, wenn er wieder in Gamsfeld sei.«

Jung wirft den Kopf zurück und brüllt vor Lachen.

»Sie haben wirklich kein Blatt vor den Mund genommen. ›Sie wollen mich haben, also geben Sie mir's schriftlich!‹ Mein Gott, wirklich unverfroren von Ihnen! Und wie reagierte er?«

»Im Gegensatz zu Ihnen, mein lieber Herr Doktor, war er ein Gentleman. Er lachte nicht, und er sagte, er wisse schon jetzt, wie seine Antwort lauten würde. Er liebe mich, er wolle mich heiraten, ich solle die Mutter seiner Söhne werden. Nichts könne ihn davon abbringen. Aber er werde meinen Wunsch respektieren und mir aus Gamsfeld schreiben. Am nächsten Tag fuhr er nach Hause. Zehn Tage später kam sein Brief. Er war so zärtlich und leidenschaftlich, wie ich es nie zu hoffen gewagt hatte. Johann hatte noch eine gute Nachricht: Der Erzbischof hatte sein Einverständnis zu unserer Heirat gegeben. In Anbetracht meiner Bereitschaft, die Kinder katholisch taufen und erziehen zu lassen, hatte er sogar die Genehmigung für eine öffentliche Trauung in der Kirche von Gamsfeld erteilt. Nach dem Ehevertrag sollte ich Eigentümerin von Silbersee bleiben, und wenn ein männlicher Erbe fehlte, sollte Gamsfeld im Falle von Johanns Tod an mich übergehen.«

»So hatten Sie schließlich alles bekommen. Was sagte Lily dazu?«

»Das interessierte mich nicht. Ich war daheim und glücklich.«

»Waren Sie wirklich glücklich?«

»Damals? Absolut.«

»Trotz Lilys Argwohn?«

»Wie ich schon sagte – wer würde schon auf sie hören? Was konnte sie beweisen? Außerdem ging sie bald nach England und war wegen der Rente von mir abhängig – und trotz allem liebte sie mich noch immer.«

»Wie hat Ihr Vater die Neuigkeit aufgenommen?«

»Das ist tatsächlich eine kleine Fußnote wert! Am ersten Abend nach seiner Rückkehr aus Wien saßen wir beim Essen. Altmodisch, wie er nun einmal war, hatte er mich gelehrt, Wichtiges erst zwischen Obst und Käse zur Sprache zu bringen. Also erzählte ich es ihm bei dieser Gelegenheit. Er schien nicht überrascht zu sein, aber er wußte offenbar nicht, was er sagen sollte. Schließlich meinte er mit einer Art widerstrebender Bewunderung: ›Tja, alle Achtung, mein Mädchen! Nicht einmal deine Mutter war so kaltblütig wie du!‹ Dann schenkte er sich Wein nach und hob das Glas. ›Auf deine Ehe! Ich wünsche dir alles Gute. Hoffentlich redest du nicht im Schlaf!‹«

Im Raum herrscht jetzt Schweigen. Jung macht sich hastig Notizen. Sein Lächeln ist vergangen. Irgend etwas hat sich zwischen uns ganz plötzlich verändert. Ich erkenne – vielleicht zu spät –, daß er ein sehr geschickter Inquisitor ist: einmal barsch, dann wieder zärtlich, ein anderes Mal anzüglich und kumpelhaft. Er hat mich zu Aussagen gebracht, die ich noch vor wenigen Stunden nicht für möglich gehalten hätte. Er schaut mich an und zeigt mit dem Bleistift wie mit einer Wünschelrute auf mich.

Dann erklärt er in ernsthaftem Ton: »Wir sind jetzt mit Ihrem Lebenslauf fertig. Sie haben mir bereits die wesentlichen Fakten Ihrer Ehe, der Krankheit Ihres Mannes, der Entfremdung von Ihrem Kind und des Todes Ihres Mannes erzählt. Aber etwas fehlt noch. Ich habe von Ihnen erst eine Skizze, aber kein Bild. Ich muß über Ihre Ehe noch mehr erfahren – nicht den Zeitablauf, nicht die Ereignisse, sondern wie Ihre innere Einstellung zu dieser Ehe war. Und wann sich diese änderte und wie sie sich änderte. Ich weiß, dies ist ein schwieriger Teil unserer Arbeit, aber bitte, versuchen Sie es, es wäre auch für Sie von großem Vorteil.«

»Meine innere Einstellung zu dieser Ehe? Es gab nicht eine, sondern hundert verschiedene. Sie wechselten jeden Tag. Sie werden wahrscheinlich lächeln, wenn ich Ihnen sage, daß ich, als ich mit Johann vor dem Altar stand, wirklich wünschte, eine jungfräuliche Braut zu sein. Im Bett an jenem Abend war ich dann froh, daß ich es nicht war. Es war eine Ekstase, die für uns beide die Vergangenheit auszulöschen schien. Es war die Wiedergeburt in eine ursprüngliche Welt. Wir schlossen einen Pakt, daß alles Gewesene bei Sonnenaufgang ausgelöscht sein solle. Für uns beide würde es nur noch ein Heute und Morgen geben. Johann erzählte mir, wie sehr er unter der Entfremdung von seinem Vater gelitten habe und wie sehr er sich einen Sohn wünsche. Ich erzählte ihm, wie sehr ich, die nie eine Mutter gehabt habe, eine solche sein möchte. Es war eine herrliche Sommeridylle, und wir waren glücklich.

Wir arbeiteten auch gut zusammen. Johann hatte ein natürliches Organisationstalent und konnte seine Mitarbeiter gut führen. Die Dorfbewohner und das Gesinde hatten großen Respekt vor ihm. Er liebte körperliche Arbeit und freute sich, wenn er Holz hacken, den Heuwagen beladen oder ein Pferd zureiten konnte. Und stets konnte er es dabei mit den Besten aus dem Dorf aufnehmen. Was mich anbelangt, so ging ich meinem Mann zur Hand und war nicht bloße Hausfrau, die das Personal herumkommandierte, strickte und Tee servierte. Die Gamsfelder brauchten etwas Zeit, um sich an eine Gutsherrin zu gewöhnen, die auf dem Zaun der Reitkoppel saß oder, wenn unter den Säuglingen die jährlich wiederkehrenden Durchfälle einsetzten, mit dem Dorfarzt die Runde machte. Mein stolzester Tag war der, als Johann, der sich beim Auszahlen der Obstpflücker verspätet hatte, hereinkam und zu mir sagte: ›Du hast dich durchgesetzt, Liebes. Die Bäckersfrau hat ihre erste Tochter nach dir benannt.‹

Zu Beginn überließ ich Lily und Hans Hemeling die Bewirtschaftung von Silbersee. Lily machte nach ihren Ferien einen gelösteren Eindruck. Sie schien sich nicht mehr so große Sorgen um ihre Zukunft zu machen. Zudem hatte sie ihr Häuschen auf dem Lande gekauft, das gerade für sie hergerichtet wurde. Sobald ich mich an das Eheleben gewöhnt hätte, wollte sie für immer gehen. Als ich vier Monate nach der Hochzeit schwanger wurde, fragte ich sie, ob sie sich nicht eines anderen besinnen und als Kinderschwester für das Baby dableiben wolle. Sie lehnte ganz entschieden ab. Ich sagte ihr, es sei traurig, daß ich mein Glück auf diese Weise nicht mit ihr teilen könne. Da warf sie mir einen merkwürdigen, halb feindseligen, halb mitleidsvollen Blick zu und sagte: ›Ich frage mich, Kind, was noch alles dazugehört, bis du die Wahrheit erkennst. Wir sind beide Huren und haben beide Glück gehabt. Ich ende als ehrbare Frau, du hast reich geheiratet und bekommst durch Gottes Gnade ein Baby. Aber setze dein Glück nicht noch weiter aufs Spiel! Das kannst nicht einmal du dir leisten.‹ Ich konnte mir auch nicht leisten, zornig zu werden, sondern zuckte mit den Achseln und ließ das Thema fallen.

Ich sagte ihr, es stehe ihr jederzeit frei zu gehen. Hans Hemeling könne Silbersee allein bewirtschaften, wenn ich nicht da sei. Wegen der Rentenzahlungen würde ich unverzüglich an die Coutts Bank schreiben. Lily hatte wie immer das letzte Wort: ›Du bist die Herrin auf Silbersee, Kind, aber ich bin seit langem die Geliebte deines Papas. Nur er kann mir sagen, wann der richtige Zeitpunkt gekommen ist, daß ich gehe.‹

Wie und wann er ihr das sagte, habe ich nie erfahren. Ich weiß, daß er ihr den Schmuck seiner Mutter geschenkt hat, denn er hat es mir, wie es seiner Art entsprach, später einmal ganz beiläufig erzählt. Ich weiß auch, daß er mit ihr nach London fuhr. Auch das hat er mir gesagt. Ich war gerade auf Gamsfeld, als es soweit war. Lily hat mir nicht auf Wiedersehen gesagt. Sie gab Papa einen Brief für mich mit. Ich habe ihn gelesen und verbrannt.«

»Was stand in dem Brief?«

»Nur ein Bibelzitat. Etwas über Gott und das Kainsmal.«
Jung nickt und zitiert die Bibelstelle wörtlich: »›Und der Herr machte ein Zeichen an Kain, daß ihn niemand erschlüge, wer ihn fände. Also ging Kain von dem Angesicht des Herrn und wohnte im Land Nod, jenseits Eden, gegen Morgen.‹«
Er ist davon offenbar mehr beeindruckt, als ich es war. Er vergißt, daß meine Denkungsart eine andere ist. Ich erkläre, daß ich mich zwar durch die Auflösung meines Verhältnisses zu Lily verletzt fühlte, aber trotzdem ganz glücklich war, daß sie uns verlassen hatte. Erst später, viel zu spät, empfand ich den Gram und begriff, wieviel wir einander noch immer bedeuteten.
»Tante Sibylla blieb weiterhin auf Gamsfeld. Das war mir nur recht. Sie konnte den Haushalt im Schloß führen. Dadurch war ich frei, um mit Johann zusammenzuarbeiten. Außerdem war Sibyllas Anwesenheit ein ständiger Beweis für meine Unschuld. Jede Woche legten wir gemeinsam frische Blumen auf Ilses Grab. Sie begleitete Johann in die Kirche, so daß ich meinem Unglauben nicht abtrünnig zu werden brauchte. Ich unterstützte sie dafür bei ihrem Vorhaben, Papa in die Falle zu locken, der nach Lilys Weggang anscheinend jeden Halt verloren hatte. Kurz gesagt, wir führten ein richtiges Familienleben; doch jetzt war es meine und Johanns Familie, und ich hatte das Gefühl, all dieses Glück auch wirklich verdient zu haben.«
»Verdient zu haben?« Jung wurde aus seinen Gedanken herausgerissen. »Durch Mord?«
»Warum sind Sie so böse zu mir? Sie haben mich gefragt, was ich damals empfand, nicht, wie ich heute darüber denke.«
»Tut mir leid.« Er entschuldigt sich sofort. »Ich war einen Augenblick abgelenkt. Bitte fahren Sie fort.«

Ich bin durch seine Unaufmerksamkeit irritiert. Wenn er zur Zeit ein Liebesverhältnis unterhält oder in der Vergangenheit eines gehabt hat, muß er schließlich wissen, daß der Genuß auf der Illusion der Unschuld, auf der Rechtfertigung durch irgendeinen Moralkodex basiert. Man treibt Unzucht aus Wollust. Der Ehebruch wird dem Partner angelastet: der Ehefrau, die kein Verständnis hat, oder dem Ehemann, der keine Befriedigung verschaffen kann. Fassadenkletterer sind Menschen, an denen ein Akrobat verlorengegangen ist. Auch Mörder bedürfen keines komplizierten Berufsethos, um ihr Tun zu rechtfertigen; Waffenhändler wie Basil Zaharoff brauchen überhaupt keinen Moralkodex. Jung will wissen, was mich beschäftigt. Ich setze es ihm mit vielen Worten auseinander. Er ärgert sich.

»Lassen wir die Polemik beiseite, bitte. Ich habe mich entschuldigt. Ich habe es ehrlich gemeint. Fahren Sie bitte fort!«

»Also schön, zunächst kommt das Baby, nehme ich an. Wir waren beide enttäuscht, daß es kein Sohn war. Aber wir hatten noch viel Zeit, und es war ein hübsches, gesundes Kind. Johann wollte die Kleine auf meinen Namen taufen lassen. Ich sagte ihm, mir wäre Lena Sibylla lieber. Dadurch bekäme sie einen Teil meines Namens und den ganzen von Tante Sibylla. Dann entschieden wir uns als Kompromiß auf Gunhild, den Namen von Johanns verheirateter Schwester. Was soll ich jetzt noch sagen? Mit einem Baby im Haus, einem stolzen Vater und einer gesunden Mutter mit viel Milch – das mußte doch eine glückliche Zeit sein! Es wurde viel genäht, gestickt und gestrickt, so daß es bei Gunhilds Taufe wie am Weihnachtsabend zuging, mit Bergen von Geschenken in der Halle.

Es war außerdem das erste Mal, daß Papa einer Situation

hilflos gegenüberstand. Als ich ihm das Baby in den Arm legte, damit er sich mit seinem ersten Enkelkind fotografieren lassen konnte, geriet er in Verlegenheit und floh gleich danach in die Abgeschiedenheit von Johanns Arbeitszimmer. Ich fand ihn dort eine Stunde später, wie er gedankenvoll ein großes Glas Cognac betrachtete. Er war nicht so betrunken, daß er etwa ärgerlich geworden wäre, aber er befand sich in einem Zustand, der an Rührseligkeit grenzte. Als er mich sah, hob er sein Glas und sagte: ›Auf das Leben – na? Es geht trotz allem weiter!‹ Dann nahm er mich bei der Hand und zog mich an sich. Ich wehrte mich instinktiv, da ich fürchtete, er könne schon zuviel haben und versuchen, mich übel zuzurichten. Da ließ er meine Hand fallen, als sei sie ein Stück glühende Kohle.
Dann sagte er unvermittelt: ›Deine Mutter ist tot. Es passierte, als ich mit Lily in London war. Ich wollte dich nicht unnötig in Aufregung versetzen, solange du noch schwanger warst. Jedenfalls ist für uns beide damit dieses Kapitel abgeschlossen.‹ Ich konnte nur sagen: ›Ich danke dir, Papa. Ich danke dir für diese Rücksichtnahme.‹ Dann ging ich rasch hinaus, nahm das Baby mit und gab ihm im oberen Stockwerk die Brust. Ich weiß noch, daß ich damals dachte: ›Dir geht es gar nicht schlecht, mein Liebling. Wenigstens hast du eine Mutter, die dich nährt.‹ Dann begann ich ohne besonderen Grund zu weinen, und ich konnte nicht aufhören. Johann mußte mich trösten, während Tante Sibylla mit einer gewissen Herablassung erklärte: ›Depressionen nach der Geburt. Viele Frauen bekommen sie. Die gehen in ein paar Tagen wieder vorbei. Dann wirst du wieder quicklebendig sein.‹«
»Und waren Sie es?« fragt Jung trocken.
»Ja. Als ich keine Lust mehr hatte, das Baby zu stillen, besorgte Johann eine Amme aus dem Dorf. Ich konnte des-

halb schon sehr bald wieder mit ihm draußen arbeiten. Silbersee hatte meinen Besuch nötig. Hans Hemeling leistete zwar gute Arbeit, aber er brauchte mich ab und zu zur Stärkung seiner Autorität. Dann gingen wir auf Reisen und besuchten die großen Gestüte in Einsiedeln, Lipizza, Bois-Roussel, Landshut, Janow Podlaski. Es war noch zu früh für uns, in diesen erlauchten Kreis aufgenommen zu werden, aber man lernte uns allmählich als kritische Käufer kennen, deren Zuchterfolge man nicht aus dem Auge lassen durfte. Ja, es war eine fröhliche Zeit, und die Heimkehr war immer herrlich. Gunhild war ein glückliches Kind, und warum auch nicht? Die Eltern liebten sie abgöttisch, ihre Tante himmelte sie an, ein ganzes Heer von Angestellten war nur für sie da. Ich versuchte immer noch, zu einem zweiten Kind zu kommen – diesmal sollte es natürlich ein Sohn werden –, aber irgendwie klappte es nicht.
Es gab keinen erkennbaren Grund dafür. Wir waren beide gesund. Erst später begann Johann, über Müdigkeit und Konzentrationsschwächen zu klagen. Er hatte keinen Appetit mehr und nahm ab. Eines Nachts, als wir zusammen im Bett lagen, schrie er plötzlich auf und sagte, ich hätte ihm weh getan. Ich drehte das Licht an und untersuchte ihn. Er hatte eine harte Schwellung am Hodensack. Die Lymphknoten in der Leistengegend waren vergrößert. Früh am nächsten Morgen schickte ich ein Telegramm an Papa. Er kam sofort, untersuchte Johann und bestätigte meine Diagnose: Hodenkrebs, der, wie die Lymphknoten zeigten, bereits weit fortgeschritten war. Sie wissen, was dies vor zwanzig Jahren bedeutete, Doktor – auch heute im Jahr 1913. Es bedeutete eine Entfernung der Hoden und ein langes, schmerzvolles Leiden bis zum Tod.
Papa und ich eröffneten Johann gemeinsam das Todesurteil. Glauben Sie bloß nicht, daß eine gute Abstammung

keine Rolle spielt; ob bei Pferden oder bei Menschen, man merkt sie. Ich war auf meinen Mann nie so stolz wie in diesem Augenblick. Er hielt mich lange fest im Arm. Dann befahl er mir, das Zimmer zu verlassen. Er müsse eine Weile allein sein, später würde er dann zu uns hinunter kommen.

Während wir auf ihn warteten, gingen Papa und ich in die Sonne hinaus und hielten Kriegsrat. Die Operation sollte in Salzburg durchgeführt werden. Dann würden wir Johann mit einer Krankenschwester nach Gamsfeld zurückholen. Ich fragte Papa, wie lange mein Mann noch zu leben hätte. Vielleicht sechs Monate, meinte Papa, auf jeden Fall weniger als ein Jahr. Dann fragte er mich: ›Wieviel kannst du vertragen?‹ Ich fragte ihn, weshalb. Er sagte rundheraus: ›Weil du dir Klarheit darüber verschaffen mußt, wieviel ihr – du und er – aushalten könnt. Wenn ich jetzt an seiner Stelle wäre, würde ich meine Pistole laden und mir irgendwo an einem stillen Platz eine Kugel durch den Kopf jagen. Deshalb mein Vorschlag, daß du seine Behandlung übernimmst. Ich werde dir als Chirurg zur Seite stehen, und den Dorfarzt lassen wir so lange wie möglich aus dem Spiel. Er ist sehr christlich. Beim geringsten Anzeichen eines Skandals würde er sich sofort zurückziehen. Vergiß nicht, Katholiken begraben Selbstmörder auch jetzt noch nur auf ungeweihtem Boden. Den Totenschein werden wir beide unterschreiben.‹ «

»Wollte Ihr Vater damit einen Todespakt mit Johann vorschlagen?« fragt Jung.

»Im Gegenteil. Er fragte mich, ob ich die Nerven hätte, Johanns Leben allein zu beenden, wenn die Zeit gekommen sei. Ich bejahte seine Frage. Er nickte zustimmend und meinte: ›Gut! Denk daran! Du weißt nicht, wie schlimm es noch werden wird.‹

Kurz danach kam Johann zu uns herunter. Er war bleich, aber gefaßt. Er sagte, er wolle ins Dorf gehen und mit Hochwürden Lukas, dem Priester, sprechen. Ich bot ihm an, ihn zu begleiten. Er küßte mich und sagte, er gehe lieber allein. Ich fühlte mich gekränkt und zurückgesetzt, aber Papa sagte ruhig: ›Laß ihn! Wir alle müssen einmal mit dem Sensenmann ins reine kommen. Die Religion hilft dabei, wenn man wirklich gläubig ist.‹ Ich brach in Tränen aus. Papa drückte mich an sich und küßte meine Haare. Dann wanderten wir langsam bis zum Rosengarten, wo die kleine Gunhild mit Tante Sibylla Blüten abschnitt. Papa sagte: ›Nimm du das Kind, ich werde Sibylla alles erzählen.‹ Ich hob die Kleine auf und trug sie auf die Koppel, wo die jungen Fohlen standen.
Am nächsten Morgen fuhren Papa und ich mit Johann ab, um ihn ins Krankenhaus nach Salzburg zu bringen. Ich wollte dort im Hotel bleiben, bis er entlassen wurde. Tante Sibylla sollte auf Gamsfeld bleiben und sich um die kleine Gunhild kümmern. Beim Frühstück sagte Johann: ›Es tut mir leid, euch dies alles angetan zu haben; aber da ist noch etwas, was ihr alle wissen solltet. Ich bin nie besonders christlich gewesen; aber ich hatte gestern ein langes Gespräch mit Hochwürden Lukas. Er hat mir die Beichte abgenommen und mir dabei geholfen, mich mit dem auszusöhnen, was auf mich zukommt. Ich erzähle euch dies, weil ich nicht will, daß ihr mich bedauert. Haltet nur meine Hand und helft mir, alles wie ein Mann durchzustehen!‹
Ich weiß, es klingt ziemlich unsinnig, aber mir war, als habe er mir die Tür vor der Nase zugeschlagen. Ich hatte getötet, um ihn zu gewinnen. Ich war bereit, für ihn zu sterben. Ich war bereit, mich neben ihn zu legen und mit ihm dahinzugehen, falls er es wollte. Statt dessen hatte er sich zurückgezogen und in einem Raum Zuflucht gesucht,

der mir versperrt war. Einen kurzen, verrückten Augenblick lang haßte ich ihn. Ich haßte seinen Gott. Ich haßte Hochwürden Lukas, alles, alles. Da drang Tante Sibyllas ruhige Stimme in meine finsteren Gedanken: ›Wenn Johann heimkommt und die Krankenschwester einzieht, brauchen wir mehr Platz. Wir haben hier zwei Reservezimmer neben dem meinigen. Ich schlage vor, daß wir diese als Krankenstation einrichten. Wenn ihr einverstanden seid, werde ich alles vorbereiten, während ihr in Salzburg seid.‹ Im selben Augenblick war ich wieder völlig bei Sinnen. Aber ich hatte – hoffentlich verstehen Sie, was ich meine – die schwarzen Teufelchen gesehen, und ich wußte, daß sie mir immer auflauerten.«

»Ich verstehe.« Jung ist jetzt sanft und mitfühlend. »Wenn so etwas in einer Familie passiert, haben es alle schwer.«

»Ich kann Ihnen nicht sagen, wie schwer es war, als Johann dann wieder nach Hause kam. Für ihn bedeutete es das Trauma der Verstümmelung, dann kamen die ständigen Schmerzen, die langen Tage und Nächte, in denen er um die Erlösung rang. Für mich war es das tägliche Entsetzen, mit anzusehen, was man diesem Körper angetan hatte, für dessen Besitz ich einen Menschen getötet hatte, zu wissen, was in ihm vorging, und zu erkennen, daß sich der diesem Körper innewohnende Geist immer weiter von mir entfernte und in seine eigene Dämmerwelt zurückzog.

Wenn ich in sein Zimmer kam, um ihn zu trösten, fand ich ihn mit dem Rosenkranz in der Hand. Er schaute auf das Kruzifix, als könne er aus dieser ebenfalls verstümmelten Gestalt neue Kraft schöpfen. Hochwürden Lukas kam jeden Tag, um ihm die Kommunion zu spenden und mit ihm zu beten. Eines Tages trat er aus Johanns Zimmer und sagte: ›Ihr Ehemann ist Gott schon sehr nahe. Er hat sein Leiden angenommen und will, daß es ein Opfer sei für Ihr

Wohlergehen und das Ihrer kleinen Tochter.‹ Er meinte es gut, ich weiß, aber ich fand den Gedanken grotesk. Was war das für ein Gott, der aus dem Leiden der Menschen ein Tauschobjekt machte?«

»Erzählen Sie mir von Ihrem täglichen Leben damals«, bittet Jung. »Wie haben Sie sich auf die Verhältnisse eingestellt? Was taten Sie?«

»Er wurde Tag und Nacht gepflegt, deshalb war ich in der Lage, außerhalb des Krankenzimmers eine einigermaßen erträgliche Routine aufrechtzuerhalten. Ich ging der Krankenschwester zur Hand, wenn Johann gebadet wurde und seine Verbände zu wechseln waren. Dann kümmerte ich mich bis zum Mittagessen um die Gutsangelegenheiten. Gewöhnlich nahm ich Gunhild mit und fuhr mit dem Ponywagen, den sie liebte. Mittags fütterte ich Johann und ging dann in mein Arbeitszimmer, um die Korrespondenz zu erledigen. Während dieser Zeit wurde Gunhild von Tante Sibylla beaufsichtigt, die ihr Lesen, Nähen und Zeichnen beibrachte. Sibylla wiederholte auch immer mit Nachdruck: ›Das Kind braucht gleichaltrige Spielgefährten. Ich werde aus dem Dorf ein paar Kinder heraufbringen, die mit ihr spielen können.‹ Sie tat es mehrmals, hatte aber offenbar keinen Erfolg dabei. Die Kluft zwischen dem Landadel und der Dorfbevölkerung war zu tief – auch der Dialekt bildete eine Barriere.

Während sich der Zustand ihres Vaters laufend verschlechterte, traten bei Gunhild die ersten Probleme auf. Sie konnte den Geruch des Krankenzimmers nicht ertragen. Sie konnte in der bleichen, eingefallenen Gestalt auf dem Bett nicht mehr ihren früher so gutaussehenden und kraftstrotzenden Vater erkennen. Sie litt unter Angstträumen von Gnomen, Riesen, Krampusen, Vampiren und Werwölfen – Gestalten aus den Märchen, die sie vom

Hauspersonal gehört hatte. Auch ich bekam Alpträume: Ilse saß im Leichenhemd an Johanns Bett und erzählte ihm, wie ich sie umgebracht hatte; Johann hob das Kruzifix und verfluchte mich. Nach einer Nacht mit solch bösen Träumen ging ich nur sehr ungern ins Krankenzimmer. Die Gestalt, die dort im Bett lag, mit ihren geduldigen, leidensvollen Augen und dem schwachen Lächeln kam meinen Phantasien zu nahe. Die Berührung seiner ausgemergelten Hand auf meiner Wange brannte wie Feuer. Zu dieser Zeit etwa fiel mir zum erstenmal auf, daß Gunhild sich vor mir fürchtete und vor meinen Umarmungen zurückschreckte. Johanns Zustand verschlechterte sich jetzt rapide. Die Schmerzen hörten nicht mehr auf, und wir mußten ihn ständig unter Morphium halten. Wenn die Wirkung nachließ, begann er zu schreien, ein hoher, halb erstickt klingender Schmerzensschrei, der in Gebetsfetzen mündete: ›Jesus, Maria und Joseph, helft mir ... helft mir!‹ Nach einem solchen Anfall sah mich Gunhild mit Spritze und Schüssel in der Hand aus dem Krankenzimmer kommen. Da floh sie vor mir wie ein erschrecktes Tier.

An jenem Abend sprach ich mit Tante Sibylla, die mir empfahl, die Kleine eine Weile bei Johanns Schwester Gunhild und deren Familie unterzubringen. Tante Sibylla machte sich erbötig, sie zu begleiten und so lange dort zu bleiben, bis die kleine Gunhild sich eingewöhnt habe. Ich war sofort einverstanden. Die unleugbare Abneigung des Kindes mir gegenüber war ein Alptraum zuviel. Am Tag nach Gunhilds Abreise kam Papa zum wöchentlichen Besuch aus Salzburg herüber. Als er den Zustand sah, in dem sich Johann befand, schimpfte er leise vor sich hin. Dann sagte er zu mir, was zuviel sei, sei zuviel. Er würde nicht einmal einen Hund dermaßen leiden lassen.

Diesmal waren wir wirklich Partner. Wir gaben ihm so viel

Morphium, daß das Herz kaum noch pumpte. Dann riefen wir den Priester herbei und baten ihn, ihm die Letzte Ölung zu geben; gleichzeitig hatten wir einen geistlichen Zeugen, der Johanns Verfassung bestätigen konnte. An diesem Abend schickte ich die Krankenschwester unter irgendeinem Vorwand hinaus, und Papa gab Johann eine tödliche Dosis Morphium. Als die Schwester zurückkam, sagte Papa unvermittelt: ›Heute nacht könnten wir ihn verlieren.‹ Nach einer Stunde war alles vorbei. Die Schwester faltete ihm die Hände über der Brust, schlang den Rosenkranz um seine Finger und schloß seine Augen. Dann rief sie mich herein.

Ich konnte nicht weinen. Ich wußte nicht, was ich beten sollte. Ich beugte mich hinab, küßte seine kalte Stirn, zog das Leintuch über sein Gesicht und verließ das Zimmer. Ich ging zu Papa. Er lag in Hose und Hemdsärmeln auf dem Bett und las. Er sagte kein Wort, reichte mir nur eine weiße Pille mit einem Glas Wasser und ließ sie mich einnehmen. Er zog mich auf das Bett neben sich herunter, umschlang meinen Kopf mit seinen Armen und sprach mir Trost zu, wie er es früher tat, als ich noch ein kleines Mädchen war. ›Morgen früh, wenn Gott will‹, summte er, ›wirst du wieder geweckt.‹

Mein letzter Gedanke, als ich in ein tiefes, dunkles Loch versank, war: ›wenn Gott will‹? Jetzt ist auch Papa fromm geworden. Bald werde ich niemanden mehr haben, mit dem ich reden kann ... Und das, mein lieber Herr Doktor, ist meine Lebensgeschichte. Jetzt wissen Sie alles.«

»Mit einer Ausnahme.«

»Und die wäre?«

»Ich kenne den Übergang noch nicht, den Wandel von der trauernden Gattin zur Schwarzen Witwe – jener Spinne, die ihren Geschlechtspartner auffrißt.«

»Sie sind wirklich ein gemeiner Mensch!«
»Der Übergang! Wie vollzog er sich?«
»Spielt das eine Rolle?«
»Ich muß es wissen, und Sie müssen es mir erzählen. Es ist fünf Uhr. Sie haben noch eine halbe Stunde. Wir haben keine Zeit, wie die Katze um den heißen Brei herumzuschleichen. Der Übergang: wie, wann, wo?«
»Lassen Sie es mich auf meine eigene Art und Weise schildern!«
»Hauptsache, wir kommen hin!«
»Wir bestatteten Johann neben Ilse auf dem Friedhof von Gamsfeld. Alle waren über diese Geste gerührt. Die Liebe ist größer als der Tod. Mein Gott, wenn sie es gewußt hätten! Dann fuhr ich zu Gunhild an den Semmering, um meine Tochter abzuholen. Es war wieder die alte Geschichte. Sie rannte schreiend vor mir davon. Johanns Schwester, eine warmherzige, mütterliche Frau, bedauerte dies für mich und für das Kind. Sie schlug vor, die kleine Gunhild bei sich zu behalten und sie im Schoß ihrer Familie zu erziehen, bis sie alt genug sei, ihre Ängste begreifen zu lernen. Ich nahm ihr Angebot gern an. Ich war ohnehin seelisch erschöpft. Ich hatte nicht die Kraft, mich auch noch um ein verstörtes Kind zu kümmern.
Ich fuhr nach Gamsfeld zurück und besprach die Situation mit Tante Sibylla. Wenn sie bereit wäre, als Schloßherrin auf Gamsfeld zu bleiben, würde ich alle größeren Gestüte in Europa aufsuchen, diese mit unseren Zuchtbüchern vertraut machen und Kontakte herstellen, die für die Weiterentwicklung von Silbersee und Gamsfeld notwendig seien. Sibylla ging bereitwillig auf diesen Vorschlag ein. Sie verfügte über ein nicht unbeträchtliches Vermögen. Bei freier Unterkunft und gewissen Entschädigungen für ihre Tätigkeit auf Gamsfeld konnte sie ein durchaus standesgemäßes

Leben führen und ihr Werben um Papa fortsetzen. Sie würde ihn jetzt lieber nicht heiraten, sagte sie mir im Vertrauen; eine Ehe würde ihrem Leben die Würze nehmen.

Ich fuhr nach Wien, um mir Garderobe für die Rundreise zu den Gestüten zu kaufen. Ich traf dort mit Papa zusammen. Er lud mich zum Abendessen ein und gab mir einige simple, unverblümte Ratschläge. Ich sei erst frisch verwitwet und als wohlhabende Frau das natürliche Ziel für allerlei Glücksritter. Er riet mir dringend, mir alle Gedanken an eine Wiederverheiratung aus dem Kopf zu schlagen und mich erst einmal des Lebens zu freuen. Da ich außerdem Geschäftsfrau sei, dürfe ich nicht in einen schlechten Ruf geraten. Ich würde mich zwar in gleichgesinnten Kreisen bewegen, wenn ich bei diesen Leuten jedoch Geld verdienen wolle, müsse ich einen kühlen Kopf und eine gewisse Zurückhaltung bewahren. Es wäre also nützlich, Eingang in bestimmte Kreise zu finden, wo Damen wie ich, verwitwet oder einfach auf Reisen, Zerstreuung und Gesellschaft finden könnten, ohne einen persönlichen oder gesellschaftlichen Makel zu riskieren. Er übergab mir eine handgeschriebene Liste: Paris, London, Wien, Berlin, alle europäischen Hauptstädte. Er händigte mir außerdem eine Handvoll seiner Visitenkarten aus, auf die er geschrieben hatte: ›Zur Einführung meiner lieben Freundin Magda. Bitte, nehmen Sie sich ihrer an!‹ Ich hatte nicht den Mut, ihm vorzuhalten, daß dies fast so aussehe, als schicke er seine Tochter auf den Strich. Er hätte es nicht verstanden. Ich hatte schon viel früher erfahren, und zwar als er in Padua so betrunken war, daß er in mir nicht sein leibliches Kind, sondern das Werk seiner Hände sah: die beste Hure der Welt.

Sie haben gefragt, wie ich zur Schwarzen Witwe wurde. Natürlich durch Papa. Als ich ihn nach dem Abendessen verließ, war ich gerade so weit angetrunken, daß ich die Telefonnummer des Wiener Etablissements anrief. Eine Frauenstimme meldete sich. Ich stellte mich als Magda, eine Freundin von Doktor Kardoss vor. Ich wurde gebeten, im Foyer meines Hotels zu warten, man würde mir einen Wagen schicken. Dieser könne mich, falls ich es wünschte, auch wieder zurückbringen. Eine Gebühr wurde erwähnt, zahlbar in Goldkronen. Mit der Summe sei alles abgegolten. Es war eine erhebliche Summe. Ich wurde gebeten, Abendkleidung zu tragen.

Der Wagen kam. Man half mir beim Einsteigen. Die Fenster waren mattiert, so daß ich keine Ahnung hatte, wohin ich fuhr. Eine halbe Stunde später wurde ich in eine luxuriöse Villa inmitten eines Parkes geführt. Über meine Person wurde keine Auskunft begehrt. Das Geld und Papas Karte genügten. Die Empfangsdame, eine gutgekleidete Frau Anfang Vierzig, fragte, was ich mir erwarte. Ich fragte zurück, welche Angebote sie mir machen könne. Alles und jedes. Ich sagte zu ihr, daß ich mich zunächst gern, da es mein erster Abend an diesem reizenden Ort sei, mit der ›Speisekarte‹ befassen würde. Ich fand mehrere ›Gerichte‹, die mich reizten, und ich komme auch jetzt noch auf sie zurück, wenn ich auf Reisen bin. Den Rest haben Sie bereits in Ihren Aufzeichnungen. Sie sehen, ich habe Sie nicht aufgehalten. Wir haben immer noch fünfundzwanzig Minuten.«

Mein schnippischer Ton ärgert ihn. Er fährt mich an: »Ich finde das nicht so komisch, was Sie mir da erzählt haben.«

»Ich auch nicht.« Jetzt bin ich diejenige, die sich ärgert. »Aber was wollen Sie denn? Blut? Das können Sie haben. Ich blute innerlich. Der Ehemann, den ich liebte, starb eines entsetzlichen Todes. Für mein Kind bin ich ein

Schreckgespenst. Mein Vater schickte mich sozusagen auf den Strich, weil er glaubte, dies sei für mich der sicherste Weg. Die Tatsache, daß er recht hatte, machte es nicht besser. Was wollen Sie sonst noch hören? Die detaillierte Beschreibung der Orgien in einem teuren Etablissement? Das können Sie alles bei Krafft-Ebing nachschlagen, es sei denn, ich soll mich hier ausziehen und es Ihnen vorführen. Aber schreiben Sie sich dies in Ihren Notizblock, verehrter Kollege. Wenn ich in Rage bin, weiß ich wenigstens, daß ich lebe. Ich mag vor Sinnenlust fast den Verstand verlieren, immerhin feiere ich dann das Leben, nicht den Tod.«
»Sie lügen, Madame!« Er sagt es kalt und brutal. »Für Sie endet jede Liebesgeschichte in einer Folterkammer. Ihre Träume sagen Ihnen die Wahrheit. Sie sind nicht mit dem Leben, sondern mit dem Tod verheiratet.«
Plötzlich wird mir alles zuviel. Ich kann den Blick dieser harten, anklagenden Augen nicht mehr ertragen. Ich habe diese lange, peinliche und nutzlose Fragerei einfach satt und breche in Tränen aus.
Es dauert lange, bis ich mich wieder gefaßt habe. Als ich aufschaue, ist Jung verschwunden. Seine Frau steht mit einem Likörglas vor mir. Lächelnd reicht sie es mir.
»Carl hat mich gebeten, Ihnen diesen Cordial Medoc zu bringen. Er wird bald zurück sein. Er geht nur im Garten spazieren, um seine Gedanken zu ordnen. Es ist eine lange Sitzung gewesen – anstrengend für Sie beide. Trinken Sie, bitte!«
Ich nippe an dem Glas und reibe mir die Augen. Ich frage mich, warum mir ist, als habe mich eine Dampfwalze überrollt. Emma Jung sitzt auf dem Rand des Schreibtisches und spricht mit mir in ihrer ruhigen, überzeugenden Art.
»Ich habe Sie gewarnt, erinnern Sie sich? Ich weiß nicht, welche Probleme Sie haben, aber Sie stecken offenbar in

der ersten Krise. Das ist immer sehr anstrengend. Man fühlt sich nackt und beschämt, als habe man den Gleichklang mit der Welt verloren. Aber das wird auf Sie kaum zutreffen. Am schwersten ist es, zu lernen, sich so anzunehmen, wie man ist, froh über die guten Seiten zu sein und sich die schlechten zu verzeihen. O Gott! Ich wollte nicht ins Reden kommen, Sie sind Carls Patientin, nicht meine, aber ich sehe, daß er sich um Sie viele Sorgen macht.«

»Er hat eine komische Art, dies zu zeigen.«

Ich versuche, einen Scherz zu machen, es gelingt mir jedoch nicht richtig. Wieder bin ich den Tränen nahe. Emma nimmt meine Hand, legt sie zwischen ihre Handflächen und hält sie auf dem Schoß fest. Ich empfinde ein merkwürdiges Gefühl der Beruhigung, als gebe es eine Sicherheitsleine, die mich bei klarem Verstand hält. Ihre ruhige Stimme lullt mich wie ein Wiegenlied ein.

»Ich muß Ihnen etwas von Carl erzählen, denn er kann sich gerade jetzt nicht richtig verständlich machen. Obwohl er als Sohn eines Landpfarrers in sehr beengten Verhältnissen aufwuchs, waren seine Vorfahren von beiden Seiten interessante und hochintelligente Menschen. Sein Großvater, dessen Namen er trägt, verbrachte ein Jahr im Gefängnis in Berlin, weil man ihn im Verdacht hatte, an der Ermordung eines russischen Staatsbeamten beteiligt gewesen zu sein. Dann wurde er ein berühmter Arzt, Rektor der Universität und Großmeister der Schweizer Freimaurer. Er war auch Dramatiker und Essayist. Außerdem fand er noch Zeit, dreizehn Kinder in die Welt zu setzen. In der Familie wird sogar erzählt, er sei der uneheliche Sohn von Goethe gewesen. Aber darüber weiß man nichts Genaues. Carls Großmutter mütterlicherseits soll das zweite Gesicht gehabt haben, und seine Mutter, es war geradezu unheimlich, konnte die Gedanken anderer Menschen lesen.« Sie lacht und tätschelt meine Hand. »Es ist gar nicht einfach, mit einem solchen Erbe fertig zu werden, zumal wenn man dann noch Carls Wissensdrang und seine beharrliche Weigerung hinzunimmt, sich mit dem gewöhnlichen Tagesgeschehen zu arrangieren. Gewiß, das schafft zwar Probleme für uns, aber Vorteile für seine Patienten. Es ist merkwürdig: Sie beide ähneln sich sehr. Ich habe es gleich gefühlt, als wir uns kennenlernten. Ich weiß nicht, ob es gut oder schlecht ist, aber es ist nun einmal so. Oh, ich hätte es fast vergessen! Carl möchte sich noch etwas mit Ihnen unterhalten, bevor Sie gehen. Dann würde er gern mit Ihnen im Auto in die Stadt zurückfahren, um Fräulein Wolff Unterlagen zu bringen.«

»Das könnte der Chauffeur erledigen. Es würde Ihrem Mann eine Fahrt ersparen.«

Sie faßt meine Hand etwas fester. »Ich glaube, er will mit ihr etwas durcharbeiten. Er hat mir gesagt, ich solle kein Abendessen für ihn vorbereiten.«

»Wenn es so ist, darf ich Sie dann einladen, mit mir im Baur au Lac zu essen? Wenn es Ihnen nichts ausmacht, die Kinder mit dem Mädchen ein paar Stunden allein zu lassen, würde ich mich freuen, wenn Sie kommen könnten. Gerade heute abend möchte ich nicht allein sein. Ich werde Sie hier abholen und dann wieder zurückbringen lassen.«

Sie zögert etwas und nimmt die Einladung an, allerdings unter der Bedingung, daß ich dies mit ihrem Mann bespreche.

»Er soll nicht glauben, daß ich mich in seine Dinge einmische; aber ich weiß, er wird erst spät heimkommen, und auch ich habe keine Lust, allein zu essen.«

Wir einigen uns auf acht Uhr. Ich werde in meiner Suite

servieren lassen. Wir können dabei von Frau zu Frau sprechen, die Schuhe ausziehen und einen gemütlichen Abend verbringen. Plötzlich bin ich wieder ganz ruhig. Ich fühle festen Boden unter den Füßen. Diese kleine Verschwörung unter Frauen und die Gewißheit, daß Jung ein Verhältnis mit seiner Assistentin hat, holen mich in die Wirklichkeit zurück. Dies sind Dinge, die ich verstehe, der Rest gehört in die Folterkammer. Ich wünschte, ich könnte die Schrekken vergessen, aber ich kann es nicht. Die Tür zu dieser Kammer steht jetzt offen, und die schwarzen Fledermäuse verdecken das Angesicht des Mondes.
Emma Jung drückt mir zum Abschied liebevoll die Hand und meint: »Machen Sie sich etwas zurecht, bevor er zurückkommt. Ihre Nase glänzt, und der Lippenstift ist verschmiert. Neben dem Waschbecken ist ein Spiegel.«
Ich bin dankbar für ihren gesunden Menschenverstand. In gewisser Hinsicht erinnert sie mich an Lily. Hätte doch auch ich die Wirklichkeit so fest im Griff wie diese beiden!

Carl Gustav Jung

Zürich

Ich schäme mich über das, was ich angerichtet habe. Ich stehe hier, mache mir mit den Steinen meines unfertigen Dorfs zu schaffen und denke über meine Torheiten nach. Ich habe die voller Vertrauen ausgesprochenen Worte einer Patientin genommen und aus ihnen eine Peitsche gemacht, um diese Patientin zur Kapitulation zu zwingen. Ich habe die Wahrheit, die sie mir erzählt hat, in eine Lüge verwandelt und sie ihr spöttisch an den Kopf geworfen. Als ich die vernichtende Wirkung erkannte, bin ich geflohen. Ich rief Emma aus der Küche, entschuldigte mich hastig wegen eines langen Tages und eines hysterischen Anfalls meiner Patientin und überließ es ihr, mit der Krise fertig zu werden.

Ich weiß nicht, welchen Schaden ich angerichtet, wie tief ich sie in ihren neurotischen Zustand zurückversetzt habe. Ich weiß nicht, was jetzt noch zu retten ist. Ich weiß nur, daß ich sie jetzt nicht sich selbst überlassen kann. Ich muß hineingehen und wieder mit ihr sprechen. Das kleine blaue Fläschchen in ihrer Handtasche ist kein Theaterrequisit. Es ist ein Todesinstrument, und ich bin überzeugt, daß sie sich nicht scheuen wird, es zu benutzen, falls sie keine Hoffnung mehr sieht. Ich muß hineingehen – aber jetzt noch nicht. Ich habe Emma gebeten, sie unter irgendeinem Vorwand so lange festzuhalten, bis sie sich wieder gesammelt hat und ich wieder klar denken kann.

Warum habe ich mich so unglaublich benommen? Warum? Es hat keinen Sinn, mir selbst Vorhaltungen zu machen. Auch das wäre wieder eine Lüge. Ich weiß nur zu gut, warum ich es getan habe: aus hundert Gründen, und lauter schlechten. Es gibt einen Ausdruck, den ich schon öfter gehört habe; er drückt Ärger, Zorn und Anfälligkeit aus. Man sagt: »Diese Person rückt mir auf den Pelz.« Schön, diese Magda Hirschfeld rückt mir auf den Pelz. Nein! Sie hat bereits von mir Besitz ergriffen, Sie nützt alle meine Schwächen aus und prüft die Schlösser an den Geheimtüren meines Unbewußten. Sie ist wie Salomes schwarze Schlange; sie hat sich in mir eingerollt, fest und tief; dabei zischt sie mir zu: »Ich bin hier. Ich warte.«
Ich weiß, worauf sie wartet. Das hat sie mir gleich am Anfang klar gesagt. Sie las die Inschrift über meiner Tür. Sie verstand die Worte zu Recht als eine Verheißung, daß der verborgene Gott sich offenbaren würde. Tut er es nicht, wird sie mir die Schuld zuschieben, denn ich bin derjenige, der den Spruch anbringen ließ und der den Glauben und die Gaben der Pilger für sich beansprucht. Ich möchte nicht als Scharlatan demaskiert werden. Ich hasse sie, weil sie eine Gefahr für meine schwankende Persona darstellt.
Ich hasse sie, aber ich beneide sie auch. Was ich insgeheim erträume, hat sie gewagt und getan. Sie hat alle Rollen in allen sexuellen Mysterien durchgespielt. Ich habe von priapeischen Orgien nur geträumt und meine kleinen Lustbarkeiten verstohlen, im geheimen genossen. Sie hat sogar gewagt zu morden und ist unbehelligt davongekommen. Ich habe von Mord nur geträumt und werde als Ersatz höchstens eine Abhandlung verfassen, eine Rede halten, mich auf irgendeinem Kongreß an einer Diskussion beteiligen. Gott helfe mir, ich bin ein Feigling und ein Schwindler!

Aber welchen Gott rufe ich an? Den alten Graubart dort oben im Himmel, der meine Kathedrale unter Dreck begraben hat? Oder den blinden, dunklen Phallusgott in der Höhle? Oder gibt es noch einen anderen, dem gegenüber ich absichtlich blind bin, vor dem ich Todesangst empfinde, um den ich Phantasiegebilde webe, weil ich die reine, weiße Helligkeit seiner Realität nicht ertrage?

Welchen werde ich Magda Hirschfeld zeigen, wenn sie mich fragt: »Können Sie mir die Augen öffnen und mich sehen lassen, was mein Mann sah, als er seine langen Gebete in den dunklen Nächten des Todeskampfes vor sich hin murmelte?« Ich weiß, daß sie diese Frage stellen wird, und ich habe versucht, dieser Frage zuvorzukommen, indem ich ihr nekrophile Neigungen vorwarf.

Elias! Wo bist du? Ich brauche dich jetzt. Ich muß ins Haus zurückgehen, die Treppe hinaufsteigen und den Raum betreten, wo Salome auf mich wartet. Es ist ein langer Weg. Ich kann ihn ohne dich nicht antreten. Du siehst doch, ich liebe Salome, aber ich fürchte mich auch vor ihr. Ihre schwarze Schlange ist in mir; doch wie kann ich in Salome eindringen? Gerade das habe ich aber versucht, verstehst du? Ich wollte die Tür aufbrechen, mich hineinflüchten vor dem Sturm ...

Ich bin in Panik. Ich fühle, wie ich aus dieser realen Welt in jenes weit entfernte Land des Unbewußten hinübergleite. Wie ein Ertrinkender klammere ich mich an den nächsten greifbaren Gegenstand. Es ist der Stamm des Apfelbaums, der das Bootshaus überragt und meinem Miniaturdorf Schutz gewährt. Ich drücke meine Wange an seine rauhe Rinde. Ich greife nach oben und schüttele die Äste. Kleine, unreife Äpfel fallen auf den Boden. Einer landet auf meinem Kopf. Wie Isaac Newton stelle ich fest, daß das Gesetz der Schwerkraft noch Gültigkeit hat. Ich bin wieder auf der

Erde und gehe langsam auf das Haus zu. Meine Patientin hat sich beruhigt. Sie hat sich frisch gepudert und geschminkt. Sie plaudert angeregt mit Emma und entschuldigt sich kurz.

»Ich bin wieder ganz in Ordnung. Ihre Frau war sehr nett zu mir. Sie hat mir erzählt, daß Sie heute abend auswärts essen. Ich habe sie deshalb gebeten, mit mir im Baur au Lac zu Abend zu essen. Ich werde sie abholen und wohlbehalten wieder nach Hause bringen lassen. Hoffentlich haben Sie nichts dagegen, aber ich wollte an diesem Abend nicht allein sein.«

Etwas dagegen haben? Natürlich nicht! Warum auch? So habe ich einen ganzen Abend frei für Toni und brauche hinterher keine Vorwürfe zu erwarten. Außerdem habe ich für später einen ganz nützlichen Vorwurf in petto: Ich bin dagegen, daß sich meine Frau mit meinen Patienten einläßt. Aber da nichts im Leben vollkommen ist, erlebe ich auch eine persönliche Enttäuschung. Ich kann jetzt meine Patientin nach dem Besuch bei Toni nicht mehr im Hotel aufsuchen, wie ich es ursprünglich vorgehabt hatte. Ich begleite Emma aus dem Zimmer und versuche, mit Magda Hirschfeld ins reine zu kommen.

»Es war ein schwerer Tag für Sie, aber Sie haben ihn gut überstanden. Ich weiß, daß meine letzte Bemerkung roh und brutal geklungen hat. Bei der Psychoanalyse wendet man diese Methode manchmal an, um eine plötzliche Richtungsänderung zu erzwingen. Sie hatten sich schnippisch über eine durchaus ernstgemeinte Frage geäußert, was von einer entgegengesetzten Einstellung zeugte. Sie befanden sich unter großem Druck und versuchten vielleicht, etwas Wichtiges zu umgehen oder zu verbergen. Ich mußte Sie deutlich darauf hinweisen, daß dies alles kein Spiel ist.«

Sie sieht mich lange und prüfend an, dann lächelt sie skeptisch.

»Sie haben mich eine Lügnerin genannt. Sie behaupteten, ich sei mit dem Tod, nicht mit dem Leben verheiratet. Beides sind häßliche Anschuldigungen. Wenn ich eine Lügnerin wäre, würde ich hier nur Zeit und Geld vergeuden. Wenn ich mit dem Tod verheiratet wäre, hätte ich ein Erster-Klasse-Billett in die Flitterwochen. Kurz gesagt, Sie waren grundlos grausam. Mein Laster ist nämlich, daß ich so etwas rasch erkenne. Sie sind mir eine Entschuldigung und eine Erklärung schuldig.«

Ihre Attacke trifft mich unvorbereitet. Ich habe keine andere Wahl, als mich zu entschuldigen.

»Es tut mir leid. Es ist für uns beide ein langer Tag gewesen ... Lassen Sie uns morgen weitermachen. Ich trage einen Termin ein.«

»Bevor Sie das tun ...«

»Ja?«

»... möchte ich auch eine Erklärung hören.«

»Worüber?«

»Über Ihre Anschuldigung. Halten Sie mich wirklich für eine Lügnerin?«

»Nein. Aber als erfahrener Praktiker muß ich die Möglichkeit ins Kalkül ziehen. Ich muß Ihre Aussagen prüfen, bevor ich sie als Grundlage für eine Diagnose akzeptieren kann. Bis jetzt hatte ich dazu keine Zeit. Seien Sie nicht gekränkt. Ich werde hier die ganze Zeit mit allen möglichen erfundenen Geschichten konfrontiert. Leute gehen zur Polizei und gestehen Morde, die sie gar nicht begangen haben können; Frauen in den Wechseljahren berichten von Vergewaltigungsversuchen; alte Jungfern werden im Bett von Engeln heimgesucht ...«

Sie lacht kurz und hebt kapitulierend die Arme. »Keine

Vergewaltigung. Keine Engel. Es ist ein Jammer! Aber jetzt eine andere Frage: Bin ich geistesgestört?«
»Nein.«
»Was ist dann mit mir los?«
»Genau das, was Sie mir erzählt haben. Wie ich es auch nennen mag, es ändert nichts an den Tatsachen: Sie geben sich wie besessen und zunehmend häufiger sadistischen Extratouren oder lesbischen Abenteuern hin. So viel steht fest. Das Warum und Wofür wird sich während der Analyse herausstellen. Wenn wir gut zusammenarbeiten, werden wir bald eine Antwort auf diese Fragen haben, und eine Korrektur wird sich dann um so leichter vornehmen lassen. Bis jetzt haben wir nur die Krankengeschichte in Umrissen aufgezeichnet und die Symptome festgehalten.«
»Und die Prognose?«
»Dazu ist es noch zu früh. Vorher müssen wir noch viel erarbeiten.«
»Lohnt sich diese Arbeit?«
»Das müssen Sie selbst beantworten. Wie hoch schätzen Sie Ihr Leben, Ihr Ich ein?«
»Nicht sehr hoch.«
»Was erwarten Sie dann von mir?«
»Ich weiß es nicht genau.« Sie denkt eine Weile stirnrunzelnd über meine Frage nach und setzt dann Stück für Stück ihre Antwort zusammen. »Papa und Lily haben mich in einem abgeschirmten Paradies erzogen, aber sie haben mich in ein fremdartiges Geschöpf verwandelt, das fürs normale Leben ungeeignet ist – nicht nur ungeeignet, sondern sogar gefährlich, denn ich denke an nichts anderes als an mich selbst und mein eigenes Überleben. Jetzt suche ich jemanden wie Papa – nein, eigentlich jemanden wie Johann –, der mir zeigt, wo ich einen Platz in dieser Welt fin-

den könnte. Ich kann nicht in den Mutterschoß zurückkehren, um noch einmal geboren zu werden, deshalb brauche ich jemanden, der mich führt, einen Mentor. Sie sind natürlich nicht der einzige Kandidat.«

Sie sagt es mit einem kleinen, hintergründigen Lächeln, das mich irritiert. Ich bin für ein Versteckspiel zu müde und frage sie: »Wer ist der andere Glückspilz?«

»Basil Zaharoff. Er gilt als der größte Waffenhändler auf der Welt und verkauft alles, was man zum Kriegführen braucht. Er bedient sich bei seinen Transaktionen durchaus auch der Bestechung – und der Frauen. Er hat mir einen Posten angeboten: als ›Madame‹ all seiner Freudenhäuser und Inspizientin seiner Agentinnen. Er denkt über mich wie Papa, und wieder zitiere ich wörtlich: ›Sie wird die beste Hure weit und breit sein!‹ «

»Und Sie interessieren sich ernsthaft für diesen Posten?«

»Ich muß. Das Gehalt ist beträchtlich, und ich habe einen Beschützer.«

»Aber Sie haben noch nicht zugesagt.«

»Nein. Gianni di Malvasia meinte, ich solle erst mit Ihnen sprechen.«

»Warum mit mir?«

»Er sagte, und wieder zitiere ich: ›Jung ist ein religiöser Mensch, auch wenn er seine Auffassungen nicht immer mit althergebrachten Begriffen formuliert.‹ «

»Da hat er insofern recht, als ich die Existenz der Religion akzeptiere und die Tatsache, daß sie das Leben von Millionen Menschen auf der ganzen Welt bestimmt. Aber verstehen Sie mich nicht falsch, Madame, das religiöse Erlebnis selbst kann ich Ihnen nicht verschaffen. Ich kann Ihnen den Glauben nicht beibringen, und ich bin nicht bereit, über irgendein Glaubensgebäude mit Ihnen zu argumentieren. Kommen Sie zu mir als Christin, so gehen Sie auch wieder

als Christin weg. Kommen Sie als Atheistin, so gehen Sie wieder als Atheistin nach Hause. Und ich erteile auch keine Absolution, wie es in der katholischen Kirche geschieht.«
»Aber über Ihrer Tür ist eine Verheißung eingemeißelt: ›Gerufen oder nicht, der Gott wird gegenwärtig sein.‹ Wo ist Er? Wir haben noch nichts von Ihm gehört.«
»Sie glauben nicht an Ihn, und ich habe Ihn noch nicht entdeckt. Wir werden ohne Ihn weitermachen müssen.«
Unser kurzes Gespräch scheint sie bereits erschöpft zu haben. Sie lacht kurz auf und zuckt resigniert mit den Achseln.
»Wenn Lily jetzt hier wäre, würde sie sagen, es sei Zeit für Humpty Dumpty.«
»Wie bitte? Ich habe den Ausdruck nie gehört.«
Sie erklärt, Humpty Dumpty komme in einem englischen Kindervers vor. Sie sagt ihn auf, und zwar so langsam, daß mir kein Wort entgeht:

Humpty Dumpty saß auf der Mauer.
Humpty Dumpty fiel runter – der Bauer!
Und auch der König mit all seiner Macht
Hat Humpty nie wieder gesund gemacht.

Ein amüsantes Wortgeklingel, aber einem sturen Schweizer aus Basel bedeutet das nicht viel.
Ich frage: »Wer war Humpty Dumpty?«
»Er war ein Ei.«
»Aha! Und als er von der Mauer fiel ... Oh, natürlich! Man kann ein zerbrochenes Ei nicht wieder zusammensetzen. Sehr lustig!«
Sie findet es offenbar gar nicht lustig. Mit Grabesstimme stellt sie die Frage, die ich gefürchtet habe.
»Ich habe einen Hund und ein Pferd und eine Frau getötet.

Ich habe das Leben meines Kindes ruiniert. Können Sie mich wieder zusammensetzen? Können Sie mich gesund machen?«

Ich bin fast zu Tränen gerührt. Auch ich wünschte, der Gott wäre da, um mich die heilenden Worte zu lehren. Ich strecke die Arme aus, ziehe meine Patientin hoch, halte sie auf Armeslänge und erzähle ihr, so sanft ich kann, die einzige Wahrheit, die ich kenne.

»Ich kann an dem, was geschehen ist, nichts ändern. Für Mord gibt es kein Heilmittel. Mord ist keine Krankheit, er ist ein Akt, der die gebührende Strafe nach sich zieht, auch wenn in Ihrem Fall niemand ein Urteil fällt. Sie haben Glück; denn dank der Hilfe, die ein Psychiater Ihnen bieten kann, können Sie sich immer noch ändern.«

»In welche Richtung?«

»Das hängt von Ihnen ab. Gewohnheiten lassen sich ändern. Besessenheitssyndrome können modifiziert werden. Sie sind selbst Ärztin, so viel wissen Sie auch! Und im übrigen finden Sie auf dieser Welt immer noch einen Winkel, wo Sie Ihren sexuellen Vorlieben frönen können.«

»Aber, sehen Sie denn nicht – mir fehlt der Grund, das Motiv, der Antrieb, mich zu ändern.«

»Sie mögen sich in diesem Zustand selbst nicht. Ist das nicht Grund genug?«

»Nein, merkwürdigerweise nicht. Ich kann jederzeit aufhören, das zu sein, was ich bin. Eine kleine Giftdosis, ein Pistolenschuß, und alles ist vorbei. Aber wenn es etwas anderes gäbe, wenn ich glauben könnte, eine Seele zu haben, die durch Buße gerettet wird und in irgendein ewiges Paradies einzieht, dann wäre das ein Grund, mich zu ändern. Ich beobachtete Johann während seiner Krankheit. Er besaß etwas, das alle unsere Liebe und alle unsere Pflege völlig überflüssig machte: Er war felsenfest von einem Leben nach dem Tode überzeugt. Aber für mich ist das Leben nach dem Tode bedauerlicherweise ein Mythos.«

»Trotzdem – warum wollen Sie all die guten Jahre vergeuden? Vor Ihnen liegt noch ein langes Leben.«

»Was für ein Leben?« Sie versucht, sich mir zu entziehen. Ich halte sie fest, bis sie sich entkrampft. »Hören Sie mir denn nicht zu? Ich habe alles gehabt: Liebe, Leidenschaft, Kind, Geld ... Sogar die höchste Stufe der Erregung, als ich ein Menschenleben wie eine Kerzenflamme auslöschte und wußte, daß ich frei war und mir niemand etwas anhaben konnte. Was haben Sie mir darüber hinaus zu bieten, Herr Doktor?«

Ich lasse sie los. Sie dreht sich um und tritt zum Fenster, das den Blick über den See freigibt, wo sich Gewitterwolken auftürmen und das Wasser schiefergrau und drohend aussieht. Jetzt nützt nur noch völlige Aufrichtigkeit. Ich muß mein ganzes Wissen und alle Liebe aufbieten, jene Liebe, die oft zu breit gefächert war und zu leichtfertig vergeudet wurde. Ich komme näher, berühre sie aber nicht. Ich wähle die Worte so sorgfältig, als wären sie Juwelen auf einem goldenen Tablett.

»Liebe Kollegin, gute Frau! Ich weiß nicht, wie ich Ihnen besser antworten könnte als durch den Versuch, Sie an dem teilhaben zu lassen, was ich gerade erlebe. Ich bitte Sie, Geduld mit mir zu haben. Meine Empfindungen sind schwer in Worte zu kleiden ... Ich befinde mich schon seit längerer Zeit in einem Zustand, der dem Ihrigen sehr ähnlich ist. Ich habe monströse Träume. Ich werde von phantastischen Visionen der Lust und Gewalt verfolgt. Ich bin, glaube ich, in einer schlechteren Verfassung als Sie, denn ich verliere oft den Sinn für die Realität und halte Zwiesprache mit Gestalten, die mein Unterbewußtsein gebiert. Aber ich weiß aus eigener Erfahrung und dank langjähriger Kontakte mit Geisteskranken im Burghölzli, daß die Grenze zwischen Phantasie und Tat nur eine Papierwand ist, die leicht durchbrochen werden kann. Deshalb verstehe ich Ihre Untat. Ich verstehe alle Ihre Exzesse, Ihre Ängste. Ich würde mit Vergnügen dieselben Spiele in denselben Kreisen wie Sie mitmachen. Auch ich würde ohne weiteres ins Homosexuellenmilieu passen, glauben Sie mir! Ich werde von Selbstmordgedanken heimgesucht genau wie Sie – und von Mordträumen. Oft schließe ich mich hier in diesem Zimmer ein, um mit meinem finsteren Doppelgänger zu ringen.

Aber mit mir geschieht auch noch etwas anderes – etwas Merkwürdiges, Gutes, Schönes. Ich lerne immer besser verstehen, wie die menschliche Psyche funktioniert, wie die Vergangenheit ins Gewebe unserer Träume eingewirkt ist, wie sich die Zukunft aus unseren wildesten Phantasien abhebt und Realität wird. Ich muß kämpfen, um diesen Vorgängen einen Sinn abzugewinnen. Oft bin ich zu Tode erschrocken, aber manchmal, manchmal sind diese Visionen von blendender Helligkeit, als sehe man nach wochenlangem Regen zum erstenmal wieder die Sonne. Sie fragen, was Ihnen als nächstes bevorsteht? Ich sage es Ihnen: eine unendliche Vielfalt neuer Erlebnisse, neuer Eindrükke, neuer Hoffnungen, vielleicht neuer Liebschaften – aber Sie werden all dies niemals im Bett eines Bordells oder im Inneren eines Sarges erleben!«

Mehr kann ich nicht sagen. Sie steht mit gebeugtem Haupt und abgewandtem Gesicht vor mir. Ich warte, leer und regungslos wie Omar Hayyams Becher, der umgestülpt im Gras liegt. Als sie mir schließlich das Gesicht zuwendet, bin ich bis ins Mark erschrocken. Sie sieht mich mit haßerfüllten Augen an und stößt mit ätzender Verachtung hervor: »Worte, mein lieber Herr Doktor! Nichts als ein-

studierte Rhetorik! Bekehren Sie mich, wenn Sie es können! Machen Sie wie ein Missionar den Kannibalen zum Christen; aber ersparen Sie mir, bitte, das Geschwafel!«
Mit einem langen Schritt bin ich neben ihr. Ich fasse ihre Handgelenke und drehe ihren Körper zu mir herum. Ich ziehe sie so dicht an mich heran, daß sie meine Worte – Wut anstelle von Küssen – von Mund zu Mund verspüren kann.
»Wie können Sie sich unterstehen, in einem solchen Ton mit mir zu sprechen, Sie blödes Weib! Wie können Sie sich unterstehen, mir hier, in diesem Raum, Ihre miesen Bordelltricks aufzutischen! Sie kommen her und betteln um Hilfe. Bietet man Ihnen diese an, lehnen Sie sie ab. Was ich Ihnen gesagt habe, ist aus Tränen geboren – aus Tränen, Blut und Schmerzen, meinen und denen meiner Familie. Ich habe versucht, bare Münze daraus zu machen, um Sie und andere Patienten von Angstträumen, die Sie plagen, loszukaufen. Aber nein! Sie wollen das gar nicht! Sie wollen Orgien der Lust und den Todesrausch. Meinetwegen, aber nicht hier in meinem Haus!« Ich lasse sie los und drehe mich angewidert um. Sie steht hinter mir und reibt sich die schmerzenden Handgelenke.
Meine Wut ist noch nicht verflogen; wieder fahre ich sie an: »Sie haben Schulden zu begleichen, Madame! Sie können zwar die Toten nicht auferwecken, und Sie können auch Ihrer Tochter die Kindheit, die sie vermissen mußte, nicht wiedergeben. Aber Sie können trotzdem einiges wiedergutmachen. Sie sind in der Heilkunst ausgebildet. Es gibt viele Menschen, die nach guten Ärzten schreien. Wieviel zahlen Sie für das Privileg, ein menschliches Wesen in einem Freudenhaus zu demütigen? Es gibt genug Wohlfahrtseinrichtungen, die solche Gelder gut gebrauchen könnten und ...«

Sie weist diesen Gedanken verächtlich von sich und überschüttet mich mit Schmähungen. »Großer Gott! Wieder das alte Lied, wieder diese alten Klischees! Reinige dich durch gute Werke! Verteile Almosen, dann wirst du in den Kreis der braven Bürger aufgenommen. Mein Mann hat es getan. Mein eigener Vater mußte ihn kastrieren, er aber opferte seine Hoden, sein Leben und seine Qualen, um sich, mir und meiner Tochter einen Platz im Himmel zu erkaufen. Und wer wird dort warten, wenn ich die Tür aufmache? Niemand! Niemand!«
Dies ist ein Aufschrei aus tiefster Verzweiflung, und ich begehe den Fehler, darauf einzugehen. Ich versuche, vernünftig mit ihr zu reden.
»Bitte! Sie haben alles ganz falsch verstanden. Ich kann Ihnen keine Eintrittskarten für den Himmel bieten. Ich weiß nicht, wo der Himmel ist. Aber ich weiß genau, wo die Hölle liegt: direkt unter unserer Schädeldecke. Und wir schaffen sie uns selbst.«
Einen kurzen Augenblick sieht es so aus, als würde sie nachgeben. Aber dann stürzt sie sich plötzlich auf mich, trommelt mit den Fäusten gegen meine Brust, versucht, mir mit den Fingernägeln das Gesicht zu zerkratzen.
»Scheren Sie sich zum Teufel!« faucht sie wie eine Tigerin. »Scheren Sie sich zum Teufel, Sie elender eidgenössischer Heuchler! Scheren Sie sich zum Teufel!«
Ich bin solche Ausbrüche von der Klinik her gewöhnt, wo man bei zweitausend Patienten kräftige Arme und dazu Augen im Hinterkopf haben mußte. Ich ergreife ihre Handgelenke und überkreuze sie so, daß sie einen Schmerzensschrei ausstößt. Sie hat gewaltige Kräfte, aber ich zwinge sie langsam hinunter. Dabei überkommt mich wildes sexuelles Verlangen, und ich zahle ihr mit gleicher Münze heim.

»Zu diesem Spiel gehören zwei, mein Mädchen! Das hast du doch die ganze Zeit gewollt, nicht wahr? Die Erlösung im Heu mit Papa oder Rudi oder gar mit dem Zuchthengst.«
Sie wehrt sich noch und geht zu denselben Verwünschungen über: »Aha, da haben wir's! Sie stecken tiefer drin als ich. Auch Sie wollen anderen weh tun. Sie sind ein Gauner! Ihr Gott ist ein Lockmittel. Ich gebe wenigstens zu, was ich bin ...«
Ich zwinge sie auf die Knie. Sie stößt hervor, daß es jetzt genug sei, und ich lasse sie los. Da schlingt sie einen Arm um meine Oberschenkel und versucht, mit der anderen Hand meine Hose aufzuknöpfen. Bevor ich sie wegstoßen und bevor sie mein steifes Glied ergreifen kann, muß ich ejakulieren. Ich fühle mit schlechtem Gewissen, wie der Samen mein Hosenbein befleckt, während sie wie eine enttäuschte Anbeterin noch immer vor mir kniet und nach dem Schrein des blinden Gottes tastet, der sich vor ihren Augen in einen armseligen Wurm verwandelt.

Als dieser fatale Augenblick vorüber ist, helfe ich ihr auf die Beine und sage barsch zu ihr, sie solle sich wieder zurechtmachen. Ich sehe mir meine Hose an: Die Bescherung ist nicht allzu schlimm, und der Arztkittel wird das meiste verdecken. Wenn Emma später meine Patientin zur Tür begleitet, kann ich schnell nach oben gehen und mich umziehen. Der Vorfall ist peinlich, aber bei derartigen Begegnungen nichts Neues. Während sich Magda Hirschfeld zurechtmacht, setze ich mich an den Schreibtisch und mache mir die letzten Notizen.
Sie setzt sich in den Patientensessel und sagt leise: »Schön, jetzt haben Sie wenigstens erlebt, wie so etwas geschieht: Wut, Gewalt, Kapitulation. Ich hatte den Höhepunkt im

selben Augenblick wie Sie. Es tut mir leid, daß es keinen Spaß gemacht hat. Mit Berufsmäßigen funktioniert es anscheinend besser ... Was machen wir jetzt?«

»Nichts, fürchte ich.«

»Warum? Weil ich Sie in Verlegenheit gebracht habe? Weil ich Sie in Ihrer Selbstachtung verletzt habe?«

»Ja, gewiß; aber es ist meine Schuld, nicht die Ihrige. Ich kenne die Spielregeln. Ich hätte nicht mitzuspielen brauchen. Nein, es gibt noch einen anderen Grund. Wir beide sind eine Gefahr füreinander.«

»Weil wir letzten Endes im Bett landen würden?«

»Nein, wir würden in einem Wahnsinn zu zweit, einer *folie à deux,* landen. Sie aber wären diejenige, die mit dem Leben davonkommt, nicht ich.«

»Sie haben anscheinend auch keine sehr hohe Meinung von sich, Herr Doktor!«

»Nein, das stimmt; und das ist eine weitere Ähnlichkeit zwischen uns beiden. Sie und ich, wir sind von Dämonen besessen, Dämonen der Wut, der Zerstörung. Sie sind der Vogel, der aus dem Käfig freigelassen wird und unter die Raubvögel gerät; deshalb werden Sie zum stärksten und grausamsten Exemplar Ihrer Art. Die Liebe macht Sie verletzlich, deshalb müssen Sie sie abtöten. Erinnern Sie sich an das Ende der Geschichte von der Schneekönigin? Das einzige, was ihr kaltes Herz zum Schmelzen bringen konnte, war eine Träne.«

»Und wer, frage ich Sie, wird Tränen für mich vergießen? Etwa Sie, Carl Gustav Jung?«

»Ich habe es getan – und Sie versuchten, mich umzubringen, wie Sie das Pferd und den Hund und die Frau getötet haben.«

»Kann ich jemals anders werden?«

»Nur, wenn Sie es fest genug wollen.«

Sie denkt einen Augenblick nach und schüttelt dann den Kopf. »Als Ärztin habe ich in Italien einige Mädchen für die Hochzeitsnacht wieder zu Jungfrauen gemacht. Aber es gibt keinen chirurgischen Eingriff, der aus einer Messalina eine Klosterschwester oder aus einer Mörderin eine Äbtissin macht. Auch der große Carl Gustav Jung kann Gott nicht wie ein Zauberer das Karnickel aus dem Zylinder hervorziehen. Lassen Sie die Notizen ruhig beiseite. Ich werde Ihnen die Mühe ersparen und die endgültige Diagnose für Sie aufschreiben: ›Der Zustand der Patientin ist irreparabel. Prognose negativ ...‹ Aber ich möchte trotzdem mit Ihrer Frau zu Abend essen. Ich hoffe, Sie gestatten es.«
»Sie ist ein freier Mensch. Wie könnte ich sie daran hindern?«
»Ganz einfach. Aber vielen Dank!«
»Darf ich Sie um Diskretion über das, was hier geschehen ist, bitten?«
»Was ist denn geschehen? Worte wurden gesprochen, ein Mann und eine Frau rangen ein bißchen miteinander, Samen floß, der auch lustvoller hätte verspritzt werden können. Was bedeutet das schon? Kann man darüber viel reden? Ich muß jetzt gehen.«
Sie steht auf und bietet mir die Hand, die ich nehme und an meine Lippen führe. Ich möchte diese Frau auf den Mund küssen, aber der Augenblick ist längst verpaßt. Sie nimmt meine Hände und wendet sie ein paarmal – Handflächen nach oben, Handflächen nach unten –, wie es meine Mutter zu tun pflegte, um zu sehen, ob die Fingernägel sauber und die Knöchel geschrubbt waren.
»Sie würden einen guten Reiter abgeben«, sagt sie dann. »Sie haben die Hände dafür – sehr kräftige Hände.«
»Die brauche ich auch. Menschen sind schwerer zu behandeln als Pferde.«

Sie nimmt ihre Handtasche, zieht den Umschlag voll Schweizer Franken heraus und überreicht ihn mir. »Das Honorar, Herr Doktor – mit meinem Dank.«
»Es gibt kein Honorar.«
Ihr Verhalten ändert sich plötzlich. Sie wird brüsk und herrisch. »Unsinn! Natürlich gibt es ein Honorar. Ich habe Sie einen ganzen Tag in Anspruch genommen. Ich bin auch Arzt, vergessen Sie das nicht! Ich erwarte, daß die Rechnung beglichen wird, ob der Patient am Leben bleibt oder nicht. Hier, nehmen Sie es!«
»Das ist zuviel.«
»Ich brauche es nicht. Geben Sie es für Ihre Frau aus.«
Sie wirft den Umschlag auf den Schreibtisch. Ich lasse ihn dort liegen. Ich habe das Geld verdient. Wir haben es auch bitter nötig.
»Ihre Frau meinte, Sie möchten zu Fräulein Wolff gefahren werden«, erinnert sie mich. »Ich unterhalte mich mit Ihrer Frau, bis Sie die Hose gewechselt haben. Eine Geliebte ist nämlich viel weniger nachsichtig als eine Ehefrau.«
»Für eine Frau, die wenig hat, worauf sie stolz sein kann, sind Sie ganz schön unverschämt, Madame!«
»Unverschämt nicht, ich habe bloß Angst. Ich renne eine dunkle Straße entlang und lausche meinen eigenen Schritten und meinem eigenen Herzschlag. Ich weiß nicht, wohin ich laufe und was ich tun werde, wenn ich angekommen bin ... Deshalb mache ich schlechte Witze. Es tut mir leid.«
»Ich wünschte ...«
»Nein! Sagen Sie's nicht! Lily kannte ein Sprichwort über Wünsche. Wie ging es doch gleich? Ach ja: ›Wären Wünsche Pferde, würden alle Bettler reiten. Aber ein Bettler hoch zu Roß – herrjemine!‹ ... Beeilen Sie sich! Ich plaudere inzwischen mit Ihrer Frau.«

Während der Fahrt in die Stadt entlädt sich über dem See das Gewitter, das sich den ganzen Tag über zusammengezogen hatte. Der mit Hagelkörnern vermischte Regen peitscht gegen die Windschutzscheibe. Donnerschläge hallen im ganzen Tal wider. Blitze zucken grell über den Himmel.

Magda Liliane Kardoss von Gamsfeld verabschiedet sich mit einer ironischen Bemerkung: »Fräulein Zickzackblitz tritt ab, und die Gewalten des Himmels brechen los. Großartig inszeniert, Herr Doktor! Meine Hochachtung! Ich wünsche Ihnen einen schönen Abend!«

Als ich Tonis Tür erreiche, sehe ich aus wie eine gebadete Maus. Wenigstens habe ich einen guten Vorwand, möglichst schnell aus den Kleidern zu kommen. Es ist, finde ich, leichter, sich eines nassen Hemdes zu entledigen als der Erinnerung an Torheit, Versagen und berufliche Unfähigkeit.

Magda
Zürich

Kaum bin ich ins Hotel zurückgekehrt, bereue ich es schon, Emma Jung zum Abendessen eingeladen zu haben. Ich bin plötzlich müde, so müde, daß ich mich kaum noch die Treppe hinaufschleppen kann. Ich habe das lange Reden satt. Mein größter Wunsch ist, taub, stumm und blind zu sein und still im Fruchtwasser eines Mutterschoßes zu liegen.
Ich lasse mir ein Bad ein und bleibe eine Stunde im heißen Wasser liegen, dann ziehe ich mir einen Morgenmantel an und lege mich mit der neuesten Ausgabe der Zeitschrift »Die Dame« auf die Chaiselongue. Dieses neue Frauenmagazin erscheint in Berlin und erfreut sich großer Beliebtheit. Nach zwei Minuten habe ich bei meiner Lektüre den Faden verloren. Ich bin zu abgespannt und zu leer, um melancholisch zu werden. Und was meinen Plan betrifft, noch mit dem Nachtzug nach Rom zu fahren, so werden mich heute keine zehn Pferde mehr aus diesem Zimmer herauszerren.
Morgen werde ich mich entscheiden, morgen oder übermorgen, das ist jetzt einerlei. Ich habe das Streckbrett und die Daumenschrauben der psychiatrischen Inquisition überlebt, ich werde sicherlich auch eine Nacht im Baur au Lac überleben. Ich klingele dem Etagenkellner und bestelle ein Abendessen für acht Uhr dreißig. Ich lasse ihn auch eine Flasche Champagner kalt stellen zur Begrüßung mei-

nes Gastes. Ich will Eindruck auf sie machen. Ich will, daß sie sich später an einen heiteren Abend erinnert. Ich wäre sehr froh, wenn sie mich gern hätte.

Meine Selbstachtung war nie so niedrig wie jetzt. Jene miese kleine Szene in Jungs Arbeitszimmer – die ich begann, nicht er! – verursacht mir auch jetzt noch ein unbehagliches Gefühl, wenn ich daran denke. Wirklich: Fräulein Zickzackblitz! Wie eines der Mädchen vom Limmatquai! Ich frage mich, wie Emma wohl reagieren würde, wenn sie erführe, was geschehen ist. Ich habe den nagenden Verdacht, daß Jung ein Mann ist, der sich boshafte Geständnisse aufhebt, um damit all sein Mitgefühl und sein Verständnis zunichte zu machen. Ein weiterer Grund, diese Mahlzeit für Emma zu einem denkwürdigen Ereignis zu machen.

Als sie ankommt, macht sie einen ganz anderen Eindruck auf mich. Zu Hause, inmitten ihrer Kinder, wirkte sie wie die ernste junge Hausfrau, die Frau Doktor, die tüchtige Vorsteherin eines geordneten Haushalts. Ich hatte sie auf etwa dreiunddreißig geschätzt. Hier, im Baur au Lac, sieht sie viel jünger aus, ihr gesegneter Zustand tritt deutlich zutage, und sie macht einen sehr, sehr empfindsamen Eindruck. Ich biete ihr ein Glas Champagner an, und sie zögert. Carl vertrage Alkohol sehr gut, sie dagegen bekomme schnell einen Schwips und rede dann zuviel. Sie möchte auch auf das Baby Rücksicht nehmen. Ich mache sie darauf aufmerksam, daß sie einen sehr guten Arzt im Hause hat und einen Chauffeur, der sie heimbringen wird. Schließlich nimmt sie das Glas an. Ich bitte sie, auf der Chaiselongue Platz zu nehmen, während ich mich in den Lehnstuhl neben dem Klingelzug setze und den Toast ausbringe: ›Auf eine neue Freundschaft, und natürlich auf ein gesundes Baby!‹

Wir trinken. Dann stellt sie die erste und höchst unangenehme Frage: »Wann haben Sie den nächsten Termin bei Carl?«
»Wir haben keinen verabredet. Er meint, ich solle mich anderswo nach Rat umsehen.«
»Oje!« Sie runzelt die Stirn.
»Bitte, machen Sie sich keine Vorwürfe! Sie haben intuitiv das Richtige gedacht. Ich kann mich nicht beklagen. Ihr Mann hat sich große Mühe gegeben, mir zu helfen. Ich versuchte, auf ihn einzugehen. Es hat aber nicht geklappt. Keiner von uns beiden ist daran schuld.«
»Dann muß Carl morgen an Ihren Hausarzt in Paris schreiben. Das ist sehr wichtig und mehr als ein Akt der Höflichkeit. Es ist auch für Sie wichtig. Ich werde Toni bitten, daß sie ihn morgen früh daran erinnert.« Sie lächelt verlegen. »So lautet das Protokoll in unserem Haus. Alle beruflichen Dinge gehen über Toni, was meines Erachtens auch ganz natürlich ist. Ich heiratete, als ich einundzwanzig war. Carl war sieben Jahre älter. Er legte die Spielregeln fest, und ich habe mich, ohne zu fragen, an sie gehalten. Sehr schweizerisch, nicht wahr? Nach einer gewissen Zeit wird es zur Gewohnheit. Ich bin mit den Kindern so beschäftigt, daß ich Carl einfach seinen eigenen Weg gehen lassen muß. Ich weiß, daß es nicht gut für ihn ist, besonders in der gegenwärtigen Lebensphase, aber ich kann mich jetzt nicht mehr dagegen wehren.«
Sie stockt. Ich höre ihr gern zu, schenke ihr deshalb Champagner nach und frage freundlich: »Sie erwähnten, Ihr Mann stehe unter einer starken Nervenbelastung. Woran liegt das?«
»Wenn ich es nur wüßte! ... Nein, das ist nicht wahr. Ich weiß es zum Teil, zum größten Teil. Ich will es nur nicht zugeben; und Carl spricht natürlich nur sehr ungern dar-

über mit mir. Er steht auf dem Standpunkt, daß Ehefrauen weniger Hirn als andere Frauen besitzen.« Sie lacht etwas unsicher. »Eigentlich hat er recht, warum lassen wir uns sonst auf die Ehe und das Kinderkriegen ein? War Ihre Ehe glücklich?«

»Ja, bis auf das letzte Jahr. Das war schrecklich. Mein Mann starb an Krebs.«

»O Gott. Es tut mir leid.«

»Bitte! Das liegt lange zurück.«

»Haben Sie Kinder?«

»Eine Tochter. Sie ist verheiratet. Wir stehen uns nicht nahe.«

»Das ist aber traurig. Und Sie haben nicht noch einmal heiraten wollen?«

»Sagen wir lieber, ich habe niemanden kennengelernt, der ein ganzes Leben mit mir verbringen oder mit dem ich länger als einen Monat zusammensein wollte. Ich führe ein bewegtes Leben. Ich leite zwei Gestüte, und wir verkaufen Pferde in ganz Europa. Ich bin viel auf Reisen.«

»Ich beneide Sie darum – um die Reisen, meine ich. In unserer Familie ist Carl derjenige, der viel unterwegs ist. Er ist in Paris gewesen, in England, den Vereinigten Staaten, in Italien und Deutschland. Ich bin mit ihm zur einen oder anderen Konferenz gefahren, aber das hat mir wenig Spaß gemacht. Carl will immer im Mittelpunkt der allgemeinen Aufmerksamkeit stehen. Mir aber liegt es nicht, bescheiden im Hintergrund zu stehen und als Ehefrau den großen Gatten und seine Kollegen anzubeten. Ich habe auch manchmal eigene Ideen, die ich von mir geben möchte.«

»Sie haben mir gesagt, daß Ihr Mann Sie als Psychoanalytikerin ausgebildet hat.«

»Das ist richtig, aber daran habe ich jetzt nicht gedacht. Ich dachte an die Kehrseite der Medaille. Diese Leute einschließlich meines Mannes gehen mit hochexplosivem Material um und benehmen sich dabei so unbekümmert, eifersüchtig und bockig wie Kinder. Sie haben keine Ahnung von der Mißgunst, die sich auf diesen Konferenzen offenbart, von den Intrigen und Cliquen, die sich um jede etablierte Autorität, jeden neuen Theoretiker bilden. Ich fürchte mich schon heute vor dem Kongreß, der demnächst in München stattfindet. Mein Mann rüstet sich für eine große Auseinandersetzung mit Freud. Die beiden waren lange Zeit Freunde, jetzt sind sie erbitterte Feinde. Ich mag Freud. Er ist mir gegenüber immer großzügig und verständnisvoll gewesen. Er gibt sogar zu, daß ich ein Hirn im Kopf habe. So gerate ich zwischen die Mühlsteine ... Oje! Ich habe Ihnen ja gesagt, ich sollte nichts trinken. Jetzt rede ich pausenlos wie ein Waschweib. Sagen nun Sie, bitte, etwas zur Abwechslung. Darf ich Sie Magda nennen? Ich mag nicht, wenn man auf Distanz geht. Das ist auch so ein Problem. Ich entferne mich von Carl immer mehr ...«

Ich habe ein feines Gehör für Gehässigkeiten. Bei ihr merke ich keine Spur davon. Ich höre höchstens Bedauern und den Kummer einer Frau, die zu früh allein gelassen, ins Kinderzimmer eingesperrt worden ist, während ihr Mann, der unternehmungslustige Kerkermeister, unbeschwert seinen Geschäften nachgeht, weil er weiß, daß die Kinder sie unerbittlicher festhalten werden als Gitterstäbe und Vorhängeschlösser.

Ich möchte mehr über diesen schlauen Kerl und seinen Lebensstil erfahren – und darüber, was mir dadurch entgangen sein könnte, daß ich mich nicht seiner Führung unterworfen habe. Da ich Emma nicht kränken will, die so offenherzig ist und sich inzwischen etwas entspannt zu haben scheint, komme ich auf Umwegen zum Thema zurück. Ich erzähle ihr, daß ich meine Ausbildung in Wien abschloß, während Freud dort lehrte, und daß Gianni di Malvasia und ich unsere Abende als Studenten in der schwülen Atmosphäre eines Tanzes auf dem Vulkan verbrachten. Diese Erzählung währt bis zu dem Augenblick, da das Abendessen serviert wird. Anschließend ist sie bereit, den Faden ihrer Geschichte wieder aufzunehmen.

»Das hat Carl meines Erachtens am meisten vermißt: eine solche sorglose Zeit. Er war ständig am Werkeln. Die Familie hatte wenig Geld, er mußte sich nach oben durchkämpfen, und er schaffte es durch harte Arbeit und Intelligenz. Erst dann führte er ein ungezwungeneres und fröhlicheres Leben, wie er es auch jetzt gern täte. Dies ist der Grund, warum ich mich damals in ihn verliebte. Alles, was er tat – zechen, singen, debattieren –, hatte etwas Übersteigertes, Gieriges an sich. Bei mir war es anders. Ich nahm alles als selbstverständlich hin. Meine Familie war wohlhabend, ich bekam alles, was ich haben wollte. Wir waren in Basel sehr angesehen. Auf der Straße nahmen die Leute vor meinen Eltern den Hut ab und selbstverständlich auch vor mir. Carl hatte dafür nichts übrig, und so ist es noch heute. Ich muß in Gesellschaft aufpassen, damit ich mich niemals in den Vordergrund dränge. Vielleicht hätte ich von vornherein dagegen ankämpfen sollen, aber jetzt ist es zu spät. Carl ist der designierte Nachfolger von Freud. Er hat bereits seinen eigenen Hofstaat und – oje! – seine eigenen Hofdamen, die ihn anbeten und an seinen Lippen hängen. Er hat auch seine Mätressen, wie es einem richtigen Prinzen zusteht. Toni ist, wie Sie wahrscheinlich gemerkt haben, seine neueste, und ich glaube, er wird sie länger als die anderen behalten.«

»Und Sie sind damit einverstanden?«

»Ich werde nicht gefragt, ob ich einverstanden bin oder nicht. Man stellt mich vor die Tatsache, und ich nehme sie

hin, den Kindern zuliebe. Man kann sich nur eine gewisse Zeit dagegen wehren, sonst hat man kein Heim mehr, sondern die Hölle auf Erden. Carl macht das Ganze dadurch komplizierter, daß er Toni morgens, mittags und abends unbedingt im Haus haben will. Mir wäre es lieber, er würde sich anderswo eine Praxis einrichten und seinem Beruf und seinem Liebesleben dort nachgehen; aber er will nicht. Er meint, wir könnten es uns nicht leisten. Ich versuche, ihm klarzumachen, daß uns diese Lebensumstände zu viel Kraft kosten. Er hört nicht auf mich. Ich bin sicher, daß diese nervliche Belastung wesentlich zu seinem Zusammenbruch beigetragen hat.«
Zusammenbruch? Ich habe ›Probleme‹, ›Druck‹, ›Nervenbelastung‹ gehört, aber ›Zusammenbruch‹ ist ein neues Wort, und für mich hat es einen schlechten Beigeschmack. Ist es denn möglich, daß ich meine schmerzliche und gefährliche Beichte vor einem Mann abgelegt habe, der nicht mehr klar im Kopf ist? Es wurde zwar von Skandalen gemunkelt, auch von anderen Frauen, sollte es aber möglich sein, daß Jung, nicht ich, der Clown in diesem verrückten Zirkus ist? Mir stockt das Blut in den Adern. Die Haare stehen mir zu Berge. Allmächtiger Gott, wer ist jetzt eigentlich verrückt?
Ich nehme mich zusammen und frage Emma besonders freundlich: »Wie äußert sich dieser Zusammenbruch? Es muß für Sie und die Kinder nicht leicht sein ...«

Carl Gustav Jung
Zürich

»Hallo Paris! Hallo Paris! Ich möchte mit Doktor Giancarlo di Malvasia sprechen ... Nein! Mal-va-sia. Ich buchstabiere ...«
Ich liege nackt im Bett, während Toni versucht, Magda Hirschfelds Arzt in Paris an den Apparat zu bekommen. Der Grund ist einfach, so einfach, daß ich ihn in meiner Aufregung völlig übersehen habe. Diese Frau hat Selbstmordgedanken. Sie hat Gift in ihrer Handtasche. Ich habe sie als Patientin und Bettgenossin zurückgewiesen. Meine Frau ißt gerade mit ihr im Hotel zu Abend. Ich habe der Verabredung zugestimmt. Was gäbe es für ein besseres Vorspiel zu einem wirklich spektakulären Selbstmord?
Toni erkannte die Gefahr, sobald sie meine sorgfältig entschärfte Reinschrift der Tagesereignisse las. Sie bestand darauf, daß ich Malvasia in Paris anrufe und ihm, dem Hausarzt, die Verantwortung wieder zuschiebe. Ob er sich nun einschaltet oder nicht, es wird mich jedenfalls in gewisser Weise vor dem Skandal schützen, der zweifellos losbrechen wird, falls sich diese Frau heute abend im Baur au Lac das Leben nimmt.
»Hallo Paris! Hallo Paris! Ja! Ich warte noch immer auf Doktor Malvasia! Begreifen Sie doch, es handelt sich um einen medizinischen Notfall. Ja, um einen Notfall!«
Es ist mehr als ein medizinischer Notfall. Für mich geht es um alles oder nichts. Ich habe keine feste Anstellung und

lebe von meiner Privatpraxis. Man hält mich allgemein für einen Exzentriker, und einige meiner Kollegen vermuten, ich sei geistig labil. Man hat schon zu viel über alle möglichen Affären mit Frauen gemunkelt. Ich weiß, daß irgendwo einige aufschlußreiche Briefe herumliegen. Jetzt brauche ich nur noch einen Selbstmord im Baur au Lac und die Schlagzeile: VON ORTSANSÄSSIGEM PSYCHIATER ABGEWIESEN – FRAU NIMMT SICH DAS LEBEN. Toni scheint endlich durchgekommen zu sein.

Ich höre, wie sie sagt: »Hier ist Antonia Wolff, Assistentin von Doktor Carl Gustav Jung. Ja, der Doktor spricht Französisch und Italienisch. Einen Augenblick, bitte, ich verbinde Sie mit ihm.«

Sie gibt mir den Hörer, und ich stelle mich in meinem besten Toskanisch vor. In der Leitung knackt es zwar dauernd, aber wir können einander verstehen.

»Hier spricht Carl Jung. Können Sie mich hören?«

»Hier ist Malvasia. Ich höre Sie. Worum geht es?«

»Diese Patientin, die Sie mir überwiesen haben ...«

»Was ist mit ihr?«

»Ich kann ihr nicht helfen. Meine Behandlungsmethode ist für sie nicht geeignet.«

»Das tut mir leid.«

»Ich habe heute sechs Stunden mit ihr gearbeitet, aber wir können uns als Therapeut und Patientin nicht aufeinander einstellen. Sie befindet sich jedoch in einer sehr schlechten Verfassung.«

»Ist sie geistesgestört?«

»Nein, nein, nein! Sie ist so klar bei Verstand wie Sie und ich. Es gibt bestimmte Dinge, die man am Telefon nicht erörtern sollte, aber ich will es trotzdem versuchen ... Zwangsvorstellungen ...«

»Verstanden.«

»Sadismus – zunehmende Frequenz, zunehmende Heftigkeit.«
»Verstanden.«
»Schuldgefühle über frühere Verfehlungen, die im Augenblick nicht – wirklich nicht – zur Diskussion stehen. Ausgeprägte Neigung zu Selbstmord. Deshalb rufe ich Sie an. Hat sie Verwandte, die sich um sie kümmern können?«
»Nähere Verwandte, nein. Der Ehemann ist tot. Seine Familie würde helfen, aber Magda wird das bestimmt nicht wollen. Ihr Vater starb bald nach dem Ehemann. Sie hat eine Tochter, aber die beiden scheinen völlig entfremdet zu sein. Wie hoch ist das Risiko?«
»Sehr hoch. Sie hat ein Fläschchen mit Blausäure bei sich. Ich habe es gesehen.«
»Verdammt noch mal! Wo ist sie jetzt?«
»Im Baur au Lac. Meine Frau ißt gerade mit ihr zu Abend. Die beiden haben sich erst heute kennengelernt und sich sofort verstanden. Ich habe natürlich nichts dagegen, aber Sie müssen verstehen, daß ich, wenn meine Frau nach dem Essen zurückkommt, für Ihre Patientin keine Verantwortung mehr übernehmen kann. Sie hat mir für die heutige Sitzung das Honorar übergeben. Ich habe ihr gesagt, ich könne ihr nicht weiterhelfen.«
»Können Sie sie an jemand anderen überweisen?«
»Nein. Denn ich bin nicht der behandelnde Arzt, der sind Sie.«
»*Dio mio!*... Wieviel Uhr ist es jetzt in Zürich?«
»Neun Uhr abends.«
»Es gibt einen Zug, der um zehn oder zehn Uhr dreißig in Paris abfährt. Er kommt morgens in Zürich an. Ich werde versuchen, ihn noch zu erreichen. Glauben Sie, daß sie sich heute nacht etwas antut?«
»Ich bezweifle es. Ich vermute, daß sie meine Frau nicht be-

lasten will und deshalb den Selbstmord irgendwo anders verüben wird. Ich möchte jedoch betonen, daß man dessen nie ganz sicher sein kann.«

»Ich verstehe. Kann ich mit Ihnen sprechen, sobald ich dort bin?«

»Kommen Sie direkt zu mir. Sie haben die Anschrift. Ich werde Ihnen alle meine Notizen übergeben und alles übrige mündlich erläutern ... Wir sollten uns unbedingt unterhalten, bevor Sie mit Ihrer Patientin zusammentreffen.«

»Ich danke Ihnen für den Anruf und für Ihre Bemühungen, Herr Doktor Jung.«

»Ich habe es gern getan. Leider konnte ich nicht mehr tun. Also dann, bis morgen!«

Toni wirft sich neben mich aufs Bett und jubiliert: »Morgen, morgen, morgen! Morgen ist mir jetzt ganz gleichgültig. Jetzt ist es endlich heraus: Emma weiß Bescheid. Sie hat mich immer wieder darauf aufmerksam gemacht, daß es meine Aufgabe sei, mich um dich zu kümmern. Und das werde ich von jetzt ab auch tun. Erst schlafen wir zusammen, dann essen wir zu Abend, dann schlafen wir wieder zusammen. Und wenn du vor Tagesanbruch nach Hause kommst, soll es nicht an mir liegen. Du brauchst überhaupt nicht mehr nach Hause zu gehen, wenn es nach mir ginge.«

Sie setzt sich rittlings auf mich, drückt mich aufs Bett und schaut mir in die Augen. »Eine Frage noch: Unsere Magda – hast du etwa ein Spielchen mit ihr gemacht? Als ich ging, hattest du diesen lüsternen Glanz in den Augen.«

Und so vergeht die Liebesnacht, während wir dem blinden Gott Tribut zollen, der kein Wurm mehr ist, sondern eine prächtige, harte Säule. Ich brauche nicht mehr an Emma zu denken, weil sie letzten Endes mein Recht auf ein Leben in Freiheit anerkannt hat. Und was Magda Liliane Kardoss von Gamsfeld angeht, so ist ihr Arzt aus Paris hierher un-

terwegs. Ich bin sicher, daß sie sich in guten Händen befinden wird. Trotzdem bedauere ich sie. Sie war für mich eine Begegnung, der ich nicht gerecht geworden bin; ich war auf sie nicht vorbereitet.
Was soll's! Ich bin hier und feiere das Mysterium der Vereinigung mit Toni, der Schwester, Geliebten und Beschützerin in einer Person. Ich liebe dich, Toni! Du bist meine Salome, und die Schlange ist unsere Freundin. Sie ringelt sich um uns und bindet uns aneinander. Nein, ich will nicht schlafen! Ich will ganz eng bei dir liegen, bis sich die Schlange wieder rührt ... Wenn bloß heute keine Träume kommen, bloß heute nicht!

Magda
Zürich

»Der Zusammenbruch!« Emma wischt sich ein Stückchen Lachs aus dem Mundwinkel, nimmt einen Schluck Wein und erklärt: »Ja, es ist für uns alle nicht leicht. Er bekommt diese Wutanfälle, die eigentlich ganz kindisch sind, die Kinder aber in Angst und Schrecken versetzen. Sie sind noch sehr klein, wissen Sie. Aber von meinem Standpunkt aus betrachtet – und ich glaube, auch von seinem –, ist es viel schlimmer, wenn er sich abkapselt. Dann schließt er sich in seinem Arbeitszimmer ein oder irrt am Seeufer entlang, wobei er vor sich hin murmelt und laut mit Leuten redet, die nur er sehen kann. Er träumt oft – es sind böse Angstträume! – und schlägt wild im Bett um sich. Offen gesagt, bin ich ganz froh, daß er zur Zeit nicht mit mir schläft. Ich habe Angst, er könnte dem Baby wehtun.«

Ich beobachte sie, während sie weiterißt. Sie ist nicht hübsch, und doch hat sie etwas Ernstes und Zartes, einen Charme, den ich rührend finde. Ich mache mir plötzlich Gedanken, wie wohl meine Tochter inzwischen aussehen mag.

»Ist er ein guter Vater?« frage ich Emma.

»Ja – wenn er kann. Ich weiß, das klingt albern, aber er besteht in Wirklichkeit aus zwei Menschen, vielleicht sind es mehr. Einer ist ein gütiger und liebevoller Mann, der andere ist ein finsterer Träumer, eine Art ratloser Poet, der die ganze Zeit zwischen Hoffnung und dunkler Verzweiflung

hin und her pendelt. Das ist der Mensch, den ich nicht mag. Ich bin ganz normal, wissen Sie. Als Carl im Burghölzli tätig war und Vorlesungen an der Universität hielt, ging es ihm viel besser als jetzt, jedenfalls aus meiner Sicht. Da gab es – wie soll ich es nennen? – eine Architektur, eine Struktur, die ihn zusammenhielt. Er hatte einen geregelten Tageslauf, er hatte Kollegen, er hatte einen festen Platz in der Gesellschaft. Jetzt hat er dieses alles nicht mehr – jetzt, wo er diese Dinge am meisten braucht, fehlen sie ihm. Ich kann sie ihm nicht bieten. Ich habe Kinder, die mir ständig am Rockzipfel hängen. Ich muß ständig Nasen putzen, Husten behandeln und Streit im Kinderzimmer schlichten. Ich habe nicht die Zeit, auch wenn ich das Talent dazu hätte, mich hinzusetzen und Carl zu helfen. Außerdem bin ich mir nicht sicher, ob er es überhaupt will. Er wird anderer Menschen sehr schnell überdrüssig. Sehen Sie ihm einmal zu, wenn er eine Orange ißt! Er saugt den Saft heraus und wirft Schale und Fruchtfleisch weg. Das erklärt, warum sich Frauen zuerst so zu ihm hingezogen fühlen und dann hinterher wütend über ihn sind.« Sie lacht und prustet ins Weinglas. Ich wische ihr mit der Serviette die Lippen ab. Dankbar tätschelt sie meine Hand. »Er widmet den Frauen seine ganze Aufmerksamkeit, daß sie sich wie große romantische Heldinnen vorkommen, dann aber geht er einfach weg und läßt sie jammern oder ins Taschentuch weinen. Er will sich überhaupt nicht festlegen, wissen Sie. Er muß stets mehrere Eisen im Feuer haben.«
Ich kann mich nicht mehr zurückhalten und muß sie fragen: »Und Toni? Wird das auch bei ihr so sein?«
Emma nimmt einen großen Schluck Wein und wartet, bis ich ihr nachgeschenkt habe. Diesmal fällt ihr die Antwort nicht so leicht.
»Bei Toni weiß ich es nicht. Sie ist jung und sieht gut aus,

deshalb wird sie Carl wahrscheinlich länger als die anderen halten können. Sie hat aber noch mehr, was für sie spricht. Sie hat einen glänzenden Verstand, sie ist feinsinnig, versteht logisch zu denken, hat aber auch Phantasie. Sie schreibt gute Gedichte. Carl behauptet allen Ernstes, sie sei ein weiblicher Goethe. Das ist natürlich eine Übertreibung; er ist einfach in sie vernarrt. Aber sie ist tatsächlich gut. Ich weiß, aus dem Munde der Ehefrau klingt das merkwürdig, aber sie ist auch wirklich für Carl ein Segen. O ja, sie ist leidenschaftlich und genießt die Freuden des Bettes, aber das meine ich nicht. Carl irrt doch zur Zeit in einem seltsamen Gebiet herum, und Toni scheint das Gelände zu kennen. Sie hält seine Hand und nimmt an seinem Erlebnis teil, ohne sich darin zu verlieren wie Carl. Ich weiß nicht, ob dies einen Sinn ergibt, aber ...«

Es ergibt tatsächlich einen Sinn. Außerdem beunruhigt es mich aber auch. Ich muß jetzt das Risiko eingehen und ihr eine Frage stellen, auf die sie mir vielleicht die Antwort verweigern wird.

»Sie sagten zu mir, ich würde Ihrem Mann sehr ähnlich sein und Sie seien nicht sicher, ob dies gut oder schlecht ist.«

»Ich erinnere mich.«

»Ihr Mann ging sogar noch weiter. Er sagte, er könne die Analyse nicht fortsetzen, weil wir beide füreinander eine Gefahr darstellten.«

»Ich glaube, er hat recht. Ich bin froh, daß er so viel gesunden Menschenverstand hatte, dies zu erkennen.«

»Können Sie mir erklären, was er damit meinte?«

»Ich glaube, ja. Aber bitte ...« Sie lächelt mich halb zweifelnd an und ergreift meine Hand auf ihre ganz eigene Art, als wolle sie mich beschützen. »Bitte, seien Sie nicht verletzt oder verärgert. Wir haben uns angefreundet. Ich

möchte, daß wir Freundinnen bleiben. Einverstanden?«
»Einverstanden.«
»Gut, fangen wir bei Carl an. Zu den Dingen, die in ihm vorgehen, gehört auch, daß sein unbewußtes Leben, alle seine Erinnerungen, Ängste, Hoffnungen, alle Märchen, Mythen und Legenden, kurz: absolut alles aus seiner Vergangenheit an die Oberfläche kommt. Er wird aber damit nicht fertig. Es ist, als wallte eine riesige Fontäne aus den tiefsten Tiefen des Meeres herauf, so daß Geschöpfe, die er nie gesehen und von denen er nie geträumt hat, an der Oberfläche herumschwimmen. Es gibt Menschen, und Sie gehören dazu, die anscheinend über die Macht verfügen, diese geheimnisvollen Fontänen freizusetzen. Sie tun das nicht vorsätzlich, es geschieht einfach. In Carls Fall ist es jedoch schlecht und gefährlich. Er kann die Fontäne nicht mehr abstellen; er wird mit den seltsamen Geschöpfen nicht mehr fertig. Er versucht es zwar, aber ich glaube, er begeht einen schweren Fehler, indem er die Sache von der falschen Seite anpackt. Er versucht, noch mehr Höhlen in der Tiefe zu öffnen. Das Miniaturdorf, das er Ihnen im Garten gezeigt hat – ich finde es unheimlich. Er bemüht sich, seine Kindheit, aber auch seine urzeitliche Vergangenheit Stein für Stein zu rekonstruieren. Meiner Ansicht nach ist es ein außerordentlich gefährliches Experiment. Er behauptet, seine einzige Rettung bestehe darin, die Reise in das Gewesene anzutreten, und das ist auch der Grund, weshalb ich froh bin, daß Sie die Sitzungen mit Carl nicht fortsetzen. Aber es tut mir leid, daß Sie dadurch nicht bei mir bleiben können.«
»Bei Ihnen setze ich keine Fontänen frei – ist es das?«
»Im Gegenteil. Wie oft, glauben Sie wohl, kann ich mit jemandem so reden, wie ich heute abend mit Ihnen geredet habe? Ich fühle mich bei Ihnen wohl: Sie sind gut und zart-

fühlend und liebevoll. O ja! Sie haben eine Fontäne geöffnet. Aber es ist eine kleine, trostreiche, sprudelnde Quelle reinen Wassers.«
Plötzlich merke ich, daß ich still vor mich hin weine. Im nächsten Augenblick steht sie neben meinem Sessel und drückt mein Gesicht an ihre Brust; die meine liegt an ihrem geschwollenen Leib, und ich fühle oder glaube zu fühlen, wie sich das neue Leben in ihr regt.
Sie wiegt mich sanft hin und her und sagt leise: »Weinen Sie sich ruhig aus. Es tut Ihnen gut. Emma ist doch hier.«
Später läute ich nach dem Kellner, der das Geschirr abräumt und uns Kaffee und Cognac bringt, denn heute abend, sagt Emma, habe sie das Recht, etwas verrückt zu spielen.
Beim Cognac sagt sie zu mir: »Ich möchte gern etwas für Sie tun, meine Liebe.«
»Und das wäre?«
»Ich möchte Ihrer Tochter schreiben und sie fragen, ob sie sich nicht mit Ihnen treffen oder wenigstens brieflich verkehren will ... Ich würde schon die richtigen Worte finden, glauben Sie mir! Ich glaube, Sie wollen den Kontakt zu ihr herstellen, aber Sie finden dazu einfach nicht den rechten Weg. Sie denkt vielleicht genauso. Doch selbst wenn es zu nichts führt, werden Sie sich besser fühlen, weil Sie es wenigstens versucht haben. Haben Sie etwas dagegen?«
Ich kann ihr nicht anvertrauen, daß ich vermutlich gar nicht mehr hier sein werde, wenn ein Brief eintreffen sollte. Also erkläre ich mich einverstanden. Der Gedanke ist lieb. Ich bin gerührt und dankbar. Ich gebe ihr die Adresse von Johanns Schwester am Semmering. Sie wird den Brief an Gunhild weiterleiten. Ich gebe ihr auch die Adresse von Ysambard Frères in Paris. Dort wird man wissen, wo ich

bin – tot oder lebendig. Dann habe ich noch eine Frage an Emma: Wie will sie ihr Leben einrichten, da sie doch jetzt das Dreiecksverhältnis mit Toni Wolff praktisch akzeptiert hat?

»Ich habe viel darüber nachgedacht. Ich glaube, ich weiß genau, was ich will. Aber das macht es keineswegs leichter. Ich werde weiterhin in Küsnacht wohnen. Ich werde mich nicht streiten, sondern versuchen zu genießen, was zwischen Carl und mir noch übriggeblieben ist. Es ist eine ganze Menge. Ich werde die Familie zusammenhalten, dafür sorgen, daß die Kinder ihren Vater achten und daß er ihnen so viel Liebe und Zuneigung entgegenbringt, wie er kann. Ich werde auch zu Toni nett sein. Aber es soll eine Trennungslinie gezogen werden. Das Arbeitszimmer ist Carls und ihr Territorium, alles übrige gehört mir. Ich wünsche keine Überschreitungen, keinen guten Rat, nichts. So weit bin ich jetzt, der Rest muß sich von selbst regeln, so oder so.«

»Da ist noch etwas, was Sie nicht erwähnt haben.«

»Und zwar?«

»Sie selbst! Was wollen Sie für sich tun, Emma?«

»Tja ...« Sie errötet wie ein Schulmädchen und lacht verlegen. »Ich wollte eigentlich nicht darüber sprechen, aber jetzt, da Sie fragen ... Ich werde ein Buch schreiben.«

»Ausgezeichnet! Haben Sie schon angefangen? Wovon soll es handeln?«

»Ich habe noch nicht damit angefangen. Die Arbeit wird wahrscheinlich Jahre dauern. Es soll vom Heiligen Gral handeln, dem Kelch oder der Schale, die Christus beim Letzten Abendmahl benutzte. Es wird auch behauptet – die Legende ist sehr kompliziert –, daß Joseph von Arimathia die Schale verwendete, um Christi Blut bei der Kreuzigung aufzufangen. Er soll sie später nach Glastonbury in England gebracht haben. Danach ging sie verloren, und die Ritter der Tafelrunde zogen aus, sie zu suchen. Die Legende ist in ganz Europa verbreitet, und es gibt sogar im Orient verwandte Versionen.«

»Interessant. Aber warum wollen ausgerechnet Sie dieses Buch schreiben?«

»Versprechen Sie mir, nicht zu lachen?«

»Ich verspreche es.«

»Nach der Sage geht die Gralssuche in jeder Generation weiter. Sie ist ein tiefes Symbol für unser aller Suche nach Glück und innerem Frieden. Gut, ich weiß jetzt, daß sich mein Leben nie so abspielen wird, wie ich es mir als Mädchen erträumt hatte. Carl wird immer unstet bleiben. Es wird immer eine Toni in seinem Leben geben. Deshalb brauche ich eine Hoffnung, die mich aufrechterhält. Ich brauche meine eigene Gralssuche, eine wirkliche, aber auch eine symbolische. Ich weiß, es klingt albern, aber ...«

Ich nehme sie in meine Arme und drücke sie an mich. Ich versuche, alle Liebe, die mir geblieben ist, auf sie zu übertragen; ich versuche, all die verschwendete Liebe wieder lebendig zu machen und sie ihr zu übermitteln, weil ich weiß, daß dies alles niemals für die Reise, die sie unternehmen muß, ausreichen wird. Um die Spannung zu durchbrechen, die uns beide zu ersticken droht, mache ich schließlich einen dummen Scherz.

»So, wie wir uns gegenseitig in die Arme sinken, könnten wir ebensogut gemeinsam übernachten. Das Bett ist groß genug.«

Zu meiner Überraschung nimmt sie den Vorschlag ganz ernst. »Glauben Sie nur nicht, ich täte es nicht gern. Sie sind längst nicht so alt, um meine Mutter sein zu können, aber Sie könnten meine ältere Schwester sein, und ich würde liebend gern im Bett mit Ihnen plaudern und in Ihren

Armen einschlafen. Aber meine Kinder brauchen mich zu Hause. Ich nehme noch einen winzigen Cognac, dann gehe ich. Was werden Sie anfangen – nicht bloß morgen, sondern überhaupt?«

»Das weiß der liebe Himmel! Aber ich werde mir heute nacht darüber nicht den Kopf zerbrechen. Ich werde zu Bett gehen und nur noch daran denken, was für einen reizenden Abend wir gehabt haben.«

»Ach, beinahe hätte ich es vergessen!« Sie macht ihre Handtasche auf und bringt einen Umschlag mit zwei Tabletten darin zum Vorschein. »Carl gab sie mir, als er Hals über Kopf aus dem Haus rannte. Er sagte, Sie sollen beide nehmen, eine halbe Stunde vor dem Schlafengehen, und ich müsse aufpassen, daß Sie sie auch tatsächlich schlukken. Also, bitte, wollen Sie sie jetzt nehmen, damit ich Ihretwegen nicht zu lügen brauche?«

Ich tue ihr den Gefallen. Dann rufe ich den Portier an und bitte ihn, dafür Sorge zu tragen, daß der Chauffeur mit dem Wagen bereitsteht und daß er meinen Gast vom Gartentor bis zur Haustür begleitet. Nachdem dies erledigt ist, bleiben wir noch eine Weile über dem Rest des Cognacs in unseren Gläsern sitzen, sprechen wenig, hängen unseren eigenen Gedanken nach und hüten uns, noch mehr Türen zu weiteren Höhlen aufzustoßen, denn beim nächsten Mal würden wir vielleicht nicht soviel Glück haben. Emmas letzte Worte sind eigenartig.

»Ich werde an Ihre Tochter schreiben, und ich werde auch an Sie schreiben. Aber Carl sage ich nichts davon. Sie und ich werden uns nie wiedersehen. Das ist wahrscheinlich gut so, denn auf diese Weise bleibt uns die schöne Erinnerung. Ich weiß nicht, was Sie in Ihrem Leben getan haben, daß Sie so unglücklich sind. Es kommt mir auch nicht darauf an. Ich kenne Sie nur einen Tag, aber ich liebe Sie, und

ich glaube, Sie lieben mich auch. So haben wir beide einen klaren Neubeginn vor uns.«
Wir umarmen uns. Wir küssen uns. Sie geht, ohne sich noch einmal umzudrehen. Ich trinke den letzten Schluck Cognac aus, werfe mich in tränenlosem Kummer aufs Bett – und stürze vom Rand der Welt in die Tiefe.

Ich erwache mit einer ausgedörrten Kehle und einem Brummschädel. Gianni di Malvasia sitzt auf der Bettkante, klopft mir leicht auf die Wangen und drängt mich, meine Augen aufzuschlagen und ihm meinen Namen nebst Alter und Geburtsort zu sagen. Beim erstenmal gelingt es mir nicht ganz; deshalb verlangt er, daß ich die Worte so oft wiederhole, bis er zufrieden ist.
»Was führt dich hierher?« frage ich ihn mit schläfriger Stimme.
»Jung hat mich gestern abend angerufen. Er fürchtete, du könntest dir etwas antun. Als ich dich wiedersah, glaubte ich, du hättest es schon getan. Du weißt doch sehr gut, daß man Beruhigungsmittel und Alkohol nicht zusammen einnehmen soll!«
»Woher weißt du, zum Teufel, was ich eingenommen habe?«
»Die Cognacflasche im Vorraum ist halb leer. Und Jung sagte mir, er habe dir zwei Schlaftabletten geschickt.«
»Wann hat er dir das gesagt?«
»Heute morgen. Ich fuhr direkt vom Bahnhof zu ihm. Er erzählte mir alles und übergab mir seine Notizen.«
»Verflucht noch mal! Du weißt also ...«
»Ja.«
»Jung hatte kein Recht ...«
»Es war sein gutes Recht. Ich bin der zuständige Arzt. Aber sei unbesorgt, ich habe die Notizen hier im Kamin ver-

brannt. Du wirst jetzt ein Bad nehmen, dich anziehen und packen. Nachdem wir gemeinsam zu Mittag gegessen haben, nehmen wir den Drei-Uhr-Zug zurück nach Paris.«
»Ich fahre nicht nach Paris!«
»Wohin willst du denn sonst?«
»Ich weiß es nicht. Ich bin mir noch nicht schlüssig geworden. Vielleicht nach Rom.«
»Ich bin dein Arzt. Ich habe mir alles überlegt. Du kommst mit nach Paris. Du wirst eine Zeitlang bei mir wohnen.«
»Ich fahre nicht nach Paris!«
»Dann, mein liebes Kind, geschieht folgendes: Der gute Doktor Jung und ich werden ein ärztliches Attest ausstellen, in dem stehen wird, daß du an Depressionen leidest und die Gefahr eines Selbstmordes besteht. Mit dieser Bescheinigung wirst du – *presto! presto!* – in die Burghölzli-Klinik eingeliefert, und dort bleibst du, bis du wieder normal bist. Und zu all dem brauchen wir nur zwei Unterschriften. Na?«
»Also, fahren wir nach Paris!«
»Gut. Es besteht noch Hoffnung für dich.«
»Und was soll ich in Paris tun? Wie werde ich mit Zaharoff fertig?«
»Zaharoff überläßt du mir. Im Augenblick leidet er an einer Prostatitis; er wird also dich und alle anderen eine Weile in Ruhe lassen. Und was du in Paris tun wirst – darüber werden wir reden, wenn wir dort sind. Falls du bereit bist, etwas Geld und einige Mühe zu investieren, habe ich für dich genau das richtige Projekt. Es wird dich von deinen Problemen ablenken.«
»Auch vom Mord?« Ich muß sicher sein, daß er es weiß. Und er weiß es. Er geht ziemlich gleichgültig darüber hinweg.
»Dieser Mord ist kein Problem. Er ist geschehen, aber er

erscheint nirgends in irgendwelchen Akten. Er ist Historie oder Mythos, wie du willst. Es gibt keinerlei Beweise. Das eigentliche Problem ist, wie sich dieser Mord auf dich ausgewirkt hat. Unser Freund Jung wurde damit nicht fertig. Er hat den Gott seines Vaters aufgegeben. Jetzt weiß er nicht, ob er Deist, Theist oder der Hohe Panjandrum von Ying Yang ist. Ich bin eher praktisch veranlagt; meine Vorfahren, lauter Florentiner Snobs ...«

»Ach, hör auf damit, Gianni!«

»... meine Vorfahren haben den Mord zu einer blühenden Kunst entwickelt. Sie schafften auch die Folgen sauber und ordentlich aus der Welt. Der Hauskaplan erteilte dir die Absolution, dein Onkel, der Bischof, verkaufte dir Ablaßzettel, um dich vor dem Fegefeuer zu bewahren, und er verschaffte dir gleichzeitig einen gewissen Schutz von seiten der Sicherheitsbehörden, damit dir die Gegenseite nicht in einer dunklen Gasse ein Messer in den Rücken stoßen konnte ... Aber das gehört alles der Vergangenheit an. Jetzt geht's nach Paris! Steh auf, und nimm ein Bad! Es gibt zwei Gerüche, die ich an einer Frau nicht ausstehen kann: schales Parfüm und schalen Schnaps.«

Magda
Paris

Die Reaktion stellte sich am Tag nach meiner Ankunft in Paris ein. Schwere Depressionen, plötzliche Weinkrämpfe, Wutanfälle, bei denen ich am liebsten alles in Stücke gerissen hätte, und dann lange schlaflose Nächte, in denen ich wach im Bett lag und zur Zimmerdecke starrte.
Wie Gianni das aushielt, werde ich nie erfahren. Wie er zwischen seiner Arztpraxis und einer halbverrückten Frau in seiner Junggesellenwohnung hin und her manövrierte, bleibt mir ein Rätsel. Er redete mir gut zu; er schimpfte; er forderte mich und gab nur dann nach, wenn er sah, daß ich den Anspruch nicht erfüllen konnte. Er war in einem Augenblick Arzt und im nächsten großer Bruder – dann wieder betulich und mütterlich, wenn er sich etwas davon versprach. Es gab Zeiten, da ich davonlaufen und mich für immer verstecken wollte, aber Gianni hatte anscheinend ein Netz über mich geworfen, dünn wie die Fäden des Altweibersommers, doch hart wie Stahl, so daß ich weder dem Haus noch seiner liebevollen Fürsorge entrinnen konnte.
Er brachte mir Bücher, die ich nur flüchtig durchblätterte und beiseite legte. Abends spielte er mir Chopin vor. Er führte mich wie ein Liebhaber in den Parks spazieren, redete mir gut zu, für uns zu kochen. Er zwang mich, mit den Gebrüdern Ysambard über meine finanziellen Angelegenheiten zu sprechen und an einem denkwürdigen Abend ein

Dîner mit Basil Zaharoff als Ehrengast zu geben. Ich fragte Gianni, was für einen Zweck er mit der Einladung Zaharoffs verfolge. Der Mann sei ein Schreckgespenst, ein skrupelloser Schieber, ein Händler in Sachen Tod.
»Das bist du auch, meine Liebe.« Gianni ließ nicht mit sich reden. »Dies wird eine gute Einübung in gegenseitige Toleranz, in Dankbarkeit – er zahlt meine Rechnungen pünktlich – und Diplomatie sein – was dich eng berührt.«
»Diplomatie?«
»In sexueller und gesellschaftlicher Hinsicht. Der Mann bot dir eine Tätigkeit an, die du abgelehnt hast. Du schenktest ihm eine Nacht im Bett, für die er dich sehr anständig belohnte. Dies Armband, das du da trägst, ist doch von ihm, nicht wahr? Nach dieser einen Nacht verabschiedete er sich, und er freute sich auf ein künftiges Verhältnis mit dir. Was geschah? Du bist nach Zürich geflohen, ohne ihm auch nur Lebewohl zu sagen. Der Mann ist gekränkt. Er ist es nicht gewöhnt, so behandelt zu werden. Das hat er mir selbst gesagt. Ich habe dich verteidigt: schlechte Gesundheit, Probleme mit den Wechseljahren, und was du sonst noch willst. Er ist nur halb versöhnt. Er kann ein gefährlicher Gegner werden. Deshalb wirst du ihn beim Abendessen als Tischherrn haben, und du wirst ganz kleine Brötchen backen, während er sich am Lammrücken delektiert. *Capito?*«
Capito! Es war schwer, sich Gianni und seiner gesunden Logik zu entziehen. Das Dîner war ein Erfolg. Ich kann mich an die anderen Gäste kaum erinnern. Es waren irgendwelche reichen Leute, aber gute Patienten von Gianni. Ich entsinne mich jedoch sehr lebhaft daran, wie sich Basil Zaharoff nach meinem Eindruck von der psychiatrischen Sitzung bei Jung erkundigte.

»Ihr habt also einfach dagesessen und geredet, weiter nichts?«
»Hm ... man sitzt, man geht herum, man steht. Das ist Jungs Methode. Ich habe gehört, daß Freud und die anderen den Patienten lieber auf einer Couch liegen lassen. Ich merkte, daß man auf diese Weise gewisse aggressive Reaktionen vermeiden könnte.«
»Und ihr habt auch über intime Dinge gesprochen?«
»Je intimer, desto besser.«
»Macht sich der Arzt, der Psychiater Notizen?«
»Jung hat es getan. Er machte sich umfangreiche Notizen.«
»Und diese landen vermutlich in seinen Akten?«
»In Magdas Fall«, warf Gianni ein, »händigte mir Jung alle seine handschriftlichen Aufzeichnungen aus. Ich habe sie verbrannt ... Aber im allgemeinen, ja, da hält der Psychiater die Gesprächsinhalte für eine spätere Auswertung fest.«
»Alle derartigen Unterlagen könnten hochgradig belastend sein.« Zaharoff war entschlossen, der Sache auf den Grund zu gehen. »Belastend nicht nur für den Patienten, sondern für jede andere Person, die in den Gesprächen erwähnt worden ist.«
»Das ist das ewige Problem in der Medizin«, sagte Gianni verbindlich. »Das Gesetz verbietet die Verwendung solcher Angaben vor Gericht. Es garantiert in Form des hippokratischen Eids dem Patienten die Schweigepflicht des Arztes. Aber ich gebe zu: Es gibt keinen Schutz – keinen ausreichenden Schutz – gegen bösartige oder verantwortungslose Enthüllungen. Aus diesem Grunde bestand ich auf der Aushändigung der handschriftlichen Notizen über Magda, und aus diesem Grunde verbrannte ich sie sogleich in ihrer Suite im Baur au Lac.«

»Sie waren also sehr aufschlußreich?« Zaharoff tat, als stelle er eine Scherzfrage nach dem Motto: Seit wann schlagen Sie Ihre Frau nicht mehr?
Doch Gianni war mit der Antwort schnell zur Hand. »Ich weiß es nicht. Ich habe sie nicht gelesen.«
»Warum nicht?«
»Ich habe meine eigene Meinung von Magda und wollte diese nicht von den Ansichten eines anderen beeinflussen lassen. Kommen Sie, mein Freund! Würde ein Basil Zaharoff das Urteil eines anderen über eine Frau einfach so hinnehmen? Natürlich nicht!«
»Aber warum, Magda«, fragte Zaharoff hinterhältig, »warum hast du die Behandlung bei Jung nicht fortgesetzt?«
»Aus gutem Grunde. Wir paßten charakterlich nicht zusammen. Patient und Therapeut müssen einander voll vertrauen. Jung und ich aber waren nicht auf einen Nenner zu bringen.«
»Als der Arzt, der sie an Jung überwiesen hatte«, sagte Gianni, um sich in der Auseinandersetzung zu behaupten, »hielt ich es für klüger, diese Behandlung nicht fortzusetzen.«
»Aber Jungs Notizen wären für eine künftige Behandlung bestimmt sehr wertvoll gewesen.«
»Sie hätten genausogut verwirrend sein können«, antwortete Gianni. »Es ist nicht so wie bei der herkömmlichen Medizin. Ich könnte Ihre Symptome jedem zuverlässigen Arzt schildern, und er würde zu derselben Diagnose wie ich kommen. In der Psychiatrie ist es anders, hier ist alles verschwommener.«
»Hast *du* dich denn nicht für Jungs Aufzeichnungen interessiert, Magda? Ich kann mir nicht vorstellen, daß eine Frau nicht wissen möchte, was ein anderer über sie zu Papier bringt.«

Zaharoff sprach scherzhaft und herablassend, ich dagegen betonte, wie ernst es mir war.
»Basil, du verstehst nicht, was ich meine. Wenn du dort bist und wie ich im Sessel sitzt, ist es dir ganz gleichgültig, was er sich aufschreibt. Er operiert sozusagen deine Psyche, und das tut scheußlich weh. Du siehst nicht, was er schreibt – es können auch Schweinereien oder Strichmännchen sein ... Jedenfalls bin ich froh, daß Gianni das Zeug verbrannt hat.«
»Faszinierend«, sagte Basil Zaharoff. »Ich sehe neue Chancen für die Literatur, völlig neue Probleme und interessante Verwendungsmöglichkeiten! Gerade in diesem Augenblick hätte ich liebend gern eine Darstellung des Liebeslebens von Mr. Lloyd George.«
Nachdem der Abend vorüber war, machte mir Gianni ein großes Kompliment. Ich muß eine sehr gute Figur abgegeben haben. Er meinte, ich hätte die Geier aus den Baumwipfeln heruntergeholt und zu Singvögeln gemacht.
Ich fragte ihn: »Was hatte Zaharoff im Sinn? Warum interessiert er sich für psychoanalytische Methoden?«
»Darum geht es ihm doch gar nicht«, sagte Gianni grinsend. »Er interessiert sich für dich – und dafür, wieviel du vielleicht über sein Geschäftsgebaren oder seine Praktiken im Bett preisgegeben hast.«
»Und wenn ich alles erzählt hätte?«
»Dann wärst du tot: diese Woche, die nächste, vielleicht nächsten Monat. Lache nicht! Es ist so. Er hat ein gewaltiges Vermögen zusammengerafft, er ist zu ungeheurer Macht gelangt, jetzt muß er honorabel werden. Das war der eigentliche Zweck dieses Dîners. Ich will dich in Paris haben, das geht aber nur, wenn Basil Zaharoff mit dir nicht unzufrieden ist.«
»Das kann ich nicht glauben.«

»Du mußt es glauben«, sagte Gianni kurz. »Wir leben in einem Dschungel, und Basil Zaharoff ist der König der wilden Tiere.«
Zwei Tage später klopfte Gianni morgens an meine Schlafzimmertür und forderte mich auf, mich sofort anzuziehen:
»Alte Klamotten, derbe Schuhe; je heruntergekommener du aussiehst, desto besser. Wir fahren in dreißig Minuten weg.«
»Wohin?«
»In die Ruelle des Anges, die Engelgasse.«
»Ein hübscher Name.«
»Das ist aber auch das einzig Hübsche daran. Die Gasse liegt ein paar Häuserzeilen hinter dem Boul' Mich', eine finstere Gegend – daher die alten Klamotten.«
»Warum gehen wir dorthin?«
»Geschäftlich.«
»Um welche Geschäfte handelt es sich denn?«
»Fasse deine Seele in Geduld.«
»Ich habe keine Seele.«
»Dann fasse deinen Körper in Geduld.«
»Was glaubst du eigentlich, was ich die ganze Zeit tue? Es scheint Jahre her zu sein, seit ich das letzte Mal mit jemandem im Bett war.«
»Gut! Dann hast du bestimmt einen klaren Kopf und einen ungetrübten Verstand.«
»Ich habe überhaupt keinen Verstand, jedenfalls nicht zu dieser Tageszeit.«
»Dann werden wir uns mit dem zufriedengeben müssen, was noch übrig ist. Beeile dich, bitte! Es ist fünf nach acht, wir fahren um acht Uhr dreißig.«
Die Ruelle des Anges machte ihrem Namen keine Ehre. Sie war eine schmutzige, kopfsteingepflasterte Gasse mit einer

Abflußrinne in der Mitte und verwahrlosten alten Häusern auf beiden Seiten. Am Ende versperrte ein großes hölzernes Tor den Weg, in das eine kleine Tür eingelassen war. Gianni erklärte, daß der Name Engelgasse ironisch zu verstehen sei. Die »Engel« seien die Prostituierten, die früher hier gewohnt hätten, aber seit langem in bessere Unterkünfte umgezogen seien. Als wir uns dem Tor näherten, wies Gianni auf ein neu angebrachtes Schild: Hospice des Anges. Er stieß die kleine Tür auf und führte mich in einen Hof, der früher einmal zu den Stallungen eines imposanten Herrenhauses gehört haben mußte. Das Stallgebäude wurde gerade renoviert, und auf dem Hof waren viele Arbeiter tätig.

Gianni hob seine Arme mit einer ausladenden Gebärde. »So, da sind wir!«

»*Wo* sind wir?«

»Mitten im Geschäft – es handelt sich hier um das Projekt, von dem wir gesprochen haben. Wir werden in etwa sechs Wochen aufmachen können.«

»Was werden wir? Die Engel zurückholen?«

»Gewissermaßen, ja. Das Schild am Tor sagt es. Es wird ein Hospiz für Frauen oder Mädchen, die auf den Strich gegangen sind und so oder so Opfer ihres Gewerbes geworden sind. Es soll eine Zufluchtsstätte sein, wohin sie kommen können, wenn sie aus dem Gefängnis entlassen werden, wenn man sie verprügelt oder wenn sie schwanger geworden sind. Hier entstehen kleine Wohnungen, eine Gemeinschaftsküche, ein Speisesaal und eine Krankenstation. Der Magistrat von Paris hat einen kleinen Zuschuß in Aussicht gestellt, vorausgesetzt, daß wir dazu beitragen, die Geschlechtskrankheiten einzudämmen.«

»Und wem untersteht dies alles?«

»Es gibt in Paris einen kleinen Frauenkreis – hauptsächlich

Witwen –, der sich dem urchristlichen Gedanken des einfachen Lebens und des Dienstes am Menschen widmen will. Die Frauen nennen sich *les filles du Saint Graal* – die Töchter vom Heiligen Gral. Sie tragen keine Tracht, legen kein Gelübde ab, sondern verpflichten sich lediglich zum Dienen, solange sie dazu imstande sind. Sie haben diese Idee entwickelt und werden für das Hospiz das Personal stellen. Sie haben sich bereit erklärt, für die ärztliche Betreuung zu sorgen, und versuchen, die notwendigen Geldmittel aufzubringen. Es ist eine ganz einfache Idee: ein Ort, an den sich Frauen flüchten können, wenn sie nicht mehr ein noch aus wissen; hier werden sie aufgenommen, wenn sie krank und ohne Beistand sind. Wir haben uns ein Motto ausgedacht. Wir drucken es auf Karten, die wir dann in dem ganzen Viertel verteilen werden: ›Hospice des Anges. Wir fragen nicht lange, wir bieten nur Freundschaft und Hilfe.‹ Na, was hältst du davon?«
»Was soll ich denn davon halten?«
Er sprudelt die Antwort nur so heraus: »Daß es eine gute Idee ist, daß du uns viel Geld geben wirst und daß du herkommst, um hier als Ärztin zu arbeiten.«
Ich traue meinen Ohren nicht. Das Ganze klingt zu abgedroschen. Ich drehe mich zu ihm um.
»Wenn das ein Scherz sein soll, Gianni ...«
»Es ist kein Scherz.«
»Du bist nicht ganz bei Trost! Ich bin in den Kreisen bekannt, aus denen diese Mädchen kommen. Du wirst dich und diesen Ort zum Gespött der Leute machen.«
»Dann ändere deinen Namen! Nenne dich Maria von den Engeln ... Ich will, daß du dich hier engagierst.«
»Das Geld kannst du haben, aber ...«
»Zum Teufel mit deinem Geld! Ich brauche *dich,* und du *brauchst* diese Tätigkeit!«

»Ich brauche sie wie die Pest.«

»Du bist selbst die Pest.« Er sagt es kalt und verächtlich. »Du bist der Schwarze Tod. Du tötest alles, was du berührst, weil du in deinem ganzen Leben nur an dich selbst gedacht hast ... Dieser Ort ist eine Zufluchtsstätte für jene Opfer, die du und deinesgleichen auf dem Gewissen habt ... Ich habe Jungs Aufzeichnungen über dich sehr sorgfältig gelesen. Ich verstehe dich besser als er. Ich bin pervers – genau wie du. Ich bin aber auch so altmodisch, an die Absolution zu glauben – und bei Gott, du auch! Du willst dich umbringen, und eines Tages wirst du es tun, denn du bist ein säumiger Schuldner und scheust dich vor der Abrechnung ... Ich gebe dir hier die Chance, mit Leben für Leben, Kind für Kind, Liebe für Haß zu bezahlen ... Jung schrieb etwas über dich auf, was mich wie ein Hammer getroffen hat. ›Sie erwartet zu viel. Sie verlangt einen Gott, den ich ihr nicht offenbaren kann, eine Absolution, die sie nicht verdient hat und die sie wahrscheinlich nie verdienen wird.‹ Wie recht er hatte! Das einzige Mal, daß du Gott nahe warst, war am Krankenbett deines Mannes, aber du bist vor Ihm davongelaufen. Du konntest Seiner Botschaft nicht ins Auge sehen ... In dem Augenblick, da unser erstes Mädchen durch dieses Tor eintritt, mit einer gebrochenen Nase oder einer Geschlechtskrankheit, wird Er wieder hier sein, und du wirst Ihm wieder aus dem Wege gehen, und das immer wieder, bis du die Vereinsamung nicht mehr ertragen kannst und Schluß machst. Verdammt noch mal! Was hat das alles für einen Sinn! Komm, ich besorge dir eine Droschke!«

»Gianni!« Er ist schon halbwegs am Tor, bis ich meine Stimme wiederfinde, eine schwache, unsichere Stimme, die ich kaum wiedererkenne. »Gianni, einen Augenblick, bitte!«

»Was ist los?«
»Angenommen ... nur angenommen, ich würde ja sagen.«
»Nehmen wir es einmal an. Und dann?«
»Glaubst du, daß das überhaupt funktioniert? Du weißt jetzt alles über mich. Ich kann mich auf mich selbst nicht immer verlassen. Hast du nicht gerade gesagt, ich sei der Schwarze Tod? Ich weiß es. An einem Ort wie diesem bin ich alten Erinnerungen und weniger alten Beziehungen ausgesetzt. Ich weiß nicht, was dann mit mir geschehen wird.«
»Ich weiß es auch nicht. Ich lasse es darauf ankommen.«
»Mit mir als Partner? Ich bin ein ausgesprochenes Risiko.«
»Da war noch etwas in Jungs Aufzeichnungen: ›Sie erwähnte mehrfach die Inschrift über meiner Haustür ...‹ «
»Das stimmt. GERUFEN ODER NICHT, DER GOTT WIRD GEGENWÄRTIG SEIN. Ich hatte wirklich das Gefühl, daß irgend etwas geschehen müsse: ein Aufblitzen blauer Flammen, ein Feuerwerk des Himmels, ich weiß nicht ...«
»Ich glaube, es ist tatsächlich etwas geschehen.«
»Aber was, um Gottes willen?«
»An jenem Tag in Jungs Haus bist du ein wenig gestorben.«
»Ein wenig? Ach, Gianni, Gianni, so viel von mir ist gestorben, daß es auf den Rest kaum noch ankommt.«
»Darauf spekuliere ich: ›*Nisi granum frumenti cadens in terram mortuum fuerit* ...‹ «
»Wie bitte?«
»›*Nisi granum frumenti cadens in terram mortuum fuerit* – Es sei denn, daß das Weizenkorn in die Erde falle und ersterbe, so bleibt's allein; wo es aber erstirbt, so bringt es viele Früchte.‹ Es ist ein Zitat aus der Bibel.«

»Ich habe sie nie gelesen.«
»Spielt keine Rolle. An diesem Ort wirst du die Bibel leben: mit den Blinden, den Lahmen, den Verunstalteten – und den Luetikern. Komm! Ich will dir alles zeigen. Ich brauche einige Anregungen.«
»Gianni ...«
»Ja?«
»Was tust du mit mir?«
»Genau dasselbe, worum du Jung gebeten hast – nur daß er nicht wußte, wie er es anstellen soll. Dies ist eine Steißlage, maximales Risiko, Zangengeburt. Du wirst wiedergeboren – in die Engelgasse hinein!«
»Du Bankert!«
»Nein, mein Liebling, du irrst dich. Du bist diejenige, in deren Abstammung es einen Schönheitsfehler gibt. Ich bin der hochwohllöbliche, völlig legitime Sproß einer Florentiner Adelsfamilie.«

Epilog in Fragmenten

Brief von Emma Jung ohne Datum:

> *Meine Liebe,*
> *ich kann Ihnen gar nicht sagen, wie sehr es mir leid tut, daß Gunhild so ablehnend auf meinen Brief geantwortet hat. Aber sie hat wenigstens reagiert, und ich glaube, wir beide verstehen ihre Antwort. Manchmal läßt man die Dinge am besten so, wie sie sind, denn jede Veränderung wäre sehr schmerzlich.*
> *Carl ist bei bester Gesundheit. Sein Ruf und seine Gefolgschaft nehmen zu. Wir sind uns immer noch in Liebe zugetan, auch wenn es eine seltsame und dornige Art von Liebe ist. Er hat Sie seit Ihrer Abreise nicht ein einziges Mal erwähnt. Ich habe natürlich nichts gesagt. Mir genügt es, unsere Freundschaft im stillen zu genießen.*
> *In Liebe*
>
> *Emma*

Aus einem Brief von Magda Liliane Kardoss von Gamsfeld an Emma Jung, wahrscheinlich im Januar 1914 geschrieben:

> *... Ich weiß immer noch nicht, was mich im Hospice des Anges festhält. Alles ist so schmutzig und alle Liebesmüh vergeblich. Die Mädchen kommen, die Mädchen gehen. Ich be-*

handle ihre Krankheiten, flicke ihre Verletzungen zusammen, verabreiche Arzneien, gebe Geld und nutzlosen Rat – und warte dann, bis sie in schlechterer Verfassung als zuvor wieder zurückkommen. Ich kann ihren Jammer verstehen. Ich schelte sie wegen ihrer Dummheit und führe einen ergebnislosen Kampf gegen die Zuhälter und Bordellbesitzer, die sie wie Parasiten behandeln. Aber ändern kann ich nichts. Ich bin wie ein blinder Esel, der an den Mühlstein angeschirrt ist und Tag für Tag im ewig gleichen Kreis herumgeht.

Warum halte ich es so lange aus? Vielleicht deshalb, weil ich mich in derselben Lage wie Ihr Carl befinde, der ein äußeres Gerüst braucht, das ihn zusammenhält. Vielleicht auch nur deshalb, weil Gianni mich ermuntert, mir gut zuredet und alles so darstellt, als sei ich für sein Vorhaben unentbehrlich. Er hat für mich als Frau nichts übrig, dennoch liebt er mich, und er beschützt mich vor mir selbst. Wenn ich ganz schwere Depressionen habe, packt er mich bei der Ehre: Ich würde doch eine Schuld zurückzahlen. Wenn ich ihn frage, an wen, grinst er und meint: ›An dich selbst natürlich. Du hast dich selbst so oft betrogen.‹

Manchmal, aber nur manchmal, hat das Ganze hier einen gewissen Sinn. Während ich diese Zeilen schreibe, schläft ein kleines Mädchen neben mir in der Wiege. Es wäre gestorben, wenn ich nicht hier gewesen wäre, um bei der Geburt zu helfen. Ich wünschte, ich hätte den Mut, die Kleine zu adoptieren. Aber Gianni rät davon ab. Die Töchter vom Heiligen Gral werden ein Heim für das Kind finden.

Also, meine liebe Emma, ein gutes Neues Jahr für uns beide! Ich bin gespannt …

Fragment eines handgeschriebenen Schriftstückes aus den Akten des Innenministeriums, mit Datum vom 19. März 1914:

... Der Minister traf mit Z. Z. zusammen. Unter anderem wurde auch über die Sicherheit der Freudenhäuser auf der Sonderliste gesprochen. Es besteht die Gefahr, daß diese Sicherheit durch Subversion oder Weggang der Mädchen beeinträchtigt wird. Z. Z. weist darauf hin, daß einige Mädchen in Paris ausscheiden, weil sie den Weg ins Hospice des Anges finden. Die dortige Chefärztin sei eine Österreicherin ungarisch-englischer Herkunft. Über sie gebe es zahlreiche aktenkundige Vorgänge über sexuelle Verfehlungen. Die Situation erfordert angesichts der ungewöhnlichen Begleitumstände besondere Beachtung, auch im Hinblick auf eventuelle Kriegsereignisse in diesem Jahr.
Sie werden hiermit ersucht, Ermittlungen einzuleiten und geeignete Maßnahmen vorzuschlagen ...

Brief an Frau Magda Liliane Kardoss von Gamsfeld. Absender: Pfarrei Bibury, England, datiert 23. März 1914:

Gnädige Frau,
mit großem Bedauern möchte ich Sie vom Tod der Miss Lily Mostyn am achtzehnten Tag dieses Monats benachrichtigen. Sie verschied friedlich im Schlaf. Ich hatte sie am Vortag besucht und sie dabei gelöst und mitteilsam angetroffen.
Als ihr Testamentsvollstrecker bin ich mit der Verteilung ihres Vermögens beauftragt. Sie hat Ihnen ein Päckchen vermacht, das eine Übersetzung des »Duftenden Gartens« enthält, und zwar in der Handschrift des verstorbenen Sir Richard Burton.
Dies ist, wie Sie wissen werden, ein wertvolles, wenn auch nicht alltägliches Erbstück. Darf ich Sie fragen, ob Sie mir besondere Anweisungen geben können, was damit zu geschehen hat? Ich möchte nicht das Risiko eingehen, Bestimmungen zu verletzen, die bezüglich der Weitergabe obszönen Ma-

terials mit Hilfe der Post Seiner Majestät erlassen worden sind.

Ich werde am Sonntag im Gottesdienst unserer Miss Mostyn gedenken. Vielleicht möchten Sie sich mit Ihren Gebeten denen unserer Gemeinde anschließen.

Im Namen der Gemeinschaft der Heiligen,
(Unterschrift unleserlich)
Vikar

Undatierter Auszug aus einem unveröffentlichten Notizbuch von Carl Gustav Jung, auf dessen Etikett OBITER DICTA steht:

Es hat lange gedauert, bis ich mich mit dem Versagen im Falle der Magda von G. abgefunden habe. Ich kann diese Sache nicht einmal mit Toni besprechen, aber ich kann darüber wenigstens in aller Zurückgezogenheit nachdenken. Eines Tages werde ich versuchen, diesen Fall klinisch zu analysieren, auch wenn ich ihn nie werde publizieren können. Er berührt die Lebenden; er berührt die Toten. Für mich ist er ein Fingerzeig Gottes, geheimnisvoll und schrecklich. Er wirft Fragen auf, auf die ich noch keine gültige Antwort habe: das Wesen des Bösen, die komplizierte Logik der Schuld, das absolute Bedürfnis des Menschen nach Vergebung als Vorbedingung für geistige Gesundheit, die Autorität – oder ist es schlicht die Liebe? –, welche die Vergebung möglich und wirksam macht. Habe ich mir vergeben für das, was ich Magda von G. angetan habe? Noch nicht, glaube ich. Hat sie mir vergeben? Ich werde es nie erfahren. Ich habe nicht den Mut aufgebracht, mich zu erkundigen, ob sie noch am Leben ist …

Aus einem Brief von Giancarlo di Malvasia an Arnaldo Orsini vom 26. April 1914:

... Ich kann das Geschehene noch nicht fassen. Ich habe eine liebe, liebe Freundin verloren. Das Hospiz hat eine prächtige und liebevolle Mitarbeiterin verloren. Gleichzeitig überkommt mich eine solche Wut, daß auch ich einen Mord begehen könnte. Die ganze Affäre wurde auf so brutale Art vorausberechnet.

Es war etwa acht Uhr abends. Magda hatte der Nachtschwester die Schlüssel zur Krankenstation übergeben und ging die Ruelle des Anges hinunter, um an der Hauptstraße eine Droschke zu nehmen. Zeugen sahen einen Mann, der aus dem Dunkel heraustrat und sie ansprach. Er stach einmal zu und lief dann weg. Niemand hielt ihn auf. Passanten hoben Magda auf und trugen sie zurück ins Hospiz. Sie war bereits tot.

Die Obduktion, die ich persönlich vornahm, ergab einen Einstich, der vom Brustbein ins Herz führte. Die Tatwaffe war offensichtlich eine Spicknadel oder ein ähnliches Instrument. Nach Ansicht der Polizei war es die Tat eines Berufsverbrechers. Ich weiß, daß das stimmt.

Wir haben immer Ärger mit Zuhältern gehabt, denen die Mädchen wegliefen. Aber dies war etwas anderes. Die Hand, welche die Tatwaffe führte, war korsisch: Daumen auf der Klinge und Druck nach oben. Wer hat den Mörder gedungen? Ich kann nichts beweisen. Es ist gefährlich, darüber auch nur eine schriftliche Notiz zu machen. Bei mir wurde gestern abend eingebrochen. Kaum etwas von Wert wurde gestohlen, aber meine Papiere waren durchwühlt. Was sagt dir das?

Ich verlasse Paris und komme heim nach Italien. Ich habe das Hospiz und die Geldmittel, die Magda für dessen Unterhalt bereitgestellt hat, den Töchtern vom Heiligen Gral übergeben. Noch vor dem Ende des Sommers werden wir Krieg haben. Das weiß ich aus bester Quelle: von Basil Zaharoff. Er

ließ Blumen am Grab niederlegen und schickte mir einen sehr gefühlvollen Beileidsbrief über Magda und ihre Arbeit. Hoffentlich fährt er zur Hölle!
Die Clarissinnen waren sehr lieb. Sie erlaubten, daß ich Magda auf dem Friedhof ihres Konvents bestattete. Ich mußte der Oberin offen sagen, daß Magda eine Ungläubige gewesen ist. Die alte Dame war großartig. Sie muß mindestens achtzig sein, hat aber noch alle Gedanken beisammen. Sie sagte zu mir: »Gianni, mein Junge, es kommt nicht darauf an, ob wir an Gott glauben. Die Hauptsache ist, was Er von uns weiß. Eure Magda ist uns hier sehr willkommen.‹
Ich habe Geld für den Grabstein hinterlegt. Mir fällt keine Inschrift ein. Was sagt man über eine solche Frau? Sie war wie wir alle: gut und schlecht in einer Person – nur daß sie jenen Mut hatte, der vielen von uns fehlt. Mir sind die richtigen Worte noch nicht eingefallen, aber ich werde sie finden. Wir haben noch Zeit. Die Erde hat sich noch nicht gesetzt, und die Blumen auf dem Grab sind kaum verwelkt. »Il pleut dans mon cœur« … *Ich bin einsam heute nacht. Ich hätte nie gedacht, daß ich eine Frau so sehr vermissen würde.*